BASTEI LÜBBE
TASCHENBUCH

Weitere Titel des Autors:

NIMUE ALBAN:

Bd. 1 Operation Arche
Bd. 2 Der Krieg der Ketzer
Bd. 3 Codename: Merlin
Bd. 4 Die Flotte von Charis
Bd. 5 Die Invasion
Bd. 6 Caylebs Plan

Weitere Bände in Vorbereitung

HONOR HARRINGTON:

Bd. 1 Auf verlorenem Posten
Bd. 2 Die Ehre der Königin
Bd. 3 Ein schneller Sieg
Bd. 4 Mit Schimpf und Schande
Bd. 5 Im Exil
Bd. 6 Ehre unter Feinden
Bd. 7 In Feindes Hand
Bd. 8 Die Siedler von Sphinx (D. Weber u. a.)
Bd. 9 Der Stolz der Flotte
Bd. 10 Die Baumkatzen von Sphinx (D. Weber u. a.)
Bd. 11 Wie Phönix aus der Asche
Bd. 12 Die Raumkadettin von Sphinx (D. Weber u. a.)
Bd. 13 Ein neuer Krieg
Bd. 14 Honors Krieg (zweiter und abschließender Teil von »Ein neuer Krieg«)
Bd. 15 Die Spione von Sphinx (D. Weber u. a.)
Bd. 16 Der Sklavenplanet (D. Weber u. a.)
Bd. 17 Um jeden Preis
Bd. 18 Auf Biegen und Brechen
Bd. 19 Der Schatten von Saganami
Bd. 20 An Bord der Hexapuma
Bd. 21 Die Achte Flotte
Bd. 22 Sturm der Schatten
Bd. 23 Jeremy X
Bd. 24 Die Fackel der Freiheit

Weitere Bände sind vom Autor geplant.

DIE ABENTEUER DES COLIN MACINTYRE:

Bd. 1 Der Mond der Meuterer
Bd. 2 Das Armageddon-Vermächtnis
Bd. 3 Die Erben des Imperiums

Titel in der Regel auch als E-Book erhältlich

Über den Autor:

David Weber ist ein Phänomen: Ungeheuer produktiv (er hat zahlreiche Fantasy- und Science-Fiction-Romane geschrieben), erlangte er Popularität mit der HONOR-HARRINGTON-Reihe, die inzwischen nicht nur in den USA zu den bestverkauften SF-Serien zählt. David Weber wird gerne mit C. S. Forester verglichen, aber auch mit Autoren wie Heinlein und Asimov. Er lebt heute mit seiner Familie in South Carolina.

David Weber

DIE FACKEL DER FREIHEIT

Aus dem Amerikanischen von
Ulf Ritgen

BASTEI
LÜBBE
TASCHENBUCH

BASTEI LÜBBE TASCHENBUCH
Band 20 014

1. Auflage: August 2011

Vollständige Taschenbuchausgabe

Bastei Lübbe Taschenbücher in der Bastei Lübbe GmbH & Co. KG

Deutsche Erstausgabe

Titel der Originalausgabe: »Torch of Freedom« (Teil 2)

This work was negotiated through
Literary Agency Thomas Schlück GmbH, 30827 Garbsen,
on behalf of St. Martin's Press, L. L. C.
Textredaktion: Uwe Voehl
Lektorat: Ruggero Leò
Titelillustration: © Arndt Drechsler, Rohr i. NB
Umschlaggestaltung: Guter Punkt, München
Satz: Urban SatzKonzept, Düsseldorf
Gesetzt aus der Baskerville
Druck und Verarbeitung: CPI – Ebner & Spiegel, Ulm
Printed in Germany
ISBN: 978-3-404-20014-6

Sie finden uns im Internet unter
www.luebbe.de
Bitte beachten Sie auch:
www.lesejury.de

Der Preis dieses Bandes versteht sich einschließlich
der gesetzlichen Mehrwertsteuer.

Für Lucille und Sharon – dafür,
dass sie es mit uns aushalten ...
immer noch.

Kapitel 1

»Es wird schwieriger, Jack.« Im Besuchersessel in Jack McBrydes Küche lehnte sich Herlander Simões zurück und schüttelte den Kopf. »Man sollte doch glauben, es würde entweder irgendwann nicht mehr schmerzen, oder dass ich mich daran gewöhne. Oder ich endlich den nächsten Schritt mache und einfach aufhöre daran zu denken.« Er entblößte die Zähne zur bitteren Parodie eines Lächelns. »Ich habe immer gedacht, ich sei ein ganz helles Bürschchen, aber offensichtlich habe ich mich getäuscht. Wenn ich wirklich so verdammt helle im Kopf wäre, dann wäre es mir wohl mittlerweile gelungen, wenigstens *eines* davon zustande zu bringen.«

»Ich wünschte, ich könnte dir irgendeinen Zauberspruch verraten, Herlander.« McBryde öffnete eine weitere Bierflasche und schob sie seinem Gast hin. »Und ich will ganz ehrlich zu dir sein: Manchmal möchte ich dir einfach nur kräftig in den Hintern treten.« In seinem eigenen Lächeln lag wenigstens eine Spur echter Belustigung, und auch er schüttelte den Kopf. »Ich weiß nicht, ob ich eher darüber sauer bin, wie du dich immer weiter damit quälst, oder darüber, wie das dein ganzes *Leben* ruiniert, nicht bloß deine Arbeit.«

»Ich weiß.«

Simões griff nach dem Bier und nahm einen tiefen Zug aus der Flasche. Dann stellte er sie wieder auf den Tisch und umschloss sie mit beiden Händen, sodass seine Daumen und Zeigefinger sich berührten. Einen Moment lang starrte er seine Hände an. Seine Miene wirkte dabei sehr nachdenklich.

»Ich weiß«, wiederholte er und blickte wieder McBryde an. »Ich habe bereits versucht, meinen Zorn zu überwinden, genau wie du gesagt hast. Manchmal glaubte ich sogar, ich würde es schaffen. Aber dann taucht immer irgendetwas Neues auf.

»Schaust du dir immer noch nachts diese Holos an?« McBrydes Stimme klang jetzt sehr sanft, und Simões' Schultern schienen herabzusinken, obwohl er sich keinen Millimeter bewegt hatte. Wieder starrte er auf die Bierflasche; seine haselnussbraunen Augen hatten sich erneut in Jalousien verwandelt. Kurz nickte er.

»*Herlander*«, sagte McBryde leise. Simões blickte ihn an, und Jack schüttelte erneut den Kopf. »Damit bringst du dich doch bloß um. Und das weißt du genauso gut wie ich.«

»Ja, vielleicht.« Simões holte tief Luft. »Nein, nicht ›vielleicht‹ – ja, es *ist* so. Sogar meine *offizielle* Therapeutin weiß das. Aber ich ... ich kann einfach nicht anders, Jack! Es ist, als wäre sie, solange ich nur immer wieder diese Holos anschaue, nicht *wirklich* fort.«

»Aber sie *ist* es, Herlander.« McBrydes Stimme war ebenso gnadenlos wie sanft. »Und Harriet auch. Und bald auch dein ganzes verdammtes Leben, wenn du dich davon immer weiter runterziehen lässt.«

»Manchmal frage ich mich, ob das wirklich eine so schlechte Idee ist«, gestand Simões leise ein.

»*Herlander!*« Dieses Mal klang McBrydes Stimme sehr scharf, und wieder hob Simões den Kopf.

Schon komisch, dachte McBryde, als sie einander in die Augen blickten. Unter gewöhnlichen Umständen wäre es ein Verstoß gegen jegliche Regeln des Alignment-Sicherheitsdienstes gewesen, einen der Wissenschaftler, für deren Sicherheit er verantwortlich war, als Gast in seinem eigenen privaten Appartement willkommen zu heißen. Und besagter Wissenschaftler war ihm sogar erstaunlich schnell zu einem echten Freund geworden. Ja, das war wirklich ein Verstoß gegen sämtliche Regeln ... nur dass immer noch die Anweisung galt, die Isabel Bardasano persönlich Jack erteilt hatte.

Zunächst hatte Jack gewisse Vorbehalte gehegt, als er diese Anweisungen erhalten hatte – und in mancherlei Hinsicht war dem immer noch so, vielleicht sogar noch mehr als zu Anfang. Zum einen war seine Beziehung zu Simões wirklich zu so etwas Ähnlichem wie echter Freundschaft geworden, und Jack wusste, dass das aus ach so vielerlei Gründen überhaupt nicht gut war. Jemanden, der eigentlich nur eine einzige Verkörperung unbändiger Qual war, zu seinem Freund zu machen war so ziemlich die beste Methode, den eigenen Seelenfrieden gründlich zu ruinieren. Selbst mitempfinden zu müssen, was man Herlander Simões und seiner Tochter angetan hatte, war sogar noch schlimmer, vor allem, wenn man bedachte, wie das zu seinem Zorn beitrug ... und die abwegigen Denkpfade, auf die ihn das führte. Und selbst wenn man all das einfach außer Acht ließe, war Jack sich doch nur zu deutlich bewusst, dass seine Objektivität – seine *professionelle* Objektivität, die niemals zu verlieren, auch nicht im Hinblick auf Simões, er sich und anderen geschworen hatte – gänzlich zerstört war. Was zunächst lediglich Gehorsam einer Weisung gegenüber gewesen war – nur die pflichtschuldige Bemühung, einen wissenschaftlichen Aktivposten funktionsfähig zu halten –, hatte sich nach und nach in etwas gänzlich anderes verwandelt.

Auch Simões war sich dessen bewusst. Es war sonderbar, aber in mancherlei Hinsicht hatte die Tatsache, dass McBryde zunächst auf gänzlich pragmatischem Wege versucht hatte, Simões' Nützlichkeit für das Gamma Center zu bewahren, es dem Hyperphysiker sogar leichter gemacht, sich ihm gegenüber zu öffnen. McBryde war der Einzige, der nicht mit der Erklärung angefangen hatte, alles was er tue, geschehe doch nur zu Simões' ›eigenem Besten‹, und das hatte Simões dazu gebracht, diesem Mann gegenüber seine Deckung aufzugeben. Es gab Momente, in denen sich McBryde fragte, ob in Simões'

Einstellung ihm gegenüber nicht zumindest ein Funken Selbstzerstörungswut liege – er würde irgendetwas sagen oder tun oder preisgeben, was McBryde dazu zwingen würde, ihn aus dem Center herauszuwerfen.

Doch wie auch immer seine verworrenen Emotionen, seine Einstellungen, seine Motive und seine Hoffnungen auch geartet sein mochten: Jack McBryde war der Einzige in der ganzen Galaxis, zu dem Herlander Simões gänzlich offen zu sein bereit war. Zugleich war er auch der Einzige, der es wagen konnte, Simões für irgendetwas zurechtzuweisen – beispielsweise für seine selbstzerstörerische Neigung, sich jeden Abend aufs Neue Aufzeichnungen von Francesca anzusehen –, ohne sich damit sofort augenblicklich Simões' selbstverteidigenden Zorn zuzuziehen.

»Seien wir doch ehrlich, Jack«, sagte der Wissenschaftler jetzt und verzog die Lippen zu einem schiefen Grinsen. »Früher oder später wirst du zu dem Schluss kommen, es sei an der Zeit, mich von der Arbeit abzuziehen. Du weißt genauso gut wie ich, dass meine Effizienz immer weiter sinkt. Und ich bin auch nicht gerade eine Stimmungskanone, wenn es um die Moral des restlichen Teams geht, oder? Was meine Emotionen angeht, so sind sie nicht einmal mehr *aktiv* zerstörerisch. Wirklich, eigentlich sind sie das nicht mehr. Da ist bloß noch dieses langsame, schleifende, allmähliche Aufzehren. Ich bin so gottverdammt *müde,* Jack. Ein ziemlich großer Teil von mir will einfach nur noch, dass es aufhört. Aber da ist auch dieser andere Teil, der einfach nicht aufhören *kann*, denn wenn ich das tue, dann wird Frankie einfach für immer fort sein, und diese Mistkerle werden weitermachen, als wäre nichts gewesen, und sie ganz und gar vergessen. Die werden das Ganze einfach unter den Teppich kehren.«

Bei den letzten beiden Sätzen klang seine Stimme unendlich verbittert, und seine Finger verkrampften sich um die Bierflasche, als wolle er sie zerquetschen. *Als wolle er sie erwürgen,* schoss es McBryde durch den Kopf und fragte sich, ob er versuchen solle, Simões von seinem Zorn abzulenken.

Er wusste, dass er sich unbedingt mit der Therapeutin zusammensetzen sollte, die man dem Wissenschaftler zugewiesen hatte. Jack sollte ihr mitteilen, was er bislang in Erfahrung gebracht hatte und sie um Rat fragen, wie er auf Simões reagieren sollte, damit es möglichst konstruktiv wäre. Bedauerlicherweise konnte Jack das nicht tun. Zu seiner eigenen Überraschung lag es zum Teil daran, weil es für ihn ein Vertrauensbruch gegenüber Simões gewesen wäre. Was auch immer er zu diesem Mann bei ihrem allerersten Gespräch hinsichtlich seiner Privatsphäre gesagt hatte, bislang hatte er sie gewahrt und niemals verletzt – und er vermutete, dies sei Simões durchaus bewusst.

Der andere Grund war noch deutlich erschreckender, wenn Jack sich selbst gestattete, sich damit zu befassen (was er so selten wie nur irgend möglich tat): Er hatte Angst. Er hatte Angst, er könne, wenn er über Simões' Denkart und Zorn sprach, nur allzu viel seiner eigenen Gedanken verraten … insbesondere im Gespräch mit einer ausgebildeten Therapeutin im Dienste des Alignments, die bereits darüber nachdachte, welches potenzielle Risiko ihr Patient wohl darstellen mochte.

Soll ich versuchen, ihn von diesem Zorn abzubringen, oder soll ich ihm einfach gestatten, ein bisschen Dampf abzulassen? Zumindest einen Teil dieses gewaltigen Druckes muss *er loswerden, aber so richtig helfen tut das ja auch nicht, oder?* Innerlich schüttelte McBryde den Kopf. *Natürlich nicht. Es ist, als würde jedes Mal, wenn er etwas Druck ablässt, auf diese Weise nur noch mehr neuer Sauerstoff hereingelassen. Und dieser Sauerstoff sorgt dafür, dass das Feuer letztendlich nur noch umso heftiger lodert.*

»Du lässt Fabre und dem Rest immer noch keine Ruhe, oder?«, fragte er schließlich.

»*Du* bist doch der Sicherheitsexperte«, gab Simões sofort zurück, doch in seiner Stimme schwang nur ein Hauch Zorn mit. »Du liest doch jetzt schon sämtliche meiner E-Mails und Memos und dergleichen, oder etwa nicht?«

»Na ja ... ja«, gab McBryde zurück.

»Dann weißt du die Antwort auf die Frage doch schon, nicht wahr?«, forderte Simões ihn heraus.

»Eine Frage wie diese nennt man in Gesprächen eine ›einleitende Bemerkung‹«, erwiderte McBryde mit ein wenig Nachdruck. »Eine Methode, einen wichtigen Gesprächspunkt aufs Tapet zu bringen, dabei aber immer noch ein Mindestmaß an Takt beizubehalten.«

»Oh.« Kurz wandte Simões den Blick ab, dann zuckte er mit den Schultern. »Na ja, dann ... jou. Ich lasse sie immer noch ... wissen, wie ich darüber denke.«

»Irgendwie habe ich das Gefühl, dass sie allmählich zumindest eine grobe Vorstellung davon haben dürften«, erwiderte McBryde trocken, und Simões überraschte sie beide damit, dass er kurz auflachte. Es war ein *raues* Lachen, aber immerhin war es echt.

Trotzdem war das Thema eigentlich gar nicht dazu angetan, zum Lachen zu reizen. Simões hatte noch nicht ganz den Punkt erreicht, an dem er in seinen E-Mails, die er Martina Fabre zweimal wöchentlich sandte, Drohungen ausstieß, doch das Ausmaß seines Zorns – seines *Hasses*, um ein ehrlicheres und treffenderes Wort dafür zu verwenden – war zwischen den Zeilen lesbar. Tatsächlich hatte McBryde Fabre heimlich geraten, zusätzliche Vorsichtsmaßnahmen zu treffen. Wäre der Mann, der diese Nachrichten verschickte, auch nur einen Deut weniger wichtig für die militärische Forschung des Alignments gewesen, dann hätte man ihn womöglich schon längst festgenommen. Zumindest ihn unter zusätzliche Überwachung gestellt, aus reiner Vorsicht ... nur dass er natürlich bereits längst unter zusätzlicher Überwachung *stand.*

Das Ganze hat eine gewisse Ähnlichkeit mit einem Erdrutsch, den man sich in Zeitlupe ansieht, dachte McBryde. Und in mancherlei

Hinsicht machten Simões' schiere Brillanz, seine geistige Beweglichkeit, sein Konzentrationsvermögen und seine Sturheit, die ihn zu einem der wichtigsten Forscher des Alignments machten, alles nur noch schlimmer. Ob er nun wollte oder nicht, der Hyperphysiker führte seine Kampagne, Fabre und den Mitgliedern des Ausschusses für Langfristige Planung deutlich seinen Hass und seinen Ärger wissen zu lassen, mit dem gleichen konzentrierten Unwillen, der ihn auch ansonsten auszeichnete. In gewisser Hinsicht war diese Kampagne alles, was ihn noch zusammenhielt, das Einzige, was ihm noch Antrieb verlieh – und den Willen –, sich weiterhin der Wüstenlandschaft zu stellen, in die sich der Rest seines Lebens verwandelt hatte.

Doch nicht einmal das reichte aus, um den schleichenden Zusammenbruch aufzuhalten. Es geschah nicht über Nacht. Das Schicksal war dazu nicht *gnädig* genug. Doch trotz aller Bemühungen, Herlander Simões zu retten, verfiel der Wissenschaftler innerlich immer weiter, langsam aber unaufhörlich. Es war ihnen lediglich gelungen, diesen Verfall zu verlangsamen, und Simões' Therapeutin gestand McBryde auch zu, dass er den Löwenanteil dabei geleistet hatte.

Ich glaube nicht, dass irgendetwas ihn aufhalten kann, dachte McBryde düster. *Ich denke, er wird von seiner eigenen Unfähigkeit angetrieben, irgendetwas zu erreichen. Ich* habe *diese E-Mails gelesen, deswegen weiß ich ganz genau, was er Fabre geschrieben hat. Und wäre ich an ihrer Stelle, hätte ich schon längst verlangt, Simões in Vorbeugehaft zu nehmen. Und als Mitglied des ALP bekommt sie* immer, *was sie verlangt. Ich frage mich, warum sie es noch nicht getan hat! Natürlich ist es durchaus möglich, dass er ihr einfach leidtut. Dass sie sich tatsächlich dafür verantwortlich fühlt, die Umstände geschaffen zu haben, die jetzt sein ganzes Leben zerstören. Aber er hat so viel* Zorn *in sich, irgendjemanden für das zu strafen, das seiner Tochter widerfahren ist – jemand anderen als sich selbst, oder vielleicht noch* zusätzlich *zu sich selbst. Eines Tages wird er versuchen, sie umzubringen, oder jemand anderen aus dem Ausschuss. Und* das *wird dann das Ende sein.*

Wenn dieser Tag irgendwann käme, das wusste McBryde, wäre es seine Aufgabe, Simões aufzuhalten – und dieses Wissen nagte an ihm. Es nagte an seinem Mitgefühl und an seinen eigenen Zweifeln.

Denn in Wahrheit hat Bardasano tatsächlich Recht damit, wie rasch Prometheus näher rückt, dachte er. *Ich hätte niemals damit gerechnet, dass es noch zu meinen Lebzeiten so weit kommen würde – was ziemlich dumm von mir war, wenn man bedenkt, wie jung ich noch bin und wie viel ich darüber weiß, was unter den verschiedenen Schalen der ›Zwiebel‹ tatsächlich abgelaufen ist. Aber wir arbeiten schon so lange auf diesen Moment hin, dass ich rein emotional niemals begriffen habe,* ich *könne derjenige sein, der es wirklich miterleben wird. Und jetzt* weiß *ich, dass es so sein wird … und Herlander hat jeden einzelnen Zweifel aufgeführt, von dessen Existenz ich bislang nicht einmal selbst richtig gewusst habe, nicht wahr?*

Wie viele weitere ›Herlanders‹ wird der Ausschuss noch erzeugen? Wie viele Menschen – und bloß weil sie ›Normale‹ *sind, heißt das noch lange nicht, sie wären keine* Menschen, *verdammt noch mal! – werden sich selbst früher oder später in genau der Situation vorfinden, in der jetzt Herlander steckt? Verflucht, wie viele Millionen oder Milliarden Menschen werden wir letztendlich töten müssen, einfach nur, damit der Ausschuss für Langfristige Planung die ganze Menschheit in das Hochland genetischer Überlegenheit führen kann? Und inwieweit sind wir wirklich bereit, uns der Herausforderung zu stellen, die Leonard Detweiler uns entgegengeschleudert hat: jedes einzelne Mitglied der menschlichen Spezies zum Gipfel seiner Leistungsfähigkeit zu treiben? Werden wir das wirklich tun? Es wird natürlich immer noch ein paar Gamma-Linien geben. Es ist doch ganz offensichtlich, dass wir* ohne die *nicht auskommen werden, oder? Dafür werden wir reichliche Gründe finden, und einige dieser Gründe werden sogar stichhaltig sein! Aber was ist mit den Sklaven von Manpower? Werden wir die wirklich wie unseresgleichen behandeln … abgesehen von der unerfreulichen Notwendigkeit natürlich, dass wir bestimmen müssen, welche Kinder zu haben man ihnen zugestehen wird? Angenommen, natürlich, ihre Chromosomen sind hinreichend vielversprechend, dass man ihnen* überhaupt *gestatten wird, Kinder zu haben. Und wenn wir sie nicht wie unseresgleichen behandeln – und du weißt verdammt genau, dass das nicht geschehen wird! –, werden die Kinder, die wir ihnen zugestehen, niemals über die Stufe Gamma hinauskommen? Und wer zur Hölle sind wir, dass wir uns anmaßen, einer ganzen Galaxis zu sagen, alles müsse so laufen, wie* wir *das sagen? Ist das nicht genau das, was uns so lange an Beowulf gestört hat? Weil diese scheinheiligen Mistkerle darauf beharrt haben,* wir *könnten unsere Sachen nicht so machen, wie wir das wollten? Weil sie uns gesagt haben, was* wir *tun sollten? Denn genau darauf läuft es letzten Endes hinaus, wie hehr die Motive auch sein mögen, die wir uns selbst zuschreiben.*

Mehrere Sekunden lang starrte er nur die Bierflasche an, die vor ihm auf dem Tisch stand, dann hob er den Kopf wieder und blickte Simões in die Augen.

»Weißt du, Herlander«, sagte er im beiläufigen Gesprächston, »es werden genau diese Schreiben an Fabre sein, die dir letztendlich den Boden unter den Füßen wegziehen. Das ist dir doch auch klar, oder?«

»Jou.« Simões zuckte mit den Schultern. »Aber ich werde ihr das nicht einfach so durchgehen lassen, Jack. Vielleicht kann ich ja wirklich nichts tun, was sie davon abhalten würde, genau das Gleiche mit einer weiteren Frankie zu machen, und vielleicht kann ich auch nichts tun, um ... um es dem System heimzuzahlen. Ach verdammt, ich nehme sogar hin, dass ich das nicht kann! Aber ich kann wenigstens dafür sorgen, dass sie weiß, wie wütend ich bin, und auch, warum das so ist. Und ihr genau das zu sagen ist der einzige Trost, den ich wohl überhaupt noch habe, oder nicht?«

»Ich weiß zufälligerweise, dass es in dieser Küche hier keine Überwachungsgeräte gibt.« McBryde lehnte sich in seinem Sessel zurück, und sein Tonfall klang beinahe schon humorig. »Aber gleichzeitig solltest du zumindest darüber nachdenken, ob es wirklich ratsam ist, jemandem vom Sicherheitsdienst gegenüber zu erzählen, dass du ›es dem System heimzahlen‹ willst. Bei uns in der Branche nennt man das eine ›unverhohlene Drohung‹.«

»Und du hast nicht schon vorher gewusst, dass ich so denke?« Simões lächelte ihn allen Ernstes an! »Außerdem bist du der Einzige, dem ich so etwas sagen und mich dann darauf verlassen kann, dass es *nicht* dem Sicherheitsdienst gemeldet wird. Abgesehen davon sollst du doch dafür sorgen, dass ich so lange wie irgend möglich noch schön in der Spur bleibe. Also denke ich mir, du wirst mich nicht als Sicherheitsrisiko melden – mit so einem Schritt würdest du deine Vorgesetzte wohl gewaltig überraschen, könnte ich mir denken –, solange du aus mir auch nur ein bisschen anständige Arbeit für das Center herausholen kannst.«

»Du weißt, dass da nicht mehr alles so nach dem alten Fahrplan läuft, oder, Herlander?«, fragte McBryde mit leiser Stimme nach, und einen Moment lang hob der Hyperphysiker den Blick und schaute ihm in die Augen.

»Jou«, bestätigte Simões nach kurzem Schweigen, und auch er sprach sehr leise. »Jou, das weiß ich, Jack. Und« – wieder lächelte er, doch dieses Lächeln hätte selbst einer Statue das Herz brechen können – »ist das nicht wirklich eine tolle Galaxis, wenn der einzige echte Freund, den ich überhaupt habe, mich über kurz oder lang als unannehmbares Sicherheitsrisiko festnehmen muss?«

Kapitel 2

»Ich denke, wir sollten mit Admiral Harrington reden«, sagte Victor Cachat. »Und das so schnell wie möglich – also werden wir sie da aufsuchen, wo sie sich derzeit aufhält, und keine Zeit darauf verschwenden, für ein Treffen auf neutralem Grund und Boden zu sorgen.«

Anton Zilwicki starrte ihn an. Thandi Palane tat es ihm gleich.

Und ebenso die anderen: Queen Berry, Jeremy X, Web Du Havel und Prinzessin Ruth.

»Und da heißt es, *ich* sei völlig verrückt!«, rief Ruth aus. »Victor, das ist *unmöglich!*«

»Es heißt, Harrington befinde sich bei Trevors Stern«, erklärte Zilwicki. »Um genau zu sein, hat sie das Kommando über die Achte Flotte inne. Was glaubst du denn, wie die Chancen stehen, dass sie zustimmt, einen havenitischen Agenten an Bord ihres Flaggschiffes zu lassen?«

»Eigentlich sogar ziemlich gut, wenn alles, was ich bislang über sie erfahren habe, wirklich den Tatsachen entspricht«, gab Victor zurück. »Ich mache mir eher Gedanken darum, wie ich Haven davor schützen kann, aus mir irgendwelche Informationen herauspressen zu lassen – für den Fall, dass sie die harte Tour fahren will.«

Er warf Zilwicki einen Blick zu, den man mit dem Wort ›verletzt‹ beschrieben hätte – wenn es um eine andere Person als Victor gegangen wäre. »Ich möchte darauf hinweisen, dass *ich* der Einzige bin, der hier irgendwelche echten Risiken einginge – nicht du und ganz gewiss nicht Admiral Harrington. Aber damit lässt sich leicht genug umgehen.«

»Wie?«, fragte Berry. Sie warf Ruth einen um Entschuldigung bittenden Blick zu. »Nicht, dass ich glaube, die Manticoraner würden ihr Wort brechen, wenn sie Ihnen freies Geleit zusichern – vorausgesetzt natürlich, dass sie das zuvor auch tun. Aber Sie können unmöglich sicher sein, dass es wirklich so kommt, und wenn die Sie erst einmal in den Fingern haben ...«

Zilwicki seufzte. Palane zog eine Miene, als könne sie sich nicht entscheiden, ob sie einfach nur sehr unglücklich angesichts von Victors Entscheidung sein solle oder schlichtweg stinkwütend auf ihn.

»Machst du Witze? Wir reden hier von Cachat, dem ›tollwütigen Hund‹, Berry!«, sagte Thandi. Ihr Tonfall klang wahrlich nicht danach, als spreche sie hier von der Liebe ihres Lebens. Vielmehr erinnerte er an das Schaben einer Feile, die gerade sehr feine Späne abhobelt. »Er wird damit in der gleichen Art und Weise ›umgehen‹, wie dieser mutmaßliche Manpower-Agent Ronald Allen damit umgegangen ist. Selbstmord.«

Cachat schwieg. Doch sein Gesichtsausdruck verriet unverkennbar, dass Thandi mit ihrer Vermutung ins Schwarze getroffen hatte.

»Victor!«, protestierte Berry.

Doch Anton wusste, wie schwierig es war, Victor Cachat etwas auszureden, wenn dieser erst einmal eine Entscheidung getroffen hatte. Und um der Wahrheit die Ehre zu geben: Anton war auch nicht gewillt, es überhaupt zu versuchen. Es war noch nicht einmal einen ganzen Tag her, dass sie nach Torch zurückgekehrt waren und von diesem Attentat auf Berry erfahren hatten, das sich vor drei Tagen ereignet hatte. Anton Zilwicki war so wütend wie vielleicht noch nie zuvor in seinem Leben – und Cachats Vorschlag hatte den zumindest emotional gesehen immensen Vorteil, dass sie irgendetwas Konkretes würden unternehmen können ... und das *jetzt gleich.*

Und selbst wenn man jegliche emotionalen Aspekte außer Acht ließ, hatte Victors Vorschlag immer noch einige äußerst reizvolle Aspekte. Wenn sie Honor Harrington tatsächlich dazu bringen könnten, sich mit ihnen zu treffen – und dieses ›wenn‹ war natürlich ein äußerst ungewisses ›falls‹! –, dann hätten sie endlich Kontakt zu einer der wichtigsten Führungspersönlichkeiten von Manticore geknüpft. Einem Anführer, der, zumindest was Haven betraf – soweit Anton das beurteilen konnte – die allgemeine im Sternenkönigreich herrschende Einstellung und Meinung mit einer gewissen Skepsis betrachtete.

Aber selbst wenn Anton Recht hatte, war es natürlich immer noch verwegen davon auszugehen, sie werde jemanden in ihre Nähe lassen, von dem bekannt war, dass er als Agent im Dienste von Haven stand – als Agent, der zwar kein richtiger ›Attentäter‹ war, diesem aber doch schon erschreckend nahekam, gerade angesichts der Tatsache, dass vor noch nicht einmal sechs T-Monaten ein Anschlag auf Herzogin Harrington selbst verübt worden war.

Andererseits ...

Mittlerweile hatten Anton und Victor den Punkt erreicht, an dem sie, zumindest wenn es um berufliche Dinge ging, praktisch die Gedanken des jeweils anderen lesen konnten. Deswegen war Zilwicki nicht im Mindesten überrascht, als Victor sagte: »Anton, es wird gerade die Offenheit sein, mit der wir uns ihr nähern, die Harrington am ehesten dazu bewegen wird, zuzustimmen. Was auch immer ich im Schilde führen mag, sie wird wissen, dass ich nicht herumschleiche – und ganz anders als bei diesem Attentat, das auf sie verübt wurde, werde ich geradewegs und offen an sie herantreten. Und angesichts des Schutzes, unter dem sie steht – ganz zu schweigen von ihrem Ruf als versierte Nahkämpferin – wird das wohl kaum eine echte Gefahr darstellen.«

Er spreizte die Hände und blickte an sich herab; dabei lächelte er so engelsgleich, wie Victor Cachat es eben nur zustande brachte. Was zugegebenermaßen jeden Heiligen dann doch immens bestürzt hätte. »Ich meine, sieh mich doch mal an: Ist das etwa der Körperbau eines tödlichen Attentäters? Und auch noch eines *unbewaffneten* Attentäters, schließlich wird sie in der Lage sein, jegliche Waffen, die ich bei mir trage, sofort zu erkennen und darauf bestehen, dass ich sie ablege.«

Zilwicki verzog das Gesicht. »Kennt hier irgendjemand einen guten Zahntechniker? Und er muss sofort zur Verfügung stehen – *und* sich mit archaischen Techniken wie dem Ziehen von Zähnen auskennen.«

Berry legte die Stirn in Falten. »Warum brauchst du einen Zahntechniker?«

»Er schlägt nur gerade vor, was *ich* tun sollte, Berry. Mir einen Zahn mit Giftfüllung einsetzen lassen. Und das ist einfach albern.« Abschätzig schnalzte Victor mit der Zunge. »Ich muss dir sagen, Anton, dass auf *diesem* Gebiet der Technik Haven Manticore weit voraus ist. Und Manpower anscheinend auch.«

Thandi Palane blickte ihn mit zusammengekniffenen Augen an. »Victor, willst du mir etwa erzählen, dass du standardmäßig Selbstmordgerätschaften bei dir hast?« Ihr Tonfall hatte zwar noch nicht ganz den absoluten Nullpunkt erreicht, aber Eiswürfel hätte sie damit augenblicklich erzeugen können. »Wenn das wirklich so ist, wäre ich darüber nicht sonderlich erbaut. Und ich wäre es nicht einmal dann, wenn wir nicht jede Nacht das Bett teilen würden.«

Kurz warf Cachat ihr ein beruhigendes Lächeln zu. »Nein, nein, natürlich nicht! Ich werde noch etwas bei unserer Station auf Erewhon abholen müssen. Aber auf dem Weg zu Trevors Stern müssen wir ohnehin bei Erewhon vorbei.«

Während sie den Palast verließen, um sich an die Vorbereitungen zu machen, murmelte Anton: »Nett abgelenkt, Victor.«

Vielleicht blickte Cachat wirklich ein wenig peinlich berührt drein. Aber wenn dem so war, dann nur eine Winzigkeit – eine *klitzekleine* Winzigkeit.

»Hör mal, ich bin doch nicht verrückt! *Natürlich* habe ich das Ding nicht dabei, wenn ich ins Bett gehe. Ich bewahre es nicht einmal im Schlafzimmer auf. Aber ... was hätte es denn für einen Sinn, so ein Selbstmordgerät in einem anderen Sonnensystem aufzubewahren? Selbstverständlich habe ich das Ding sonst immer bei mir. Schon seit Jahren!«

Zilwicki schüttelte zwar nicht den Kopf, aber er war doch ernstlich versucht, genau das zu tun. Es gab Momente, in denen Victor ihm wie ein Alien aus einer gänzlich fremden Galaxie vorkam, mit einer emotionalen Struktur, die der von Menschen nicht einmal ansatzweise ähnelte. Es war ganz offensichtlich, dass Cachat der Ansicht war, es sei völlig vernünftig – und ein gänzlich gewöhnliches Verhalten für einen jeden kompetenten Geheimagenten – immer und überall ein Selbstmordwerkzeug bei sich zu haben. Er käme genauso wenig auf den Gedanken, ohne dieses Spielzeug aus dem Haus zu gehen, wie ein anderer Mann einfach vergessen könnte, sich Schuhe anzuziehen.

Tatsächlich jedoch hing einzig und alleine der Geheimdienst von Haven dieser Vorgehensweise an – und auch wenn Anton es natürlich nicht genau wissen konnte, so war er sich doch recht sicher, dass dies nicht einmal bei den Haveniten der Alltagsroutine entsprach. Nicht einmal zu der Zeit, da Saint-Just noch den Laden am Laufen gehalten hatte. Selbstmordgerätschaften wurden Agenten nur in Ausnahmefällen zur Verfügung gestellt, bei Aufträgen, die ganz besonders heikel waren. *Natürlich* wurden sie nicht verteilt wie Lutschbonbons!

Andererseits stellte, als hätte Anton diesbezüglich einer Erinnerung bedurft, Victor damit eben noch einmal deutlich heraus, dass er eben Victor Cachat war.

»Einzigartig«, murmelte er.

»Wie bitte?«

»Ach, egal, Victor.«

Hugh fuhr sich durch die Haare. Das war eine Geste, die er normalerweise nur dann vollführte, wenn er zornig war. Und das …

Traf hier zu, und gleichzeitig wieder auch nicht. Das alles war ziemlich verwirrend – und Hugh Arai verabscheute es, verwirrt zu sein.

»Ich begreife immer noch nicht, warum du so darauf beharrst …«

»Jetzt hör schon auf, Hugh!«, fauchte Jeremy X. »Du weißt ganz genau, warum ich dich hier gerade nach Kräften unter Druck setze. Erstens weil du nun einmal der Beste bist.«

»Ach, das ist doch Unfug! Es gibt in der Galaxis reichlich Leute im Sicherheitsdienst, die besser sind als ich.«

Den stechenden Blick, den Jeremy ihm zuwarf, musste man gesehen haben, sonst hätte man ihn für unmöglich gehalten.

»Na ja … also gut, meinetwegen. Allzu viele sind es wahrscheinlich dann doch nicht, und auch wenn ich es für schlichtweg lächerlich halte, wenn ich behaupte, ›ich bin der Beste‹, trifft es vermutlich zu …«

Er ließ die Stimme verebben. Web Du Havel beendete den Satz: »Dass niemand besser ist als du.«

Hugh warf dem Premierminister von Torch einen recht unfreundlichen Blick zu. »Das ist nicht beleidigend gemeint, Web, aber wann genau sind *Sie* eigentlich zu einem Experten auf dem Gebiet der Sicherheit geworden?«

Du Havel grinste nur. »Das bin ich nicht, und ich habe auch niemals Gegenteiliges behauptet. Aber das brauche ich auch nicht zu sein, schließlich …« – mit dem Daumen wies er auf Jeremy – »… habe ich meinen Kriegsminister, der Jahr um Jahr bewiesen hat, dass er praktisch jedes nur erdenkliche Sicherheitssystem zu überwinden vermag. Also kann ich auf sein Wort bauen, wenn es um derartige Dinge geht.«

Dem konnte man schwerlich etwas entgegensetzen.

Jeremy wartete gerade lange genug ab, um sich sicher sein zu können, dass Hugh sich genau das zumindest innerlich auch selbst eingestanden hatte. Vielleicht war es ja ein ›Eingeständnis durch störrisches Schweigen‹ – aber es *war* ein Eingeständnis, und das wussten sie beide.

»Der zweite Grund ist genau so wichtig«, fuhr er dann fort. »Normalerweise würden wir uns für etwas Derartiges an den Ballroom wenden. Aber angesichts dessen, was wir jetzt wissen, vor allem durch diesen Ronald-Allen-Zwischenfall, können wir das nicht tun. Ich bezweifle, dass Manpower ernstlich viele Agenten in den Ballroom oder die Regierungskreise von Torch hat einschleusen können. Aber es scheint fast sicher, dass für sämtliche Agenten, die es dort geben mag, ein Attentat auf die Königin ganz oben auf der Liste stehen dürfte.«

Er hielt inne und wartete darauf, dass Hugh ihm entweder zustimmte oder widersprach. Nein, mit seinem Schweigen *zwang* er Hugh praktisch dazu, das eine oder andere zu tun.

Da die Antwort eindeutig war, nickte Hugh. »In dieser Hinsicht will ich mich ja gar nicht mit dir anlegen. Und deine Schlussfolgerung ist jetzt . . . ?«

»Ganz offensichtlich müssen wir ein Sicherheitsteam auf die Beine stellen, das nicht das Geringste mit dem Ballroom zu tun hat und auch nicht auf die Mitarbeit ehemaliger Gensklaven angewiesen ist.«

Hugh sah einen leichten Hoffnungsschimmer aufblitzen.

»Na ja, wenn das so ist, sollte ich vielleicht noch einmal darauf hinweisen, dass *ich ebenfalls* ein ehemaliger Gensklave bin, deswegen scheint mir . . .«

»*Jetzt hör schon auf!*« Diese Worte kamen einem Brüllen näher, als es Hugh jemals zuvor bei Jeremy erlebt hatte. Das normale Verhalten dieses Mannes – und auch der Verhaltensstil, den er selbst stets vorzog – war eher ›humorig‹ als ›wild‹.

Jeremy blickte ihn finster an. »*Du* zählst nicht, und der Grund dafür ist ebenfalls offensichtlich – und du kennst ihn genauso gut wie ich. Für *dich* kann ich bürgen, seit du fünf Jahre alt geworden bist, und wenn man *mir* nicht vertrauen kann, dann sind wir hier alle sowieso am Arsch, schließlich bin ich verdammt noch eins hier der Kriegsminister! Jetzt lasst uns bloß nicht durchdrehen. Aber selbst wenn du die Leitung übernimmst, möchte ich doch, dass der gesamte Rest des Teams von Beowulf stammt.«

Noch während er seine Einwände vorbrachte, hatte er schon über das Problem nachgedacht. Auf einem Nebenkanal, sozusagen. Jeremy hätte ihm wirklich nicht zu erklären brauchen, welche Vorzüge es hätte, ein Sicherheitsteam einzusetzen, das bislang noch keinerlei Verbindungen nach Torch oder zum Ballroom geknüpft hatte. Das war von Anfang an offensichtlich gewesen. Und die Lösung für *dieses* Problem war ebenso offensichtlich – wenn es sich denn bewerkstelligen ließe.

»Am besten wäre es wohl, einfach dafür zu sorgen, dass das Biological Survey Corps mich und mein Team auf Dauer nach Torch abstellt.«

Jeremy nickte. »Endlich. Jetzt denkt der Bursche wieder klar!«

Web Du Havel blickte sie nacheinander an. »Ich hatte nicht den Eindruck, das BSC habe sich auf Sicherheitsfragen spezialisiert.«

Hugh und Jeremy lächelten völlig gleichzeitig. »Na ja, das haben sie auch nicht. An sich nicht«, sagte Jeremy. »Hier spricht eher meine eigene Erfahrung auf diesem Gebiet.« Web verdrehte die Augen. »Mit anderen Worten: Du hast keine Ahnung von Sicherheitsmaßnahmen, außer wie man sie umgeht.«

»Das trifft es ziemlich gut«, sagte Hugh. »Wenn man mich

einmal außen vor lässt, dann könnte man wohl annehmen, die Fertigkeiten meines Teams entsprechen ungefähr denen der Gegenseite. Aber das ist mehr als genug, Web. Und da sie überhaupt nicht mehr auf dem neuesten Stand gehalten werden, was Torch oder den Ballroom betrifft, brauchen wir uns keine Sorgen zu machen, man könnte sie unterwandert haben.«

»Damit bleibt immer noch das Problem, dass es mit der Vorgehensweise bei den letzten Attentaten – ob nun erfolgreich oder nicht – möglich sein könnte, alles einfach zu umgehen.«

Hugh schüttelte den Kopf. »Ich glaube nicht an Zauberkräfte, Jeremy, und du auch nicht. Ich selbst denke ja, dass Manpower hinter all dem steckt – auch wenn ich zugebe, dass das nur an meiner eigenen Voreingenommenheit liegen könnte. Trotzdem: Wie auch immer die Methode nun eigentlich funktioniert, das riecht einfach nach etwas auf biologischer Basis. Abgesehen von Beowulf hat Manpower auf diesem Gebiet die größte Erfahrung in der ganzen Galaxis – und teilweise kann nicht einmal Beowulf ihnen das Wasser reichen. Aber wer auch immer letztendlich dahintersteckt, man *kann* es abwehren, wenn wir erst einmal herausgefunden haben, wer dahintersteckt. Und in der Zwischenzeit ...«

Nun klang er sehr grimmig. »Mir fällt zumindest eine Methode ein, mit der wir für Berrys Sicherheit sorgen können, solange wir noch im Dunkeln tappen. Aber *gefallen* wird ihr das sicher nicht.«

Web wirkte ein wenig beunruhigt. »Wenn es darauf hinausläuft, sie irgendwo einzuschließen, Hugh, dann können Sie das gleich wieder vergessen. Selbst jetzt, wo sie sich relativ umgänglich zeigt, eben weil Lara und die anderen gestorben sind, halte ich es für absolut ausgeschlossen, dass Berry sich dazu bereiterklären wird.«

»Daran habe ich auch nicht gedacht – aber ob es ihr nun passt oder nicht, sie *wird* einen Großteil der Zeit von allen anderen abgeschirmt sein. Das bedeutet nicht, dass sie sich überhaupt nicht frei bewegen darf, aber ... nennen wir es ›Sicherheit durch extreme Unbarmherzigkeit‹. Aber ich kenne Berry gut genug, um schon jetzt zu wissen, dass es ihr wirklich schwerfallen wird, sich diesen Vorsichtsmaßnahmen zu unterwerfen.«

»Natürlich ist diese ganze Diskussion hier höchstwahrscheinlich völlig nutzlos, weil mir kein einziger Grund einfällt, weswegen das BSC irgendwelchen der Dinge, die hier besprochen wurden, zustimmen sollte. Eine ganze Kampfgruppe abkommandieren, die dann einer fremden Sternnation dienen soll – und das für einen nicht näher bestimmbaren, vermutlich aber längeren Zeitraum? Du träumst doch wohl, Jeremy!«, sagte Hugh.

Nun war es an Jeremy und Du Havel, gleichzeitig zu lächeln. »Warum überlassen Sie diese Sorge nicht einfach uns?«, entgegnete Web. »Vielleicht können wir ja etwas arrangieren.«

»Klar«, sagte Prinzessin Ruth. »Soll ich die Aufzeichnung auch für meine Eltern machen, nicht nur für meine Tante? Ich würde ja empfehlen, auch Mom und Dad einzubeziehen. Tante Elizabeth wäre ziemlich sauer, wenn das irgendjemand laut aussprechen würde, aber in Wahrheit kann mein Vater ihr praktisch alles abschmeicheln. Und da jegliche Sicherheitsmaßnahmen, die Berry schützen sollen, sich auch auf mich auswirken werden, wird er sich wahrscheinlich ganz besonders anstrengen.«

Web und Jeremy blickten einander an. »Wie Sie meinen, Ruth. Sie sind die Expertin hier.«

»Na, dann okay.« Ruth schürzte die Lippen. »Jetzt muss ich mir noch überlegen, was am besten funktioniert. Mit ›Tränen in den Augen‹, oder doch lieber ›so beharrlich, dass es fast schon an kindliche Respektlosigkeit grenzt‹?«

»Warum bist du dir so sicher, dass Manticore genug Einfluss auf Beowulf hat?«, fragte Jeremy später.

»Dafür fallen mir mindestens vier Gründe ein«, erwiderte Web. »Der einfachste davon ist, dass du, auch wenn du reichlich Zeit mit Beowulfianern verbracht haben magst, anscheinend noch nicht ganz erkannt hast, wie tief und unnachgiebig der Hass ist, den die Elite von Beowulf auf Manpower verspürt. Für die ist dieser Krieg, mehr noch als für manche Exsklaven wie uns, etwas zutiefst Persönliches. Da treffen zwei Gruppen aufeinander, die einen tiefen Groll hegen.«

»Das alles ist doch schon Jahrhunderte her, Web. Mehr als ein halbes Jahrtausend! Wer kann denn *derart* lange einen Groll hegen? Ich glaube nicht, dass ich zu so etwas in der Lage wäre, und von mir ist ja nun allgemein bekannt, dass ich ein echter Fanatiker bin.«

Leise lachte Web in sich hinein. »Ich weiß von mindestens acht Projekten auf Beowulf, in denen es darum geht, evolutionäre Effekte zu studieren, und jedes einzelne davon wurde innerhalb der ersten fünf Jahre nach der Besiedelung des Planeten gestartet – vor fast eintausendachthundert Jahren. Wenn Biologen erst einmal ein gewisses Maß an Hingabe und Aufopferungsbereitschaft entwickelt haben, sind sie eigentlich kaum noch zurechnungsfähig.«

Er schüttelte den Kopf. »Aber lassen wir das. Ein weiterer Grund ist, dass Manticore beachtlichen Druck auf Beowulf ausüben kann. Vielleicht sollte man es lieber ›Einfluss nehmen‹ nennen. Und umgekehrt gilt natürlich das Gleiche. Die Beziehungen zwischen diesen beiden Sternnationen sind deutlich enger, als den meisten bewusst ist.«

Jeremy wirkte immer noch ein wenig skeptisch. Doch er ging der Sache nicht weiter nach. Schließlich war das hier Web Du Havels Fachgebiet.

Kapitel 3

Das Kriegsschiff, das aus dem Trevors-Stern-Terminus des Manticoranischen Wurmlochknotens drang, sendete keinen manticoranischen Transpondercode und auch keinen graysonitischen oder andermanischen. Dennoch wurde ihm der Transit gestattet, denn sein Code wies es als dem Königreich Torch zugehörig aus.

Die Einheit als ›Kriegsschiff‹ zu bezeichnen war vielleicht allzu großzügig, denn es handelte sich um eine Fregatte – ein Schiff einer solch kleinen Klasse, dass keine größere Raummacht sie seit über fünfzig T-Jahren mehr baute. Allerdings war es ein sehr modernes Schiff, keine drei T-Jahre alt, und von manticoranischer Fertigung, vom Hauptmann-Kartell für die Anti-Sklaverei-Liga gebaut.

Was, wie jedermann wusste, tatsächlich bedeutete, dass das Schiff für den Audubon Ballroom gefertigt worden war, und zwar vor dessen Sprung in die Ehrbarkeit. Diese besondere Fregatte – TNS *Pottawatomie Creek* – war recht berühmt, um nicht zu sagen berüchtigt, weil es das persönliche Transportmittel eines gewissen Anton Zilwicki war, ehemals Captain Ihrer Manticoranischen Majestät Navy.

Der Mordanschlag auf Zilwickis Tochter war im ganzen Sternenkönigreich bekannt, und in der augenblicklichen blutgierigen manticoranischen Stimmung machte niemand irgendwelche Probleme, als die *Pottawatomie Creek* die Erlaubnis erbat, sich HMS *Imperator* zu nähern und zwei Besucher überzusetzen.

»Hoheit, Captain Zilwicki und ... ein Gast«, verkündete Commander George Reynolds.

Honor brach das Sinnieren über die am nächsten treibenden Einheiten unter ihrem Kommando ab und zog eine Augenbraue hoch, als sie die eigenartige Färbung von Reynolds' Empfindungen wahrnahm. Sie hatte sich entschieden, sich so rasch wie möglich mit Zilwicki zu besprechen, und hatte ihn darum von Reynolds empfangen und in die relativ kleine Beobachtungskuppel gleich achtern vom vorderen Hammerkopf der *Imperator* führen lassen. Dort bot sich eine spektakuläre Panoramasicht, aber die Kuppel lag deutlich außerhalb ihrer Kajüte oder der offiziellen Umgebung der Flaggbrücke.

Nun allerdings veranlasste das eigenartige Kräuseln in Reynolds' Geistesleuchten sie zu der Frage, ob Zilwicki nicht vielleicht genauso froh wie sie sei, die ›inoffizielle‹ Natur des Besuches zu wahren. Reynolds, der Sohn eines befreiten Gensklaven, war ein begeisterter Befürworter des großen Experiments im Congo-System und, man brauchte es kaum zu erwähnen, ein Bewunderer von Anton Zilwicki und Catherine Montaigne. Unmittelbar vor Honors Einsatz im Marsh-System hatte der Commander mit Zilwicki sehr eng zusammengearbeitet, und er hatte sich sehr gefreut, als sie ihn bat, Zilwickis Kutter zu empfangen. Jetzt allerdings wirkte er fast ein wenig ... besorgt. Nein, das war nicht ganz das richtige Wort, aber es kam der Sache nahe, und Honor bemerkte, wie Nimitz' Interesse erwachte, als der Kater sich auf der Sessellehne, zu voller Größe aufrichtete.

»Captain«, sagte sie und reichte Zilwicki die Hand.

»Hoheit.« Zilwickis Stimme dröhnte so tief wie immer, aber sie klang ein wenig schroff. Abgehackt. Und als sie sich ihm ganz zuwandte, schmeckte sie einen brodelnden Zorn, den er hinter seinem augenscheinlich ruhigen Äußeren verbarg.

»Mir hat es sehr leidgetan, als ich hörte, was auf Torch passiert ist«, sagte Honor ruhig. »Aber ich bin froh, dass Berry und Ruth unversehrt davongekommen sind.«

»›Unversehrt‹. Das ist ein interessantes Wort, Hoheit«, brummte Zilwicki in einer Stimme, die wie kullernder gryphonischer Granit rumpelte. »Berry wurde nicht verletzt, nicht physisch, aber ich finde nicht, dass sie wirklich ›unversehrt‹ geblieben ist. Sie macht sich Vorwürfe, obwohl sie es nicht bräuchte, und sie ist einer der vernünftigsten Menschen, die ich kenne. Nicht so sehr wegen Laras Tod oder der vielen anderen Menschen, die ihr Leben verloren haben, sondern weil sie davongekommen ist. Und auch, glaube ich, wegen der Art, wie Lara starb.«

»Es tut mir leid, das zu hören«, sagte Honor und verzog das Gesicht. »Mit *Survivor's Guilt* hatte ich auch schon ein- oder zweimal zu tun.«

»Sie steht das schon durch, Hoheit«, sagte der verärgerte Vater. »Wie gesagt, sie ist einer der geistig gesundesten Menschen, die ich kenne. Aber dieses Erlebnis wird seine Narben hinterlassen, und ich hoffe, sie zieht daraus die richtigen Lehren.«

»Das hoffe ich auch, Captain«, sagte Honor voll Aufrichtigkeit.

»Und wo wir davon sprechen, die richtigen Lehren zu ziehen – oder *Schlüsse,* wie ich vielleicht sagen sollte«, entgegnete er: »Ich muss mit Ihnen darüber reden, was geschehen ist.«

»Ich wäre dankbar für jeden Einblick, den Sie mir gewähren können. Aber sollten Sie nicht eher mit Admiral Givens sprechen, oder vielleicht dem SIS?«

»Ich bin mir nicht sicher, ob ein offizieller Nachrichtendienst schon bereit ist zu hören, was ich zu sagen habe. Und ich weiß genau, dass man dort nicht bereit wäre, meinen … Mitermittler hier anzuhören.«

Honor richtete ihre Aufmerksamkeit offen und vollständig auf Zilwickis Begleiter, als der Captain auf ihn wies. Er war ein sehr junger Mann, stellte sie fest, ohne besondere körperliche Merkmale. Von durchschnittlicher Größe – vielleicht sogar ein wenig kleiner – und allenfalls drahtigem Körperbau. Er wirkte neben Zilwickis beeindruckender muskulöser Massigkeit fast unreif. Sein Haar und auch sein Teint gingen eher ins Dunkle, und seine Augen waren einfach nur braun.

Doch als Honor ihn anblickte und seine Empfindung zu kosten versuchte, bemerkte sie rasch, dass dieser junge Mann alles andere als ›nicht besonders‹ war.

In ihrem Leben hatte Honor Alexander-Harrington schon einige recht gefährliche Menschen kennengelernt. Zilwicki war ein typischer Fall, wie auch, auf seine eigene tödliche Art, der junge Spencer Hawke, der gerade wachsam hinter ihr stand. Der junge Mann vor ihr hatte jedoch den klaren, sauberen, unbefrachteten Geschmack eines Schwertes. Ja, sein Geistesleuchten ähnelte dem einer Baumkatze, stärker, als Honor es bei einem Menschen je geschmeckt hatte. Gewiss nicht boshaft, aber ... direkt. Sehr direkt. Baumkatzen teilten ihre Feinde in zwei Gruppen ein: die, um die man sich schon in geeigneter Weise gekümmert hatte, und die, die noch lebten. Das Geistesleuchten dieses unscheinbaren jungen Mannes war in dieser Hinsicht genau so. Darin lag nicht die winzigste Spur von Boshaftigkeit. In vielerlei Hinsicht war es klar und kühl wie ein Teich mit tiefem, ruhigem Wasser. Aber irgendwie in den Tiefen des Teichs lauerte Leviathan.

Im Laufe der Jahrzehnte hatte Honor sich selbst gut kennengelernt. Nicht perfekt, aber besser, als es den meisten Menschen je gelang. Sie war der Wölfin in sich begegnet, der Bereitschaft zur Gewalt, dem Temperament, das durch die Disziplin gezügelt und zum Schutz der Schwachen gelenkt wurde, statt ihnen zuzusetzen. Diesen Aspekt ihres Seins sah sie als Spiegelbild auf der glänzenden Wasserfläche dieses jungen Mannes, und mit einem inneren Schauder begriff sie, dass er sogar noch stärker zur Gewalt bereit war als sie. Nicht weil er es auch nur ein bisschen mehr wollte als sie, sondern wegen seiner hohen Konzentration. Seiner Ziele.

Er war nicht einfach Leviathan; dieser Mann war auch Moloch. In ihm war die gleiche Entschlossenheit wie bei ihr, die Menschen und Dinge, die ihm etwas bedeuteten, zu schützen, und zwar mit weitaus größerer Skrupellosigkeit. Honor war bereit, sich für das zu opfern, woran sie glaubte; dieser Mann hätte *alles und jeden* dafür geopfert. Nicht um der persönlichen Macht willen, auch nicht für Profit. Sondern weil seine Überzeugungen, und die Integrität, mit der er an ihnen festhielt, zu stark waren, um irgendetwas anderes zu erlauben.

Aber obwohl ihn eine solch saubere Entschlossenheit prägte wie ein Fleischerbeil, war er keineswegs ein geistig verkrüppelter Psychopath oder Fanatiker. Um das, was er opferte, litt er. Er würde es trotzdem opfern, weil er sich und seiner Seele ins Auge gesehen und akzeptiert hatte, was er dort fand.

»Darf ich annehmen, Captain«, sagte Honor ruhig, »dass der politische Werdegang, um es so zu nennen, dieses Mannes ihn bei nämlichem offiziellen Nachrichtendienst vielleicht ein bisschen zu einer *Persona non grata* machen könnte?«

»Oh, ich glaube schon, dass man es so ausdrücken könnte, Hoheit«, sagte Zilwicki und lächelte ohne große Heiterkeit. »Herzogin Harrington, erlauben Sie mir, Ihnen Special Officer Victor Cachat vom havenitischen Federal Intelligence Service vorzustellen.«

Cachat musterte sie gelassen, aber sie spürte die Anspannung, die sich hinter seiner ausdruckslosen Fassade befand. Die ›einfach nur braunen‹ Augen waren viel tiefer und dunkler, als Honor zuerst gedacht hatte, und gaben eine bewundernswerte Maske ab für alles, was dahinter auch vorgehen mochte.

»Officer Cachat«, wiederholte sie mit fast beschwingter Stimme. »Ich habe einige bemerkenswerte Dinge über Sie gehört. Einschließlich der Rolle, die Sie bei Erewhons jüngster ... Neuorientierung gespielt haben.«

»Ich hoffe, Sie erwarten nicht von mir, dass ich behaupte, es täte mir leid, Herzogin Harrington.« Cachats Stimme war nach außen hin so ruhig wie seine Augen, und doch schmeckte Honor eine Zunahme seines Unbehagens.

»Nein, das erwarte ich ganz bestimmt nicht.«

Lächelnd wich sie einen halben Schritt zurück. Sie spürte, wie Hawke sich innerlich anspannte, seit Cachats Identität bekannt war. Dann wies sie auf die behaglichen Sessel unter der Kuppel.

»Nehmen Sie Platz, Gentlemen. Und dann, Captain Zilwicki, können Sie mir vielleicht genauer erklären, was Sie in Gesellschaft des berüchtigtsten Geheimagenten – wenn das kein Oxymoron ist – der finstren Republik Haven hier suchen. Ich bin sicher, es ist eine interessante Geschichte.«

Zilwicki und Cachat blickten einander an. Der Blick war kurz, und sie spürte ihn mehr, als dass sie ihn sah, dann setzten sich beide gleichzeitig. Honor nahm einen Sessel ihnen gegenüber, und Nimitz glitt in ihren Schoß, während Hawke sich ein Stück zur Seite bewegte. Sie spürte, dass Cachat genau merkte, wie Hawke durch diese Bewegung Honor aus seiner Schusslinie brachte. Der Havenit ließ sich äußerlich nicht anmerken, dass er sich dessen gewahr war, aber sie könnte spüren, dass er sich darüber amüsierte.

»Wer von den Herren möchte beginnen?«, fragte sie ruhig.

»Ich denke, ich sollte anfangen«, sagte Zilwicki. Er musterte sie einen Moment lang, dann zuckte er mit den Schultern.

»Eines voraus, Hoheit, ich bitte um Entschuldigung, dass ich Victors Besuch nicht mit Ihrer Leibwache im Vorfeld abgeklärt habe. Ich hatte so den Verdacht, dass die Leute eine Reihe von Einwänden erheben könnten. Mal ganz davon abgesehen, dass er wirklich ein havenitischer Agent ist.«

»Ja, das ist er«, bestätigte Honor. »Und ich, Captain, fürchte meinerseits, ich muss Sie darauf hinweisen, dass Sie besagten havenitischen Agenten in einen Sicherheitsbereich gebracht haben. Das gesamte Sonnensystem ist Flottenankerplatz, steht unter Kriegsrecht und ist von allem ungenehmigten Schiffsverkehr abgeschottet. Hier ist eine Menge höchst vertraulicher Informationen zu erhalten, darunter einiges, was man sich einfach nur anzusehen braucht. Ich vertraue darauf, dass keiner von Ihnen es falsch versteht, aber ich kann einem ›havenitischen Agenten‹ eigentlich nicht gestatten, nach Hause zurückzukehren und dem Oktagon mitzuteilen, was er hier gesehen hat.«

»Diesen Punkt haben wir in Betracht gezogen, Hoheit«, entgegnete Zilwicki erheblich ruhiger, als ihm eigentlich zumute war, wie Honor feststellte. »Ich gebe Ihnen mein Ehrenwort, dass Victor keinen Zugriff auf unsere Ortungsdaten erhielt und auch die Brücke der *Pottawatomie Creek* nicht betreten durfte, seit wir das Congo-System verlassen haben. Auch während des Übersetzens von der *Pottawatomie* an Bord Ihres Schiffes hat er keine Gelegenheit für visuelle Beobachtungen erhalten. Jetzt ...« – er hob eine Hand und wies auf die Panoramasicht der Beobachtungskuppel – »erhält er zum ersten Mal einen Blick auf etwas, was man auch nur ansatzweise als vertrauliche Information bezeichnen könnte.«

»Was immer es wert ist, Herzogin«, sagte Cachat und sah ihr ruhig in die Augen, während seine rechte Hand locker auf seinem Schoß ruhte, »Captain Zilwicki spricht die Wahrheit. Und obwohl ich zugebe, dass ich eine sehr starke Versuchung empfand, mich in die Informationssysteme der *Pottawatomie Creek* zu hacken und die Informationen zu stehlen, konnte ich dieser Versuchung leicht wiederstehen, da meine Kenntnisse hierfür nicht ausreichend genug sind. Ich muss andere Personen hinzuziehen, damit sie diese Tätigkeiten für mich erledigen, und von diesen war niemand diesmal an Bord. Wenn ich es versucht hätte, wäre das Risiko, eine wertvolle berufliche Beziehung zu zerstören, ungleich größer gewesen.« Honor lehnte sich leicht zurück und musterte ihn nachdenklich. Aus seinen Emotionen ging einwandfrei hervor, dass er nicht die leiseste Ahnung von ihren empathischen Fähigkeiten hatte. Genauso offensichtlich war, dass er die Wahrheit sprach. Allerdings war ebenfalls deutlich zu erkennen, dass er damit rechnete, festgehalten zu werden, vielleicht sogar eingesperrt. Und ...

»Officer Cachat«, sagte sie, »mir wäre es wirklich lieb, wenn sie diese Selbstmordwaffe in ihrer rechten Gesäßtasche deaktivieren könnten.«

Cachat erstarrte und riss die Augen auf, das erste Zeichen von Bestürzung, das sie bei ihm sah. Honor hob rasch die rechte Hand, als sie das schnarrende Wispern hörte, mit dem Captain Hawke den Pulser zog.

»Ruhig, Spencer«, sagte sie zu dem jungen Mann, der Andrew LaFollet abgelöst hatte, ohne je den Blick von Cachat zu nehmen. »Ganz ruhig! Officer Cachat möchte niemanden außer sich verletzen. Aber mir wäre erheblich wohler zumute, wenn sie nicht ganz so entschlossen wären, sich zu töten, Officer Cachat. Es fällt schwer, sich auf das zu konzentrieren, was jemand einem erzählt, wenn man sich die ganze Zeit fragen muss, ob er sich am Ende des nächsten Satzes wohl vergiftet oder sich mit allen ringsum in die Luft sprengt.«

Cachat saß sehr, sehr ruhig vor ihr. Dann schnaubte er – ein raues, schroffes Geräusch, das dennoch einen Unterton aufrichtiger Belustigung enthielt – und blickte Zilwicki an.

»Ich schulde dir einen Kasten Bier, Anton.«

»Ich hab's dir doch gesagt.« Zilwicki zuckte mit den Schultern. »Und jetzt schalte *bitte* endlich das verdammte Ding ab, ja, du Supergeheimagent? Ruth und Berry würden mich beide massakrieren, wenn ich zulasse, dass du dich umbringst. Und ich möchte nicht einmal darüber nachdenken, was Thandi mit mir anstellen würde!«

»Feigling.«

Cachat wandte sich Honor wieder zu, den Kopf leicht zur Seite geneigt, dann lächelte er ein wenig schief.

»Ich habe schon viel von Ihnen gehört, Herzogin Harrington. Wir haben umfassende Dossiers über Sie, und ich weiß, dass Admiral Theisman und Admiral Foraker Sie sehr schätzen. Wenn Sie bereit sind, mir Ihr Wort zu geben – *Ihr* Wort, nicht das Wort einer manticoranischen Aristokratin oder eines Offiziers der Royal Manticoran Navy, sondern das Wort *Honor Harringtons* –, mich nicht festzuhalten oder zu versuchen, Informationen aus mir herauszupressen, dann entschärfe ich mein Gerät.«

»Ich sollte wohl darauf hinweisen, dass selbst mein Ehrenwort Sie nicht davor schützt, von jemand anderem festgenommen zu werden, sollte man herausfinden, wer Sie sind.«

»Das stimmt.« Er überlegte kurz und sagte achselzuckend: »Gut, dann müssen Sie mir eben das Wort der *Gutsherrin* Harrington geben.«

»Oh, wirklich gut, Officer Cachat!« Honor lachte leise, während Hawke sich empört versteifte. »Sie haben sich wirklich mit meiner Akte befasst.«

»Und der politischen Struktur Graysons«, stimmte Cachat zu. »Es muss das antiquierteste, unfairste, elitärste, theokratischste, *aristokratischste* Relikt aus der Mülltonne der Geschichte auf dieser Seite der erforschten Milchstraße sein. Aber das Wort eines Graysons ist unverletzlich, und graysonitische Gutsherren haben das Recht, jedem überall unter sämtlichen Umständen Schutz zu gewähren.«

»Und wenn ich das tue, bin ich gezwungen – von der Tradition, der Ehre und dem Gesetz –, dafür zu sorgen, dass Sie ihn erhalten.«

»Richtig ... Gutsherrin Harrington.«

»Also gut, Officer Cachat. Die Gutsherrin von Harrington garantiert für Ihre Sicherheit und Ihre Rückkehr an Bord der *Pottawatomie Creek.* Und da ich mit meinen Garantien schon so freigiebig umgehe, garantiere ich außerdem, dass die Achte Flotte die *Pottawatomie Creek* nicht zusammenschießen wird, sobald Sie wieder ›sicher‹ an Bord sind.«

»Danke«, sagte Cachat und griff in die Tasche. Behutsam zog

er ein kleines Kästchen hervor und aktivierte eine virtuelle Tastatur. Seine Finger zuckten kurz, als er einen komplizierten Code eingab, dann warf er das Kästchen Zilwicki zu.

»Ganz bestimmt fühlt sich jeder glücklicher, wenn du es behältst, Anton.«

»*Thandi* mit Sicherheit«, gab Zilwicki zurück und schob sich das entschärfte Gerät in die Tasche.

»Nachdem das erledigt wäre, Captain Zilwicki«, sagte Honor, »ich glaube, Sie wollten gerade erklären, was Sie und Officer Cachat zu uns führt?«

»Hoheit« – Zilwicki schien sich Honor entgegenzuneigen, ohne dass er sich wirklich bewegte –, »wir wissen, dass Königin Elisabeth und ihre Regierung die Republik Haven für den Anschlag auf das Leben meiner Tochter verantwortlich macht. Und ich gehe davon aus, dass Sie sich noch erinnern, wie meine Frau getötet wurde, und Ihnen klar ist, dass ich keinen besonderen Grund habe, Haven zu mögen. Eher im Gegenteil.

Nach dieser Einleitung muss ich Ihnen jedoch mitteilen: Ich bin vollkommen davon überzeugt, dass Haven nicht das Geringste mit dem Mordanschlag auf Torch zu tun hatte.«

Honor blickte Zilwicki mehrere Sekunden lang wortlos und mit nachdenklichem Gesicht an. Schließlich lehnte sie sich zurück und schlug die langen Beine übereinander.

»Das ist eine sehr interessante Behauptung, Captain. Eine Behauptung, das weiß ich, die Sie für wahr halten. Interessanterweise hält übrigens auch *Officer Cachat* sie für zutreffend. Dadurch ist sie natürlich noch nicht unbedingt wahr.«

»Nein, Hoheit, das nicht«, gab Zilwicki langsam zu, und Honor schmeckte bei beiden Gästen die brennende Neugier, woher sie so sicher – und so treffend – sagen konnte, was sie glaubten.

»Also gut«, sagte sie. »*Warum* glauben Sie, Captain, dass es keine havenitische Operation gewesen ist?«

»Erstens, weil es für die Republik ein ziemlich dummer

Schritt gewesen wäre«, antwortete Zilwicki unverzüglich. »Selbst wenn man die Kleinigkeit beiseite lässt, dass es für Havens interstellaren Ruf katastrophal wäre, bei solch einer Geschichte ertappt zu werden, war das Attentat ausschlaggebend dafür, dass der Friedensgipfel geplatzt ist, den die Republik vorgeschlagen hatte. Und zusammengenommen mit dem Mord an Webster hätte Haven auch genauso gut Pop-up-Anzeigen in jeder Zeitung der Galaxis schalten können, mit dem Inhalt: ›Hey, wir waren das! Was sind wir doch für ein fieser Haufen!‹«

Der massige Highlander von Gryphon schnaubte wie ein besonders zorniger Eber und schüttelte den Kopf.

»Ich habe einige Erfahrung mit den havenitischen Nachrichtendiensten sammeln dürfen, insbesondere in den letzten paar Jahren. Die augenblickliche Regierung ist viel zu klug für ein solches Manöver. Und übrigens wäre selbst ein Oscar Saint-Just niemals so arrogant – und so dumm – gewesen, so etwas zu probieren!«

»Vielleicht nicht. Aber wenn Sie mir vergeben, diese Annahmen basieren allein auf Ihrer Rekonstruktion, was die Leute hätten erkennen müssen, wenn sie ihren Verstand einschalteten. Sie sind logisch, das gebe ich zu, aber Logik ist gerade dort, wo Menschen betroffen sind, oft nichts weiter als ein Weg, mit Selbstvertrauen in die falsche Richtung zu steuern. Gewiss kennen Sie das Sprichwort: ›Man führe nichts auf Böswilligkeit zurück, was auch mit Unfähigkeit erklärt werden kann.‹ Oder in diesem Fall eher Dummheit.«

»Das ist schon richtig«, erwiderte Zilwicki. »Dagegen spricht allerdings der Umstand, dass ich recht eingehend mit den Operationen der havenitischen Geheimdienste im und rings um das Congo-System vertraut bin.« Er zeigte mit einer Kopfbewegung auf Cachat. »Die Nachrichtendienstler, die dort auf Erewhon tätig sind, wissen genau, dass sie sich mit dem Audubon Ballroom nicht anlegen sollten. Oder bei aller Bescheidenheit, mit mir. Und die Republik Haven ist sich vollkommen bewusst, wie Torch und der Ballroom reagieren würden, wenn sich Haven tatsächlich als schuldig am Mord an Queen Berry, Prinzessin Ruth und Thandi Palane erweisen sollte. Das können Sie mir glauben. Wenn Haven das Treffen mit Elizabeth verhindern wollte, hätte es die Konferenz abgesagt. Man hätte niemals versucht, den Gipfel auf diese Art zu sabotieren. Und wenn es erforderlich gewesen wäre, ihn derart zu sabotieren, dann hätten Ruth, Jeremy, Thandi und ich es im Voraus gewusst.«

»Sie sagen also, abgesehen von ihren logischen Argumenten, weshalb Haven diese Operation niemals begonnen hätte, Ihre Sicherheitsarrangements hätten Sie vor jedem Attentatsversuch von Havens Seite gewarnt?«

»Mit absoluter Sicherheit garantieren kann ich es natürlich nicht. Ich halte es aber dennoch für zutreffend.«

»Ich verstehe.«

Honor rieb sich nachdenklich die Nasenspitze, dann zuckte sie mit den Schultern.

»Ich akzeptiere die Wahrscheinlichkeit, dass Sie Recht haben. Gleichzeitig sollten Sie aber nicht vergessen, dass jemand – vermutlich Haven – es geschafft hat, meinen Flaggleutnant umzudrehen. Das ONI hat immer noch keine Erklärung dafür, wie das geschehen konnte, und während ich Ihnen und Ihren Fähigkeiten den größten Respekt entgegenbringe, hat Admiral Givens auch einiges auf dem Kasten.«

»Zugegeben, Hoheit. Ich habe jedoch einen anderen Grund anzunehmen, dass Haven auch in den Anschlag auf Sie nicht verwickelt war. Und angesichts der … ungewöhnlichen Schärfe, mit der Sie Victor und mich beurteilt haben, sind Sie vielleicht eher bereit, diesen Grund zu akzeptieren.«

»Ich verstehe«, wiederholte Honor und sah Cachat an. »Also schön, Officer Cachat. Da offensichtlich Sie Captain Zilwickis zusätzlichen Grund darstellen, nehme ich an, dass Sie mich ebenfalls überzeugen wollen.«

»Admiral«, sagte Cachat, indem er die aristokratischen Titel wegließ, die, wie sie wusste, an sich subtile Erklärungen des Misstrauens gewesen waren, »ich muss zugeben, dass Sie weit unheimlicher wirken, als ich erwartet hätte. Haben Sie je eine nachrichtendienstliche Laufbahn erwogen?«

»Nein. Was ist nun mit der Überzeugungsarbeit?«

Cachat lachte rau, dann zuckte er mit den Schultern.

»Sehr wohl, Admiral. Das überzeugendste Beweisstück, das Anton anführen kann, ist die Tatsache, dass es *meine* Aufgabe gewesen wäre, einen Anschlag auf Torch durchzuführen, wenn die Republik solch eine Operation befohlen hätte. Ich bin der FIS-Chef für Erewhon, Congo und den Maya-Sektor.«

Das Eingeständnis machte er gelassen, aber, wie Honor wusste, nur sehr ungern. Dazu hat er einen ausgezeichneten Grund, dachte sie. Mit Sicherheit zu wissen, wer der Chefspion des Gegners war, machte den eigenen Agenten das Leben erheblich leichter.

»Es gibt Gründe – persönlicher Natur –, weshalb meine Vorgesetzten mich bei dieser speziellen Operation vielleicht übergangen hätten«, fuhr Cachat fort, und Honor schmeckte seine absolute Entschlossenheit, aufrichtig zu sein. Nicht, weil er nicht bereit gewesen wäre zu schwindeln, wenn er es für seine Pflicht hielt, sondern weil er zu dem Schluss gekommen war, dass er keine Chance hatte, sie erfolgreich zu belügen.

»Obwohl diese Gründe durchaus existieren«, fuhr er fort, »habe ich zugleich persönliche Kontakte auf sehr hoher Ebene, durch die ich dennoch verständigt worden wäre. Und bei aller Bescheidenheit, mein eigenes Netz hätte mich gewarnt, wenn jemand von Haven in mein Territorium eingedrungen wäre.

Weil das alles stimmt, kann ich Ihnen versichern, dass die Wahrscheinlichkeit, die Republik könnte irgendwie in den Mordanschlag auf Queen Berry verstrickt gewesen sein, letztlich nicht existiert. Auf den Punkt gebracht, Admiral: *Wir waren es nicht.*«

»Wer dann?«, wollte Honor wissen.

»Nun, wenn es nicht Haven war, dann schwenkt unser Verdacht automatisch auf Mesa«, antwortete Zilwicki. »Mesa und Manpower haben eine ganze Reihe von Gründen, Torch zu destabilisieren und Berry zu töten. Auch die Tatsache, dass das verwendete Nervengas solarischen Ursprungs ist, unterstreicht die Wahrscheinlichkeit einer mesanischen Verwicklung. Gleichzeitig bin ich mir sehr wohl im Klaren, dass jeder Angehörige eines offiziellen Nachrichtendienstes herauszustreichen versuchte, dass wir natürlich immer glauben werden, Mesa stecke hinter jedem Angriff auf uns. Und um ganz ehrlich zu sein, die Leute hätten Recht.«

»Was aber nichts an der Tatsache ändert, dass Sie davon überzeugt sind, Mesa sei der Drahtzieher«, stellte Honor fest.

»Nein, das nicht.«

»Und haben Sie, einmal davon abgesehen, dass das Nervengas wahrscheinlich aus der Liga stammte, noch andere Beweise?«

»Nein«, gab Zilwicki zu. »Noch nicht. Wir verfolgen einige Spuren, von denen wir hoffen, dass sie uns zu Beweisen führen werden, aber noch haben wir keine.«

»Was natürlich der Grund für diesen recht dramatischen Besuch bei mir ist.«

Zum ersten Mal lächelte Cachat. »Admiral«, sagte er, »ich finde, Sie sollten eine zwote Laufbahn beim Nachrichtendienst wirklich in Erwägung ziehen.«

»Danke sehr, Officer Cachat, aber ich glaube, ich kann meinen Verstand auch so strapazieren, ohne gleich zum Spion werden zu müssen.«

Sie erwiderte sein Lächeln und zuckte mit den Schultern.

»So weit, so gut, Gentlemen. Ich neige dazu, Ihnen zu glauben. Mir wollte nie einleuchten, weshalb Haven einen Anschlag auf Berry und Ruth verüben lassen sollte. Ich bin natürlich bereit, Admiral Givens, dem ONI und der Admiralität zu unterbreiten, was Sie mir eben gesagt haben. Ich glaube nur nicht, dass man es mir abkauft. Nicht ohne irgendeinen erhärtenden Beweis außer dem Gelöbnis des obersten havenitischen Spions im Gebiet – so aufrichtig es auch sein mag –, dass er wirklich nichts damit zu tun habe. Nennen Sie mich ruhig albern, aber irgendwie kann ich kaum glauben, dass man Sie als unparteiischen Zeugen ohne Eigeninteresse akzeptieren wird, Officer Cachat.«

»Das weiß ich«, antwortete Cachat. »Und ich bin weder unparteiisch, noch habe ich kein Eigeninteresse. Vielmehr gibt es zwei sehr starke Motive, mit Ihnen über die Sache zu sprechen. Erstens bin ich überzeugt, dass das, was im Congo-System geschehen ist, den Zielen oder Wünschen meiner Sternnation entspricht, und dass es eindeutig nicht im Interesse der Republik lag. Weil dem nicht so ist, habe ich die Pflicht, alles mir Mögliche zu unternehmen, um die Folgen des Geschehenen abzuwenden. Und das versuche ich im Augenblick über Sie, Admiral Harrington.

Zwotens verfolgen Anton und ich, wie er bereits sagte, unsere eigenen Spuren. Seine Motive sind wohl verständlich und eindeutig. Meine eigenen spiegeln den Umstand wider, dass der Republik ein Verbrechen vorgeworfen wird, das sie nicht begangen hat. Meine Pflicht ist es herauszufinden, wer es in Wahrheit verübt hat, und festzustellen, weshalb es so aussehen sollte, als wären wir es gewesen. Dazu kommen bei mir einige persönliche Beweggründe, die damit zusammenhängen, wer bei dem Vorfall noch alles hätte getötet werden können, was mir eine sehr starke Motivation verleiht, die Hintermänner aufzuspüren. Wenn unsere Untersuchung Früchte tragen sollte, werden wir jemanden brauchen – an der höchsten Stelle im Entscheidungsprozess des Sternenkönigreichs –, der bereit ist, sich anzuhören, was wir herausgefunden haben. Wir brauchen sozusagen, aus Mangel an einem besseren Begriff, einen einflussreichen Fürsprecher bei Hofe.«

»Also läuft alles auf Eigeninteresse hinaus«, stellte Honor fest.

»Jawohl, so ist es«, entgegnete Cachat frei heraus. »Ist das bei nachrichtendienstlichen Angelegenheiten nicht immer so?«

»Ich glaube schon.«

Honor musterte sie beide wieder und nickte.

»Also gut, Officer Cachat. Was immer es Ihnen nutzt, Sie haben Ihre Fürsprecherin bei Hofe. Und unter uns dreien gesagt, ich bete zum Himmel, dass Sie die Beweise finden, die wir brauchen, ehe etliche Millionen Menschen getötet werden.«

Mai 1921 P. D.

Kapitel 4

»Kommt Prinzessin Ruth nicht mit?«, fragte Brice Miller. Ebenso wie seine beiden Freunde Ed Hartman und James Lewis wirkte er deutlich betrübt.

Marti Garner schüttelte den Kopf und verbiss sich ein Lachen. »Nein, diesen Teil des Plans mussten wir leider aufgeben.«

»Warum?«, fragte Michael Alsobrook nach. Tatsächlich wirkte seine Miene sogar noch betrübter als die seiner jugendlichen Begleiter. Was vielleicht auch verständlich war, schließlich war er beinahe im gleichen Alter wie Ruth Winton, und damit fielen jegliche Fantasien, in denen er sich ergehen mochte, eindeutig in die Kategorie *Höchst Unwahrscheinlich.* Bei den drei Vierzehnjährigen sah es doch ein wenig anders aus: *Deren* Fantasien spielten in der Selbsttäuschungs-Liga *Du Machst Wohl Witze.*

Zu ihrer Linken hörte Marti einen erstickten Laut. Als sie den Kopf zur Seite wandte, sah sie, dass Friede Butrys ganze Aufmerksamkeit dem Display galt, auf dem man beobachten konnte, wie sie die Umlaufbahn von Torch hinter sich ließen – ein Anblick, der eigentlich gar nicht so interessant war. Ganz offensichtlich empfand die Clan-Matriarchin die aus der Romantik geborene Verärgerung über die plötzliche, unerwartete Abwesenheit der Prinzessin als ebenso belustigend wie Marti selbst.

Bevor Garner zu einer Erklärung ansetzte, dachte sie kurz über die damit verbundenen Fragen der Sicherheit nach. Doch sie erschienen ihr nicht sonderlich kritisch, da das einzige

›Geheimnis‹, das sie hier preisgeben müsste, für jeden Beobachter schon sehr bald nur allzu offensichtlich sein würde.

»Na ja, dieses Ersuchen, das Torch abgeschickt hat, das Biological Survey Corps möge unser Team zur weiteren Verwendung abkommandieren …«

Wieder hörte sie einen erstickten Laut, unterbrach sich und blickte nach rechts. Haruka Takano schien gänzlich von den Daten fasziniert zu sein, die auf einem anderen Bildschirm zu lesen standen. Und das war auf den ersten Blick sonderbar, denn es handelte sich bei den fraglichen Daten lediglich um die Routine-Lebenserhaltungsprozesse des Schiffes.

»Stimmt irgendetwas nicht, Lieutenant Takano?«

Er wandte den Blick nicht vom Schirm ab. »›Ersuchen‹«, ahmte er sie nach. »›Ersuchen‹ wie in ›Der Gangster ersucht, Sie mögen umgehend das Schutzgeld rausrücken‹?«

Stephanie Henson, die in ihrem eigenen Sessel auf der Brücke der *Ouroboros* saß, ergriff das Wort. »Du hast eine verschlagene, dreckige Ader, Haruka.«

»Gestern Nacht hast du dich darüber nicht beklagt.«

»Eine verschlagene, dreckige und *vulgäre* Ader.«

»Darüber hast du dich auch nicht beklagt.«

»Eine verschlagene, dreckige und vulgäre …«

»Genug jetzt!«, lachte Marti. »Um auf Ihre Frage zurückzukommen, Michael: Zu der Delegation, die aus Beowulf hierher angereist ist, um die letzten Fragen zu unserer Abkommandierung als Queen Berrys Schutzabteilung zu klären, gehörten auch einige Manticoraner. Das ist natürlich nicht sonderlich überraschend, schließlich hat man die Abstimmung mit Beowulf von Manticore aus vorgenommen. Einer von ihnen war keine geringere Persönlichkeit als Ruths Vater, Michael Winton-Serisburg, der jüngere Bruder der Königin von Manticore.«

Allmählich schienen ihre Zuhörer zu begreifen; zumindest ließen das die gequälten Mienen von Alsobrook und den drei Jungen vermuten.

»Ja, allerdings«, fuhr Marti fort. »Der Prinz – na ja, genau genommen ist er mittlerweile ein Herzog, aber er ist immer noch ein Prinz, wenn Sie verstehen, was ich meine. Und er ist immer noch Ruths Vater, und da er seine Tochter anscheinend ziemlich gut kennt, ist er gekommen, um ausdrücklich sicherzustellen, dass sie sich *nicht* auf irgendwelche gefährlichen Unternehmungen einlässt – beispielsweise ein paar heruntergekommene, wenngleich mutige, Vagabunden – damit sind Sie gemeint, ohne Sie beleidigen zu wollen – bei etwas zu begleiten, was auf den ersten Blick nach einer höchst gefährlichen Aktion aussieht.«

»Weil es eine höchst gefährliche Aktion *ist*«, grollte Ganny El, »und ich hätte darauf bestehen sollen, einen jährlichen Zuschuss auch von *Manticore* zu erhalten, nicht nur von Beowulf. Das hätte ich auch getan, wenn ich gewusst hätte, dass wir das Haus Winton derart nervös machen würden.«

Entweder war Brice Millers Vertrauen in die Prinzessin völlig abgehoben, oder Gleiches galt für seine Fantasievorstellungen, denn plötzlich ergriff er das Wort: »Passen Sie nur auf! Ich wette, Ruth findet eine Möglichkeit, ihn irgendwie zu umgehen. Die ist richtig *clever!*«

»Das bezweifle ich nicht«, gab Garner zurück. »Aber ›clever‹ hilft einem auch nicht immer weiter, wenn man die ganze Zeit über vom Queen's Own Regiment bewacht wird. Und mach dir nichts vor, Brice: Die mögen ja Ruths Leibwächter sein, und sie stehen vielleicht auch schon seit anderthalb Jahren in ihren Diensten, aber ihre Befehle erhalten sie immer noch von der Königin persönlich. Oder vom Bruder der Königin.«

»Oh.«

»Nicht die Köpfe hängen lassen, Jungs«, sagte Haruka. »Es hat doch sowieso nie eine Chance bestanden, dass sie Ruth mitkommen lassen würden, sobald sie erst einmal herausfänden, was die Prinzessin eigentlich im Schilde führt. Eine Angehörige der königlichen Familie? Man hat sie schon einmal als Geisel genommen – zumindest hatten die Verbrecher angenommen, sie hätten die Prinzessin entführt –, und das erste, was der Familie unweigerlich durch den Kopf gegangen sein muss, das war: Wenn sie Ruth noch einmal frei herumlaufen lassen, dann wird irgendjemand anderes genau das Gleiche tun.«

»Aber woher wussten die denn, was sie vorhatte?«, fragte Ed. »Die Prinzessin hat ihnen doch sicherlich nichts davon erzählt.«

Garner stellte fest, dass der Bildschirm vor ihr auf einmal sehr, sehr interessant geworden war – wer hätte gedacht, dass Daten aus dem Maschinenraum derart faszinierend sein könnten? Das Schweigen, das sich plötzlich auf der ganzen Brücke ausbreitete, verriet ihm, dass sämtliche anderen Mannschaftsmitglieder in ähnlicher Weise fasziniert waren.

»*Sie* waren das!«, stieß Ruth zornig aus. Ihr Zeigefinger berührte fast Hughs Nase. »Versuchen Sie gar nicht erst, das abzustreiten! *Sie* haben denen das erzählt!«

Berry, die sie beobachtete, konnte nicht anders: Was sie hier sah, belustigte sie. Angesichts des Größenunterschiedes der beiden hatte die Szene eine gewisse Ähnlichkeit mit einem Chipmunk – na gut, man sollte ehrlich sein: einem ziemlich großen Hund –, der gerade versuchte, einen Bären zu züchtigen.

Glücklicherweise war Hugh an sich ein recht gutmütiger Bursche. Das war eines der Dinge – eines der vielen Dinge –, die Berry so an ihm mochte. Deswegen fauchte er die manticoranische Prinzessin nicht an, und er schäumte auch nicht vor Wut darüber, hier derart hart angegangen zu werden.

»Warum sollte ich das abstreiten wollen?«, gab er nur ruhig zurück. »Ich gestehe, dass ich schuldig bin in allen Punkten der Anklage. Und das wiederum zeigt doch nur, dass ich, im Gegensatz zu einer gewissen Person in diesem Raum – weiblichen Geschlechts, etwa einhundertundsechsundsiebzig Zentimeter groß, Gewicht in der Größenordnung von etwa fünfundsechzig Kilogramm, mit masadanischen Vorfahren – nicht verrückt bin. Blicken Sie den Tatsachen doch ins Auge, Ruth: Ob es Ihnen nun gefällt oder nicht, Ihre Möglichkeiten, als Agentin im Außendienst tätig zu werden, sind jetzt und für alle Zeiten dadurch eingeschränkt, dass Sie auf einer Skala ›potenzielle Geisel, daher von Wert‹ zehn von zehn möglichen Punkten erreichen. Oder zumindest neun Komma neun neun und so weiter, bis mindestens zwotausend Stellen hinter dem Komma.«

Ihr finsterer Blick hatte nichts von seiner Schärfe verloren. »*Sechzig* Kilo, vielen herzlichen Dank. Ich trainiere regelmäßig.«

Mit einem ernsten Nicken nahm er diese Richtigstellung zur Kenntnis.

Berry kam zu dem Schluss, Ruths Wutanfall habe den Zenit überschritten und werde sich jetzt allmählich legen. Also: Zeit einzugreifen.

»Ich bin wirklich froh, dass du hier auf Torch bleiben wirst, Ruth. Ich wäre schrecklich einsam ohne dich …«

Sie versuchte sich an ihrem besten ›finsteren Blick‹ – der ehrlich gesagt recht milde ausfiel – und bedachte damit Hugh. »… angesichts der Wohnsituation, die ich dank dieses Paranoikers hier bis auf weiteres aufrechterhalten darf.«

»Nur für die Dauer der Notsituation«, gab Hugh zurück.

»›Die Dauer der Notsituation‹«, höhnte Ruth. »Und was ist das für eine ›Situation‹, O Häuptling-aller-Paranoiker? Der offene Kampf bis in den Tod zwischen Berrys Sternnation und Manpower, der jetzt schon seit … was? Sechshundert Jahren währt? Diese ›Situation‹?«

Hugh lachte leise in sich hinein. »Ja. Diese Situation.«

»Mit anderen Worten: Wir reden hier von ›lebenslänglich‹.«

»Vielleicht nicht, Eure Majestät. Wenn es uns gelingt …«

»Nennen Sie mich nicht so!«

Hugh atmete langsam und tief durch. »Ich habe keine

andere Wahl, Berry – und das war das letzte Mal, dass ich Sie mit Ihrem Namen anspreche, solange ich für diese Aufgabe abkommandiert bin.« Einen kurzen Moment lang wirkte er ernstlich unglücklich. »Eine der Grundregeln für Sicherheitskräfte ist, dass die entsprechenden Personen im Sicherheitsdienst stets Distanz zu der Person oder den Personen zu wahren haben, für deren Sicherheit sie verantwortlich sind. In diesem Falle ... wird mir das nicht leichtfallen. Formlosigkeit würde es schlichtweg unmöglich machen.«

Berry wusste nicht, ob sie hocherfreut oder verärgert sein sollte, das zu hören. Wahrscheinlich beides. »Ich bringe Jeremy um, ich schwör's Ihnen. Der erste Kerl, der aufgetaucht ist, seit man mir diese alberne Krone auf den Kopf gesetzt hat, und der sich nicht so weit hat einschüchtern lassen, dass er nicht mehr mit mir ausgehen wollte – und Jeremy macht ihn zu meinem Sicherheitschef!«

»Du kannst Jeremy nicht umbringen«, widersprach Ruth. »Tut mir leid, Mädchen – aber du warst diejenige, die ausdrücklich sein Angebot abgelehnt hat, der Regentin das Recht zuzusprechen, ganz nach Gutdünken, Lust und Laune, einmal im Jahr eine Todesstrafe zu verhängen.« Nun strahlte die Prinzessin Hugh regelrecht an. »*Ich* hätte das auf jeden Fall angenommen! Und *Sie* wären im Augenblick mein Wunschkandidat!«

»Na prima. Dann lasse ich ihn eben verbannen.« Berry neigte den Kopf zur Seite und blickte Hugh einige Sekunden lang schweigend an. »Aber das würde mir auch nicht helfen, oder? Sie gehören zu diesen Leuten mit hoffnungslos überentwickeltem Pflichtbewusstsein. Selbst wenn Jeremy fort wäre, würden Sie immer noch schön weitermachen.«

»Na ja ... ja. Aber um nun wieder auf den Punkt zurückzukommen: der Hauptgrund für diese zugegebenermaßen extreme Vorsichtsmaßnahme« – er wedelte mit der Hand und umfasste damit die gesamte Operationszentrale tief unter der

Oberfläche des Planeten – »ist, dass jemand hier eine Attentatstechnik anwendet, die wir noch nicht verstehen. Sobald wir erst einmal erfahren haben, wie man sich dagegen wehren kann …«

Er blickte zum Bett hinüber, das man in den größten freien Raum der Zentrale gestopft hatte. »Dann können Sie wieder in anderen Räumlichkeiten wohnen.«

Ruths Wut legte sich zusehends; so war es meistens, wenn sie zornig war. »Sieh es doch einmal positiv, Berry. Wenigstens ist das Badezimmer hier unten schwer in Ordnung. Wirklich auf dem allerneuesten Stand.«

»Darüber solltest *du* dich freuen«, gab Berry zurück. »Schließlich werden wir uns das teilen. Hier unten ist ja – gerade noch so – genug Platz für ein weiteres Bett.«

»Berry!«

Die Königin ignorierte sie und blickte ihren Sicherheitschef an. »Ich bin mir sicher, die Queen's Own wird dem zustimmen, oder nicht?«

»Die werden Jubelgesänge anstimmen.«

»Berry!«

Doch Ruths Missvergnügen darüber, gemeinsam mit Berry an einen Ort verbannt zu sein, den sie ›die Unterwelt‹ nannte – und ihre Wachabordnung der Queen's Own stimmte tatsächlich Jubelgesänge an – blieb keine zwanzig Stunden bestehen. Am nächsten Tag kehrten Anton und Victor von ihrem Abstecher nach Trevors Stern zurück, ziemlich genau zwei Stunden, nachdem ein Kurierschiff einen detaillierten Bericht über die jüngste Schlacht von Monica gebracht hatte.

Sosehr Ruth sich auch in Tagträumen darüber ergehen mochte, wie es wäre, eine prächtige Agentin im Außendienst zu sein, so war es doch die Wahrheit, dass ihre wahre Liebe der Datenauswertung galt. Der Bericht über Monica war reichhaltig genug, um sie vier Tage am Stück in der Operationszentrale rund um die Uhr beschäftigt zu halten; nicht einmal zum Essen kam sie an die Oberfläche, sondern ließ sich die Mahlzeiten bringen. Zu ihrer großen Freude entdeckte sie, dass die Computerausstattung in der Zentrale ebenso auf dem neuesten Stand der Technik war wie die Toilette und die restliche Einrichtung des Badezimmers.

Anton verbrachte viel Zeit mit ihr, auch wenn er für die Mahlzeiten an die Oberfläche des Planeten zurückkehrte – und natürlich schlief er nicht dort unten. Für ein drittes Bett wäre dort ohnehin kaum genug Platz gewesen.

Victor Cachat teilte seinen viertägigen Aufenthalt gleichmäßig auf. Die Hälfte der Zeit verbrachte er mit Thandi – einen Großteil davon in ihrem gemeinsamen Schlafzimmer –, in der anderen Hälfte half er Anton und Ruth dabei, die Daten aus Monica auszuwerten.

Die Entscheidung, dass Anton und er tatsächlich das Risiko auf sich nehmen wollten, Mesa zu unterwandern, war noch nicht gefallen. Aber das war jetzt nur noch eine Formalität. Die Informationen, die sie aus den Monica-Berichten erhielten, bestätigten sämtliche ihrer Vermutungen.

Prinzessin Ruth strich sich das Haar zurück. »Jetzt besteht kein Zweifel mehr daran. Anton und ich haben diese Zahlen so lange bearbeitet, bis es nichts mehr zu bearbeiten gab. Also können Sie jetzt aufhören, sich um den ›Spiegelkabinett-Effekt‹ zu sorgen, Jeremy. Wir hatten es nicht mit Bildern zu tun, sondern mit kalten, nackten Fakten.«

»Von was für Fakten sprechen Sie da genau?«, fragte Web Du Havel nach. Er saß neben Queen Berry am Konferenztisch im größten Saal der Operationszentrale. Neben ihm befand sich Victor, während Thandi und Anton ihm mehr oder minder genau gegenübersaßen. Jeremy X stand. Wie meistens zog es

Jeremy bei derartigen Geschäftsbesprechungen vor, auf den Beinen zu bleiben, statt ebenfalls Platz zu nehmen.

»Bei den Daten ging es um die Finanzbewegungen von Manpower«, erklärte Ruth. »Es ist völlig unmöglich, bei einer derart riesigen Operation wie der, die sie im Monica-System unternommen haben, die Kosten geheim zu halten. Und das ist dabei herausgekommen: Die haben einen ganzen Haufen Geld in dieses kleine Fiasko gesteckt – oder zumindest hat *irgendjemand* das getan. Irgendwie. So viele Schlachtkreuzer sind nicht gerade billig, wie Sie alle wissen, und ich könnte mir denken, dass einige der Auswertungsexperten in Landing einen echten Schock bekommen haben dürften, als sie sich den Preis für die Tonnage überlegt haben, die dort eingesetzt wurde. Aber – *aber*, Jeremy! – ich glaube, dass denen dabei etwas entgangen ist.«

»Tatsächlich?« Jeremy warf ihr sein patentiertes wissendes Lächeln zu. »Nun denn, so überrascht uns erneut mit Eurer Kunstfertigkeit, o Prinzessin!«

Ruth streckte ihm die Zunge heraus, dann zuckte sie mit den Schultern.

»Ich denke, ich kann mir ziemlich gut zusammenreimen, wie sie geglaubt haben, ihre Kosten decken zu können – natürlich nur, wenn es geklappt hätte. Sie mussten dabei so vorgehen, dass sie mit dem Monica-Projekt zumindest keine Verluste machen würden, vor allem, nachdem auch noch Technodyne bei dem Ganzen mitmischt. Wenn die Rolle, die *Technodyne* hier gespielt hat, darin bestand, die Schlachtkreuzer zu beschaffen, und zwar aus Schiffsbeständen, die eigentlich zur Verschrottung vorgesehen waren, dann gehen die Kosten natürlich gewaltig in den Keller ... zumindest was Dinge betrifft, die aus eigener Tasche hätten gezahlt werden müssen. Ach, natürlich hätten sie immer noch die ganze Munition bezahlen müssen, die sie gebraucht hätten, ganz zu schweigen davon, dass sie die ganzen vor Ort benötigten Techniker erst einmal bis nach Monica schaffen mussten. Daher kann man wohl sagen: jou, hier ging es um einen ganz beachtlichen Finanzaufwand. Aber so stattlich die Summen auch waren, sie waren auf jeden Fall nicht so gewaltig, wie das auf den ersten Blick gewirkt haben muss. Und wenn man dann noch die Gewinne mit einbezieht, die sich langfristig durch den Lynx-Terminus möglicherweise hätten erwirtschaften lassen – und der Terminus war eindeutig das, worum es ihnen letztendlich ging –, dann hätte Manpower aus dem ganzen Schlamassel immer noch erhobenen Hauptes herauskommen können, frisch und munter und kein bisschen angeschlagen, ganz im Gegenteil sogar.«

»GIGO«, sagte Jeremy. »Garbage in, garbage out.«

»Ich weiß, was das Akronym bedeutet, vielen Dank«, sagte Ruth ein wenig gereizt. »Natürlich gilt nach wie vor: ›Wenn man Müll eingibt, kommt Müll heraus‹. Aber worauf wollen Sie hinaus?«

Jeremy lächelte sie an. »Das war überhaupt nicht böse gemeint. Trotzdem, es liegt in der Natur der Sache, dass die Zahlen, mit denen Sie Ihr Programm gefüttert haben, doch nichts anderes gewesen sein können als leidlich über den Daumen gepeilt. Auf die *tatsächlichen* Zahlen haben Sie keinerlei Zugriff. Vielleicht haben Sie die Zahlen ja falsch interpretiert ... einschließlich der Frage, wie weit Technodyne bereit war, diese kleine Unternehmung zu subventionieren.«

»Das ist wohl wahr«, merkte Victor an. »Tatsächlich wäre ich sogar bereit, eine Abweichung um den Faktor zwo zu eins oder sogar drei zu eins – möglicherweise sogar vier zu eins – zu akzeptieren, eben aufgrund des GIGO-Effektes. Aber es würde eine Verschiebung um mindestens eine ganze Größenordnung erfordern, um uns zu anderen Schlussfolgerungen zu bringen, Jeremy.«

»Da hat er Recht«, merkte Anton an. »Diese, wie Sie es genannt haben, ›über den Daumen gepeilten‹ Zahlen haben Ruth und ich unabhängig voneinander aus den vorliegenden Daten abgeleitet. Victor hat uns seine eigenen Abschätzungen zur Verfügung gestellt, auch wenn er mit deutlich weniger genauen Zahlen gearbeitet hat. Unsere Ergebnisse miteinander verglichen haben wir erst, nachdem wir fertig waren. Dann hat Ruth die Zahlen in jeder nur erdenklichen Art und Weise durchgearbeitet – erst hat sie dabei ausschließlich Victors Zahlen verwendet, dann nur meine, dann ihre eigenen, anschließend jede mögliche Kombination der drei. Nicht einer dieser Berechnungen hat zu Ergebnissen geführt, die um mehr als fünfzig Prozent vom allgemeinen Durchschnitt abgewichen wären. Also gepfiffen auf falsche Bescheidenheit, Jeremy. Sie hätten ernstliche Schwierigkeiten, irgendwo in der Galaxis zwo Nachrichtendienstler zu finden, die bei so etwas besser sind als Victor und ich, und Ruth ist bei der Auswertung mindestens ebenso gut wie die besten Leute vom ONI.«

Beschwichtigend hob Jeremy die Hand. »Das bestreite ich doch gar nicht«, sagte er. »Also sagen Sie mir hier im Prinzip, es sei völlig unmöglich, dass Sie die Zahlen falsch deuten, richtig?«

»Oh, ich bin mir sogar *sicher*, dass wir sie falsch deuten«, widersprach Victor. »Wie Sie selbst schon sagten, wir haben keinerlei direkten Zugriff auf die Aufzeichnungen von Manpower. Aber es ist unmöglich, dass wir sie *falsch genug* deuten. Das kann einfach nicht sein, Jeremy. Wie auch immer die tatsächlichen Zahlen nun aussehen mögen, wir sind zumindest dicht genug dran, um sicher sein zu können, dass sich die verdeckten Operationen von Manpower Incorporated aus jüngster Zeit nicht mit dem Verhalten eines Wirtschaftsunternehmens erklären lassen, das sich auf irgendeines der anerkannten Geschäftsmodelle stützt, ganz egal, wie skrupellos es sein mag und wie wenig es sich durch irgendwelche moralische Erwägungen von irgendetwas abhalten lassen mag.«

»Aber Sie haben doch gerade selbst gesagt, dass sie zumindest ihre Kosten wieder hereinholen würden – und vielleicht sogar noch ein Vermögen an den Einkünften durch den Lynx-Terminus verdienen könnten.«

Ruths Miene verriet unbestreitbare Selbstzufriedenheit. »Ja – aber darum geht es hier eigentlich gar nicht. Ach, ich wette, der Rest der gesamten Galaxis wird es aus genau diesem Blickwinkel betrachten, aber ich denke – nein: Anton und ich glauben –, es gibt da zwei Faktoren, die wir uns stattdessen ansehen sollten.«

»Erstens bleibt unbenommen – ganz egal wer das Geld zunächst einmal vorgestreckt hat, ob nun Manpower oder Technodyne –, dass nur wenige Corporations in der Geschichte der Menschheit jemals derart viele Mittel in ein so riskantes, spekulatives Unterfangen gesteckt haben wie das Monica-Projekt. Ach, es hat bestimmt die eine oder andere private Geschäftsidee gegeben, die mit einem ähnlich beachtlichen Preisschild versehen gewesen sein dürfte, wenn man sich mal ansieht, in welcher Größenordnung die großen transstellaren Konzerne operieren. Diese ganzen Schlachtkreuzer haben schließlich zusammen kaum mehr gekostet als ein paar Superdreadnoughts, selbst wenn sie den vollen Preis dafür haben zahlen müssen. Und wenn man das mit so etwas vergleicht wie ... sagen wir: dem Infrastrukturprojekt auf Hiawatha, an dem TranStar of Terra arbeitet, dann nimmt sich das hier doch wie Kleingeld aus. Aber der Risikofaktor hier war ungleich größer als bei jeder Standardoperation – vor allem einer Operation, bei der keinerlei Sicherheiten existieren. TranStar hat sich einen Großteil seiner Kosten im Vorfeld von der Liga garantieren lassen, noch bevor sie auch nur das erste Vermessungsteam nach Hiawatha geschickt haben – und etwas Vergleichbares ist hier ganz bestimmt nicht passiert! Wenn alles geklappt hätte, dann hätten sie daran ein Vermögen verdient. Aber für den Fall, dass irgendetwas schiefliefe – und genau das ist ja letztendlich auch passiert –, würden sie für ihre ganzen Bemühungen nichts und wieder nichts herausbekommen. Deswegen weicht das so von allen anerkannten Modellen ab.«

»Corporations sind grundkonservativ, wenn es um derartige

Dinge geht, Jeremy«, warf Anton ein. »Deswegen nehmen private Corporations keine langfristigen, wirklich teuren Projekte in Angriff, bei denen es keinen genau definierten, nicht allzu weit in der Zukunft liegenden und spezifizierten ›Zahltag‹ gibt – *es sei denn*, sie hätten ernstzunehmende Unterstützung durch die Regierung und ein paar beachtliche regierungsseitige Garantien.«

»Genau!« Nachdrücklich nickte Ruth. »Und das bringt uns zum *zweiten* Punkt, mit dem wir alle uns hier befassen sollten. Wenn das Hauptziel dieser Operation darin bestanden hat, das Sternenkönigreich vor der Haustür von Mesa fernzuhalten – und genau darauf schien ja alles hinzudeuten –, dann war der Profit, der sich möglicherweise aus dem Terminus erzielen ließe, völlig zweitrangig, richtig? Ich meine, wir postulieren hier, ›Profit‹ sei nicht das Hauptmotiv für diese Operation gewesen.«

»Zumindest einige hier tun das, ja«, erwiderte Jeremy, dann zuckte er mit den Schultern. »Also gut, und ich gebe auch zu, dass sämtliche bislang begutachteten impliziten Indizien auf genau das Gleiche hindeuten. Aber das bedeutet ja nicht, dass Profit nicht ein *wirklich wichtiges* zweitrangiges Motiv gewesen wäre!«

»Klar. Aber beide Motive hätten sie deutlich billiger erreichen können, Jeremy, und ohne dabei etwas zu unternehmen, was so leicht ihre Beziehungen zur Liga versauen könnte. Sie hätten doch nur weiterhin Leute wie diese wahnsinnige Nordbrandt auf Kornati mit Waffen zu versorgen brauchen, oder sogar Westman auf Montana. Hätten sie das getan, und wäre es ihnen gelungen, noch ein paar andere potenzielle Brandherde in Aufruhr zu halten, dann hätten sie dafür gesorgt, dass wir *über Jahre hinweg* mit ›lokalen Unruhen‹ beschäftigt gewesen wären. Und dabei gehe ich schon davon aus, dass das nicht daheim auf Manticore für genug Ärger gesorgt hätte, um uns davon zu überzeugen, das Ganze sei von Anfang an eine blöde

Idee gewesen, sodass wir uns wieder nach Hause zurückgezogen hätten. Vielleicht hätte uns das nicht dazu bringen können, auch den Terminus aufzugeben, aber wenn es lange genug angedauert hätte, dann wäre vermutlich auch das OFS auf den Plan gerufen worden – und das wäre dann so mehr oder weniger das gewesen, was sie ohnehin im Sinn gehabt hatten. Und das berücksichtigt noch nicht einmal die Tatsache, dass irgendjemand aus der Liga letztendlich hätte herausfinden müssen, woher diese neue Navy von Monica eigentlich gekommen ist. Terroristen zu subventionieren, das ist eine Sache, was die Liga betrifft; aber Schiffe *der Liga* einem Haufen Neobarbaren auszuhändigen, ist entschieden etwas *völlig* anderes. Also geht es nicht nur um die Frage, wie viel sie im Vergleich zum möglichen Nutzen einzusetzen bereit gewesen wären, sondern dass sie immer eine andere, billigere – und sicherere – Alternative gehabt hätten. Und zwar eine Alternative, die ihnen verdammt noch mal auch *bewusst* gewesen ist, weil sie diese die ganze Zeit über parallel vorangetrieben haben!«

Jeremy wirkte immer noch skeptisch, doch Du Havel nickte. »Was das betrifft, haben die beiden Recht, Jeremy – und wenn es erforderlich wäre, und ich die nötige Zeit dafür hätte, könnte ich mühelos ein Buch darüber schreiben, wie dieses Muster im Laufe der Zeit immer wieder aufrechterhalten wurde. Wenn man beispielsweise zur der Zeit vor der Diaspora zurückgeht, wurden dort Eisenbahnlinien und Kanäle – selbst ein Großteil der Mautstraßen – einfach nicht gebaut, solange die entsprechenden Firmen nicht eine Art Rückendeckung durch die Regierung erhalten hatten, oder irgendwelche anderen Anreize, ganz egal, wer damals jeweils für die Regierungsgeschäfte verantwortlich war. Aber nachdem das nun gesagt ist, sollten wir, bevor wir zu irgendwelchen voreiligen Schlussfolgerungen kommen, immer an Napoleons Maxime denken.«

»Wer ist denn Napoleon?«, fragte Berry.

»Bernice Napoleon. Das ist die Systemverteidigungsministerin von Eta Cassiopeiae«, erklärte Ruth. Für jemanden, der so jung war wie sie, verfügte die manticoranische Prinzessin über wirklich phänomenale Kenntnisse auf dem Gebiet der Astropolitik.

»Ich denke, Web meint hier einen Eroberer aus uralten Zeiten«, widersprach Zilwicki. »Aber die einzige Maxime, die mir im Zusammenhang mit ihm einfällt, hat irgendetwas damit zu tun, jede Armee marschiere letztendlich mit ihrem Magen, und das erscheint mir hier doch ein wenig unpassend.«

»›Man führe nichts auf Böswilligkeit zurück, was auch mit Unfähigkeit erklärt werden kann‹«, sagte Victor. »Zum ersten Mal habe ich diesen Satz von Kevin Usher gehört. Er war ganz vernarrt in diesen Sinnspruch.«

Wieder blickte Ruth verwirrt drein. »Und was soll das ... Oh.«

»Web weist nur auf die Möglichkeit hin, das Verhalten von Manpower könne vielleicht einfach eine Folge ungeschickter Unternehmensführung sein«, sagte Anton.

»Jou, das habe ich mir auch schon zusammengereimt«, gab Ruth zurück. Dann schien sie kurz ins Leere zu blicken. »Wissen Sie ... ich könnte mir wahrscheinlich auch diese Zahlen noch einmal vornehmen. Selbst hier auf Torch sind die Datenbanken, die wir bislang zusammenstellen konnten, schlichtweg enorm. Darin sollte sich genug finden lassen, um Modellrechnungen vorzunehmen, und das anhand von irgendwelchen Firmen, die bankrottgegangen sind.«

»Ersparen Sie sich die Mühe«, gab Zilwicki zurück. »Ich habe schon ähnliche Modelle laufen lassen. Selbst wenn man die Worst-Case-Variante wählt – eine private Firma, die von einem einzelnen Individuum geführt wird, das firmenintern auf keinerlei Widerstände stößt, und dieses Modell beschreibt Manpower ja nun wirklich ganz und gar nicht –, erhält man immer noch keine Zahlen, die mit unseren Ergebnissen auch nur annähernd übereinstimmen. Wir reden hier von Aufwendungen, aufgerechnet gegen den möglichen Profit, wie man sie nur von Regierungen kennt. Und ich meine hier *ernstlich aggressive* Regierungen. So im Stile von Alexander dem Großen. Alles andere als Erbsenzähler.«

»Warum um alles in der Welt hast du dir die Zeit genommen, derartige Modelle zu entwickeln?«, fragte Cachat nach. »Mir fällt kein einziger Grund ein, so etwas zu tun.«

Zilwicki schnalzte mit der Zunge. »Weil du den beschränkten Horizont und den Tunnelblick von jemandem hast, der sein ganzes Leben im Spiegelkabinett verbracht hat. Ich habe das nicht aus Gründen getan, die irgendetwas mit geheimdienstlicher Tätigkeit zu tun hätten, Victor. Das ist schon Ewigkeiten her, und seitdem habe ich ein gewisses Augenmaß für Geschäfte und dergleichen entwickelt.«

»Und da sind Sie sich sicher, Anton?«, setzte Web sofort nach.

»Ja. Es ist einfach unmöglich, das Verhalten von Manpower in jüngster Zeit irgendwie zu erklären, wenn man keine entscheidenden *nichtwirtschaftlichen* Faktoren in die Gleichung aufnimmt. Das Gleiche gilt, nebenbei bemerkt, wahrscheinlich auch für Jessyk und Technodyne, aber da sind wir uns nicht ganz sicher. Aber wir glauben nicht, dass es bei Manpower noch Raum für irgendwelchen Zweifel gibt. Vor allem, wenn man die jüngsten Daten aus Monica zu den Informationen hinzunimmt, die uns schon vorher vorlagen. Eine Corporation würde sich ebenso wenig in dieser Art und Weise verhalten, wie ein normaler Angestellter bei einer Corporation das Verhalten eines Ronald Allen an den Tag legen würde.«

Du Havel beugte sich vor, stemmte die Hände auf den Tisch, blies die Wangen auf und ließ die Luft dann lautstark entweichen. »Also, da soll mich doch ...«

»Das geht uns allen so«, fiel ihm Jeremy ins Wort. »Was denken Sie denn, was da in Wirklichkeit vor sich geht?«

»Die einfachste Erklärung«, ergriff nun erneut Victor das

Wort, »ist, dass die jüngsten Fehlschläge von Manpower und einigen anderen einflussreichen Corporations von Mesa , die sogenannte ›Regierung‹ dazu bewogen haben, sich auch wie eine Regierung zu *verhalten.* Wenn diese Hypothese zutreffend ist, dann haben wir es hier überhaupt nicht mit Operationen von Manpower zu tun, sondern mit Operationen der *Sternnation Mesa* – und die Sternnation Mesa nutzt Manpower lediglich als Deckmantel.«

Web neigte den Kopf ein wenig schräg und blickte Cachat beinahe schon spöttisch an. »Sie scheinen von dieser Erklärung nicht sonderlich überzeugt.«

Victor zuckte mit den Schultern. »Ausschließen lässt es sich nicht. Es ist die einfachste Erklärung, und die berühmteste aller Maximen gilt auch für jegliche Tätigkeit im Geheimdienst.«

»Oh, die kenn ich!«, sagte Berry fröhlich. »Sie reden von Ockhams Skalpell!«

»Und was ist das nun wieder?«, fragte Ruth mit einer gewissen Schärfe in der Stimme. Ihr ausgedehntes Wissen auf dem Gebiet der Politik und des Militärs reichte nicht auch noch bis zu einer soliden Kenntnis der Philosophiegeschichte.

»Den genauen Wortlaut kann ich nicht mehr auswendig«, sagte Berry. »Aber der Grundgedanke ist: Wann immer man auf die gleiche Frage zwei oder mehr Antworten zu haben scheint, dann sollte man immer die einfachere nehmen. Die ist mit größter Wahrscheinlichkeit richtig.«

Web, der mit Ockhams Skalpell durchaus vertraut war, hatte sich diesen kurzen Wortwechsel schweigend angehört. Als Berry schließlich endete, sagte er: »Aber Sie sind skeptisch, Victor.«

»Ja, das stimmt.« Cachat nickte Zilwicki zu. »Und für Anton gilt das Gleiche.«

Nun blickte Du Havel zu Anton hinüber. »Warum?«

Mürrisch verzog Zilwicki das Gesicht. Nein, eigentlich war seine Miene gar nicht ›mürrisch‹, doch bei Antons kantigem

Gesicht brauchte es nicht viel, um ihn wie einen sehr verstimmten Zwergenkönig wirken zu lassen. »Zugegeben, klar und deutlich lässt sich das nicht erläutern. Aber es fällt mir schwer zu glauben, dass eine planetare ›Regierung‹ mit der Geschichte von Mesa plötzlich in der Lage sein soll, so glatt und effizient zu operieren, wie sie es hier getan zu haben scheint.«

»Ich halte es ehrlich gesagt für unmöglich«, setzte Victor hinzu. »Diese sogenannte ›Regierung‹ von Mesa hat deutlich mehr Ähnlichkeiten mit dem Vorstand einer Firma als mit einer normalen Regierung.«

Darüber dachte Du Havel nach. In Victors Worten lag eine ganze Menge Wahrheit. Die politische Struktur von Mesa entsprach weitestgehend einer Corporation, an der sämtliche freien Bürger Stimmrechtsaktien besaßen. Sklaven waren natürlich für alle Zeiten davon ausgeschlossen, jemals Stimmrechtsaktien zu erwerben.

Der Vorstandsvorsitzende von Mesa, der tatsächlich auch offiziell den Titel eines CEO trug, wurde vom Generalausschuss dieses Systems gewählt. Die Mitglieder dieses Ausschusses rekrutierten sich zum einen aus den führenden Firmen des Sonnensystems, zum anderen aus der freien Bürgerschaft, die ihre Vertreter frei wählen konnten. Doch das Gleichgewicht der Kräfte war eindeutig zugunsten der großen Corporations verschoben. Die gewählten Vertreter stellten nur ein Drittel der Gesamtanzahl der Ausschussmitglieder; die verbleibenden zwei Drittel wurden von den Corporations gestellt, ausgewählt nach dem prozentualen Anteil des Steueraufkommens ihrer jeweiligen Firma an den gesamten Steuereinnahmen der Regierung. Weil Manpower mit Abstand die größte einzelne Corporation war und tatsächlich für beinahe sechzehn Prozent der gesamten Steuergrundlagen aufkam, dominierten die von dieser Corporation gestellten Repräsentanten den Generalausschuss und waren üblicherweise diejenigen, die letztendlich darüber entschieden, wer in das Amt des CEO berufen wurde.

Zusätzlich zu den offiziellen Ernennungen, die Manpower eigenständig vornehmen konnte, hatte die Corporation sorgfältig geheim gehalten (oder zumindest konsequent sorgfältig zu erwähnen vergessen), dass sie enge Beziehungen zu einigen anderen der größeren Corporations auf Mesa unterhielten, durch die sie dann die Ernennung weiterer Mitglieder des Generalausschusses maßgeblich beeinflussen konnten. So war das Jessyk Combine beispielsweise offiziell eine gänzlich unabhängige Corporation, die 4,5% der Generalausschussmitglieder ernennen durfte – doch diese Ernennung erfolgte in Wahrheit durch *Manpower.* Wenn die Vermutung der Geheimdienstler auf Torch zutraf, eine ähnliche Beziehung bestehe auch zu Mesa Pharmaceuticals, dann verschaffte das Manpower die Kontrolle über – oder zumindest immensen Einfluss auf – weitere 9,5% des Generalausschusses. Mit Hilfe dieser drei formal gänzlich unabhängigen Corporations hatten damit die Direktoren von Manpower wahrscheinlich dreißig Prozent des gesamten Generalausschusses dieses Sonnensystems fest in der Hand.

Gemäß der mesanischen Verfassung musste der CEO aus der Gesamtheit der Generalausschussmitglieder gewählt werden – und damit war praktisch sichergestellt, dass er aus den Reihen der Vertreter eben der von den Firmen gestellten Mitglieder stammte. Und dieser CEO war nicht nur dem Namen nach der Chief Executive Officer des Sonnensystems, sondern auch faktisch. Er unterlag dem Gutdünken des Generalausschusses, und kein CEO konnte sein Amt länger als zehn Jahre am Stück bekleiden. Doch solange er das Amt innehatte, war seine Macht praktisch unbeschränkt, und sämtliche Entscheidungen hinsichtlich der Vorgehensweisen der Regierung wurden aus seinem Büro von oben herab diktiert und durch eine Reihe Geschäftsführer umgesetzt, die nur ihm persönlich unterstellt waren. Seine Budget-Vorschläge mussten vom Generalausschuss zwar abgesegnet werden, doch üblicherweise wurden sie ohne größere Debatten bestätigt. Tatsächlich entsprach eine Ablehnung seiner Vorschläge durch den Generalausschuss (die nur äußerst selten vorkam) faktisch einem Misstrauensvotum und brachte die Amtszeit des CEO augenblicklich zu einem Ende.

Das war ganz gewiss keine politische Struktur, die zu Flexibilität und risikoreichem Vorgehen ermunterte. Was das betraf, war Du Havel ganz mit Victor einer Meinung. Andererseits war Web der Ansicht, Cachats egalitaristische Politphilosophie versperre ihm hin und wieder den Blick auf gewisse Gegebenheiten – zumindest teilweise.

Dass Regierungen ähnlich geführt wurden wie Firmen, war in der Galaxis sogar recht häufig, und so war Mesa bei weitem nicht das einzige Beispiel dafür. Die ursprüngliche Regierung von Manticore war beispielsweise ganz ähnlich organisiert gewesen. Gewiss, sie hatte sich im Laufe der Jahrhunderte in vielerlei Hinsicht verändert, doch wenn man es genau betrachtete, war ›Veränderung‹ die einzige wahre Konstante bei allen von Menschen geschaffenen Institutionen, und viele andere Sternnationen hatten sich *zu* derartigen Firmenstrukturen entwickelt, statt sich davon abzuwenden.

Und wenn man es richtig anstellte, funktionierte diese Vorgehensweise auch genauso gut wie jedes andere System. Mit anderen Worten: nicht perfekt, aber doch oft gut genug, um damit zurechtzukommen.

Beowulf etwa war ein gutes Beispiel dafür. Schließlich besaß auch dieses System eine firmenartige Politstruktur, die ein Spiegelbild ihrer wirtschaftlichen Struktur abgab. Die Anteilseigner, auf die sich sämtliche Aktien der Corporation verteilten (der ihrerseits das gesamte Beowulf-System gehörte) wählten einen Firmenvorstand und dazu Direktoren der verschiedenen Bereiche, und diese waren dann für die Leitung der Corporation verantwortlich und hatten die Aufgabe, den Bürgern von Beowulf die erforderlichen Dienste zur Verfügung zu stellen. Ohne wesentliche Veränderungen hatte diese Struktur beinahe fünfhundert T-Jahre lang bestanden, und zumindest äußerlich galt sie weitestgehend auch noch heute. Und doch war die Regierung von Beowulf durchaus in der Lage, sich wie ein echter Nationalstaat zu verhalten, nicht wie ein zänkisches Oligopol.

Nachdem das nun gesagt war, kam Du Havel zu der Ansicht, Cachat habe vermutlich Recht. Der grundlegende Unterschied zwischen Beowulf und Mesa bestand in der Sklaverei. Ungefähr siebzig Prozent der Gesamtbevölkerung von Mesa waren Sklaven. Diese schlichte, barbarische demographische Realität prägte jedem einzelnen Aspekt der mesanischen Gesellschaft ihren Stempel auf. Gewiss, die dreißig Prozent der Bevölkerung von Mesa, die keine Sklaven waren, genossen in hohem Maße individuelle bürgerliche Freiheiten, und die verschiedenen Corporations, für die sie tätig waren, versorgten sie in einem Maße, die auf die Beziehung zwischen einem Dienstleister und dessen Kunden hinauslief. Doch in nicht unbedeutendem Maße entsprach das zugleich auch einer Art von Bestechung der Bürgerschaft durch die Firmen, um sie von jeglicher Neigung abzubringen, die Sklaven befreien zu wollen.

Dass die Corporations darin immer noch ›Bestechung‹ sahen, war vermutlich unnötig, weil alleine schon die Vorstellung einer mesanischen Anti-Sklaverei-Liga völlig undenkbar war – und doch war es vielsagend: Es verriet deutlich, wie sehr doch die Institution der Sklaverei zu einer grundlegenden Paranoia in der Klasse der Sklavenbesitzer geführt hatte. Diese Paranoia erstreckte sich auch – mit deutlich größerer Berechtigung – auf ›Unruhestifter von außen‹. Während freie Bürger Mesas in relativ hohem Maße bürgerliche Freiheiten genossen, gab es gewisse Bereiche, in denen diese Freiheiten extrem eingeschränkt waren. Die Sicherheitsorgane von Mesa hatten praktisch freie Hand, was die Anwendung ihrer Autorität auf jegliche Aspekte der Sklaverei betraf. Und bei Personen, die im Verdacht standen, dieser Institution entgegenwirken zu wollen, legten sie eine Skrupellosigkeit an den Tag, die ihresgleichen suchte. Die

Mehrheit der mesanischen Bürger hatte überhaupt nichts dagegen, schließlich lebten sie, ebenso wie ihre Oberherren aus den Firmen, stets in Furcht vor dem Schreckgespenst eines Aufstandes ihrer Dienerschaft und unterstützten daher generell jegliche Maßnahmen, von denen sie der Ansicht waren, sie würden eine Rebellion weniger wahrscheinlich machen.

Doch das alles bedeutete, dass die formal demokratischen Aspekte der Regierungsstruktur von Mesa praktisch nichts anderes waren als eben eine reine Förmlichkeit. Das war dann doch ein deutlicher Unterschied zur Lage auf Beowulf, denn dort stellte die Bevölkerung als Ganzes – also die *Bürgerschaft* – letztendlich die Kontrollinstanz für die Regierung dar.

Während Web noch grübelte, hatte der Rest der in diesem Saal Versammelten geschwiegen. Teilweise aus persönlichem Respekt, und teilweise einfach deswegen, weil Du Havel nun einmal der Premierminister von Torch war. Wenn es tatsächlich an diesem Tag eine Entscheidung zu fällen galt, dann musste er dieser auch zustimmen.

»Prinzipiell kann ich Ihrer Einschätzung der Lage nicht widersprechen, Victor. Und für die Ihre gilt das Gleiche, Anton. Ich könnte mich zwar hier und dort in Wortklaubereien ergehen, aber genau das wäre es letztendlich dann auch: Wortklauberei.«

»Also gut«, ergriff Jeremy wieder das Wort. Er nahm neben Berry Platz. Die anderen im Saal erkannten das Zeichen, das er damit setzte – man könnte fast schon sagen: Sie erkannten *das Symptom.* Jeremy X war bereit, zur Entscheidungsfindung überzugehen. »Und was machen wir jetzt?«

»*Wir* machen gar nichts – wenn Sie mit ›wir‹ Torch oder den Ballroom einschließen«, gab Anton zurück. »Wir haben uns bereits darauf geeinigt, dass Mesa hier Agenten eingeschleust hat. Also müssen wir ganz klein anfangen ... nennen wir es doch: ›unter Quarantänebedingungen‹.«

»Und wer genau ist dann ›wir‹?«, fragte Du Havel nach.

»Ursprünglich nur wir drei.« Anton wies zunächst mit einem Daumen auf sich selbst, dann deutete er auf Victor und Ruth. »Ich. Er. Sie. Das ist die einzige Möglichkeit sicherzugehen, auf keinen Fall irgendeinen mesanischen Doppelagenten an Bord zu holen. Und dann, falls oder besser: *sobald* wir Unterstützung benötigen, wenden wir uns an Ganny Butry und ihre Leute.«

»Und wie genau schlagen Sie vor, Mesa zu infiltrieren?«, verlangte Jeremy zu wissen. »Oder vielleicht sollte ich besser sagen: dort spurlos zu verschwinden, sobald Sie den Planeten erst einmal erreicht haben. Es ist völlig unmöglich, so etwas zu schaffen, ohne sich zumindest an einige der Kontaktpersonen des Ballrooms auf Mesa zu wenden.« Er neigte den Kopf zur Seite. »Also. Wie genau sieht Ihr Plan aus, dieses Problem zu umgehen?«

»Indem wir ein Mitglied des Ballrooms als Verbindungsmann nutzen – und zwar *wirklich nicht mehr als nur ein einziges.* Saburo. Er kennt einige Ballroom-Kontaktpersonen auf Mesa und« – Zilwickis Kiefermuskeln spannten sich sichtlich an – »angesichts dessen, was mit Lara passiert ist, gehen wir davon aus, dass er mindestens ebenso vertrauenswürdig ist wie ein Heiliger, wenn es so etwas überhaupt gibt.«

Kurz dachte Jeremy darüber nach, dann nickte er. »Ein guter Plan, denke ich. Aber ich gehe davon aus, dass Sie Saburo zurücklassen, sobald die eigentliche Infiltration ansteht?«

»Oh ja«, antwortete Victor. »*Ihn* unbemerkt nach Mesa zu schaffen, wäre um mehrere Größenordnungen schwieriger, als das bei uns selbst der Fall sein dürfte. Das, worauf die Polizei von Mesa wirklich mit Adleraugen achtet, sind jegliche Versuche von Exsklaven, irgendwelche Sicherheitsvorkehrungen zu unterwandern.«

»Das ist wohl wahr. Für Sie und Anton hingegen wird das Hauptproblem darin bestehen, spurlos zu verschwinden, sobald sie auf dem Planeten erst einmal angekommen sind.« Er lächelte. »Und bitte nehmen Sie zur Kenntnis, dass ich überhaupt nicht danach gefragt habe, wie Sie das zu bewerkstelligen beabsichtigen.«

Sie erwiderten sein Lächeln. Und schwiegen.

Web versuchte nicht einmal, die Feinheiten der Spionagetechniken zu ergründen. Etwas anderes faszinierte ihn deutlich mehr. »Wenn man einmal die Sicherheitsfragen außer Acht lässt ...«, sagte er. »Bin ich der Einzige hier, der es sonderbar findet, dass Sie hier gerade vorschlagen, eine Eliteeinheit zusammenzustellen? Eine Eliteeinheit, die nur aus drei Personen besteht – oder aus vier, wenn man Saburo mitzählt –, eine Eliteeinheit von *Spionen*, und diese Einheit rekrutiert sich aus Manticoranern *und* Haveniten?«

Berry grinste. »Das ist tatsächlich komisch, was? Wenn man bedenkt, dass die beiden Sternnationen sich offiziell immer noch im Kriegszustand befinden, meine ich.«

»Genau genommen habe ich jetzt eine doppelte Staatsbürgerschaft«, gab Ruth hartnäckig zurück. »Also denke ich, mich darf man als Bürgerin von Torch ansehen, nicht als Manticoranerin.«

Diese Behauptung war ... zumindest fragwürdig. Zunächst einmal gab es doppelte Staatsbürgerschaften zwar im Königreich Torch, nicht aber im Sternenkönigreich von Manticore. Für niemanden, und schon gar nicht für ein Mitglied des eigenen Königshauses. Zugegeben, unter den gegebenen Umständen war die manticoranische Regierung bereit gewesen, ein Auge zuzudrücken, als Ruth die Staatsbürgerschaft von Torch angenommen hatte. Doch davon abgesehen würde niemand, der auch nur halbwegs klar denken konnte – und ganz gewiss nicht Victor Cachat – auch nur einen Moment lang für möglich halten, Ruth könne in gleich welcher Weise den Interessen von Manticore zuwiderhandeln.

Cachat wirkte, als sei ihm diese Lage recht unangenehm. Zilwicki hingegen machte einen durchaus entspannten Eindruck. »Über die Rechtsgültigkeit können wir uns die Köpfe heißreden, bis das Universum den Hitzetod stirbt. Aber wirklich von Bedeutung ist etwas anderes: Wenn wir Recht haben, dann spielen Manpower und Mesa ein deutlich weitreichenderes Spiel, als wir bislang angenommen hatten. Und was auch immer sonst noch stimmen mag, das eine, bei dem wir uns ganz sicher sein können, ist, dass ihre Absichten sowohl Haven *als auch* Manticore gegenüber in äußerstem Maße feindselig sind.«

Nun ergriff Victor wieder das Wort. »Das bedeutet, was auch immer wir dort enthüllen mögen, wir werden es miteinander teilen und – das dürfte wohl mit Abstand das größte aller unserer Probleme sein – sowohl Haven als auch Manticore davon überzeugen müssen, dass unsere Einschätzung der Lage korrekt ist. Und das wird sich unmöglich bewerkstelligen lassen, solange nicht sowohl Anton als auch ich selbst von Anfang bis Ende dabei sind.«

»Das verstehe ich«, gab Jeremy zurück und nickte. »Aber ... öhm, ich mag es ja gar nicht, jemand anderen an seine Pflichten zu erinnern, Victor, aber ich dachte, Sie seien der Leiter des havenitischen Geheimdienstes, nicht nur hier auf Torch, sondern auch auf Erewhon. ›Chef der hiesigen Büros‹ nennt man so etwas wohl.«

Wieder wirkte Victor, als sei ihm die Sache unangenehm. »Na ja ... ja. Aber das lässt mir immensen Spielraum.« Deutlich fröhlicher: »Und man hat schon eine sehr kompetente Stellvertreterin losgeschickt. Ich bin mir sicher, dass sie die Lage hier fest im Griff haben wird, solange ich fort bin.«

»Und woher wissen Sie mit solcher Sicherheit, dass sie derart gut ist?«

»Ach, wir haben schon früher zusammengearbeitet, Jeremy. Auf La Martine. Sie hat hervorragende Arbeit geleistet, den Mord an einem abtrünnigen SyS-Offizier zu organisieren, und auch, dass ich sie dafür anschließend ordentlich verprügelt habe, hat sie sehr gut weggesteckt.« Als er bemerkte, wie die anderen ihn anstarrten, setzte er rasch hinzu: »Na, ich *musste* sie doch verprügeln. Nur um ihre Tarnung nicht auffliegen zu lassen! Das habe ich von Kevin Usher gelernt, als er mich seinerzeit in Chicago windelweich geschlagen hat.«

Er erhob sich vom Tisch. »Und jetzt, nachdem unsere Vorgehensweise feststeht – auch wenn die meisten von Ihnen noch nicht allzu viel darüber wissen –, muss ich mich daranmachen, unsere Einreise nach Mesa zu planen. Anton und Ruth hingegen müssen sich noch eine ganze Menge Daten einverleiben, aber dafür brauchen sie wirklich nicht meine Hilfe. In derartigen Dingen liegt ... öhm, nicht gerade meine Stärke.«

Du Havel sah, wie Berry die Augen verdrehte. Es fiel ihm sehr schwer, sich das Lachen zu verkneifen. Er war sich recht sicher zu wissen, was die junge Königin gerade dachte.

Ganz gewiss nicht. Die Stärke von Victor Cachat liegt darin, Chaos und Zerstörung zu bringen.

Kapitel 5

»Sind Sie sich da ganz sicher, Victor?«, fragte Jeremy. »Das ist eine verdammt riskante Methode, um nach Mesa zu kommen.«

Er warf Victors Begleiter einen Blick zu, der zwar noch nicht ganz skeptisch wirkte, aber es kam dem schon sehr nahe. »Und dich in das kleine Team aufzunehmen – und das ist jetzt nicht böse gemeint, Yana! –, erscheint mir das Risiko doch eher zu vergrößern, als umgekehrt.«

Die Exschwätzerin und jetzige Amazone schenkte dem Kriegsminister ein kühles Lächeln. Ein wenig arg hastig setzte er hinzu: »Nicht, weil ich an deiner Loyalität zweifeln würde, versteh mich bloß nicht falsch! Nur dass ...«

Leise lachte er in sich hinein. »Sagen wir mal so, Victor: Wenn Sie das hier durchgezogen kriegen, dann haben Sie den Rekord für Chuzpe um ungefähr einen Meter geschlagen.«

»Wer ist denn ›Hutspa‹?«, fragte Berry.

»Miguel Jutspa«, antwortete Ruth sofort. »Mit ›J‹ geschrieben, nicht mit ›H‹. Das ist ein Anführer der Renaissance Association, einer der engsten Mitarbeiter von Jessica Stein.«

Web Du Havel lächelte. »Ich glaube, eigentlich hat Anton gerade ein jiddisches Wort benutzt, Ruth.«

»Was ist ...«

»Ein uralter deutscher Dialekt, benutzt von Juden. ›Chuzpe‹ – das übrigens mit ›Ch‹ anfängt –, bedeutet ...« Kurz schien er ins Leere zu blicken. »Eine richtige Übersetzung gibt es für diesen Ausdruck gar nicht. Eigentlich ein ganz wunderbares Wort. Am ehesten trifft es vielleicht ›Unverfrorenheit‹ oder ›Frechheit‹, aber dazu gehört auch ein atemberaubendes Maß an Selbstgerechtigkeit. Eine ziemlich treffende Beschreibung ist der alte Witz von dem Mann, der seine Eltern ermordet, um an deren Erbe zu kommen, und dann vor Gericht ein mildes Urteil erbittet, weil er Vollwaise ist. *Das* ist Chuzpe.«

Berry blickte zwischen Victor und Yana hin und her. »Also gut, das verstehe ich. Victor und Yana reisen gemeinsam ein und behaupten, sie gehörten zu den wenigen Überlebenden des Manpower-Zwischenfalls auf Terra: der einzige SyS-Agent und eine der wenigen Schwätzer, denen es irgendwie gelungen ist, nicht bei diesem Massaker abgeschlachtet zu werden – passiert wegen einer todbringenden Allianz zwischen dem Ballroom, Kevin Usher – dem jetzigen Leiter des FIS von Haven – und einem seinerzeit gänzlich unbekannten SyS-Agenten namens … Victor Cachat.«

»Sehen Sie es einmal so«, sagte Victor. »Wenn mich irgendjemand unter Druck setzt, dann kann ich denen Details über diese Geschehnisse verraten, die noch nie jemand erfahren hat, aber sie werden völlig glaubwürdig klingen.«

Anton lachte leise. »Weil es tatsächlich *überhaupt keine* Überlebenden dieser SyS-Einheit gegeben hat – außer dir.« Er blickte Yana an. »Und es ist praktisch sicher, dass niemand genaue Aufzeichnungen darüber hat, welche Schwätzer in Chicago ums Leben gekommen sind. Ein paar haben schließlich überlebt. Also warum nicht Sie?«

Ruth wirkte ein wenig unentschlossen. »Ich weiß nicht recht … mir scheint, dass es doch mit einem gewissen Risiko verbunden ist. Wenn nur so wenige Schwätzer diesen Zwischenfall überlebt haben – und es gibt im ganzen Universum nicht allzu viele Schwätzer –, besteht dann nicht zumindest eine Chance, wenigstens einer der tatsächlichen Überlebenden könnte wissen, dass Yana *nicht* dazugehört hat? Natürlich setzt das voraus, dass sie auf Mesa irgendwelchen der echten Überlebenden begegnet, und das ist vermutlich nicht allzu wahrscheinlich. Trotzdem ist es riskant.«

Yana schüttelte den Kopf. »Sie verstehen nicht, wie die Gesellschaft der Schwätzer wirklich funktioniert, Ruth. Das Ausmaß von dem, was Sie als ›Kampfeslust‹ bezeichnen würden, ähnelt eher dem von Raubtieren als dem von Menschen. Es wäre überhaupt nicht überraschend, wenn ich mich über alle anderen Schwätzer geärgert hätte und deswegen meinen eigenen Weg gegangen wäre. Und zufälligerweise habe ich in meinen jungen Jahren eine ganze Weile auf Terra verbracht, größtenteils in Chicago. Das gilt für viele Schwätzer, also bin ich da überhaupt nichts Besonderes.«

Sie blickte Berry an. Und für einen winzigen Moment lang schien ihr die Lage peinlich zu sein. »Ich hatte sogar – sehr kurz nur – etwas mit einem der Schwätzer, der mit der Entführung deiner Schwester etwas zu tun hatte – das war natürlich mehrere Jahre später, weißt du. Damals war ich schon lange fort.«

Berry legte die Hand auf den Mund und unterdrückte ein Lachen. »Na warte! Wenn ich das Helen erzähle!«

»Es wäre mir lieber, wenn du das lassen würdest. Hätte sowieso keinen Sinn. Dieser ganz spezielle Exfreund von mir steht auf der Liste meiner Exfreunde, an die ich nur mit fröhlicher Verachtung zurückdenke.«

Sie warf Victor einen zustimmenden Blick zu. »Nicht, dass ich noch irgendeinen Groll hegen würde, weil Victor den Dreckskerl letztendlich mit einem Schrapnellgewehr in Stücke gerissen hat.«

Victor erwiderte ihren Blick mit einem höflichen Lächeln, ganz so, wie das üblich ist, wenn man erneut Dank für einen kleinen Gefallen empfängt, den man jemand anderem irgendwann in der Vergangenheit einmal getan hat. »Um wieder zum Thema zurückzukommen«, sagte er. »Falls nicht irgendjemand auf sehr hoher Ebene des Sicherheitsdienstes von Mesa mit dem Ganzen zu tun hat, besteht eigentlich keine allzu große

Chance, dass diese Scharade durchschaut wird. Es liegt in der Natur der Sache, dass die Systemsicherheit dafür gesorgt hat, dass keine frei verfügbaren Aufzeichnungen über mich existieren. Keine Vids, keine Bilder, keine DNA-Daten, gar nichts. In dieser Hinsicht sind sie in einer Art und Weise methodisch vorgegangen, die schon an Besessenheit grenzt, vor allem während der Regierungszeit von Saint-Just. Falls ich also auf Mesa nicht gerade jemandem begegne, mit dem ich bei der SyS zusammengearbeitet habe, ist das Ganze für mich kaum mit einem Risiko verbunden. Und die Wahrscheinlichkeit, dass das geschieht, ist doch recht gering, weil … na ja …«

»Sie nicht allzu viele Leute am Leben gelassen haben«, beendete Ruth den Satz süßlich.

»So könnte man das wohl ausdrücken, ja.«

Berry hatte die Stirn in Falten gelegt. »Victor, was haben Sie damit gemeint: ›Falls nicht irgendjemand auf sehr hoher Ebene des Sicherheitsdienstes von Mesa mit dem Ganzen zu tun hat‹?«

Wie üblich hatten sie sich in der tief unter der Oberfläche des Planeten verborgenen Operationszentrale versammelt, die derzeit Berry und Ruth auch als Wohnraum diente. Als Anton nun einen Blick auf seine Adoptivtochter warf, musste er sich ein Grinsen verkneifen – etwa das zehnte seit Beginn dieser Besprechung. Es hatte einfach etwas zutiefst Komisches, dass diese äußerst junge Königin von Torch offiziell den Vorsitz über eine Dienstbesprechung hielt … während sie im Lotussitz auf ihrem Bett saß.

Aber eine andere Wahl hatten sie kaum. Nachdem erst Saburo und jetzt auch noch Yana in ihren innersten Kreis aufgenommen worden waren, wurde es an dem Konferenztisch so beengt, dass sowohl Ruth als auch Berry es angenehmer fanden, sich auf ihre Betten zurückzuziehen – was natürlich keine größeren Schwierigkeiten machte, schließlich standen die Betten unmittelbar neben dem Tisch.

Als Operationszentrale, als die dieser Raum ja eigentlich auch gedacht war, hatte er durchaus geräumig und angemessen gewirkt. Jetzt, da er zugleich auch als effektiver Regierungssitz dieses Planeten herhalten musste, sah das ein wenig anders aus.

»Er meint damit«, erklärte Anton, »dass wir annehmen müssen, selbst trotz des unglaublich unauffälligen Profils, das Victor über die Jahre hat beibehalten können, werde Manpower – oder wer auch immer auf Mesa nun wirklich die Fäden in der Hand hält – mittlerweile genug in Erfahrung gebracht haben, um ihn identifizieren zu können. Falls einer ihrer eigenen Top-Agenten ihn entdecken sollte. Aber es ist sehr unwahrscheinlich, dass sie die erforderlichen Informationen allgemein verbreitet haben, nicht einmal in ihren eigenen Reihen.«

»Warum?«, fragte Ruth sofort nach. »Ich hätte angenommen, das wäre das Allererste, was sie tun würden.«

Thandi Palane lächelte und schüttelte den Kopf. »Weil Sie Ihr ganzes Leben schon eine Individualistin gewesen sind, Ruth – selbst wenn Sie, weil Sie eben der Winton-Dynastie angehören, jederzeit die Möglichkeit gehabt hätten, sich als offizieller Spion in eine zentrale Position zu quetschen.«

Ruth legte die Stirn in Falten. »Und das heißt jetzt ... was genau?«

»Das bedeutet, Sie haben keinerlei Erfahrung mit Bürokratien, zumindest nicht so, wie man sie eben von außen erlebt«, erklärte Jeremy. »Für mich galt natürlich genau das Gleiche« – kurz warf er Web Du Havel einen säuerlichen Blick zu – »bis dieser unverbesserliche Schreibtischtäter mich dazu gebracht hat, ein Amt in seiner Regierung zu übernehmen. Aber ich kenne die grundlegende Dynamik, weil ich sie schließlich selbst schon oft genug habe manipulieren müssen. Jeder Bürokrat, insbesondere ein Bürokrat, der im Sicherheits- oder im Geheimdienst tätig ist, verspürt reflexartig das Bedürfnis, Dinge geheim zu halten. Das liegt daran, dass ›Bescheid zu wissen‹ die Währung ist, mit der derartige Burschen Gefallen und Einfluss erkaufen – und damit auch für ihr eigenes Vorwärtskommen in der Hierarchie sorgen.«

Ruth wirkte nicht überzeugt. Das Gleiche galt für Berry. Doch sowohl Anton als auch Victor nickten zustimmend.

»Er hat Recht, Ruth. Vertrauen Sie mir, was das betrifft – schließlich bin *ich* hier derjenige, der sein Lebens aufs Spiel setzt.«

»Und meins«, warf Yana ein. »Aber ich vertraue dir voll und ganz, Schatz.«

Es klang, als ersticke Thandi. Der Blick, den sie Yana zuwarf, bestand aus einem Teil Warnung und zehn Teilen aufrichtiger Belustigung.

Und selbst dieser ›eine Teil Warnung‹, das wusste Anton, war nur eine Art unbewusster Reflex. Er war sich sicher, Palane mache sich wirklich keine Sorgen, Victor könne ›auf Abwege‹ geraten, während er Wochen oder vielleicht sogar Monate so dicht in Yanas Nähe bliebe, sogar das Bett mit ihr teilte.

Bei jedem anderen Mann hätte sich Thandi durchaus Sorgen gemacht. Aber eine der Tarngeschichten, die Victor jahrelang hatte aufrechterhalten müssen, bestand in der Vorspiegelung, er und Ginny Usher seien heimlich ein Liebespaar gewesen und hätten die ganze Zeit über Ginnys deutlich älterem und sehr törichtem, nichtsahnendem Gatten Hörner aufgesetzt. Dieser Tarnung hatten sie sich sehr häufig bedient, manchmal auch über einen längeren Zeitraum hinweg, und fast immer hatten sie dafür in einem gemeinsamen Bett geschlafen.

Yana war zweifellos eine attraktive Frau. Aber was die reine Schönheit und die erotische Ausstrahlung betraf, konnte sie es nicht einmal ansatzweise mit Ginny Usher aufnehmen. Das wiederum war auch kaum verwunderlich, denn Yanas Genom war so gestaltet worden, dass sie eine perfekte Soldatin abgab, während Ginny als Lustsklavin gezüchtet worden war. Wenn Victor es fertigbrachte, über Monate hinweg mit Ginny Usher in einem Bett zu schlafen, ohne dass auch nur das Geringste passierte, dann, davon war Thandi durchaus überzeugt, brachte er das gleiche Kunststück auch bei Yana fertig. Die Selbstbeherrschung dieses Mannes war beinahe schon übermenschlich.

Außer, wenn er von Frauen aufgezogen wurde. In diesem Fall war Victor oft immer noch genauso verletzlich wie damals, als er vierzehn oder fünfzehn Jahre alt gewesen war. Wieder musste sich Anton ein Grinsen verkneifen, als er sah, dass Victor angesichts von Yanas Bemerkung allen Ernstes *errötete*.

Hastig fuhr Cachat fort. »Dass es so schwierig ist, irgendetwas über mich aufzuspüren, bedeutet Folgendes: Wenn Mesa das tatsächlich zuwege gebracht hat – und davon müssen wir ausgehen –, dann werden diese Informationen streng geheim gehalten und ausschließlich den obersten Reihen ihrer Sicherheitskräfte zugänglich sein. Zumindest solange, bis sie einen Grund haben anzunehmen, ich müsse vorrangig behandelt werden – und für diese Annahme sehe ich derzeit keinen Anlass. Noch nicht, zumindest. Darüber hinaus …«

Er und Zilwicki tauschten Blicke aus. »Es gibt da etwas, das ich mit Anton bereits ausführlich besprochen habe. Die mesanische Gesellschaft, wie sauber organisiert sie auch sein mag und was für ein Geheimbund sie letztendlich auch regiert, muss eine gewaltige, dreckige Schattenseite haben. Es ist einfach unmöglich, dass eine Gesellschaft mit derart brutalen und elitären Grundbedingungen so viele Jahrhunderte lang aktiv sein kann, ohne dass eine derartige Schattenseite entsteht – und deswegen ist es sehr wahrscheinlich, dass auch die Elite von Mesa nur sehr wenig darüber weiß. Zum Teil, weil sie es einfach nicht wissen *kann*, zum anderen, weil sie es auch gar nicht wissen *will*.«

Ruth blickte immer noch skeptisch drein. Berry hingegen schaute zu Du Havel hinüber. Sie verstand, ungleich besser als Ruth, dass sich bei derartigen Dingen die Wahrheit deutlich häufiger in historisch geprägten Mustern erkennen ließ als in den Feinheiten geheimdienstlicher Tätigkeiten.

»Ich muss den beiden zustimmen«, sagte Du Havel. »Tatsächlich könnte ich, wenn wir die Zeit dafür hätten und Sie über das erforderliche mathematische Rüstzeug verfügen würden, sogar belegen, dass Victors und Antons Lageabschätzung gewiss zutreffend ist. Die einzige wirkliche Variable, die wir hier im Auge behalten müssen, ist einfach nur, *wie* zutreffend sie ist. Oder anders ausgedrückt: Wie groß und wie dreckig ist diese Schattenseite? Aber dass eine solche existiert, ist schlichtweg eine Tatsache.«

Als er Ruths skeptische Miene bemerkte, setzte er hinzu: »Und ich könnte Sie wahrscheinlich unter einem ganzen Haufen historischer Analogien begraben. Nehmen wir als Beispiel eine der beiden Gesellschaften in der Menschheitsgeschichte, die ursprünglich zur Prägung des Begriffes ›Totalitarismus‹ geführt hat: die antike Sowjetunion. Als diese zusammenbrach, kaum mehr als ein Jahrhundert vor der Diaspora, hat es nicht allzu lange gedauert, bis sich eine hochentwickelte und sehr einflussreiche Verbrecher-Subkultur entwickelte. Eine Zeit lang wurde die neue Regierung von zahlreichen Analysten als ›Kleptokratie‹ beschrieben. Ich will darauf hinaus, dass sich unter der vermeintlichen Oberfläche – die ebenso streng durch die Polizei kontrolliert wurde wie jede andere Gesellschaft in der Geschichte auch – eine sehr brutale Gesellschaftsform entwickelte.«

Nun blickte er zu Victor und Anton hinüber, die nebeneinander am Konferenztisch saßen. »Und genau darauf verlassen sie sich. Für Anton gilt das ebenso wie für Victor, auch wenn der Weg, auf dem er Mesa erreichen will, deutlich weniger extravagant ist.« Kurz lächelte er. »Wie man sich schon hat denken können. Aber beide verlassen sich darauf, dass sie reichlich Verfall und Korruption vorfinden werden, wenn sie Mesa erst einmal erreicht haben.«

»In meinem Falle geht es um schlichte, einfache Gier«, erklärte Anton. Mit dem Daumen wies er auf Victor. »*Er* hingegen baut auf die Tatsache, dass Manpower, obwohl es reichlich Söldner einsetzt, einschließlich der Abtrünnigen SyS-ler, sich diese auf jeden Fall ein Stück weit vom Leib halten wird. Vor allem gilt das für die SyS-Abtrünnigen, sogar die, die auf Mesa selbst aktiv sind. Und das können sie tun, weil sie diese Söldnereinheiten als ihre ›Sicherungen‹ nutzen.«

»*Vor allem* die auf Mesa«, setzte Victor hinzu. »Wir haben schon gestern über die Informationen gesprochen, die uns Rozsaks Nachrichtenoffizier Watanapongse zukommen ließ. Sie sind sich fast sicher – und wir stimmen dieser Einschätzung zu –, dass Mesa für die nahe Zukunft einen massiven Angriff auf Torch plant. Und für diesen Angriff werden sie vornehmlich SyS-Abtrünnige als Stoßtrupps einsetzen. Und sie gehen davon aus, dass sie sehr wahrscheinlich gegen den Eridanus-Erlass verstoßen werden.«

»Ah.« Endlich verschwanden die Falten auf Ruths Stirn. »Das bedeutet, Mesa will so glaubwürdig wie nur irgend möglich alles dementieren können, was irgendwie mit diesen SyS-Abtrünnigen zu tun hat – einschließlich derer, die sich auf ihrem eigenen Planeten befinden.«

Victor nickte. »Tatsächlich vermute ich, dass Mesa, kurz bevor der eigentliche Angriff stattfindet, eine groß angelegte Säuberungsaktion hinsichtlich sämtlicher SyS-ler vornehmen wird, die sich noch auf ihrem Planeten aufhalten. Einige von denen wird man zusammentreiben, nur für den Fall, dass ein Schauprozess vonnöten sein sollte. Aber die meisten von ihnen – und vor allem die, die über irgendetwas informiert sind – wird man erschießen, weil sie sich angeblich der Festnahme widersetzt haben, oder sie werden auf der Flucht erschossen, oder sie kommen sonst wie ums Leben.«

»Nicht zu vergessen, dass einige von ihnen vom Blitz getroffen werden oder – das scheint ein echter Allzeit-Favorit zu sein – bei Flugwagenunfällen verunglücken«, setzte Anton zynisch hinzu. »Natürlich wird es auch eine regelrechte Selbstmordwelle geben – allesamt Personen, die das Schuldgefühl einfach nicht mehr ertragen konnten. Und dann kommt auch noch ein statistisch völlig unglaubwürdiges Ansteigen von Badeunfällen und unbeabsichtigter Drogenüberdosierung.«

»Kurz gesagt«, griff Victor das Thema wieder auf, »brauchen Yana und ich nur irgendwie am Zoll von Mesa vorbeizukommen – und das dürfte mit unserer Tarngeschichte durchaus leicht sein –, dann können wir in die Söldner-Unterwelt von Mesa hinabsteigen. Natürlich müssen wir dort wieder verschwinden, bevor der gewaltige Schlag kommt, aber das war ja von vornherein klar.«

»Ich hingegen werde etwas konventioneller vorgehen«, erläuterte nun Anton. »Ich reise mit einer zwielichtigen Handelsdelegation ein, von der jeder vermuten wird, in Wirklichkeit habe sie die Absicht, Kontakte zu Zweier-Marketendern zu knüpfen. Das ist dann eine andere düstere Unterwelt, und zu der kann mir« – er nickte Saburo zu – »der Ballroom Zutritt verschaffen.«

Er blickte sich am Tisch um. »Ja ... das ist es so im Groben. Natürlich kann ich auf Details nicht weiter eingehen. Dafür gibt es ja auch keinerlei Veranlassung.«

»Wie bald wollen Sie aufbrechen?«, fragte Ruth.

»Ich reise schon morgen ab«, antwortete Cachat. »Anton folgt mir dann in ungefähr einer Woche.«

Palanes Miene wirkte sehr gequält. Das war vermutlich das erste Mal, dass sie von Victors Zeitplan erfuhr. Manchmal konnte dieser Mann diese restriktive Politik der ›Information nur bei Bedarf‹ wirklich übertreiben. Das mochte ja unter Geheimagenten eine ausgezeichnete Vorgehensweise sein – aber im Privatleben Victor von Thandis würde das bestimmt zu einigen Auseinandersetzungen führen.

»Und wie wollen Sie ein Zusammentreffen arrangieren, sobald sie den Planeten erreicht haben?«, fragte Du Havel nach. Abwehrend hob er die Hände. »Es tut mir leid, eigentlich brauche ich das ja gar nicht zu wissen. Ich bin bloß neugierig.«

Anton zuckte mit den Schultern. »Wir können Ihnen dazu ohnehin nichts sagen, denn das haben wir uns überhaupt noch nicht überlegt. Und das werden wir auch nicht. Ich überlasse es einfach Victor, mich zu finden. Seine Tarngeschichte ist zwar deutlich riskanter als meine, aber es hat den Vorteil, dass er damit mehr Bewegungsfreiheit hat. Vieles werden wir einfach improvisieren müssen.«

Mehrere der Anwesenden legten die Stirn in Falten.

»Entspannen Sie sich«, sagte Victor. »Wir sind darin wirklich gut.«

Als sie am nächsten Morgen noch das eine oder andere Detail besprachen, sagte Victor: »Ich gehe davon aus, dass du Harrington Bescheid sagen wirst.«

»Ja. Aber erst, wenn ich aufbreche.«

Victor nickte. »Also gut. Dann sehen wir uns auf Mesa, Anton. Yana, wir sollten aufbrechen.«

Und genau das taten sie auch. Es war eine unsentimentale Verabschiedung, wie sie kein mit einem Rückgrat ausgestattetes Lebewesen besser hätte hinbekommen können. Eigentlich hätte sie sogar noch Krustentiere mit Stolz erfüllt.

»Verdammt. Ihr beide seid *wirklich* gut«, sagte Ruth.

Kapitel 6

»Sie wollten mich sprechen, Albrecht?«

Albrecht Detweiler wandte sich von dem Panorama der zuckerweißen Strände hinter den Fenstern seines luxuriösen Büros ab, als die dunkelhaarige, stark tätowierte Frau durch die Tür trat.

»Ja, das will ich«. erwiderte er und bot ihr mit einer sparsamen Handbewegung einen der Sessel vor seinem Schreibtisch an.

Isabel Bardasano gehorchte dem wortlosen Befehl und setzte sich mit einer selbstsicheren, beinahe bedrohlichen Anmut und schlug die Beine über, während er von den Fenstern zu seinem Sessel ging. Ihr Gesichtsausdruck war aufmerksam, und er dachte nicht zum ersten Mal an die Gefährlichkeit hinter ihrem ... schmuckvollen Äußeren. Genau in diesem Augenblick begutachtete der Ausschuss für Langfristige Planung eine Kreuzung zwischen den Bardasano- und den Detweiler-Genotypen. Er entschied sich dagegen, ihr diese Kleinigkeit mitzuteilen. Vorerst zumindest.

»Nun«, sagte er und lehnte sich leicht in den Sessel zurück, »ich muss sagen, dass bislang die Entfernung Websters – und natürlich Unternehmen Rattengift – die beabsichtigte Wirkung zu entfalten scheinen. Abgesehen vielleicht von diesen neuen Waffen, die die Mantys offenbar entwickelt haben.«

»Bislang«, stimmte sie zu, doch in ihrem Ton fand sich ein winziger Hinweis auf einen Vorbehalt, und Detweiler wölbte die Brauen.

»Macht Ihnen etwas Sorgen?«

»Ja und nein«, antwortete Bardasano.

Er gab ihr mit einer Geste den wortlosen Befehl fortzufahren, und sie zuckte mit den Schultern.

»Bisher haben wir genau die Wirkung erzielt, die wir wollten«, sagte sie. »Ich rede jetzt nicht davon, was die Mantys bei Lovat getan haben, verstehen Sie. Das ist außerhalb meines Fachgebiets, und ich bin sicher, dass Benjamin und Daniel ihre Leute bereits rund um die Uhr daran arbeiten lassen. Wenn einer von ihnen meine Hilfe braucht, dann werden sie mir das ganz sicher sagen. Doch davon abgesehen sieht es aus, als hätten wir mit den Attentaten genau das erreicht, was wir wollten. Die Mantys oder zumindest doch eine ausreichende Mehrheit von ihnen ist überzeugt, dass Haven dahintersteckte; der Gipfel wurde abgesagt, und es sieht so aus, als hätten wir Elizabeths Misstrauen Pritchart gegenüber noch vertiefen können. Ich bin nicht ganz glücklich darüber, dass wir beide Operationen in diesem engen Zeitrahmen auslösen müssen. Ich improvisiere nicht gern, Albrecht. Sorgfältige Analyse und gründliche Vorbereitung haben uns so lange erfolgreich arbeiten lassen, dass ich ungern aus dem Augenblick heraus handele, ganz egal, was die anderen im Strategischen Rat denken mögen.«

»Ein stichhaltiger Punkt«, sagte Detweiler. »Benjamin, Collin und ich haben bereits in der gleichen Richtung diskutiert. Leider sind wir zu dem Schluss gelangt, dass wir immer mehr improvisieren müssen, je näher das Endspiel rückt. Sie wissen, dass das stets Teil unserer Prognosen gewesen ist.«

»Selbstverständlich. Trotzdem macht mich das nicht glücklich, wenn uns so etwas aufgezwungen wird. Und ich möchte nicht, dass wir in eine geistige Haltung kommen, in der wir nur noch auf Ad-hoc-Basis agieren, weil wir uns dem Endspiel nähern. Die beiden Gesetze, die ich versuche, stets im Kopf zu behalten, sind das Gesetz der unbeabsichtigten Folgen und Murphys Gesetz, Albrecht. Und wenn wir Webster eliminieren und einen Anschlag auf ›Königin Berry‹ verüben, beinhaltet beides ein recht bedeutsames Potenzial für unbeabsichtigte Folgen.«

»Davon gibt es gewöhnlich immer zumindest einige«, erwiderte Detweiler. »Haben Sie in diesem Fall besondere Bedenken?«

»Nun, es gibt ein paar Dinge, die mir Sorgen machen«, gab sie zu, und er kniff die Augen zusammen. Im Laufe der Jahre hatte er gelernt, Bardasanos innerem Radar zu trauen. Sie irrte sich manchmal, aber wann immer sie Bedenken hatte, war sie bereit, sich zu exponieren und es zuzugeben, statt alles für bestens zu halten. Außerdem traf sie immer öfter genau ins Ziel.

»Schießen Sie los.«

»Zuallererst«, sagte Bardasano, »mache ich mir nach wie vor Sorgen, dass jemand herausfindet, wie wir es tun, und so auf unsere Spur kommt. Ich weiß, dass im Augenblick niemand auch nur ansatzweise die sprichwörtliche rauchende Waffe gefunden hat ... jedenfalls nicht, soweit wir es wissen. Die Mantys verstehen sich jedoch besser auf Biowissenschaften als die Andermaner oder Haven. Vor allem aber haben sie direkten Zugang nach Beowulf.«

Detweiler biss in unwillkürlichem, beinahe pawlowschem Reflex die Zähne zusammen, als dieser Name fiel. Der automatische Stich der Wut, den der Name dieser Welt ihm versetzte, war geradezu instinktiv, und er hielt sich nicht zum ersten Mal vor Augen, wie gefährlich es war, wenn er diese Wut sein Denken beeinflussen ließ.

»Ich habe meine Zweifel, dass selbst Beowulf die Puzzleteile so schnell zusammensetzen könnte«, sagte er schließlich. »Irgendwann gelingt es ihnen mit Sicherheit, wenn sie genügend Daten haben. Man besitzt dort die Fähigkeit dazu. Doch in Anbetracht des schnellen Abbaus der Naniten, ist es extrem unwahrscheinlich, dass Beowulf bei der Untersuchung eines Leichnams noch etwas Definitives festzustellen vermag. Sämtliche Studien Everetts und Kyprianous weisen in die Richtung. Offensichtlich müssen wir diese Möglichkeit im Hinterkopf behalten, aber wir dürfen uns von ihr nicht derart verängstigen lassen, dass wir ein Verfahren nicht mehr einsetzen, auf das wir angewiesen sind.«

»Ich sage ja nicht, dass wir das sollten, ich weise nur auf eine mögliche Gefahr hin. Und um offen zu sein, ich mache mir weniger Sorgen darüber, dass irgendein Gerichtsmediziner es auf forensischem Weg erkennt, sondern mehr, dass jemand zu dem richtigen Schluss kommt – dass es eine Biowaffe ist und wir sie entwickelt haben –, indem er den anderen Spuren nachgeht.«

»Was für andere Spuren?«, fragte Detweiler und kniff erneut die Augen zusammen.

»Unseren aktuellen Berichten nach sind Elizabeth und der Großteil von Grantvilles Regierung, ganz zu schweigen vom Manty auf der Straße, felsenfest überzeugt, dass Haven hinter den Anschlägen steckt. Die meisten scheinen Elizabeths Theorie zuzustimmen, dass Pritchart aus unbekanntem Grund zu dem Schluss gekommen sei, der von ihr vorgeschlagene Gipfel wäre ein Fehler. Keiner von ihnen hat eine überzeugende Erklärung, was für ein ›unbekannter Grund‹ das sein soll, und einige von ihnen – besonders White Haven und Harrington – scheinen nicht sehr überzeugt davon, dass wirklich Haven der Schuldige ist. Seit dem Zusammenbruch der Regierung High Ridge haben wir leider niemanden mehr, der uns etwas davon bestätigen könnte, aber die Quellen, die wir noch haben, weisen alle in diese Richtung. Bitte vergessen Sie aber nicht, dass es Zeit beansprucht, bis uns Informationen von unseren besten überlebenden Quellen erreichen. Die Reporter können wir schließlich nicht nach diesen Dingen befragen, so wie wir Meldungen über militärische Operationen wie Lovat verwenden. Im Augenblick reden wir noch immer über sehr vorläufige Berichte, obwohl Kurierboote mit Blitzantrieb auf der Beowulf-Strecke eingesetzt wurden.«

»Verstanden. Weiter.«

»Was mich am meisten besorgt«, fuhr sie mit leichtem Achselzucken fort, »ist der Umstand, dass White Haven und Harrington zwei der Personen sind, denen Elizabeth am meisten vertrauen wird, sobald sich ihr Temperament wieder ein wenig abgekühlt hat. Ich glaube, dass beide zu klug sind, um sie im Moment allzu sehr zu bedrängen, was diese spezielle Frage angeht, aber keiner von ihnen neigt dazu, den allgemeinen Konsens zu verbreiten, wenn sie ihm nicht wirklich zustimmt. Und ungeachtet der Art, wie Elizabeth manchmal von ihren politischen Gegnern karikiert wird, ist sie eine sehr kluge Frau. Wenn also zwei Personen, deren Urteil sie traut, still aber beharrlich davon überzeugt sind, dass mehr vor sich geht, als alle anderen annehmen, dann ist es wahrscheinlich, dass sie diese Überzeugung in ihre Überlegungen nach den Hintergründen ernsthaft mit einbezieht. Außerdem gebe ich zu bedenken, dass es, was den tatsächlichen Urheber der beiden Anschläge betrifft, zwei mögliche Szenarien gibt. Die eine Erklärung ist natürlich, dass wir es waren – oder zumindest Manpower. Die andere Möglichkeit besteht darin, dass es durchaus eine havenitische Operation war, die jedoch weder von Pritchart noch einem Mitglied ihrer Regierung genehmigt wurde. Mit anderen Worten, dass sie von einem abtrünnigen Element innerhalb der Republik durchgeführt wurde, das gegen die Beendigung des Krieges ist.

Von beiden Möglichkeiten liegt die zweite wahrscheinlich näher ... und ist aus unserer Perspektive die weniger gefährliche. Gewiss wäre es schlimm, wenn jemand Elizabeth und Grantville überzeugen könnte, dass Pritcharts Vorschlag aufrichtig gemeint war und finstere Elemente – wahrscheinlich Hinterlassenschaften aus den schlimmen alten Tagen unter der Systemsicherheit – beschlossen haben, den Gipfel zu sabotieren. Selbst wenn Elizabeth dadurch wieder zu Friedensgesprächen bereit wäre, gäbe es immerhin keine Spur, die zu uns führt. Und neue

Friedensgespräche bahnen sich nicht über Nacht an. Ich vermute aber, dass selbst dann, wenn jemand Elizabeth heute diese Theorie vorlegen würde – das kann natürlich schon jemand getan haben –, es dennoch Wochen und wahrscheinlich Monate dauern würde, bis der Punkt erreicht ist, an dem wir ihre Meinung ändern. Und jetzt, wo die Operationen wieder aufgenommen wurden, werden neue Verluste und Schäden an den Infrastrukturen dagegenwirken, so bald wieder das Einverständnis zu einem neuen Gipfel zu bekräftigen.

Die erste Möglichkeit bereitet mir größeres Kopfzerbrechen, auch wenn ich zugeben muss, dass sie eine geringere Wahrscheinlichkeit hat, bisher jedenfalls. Im Augenblick lenkt die Überzeugung, es mit einer havenitischen Attentatstechnik zu tun zu haben, die Aufmerksamkeit weg von uns und sämtlichen Gründen, die wir haben könnten, um Webster oder Berry Zilwicki zu töten. Aber wenn es jemandem gelingt aufzuzeigen, dass es eine undetektierbare Bionanitenkomponente geben muss, die die ›Justierung‹ der Attentäter vornimmt, lautet die sofortige Folgerung, dass Haven diese Technik einsetzen mag, sie aber auf keinen Fall entwickelt haben kann. Die Republik hat einfach nicht die Kapazität, um so etwas selbst hinzubekommen, und niemand, der so klug ist wie Patricia Givens, wird auch nur eine Sekunde lang diese Möglichkeit in Betracht ziehen. Und das, Albrecht, wird eben diese kluge Person bewegen, sich zu fragen, wer die Technik denn dann entwickelt hat. Sie könnte von mehreren Stellen stammen, aber sobald jemand in diese Richtung überlegt, tauchen ganz oben auf der Liste der Kandidaten Mesa und Beowulf auf, und ich glaube nicht, dass irgendjemand annehmen wird, diese scheinheiligen Mistkerle auf Beowulf würden so etwas weitergeben. In dem Fall fällt der Ruf Manpowers wahrscheinlich auf uns zurück. Und da die Nachrichtendienste sowohl der Mantys als auch der Haveniten wissen, dass ›Manpower‹ ehemalige Angehörige der Systemsicherheit rekrutiert, wird dort die Möglichkeit einer Verbindung zwischen uns und einem anderen SyS-Element erwogen werden, das sich eventuell irgendwo im Unterholz der jetzigen Republik versteckt hält. Und das ist einfach zu dicht an der Wahrheit, als dass ich darüber besonders glücklich wäre.

Das wäre schon übel. Wenn man aber erst diesen Punkt erreicht, könnte man durchaus bereit sein, noch einen Schritt weiterzugehen. Wenn wir die Technik abtrünnigen Kräften innerhalb Havens zur Verfügung stellen, was sollte uns dann hindern, sie selbst einzusetzen? Und sobald sich jemand diese Frage stellt, werden ihm die vielen Motive zu Bewusstsein kommen, die wir für solche Anschläge hätten – die vielen Motive, von denen man aufgrund von Manpower bereits weiß, nicht die zusätzlichen, wahren Beweggründe.«

Detweiler schwang seinen Sessel einige Sekunden lang leicht von einer Seite auf die andere, überdachte, was sie gesagt hatte, und verzog das Gesicht.

»Ich kann gegen keines Ihrer Szenarien etwas anführen, Isabel. Dennoch glaube ich, dass das, was ich bereits gesagt habe, diese Möglichkeiten abdeckt: dass wir uns nicht gestatten dürfen, aus Sorge über Entwicklungen, die vielleicht nie eintreten, auf den Einsatz von notwendigen Techniken zu verzichten, wo wir sie einsetzen müssen. Und wie Sie gerade erst erklärt haben, besteht nur eine geringe Wahrscheinlichkeit, dass jemand auf uns als Drahtzieher der Anschläge kommt – oder zumindest, dass wir auf eigene Rechnung gearbeitet haben, statt dass Haven Schmutzarbeit an einen Dritten weitergegeben hat.«

»Gering ist aber lange nicht dasselbe wie nichtexistent«, entgegnete Bardasano. »Und mich beunruhigt noch etwas anderes: Mir liegt eine unbestätigte Meldung vor, dass Anton Zilwicki und Victor Cachat nach Trevors Stern gereist sind und Harrington an Bord ihres Flaggschiffs besucht haben.«

»Harrington?«, fragte Detweiler ein wenig schärfer und ließ den Sessel hochschnellen. »Wieso höre ich jetzt zum ersten Mal davon?«

»Weil die Meldung mit dem gleichen Blitzboot eintraf, das die Nachricht von der Absage des Gipfels durch Elizabeth Winton brachte«, antwortete sie gelassen. »Ich arbeite im Moment die Downloads noch durch, und der eigentliche Grund, aus dem ich um dieses Gespräch gebeten habe, hängt mit der Möglichkeit zusammen, dass dieses Treffen tatsächlich stattgefunden hat.«

»Bei Trevors Stern?« Detweiler sprach mit der Stimme eines Mannes, der das Gehörte zur Betonung wiederholt, nicht aus Zweifel oder Unglauben, und Bardasano nickte.

»Wie ich bereits sagte, ist es ein unbestimmter Bericht. Ich weiß im Augenblick wirklich nicht, wie glaubwürdig ich ihn einstufen soll. Doch wenn er zutrifft, ist Zilwicki mit seiner Fregatte nach Trevors Stern gereist, mit Cachat – einem bekannten havenitischen Agenten – an Bord. Es wäre möglich, dass ihnen der Transit durch das Wurmloch gestattet wurde – und die Annäherung an Harringtons Flotteneinheiten –, obwohl Manticore das gesamte System zum militärischen Sperrraum erklärt hat. In sämtlichen Zeitungen und Nachrichten wurde verlautbart, dass bei Sichtung eines unautorisierten Schiffes das Feuer eröffnet wird, und Schilder gleichen Inhalts kleben wahrscheinlich auf jeder Fläche der Lagerhäuser und Serviceplattformen am Terminus von Trevors Stern. Ganz zu schweigen von den Warnbojen im Außenbereich, die jedes Schiff anfunken, das dumm genug ist, vom Terminus einen Kurs systemeinwärts zu nehmen! Es scheint, dass Harrington Cachat nicht nur empfangen, sondern ihm hinterher sogar gestattet hat, das System wieder zu verlassen. Daraus schließe ich, dass sie dem, was immer er ihr zu sagen hatte, recht umfassend Glauben geschenkt hat. Und offen gesagt, ich kann mir nicht vorstellen, dass die beiden ihr irgendetwas gesagt haben, von dem wir gern hätten, dass sie es hört.«

Detweiler schnaubte zustimmend.

»Da haben Sie Recht«, sagte er. »Andererseits bin ich mir

sicher, dass Sie wenigstens eine Theorie haben, was den genauen Grund ihres Besuchs angeht. Also spielen Sie bitte die Fliege am Schott und teilen Sie mir mit, was Zilwicki und Cachat wahrscheinlich zu Harrington gesagt haben.«

»Meiner Vermutung nach wollten sie ihr vor allem klarmachen, dass nicht Cachat Operation Rattengift befohlen hat. Oder dass zumindest weder er noch irgendeiner seiner Leute es ausgeführt haben. Und wenn er bereit war, seinen Status als Trajans Mann im Erewhon-System offenzulegen, träte die Tatsache, dass er nicht der Drahtzieher ist, eindeutig hervor – vorausgesetzt, Harrington hat ihm geglaubt. Und leider gibt es jeden Grund anzunehmen, dass sie ihm geglaubt hat.«

Detweiler bezwang ein weiteres, womöglich heftigeres Aufwallen seiner Wut. Er wusste, worauf Bardasano hinauswollte. Wilhelm Trajan, der Direktor des Auslandsgeheimdienstes FIS der Republik, den Pritchart selbst ausgesucht hatte, besaß nicht das eindeutige Genie für improvisierte verdeckte Operationen, das Kevin Usher zu eigen war, doch Pritchart hatte entschieden, dass sie Usher als Chef des Inlandsgeheimdienstes brauchte. Und was man über Trajan auch sagen konnte, seine Treue zur Verfassung und zu Eloise Pritchart – in genau dieser Reihenfolge – war umfassend. In seinen Bemühungen, den FIS von allen verbliebenen SyS-Elementen zu säubern, war er unermüdlich gewesen, und auf gar keinen Fall hätte er eine schwarze Operation außerhalb der offiziellen Kanäle ausgeführt. Ohne dass Cachat davon wusste, hätte Operation Rattengift folglich durch Haven nur als schwarze Operation ausgeführt werden können, die von einer wesentlich niedrigeren Ebene ausging und völlig andere Mittel benutzt hätte.

Das war schon schlimm genug, doch was seine Wut eigentlich entfachte, war Bardasanos indirekte Anspielung auf die verdammten Baumkatzen von Sphinx. Für solch kleine, pelzige, nach außen hin liebenswerte Kreaturen hatten sie im Laufe der Jahre allzu viele verdeckte Operationen – sowohl havenitische als auch mesanische – scheitern lassen. Besonders in Partnerschaft mit dieser Hexe Harrington. Wenn Cachat in Hörweite an Harrington herangekommen war, hätte ihre verfluchte Baumkatze sofort gewusst, ob er die Wahrheit sagte oder nicht.

»Wann hat dieses Gespräch Ihrer ›unbestätigten Meldung‹ nach stattgefunden?«

»Etwa eine T-Woche, nachdem Elizabeth ihre Note abgefeuert hat. Der Bericht darüber stammt von einer unserer sorgfältiger geschützten Quellen, und das heißt, die Verzögerung, bis sie zu uns kam, war noch größer als sonst. Ein Grund, weshalb sie noch immer unbestätigt ist, liegt darin, dass sie gerade noch rechtzeitig für den regulären Geheimdienstbericht eingetroffen ist.«

»Also hatte Harrington, ohne dass wir etwas davon erfuhren, Zeit, nach Manticore zu gehen und alles, was sie ihr gesagt hatten, Elizabeth oder Grantville mitzuteilen, ehe sie nach Lovat abrückte.«

»Richtig.« Bardasano zuckte mit den Achseln. »Offen gesagt halte ich die Wahrscheinlichkeit, dass Elizabeth oder Grantville an Havens Unschuld glauben, für recht gering, ganz egal, was Cachat Harrington gesagt hat. Er kann schließlich nur beteuern, dass Haven, soweit *er* weiß, nicht hinter den Anschlägen steckt, und selbst wenn er die Wahrheit sagt, soweit sie ihm bekannt ist, heißt das noch lange nicht, dass er Recht hat; da können sie ihn mit Baumkatzen überprüfen, solange sie wollen. Selbst wenn er Harrington überzeugt hat, dass er wirklich an Havens Unschuld glaubt, ist und bleibt es nur seine persönliche Meinung. Daher bezweifle ich sehr, dass irgendetwas von dem, was sie Harrington gesagt haben oder was sie gleich wem gegenüber wiederholt hat, die Wiederaufnahme der Kampfhandlungen verhindern wird. Und wie schon gesagt, sobald wieder Blut vergossen wird, erhält der Krieg seine eigene Dynamik zurück und ist kaum erneut aufzuhalten.

Ein wenig mehr Kopfzerbrechen als das, was Zilwicki und Cachat Harrington mitgeteilt haben, bereitet mir ehrlich gesagt der Umstand, dass wir nicht wissen, wohin sie gegangen sind, nachdem sie Trevors Stern verlassen haben. Wir haben immer gewusst, dass beide fähige Leute sind, und sie haben eine beeindruckende Fertigkeit gezeigt, jede Information zu analysieren, die ihnen in die Hände fiel. Zugegeben, das hat uns bisher taktisch viel stärker geschadet als strategisch, und noch gibt es kein Anzeichen, dass sie begonnen haben, ›die Zwiebel zu schälen‹. Wenn Cachat aber die Informationen aus Havens Quellen mit dem kombiniert, was Zilwicki vom Ballroom erfährt, dann ist die Wahrscheinlichkeit am größten, dass sie unangenehme Einzelheiten miteinander in Verbindung bringen.

Besonders wenn sie sich Operation Rattengift wirklich genau ansehen und sich die Frage stellen, wie diese zuwege kommen konnte, wenn Haven nicht dahintersteckt. Auf sich gestellt, können sie nicht auf die Organisationen zurückgreifen, die Givens oder Trajan zur Verfügung stehen, aber sie besitzen großes Können, eine enorme Motivation und viel zu viele Informationsquellen.«

»Und das Letzte, was wir brauchen können, wäre, dass diese Irren von Ballroom erfahren, dass wir sie seit fast anderthalb Jahrhunderten für unsere Zwecke benutzen«, knurrte Detweiler.

Der Fanatismus, mit dem der Audubon Ballroom Manpower und alles, was damit zusammenhing, verfolgte, war ein weiteres Element, und zwar ein unbewusstes und unfreiwilliges, in der Tarnung der wahren Aktivitäten und Ziele des Alignments. Dass wenigstens einige Vorstandsmitglieder von Manpower Angehörige zumindest des äußeren Kreises des Alignments waren, hatte zur Folge, dass ihm im Laufe der Jahre der eine oder andere Mordanschlag des Ballrooms schwer geschadet hatte. Die meisten jedoch, die von den rachsüchtigen Exsklaven ermordet wurden, waren nur verlockend platzierte Ablenkungen, eine äußere Schale der ›Zwiebel‹, die niemand wirklich vermisste. Der blutige Krieg zwischen dem ›geächteten Konzern‹ und seinen ›terroristischen‹ Feinden hatte das Blutvergießen ins Zentrum der Aufmerksamkeit gesetzt und sie von dem abgelenkt, was tatsächlich vor sich ging.

Doch so nützlich der Ballroom auch gewesen sein mochte, er war und blieb ein zweischneidiges Schwert. Da nur ein winziger Prozentsatz der Manpower-Angestellten wusste, dass es einen verborgenen tieferen Sinn gab, war die Wahrscheinlichkeit, dass der *Ballroom* je darauf aufmerksam wurde, gering. Die Möglichkeit hatte jedoch immer existiert, und niemand, der Zeuge geworden war, wie der Ballroom die Sicherheitsmaßnahmen Manpowers immer wieder durchbrach, hätte unterschätzt, zu welcher Bedrohung ein Jeremy X und seine mordgierigen Gefolgsleute werden konnten, wenn sie je herausfanden, was wirklich vorging. Oder wenn ihnen … gewisse andere Dinge bewusst würden, die mit dem Ballroom zusammenhingen und damit, wer dessen Aktivitäten genau im Auge behielt. Aber wenn Zilwicki und Cachat tatsächlich auf dem Weg waren, einzelne Teile dieses Puzzles miteinander zu verbinden …

»Für wie wahrscheinlich halten Sie es wirklich, dass die beiden sich genügend zusammenreimen können, um die Dinge in diesem Stadium noch zu gefährden?«, fragte er schließlich.

»Ich bezweifle, dass jemand diese Frage wirklich beantworten kann. Jedenfalls nicht auf sinnvolle Weise«, gab Bardasano zu. »Die Möglichkeit hat allerdings immer existiert, Albrecht. Wir haben die Dinge so tief vergraben, wie es möglich war, wir haben Tarnorganisationen und Fassaden aufgebaut und alles getan, um mehrere Schichten der Täuschung zu errichten. Doch unter dem Strich haben wir uns stets am meisten darauf verlassen, dass ›jeder weiß‹, was Manpower ist und was es will. Ich würde sagen, die Chancen für Zilwicki und Cachat herauszufinden, dass das, was ›jeder weiß‹, von vorn bis hinten erfunden ist, sind sehr gering – vor allem, weil wir so viel Zeit hatten, alles an Ort und Stelle zu setzen. Möglich ist es aber schon, und wie gesagt, wenn jemand es schaffen kann, dann am wahrscheinlichsten diese beiden.«

»Und wir wissen nicht, wo sie im Moment sind?«

»Die Galaxis ist groß«, erwiderte Bardasano. »Wir wissen, wo sie vor zwei T-Wochen waren. Ich kann unsere Leute aktivieren, nach ihnen Ausschau zu halten, und wir könnten dabei Ihre sämtlichen Manpower-Quellen einsetzen, ohne besonderen Verdacht zu wecken. Aber Sie wissen so gut wie ich, dass das letzten Endes bedeutet, dort zu warten, bis sie uns vor die Flinte laufen.«

Detweiler verzog erneut das Gesicht. Bedauerlicherweise hatte sie Recht, und das wusste er auch.

»Gut«, sagte er. »Ich will, dass sie gefunden werden. Mir sind die Beschränkungen bewusst, mit denen wir es zu tun haben, aber finden Sie sie, so schnell Sie können. Sobald Sie sie gefunden haben, beseitigen Sie sie.«

»Das ist leichter gesagt als getan. Wie der Anschlag Manpowers auf Montaignes Landsitz zeigte.«

»Das war Manpower, nicht wir«, versetzte Detweiler, und nun sah sich Bardasano gezwungen, ihrerseits zu nicken.

Eines der Probleme, Manpower als Maske zu benutzen, bestand darin, dass zu viele leitende Angestellte des Konzerns genauso wenig wie der Rest der Galaxis wussten, *dass* jemand sie benutzte. Deshalb musste man diesen hohen Tieren die Zügel locker lassen, damit sie diese unbequeme Wahrheit nicht bemerkten – und das konnte zu Operationen führen, die im Fiasko endeten, wie es etwa in Chicago geschehen war oder bei dem Überfall auf Catherine Montaignes Landsitz auf Manticore. Zum Glück wirkten selbst solche Vollkatastrophen sich nur selten direkt auf die Ziele des *Alignments* aus. Und ein gelegentliches Manpower-Desaster verfestigte letztendlich nur den Eindruck der Ungeschicklichkeit, den die Galaxis von Manpower hatte.

»Wenn wir sie finden, darf nicht Manpower die Regie übernehmen und herumstümpern«, fuhr Detweiler grimmig fort. »Wir werden es tun – Sie. Und diese Geschichte bekommt allerhöchste Priorität, Isabel. Wir werden uns beide mit Benjamin zusammensetzen und es besprechen. Er hat wenigstens ein paar Spinnen-Einheiten verfügbar – er benutzt sie zur Schulung von Besatzungen und zur Erstellung von Übungssimulationen und Systembewertungen. Nach allem, was Sie gerade sagten, könnte es sich lohnen, eine davon im Verdant-Vista-System einzusetzen. Die ganze Galaxis weiß von dieser verdammten Fregatte Zilwickis. Ich glaube, es ist an der Zeit, dafür zu sorgen, dass sie einen kleinen, nicht zu uns zurückzuverfolgenden Unfall erleidet.«

Bardasano weitete leicht die Augen, und einen Augenblick schien sie zu einer Widerrede ansetzen zu wollen. Dann besann sie sich sichtlich eines Besseren. Nicht, da war sich Detweiler sicher, weil sie Angst gehabt hätte, etwas gegen ein Argument einzuwenden, das sie für falsch hielt. Was sie stets so wertvoll gemacht hatte, war, dass sie nie eine Jasagerin gewesen war. Wenn sie ihm widersprechen musste, dann würde sie es tun, ehe die Operation in Gang gesetzt wurde. Doch sie würde sich auch die Zeit nehmen, vorher darüber nachzudenken. Und das war ein weiterer Aspekt, der sie ihm so wertvoll machte.

Und ich bezweifle nicht, dass sie es auch mit Benjamin besprechen wird, dachte er. *Wenn sie Vorbehalte hat, wird sie zuerst mit ihm darüber reden, um eine zweite Meinung zu erhalten. Und falls sich herausstellt, dass sie einer Meinung sind, können sich die beiden gegen mich verbünden.*

Letzten Endes war dies Albrecht Detweiler nur recht. Wenn es etwas gab, wovon er keineswegs überzeugt war, dann war das seine eigene Unfehlbarkeit.

Juni 1921 P. D.

Kapitel 7

»Ich kann Ihnen gar nicht sagen, wie sehr ich mich darauf freue, Hugh. Das ist das erste Mal, dass ich aus diesem verdammten Loch herauskomme, seit Lara und all die anderen ermordet wurden.«

Sie waren gerade aus dem Fahrstuhl herausgetreten, der in die Tiefe zur Operationszentrale führte, die jetzt auch als Königliche Residenz fungierte, und steuerten auf den Haupteingang zu. Impulsiv hakte sich Berry bei ihrem Sicherheitschef ein. Als sie merkte, wie sehr er sich anspannte, verzog sie das Gesicht und nahm den Arm wieder zurück.

»Es tut mir leid. Schon vergessen. Sie müssen Ihre Waffenhand frei haben – anscheinend wohl sogar beide –, nur für den Fall, dass sich irgendwelche Bösewichte auf uns stürzen wollen. Und es ist völlig egal, dass kein Bösewicht, der nicht mindestens so groß wäre wie ein Gorilla, es jemals wagen würde, sich überhaupt auf Sie zu stürzen – und wenn doch, na und? Ich habe doch gesehen, wie Sie Gewichte stemmen, Hugh! Jeder Schurke, der auch nur ein halbwegs funktionsfähiges Gehirn hat und mir schaden wollte, würde wohl eher versuchen, mich in die Luft zu sprengen oder über große Distanz hinweg zu erschießen, und in keinem dieser Szenarien ist irgendwo Platz für ›Adlerauge Arai‹, der mit feuerspeienden Waffen für mich in den Tod geht.«

Hugh konnte sich ein Auflachen nicht verkneifen. Wenn man es praktisch betrachtete, hatte Berry sicherlich Recht. Hugh brauchte *wirklich nicht* beide Hände frei zu haben. Eigentlich hätte man sogar anführen können, wenn er Berry den Arm anböte, würde er damit das Risiko senken, die Königin könne stolpern und stürzen.

Aber das war egal. Das eigentliche Problem hier war rein psychologischer Natur. Selbst ohne jeglichen Körperkontakt hatte Hugh ernstzunehmende Schwierigkeiten, die erforderliche emotionale Distanz zu wahren. Und mit der Zeit wurde es sogar immer schlimmer. Er war der Ansicht, er brauche bei diesem Problem jede Hilfestellung, die er nur bekommen könne, denn er war gerade im Begriff, sich zu verlieben.

Mittlerweile verfluchte Hugh Jeremy X wortlos jeden Tag unmittelbar nach dem Aufstehen, dann noch mindestens ein Dutzend Mal über den Tag verteilt – und sein letzter Gedanke vor dem Einschlafen bestand darin, den Kriegsminister von Torch noch ein weiteres Mal zu verfluchen.

Seit Lara und all die anderen ermordet worden waren. Soweit Hugh wusste, war Berry Zilwicki die Einzige, die diesen mittlerweile berüchtigten Zwischenfall mit diesen oder ähnlichen Worten beschrieb. Für praktisch jeden anderen im besiedelten Weltraum – und auf jeden Fall für jeden Nachrichtensprecher und jede Nachrichtensprecherin – war dieser Zwischenfall mittlerweile bekannt als *das missglückte Attentat auf Queen Berry von Torch.*

So sah auch Hugh diesen Zwischenfall. Aber eben nicht Berry. Und sie *würde* es auch niemals so sehen. Vielleicht wäre es besser gewesen zu sagen: Sie war völlig außerstande, das Geschehene so zu sehen. Sie sah das Universum mit einer bemerkenswerten Klarheit, mit der sie die zahlreichen Ebenen und Schichten von Positionen, Titeln und Posten durchdrang, mit der die meisten Menschen ganz automatisch und normalerweise unbewusst alle anderen Personen, mit denen sie es zu tun hatten, einhüllten.

Nicht, dass sich Berry Personen von hohem sozialem Stand gegenüber respektlos verhalten hätte. Das tat sie niemals, es sei denn, besagte Person hätte ihr einen konkreten Grund dafür geliefert. Sie war nur eben in der Lage, diesen Respekt jedem anderen gegenüber ebenso zu erweisen, völlig egal, wie niedrig sein sozialer Status war. Sie hatte überlebt. Für Lara und viele andere galt das nicht. Und daher würde sie diesen Zwischenfall für alle Zeiten durch diejenigen definiert sehen, die am meisten gelitten hatten, und nicht durch die, die einen bestimmten Status innehatten. Queen Berry hatte sich Zeit genommen und sehr viel Energie in die Aufgabe gesteckt, den Namen jeder einzelnen Person herauszufinden, die bei dem Attentat ihr Leben verloren hatte, einschließlich sämtlicher Bediensteten, und persönliche Kondolenzschreiben an deren Angehörige geschickt. (Wenn es denn Angehörige gab. Für viele Exsklaven galt das nicht.)

Diese besondere Eigenschaft machte Berry zu einem Menschen, der schneller neue Freunde fand, als Hugh das jemals zuvor erlebt hatte. Und die Freunde, die sie schon vorher gehabt hatte, band sie auf diese Weise nur noch enger an sich. Hugh glaubte nicht, dass sich auch ihre anderen Leibwächter in der Art und Weise in sie verliebten, wie das bei ihm der Fall war. Aber sie alle dienten ihr mittlerweile von ganzem Herzen.

Und ... wenn er die Dinge richtig einschätzte, dann war es der gesamten Bevölkerung von Torch genauso ergangen. Schon bald würden sie es herausfinden. Dies hier würde Berrys erster öffentlicher Auftritt seit jenem Attentat werden.

Es stand dringend zu hoffen, dass er Recht hatte. Sonst würde Berry ihm bei lebendigem Leib die Haut abziehen. Vielleicht würde sie das sowieso tun.

Die Königin und ihr Sicherheitschef traten in das Sonnenlicht hinaus, das den Haupteingang des Palastes umspielte. Augenblicklich geschahen zwei Dinge absolut gleichzeitig.

Die gewaltige Menschenmenge, die sich dort versammelt

hatte, brach in tosende Jubelrufe aus, und ein Dutzend Leibwachen rückten vor und umringten ihre Königin.

Etwas mehr als die Hälfte der Wachen stammte von Beowulf, der Rest setzte sich aus Ballroom-Aktivisten und Amazonen zusammen, jeder Einzelne von ihnen im Vorfeld auf Herz und Nieren überprüft. Und das nicht nur durch Hugh persönlich oder durch Jeremy und Saburo, sondern auch von einem Angehörigen der Leibgarde, die mit Ruths Vater nach Torch gekommen waren.

Sein Name war Barry Freeman, und er war der Einzige dieser Abteilung der Queen's Own, den eine Baumkatze adoptiert hatte. Der Baumkater trug den Namen Oliver Wendell Holmes; er hatte Hughs Bemühungen, für Berry ein neues Schutzkommando zusammenzustellen, von Anfang bis Ende begleitet.

Um genau zu sein: ihr erstes *richtiges* Schutzkommando. Berry hatte darauf bestanden, die neu gegründete Einheit solle Lara's Own Regiment heißen. ›Regiment‹ war natürlich im Augenblick eine schlichtweg lächerliche Bezeichnung. Aber wenn diese neue Sternnation überlebte, dann würde sich das beizeiten ändern.

Verzweifelt wünschte sich Hugh, Barry und Oliver wären immer noch hier auf Torch. Er hätte sich einfach deutlich besser gefühlt, wenn er zumindest noch eine weitere Baumkatze in der Nähe gewusst hätte, die in der Lage wäre, die Emotionen all derjenigen aufzufangen, die Berry hier gefährlich nahe kamen. Bedauerlicherweise gab es nur sehr wenige Baumkatzen, die einen menschlichen Partner adoptiert hatten. Der Einzige hier auf Torch war Dschingis gewesen. Mit jedem Tag, der verstrich, vermisste Hugh ihn und Judson Van Hale mehr, und das nicht nur wegen des praktischen Aspektes. Weder Dschingis noch Judson – noch Harper – hatten auch nur einen Moment lang gezögert. Wäre das geschehen, so wäre Berry gestorben, und die Zahl der Toten ungleich größer geworden. Für Hugh Arai waren diese drei damit wie Brüder, Speziesunterschiede hin oder her!

Doch es hatte eben doch auch einen praktischen Aspekt, und über dieses Thema hatte Hugh recht ausführlich mit Winton-Serisburg und Freeman am Tag vor deren Abreise gesprochen. Sie hatten versprochen, zu tun was sie konnten, sobald sie erst einmal wieder im Sternenkönigreich einträfen. Vielleicht ließ sich ja der eine oder andere Manticoraner finden, der nicht nur von einer Baumkatze adoptiert worden war, sondern auch genügend sicherheitstechnische Erfahrung besaß – und der sich dann zumindest für eine Zeit lang zur Verwendung auf Torch abstellen ließe.

»Aber erhoffen Sie sich nicht zu viel«, hatte Freeman gesagt. »Von solchen Leuten gibt es nirgendwo allzu viele, vor allen Dingen, die auch noch die Art Erfahrungen gesammelt haben, wie Sie sie brauchen ... und um ehrlich zu sein, benötigen wir die wenigen, die wir haben, auch selbst, damit sie die Augen offen halten. Schließlich könnte es ja auch bei uns zu derartigen Attentaten kommen.« Er bedachte Winton-Serisburg mit einem beinahe schon entschuldigenden Blick. »Ihre Majestät, Baron Grantville, Earl White Haven, Baronin Morncreek ... es gibt noch *reichlich* Leute, die jemanden, der über eine derartige Möglichkeit verfügt, gerne tot sehen würden.« Wie die meisten Angehörigen der Queen's Own, die jemals auf Torch gewesen waren, schien er nicht ganz so fest wie die offiziellen Auswertungsexperten des Sternenkönigreichs davon überzeugt, der für diese Anschläge Verantwortliche werde mit havenitischem Akzent sprechen. »Und *die alle* am Leben zu halten, wird einen Großteil der zur Verfügung stehenden ›Katzen‹ erfordern.«

»Damit hat Berry Recht, und die Zweiergruppen, die wir haben, werden sich höchstwahrscheinlich auf Sphinx finden lassen. Vermutlich sind sie für den Forstdienst tätig«, hatte Michael hinzugefügt. »Aber ich werde das meiner Schwester gegenüber ansprechen, Hugh, und dann werden wir tun, was wir können.«

»Ach du großer Gott«, sagte Berry und starrte voller Bestürzung ihre Wächter an. Hugh wusste genau: Was sie am meisten aufregen würde, war nicht etwa die Anwesenheit dieser Sicherheitskräfte, sondern vielmehr die Tatsache, dass jeder Einzelne von ihnen mit einem Pulsergewehr bewaffnet war – und sämtliche dieser Waffen auch jederzeit feuerbereit waren. Lara's Own machten unmissverständlich klar, dass sie bereit waren, jeden Einzelnen beim geringsten Verdacht zu erschießen.

Gewiss, der Menschenmasse schien das nichts auszumachen. Tatsächlich wurde der tosende Jubel nur um so lauter, als die Sicherheitstruppe ihre Königin umringte. Doch Berrys Gesichtsausdruck und ihre Gesichtsfarbe, die noch bleicher war als sonst, verrieten deutlich, wie entsetzt sie war.

»Hugh ...«

Er biss die Zähne zusammen. »Eure Majestät, so läuft das nun einmal. Und so wird es auch bleiben, zumindest bis Manpower ernstlich angezählt ist. Wenn Sie das nicht ertragen können, dann müssen Sie sich einen neuen Sicherheitschef suchen.«

Es hätte ihn nicht überrascht, wenn sie ihn hier und jetzt sofort entlassen hätte. Eines war ihm schon lange klar geworden: Sosehr Berry sich auch bemühen mochte, anderen Menschen nach Kräften entgegenzukommen, sie war doch alles andere als unterwürfig – und sie ließ sich auch nicht leicht einschüchtern. Doch statt in ein Donnerwetter auszubrechen, verzog sie nach einigen Sekunden des Schweigens ihre Lippen zu einem milden Lächeln.

»Ist das für Sie auch so schwer wie für mich?«, fragte sie leise. »Es stimmt schon, ich *würde* Sie am liebsten sofort feuern – aber aus einem viel besseren Grund als dem hier.« Eine kleine Handbewegung schloss nicht nur die Wachen ein, die sie umringten, sondern – wie auch immer Berry das schaffte – die gesamte Vielzahl an Sicherheitsvorkehrungen, die Hugh getroffen hatte. »Aus einem viel, viel besseren Grund.«

Es gelang Hugh, weiterhin eine ernste, wachsame Miene zu ziehen. »Ja. Das ist es. Aber im Augenblick können wir nichts dagegen tun, deswegen ...«

Er kam zu dem Schluss, hier weiterhin darauf zu bestehen, immer beide Hände frei zu haben, obwohl er der einzige Wachmann vor Ort war, der *keine* Waffe umklammerte.

Daher bot er der jungen Königin den Ellenbogen. »Darf ich Ihnen meinen Arm anbieten, Eure Majestät?«

»Oh, gerne. Vielen Dank.«

»Und jetzt wartet die Eiscreme bereits auf Sie.«

Als sie J. Quesenberry's Ice Cream and Pastries erreicht hatten, verriet Berrys Miene, dass sie die dortigen Sicherheitsvorkehrungen als noch schlimmer empfand als dieses Sicherheitskontigent, das sie auf Schritt und Tritt begleitete. Der gesamte Raum war leer, von den Angestellten abgesehen.

»Hugh ...«

»Eure Majestät, so läuft das ...«

»Ach, halten Sie die Klappe!«, fauchte sie gereizt.

»Ich möchte lediglich darauf hinweisen« – mit seiner Handbewegung schloss er den ganzen Raum ein – »dass sich das Management mitnichten beschwert.«

Das war ... ganz offensichtlich die Wahrheit. Da andere Sicherheitskräfte den gesamten Straßenzug abriegelten, hatten die Angestellten von Quesenberry's Tische und Stühle zu beiden Seiten des Eingangs auf der Straße aufgestellt, sowohl auf dem Bürgersteig als auch auf der Fahrbahn – eigentlich überall, wo sich noch genug Platz für einen weiteren ihrer kleinen runden Tische und ein paar Stühle finden ließ. Ein Großteil des Mobiliars musste eigens für diesen Anlass gemietet worden sein. Anscheinend rechnete das Management mit zehnmal so vielen Kunden wie früher, selbst an den Tagen, an denen Berry persönlich die Eisdiele aufgesucht hatte.

»Na ja …« Sie seufzte schwer. »Dann ist das wohl okay so. Denke ich.«

Sie ergriff seinen Arm und zerrte ihn beinahe durch den Eingang. »Aber da Sie darauf bestanden haben, mir jegliche andere Gesellschaft zu verweigern, Mr. Arai, werden Sie für jegliches anregende Gespräch aufkommen müssen, das ich brauche. Und ich warne Sie gleich! Wenn ich Sie dabei ertappte, dass Sie ständig nach irgendwelchen Manpower-Agenten Ausschau halten, die sich möglicherweise in den Vorratsschüsseln verstecken, dann gibt's Saures.«

Tatsächlich brauchte Berry ihn nur zweimal zu schelten. Nachdem sich in der Eisdiele niemand anderes als sie beide und eine Angestellte aufhielten und dazu Lara's Own den Eingang bewachten, konnte Hugh sich tatsächlich ein wenig entspannen.

Das eine Mal ermahnte Berry ihn, als er tatsächlich eine der Vorratsschüsseln genauer unter die Lupe nahm.

(Man konnte ja nie wissen! Zwischen den Obststückchen ließe sich eine kleine Bombe doch recht gut verbergen.)

Der zweite, deutlich längere Lapsus ergab sich, als er die eine anwesende Angestellte sehr misstrauisch beäugte. Gewiss, einen wirklich guten Grund für dieses Misstrauen gab es nicht. Nicht nur, dass die betreffende Angestellte sich abmühte, eine neue Kreation des Hauses fertigzustellen, die Berry unbedingt probieren wollte; und dass sie wahrscheinlich die kleinste und am wenigsten bedrohliche Person war, die überhaupt zum Mitarbeiterstab von J. Quesenberry's Ice Cream and Pastries gehörte – die junge Frau war weniger als anderthalb Meter groß und wog allerhöchstens vierzig Kilogramm – nein, sie wurde auch die ganze Zeit über von einer Wache aus Lara's Own im Auge behalten, mit einer direkt auf sie gerichteten Waffe.

Man konnte ja nie wissen! Vielleicht war sie eine dieser

Ninjas, über die es so viele Legenden und Märchen gab – auch wenn die junge Frau es anscheinend regelrecht genoss, dass man ihr so viel Aufmerksamkeit widmete.

Ob das Gespräch, das Hugh mit Berry führte, tatsächlich anregend war, wusste er nicht, und er würde es auch niemals erfahren. Hauptsächlich hörte er Berry zu. Das konnte er stundenlang. Sie war eine dieser äußerst seltenen Personen, die es schaffte, dass die Bezeichnung ›zwangloses Gespräch‹ viel mehr die damit verbundene Freude beschrieb als etwaige Langeweile. Vielleicht lag es daran, wie sehr sie auf die Person achtete, mit der sie sich unterhielt, selbst wenn sie diejenige war, die deutlich mehr sprach als ihr Gegenüber.

Als sie sich schließlich zum Aufbruch vorbereiteten, sagte sie: »Zu meiner großen Überraschung war das gar nicht so übel. Aber ich muss doch sagen, dass mir unser erstes Rendezvous besser gefallen hat.«

»Das war kein ›Rendezvous‹«, gab Hugh ernst zurück. »Für *Sie* war das ein Ausflug. Für *mich* war es ein sicherheitsdienstlicher Auftrag.«

Berry lächelte. In ihrem Lächeln lag etwas, über das Hugh, wenn er es sich recht überlegte, nicht allzu lange nachdenken wollte.

»Wie konnte mir das nur entgehen?«, murmelte sie.

Verwünscht sei dieses Mädchen. Und vor allem: Verwünscht sei Jeremy!

Bevor sie den Raum verließen, gab Hugh der Abordnung von Lara's Own fünf Minuten Zeit, die Straße räumen zu lassen. Diese Zeitspanne erweiterte er dann auf zehn Minuten. Und dann auf fünfzehn. Die Menschenmenge, die jeden einzelnen Platz an jedem Tisch dort draußen auf der Straße belegte – genau wie sich die Eigentümer von Quesenberry's es sich gedacht hatten – war freundlich und kooperativ. Doch sie sahen es nicht ein, ihre eigenen Speisen nicht in aller Ruhe zu verzehren, und selbst unter Idealbedingungen dauert es nun einmal seine Zeit, so viele Menschen dazu zu bringen, sich geordnet zurückzuziehen. Was sollte Hugh tun? Sollte er Lara's Own anweisen, das Feuer zu eröffnen? Dann würde Berry ihm wirklich bei lebendigem Leibe die Haut abziehen!

Als sie schließlich – endlich – aufbrechen konnten, bot er seiner Königin erneut den Arm an.

»Wenn Sie gestatten, Eure Majestät.«

Berry nickte, legte die Hand in seine Armbeuge, und gemeinsam traten sie auf die Straße hinaus.

Einige Minuten später, auf dem Rückweg zum Palast, erschien auf Berrys Gesicht wieder dieses sonderbare, geheimnisvolle Lächeln. »Habe ich Ihnen gegenüber eigentlich schon erwähnt, dass ich hin und wieder die Fähigkeit habe – zwar nicht immer, aber doch deutlich häufiger, als dass es sich mit dem Wort ›Zufall‹ beschreiben ließe –, die Zukunft vorherzusagen?«

»Öhm ... nein, Eure Majestät. Haben Sie nicht.«

»Aber es stimmt durchaus. Und gerade ereilt mich wieder eine dieser Vorahnungen.«

»Und was für eine Vorahnung ist das, Eure Majestät?«

»Es wird der Tag kommen, Hugh Arai, an dem Sie bitter für jedes einzelne dieser verwünschten ›Eure Majestät‹ bezahlen werden. Vergessen Sie das nicht.«

Den ganzen Rückweg zum Palast lang dachte Hugh über diese Worte nach. Als sie schließlich eintrafen, lautete seine vorläufige Schlussfolgerung, dass diese Prophezeiung, so finster und grausam sie auch sein mochte, möglicherweise recht angenehme und erfreuliche Dinge barg.

Natürlich rief diese Schlussfolgerung sofort wieder Hughs übermäßig entwickeltes Pflichtbewusstsein auf den Plan. Und wieder überhäufte er innerlich und wortlos Jeremy X mit zahllosen Verwünschungen.

Juli 1921 P. D.

Kapitel 8

»Ja, Jiri?«

Methodisch zerdrückte Luiz Rozsak einen Lebkuchen nach dem anderen, ganz so, wie er sie für die Soße brauchte. Doch dann war Commander Watanapongse auf seinem Privat-Com erschienen. Der aromatische, tröstliche Duft selbstgebackenen Roggenbrotes mit Kümmel bot einen feinen Hintergrund zu dem deutlich kräftigeren Duft von schmorendem Sauerbraten, und wie stets, wenn er in der Küche tätig war, hatte Rozsak das Com auf den Holo-Modus umgestellt. Das bedeutete, dass Watanapongses Kopf und Schulterpartie aus der Tischplatte vor ihm herauszuwachsen schien, während Rozsak weiterarbeitete.

»Es tut mir leid, dass ich Sie stören muss, Luiz, aber ich dachte, Sie würden davon vermutlich so rasch wie möglich erfahren wollen.« Der Commander verzog das Gesicht. »Ich glaube, wir haben gerade die Bestätigung für das erhalten, was Laukkonen im März erwähnt hatte.«

»›Laukkonen‹?«

Rozsaks Hände erstarrten mitten in der Bewegung, und er legte die Stirn in Falten. Im Maya-Sektor und den angrenzenden Gebieten tat sich im Augenblick ohnehin schon so einiges, und daher benötigte er einige Sekunden, um seine Akten geistig ein wenig zu ordnen. Dann nickte er.

»Ajax«, sagte er.

»Ganz genau.« Watanapongse nickte, da ihm dieses einzelne Wort deutlich verriet, dass Rozsak die erforderliche Erinnerung gefunden und abgerufen hatte. »Das hier stammt nicht von ihm, und es ist auch nicht so deutlich und nicht so ... sagen wir: vollständig wie das, was er uns zu bieten hatte. Aber es stammt aus zwo unabhängigen, nicht allzu hochstehenden Quellen aus zwo verschiedenen Sonnensystemen. Keine von beiden hatte zufälligerweise irgendwelche ranghohen SyS-Offiziere zur Hand, die ihnen noch Geld schuldeten, aber beide haben sie die Abfahrt von drei abtrünnigen Ex-Havie-Kriegsschiffen aus ihrer jeweiligen Region gemeldet. Es gibt da noch ein paar Kleinigkeiten, die man halt so in Bars und Restaurants beiläufig fallen lässt, die vermuten lassen, dass sie alle drei den gleichen, bisher leider unbekannten Treffpunkt ansteuern. Natürlich können wir das im Augenblick noch nicht eindeutig bestätigen, aber es ist uns gelungen herauszufinden, dass besagte Schiffe tatsächlich innerhalb eines recht engen Zeitfensters aufgebrochen sind. Und auf eines von ihnen passt ziemlich genau die Beschreibung, die uns Laukkonen von Bottereau gegeben haben, diesem SyS-Kerl, der ihm das ganze Geld schuldet.«

»Ich habe noch nichts darüber gehört, dass auch ihr Ziel schon eindeutig identifiziert wäre«, merkte Rozsak an, und Watanapongse warf ihm ein kurzes, knappes Lächeln zu.

»Nein, das stimmt«, bestätigte er. »Aber wie wir ja gesagt hatten, als wir uns seinerzeit über Laukkonens ursprünglichen Bericht unterhalten haben, fällt es mir ernstlich schwer, mir ein anderes Ziel in unserem Territorium vorzustellen, wo Manpower so richtig Ärger machen könnte.«

»Das setzt natürlich voraus, dass sie überhaupt die Absicht haben, irgendwelche Operationen in unserem Territorium vorzunehmen«, betonte Rozsak. »Wenn man bedenkt, was gerade in Richtung Talbott abläuft, könnte es gut sein, dass sie zusätzliche Streitkräfte für *dieses* Gebiet zusammenziehen.«

»Das wäre möglich.« Watanapongse nickte. »Aber wenn man sich andererseits anschaut, welches Ausmaß die Operation hatte, die Terekhov im Monica-System gesprengt hat, wären sämtliche SyS-Überbleibsel selbst zusammengenommen nicht einmal so bedeutsam wie ein Furz in einem Raumanzug. Und wenn *wir* uns das so zusammenreimen können, dann gilt das wohl vermutlich auch für Manpower. Also warum sollten sie einen Aktivposten für einen Einsatz verschwenden, bei dem sie so spurlos verschwinden werden wie Schneeflocken auf einem heißen Backblech? Die werden doch einfach von der Verstärkung überrannt werden, die die Mantys in ihre Richtung einfach schicken *müssen!*«

»Vorausgesetzt, die Mantys haben überhaupt genug, was sie schicken könnten«, gab Rozsak zurück.

»Wissen Sie, Luiz, mir scheint, wann immer Sie sich in der Küche austoben, haben Sie *noch mehr* Spaß daran, den Advocatus Diaboli zu spielen. Ich dachte, Kochen sei eine Freizeitbeschäftigung, bei der man sich *entspannt.*«

»Ich *bin* doch ›entspannt‹ – zumindest soweit das in jüngster Zeit überhaupt möglich ist.«

Rozsak verzog die Lippen zu einem schiefen Grinsen, zerbröckelte noch schnell die letzten Lebkuchen, stellte die Schüssel beiseite und wischte sich die Hände an dem Handtuch sauber, das über seiner Schulter hing. Einige Sekunden lang blieb er dann reglos stehen, und das Lächeln auf seinem Gesicht verwandelte sich allmählich in ein Stirnrunzeln. Schließlich atmete er hörbar tief durch.

»Uns liegt wohl nichts Neues darüber vor, was die Mantys bei Lovat Giscard angetan haben, oder?«, fragte er.

»Leider nicht.« Watanapongse schüttelte den Kopf, und Rozsak verzog gequält das Gesicht.

Das erfolgreiche Attentat auf James Webster in Chicago und das – *erfolglose* – Attentat auf Queen Berry auf Torch hatte genau das bewirkt, was Barregos, Watanapongse und Edie Habib auch vermutet hatten. Und sie alle waren davon überzeugt, dass genau das auch die dahinterstehende Absicht war: Das geplante

Gipfeltreffen zwischen Königin Elisabeth und Präsidentin Pritchart auf Torch zum Platzen zu bringen. Rozsak war der Ansicht, Elisabeths Reaktion sei fast so vorhersagbar gewesen wie der nächste Sonnenaufgang – vor allem angesichts der allgemein bekannten Neigung der Volksrepublik Haven, Attentate als politisches Mittel zu nutzen. Vor nicht allzu langer Zeit hatte Oscar Saint-Just tatsächlich ein Attentat auf die Königin des Sternenkönigreichs verüben lassen. Rozsak musste zugeben, dass er, wäre er an Elisabeths Stelle gewesen, Haven ebenfalls immenses Misstrauen entgegengebracht hätte. Natürlich *befand* er sich nicht an ihrer Stelle. Er konnte nicht auf die persönliche Geschichte zurückblicken, die sie – oder ihre ganze Sternnation – mit der *Volks*republik Haven verband. Und weil er das nicht konnte, erschien es ihm extrem unwahrscheinlich, dass Pritchart sich die Mühe gemacht haben sollte, das von ihr selbst vorgeschlagene Gipfeltreffen in dieser aufwändigen und möglicherweise katastrophalen Art und Weise zu sabotieren.

Es ist ganz offensichtlich, dass Pritchart und Theisman ebenso wenig wie wir haben kommen sehen, was Harrington bei Lovat gegen sie eingesetzt hat – was zur Hölle auch immer es denn nun eigentlich war. Also konnte sie auch nicht schon im Voraus *wissen, wie übel es für sie werden würde, die Kampfhandlungen wieder aufzunehmen. Und es besteht* immer noch *die Möglichkeit, dass irgendjemand anderes aus der Republik die Friedensgespräche sabotieren wollte, nachdem es so aussah, als sei ein überwältigender militärischer Sieg für sie in greifbarer Nähe. Aber trotzdem …*

»Da wir keine weiteren Hinweise haben, die in die eine oder andere Richtung deuten«, fuhr er dann fort, »denke ich, Sie und Edie sind vermutlich auf dem richtigen Weg. Ich würde weiß Gott gerne wissen, wie die Mantys es fertigbringen konnten, ein duplexfähiges, überlichtschnelles Link in etwas hineinzuquetschen, was so klein ist wie ein Geschoss. Aber ich wüsste nicht, was sonst die Geschehnisse vor Lovat erklären könnte.«

»Es wäre mir lieber, wenn uns irgendetwas anderes darüber

vorläge als nur Berichte aus zwoter Hand«, gab Watanapongse zurück.

»Es wäre uns *immer* lieber, irgendetwas zu haben, was uns aber leider fehlt!«, schnaubte Rozsak. »Es ändert sich immer bloß das spezielle ›Irgendetwas‹, oder?«

Zur Antwort stieß Watanapongse ein kurzes, zustimmendes Schnauben aus, und der Admiral zuckte mit den Schultern.

»Na ja, da wir über Lovat eben nichts Konkreteres *haben* als Berichte aus zwoter Hand, können wir nicht einmal ansatzweise vorhersagen, wohin sich dieser ganze Schlamassel entwickeln wird. Und da wir auch niemanden haben, der bei Manpower hinreichend weit oben steht, um etwas über die Kommandostruktur und die Überwachung auszusagen, vermögen wir auch keine Prognosen hinsichtlich ihres Angriffsziels abzugeben. Aber ich denke, wir werden davon ausgehen müssen – zumindest vorerst -, dass sie wirklich die Absicht haben, sich auf Torch zu stürzen. Wenn dieses Attentat auf Berry Zilwicki *tatsächlich* von Manpower organisiert wurde, dann hatten die vielleicht mehr als nur eine Zielperson im Auge.«

»Sie meinen also, es ging denen nicht nur darum, die Mantys und die Haveniten dazu zu bringen, wieder aufeinander zu schießen? Die wollten gleichzeitig auch noch *Torch* weichkochen?«

»Genau das meine ich«, bestätigte Rozsak. »Und ›Torch weichkochen‹, wie Sie es so schön ausgedrückt haben, wäre ein logischer erster Schritt, wenn sie die Absicht haben, danach einen zwoten Angriff vom All aus durchzuführen.«

»Diesen armen Teufeln da unten ist wirklich keine Pause vergönnt, was?«, fragte Watanapongse rhetorisch. »Erst verlieren sie ihr Vermessungsschiff, eine Woche später verübt jemand ein Attentat auf ihre Königin, und jetzt sieht es mehr und mehr danach aus, als beabsichtige Manpower, sie vom All aus in Grund und Boden zu bomben – oder zumindest Strohmänner für genau diese Aufgabe nach Torch auszuschicken.«

»Und die beiden Navys, die am ehesten in der Lage wären,

dagegen irgendetwas zu unternehmen, sind zu sehr damit beschäftigt, aufeinander zu schießen«, stimmte Rozsak ihm zu. »Abgesehen davon: Würde ich dazu neigen zu wetten – aber wir wissen natürlich beide, dass dem nicht so ist ...« – er und Watanapongse grinsten einander an; Luiz Rozsak hatte noch nie Interesse daran gehabt, bei irgendwelchen Wetten lediglich schnödes *Geld* einzusetzen – »... wäre ich durchaus bereit, den einen oder anderen Credit auf die Wahrscheinlichkeit zu setzen, dass in den Anweisungen, die Manpower hinsichtlich Torch erteilt hat, nirgends die Formulierung ›vergessen Sie nicht den Eridanus-Erlass‹ auftaucht.«

»Da bin ich mir auch verdammt sicher.« Das Lächeln, das kurz Watanapongses Gesicht aufgehellt hatte, verschwand wieder. »Und jetzt, wo Manticore und Haven wieder aufeinander schießen, wird Erewhon gewiss darauf bedacht sein, seine eigenen militärischen Aktivposten dicht bei der Heimat zu halten, nur für den Fall der Fälle.«

»Also gut.« Rozsak nickte eher für sich selbst als für seinen Gesprächspartner. »Ich denke, was Erewhon angeht, haben Sie Recht. Und selbst, wenn es anders sein sollte, sind die schließlich nicht diejenigen, die ein Abkommen mit Torch geschlossen haben. Das haben *wir* getan. Ich möchte, dass Edie und Sie sämtliche Mitarbeiter daransetzen, alle nachrichtendienstlichen Informationen über Manpower genauestens zu überprüfen und zu bewerten. Das Gleiche gilt für abtrünnige SyS-Schiffe und alles, was wir über die neuen Zielerfassungssysteme der Mantys und bekannte Truppenverlegungen zusammenkratzen können. Ich möchte in der Lage sein, Oravil in die gesamte Situation einzuweisen – und das hoffentlich noch innerhalb dieser Woche.«

»Ist mit dir alles in Ordnung, Jack?«, erkundigte sich Steven Lathorous, und Jack McBryde blickte rasch von dem Memo auf, mit dem er sich gerade befasst hatte.

Die beiden saßen in McBrydes Büro im Gamma Center und gingen den Routine-Papierkram durch. Das war ein feststehender Bestandteil sämtlicher Dienstbesprechungen, wie sie dreimal in jeder Woche abgehalten wurden. Lathorous war stellvertretender Direktor der Sicherheitsabteilung des Centers und damit McBrydes ranghöchster Untergebener. Sie beide kannten einander buchstäblich schon, seit sie als Kadetten in den Sicherheitsdienst des Mesanischen Alignments eingetreten waren. Sie arbeiteten gut zusammen, und was noch viel wichtiger war: Sie waren auch persönlich befreundet. Und dieser Umstand verlieh Lathorous' Blick – in dem eine Mischung aus Erstaunen und Besorgnis zu lesen stand – in mancherlei Hinsicht noch größere Bedeutung.

»Worauf bezieht sich dieses ›in Ordnung‹?«, fragte McBryde nach kurzem Schweigen nach.

»Wenn ich wüsste, was dich so beschäftigt, könnte ich wahrscheinlich auch sagen, ob es ernsterer Natur ist. Nur weiß ich leider nichts dergleichen, aber wenn ich eine Vermutung aussprechen müsste, dann würde ich sagen, dass es irgendetwas mit unserem Hyperphysiker-Sorgenkind zu tun hat.«

»Simões?«

»Falls du nicht noch von irgendeinem anderen Hyperphysiker-Sorgenkind weißt, auf das du mich bislang aus irgendwelchen Gründen noch nicht aufmerksam gemacht hast ...«, gab Lathorous trocken zurück, und unwillkürlich musste McBryde auflachen.

»Nein, Gott sei Dank nicht.« Er schüttelte den Kopf. »Aber wahrscheinlich hast du Recht. Wenn es so wirkt, als wäre ich ein wenig ... abgelenkt, dann liegt das vermutlich tatsächlich daran, dass ich mir Sorgen um ihn mache.«

»Das Projekt neigt sich allmählich dem Ende zu, Jack«, betonte Lathorous in deutlich ernsthafterem Tonfall.

»Ich weiß.« Abwehrend hob McBryde die rechte Hand. »Aber selbst wenn dem so ist, wird dieser Mann für die Forschungstätigkeit immer noch ein immens wertvoller Aktivposten sein.«

»Ja, das stimmt.« Ruhig blickte Lathorous in die blauen Augen seines Gegenübers. »Aber das ist nicht der Hauptgrund, weswegen du dir Sorgen machst.«

Einen Moment lang blickte McBryde nur in Lathorous' dunkle Augen und dachte darüber nach, wie lange sie einander nun schon kannten. Im Laufe der Jahre hatten die beruflichen Entwicklungen sie immer wieder zueinander gebracht und auch wieder auseinandergerissen, und als ›Schütze‹ hatte Lathorous deutlich mehr Zeit im Außeneinsatz verbracht als McBryde. Im Gegensatz zum McBryde-Genom entstammte das Lathorous-Genom einer Beta-Linie, doch selbst ohne die nichtbiologischen Implantate, mit denen Beta- und Gamma-Linien im Militär- oder Sicherheitsdienst häufig ausgestattet wurden, war Lathorous ein zweifellos tödlicher Gegner. McBryde war sich sicher, sein alter Freund sei dem Gamma Center ausdrücklich aus dem Grund zugewiesen worden, damit man hier auf diese zusätzliche Außendienst-Erfahrung zurückgreifen konnte, die McBryde selbst fehlte und die auch noch aus relativ jüngerer Zeit stammte.

Und trotz ihrer Freundschaft war Lathorous unbestreitbar die gefährlichste Person im ganzen Gamma Center, was McBrydes eigene, zunehmend ambivalente Gefühle hinsichtlich des Alignments im Allgemeinen – und das rasche Näherrücken von Prometheus im Speziellen – betraf.

»Nein«, seufzte McBryde schließlich. »Nein, Steve, es geht nicht nur um den Wert, den dieser Mann hat. Er hat wirklich schon genug durchgemacht. Ich möchte nicht, dass er *noch mehr* leiden muss.«

»Das ist keine gute Einstellung, Jack«, gab Lathorous leise zurück. »Ich will damit nicht sagen, er solle noch mehr erleiden müssen, als sich unbedingt vermeiden lässt. Aber wir müssen unsere professionelle Einstellung beibehalten, was die Leute betrifft, die wir im Auge behalten müssen. Und vor allem sollten wir nicht jemandem zu nahe kommen, der sich mit großer Wahrscheinlichkeit irgendwann selbst zerstören wird.«

»War ja auch überhaupt nicht meine Idee, Steve!«, betonte McBryde. »Das hat mir Bardasano persönlich aufs Auge gedrückt!«

»Das ist ein Punkt, dessen ich mir schmerzlich bewusst bin.« Lathorous nickte, und doch stand in seinen Augen immer noch Besorgnis zu lesen. »Aber wessen Idee es ursprünglich auch gewesen sein mag, es ist jetzt sechs Monate her, dass das Leben dieses Mädchens beendet wurde – beinahe schon sieben. Und es sind fast vier Monate vergangen, seit Bardasano ihn dir zugeteilt hat, und es geht ihm keinen Deut besser. Um ehrlich zu sein: Wir wissen doch beide, dass es mit ihm immer weiter bergab geht. Er *wird* zusammenbrechen, Jack! Wir können das nicht verhindern, ganz egal, wie sehr wir uns auch bemühen mögen – *du* kannst das nicht verhindern! Wir können nur versuchen, dafür zu sorgen, die Kollateralschäden zu minimieren, wenn es passiert ... und ich möchte nicht, dass die Nebenwirkungen auch dich betreffen.«

»Das weiß ich zu schätzen«, gab McBryde leise zurück. »Und ich bin mir auch ziemlich sicher, dass für mich alles okay sein wird«, setzte er hinzu und log so vorsichtig wie noch nie zuvor in seinem Leben. »Zumindest arbeite ich daran.«

Wieder nickte Lathorous. Aber er war ganz offensichtlich immer noch alles andere als zufrieden mit der Situation. So sehr McBryde auch die Sorge seines Freundes zu schätzen wusste, es wäre definitiv keine gute Idee, Lathorous auch nur einen Hinweis darauf zu geben, was wirklich gerade in seinem Innersten vor sich ging. Also deutete er mit der Hand auf das Memo, das er so lange angestarrt hatte, ohne es richtig zu sehen.

»Was hältst du davon?«, fragte er.

»Ich denke, es ist verdammt noch mal an der Zeit ... und verdammt albern«, erwiderte Lathorous und lachte säuerlich. »Vergiss nicht, ich weiß nicht *alles* über den Schaden, den Zilwicki und Cachat Manpower – und uns – im Laufe der Jahre zugefügt haben, aber ich bin mir sicher, es wäre eine gute Idee, sie aus dem Weg zu räumen. Was das angeht, bin ich ganz und gar dafür. Das einzige Problem, was ich damit habe, ist wohl, dass ich mir bei einer Sache ziemlich sicher bin: In Wirklichkeit haben die letztendlich doch noch irgendetwas getan, was Albrecht so richtig sauer gemacht hat. Und meine: *so richtig* sauer.« Er schüttelte den Kopf. »Eine Anweisung zu erteilen, die effektiv auf ›ohne Warnung niederschießen‹ hinausläuft, ist nicht gerade das, was ich eine ruhige, vernünftige Entgegnung nennen würde. Ich meine, wie wahrscheinlich ist es denn, dass irgendjemand hier im Center irgendwann im Alltagsgeschäft über die beiden stolpert?«

Immer noch wirkte sein leises Lachen ein wenig säuerlich, und das, so vermutete McBryde, hatte etwas damit zu tun, dass Lathorous den Außendienst tatsächlich vermisste. Wahrscheinlich hätte er es regelrecht genossen, sich dem furchteinflößenden Anton Zilwicki oder Victor Cachat persönlich entgegenzustellen. Bedauerlicherweise (aus seiner Perspektive) war seine Einschätzung, wie wahrscheinlich es sei, dass irgendjemand aus dem Gamma Center diesen beiden Zielpersonen begegnete, voll und ganz zutreffend. Andererseits …

»Ich denke, theoretisch ist es nahezu unmöglich, sie zu finden«, merkte McBryde an. »Solange wir ihren Aufenthaltsort nicht zumindest mit einer gewissen Sicherheit bestimmen können, bleibt uns nichts anderes zu tun, als bloß darauf zu hoffen, dass sie uns irgendwann in absehbarer Zeit einfach über den Weg laufen.«

»Ach, die Theorie ist mir schon klar«, stimmte Lathorous zu. »Und du hast natürlich Recht: Wenn man bedenkt, dass wir wirklich keinen blassen Schimmer haben, wo sie sich aufhalten, ist das wahrscheinlich wirklich die effizienteste Herangehensweise. Auch wenn die Erfolgschancen natürlich schlechter stehen als die einer Schneeflocke in der Hölle!«

»Du willst sie ja bloß persönlich erledigen«, zog McBryde ihn auf.

»Na ja, *schlecht* würde sich das in meinem Lebenslauf nicht gerade machen«, gestand Lathorous und lachte leise in sich hinein. Dann wurde er wieder ernster. »Andererseits muss ich zugeben, dass der Ruf, den die beiden genießen, mich durchaus ein wenig nervös machen würde, solange ich mir nicht sicher wäre, die Situation voll und ganz im Griff zu haben.«

»Das sind *wirklich* zwei fähige Mistkerle«, stimmte McBryde ihm zu.

Wieder warf er einen Blick auf das Memo, dann rief er den nächsten Bildschirm auf. Kurz überflog er den Datenvorsatz, dann verzog er das Gesicht.

»Wie ich sehe, jammert Lajos schon wieder herum«, sagte er.

»Kann man ihm ja auch kaum verübeln.«

Lathorous' Worte waren durchaus vernünftig, bargen sogar Mitgefühl, doch sein Tonfall strafte das Gesagte Lügen. Lajos Irvine und er waren nie sonderlich gut miteinander zurechtgekommen, und McBryde vermutete, das liege zumindest teilweise daran, dass Lathorous wirklich wieder in den Außendienst zurückwollte. Natürlich wusste er, dass das nicht so rasch geschehen würde – und dass Irvine sich mit beachtlichem Nachdruck für genau die Art Einsatz aussprach, wie sie Lathorous niemals würde leiten dürfen, steigerte seine Verärgerung nur noch.

»Tatsächlich muss ich dir Recht geben«, sagte McBryde. »Ich bin sein Gejammer vermutlich genauso leid wie jeder andere auch, aber wenn wir mal ehrlich sind, ist es doch wirklich so ungefähr die unschönste Aufgabe, die man sich beim Sicherheitsdienst nur vorstellen kann, so zu tun, als wäre man ein Sklave – nein, eigentlich ist das ja nicht einmal richtig so: Er muss ja seine Zeit wirklich damit verschwenden, ein Sklave zu *sein.*«

»Immer noch besser, als sich von den Ballroom-Bekloppten eine Kugel in den Arsch verpassen zu lassen.«

In Lathorous' Erwiderung lag ein gewisser emotionaler Nachdruck. Das lag zweifellos daran, dass er sich bei seinem letzten Außeneinsatz als mittelmäßig einflussreicher Abteilungsleiter von Manpower hatte ausgeben müssen – und ihn hätte der Audubon Ballroom beinahe erwischt.

»Stimmt schon.« McBryde nickte. »Andererseits verhindern ja die armen Schweine, die jetzt solche Jobs wie Lajos erledigen, dass genau so etwas hier auf Mesa regelmäßig passiert. Aber das weißt du ja selbst.«

»Ach, ich weiß. Ich weiß!« Lathorous schüttelte den Kopf. »Und ich verspreche dir, ich werde ihm gegenüber auch ganz lieb sein.«

McBryde blickte seinen Freund kurz an, dann zuckte er mit den Schultern.

»Hör mal, Steve, ich weiß, dass Lajos und du nicht gerade dicke Freunde seid. Was hältst du davon, wenn *ich* mich eine Zeit lang um ihn kümmere? Allzu viel von meiner Zeit würde das ja nicht in Anspruch nehmen, und ich könnte dir wenigstens ein bisschen Ärger ersparen. Vielleicht könntest du ihn wirklich besser ertragen, wenn du mal ein paar Wochen ›Urlaub‹ von ihm hättest. Und ganz ehrlich gesagt: Ich könnte es richtig gut gebrauchen, mir auch noch um irgendetwas anderes Sorgen zu machen als immer nur um Simões.«

Lathorous hatte schon fast automatisch abwehren wollen, doch McBrydes letzter Satz ließ ihn innehalten. Kurz schwieg er, dann zuckte er die Achseln und warf seinem Freund ein leicht verlegenes Lächeln zu.

»Wenn du das wirklich ernst meinst, nehme ich das Angebot an«, sagte er. »Ich weiß, ich sollte nicht sauer auf ihn sein, wenn er auftaucht, um seine Berichte abzuliefern. Und ich weiß sogar, dass du Recht hast: Was er macht, ist wirklich wichtig. Mir passt nur irgendetwas an seiner Einstellung nicht. Das springt mir immer direkt ins Auge, auch wenn ich weiß, dass es anders sein sollte. Und ich glaube, er weiß das auch ganz genau, selbst wenn ich versuche, mir das nicht anmerken zu lassen. Um ganz ehrlich zu sein: Wir lassen es dann ganz schnell beide an Professionalität vermissen, wenn du verstehst, was ich meine.«

»Ich verstehe ganz genau, was du meinst«, bestätigte McBryde ihm und lachte nun ebenfalls in sich hinein. »Und erwarte bloß nicht von mir, dass ich den Job auf Dauer übernehme! Aber ich kann ja dafür sorgen, dass ihr beide mal eine Zeit lang Ruhe voreinander habt. Ich meine, genau so etwas erwartet man doch von einem scharfsinnigen Leiter der Personalabteilung, oder?«

»Genau«, sagte Lathorous und lächelte McBryde dankbar an. »Ich weiß natürlich, dass bei dir nur kalte, zynische Berechnung und das Bedürfnis, uns alle zu manipulieren, dahintersteckt. Aber trotzdem danke.«

Kapitel 9

»Wie sehen denn die DNA-Ergebnisse von der Inspektion der …« Der weibliche Offizier der Mesan System Guard warf einen Blick auf ihr Display und suchte nach dem Namen des betreffenden Schiffes. »… von dieser *Hali Sowle* aus? Die müssten doch mittlerweile aus dem Labor zurück sein.«

Die SG war eine der (zahlreichen) uniformierten Sicherheitstruppen von Mesa, doch im Vergleich zu ihren Gegenstücken war sie weniger peinlich darauf bedacht, stets militärische Gepflogenheiten einzuhalten und förmliche Anreden zu nutzen.

»Weiß ich nicht«, sagte ihr Juniorpartner. »Lass mich mal sehen.« Auf seinem eigenen Rechner rief Gansükh Blomqvist ein neues Dateifenster auf. Dann verbrachte er vielleicht eine halbe Minute damit, die dortigen Daten zu begutachten.

Als er fertig war, überzog ein Lächeln sein Gesicht, das beinahe schon lüstern wirkte. »Sehen sauber aus, E. D. Aber was für Arschlöcher! Sieht so aus, als wäre wirklich jeder an Bord eng mit allen anderen verwandt. Das eine Pärchen, das verheiratet ist – nein, ich verarsche dich nicht! – sind Onkel und Nichte.«

E. D. Trimm schüttelte den Kopf, doch sie verkniff sich jegliche spöttische Bemerkung. Im Gegensatz zu Blomqvist, der frisch eingestellt war, arbeitete sie schon seit fast vier Jahrzehnten für die SG. Einen Großteil dieser Zeit hatte sie im Orbit verbracht und Schiffe inspiziert. Seit sie vor achtzehn Jahren einen Mann geheiratet hatte, der ebenfalls auf der riesigen Raumstation wohnte, kehrte sie kaum noch auf den Planeten zurück, selbst nicht für den Urlaub.

Blomqvist war der Ansicht, eine Frachterbesatzung, bei der alle miteinander verwandt waren – vor allem, wenn auch noch echte Eheschließungen im Spiel waren –, sei etwas, das ebenso zu Verwunderung wie zu Hohn und Spott Anlass bot. Er würde schon noch begreifen. Ein beachtlicher Prozentsatz der Besatzungen solcher Frachter – ›Zigeuner‹ wurden sie genannt; meistens waren es kleinere Schiffe, die keine regelmäßigen Routen einzuhalten hatten – bestanden aus engen Verwandten. Dort draußen gab es richtige Clans und Stämme; sie arbeiteten sich an den Randzonen des interstellaren Frachthandels ab. Einige dieser Gruppen waren so groß, dass sie regelmäßig Konklaven abhielten; dort wurden unter anderem auch Eheschließungen vertraglich festgelegt. Das waren schließlich machtvolle Anreize, ihr Geschäft tatsächlich sauber zu führen.

Im Gegensatz zu ihrem neuen Partner, der, davon war E. D. schon jetzt überzeugt, ein echter Idiot war, neigte sie selbst nicht zu vorschnellen Urteilen – zumindest nicht, solange es dabei nicht um Gensklaven ging. Solchen Subjekten gegenüber legte sie die gleiche Einstellung an den Tag wie die meisten anderen frei geborenen Mesaner auch.

Doch im Gegensatz zu Blomqvist, der seiner guten Ausbildung zum Trotze einen bemerkenswerten Mangel an Neugier dem ganzen Universum, in das er hineingeboren war, gegenüber an den Tag legte, hatte E. D. tatsächlich alles verinnerlicht, was sie als Studentin auf einem der ausgezeichneten Colleges von Mesa gelernt hatte. Diese Colleges und Universitäten waren selbstredend ausschließlich frei geborenen Bürgern vorbehalten. Im Gegensatz zu vielen Sklaverei-Gesellschaften der Vergangenheit war es den Sklaven auf Mesa nicht verboten, eine Ausbildung zu absolvieren. Das wäre auch anders nicht möglich gewesen, schließlich benötigten in einer modernen Gesellschaft selbst die Sklaven ein Mindestmaß an Wissen. Doch die Ausbildung, die man Sklaven gemeinhin angedeihen ließ, beschränkte sich stets rigide auf das, was der jeweilige Eigentümer für erforderlich hielt.

E. D. hatte sich schon immer besonders für alte Geschichte interessiert, selbst wenn dieses Thema nicht das Geringste mit ihrem späteren Tätigkeitsfeld zu tun hatte.

»Warum sollten die Besatzungen irgendwelcher Tramp-Frachter abschätzig auf Praktiken herabblicken, die Europas Dynastien gut zu Gesicht gestanden haben?«, fragte sie. »Was die Inzucht betrifft, sind es wohl immer noch die Rothschilds, die bis heute Maßstäbe setzen.«

Blomqvist legte die Stirn in Falten. »Wer ist denn ›Europa‹? Und ich dachte, diese Hunderasse hieße ›Rott*weiler*‹.«

»Vergiss es, Gansükh.« Sie beugte sich über ihn und betrachtete den Bildschirm. »Fracht ... nichts Ungewöhnliches. Frachtgebühr ... okay, auch da ist nichts Sonderbares zu finden.«

Blomqvist verzog das Gesicht. »Ich dachte, Pyramid Shipping Services würde zu den Firmen gehören, die mit den Zweiern Geschäfte machen.«

»Das ist auch so. Und worauf willst du hinaus?«

Er sagte nichts, doch seine Miene blieb entschieden säuerlich. Normalerweise hätte Trimm nichts dazu gesagt, doch allmählich war sie Blomqvists Einstellung leid – und wenn man es richtig betrachtete, könnte man sogar behaupten, sie mache nur ihre Arbeit, wenn sie den Kerl ›einmal richtig einnordete‹. Formal war sie Blomqvists ›Seniorpartner‹, doch alles in allem war sie einfach seine Vorgesetzte. Und wenn er das immer noch nicht kapiert hatte, dann stand ihm schon bald eine deutlich ruppigere Lektion bevor.

»Und was wäre dir lieber?«, wollte sie wissen. »Dass wir darauf bestehen, den gesamten Marketender-Handel durch das Jessyk Combine beliefern zu lassen? Nein, noch besser! Vielleicht sollten wir das Kwiatkowski and Adeyeme überlassen!«

Blomqvist verzog das Gesicht. Kwiatkowski & Adeyeme Galactic Freight, eine der größten auf Mesa tätigen Reedereien, war bei allen System Guard Officers berüchtigt, weil es wirklich höllisch schwierig war, mit ihnen auszukommen. Schlimmer noch als bei Jessyk, auch wenn sie nicht annähernd so viel Einfluss auf den Generalausschuss besaßen.

Aber er reichte trotzdem aus. Unter erfahrenen Zöllnern hieß es, jede bei einem K&A-Frachter festgestellte Unregelmäßigkeit würde mindestens fünfzehn Stunden verschiedenster Anhörungen bedeuten – und hätten die Menschen immer noch Papier verwendet, hätte dafür mindestens ein mittelgroßer Wald sein Leben lassen müssen. So hingegen wurden nur ungezählte Milliarden von Elektronen zu einem Dasein in ewiger Langeweile verdammt.

E. D. richtete sich wieder auf. »Glaub es mir einfach. Es ist für alle Beteiligten am besten, wenn man den Krethi-und-Plethi-Handel mit den Zweiern solchen Zigeunern überlässt. Ist auch für alle am einfachsten – vor allem für uns. Das einzig wirklich Wichtige – würdest du das auch noch gerade für mich überprüfen? –, das ist, wie lange die *Hali Sowle* denn nun einen Platz im Orbit in Anspruch nehmen möchte.«

Blomqvist rief einen weiteren Bildschirm auf. »Sieht aus, als würden die bis zu sechzehn T-Tage bleiben wollen.«

Trimm legte die Stirn in Falten. Das war ein wenig ungewöhnlich. Nicht beispiellos, gewiss nicht, aber trotzdem nicht völlig normal. Die meisten Zigeuner wollten den Orbit von Mesa immer so schnell wie möglich wieder verlassen. Nicht, weil ihnen die Geschäfte mit Mesa irgendwelche moralischen Gewissensbisse verschafften, sondern weil sich einfach kein Geld verdienen ließ, wenn man nicht Ware irgendwo anders hinschaffte.

»Und wie begründen die das?«, fragte E.D. nach.

»Sie sagen, sie warten auf eine Schmucklieferung, die von Ghatotkacha eintreffen soll. Das ist ein Planet ...« Mit zusammengekniffenen Augen spähte er den Bildschirm an und suchte die entsprechenden Informationen.

»Das ist der zwote Planet von Epsilon Virgo, drüben im Gupta-Sektor«, erklärte Trimm. Jetzt ergab dieses Ersuchen um einen derart langen Aufenthalt im Orbit durchaus Sinn. Der Gupta-Sektor war recht isoliert, und der einzige leichte Zugang zu den großen Märkten der Liga ergab sich durch den Visigoth-Knoten. Da der Zolldienst von Visigoth dafür berüchtigt war, extrem pingelig zu sein, würde jeder Frachterkapitän, der auch nur halbwegs bei Verstand war und sich gezwungen sähe, Wartezeit in einer Umlaufbahn zu verbringen, bis die gewünschte Lieferung einträfe, es stets vorziehen, das am mesanischen Ende des Wurmlochknotens zu tun.

Der Gupta-Sektor war für den dort hergestellten Schmuck bekannt, und Schmuck würde eine hinreichend wertvolle Ladung darstellen, um auch eine längere Wartezeit zu rechtfertigen. Vorausgesetzt …

»Schick ihnen eine Nachricht, Gansükh. Ich möchte die finanziellen Details ihres Beförderungsvertrages sehen. Aber nur *unzweifelhaft bestätigte* Daten, verstanden? Wir werden denen nicht einfach so glauben.«

Die Art und Weise, wie er die Stirn runzelte, verriet E. D., dass Blomqvist nicht verstand, warum sie diese Informationen haben wollte.

»Damit es mit Ihrer Ausbildung mal weitergeht, junger Mann: Der Abschnitt ihres Beförderungsvertrages, in dem die finanziellen Details festgelegt sind, verrät uns, wer ihnen die Zeit *bezahlt*, die sie im Orbit verlieren. Ist es der Verlader? Oder vielleicht die Juwelenlieferanten selbst? Es könnte auch ihr Endkunde sein, oder deren Makler. Oder möglicherweise …«

Gansükhs Gesicht hellte sich auf. »Jetzt verstehe ich das! Vielleicht tragen die ihre Kosten ja selbst. Und dann …«

»Und dann«, fiel ihm E. D. grimmig ins Wort, »schicken wir eine Pinasse zu denen rüber, zusammen mit der Anweisung, das Feuer zu eröffnen, falls die Frachterbesatzung sich weigert, gepanzerte Polizisten an Bord zu lassen, die das Schiff vom Vorder- bis zum Achtersteven durchsuchen. Es ist völlig ausgeschlossen, dass ein echter Zigeuner sich bereiterklärt, die Kosten für einen derart langen Aufenthalt in der Umlaufbahn selbst zu tragen und dabei nur Däumchen zu drehen.«

»Was ist denn ein ›Steven‹?«, fragte ihr Kollege, während er die Anweisungen an die *Hali Sowle* übertrug. »Ich dachte, das ist ein Vorname. Was hat denn das mit Raumschiffen zu tun?«

Da er ihr Gesicht nicht sehen konnte, rollte E. D. mit den Augen. Wenigstens musste sie diesen Ignoranten nur noch drei Tage lang ertragen; danach würden ihre Dienstpläne neu aufgestellt. Wenn sie Glück hätte, würde man ihr vielleicht als nächsten Partner Steve Lund zuweisen. Und *das* war ein Mann, mit dem man intelligente Gespräche führen konnte! Und Sinn für Humor hatte er auch.

»Ist egal, Gansükh. Ist nur so eine Redensart.«

Manchmal glaubte sie, für Gansükh Blomqvist sei das ganze verdammte Universum, von dem winzigen Teil abgesehen, den er aus eigener Erfahrung kannte, bloß eine ›Redensart‹. Ach, egal! Nicht zum ersten Mal rief sie sich ins Gedächtnis zurück, dass sie in jeder Stunde, in der sie sich in Blomqvists Gegenwart langweilte, genauso viel Gehalt, genauso viele Zusatzleistungen und einen genauso großen Rentenanspruch erhielt wie bei jeder anderen Stunde, die sie hier arbeitete.

»Und da ist es, Ganny«, sagte Andrew Artlett bewundernd. »Genau wie du es vorhergesagt hast. Woher *weißt* du so etwas überhaupt?«

Friede Butry lächelte, doch sie antwortete ihm nicht. Das lag daran, dass die Antwort auf seine Frage ihr das Herz gebrochen hätte. Sie wusste so viele Dinge, von denen fast keiner ihrer Nachkommen auch nur den Hauch einer Ahnung hatte, aus einem ganz einfachen Grund: Sie hatte schon ein ganzes erfülltes Leben genießen können, bevor sie auf Parmley Station gestrandet war – während alle anderen ihr gesamtes Leben dort verbracht hatten.

Einen beachtlichen Teil dieses Lebens vor ›Parmley Station‹ waren sie und ihr Ehemann sehr erfolgreiche Frachtmakler gewesen. So hatten sie ihr ursprüngliches, recht beachtliches Vermögen zusammengetragen. Und daraus hatte Michael Parmley dann an der Centauri-Börse ein deutlich größeres Vermögen gemacht – und schließlich das Ganze ruiniert, weil er versucht hatte, ein Frachtunternehmen zu gründen, das es im lukrativen Geschäft in den Kernwelten mit den ›Großen Jungs‹ aufnehmen konnte.

Sicher, sie hatte ihren Mann geliebt. Aber seit seinem Tod vor so vielen Jahrzehnten war kein einziger Tag vergangen, an dem sie ihn nicht aus tiefstem Herzen verflucht hatte. Michael Parmley war jegliche Form der Boshaftigkeit gänzlich fremd gewesen – aber dafür war auch ›Verantwortungsbewusstsein‹ für ihn praktisch ein Fremdwort. Der unverbesserliche Spieler hatte schon drei ganze Vermögen verloren, bevor er schließlich sich selbst und sämtliche seiner Verwandten in den Ruin getrieben hatte, indem er diese Station bauen ließ.

Und damit hatte er zumindest eine ganze Generation seiner weit verzweigten Familie dazu verurteilt, ein Leben zu führen, das eher ›der Abklatsch eines Lebens‹ war: völlig isoliert, und vermutlich nicht allzu lang. Ganny wusste bestens – und das schon seit Jahren –, dass unausweichlich der Tag kommen würde, an dem sie den Tod ihres geliebten Großneffen Andrew Artlett würde beklagen müssen – vorausgesetzt, sie selbst lebte so lange. Andrew würde an Altersschwäche sterben, während seine Großtante möglicherweise immer noch vielleicht ein ganzes Jahrhundert vor sich hatte.

»Ganz egal, Andrew. Ist eine lange Geschichte. Sorg nur dafür, dass du die Verträge innerhalb der nächsten zehn Minuten losschickst – aber nicht viel früher als das. Es wäre für die da draußen ziemlich unerwartet, wenn ein Tramp-Frachter so rasch auf irgendetwas Offizielles reagieren würde.«

Er nickte. »Und wie lange bleiben wir?«

»Bis der Frachter aus dem Gupta-System uns die Ware bringt. Wenn die das zeitlich richtig einrichten, dürften sie ungefähr zwei oder drei Tage vor Ablauf unserer Frist hier im Orbit eintreffen. Der Zoll braucht dann weniger als einen Tag, um alles zu überprüfen. Und dann brechen wir nach Palmetto auf, genau wie unsere – völlig korrekten – Papiere das auch besagen. Kurz die Edelsteine gegen Marketender-Waren eingetauscht, und wir kommen wieder zurück. Das dürfte nicht länger als zwei Wochen dauern. Bis dahin sollten wir beim mesanischen Zolldienst einen hinreichend glaubwürdigen Eindruck hinterlassen haben, sodass wir ihnen vielleicht eine Genehmigung für einen Aufenthalt von bis zu dreißig T-Tagen abringen können.«

»Und wenn Anton und Victor entkommen müssen, während wir gerade fort sind?«

»Dann haben die *aber so richtig* Pech. Bei unserer Tarngeschichte ist es schlichtweg völlig unmöglich, dass wir die ganze Zeit über einfach im Orbit bleiben. Nicht irgendwo, wo es eine funktionierende planetare Regierung gibt, geschweige denn im Orbit von Mesa. Die sind hier ein bisschen paranoid – und das auch aus gutem Grund, so verhasst, wie die eigentlich überall sind.« Sie zuckte mit den Schultern. »Aber wenn diese beiden Gestalten wirklich so gut sind, wie sie selbst meinen – und wahrscheinlich sind sie das auch –, dann werden die vernünftig genug sein, es zeitlich so abzupassen, dass der Alarm erst dann ausgelöst wird, wenn wir uns wieder in der Umlaufbahn befinden. Natürlich ist es immer möglich, dass sie durch irgendetwas Unerwartetes überrascht werden. Aber das Risiko müssen sie eben eingehen. Das liegt in der Natur ihres Jobs. Wie dem auch sei, ich habe dafür gesorgt, dass auch die vertraglichen Aspekte unserer Tarngeschichte wasserdicht sind. Wir werden bezahlt, ganz egal, was passiert.«

Sie sah keine Veranlassung zu erklären, dass der ›Vertrag‹ einzig und alleine auf einer mündlichen Absprache zwischen ihr selbst, Web Du Havel, Jeremy X und einem Vertreter des BSC von Beowulf basierte. Dank lebenslanger Erfahrung wusste sie, dass sie dem BSC vertrauen konnte, und wenn sie dem Volk von Torch *nicht* trauen konnte, dann könnte sie dagegen ohnehin nichts unternehmen. Aber sie sah keine Möglichkeit, das Artlett zu erklären, ohne ihre jahrelange Kampagne, ihren sorglosen Großneffen zu lehren, nicht allzu sehr auf die Parzen zu vertrauen, in unverantwortlicher Weise zu unterminieren.

Abgesehen davon würde das BSC sowieso einen Großteil der Kosten übernehmen. Das Corps hatte sich bereiterklärt, dem Butry-Clan einen jährlichen Zuschuss zu gewähren, wenn das BSC im Umkehrzug dafür die Station nutzen dürfte. Dieser Zuschuss reichte mehr als aus, um jedem Mitglied des Clans, das noch jung genug war, eine Prolong-Behandlung zu finanzieren – und danach bliebe immer noch genug übrig, um sie allesamt fortzuschicken, damit sie eine richtige Ausbildung erhielten. Der Beitrag des Ballrooms – genauer gesagt: des Militärs von Torch, und wenn man das für bare Münze nahm, dann war man wirklich ein Schwachkopf! – würde vor allem darin bestehen, für Schlagkraft zu sorgen. Sie würden die Besatzung der Station stellen und damit nach wie vor die Täuschung aufrechterhalten, es sei immer noch ein Lager für Sklavenhändler. Doch in Wirklichkeit wollten sie die Station zugleich als stellaren ›konspirativen Versammlungsort‹ nutzen und als Zwischenstation für verdeckte Operationen – *und* sich nebenbei noch den Spaß gönnen, jedes einzelne Sklavenhändler-Schiff abzuschießen, das dort vorbeikäme. Und das würde gewiss hin und wieder geschehen.

Es war vorbei. Was auch immer Ganny und den wenigen Angehörigen ihres Clans an Bord der *Hali Sowle* widerfahren würde, es war ihr endlich gelungen, den Clan als Ganzes zu retten.

Sie hörte, dass sich in einer der nächstgelegenen Kabinen die drei Jungs wegen irgendetwas stritten. So wie ihre Stimmen klangen, vermutete Ganny, sie hielten sich gerade in der Messe auf. Die Worte, die dort fielen, verstand sie nicht. Ed und James gaben gerade richtig Gas, und Brice schien als eine Art Friedensstifter wirken zu wollen.

Wenn sie diese Expedition überlebten – und alle weiteren Abenteuer, in die diese drei nicht gerade übervorsichtigen Gestalten im Anschluss noch geraten mochten –, würden die drei noch mindestens zwei Jahrhunderte lang leben.

Zum ersten Mal seit Jahren, das musste Elfriede Margarete Butry feststellen, weinte sie.

»Die finanziellen Aspekte im Beförderungsvertrag der *Hali Sowle* sehen sauber aus, E. D.« Gansükh Blomqvist deutete auf den Bildschirm vor sich.

Trimm beugte sich vor und warf einen Blick darauf. Tatsächlich, das Logo und das offizielle Siegel der Banco de Madrid waren deutlich zu erkennen.

»Na, dann ist es wohl okay.« Sie ging zu ihrem eigenen Arbeitsplatzrechner hinüber und verbrachte vielleicht eine Minute damit, den einen oder anderen Befehl einzugeben, dann drückte sie den Knopf, der die Weiterleitung der Daten bewirkte. Jetzt war die Legitimität der *Hali Sowle*, die man bislang nur provisorisch und vorübergehend angenommen hatte, offiziell in den Datenbanken der Mesan System Guard verzeichnet. Wenn sie das nächste Mal vorbeikamen – falls das überhaupt geschähe –, würde die Routineüberprüfung deutlich schneller vonstattengehen.

Trimm hatte sich nicht die Mühe gemacht, die Daten auf Blomqvists Bildschirm genauer zu betrachten. Für eine solche

Zeitverschwendung gab es keinen Grund. Von vielleicht einer Hand voll Regierungen in der Galaxis einmal abgesehen gab es niemanden, der in der Lage gewesen wäre, dieses Logo und dieses Siegel zu fälschen. Auf jeden Fall ging es weit über das hinaus, was die Besatzung eines Zigeuner-Frachters zu leisten imstande war.

Aber es ging nicht über das hinaus, was die Regierung von Erewhon zu leisten imstande war – oder auch nur jede einzelne ihrer einflussreicheren Familien, die dafür ausschließlich auf ihre privaten Mittel zurückzugreifen brauchten. Jeremy X hatte durchaus Recht gehabt. Die großen Familien auf Erewhon waren immer noch die besten Geldwäscher in der gesamten Galaxis.

Als einer seiner Untergebenen Walter Imbesi die Nachricht überbrachte, für die *Hali Sowle* sei im Mesa-System der Weg bereitet, nickte das Oberhaupt der Imbesi-Familie nur und fuhr dann mit seiner Arbeit fort. Der einzige Grund, weswegen er darüber überhaupt informiert zu sein wünschte, war die Tatsache, dass dieses Projekt politisch gesehen so heikel war. Rein finanziell betrachtet lief es, im direkten Vergleich mit dem Vermögen seiner Familie, auf Kinkerlitzchen hinaus.

Aber auch Kinkerlitzchen sollte man nicht verachten. Höchstwahrscheinlich würden die Imbesis zumindest einen bescheidenen Profit erwirtschaften. Mit den Edelsteinen war alles völlig einwandfrei, und es gab tatsächlich auch einen Markt dafür. Selbst der Marketender-Handel, in dem sie sich auf der Rückreise noch ein wenig ergehen würden, sollte zumindest genug einbringen, um die Kosten für diese Fahrt zu decken.

Kapitel 10

»Also gut, Luiz, was haben Sie und Ihre Lakaien denn für mich?«

Oravil Barregos saß in seinem Sessel am Kopfende des Konferenztisches im Hochsicherheits-Besprechungsraum, der sich unmittelbar neben Luiz Rozsaks Büro befand. Vegar Spangen hatte in einem weiteren Sessel Platz genommen, hinter sich die Rückwand des Zimmers, und Rozsak, Watanapongse und Commander Habib saßen dem Gouverneur am anderen Ende des Tisches gegenüber.

»Einiges«, sagte Rozsak. Er verzog das Gesicht und nickte Habib zu. »Edie?«

Die Stabschefin des Admirals fuhr sich durch das kurzgeschnittene, dunkelrotbraune Haar, dann richtete sie sich in ihrem Sessel auf und wandte sich ganz Barregos zu.

»In der allgemeinen strategischen Situation ist es zu etwas gekommen, was Sie vielleicht eine ... ›signifikante Verschiebung‹ nennen würden, Herr Gouverneur«, setzte sie an. »Von größter Bedeutung für uns ist, was sich in der letzten Woche auf Manticore ereignet hat.« Sie schüttelte den Kopf, und selbst ihre normalerweise unerschütterliche Miene verriet immer noch die Überreste eines beachtlichen Schocks. »Soweit wir das beurteilen können, haben beide Seiten ordentlich eingesteckt. Die Homefleet von Manticore ist einfach fort, und es klingt ganz so, als hätte es ihre Dritte Flotte ebenso hart erwischt. Natürlich liegen uns bislang noch keine offiziellen Bestätigungen dieser Zahlen vor, und sämtliche Informationen, die wir über die Verluste haben, die *Haven* erlitten hat, stammen bestenfalls aus zwoter Hand – von den Mantys. Aber schlussendlich läuft es darauf hinaus, dass Theismans zahlenmäßige Überlegenheit ihm gerade eben unter dem Hintern weggeschossen wurde.«

»Diesen Eindruck hatte ich auch«, gab Barregos ruhig zurück. Auch er schüttelte den Kopf. »Was in Gottes Namen hat sich Theisman denn dabei gedacht?«

»Er hat sich auf das Spiel eingelassen, Sir«, erwiderte Habib tonlos. Fragend hob Barregos eine Augenbraue, und die Stabschefin zuckte die Achseln. »Nachdem, was bei Lovat geschehen ist, war es recht offensichtlich, dass die havenitische Flotte dem, was Harringtons Achte Flotte gegen Giscard eingesetzt hat, nicht das Geringste entgegenzusetzen hatte. Nach unseren besten Abschätzungen« – kurz nickte sie Watanapongse zu – »hatte Theisman die Truppen, die er bei Manticore eingesetzt hat, schon unter Tourvilles Kommando zusammengezogen, als er von den Geschehnissen im Lovat-System erfuhr. Wir vermuten, dass er die Flotte entweder als Teil eines Ausweichplanes zusammengezogen hat, bevor über dieses Gipfeltreffen auch nur geredet wurde, oder aber allerspätestens, als Elisabeth die Idee dann endgültig abgeschossen hat. Wie dem auch sei, er hatte die Operation schon vor der Schlacht von Lovat vorbereitet – er *musste* sie schon vorbereitet haben, sonst hätte er niemals so schnell reagieren können. Als Harrington dann Giscard so nach Strich und Faden vermöbelt hat, müssen sich Theisman und Pritchart gedacht haben, ihre einzige Chance bestehe jetzt noch darin, einen überwältigenden Sieg zu erringen, bevor die Mantys ihre neuen Zielerfassungssysteme überall zum Einsatz bringen könnten. Selbst nachdem schon alles vorbereitet war, brauchte es für diesen Einsatz jemanden mit immensem Mut – ganz zu schweigen von schierem Hass –, um so aufs Ganze zu gehen. Ich bezweifle sehr, dass irgendjemand auf Manticore sich auch nur hatte träumen lassen, die könnten so etwas durchziehen, aber wenn es etwas gibt, das Theisman schon sehr überzeugend gezeigt hat, dann, dass er genug Mut für drei oder vier besitzt.«

»Und soweit wir das beurteilen können, hätte er es auch beinahe geschafft«, warf Rozsak ein. »Wir kennen natürlich immer noch keine Details, aber es klingt ganz danach, als hätte er sich einen ziemlich guten Einsatzplan zurechtgelegt. Bedauerlicherweise – für ihn, zumindest – klingt es auch ganz danach, als hätten die Mantys ihre neue Hardware schon deutlich weiter verbreitet, als er gehofft hatte. Und wenn ich mich nicht allzu sehr täusche, dann hat wohl auch Murphy seine Hand im Spiel gehabt.«

»Ganz zu schweigen von dem kleinen Beitrag, den Herzogin Harrington geleistet hat«, setzte Habib hinzu.

»Richtig!«, stimmte Rozsak ihr zu und nickte.

»Also sind beide Seiten jetzt weitgehend neutralisiert, ja? Meinen Sie das?«

»Nicht ganz, Herr Gouverneur«, erwiderte Habib. »Im Augenblick stimmt das gewiss, ja, da befinden sich beide Seiten weitgehend im Stillstand. Theisman hat einen Großteil seiner Einsatztruppen verloren, aber er hat zumindest noch reichlich Neukonstruktionen, die nach Kräften daran arbeiten, ihm den Rücken freizuhalten – was auch immer ihm das bringt gegen diese neuen Zielerfassungssysteme der Mantys. Manticore und die Allianz hingegen haben immer noch die Achte Flotte, aber ihnen ist nichts mehr geblieben, womit sie Manticore decken könnten, wenn sie Harrington für zusätzliche Offensiv-Operationen freistellen wollen. Die haben noch nicht so viele neu gebaute Wallschiffe wie Haven, aber trotzdem eine ganze Menge, und sie haben *reichlich* Neukonstruktionen, die schon bald aus den Werften kommen werden. Nach der Schlacht von Manticore wird es ihnen möglicherweise an erfahrenen Soldaten fehlen, um diese neuen Schiffe zu bemannen, aber ihnen werden schon bald eine ganze Menge Schiffe zur Verfügung stehen. Nicht so viele wie Haven jetzt schon hat, aber trotzdem eine ganze Menge ... und ich denke, wir müssen davon ausgehen, dass sämtliche ihrer neuen Wallschiffe auch mit diesem neuen Zielerfassungssystem ausgestattet sein werden. Wenngleich sich also *im Augenblick* keine der beiden Seiten auf die anderen stürzen kann, wird Manticore schon in ein paar Monaten durchaus dazu in der Lage sein, Haven richtig tief in den Hals zu fassen und ihnen die Lunge herauszureißen.«

Angesichts der Wortwahl der Stabschefin verzog Barregos gequält das Gesicht, doch zugleich nickte er verstehend.

»Was für Implikationen hat das für uns, Luiz?«, fragte er.

»Edie und Jiri haben eine vollständige Einweisung für Sie vorbereitet«, erwiderte Rozsak. »Dabei gehen sie Schritt für Schritt unsere derzeitigen Annahmen und Mutmaßungen durch, was Kampfstärken und wahrscheinliche Einsatzziele betrifft. Wollen Sie sich vielleicht zunächst die Kurzfassung anhören?«

Barregos nickte, und nun zuckte Rozsak mit den Schultern.

»Im Prinzip befinden wir uns im Moment in einem strategischen Vakuum. Niemand kann derzeit übermäßige Feuerkraft entbehren oder zum Einsatz bringen, aber wie Edie schon gesagt hat: Sobald die neuen Konstruktionen von Manticore auftauchen, wird sich das rasch ändern. Sämtliche dieser ›kleineren Ablenkungsmanöver‹, mit denen es die Mantys im Talbott-System zu tun haben, werden natürlich deren Dislozierungspläne verlangsamen, aber trotzdem gebe ich Haven noch sechs T-Monate – allerhöchstens noch neun –, bevor man Harrington ausschicken wird, um das gesamte Haven-System in einen gewaltigen Schrotthaufen zu verwandeln. Und falls Pritchart und Theisman nicht bereit sind zu kapitulieren, wird genau das auch geschehen. Ich sehe auf jeden Fall keine Chance, dass sie gerade noch rechtzeitig irgendwo die erforderliche magische Silberkugel auftreiben, die ihnen den Hals retten kann.

In unmittelbarer Nähe unseres Territoriums will es mir scheinen, dass Erewhon sehr darauf bedacht sein wird, der Heimat schön nahe zu bleiben, bis sich die Lage zwischen Manticore und Haven irgendwie von selbst stabilisiert. Ich bin mir sicher, dass die Erewhoner ebenso überrascht waren wie wir angesichts dieses direkten Angriffs auf Manticore – und ebenso angesichts dieses schönen neuen Spielzeugs, das Admiral Hemphill sich da hat einfallen lassen – wie auch immer es nun funktionieren mag. Dass Elisabeth bereit war, sie darum zu bitten, die Sicherung von Torch zu übernehmen – als es noch danach aussah, dass das Gipfeltreffen tatsächlich stattfinden würde –, werden sie wahrscheinlich zunächst einmal als gutes Zeichen ansehen. Gleichzeitig jedoch müssen sie wissen, dass Manticore immer noch ziemlich sauer auf sie ist. Ich denke, sie werden deutlich herausstreichen, dass sie bei diesen jüngsten Unerfreulichkeiten so neutral bleiben, wie das nur eben möglich ist, solange man noch lebt und atmet – allen bilateralen *Verteidigungs*bündnissen mit der Republik zum Trotze. Es gibt die ersten Anzeichen dafür, dass sie derzeit damit beschäftigt sind, ihre Heimat nach Kräften zu sichern – von routinemäßigen Sicherungsmissionen für die Handelsschifffahrt einmal abgesehen. Und es sollte mich überraschen, wenn sich daran so bald etwas ändern würde.

Und damit kommen wir zu unserem anderen kleinen Problem.«

»Luiz, ich *hasse* es, wenn Sie diesen Ausdruck verwenden«, warf Barregos beinahe schon launig ein. »Was für einen hübschen Schlagring haben Sie denn dieses Mal für mich in der Tasche?«

»Möglicherweise gar keinen«, erwiderte Rozsak.

»Das Wort ›möglicherweise‹ hasse ich fast genauso sehr wie den Ausdruck ›kleines Problem‹.« Barregos ließ sich wieder in seinen Sessel sinken. »Machen Sie schon. Fangen Sie mit dem Schlimmsten an.«

»Es geht eigentlich gar nicht um ›das Schlimmste‹, aber wir erhalten beachtliche – und Jiri und ich sind beide geneigt anzunehmen: zuverlässige – Hinweise darauf, dass Manpower einen direkten Angriff auf den Planeten Torch unternehmen will.«

»Tatsächlich?« Ruckartig setzte sich Barregos aufrecht und kniff die Augen zusammen.

»Danach sieht es aus«, antwortete Rozsak. »Wir bemühen uns immer noch, diese Information zu bestätigen. Um ehrlich zu sein, ich halte es nicht für möglich, das mit absoluter Sicherheit belegen oder verwerfen zu können. Aber wenn wir Recht haben, dann wird das, was den Mantys und der Republik widerfahren ist, ihnen die Aufgabe immens erleichtern. Vor allem, wenn Erewhon sämtliche seiner schwereren Einheiten in Heimatnähe halten will, so wie ich das vermute. Es sei denn, *jemand anderes* würde in dieser Hinsicht etwas unternehmen.«

»Und besagter ›jemand anderes‹ wäre dann nicht zufälligerweise jemand, der ein Verteidigungsbündnis mit dem Königreich Torch unterzeichnet hat?«, fragte Barregos sofort nach.

»Doch, wahrscheinlich schon«, erwiderte Rozsak.

»Und wie sieht unsere Position aus, etwas Derartiges zu tun?«

»Deutlich besser als noch vor einem Jahr«, antwortete Rozsak freimütig. »Ich will damit natürlich nicht sagen, wir hätten auch nur annähernd volle Einsatzbereitschaft erreicht. Aber wir sind tatsächlich deutlich leistungsfähiger, als ich zu diesem Zeitpunkt erwartet hätte. Und das wirft natürlich die interessante Frage auf, wie viel unserer Leistungsfähigkeit wir preiszugeben bereit sind, indem wir tatsächlich auf neues Material zurückgreifen.«

»Hmpf.«

Nachdenklich legte Barregos die Stirn in Falten. Mehrere Sekunden lang saß er nur schweigend da und dachte ganz offenkundig angestrengt nach. Dann richtete er den Blick wieder auf Rozsak.

»Wie viel von unserem schönen neuen Zeug müssten wir denn auftischen, wenn wir Torch tatsächlich verteidigen wollten?«

»Das hängt davon ab, welche Kampfstärke Manpower gegen uns zum Einsatz bringen würde.« Rozsak zuckte mit den Schultern. »Ich will mich hier gewiss nicht gezielt schwammig ausdrücken; wir wissen nur im Augenblick noch überhaupt nicht, welche Mittel die Gegenseite benutzen will. Vor der Schlacht von Monica wäre ich recht zuversichtlich gewesen, dass wir es mit nichts anderem zu tun bekämen als den Ex-SyS-Schiffen, von denen wir schon wissen, dass sie im Dienste von Manpower stehen. Dazu wären wahrscheinlich noch die eine oder andere Hand voll sonstiger Piraten und Söldner gekommen. Mit anderen Worten: nichts Größeres oder Gefährlicheres als zwo oder drei Hauptschiffe, und die wären vermutlich auch schon gut in die Jahre gekommen. Aber so wie es jetzt aussieht, will ich die Möglichkeit nicht von der Hand weisen, dass ihnen auch noch ein paar Kriegsschiffe der Solarian Navy zur Verfügung stehen – oder zumindest Ex-SLN-Schiffe. Bei einem gegnerischen Kontingent, wie ich es *vor* Monica erwartet hätte, wären wir vermutlich recht gut zurechtgekommen, ohne alles mitbringen zu müssen, was wir derzeit so schön in der Hinterhand haben. Aber angesichts dessen, was uns möglicherweise jetzt erwartet, werden wir vermutlich *sämtliche* unserer neuen Einheiten benötigen.«

»Aber Herr Gouverneur«, warf Watanapongse zaghaft ein, »wir müssen auch im Auge behalten, *wo* wir diese Einheiten zum Einsatz bringen würden. Wenn wir intervenieren, um Torch zu verteidigen, ist es völlig ausgeschlossen, dass die Torcher irgendjemandem darüber berichten, *wie* wir eingegriffen haben, wenn wir sie ausdrücklich darum bitten, das nicht zu tun. Und angenommen, das Ganze wäre wirklich eine Manpower-Operation, dann hätte die Gegenseite keinerlei ernstzunehmendes Motiv, Chicago irgendwelche Informationen zukommen zu lassen, die etwaige Überlebende des Gefechtes weitergeben könnten.«

»Sie wollen damit also sagen, bei Torch die Katze aus dem

Sack zu lassen stelle ein akzeptables Risiko dar, Commander?«, fragte Barregos nach.

»Was er damit sagen will, und ich bin zufälligerweise der gleichen Meinung wie er, das ist, dass es ein deutlich akzeptableres Risiko darstellt, die Katze bei Torch aus dem Sack zu lassen, als bewusst auf die Feuerkraft zu verzichten, die wir möglicherweise benötigen werden, um bei Torch auch zu *gewinnen*«, erklärte Rozsak, und Barregos nickte.

»Aber bevor wir irgendwelche Entscheidungen fällen«, fuhr der Admiral fort, »sollten Sie sich die vollständige Einweisung in die Lage anhören, die Edie und Jiri vorbereitet haben.«

»Damit haben Sie wohl Recht«, stimmte Barregos zu. Rozsak lehnte sich zurück und deutete mit einer Hand auf seine beiden Untergebenen.

»Das ist Ihr Stichwort, Edie«, sagte er.

Kapitel 11

»So besonders sieht er gar nicht aus«, sagte Jürgen Dusek, nachdem er die Holos auf seinem Schreibtisch betrachtet hatte. Doch der Mann, der als Anführer – als ›Boss‹ – des gesamten Zweier-Bezirks namens ›Neu-Rostock‹ anerkannt wurde, hatte sich lediglich eine Bemerkung gestattet, nicht etwa einen Tadel ausgesprochen. Triêu Chuanli war sein bester Mann. Er hätte Dusek diese Angelegenheit nicht vorgelegt, wenn er dafür keinen wirklich triftigen Grund hätte. »Wie heißt der Bursche?«

»Daniel McRae. Zumindest behauptet er das. Weiterhin behauptet er, ein weiterer SyS-ler auf der Flucht zu sein. Auch das konnte ich nicht verifizieren, aber zumindest spricht er mit dem typischen Akzent von Nouveau Paris. Und der ist wirklich schwer nachzuahmen.«

»Haben Sie ihn zu Cybille und ihren Leuten geschickt?«

»Jou. Die haben sich mehrere Stunden lang mit ihm beschäftigt. Cybille sagt, seine Geschichte klinge glaubwürdig, und er sei okay.« Triêu verzog das Gesicht. »Na ja ... ›okay‹ ist vielleicht nicht ganz das richtige Wort. Sie meint, McRae sei vermutlich ein Psychopath. Das gilt für die meisten hartgesottenen Gestalten von der SyS. Aber sie ist der Ansicht, bei ihm sei alles noch ziemlich gut im Griff. Dass er so eng mit Saint-Just zusammengearbeitet hat, bedeutet zweifellos, dass er nicht einfach irgendein Spinner sein kann. Was auch immer man sonst über ihn sagen könnte, Saint-Just hat auf jeden Fall immer äußerst pragmatisch gedacht. Er hätte niemals jemanden in seiner Umgebung geduldet, der so verrückt gewesen wäre, dass man ihn nicht im Zaum halten könnte.«

Jürgen Dusek nickte. Im Laufe der letzten Jahre war er deutlich vertrauter geworden mit der Geschichte und der alltäglichen Vorgehensweise bei den Sicherheitskräften der ehemaligen Volksrepublik Haven, als man an sich bei jemandem auf Mesa erwartet hätte. Und auch deutlich vertrauter damit, als ihm selbst lieb war. Aber die Aufgabe, zwischen SyS-Söldnern und den Leuten, die so viele von ihnen angeheuert hatten, als Makler aufzutreten, erwies sich als deutlich profitableres Geschäft als alles andere, womit er sich derzeit beschäftigte.

Aber es war verdammt riskant. Nicht, weil er es mit Ex-SyS-Schlägern und anderen hartgesottenen Gestalten zu tun hatte – mit solchen Leuten hatte Jürgen schon umgehen müssen, als er gerade einmal vierzehn Jahre alt gewesen war –, sondern wegen der Leute, die bei diesen Verhandlungen auf der anderen Seite standen. Diese Individuen oder Organisationen lagen für ihn eben immer noch gänzlich im Dunkeln. Dusek kannte deren exakte Identität nicht, und er *wollte* sie auch nicht wissen. ›Im Dunkeln‹ zu agieren war ihm durchaus recht. Falls alles nach Plan verliefe, würde das auch weiterhin so bleiben.

Aber genau das war das Problem. Es bestand immer die Gefahr, wenn man es auf Mesa mit ›dunklen Gestalten‹ zu tun hatte, dass man letztendlich herausfand, doch mit Manpower ins Bett gestiegen zu sein. Nicht, dass er moralische Bedenken gehabt hätte, in Kontakt mit Manpower zu stehen. In seinem Leben hatte Jürgen Dusek schon so manchen Job gemacht: Knochenbrecher, Auftragskiller, Zuhälter, Drogendealer, Fälscher (von Lebensmittelmarken, nicht von Geld; niemand, der über ein auch nur halbwegs funktionsfähiges Gehirn verfügte, versuchte sich auf Mesa an Falschgeld!), Bordelleigentümer – tatsächlich war er sogar für mehrere verantwortlich gewesen –, Spieler (um wirklich hohe Summen), Schmuggler ... die Liste nahm gar kein Ende. Seine Fähigkeit, unmoralische Geschäftschancen zu akzeptieren und einen Vorteil daraus zu schlagen, war praktisch grenzenlos.

Nein, es war das verdammte *Risiko*, das damit einherging. Es war seit langem bekannt, dass es für eine Person, die sich zu eng auf Manpower einließ, nur allzu leicht zu einem regelrechten Albtraum werden konnte. Zumindest verlor man seine Unabhängigkeit und wurde zu einem ihrer weiteren Lakaien.

Risiko hin oder her, das Geschäft mit den Söldnern war wirklich profitabel. Und wenn dieser neue Kerl da …

»Ist sie sich *sicher*, dass er Saint-Justs engstem Kreis angehört hat?«

»Absolut und unumstößlich. Sie sagt, dieser McRae wisse einfach entschieden zu viel – Details, Einzelheiten, nicht bloß Allgemeinplätze –, als es für jemanden möglich wäre, der nicht wirklich mittendrin gewesen ist. Tatsächlich geht sie davon aus, dass er wahrscheinlich sogar mehr weiß, als sie selbst erfahren hat, wenn es um Außeneinsätze geht. Allerdings betont Cybille, dass McRae ein sehr rangniedriges Mitglied dieses Inneren Kreises gewesen sein muss. Er war kein hochrangiger SyS-Beauftragter, oder auch nur von mittlerem Rang, so wie sie selbst. Sie glaubt, solche Typen zu kennen. Saint-Just neigte dazu, junge Schützlinge für den Außeneinsatz heranzuziehen. Leute, deren Hingabe und Skrupellosigkeit … na ja, ›extrem waren‹, so hatte sie sich ausgedrückt. Und wenn *Cybille* das schon sagt …«

Dusek verzog die Lippen zu einem humorlosen Grinsen. Cybille DuChamps stand selbst in dem Ruf, … nun ja: ›extrem‹ vorzugehen. Wenn *sie* jemand anderen als ›Psychopathen‹ bezeichnete, so bedeutete das einiges. »Also gut. Mit anderen Worten: Er ist also mehr als nur ein dahergelaufener Schläger. Vielleicht erfahren wir ein bisschen mehr, wenn sich Luff seiner annimmt – vorausgesetzt, dass er zustimmt.«

Triêu wirkte skeptisch. »Ich hatte den Eindruck, Luff sei nicht gerade erpicht darauf, sich mit den richtig hartgesottenen SyS-Typen abzugeben.«

»Das ist auch so. Aber es geht hier nicht nur darum, was jemand persönlich vorzieht. Adrian Luff muss sich auch darum kümmern, eine sehr große Militärstreitmacht im Griff zu behalten. Jemand wie Daniel McRae könnte ihm dabei sehr nützlich sein.«

»Öhm ... Sie wissen aber schon, dass Luff fort ist, Boss?«

»Da will das Ei wohl klüger sein als die Henne, was? Natürlich weiß ich das! Und ich weiß auch nicht, wo er gerade steckt, und werde auch keine Vermutung darüber abgeben. Aber er hat mich an eine Kontaktperson verwiesen, die hiergeblieben ist. Inez Cloutier. Ich werde mich bei ihr melden und mich erkundigen, ob sie daran interessiert ist, das Ganze weiterzuverfolgen.«

»Okay. Dann sage ich McRae, er solle eine Zeit lang in der Nähe bleiben.«

»Hat er schon nach irgendetwas gefragt? Geld? Frauen? Einen Unterschlupf?«

»Es scheint ihm eigentlich ganz gut zu gehen.« Chuanli lächelte. »Das Einzige, was er haben will – und dafür wäre er auch bereit zu bezahlen – ist eine Waffe. Und falls sein Sexualtrieb nicht gerade so ausgeprägt ist wie bei einem Kaninchen, bezweifle ich doch sehr, dass er eine Frau braucht. Er hat eine beachtliche Blondine bei sich, die besser aussieht als die meisten Mädchen, die wir ihm verschaffen könnten.«

»Und wie sieht ihr Werdegang aus?«

»Eine Schwätzerin, ob Sie das nun glauben oder nicht.«

Jürgen riss die Augen auf. Dass ein SyS-ler sich eine Schwätzerin als Freundin zulegte, war äußerst ungewöhnlich. Fast schon abwegig. Dusek zumindest fiel kein weiteres Beispiel für eine solche Entwicklung ein.

»Wie hat er denn *das* hinbekommen?«

»Beide hielten sich während des Manpower-Zwischenfalls auf Terra auf. Beide haben ihn mehr oder minder unbeschadet überlebt. Ich nehme an, dabei sind sie irgendwann zusammengekommen, und seitdem ist es so geblieben.«

Also war es keine Gelegenheitsbeziehung, wenn sie schon so lange zusammen waren. Der Manpower-Zwischenfall war mittlerweile schon Jahre her.

Eine Minute lang schwieg Dusek, während er die Risiken und den möglichen Gewinn gegeneinander abwog, McRae mit einer Waffe auszustatten. Dafür sprach, dass das Risiko minimal blieb – und McRae eine Waffe zu verkaufen, würde eine Weile ausreichen, um ihn formlos in ihre Dienste zu stellen, ohne ihn dafür ernstlich entlohnen zu müssen. Dagegen sprach jedoch, dass es eben doch ein Risiko *darstellte*, wie klein auch immer – und es bestand immer noch die Möglichkeit, dass dieser McRae wirklich wahnsinnig war.

Aber selbst wenn dem tatsächlich so sein sollte, bedeutete das nur, dass es einen weiteren Todesfall in einem Bezirk geben würde, in dem die Anzahl der Tötungsdelikte ohnehin größer war als in jedem anderen Teil der Stadt. (Zumindest die Anzahl der *registrierten* Tötungsdelikte. Die Anzahl der tatsächlich dort begangenen Morde war ungleich größer.) Damit ließ sich umgehen.

Was Dusek letztlich zu einer Entscheidung brachte, war sein Bedürfnis, diesen McRae erneut zu überprüfen. Wenn DuChamps' Einschätzung zutreffend war – und daran zweifelte Jürgen kaum –, dann war dieser Daniel McRae tatsächlich ein legitimes (im weitesten Sinne des Wortes) Mitglied des innersten Kreises von Saint-Just. Aber das bedeutete nicht, dass er auch wirklich ›schwer auf Draht‹ war. In jedem innersten Kreis gab es ein paar Pfeifen. Soweit Dusek wusste, war gänzlich unbekannt, welche sexuelle Orientierung Saint-Just eigentlich gehabt hatte. Vielleicht war dieser McRae einfach nur sein persönlicher Lustknabe gewesen.

»Was für eine Waffe wollte er denn?«

»Eine Kettridge, Modell A-3.«

Das war eine wirklich kleine Waffe. Ließ sich leicht verstecken, war aber trotzdem ziemlich wirksam – wenn man ein guter Schütze war. Aber die meisten waren doch an etwas Leistungsstärkerem interessiert, vor allem die Söldner.

Also ergab sich schon wieder ein mögliches Problem: Vielleicht war dieser Bursche ja wirklich ein echter Revolverheld. Andererseits wäre es genauso gut möglich, dass dieser McRae hier bloß eine Show abzog und auf keinen Fall eine Waffe von anständiger Größe haben wollte: Vielleicht würde es ihn ja bloß ermüden, so ein schweres Ding die ganze Zeit herumschleppen zu müssen!

»Okay, dann sehen Sie zu, dass er eine bekommt. Aber ich möchte diesen Kerl getestet wissen, Chuanli. Und zwar wirklich *gründlich.* Wenn ich ihn Luff als Top-Mann für Außeneinsätze aus Saint-Justs innerstem Kreis verkaufen will – also als das, was niedere Kriminelle wie Sie und ich einen ›Vollstrecker‹ nennen würden –, dann muss ich mir wirklich sicher sein können, ihm nicht bloß einen Windbeutel anzudrehen. Ich möchte Luff als Kunden keinesfalls verlieren.«

Triêu nahm sich ein wenig Zeit, über das Problem nachzudenken. »Er hat sich irgendwo ganz in der Nähe vom ›Rhodesian‹ eingemietet. Ich werde ihm sagen, ein paar Leute, die ihn vielleicht anheuern würden, gingen dort ein und aus, und es wäre sinnvoll für ihn, sich jeden Abend dort herumzudrücken. Dann sage ich Jozef, er solle seine drei neuen Jungs da mal vorbeischicken. Die sollen die Blondine anmachen. Dann sehen wir ja, was passiert.«

»Und wenn er sie nicht mitbringt?«

Chuanli zuckte mit den Schultern. »Dann fällt mir schon noch was anderes ein. Aber vergessen Sie nicht, dass sie eine Schwätzerin ist, Boss. Für wie wahrscheinlich halten Sie es, dass sie sich von einem Mann – von *irgendeinem* Mann – sagen lässt, sie solle schön zu Hause bleiben und Socken stricken, während er um die Häuser zieht?«

Dusek lachte in sich hinein. »Das ist wohl wahr. *Ich* würde mir auf jeden Fall keine Schwätzerin als Freundin anlachen.«

»Ich auch nicht. Nein, sie wird da sein. Ich denke, das größere Problem könnte sich ergeben, wenn sie beschließt, die Sache selbst in die Hand zu nehmen.«

»Haben Sie ein Problem mit dieser Vorstellung?«, fragte die Restaurantbesitzerin.

Anton Zilwicki lächelte. »Sie meinen, ob ich es erniedrigend fände, als Kellner in einer Schmuddel-Spelunke zu arbeiten?«

Steph Turner warf ihm ein dünnes Lächeln zu. »Wenn Sie einem Kunden auch nur eine einzige Gabel in die Hand drücken, die nicht absolut sauber ist, dann fliegen Sie raus. Mir ist ganz egal, wie viele Hosannas Saburo und seine Leute auf Sie singen. Das Letzte, was ich hier gebrauchen kann, ist ein Grund für die Behörden, das Haus zu inspizieren. Das Einzige, was die auch nur halbwegs ernst nehmen, sind Gesundheits- und Hygienevorschriften.«

»Es tut mir leid, das sollte ein Scherz sein. Nein, ich habe damit überhaupt kein Problem.«

Turner nickte. »Haben Sie jemals gekellnert?«

»Nicht mehr, seit ich ein Teenager war. Und auch damals nicht lange. Ich kann nicht behaupten, besonders viel Spaß dabei gehabt zu haben, und die Bezahlung war einfach lausig.«

»Die Bezahlung im Gastronomiegewerbe ist immer lausig. Die Gewinnspanne ist einfach zu klein. So ist das schon seit fünftausend Jahren. Der einzige Grund, warum jemand so dämlich ist, ein Restaurant zu eröffnen ...«

Sie zuckte mit den Schultern. »Erstens: Viele Leute *können* das eben einfach. Und zweitens ist man dann wenigstens sein eigener Chef.«

»Ich beklag mich doch gar nicht«, gab Anton sanft zurück. »Wann kann ich anfangen?«

»Morgen Vormittag. Wir öffnen früh, schließlich besteht die Hälfte unseres Geschäfts darin, den Leuten Frühstück zu servieren, und die meisten unserer Gäste arbeiten in der Fertigung. Also sollten Sie um vier Uhr hier sein.«

Einige Sekunden lang blickte sie ihn aufmerksam an. Das Lächeln, das sich dann auf ihrem Gesicht abzeichnete, barg eine gewisse aufrichtige Wärme. »Fast ohne mit der Wimper zu zucken! Gut für Sie! Natürlich brauchen Sie sich keine allzu großen Sorgen zu machen, dass Sie so früh aufstehen müssen, schließlich schlafen Sie in einem der Hinterzimmer. Ich werde schon dafür sorgen, dass Sie wach sind. Verlassen Sie sich darauf.«

»Daran hätte ich auch niemals gezweifelt«, antwortete Anton.

Turner schüttelte den Kopf. »Ich muss wirklich verrückt sein, mich auf so etwas einzulassen. Aber ... ich bin Saburo etwas schuldig. Es geht hier um mein Leben, nicht bloß um Geld, also ist das keine Schuld, die ich einfach so zurückzahlen kann. Aber da hört meine Beteiligung an der ganzen Sache auch schon auf, verstehen Sie? Ich bin nicht Teil dieser ... Sache hier.«

Zilwicki nickte. »Ich verstehe.«

Später, in dem winzigen Zimmer im hinteren Teil des Gebäudes, den Turner ihm als Schlafquartier bereitgestellt hatte, plagten Anton schlimmere Schuldgefühle als jemals zuvor in den letzten Jahren. Er würde sein Bestes geben, diese Frau und ihre Tochter, die gerade im Teenageralter war, zu beschützen, aber es sah trotzdem ganz danach aus, als werde Steph Turner einen hohen Preis dafür zahlen müssen, dass sie ihm hier half. Es war sehr gut möglich, dass der Preis ebenso hoch war wie das, was sie Saburo schuldete. Ihr Leben.

Es stand zu hoffen, dass es so weit nicht kommen würde. Oder dass er, falls es wirklich so schlimm kommen sollte, Turner und ihre Tochter mitnehmen könnte, wenn er den Planeten wieder unbemerkt verließ.

Aber das lag alles noch in ferner Zukunft. Im Augenblick fragte sich Anton bloß, wie Victor das Ganze anging. Er musste ein wenig früher als Anton auf Mesa eingetroffen sein. Vielleicht sogar drei oder vier Tage früher. Anton ging davon aus, dass ihm ein paar Tage blieben, sich wieder in das Leben eines Kellners einzufinden, bevor Victor ihn aufspürte.

Er lächelte und machte sich daran, seine Sachen auszupacken. »Ach verdammt, wer weiß? Vielleicht hat er bislang ja noch keinen einzigen Menschen ermordet!«

August 1921 P. D.

Kapitel 12

»Also sind Sie noch nicht bereit, es als ›offiziell‹ zu bezeichnen, ja?«, fragte Oravil Barregos nach.

»Ich werde es als *überhaupt nichts* bezeichnen, solange wir es nicht besser bestätigen können«, gab Luiz Rozsak in deutlich säuerlichem Tonfall zurück, doch dann stockte er, als seine Stimme durch den plötzlich aufbrandenden Applaus des Publikums übertönt wurde.

Keiner von ihnen hatte sonderlich laut gesprochen, schließlich befanden sie sich in der Gouverneurs-Loge im Corterrael Coliseum auf Vorva, dem einzigen Mond des Planeten Smoking Frog. Das gewaltige Stadion erstreckte sich weit vor und unter ihnen; zum Auftakt des jährlichen System-Festivals waren nur altmodische Stehplätze vergeben worden, und die Clowns, Akrobaten und Jongleure des Lebowski-Zirkus nutzten die niedrige natürliche Schwerkraft von Vorva nach allen Regeln der Kunst aus. Es gehörte zum Stolz der ›Fabelhaften Lebowskis‹, niemals Kontragrav einzusetzen oder auch nur Sicherheitsnetze aufzuspannen, und der spektakuläre Vierfach-Salto, mit dem Aletha Lebowski von einem Trapez zum anderen gesprungen war, begeisterte sämtliche Zuschauer.

»Ich werde es als *überhaupt nichts* bezeichnen«, wiederholte Rozsak, nachdem der Jubel hinreichend abgeklungen war, dass Barregos ihn wieder hören konnte. »Zumindest nicht zum jetzigen Zeitpunkt. Nicht, solange wir eigentlich nichts anderes tun, als Gerüchte zu bestärken. Aber unter dieser Voraussetzung würde ich behaupten, es sei ›offiziell‹ genug, dass wir so vorgehen sollten, als handle es sich um zuverlässige Informationen. Auf jeden Fall sieht mir das Ganze überzeugend genug aus, dass ich auf keinen Fall so tun will, als habe unser Nachrichtendienst *unzuverlässige* Daten geliefert!«

Wie stets hatte Vegar Spangen die tragbaren Anti-Lausch-Systeme aktiviert. Sie waren ziemlich leistungsstark, aber nichts war gänzlich unfehlbar, und da sie sich hier in der Öffentlichkeit befanden, wollte Rozsak ebenso wenig in Details gehen wie Barregos, all dem Hintergrundlärm zum Trotze. Nun legte der Gouverneur kurz die Stirn in Falten, dann zuckte er mit den Schultern.

»Also, wenn das Ihre Einschätzung ist, dann werde ich nichts dagegen vorbringen. Machen Sie weiter.«

»Jawohl, Sir«, bestätigte Rozsak etwas förmlicher als gewöhnlich, und die beiden Männer widmeten ihre Aufmerksamkeit wieder ganz den Fabelhaften Lebowskis.

»Beeindruckend«, merkte Rozsak zwei lokale Tage von Smoking Frog später an, während er auf der Flaggbrücke von SLNS *Marksman* stand und die Icons auf ihrem Hauptplot betrachtete.

Die *Marksman*-Klasse war unter den Leichten Kreuzern der Solarian Navy einzigartig, denn nur sie *verfügte* über eine Flaggbrücke. *Natürlich ist es eine reine Förmlichkeit, dass die* Marksman *und ihre Schwesternschiffe der Solarian* League *Navy angehören*, ging es Rozsak durch den Kopf. Und ebenso, dass dieses Schiff mit 286 750 Tonnen mehr masste als die überwiegende Mehrheit der *Schweren* Kreuzer im Dienste der Liga.

Tatsächlich war sie das erste Schiff, das im Rahmen des ›Notprogrammes‹ des Maya-Sektors aus den jüngst erweiterten Werften der Carlucci Industrial Group von Erewhon auslief. Und sie und ihre sieben Schwesternschiffe waren die größten Kriegsschiffe im Grenzflotten-Kontingent des Maya-

Sektors, das die SLN Konteradmiral Rozsaks Befehl unterstellt hatte.

Damit waren sie natürlich nicht die größten *Schiffe*, die er befehligte. Und es bedeutete auch nicht, die SLN wisse, dass sie tatsächlich ›seine‹ Schiffe waren. In Wirklichkeit unterlagen seine nominalen Vorgesetzten auf Alterde sonderbarerweise der Täuschung, es handle sich dabei um *erewhonische* Einheiten, denen die SLN lediglich freundlicherweise Besatzungsmitglieder zur Verfügung stellte, weil es der Republik Erewhon ›vorübergehend‹ an ausgebildeten Soldaten fehlte. Diese Art der Hilfestellung gehörte zur Standardvorgehensweise des Liga-Amtes für Grenzsicherheit, um so Einfluss bei den unabhängigen Sternnationen zu gewinnen. Daher hatte sich auf Alterde niemand groß Gedanken gemacht, als Rozsak berichtete, er wende diese altehrwürdige Taktik nun auch im Falle von Erewhon an. Es war hilfreich, dass Erewhon in ihren Neukonstruktionen die neuen Automatisierungsstandards der Royal Manticoran Navy implementiert hatte – ohne allerdings diese Tatsache dem Rest der Galaxis weithin kundzutun. Dass die Gesamtbesatzung, die für ein Schiff der *Marksman*-Klasse benötigt wurde, deutlich kleiner war als bei einem Vertreter der deutlich kleineren Leichten Kreuzer der *Morrigan*-Klasse, wie sie bei der SLN immer noch im Dienst standen, vereinfachte es noch, die (ehemals) maßgeblichen Stellen auf Alterde davon zu überzeugen, Rozsaks Leute würden nichts anderes tun, als bei den ansonsten erewhonischen Besatzungen ›hier und dort eine Lücke auszufüllen‹.

Noch einige weitere Sekunden starrte er die Icons an, die gerade eben die angesetzte Übung zu einem Abschluss gebracht hatten, dann wandte er sich Captain Dirk-Steven Kamstra zu, dem Kommandeur der *Marksman*. Kamstra war nur durchschnittlich groß, mit braunem Haar, ebensolchen Augen und einem recht massigen Körperbau. Niemand hätte ihn als ›muskelbepackt‹ bezeichnet, auch wenn er deutlich breiter (und unbestreitbar auch *dicker*) war als Rozsak selbst. Ein eher unfreundlich gesinnter Beobachter hätte den Gesichtsausdruck, den der Captain üblicherweise zur Schau stellte, vermutlich mit dem Wort ›stumpfsinnig‹ beschrieben. ›Phlegmatisch‹ wäre vielleicht ein besserer Begriff gewesen, auch wenn sich bedauerlicherweise nicht bestreiten ließ, dass sich in diesen braunen Augen nicht einmal ein Funken von Genialität oder auch nur mäßig scharfem Verstand finden ließ.

Und das war nach Luiz Rozsaks wohldurchdachter Ansicht durchaus ein Glücksfall, denn es führte dazu, dass nur allzu vielen der durchdringende, wohltrainierte Intellekt entging, der sich hinter diesem trägen, einfallslosen Äußeren verbarg. Tatsächlich wusste er sogar, dass dieser äußere Eindruck ganz bewusst hervorgerufen wurde, um zu verbergen, was sich im Kopf dieses Mannes abspielte ... einschließlich des sengenden Hasses auf die Grenzsicherheit – für das, was sie Geronimo angetan hatte, der Heimatwelt seiner Eltern. Dass es Kamstra gelungen war, zum Rang eines Offiziers der SLN aufzusteigen, obwohl er von einer Welt stammte, die schon sechs T-Jahre vor seiner Geburt zu einem Protektorat der Grenzsicherheit geworden war, machte ihn beinahe einzigartig. Dass er es bis zum *Captain* geschafft hatte (diese Beförderung war erst kürzlich erfolgt) war nur möglich gewesen, weil es an strategisch entscheidenden Stellen Gönner gab, unter ihnen ein gewisser Oravil Barregos und ein gewisser Luiz Rozsak. Und auch ihnen wäre dieses Kunststück niemals gelungen, wenn jemand aus der Admiralität der Solarian League Navy auch nur einen einzigen Moment lang vermutet hätte, wie Dirk-Steven Kamstra in Wahrheit über das OFS und dessen Taten dachte.

Dass niemand das jemals getan hatte – und auch nicht tun würde, zumindest nicht, bis es zu spät wäre –, war einer der Gründe, warum Dirk-Steven Kamstra zugleich der Oberbefehlshaber von Geschwader 7036 der SLN war, einer Einheit von Leichten Kreuzern, und – nach Edie Habib und Jiri Watanapongse – der Untergebene Rozsaks, dem der Konteradmiral am meisten Vertrauen schenkte. Zugleich gehörte Kamstra auch dem äußerst kleinen Kreis der Personen an, die ganz genau wussten, was Oravil Barregos und Luiz Rozsak für die Zukunft des Maya-Sektors im Sinn hatten. Und das alles erklärte natürlich, wie er zu dem Kommando gekommen war, das er derzeit innehatte.

»Sehr beeindruckend, Dirk-Steven«, sagte Rozsak nun.

»Ich selbst bin auch sehr zufrieden damit, Sir«, erwiderte Kamstra. »Es gibt natürlich immer noch ein paar Ecken und Kanten abzuschleifen – anders könnte es wohl gar nicht sein, wenn man bedenkt, wie viel von unserer Doktrin wir erst im laufenden Betrieb erfinden müssen –, aber alles in allem haben sie sich gut geschlagen.« Kurz warf er einen Blick auf die Icons, dann schaute er wieder Rozsak an. »Es wäre natürlich hilfreich, wenn wir einfach loslegen und die gesamte Streitmacht gemeinsam trainieren lassen könnten, statt die neuen Einheiten praktisch in einer Ecke verstecken zu müssen.«

»Es sieht ganz danach aus, als würden Sie schon bald eine Gelegenheit dazu erhalten«, gab Rozsak zurück, klang dabei aber deutlich weniger fröhlich. Fragend wölbte Kamstra kaum merklich eine Augenbraue, und Rozsak stieß ein knappes, belustigtes Schnauben aus. »Wir sollten dieses Gespräch in Ihrem Besprechungsraum fortsetzen«, schlug er vor.

»Selbstverständlich, Sir.« Respektvoll nickte Kamstra in Richtung der Tür, die seine Brücke mit dem Flagg-Besprechungsraum verband.

»Achtung an Deck!«, sagte der frisch beförderte Captain Edie Habib klar und deutlich, als Rozsak durch die Tür trat; Kamstra folgte ihm dichtauf.

Die Personen, die im Besprechungsraum am Tisch saßen, erhoben sich rasch, und Rozsak bahnte sich seinen Weg an ihnen vorbei bis zu dem Sessel, der für ihn am Kopfende des Tisches reserviert war. Kamstra, im All sein ranghöchster Offizier, nahm am gegenüberliegenden Ende des Tisches Platz und wartete zusammen mit allen anderen, bis Rozsak sich gesetzt hatte.

»Nehmen Sie Platz, nehmen Sie Platz«, sagte der Konteradmiral fast ein wenig ungeduldig, und seine Untergebenen kamen der Aufforderung nach. *Alles hier verläuft ein wenig förmlicher, als es sonst üblich ist,* ging es ihm durch den Kopf, doch auch die Umstände waren nicht wie üblich.

Er ließ den Blick über die Anwesenden schweifen. Die Offiziere repräsentierten nur einen kleinen Prozentsatz aller Kommandanten des Grenzflotten-Kontingents im Maya-Sektor, doch es handelte sich ausnahmslos um die wichtigsten davon. Sie alle verstanden, worauf Barregos und Rozsak so lange Zeit hingearbeitet hatten, und wären entscheidend dabei, dieses Ziel zu erreichen. Und dann gab es da natürlich immer noch Habib und Watanapongse.

Kamstra, Kommandant der *Marksman* und ranghöchster Offizier von Geschwader 7036, bekleidete zwei Ämter gleichzeitig. Eigentlich sogar drei, schließlich übernahm er normalerweise bei jeglichen Raumeinsätzen auch die Rolle von Rozsaks Stellvertreter. Effektiv war er bei allen Raumeinsätzen der Oberbefehlshaber des Maya-Sektor-Kontingents, schließlich war Rozsak meistens außerstande, den Planeten zu verlassen, weil ihm seine vielfältigen Verwaltungsaufgaben dafür überhaupt keine Zeit ließen. Taktisch würde Kamstra das Kommando über Rozsaks Flaggschiff übernehmen, falls – was zunehmend wahrscheinlich erschien – das Kontingent sich gezwungen sähe auszurücken. Daher würde ein beachtlicher Teil aller Bürden auf seinen Schultern lasten, was die Ausbildung der Besatzungen betraf, und ebenso das Eingliedern der neu gebauten Einheiten, die im Laufe der letzten Monate die Werften von Erewhon verlassen hatten.

Commander David Carte, der Kommandant der *Sharpshooter,* einem Schwesternschiff der *Marksman,* war zugleich auch der

Kommandant der Leichte-Kreuzer-Division LCD 7036.3, während Commander Laura Raycraft von der *Artillerist* LCD 7036.2 befehligte. Commander Iain Haldane hatte zugleich das Kommando über *Ranger* und LCD 7036.1 inne, der auch die *Marksman* zugeordnet war, sodass wenigstens diese Aufgabe nicht auch noch Kamstra zufiel. Lieutenant Commander Jim Stahlin befehligte den Zerstörer *Gustavus Adolphus,* während Lieutenant Commander Anne Guglik das Schwesternschiff der *Gustavus Adolphus* kommandierte, die *Hernando Cortéz.* Ebenso wie die *Marksman* waren auch die Zerstörer der *Warrior*-Klasse, die jetzt (theoretisch) im Dienste der Solaren Liga standen – sie massten zwanzigtausend Tonnen mehr und waren ungleich tödlicher als die *Rampart*-Klasse, die bei der SLN den Standard darstellte. Im Gegensatz zu den *Marksmans* waren sie zudem offizielle Einheiten der SLN, auch wenn niemand außerhalb des Maya-Sektors oder der Republik Erewhon wusste, wie groß und leistungsstark sie wirklich waren. Commander J. T. Cullingford, Commander Melanie Stensrud und Commander Anne Warwick waren die letzten drei der anwesenden Kommandanten, auch wenn keiner von ihnen ein Schiff führte, das streng genommen ein Kriegsschiff war (so zumindest sah das jeder außerhalb des Maya-Sektors oder Erewhons). Die Schiffe unter ihrem Kommando waren etwas ungleich Gefährlicheres – die ersten ›Frachter‹ der *Masquerade*-Klasse, die ihnen die CIG geliefert hatte.

»Also gut«, ergriff Rozsak das Wort, nachdem alle wieder in ihren Sesseln saßen, »es sieht ganz danach aus, als würde das, wovon wir alle angenommen hatten, es werde eines Tages geschehen, jetzt *tatsächlich* geschehen. Also werden wir innerhalb der nächsten Tage nach Torch aufbrechen, um dort ›Manöver‹ abzuhalten.«

Niemand sagte ein Wort, und Rozsak stellte mit Genugtuung fest, dass ihre Mienen allesamt wachsam und nachdenklich wirkten; nirgends schien sich Bestürzung abzuzeichnen. Natürlich kam das, was er gerade gesagt hatte, für alle Anwesenden nicht sonderlich überraschend, und doch stand es jetzt unbestreitbar fest. Nicht, dass sie nicht alle schon seit langer, langer Zeit genau darauf hingearbeitet hätten.

»Edie« – kurz zuckte sein Kopf nach rechts, zu Habib hinüber – »wird Ihnen gleich eine detaillierte Lageabschätzung und einen grundlegenden Operationsplan vorlegen. Aber bevor sie das tut, gestatten Sie mir, ein wenig vorzupreschen und – auf die Gefahr hin, in Redundanz zu verfallen – schon einige der wichtigsten Aspekte anzusprechen.« Ein kleines Lächeln umspielte seine Lippen. »Redundanz ist natürlich eines der Privilegien, die mit meinem erlauchten Admiralsrang einhergeht, wie Ihnen gewiss allen bewusst ist.«

Die meisten der Anwesenden erwiderten sein Lächeln, und Stahlin lachte sogar leise in sich hinein.

Angesichts dessen, was den Mantys und den Haveniten bei der Schlacht von Manticore widerfahren ist, hat keiner von ihnen derzeit die Möglichkeit, Ausschau zu halten, was derzeit in unserer Ecke so passiert, und Admiral McAvoy hat mir bestätigt, er habe die Anweisung erhalten, die Navy von Erewhon dicht bei der Heimat zu halten.«

Er zuckte mit den Schultern.

»Unsere Aufklärungsberichte bezüglich dessen, was anscheinend gerade auf Torch zukommt, haben wir sowohl den Torchern als auch den Erewhonern zur Verfügung gestellt. Jiri ist der Ansicht – und ich sehe es ebenso –, dass sie beide diese Daten für zuverlässig halten, auch wenn wir eine unserer besten Quellen vor ihnen geheim gehalten haben. Da Thandi Palane nur über eine Hand voll Fregatten verfügt und McAvoy angewiesen wurde, die Heimat nicht zu verlassen, können beide nicht allzu viel unternehmen. Unter diesen Umständen – einschließlich der Tatsache, dass *wir* diejenigen sind, die mit Torch ein Bündnis eingegangen sind –, hat uns Gouverneur Barregos die Aufgabe übertragen, sich darum zu kümmern. Und hier kommen Sie alle ins Spiel.

Ich wünschte, ich müsste das Geheimnis nicht schon jetzt lüften.« Das gestand er ein, ohne mit der Wimper zu zucken. »Und umgekehrt gilt: Da wir es nun einmal schon lüften *müssen*, wünschte ich doch sehr, wir hätten schon besser an der neuen Hardware ausbilden können und wären deutlich einsatzbereiter. Bedauerlicherweise jedoch sind wir angesichts der Schlacht von Monica gezwungen, unsere Abschätzung über die Streitmacht, die Manpower ihren Strohmännern zur Verfügung stellen könnte, drastisch nach oben zu korrigieren. Das bedeutet, wir können uns nicht daran festhalten, was immer sie gegen Torch zum Einsatz bringen *könnten*, sie mit Hilfe der *War Harvests* und drei *Morrigans* abzuwehren.«

Das brachte die meisten seiner Untergebenen dazu, nüchtern zu nicken. Die Schiffe der *War Harvest*-Klasse waren die größten Zerstörer, die sich derzeit im Bestand der SLN befanden. Dass dem Maya-Sektor eine ganze Flottille davon zugewiesen worden war (auch wenn besagtem Zerstörergeschwader 3029 tatsächlich eines von den planmäßigen achtzehn Schiffen fehlte), war ein Zeichen für die wirtschaftliche Bedeutung, die diesem Sektor zukam. Die drei älteren Leichten Kreuzer der *Morrigan*-Klasse hingegen, denen die Führung über die drei Geschwader der Flottille zukam, waren ein Zeichen für die ... gemischten Gefühle, die das Liga-Amt für Grenzsicherheit hinsichtlich Oravil Barregos hegte. Auch wenn sie so überholt worden waren, dass sie nun über erstklassige Elektronik verfügten, waren sie doch kaum größer als die Zerstörer, mit denen sie zusammenarbeiten sollten – tatsächlich nicht einmal halb so groß wie die *Marksmans*.

»Wenn diese Leute hier alleine schon mit den Schiffen auftauchen, von denen wir bereits wissen, dass Manpower sie angeheuert hat«, fuhr Rozsak fort, »wären sie in einer verdammt guten Position, unsere ›offiziellen‹ Schiffe zu besiegen. Und wenn sie auch noch ernstzunehmende zusätzliche Kampfstärke mitbringen, sind unsere Leute erledigt. Und im Gegensatz zu diesem Arschloch Navarre werden die ›Strohmänner‹ von Manpower keine offiziellen Verbindungen zu Mesa unterhalten. Unserer Abschätzung gemäß macht es das deutlich unwahrscheinlicher, dass sie sich zurückziehen werden, nur um dafür zu sorgen, dass die SLN nicht immens sauer auf Mesa wird – schließlich kann Mesa immer noch jederzeit sagen: ›Was denn? Wir? Nein, nein, nein. *Wir* hatten mit diesem ganzen Blutbad und der Zerstörung überhaupt nichts zu tun!‹« Er schüttelte den Kopf. »Die halten auf Torch zu, um Torch in einen schwelenden Aschehaufen zu verwandeln, Leute ... und es wird eure Aufgabe sein, dafür zu sorgen, dass das nicht passiert.«

Einen Moment lang hielt er inne, damit seine Zuhörer seine Worte verdauen konnten, dann kippte er seinen Sessel ein wenig zurück.

»Hat irgendjemand schon Anmerkungen anzubringen?«, forderte er die Anwesenden auf, sich in den Entscheidungsprozess einzubringen.

Zunächst herrschte Schweigen am Tisch, und seine Zuhörer blickten einander an, dann schaute Kamstra über den Tisch hinweg konzentriert Rozsak an.

»Ich glaube nicht, dass irgendjemand von uns eine Frage wegen des ›warum‹ hat, Sir«, sagte er. »Aber ich könnte mir vorstellen, dass sich hier der eine oder andere Gedanken um das ›wie‹ macht. Und wie es um die Verfügbarkeit der erforderlichen Hardware bestellt ist. Bislang ist J. T. der einzige Skipper unserer Arsenalschiffe, der tatsächlich schon die Möglichkeit hatte, Gondeln in einer ausgewachsenen Gefechtsübung mit scharfer Munition auszusetzen. Natürlich haben wir reichlich Stunden in den Simulatoren verbracht, aber das ist doch nicht ganz das Gleiche. Und dann ist da noch die Frage, wie viele Gondeln wir haben werden, wenn es schließlich so weit ist.«

»Das sind allesamt berechtigte Aspekte«, bestätigte Rozsak, »und ich denke, Sie werden feststellen, dass Edie und ihre

Leute sie in ihrem Operationsplan berücksichtigt haben. Niemand will vorgeben, wir wären hocherfreut über die Kompromisse, die wir werden eingehen müssen, aber um es mit den Worten eines Politikers namens Churchill aus dem Vorraumfahrtzeitalter zu sagen: ›Perfekte Operationsbedingungen findet man nur im Paradies ... und Admirale, die auf solche Bedingungen bestehen, bevor sie handeln, kommen nur selten dorthin.‹«

Irgendjemand – dieses Mal war es nicht Stahlin – lachte leise in sich hinein, und Rozsak gestattete sich ein kurzes Grinsen.

»Ich weiß, dass wir während der Produktionsphase auf die eine oder andere Widrigkeit gestoßen sind«, fuhr er fort, »aber vor allem angesichts dieser jüngsten Informationen über Torch haben wir Carlucci und McAvoy ziemlich unter Druck gesetzt, was die Anzahl der verfügbaren Gondeln betrifft. Im Augenblick lautet unsere Abschätzung nach bestem Wissen und Gewissen, dass wir, wenn wir Torch erreichen, dort einige Carlucci-Frachter vorfinden sollten, die dort auf uns warten, um uns ungefähr fünfzehnhundert Gondeln zu liefern. Das wird nicht ganz ausreichen, um alle drei *Masquerades* vollständig zu beladen, und wahrscheinlich werden uns auch Eloka-Vögelchen fehlen, aber damit haben wir dennoch deutlich mehr Schlagkraft, als irgendjemand von uns erwarten dürfte. Was wir damit immer noch nicht haben, das ist genug Munition, um sie bei der Art von Gefechtsübungen einzusetzen, wie Sie sie gerade erwähnt haben, Dirk-Steven. Und ich setze mit Nachdruck hinzu, dass auch ich der Ansicht bin, wir hätten solche Übungen bitter nötig. Aber da wir hier von den Sechs-Gondel-Ringen reden, werden sie nicht wiederverwertbar sein, also könnten wir, selbst wenn wir über genügend Vögelchen verfügen würden, um sie zu beladen, nicht nach Abschluss der Übung nachladen.«

Rings um den Tisch wurde nüchtern genickt. Die Schiffstypen, die in den Carlucci-Werften übergangsweise für den Maya-

Sektor produziert worden waren, musste man in gewisser Weise als ›experimentell‹ bezeichnen, doch sie verwendeten dabei Komponenten, deren Funktionstüchtigkeit bereits unter Beweis gestellt war. Die neuen Zerstörer der *Warrior*-Klasse waren um fast zehn Prozent größer als selbst die Schiffe der *War Harvest*-Klasse, doch dabei verfügten sie auf jeder Breitseite über fünfundzwanzig Prozent weniger Raketenwerfer und vierzig Prozent weniger Energiebewaffnung als die deutlich kleineren Schiffe der *Rampart*-Klasse. Diese geringere Schlagkraft hatte man in den verschiedenen Berichten, die nach Chicago übermittelt wurden, stets deutlich betont – schließlich half das durchaus, jegliche Befürchtungen über die Kampfstärke der Schiffe zu beschwichtigen, die Barregos für sich selbst hier draußen im Maya-Sektor konstruieren ließ. Was man hingegen *nicht* betont hatte, das war die Tatsache, dass es sich bei der betreffenden Energiebewaffnung ausschließlich um *Graser* handelte, nicht etwa um die deutlich leichteren – und weniger leistungsstarken – Laser, wie sie an Bord der *Ramparts* verbaut wurden. Ebenso unbetont blieb die Tatsache, dass die neuen Schiffe ein beinahe doppelt so starkes Raketenabwehrsystem besaßen wie ein Standard-Zerstörer der SLN, dass sie deutlich mehr Raketen pro Werfer mit sich führten und dass es sich bei den betreffenden Raketen um Geschosse der gleichen Bauart handelte, wie sie die leichten Einheiten der *Royal Manticoran Navy* gegen Ende des ersten Haven-Krieges verwendet hatte. Auch die Verbesserungen an den Trägheitskompensatoren, die einem Schiff der *Warrior*-Klasse einen dreißigprozentigen Beschleunigungsvorteil gegenüber Rozsaks Zerstörern der *War Harvest*-Klasse verschafften, hatte niemand erwähnt. Es war dem Blutdruck verschiedener ranghoher Offiziere der SLN gewiss auch sehr zuträglich, dass sie nicht wussten, welche immense Steigerung der Kampfkraft all dies zusammengenommen bedeutete.

Die *Marksman*-Klasse hätte die Admiralität im Sol-System

sogar noch mehr überrascht – wenn dort jemand auch nur die geringste Ahnung von den zugehörigen technischen Daten gehabt hätte. In mancherlei Hinsicht stellten die *Marksmans* tatsächlich eine geringfügig kleinere Variante der *Schweren* Kreuzer der *Star Knight*-Klasse der RMN dar, wie sie in der Zeit vor dem Krieg gebaut worden waren, allerdings mit einer Elektronik, die auf deutlich neuerem Stand war, einer ebensolchen Energiebewaffnung und ebensolchen Raketen, und dabei mit einer deutlich *verkleinerten* Besatzung. Ihre Kompensatoren verschafften ihnen eine Beschleunigungsrate, die zwar immer noch der *Warrior*-Klasse unterlegen war, dabei aber um achtundzwanzig Prozent besser als die der *War Harvest*-Klasse – und sie war mit Raketen vom Typ 17-E ausgestattet, der auf Erewhon gebauten Variante der manticoranischen Typ-14-Rakete, die der damalige Captain Michael Oversteegen während der Schlacht von Refuge vor drei T-Jahren so effizient hatte zum Einsatz bringen lassen. Es waren keine Mehrstufenraketen; tatsächlich hatte Manticore die Weiterentwicklung dieses Geschosstyps eingestellt, nachdem die Zweistufenrakete sich als praktikables Konzept für die Raketenwerfer an Bord von Kreuzern erwiesen hatte. Doch sie hatten eine deutlich größere Reichweite als alles, was sich im solaren Inventar befand, und in der neuesten von Erewhon stammenden Version waren ihre Laser-Gefechtsköpfe deutlich schwerer (auch wenn sie weniger Laser*filamente* aufwiesen) als die jeglicher solarischer Kombattanten, die kleiner waren als Wallschiffe. Bedauerlicherweise waren sie auch entschieden zu groß, um sie durch die Raketenwerfer an Bord der *Warriors* zu schicken, geschweige denn die der älteren Einheiten solarischer Bauart, die Rozsak unterstanden. Und die Marksmans hatten für jede ihrer sechs Rohre auf jeder Breitseite nur dreißig Stück an Bord.

Hätte ein Beobachter der SLN Rozsaks ›Leichte Kreuzer‹ ein wenig genauer unter die Lupe genommen, wären ihm vermutlich zwei interessante äußerliche Absonderlichkeiten aufgefallen: Zum einen schienen die Waffen ein wenig asymmetrisch verteilt zu sein. Auch wenn die Schiffe über (vor allem für *Leichte* Kreuzer) durchaus beachtliche sechs Raketenwerfer verfügten, fünf Graser, zwölf Antiraketen-Werfer und acht Nahbereichs-Abwehrstationen, gab es doch in der Mitte einer jeden Breitseite eine sonderbare ›Lücke‹ – gerade breit genug, dass man dort noch zwei weitere Raketenwerfer hätte einbauen können. Zum anderen gab es erschreckend viele planare Antennengruppen, die teilweise an äußerst ungewöhnlichen Positionen verbaut waren.

Der Grund für diese vermeintlichen Absonderlichkeiten war, dass die Schiffe tatsächlich auf *acht* Breitseiten-Raketenwerfer ausgelegt waren, nicht nur auf sechs. Doch während des Baus waren diese beiden Werfer auf jeder Breitseite einer Vielzahl zusätzlicher Feuerleitsysteme gewichen. Die Sektionen, in denen ursprünglich die Raketenwerfer hätten untergebracht werden sollen, hatte man mit solider Panzerung versiegelt – einer Panzerung, die sogar noch deutlich schwerer war als die, mit der die eigentliche Schiffsbewaffnung geschützt wurde. Die eigentümliche Vielzahl der Antennengruppen, die über die gesamte Schiffsflanke verteilt waren, lieferten die Telemetrie-Links für diese Feuerleitsysteme, und damit verfügten diese Schiffe – obwohl sie nur sechs Raketenwerfer pro Breitseite aufwiesen – über die Möglichkeit, bei jeder Breitseiten-Salve *sechzig* Raketen gleichzeitig zu lenken.

Langfristig sollten diese massiv-redundanten Feuerleitsysteme wieder ausgebaut und durch die Raketenwerfer ersetzt werden, wie sie dic ursprüngliche ›offizielle‹ Baubeschreibung auch vorsah. Doch im Augenblick machten diese Feuerleitsysteme etwa fünfzig Prozent der gesamten Strategie aus, mit deren Hilfe Rozsak die Lücke ausfüllen wollte, die solange bestand, bis Erewhon endlich zumindest einen Großteil der neu gebauten Wallschiffe in den Maya-Sektor geliefert hatte.

Die andere Hälfte der Strategie wurde durch die *Masquerades* repräsentiert – die Schiffe, die nun die inoffizielle Bezeichnung ›Arsenalschiffe‹ trugen.

Die *Masquerades*, die lose auf dem im Silesia-System entwickelten ›Modular-Handelsschiffmodell‹ mit dem Namen *Starhauler* basierten, massten ein wenig mehr als zwei Millionen Tonnen. Zur ursprünglichen *Starhauler*-Konstruktion gehörte ein geringfügig verkleinerter Standard-Frachtraum, der allerdings nach Bedarf umgebaut werden konnte und von einer Außenhülle ›Container‹-Räumen umgeben war. Der Grundgedanke war gewesen, ein Schiff zu konstruieren, das individuell beladbare Frachtmodule zu transportieren vermochte, die während des Transits abgeladen werden konnten, ohne dass man die Zeit für routinemäßige Entladungsprozeduren aufzuwenden brauchte. Auf dem Papier bot diese Konstruktion eine ganze Menge Vorteile, in der Praxis jedoch hatte sie sich als deutlich weniger erfolgreich erwiesen.

Bei der Konstruktion der *Masquerades*, die als ähnlich gebaute ›Modular-Handelsschiffe‹ für den Maya-Sektor gedacht waren, hatte Carlucci sich dafür entschieden, den inneren Frachtraum gänzlich aufzugeben. Stattdessen wies jedes Schiff nun sechzehn Gondelbuchten entlang jeder Seite auf, und jede einzelne Bucht war mit unabhängigen Energieversorgungs- und Lebenserhaltungssystemen ausgestattet, schließlich gehörte zum Grundgedanken auch, dass das Schiff je nach Bedarf auch mit Passagier-Gondeln oder aber mit klimatisierten oder tiefgekühlten Gondeln beladen werden könnte. Der damit einhergehende mögliche Energiebedarf erklärte auch, warum ein solches Handelsschiff nicht nur mit einem, sondern mit *zwei* Fusionsreaktoren ausgestattet war.

Für den kommerziellen Einsatz war dieses Schiff schlichtweg nutzlos, und das, daran zweifelte Rozsak nicht im Mindesten, würde für jeden von Alterde geradezu schmerzhaft offensichtlich sein, der diese Schiffe als praktischen Frachttransporter ansähe. Natürlich tat das niemand, schließlich hatten sich Barregos und er eigens für die Solarier eine gute Begründung für eben diese Bauweise zurechtgelegt.

Militärisch gesehen waren die *Masquerades* wahrscheinlich das beste Beispiel für das Prinzip, einen Vorschlaghammer in eine Eierschale einzubauen, das Luiz Rozsak jemals gesehen hatte oder sich auch nur vorstellen konnte. Tatsächlich wäre es seiner Ansicht nach wahrscheinlich noch treffender gewesen, diese Schiffe als ›Pfahlrammen in Seifenblasen‹ zu beschreiben.

Jede der Gondelbuchten der *Masquerades* war gerade lang genug, um darin drei der Raketengondeln in der Standardausführung der Erewhoneser Space Navy hintereinander unterzubringen. Allerdings waren die Buchten deutlich breiter als eine einzelne Gondel, und die CIG war weitsichtig genug gewesen, darin Befestigungen zu montieren, sodass sich dort Mehrfach-Gondeln unterbringen ließen. Ursprünglich hatte man es so angelegt, dass sich dort sechs Gondeln in drei Zweierreihen verstauen ließen, doch mittlerweile ging gerade eine verbesserte Variante in Produktion, bei der in jeder Bucht zwar nur vier Gondeln Platz fanden, diese allerdings in einer echten ›Ring‹-Anordnung.

Die ursprüngliche Konfiguration der Buchten führte zwar zu einer vergrößerten Schlagkraft pro ›Ring‹, doch die Gondeln, die dabei verstaut wurden, hatte man in ihrer Leistungsfähigkeit beschnitten: Die zugehörigen Gravkatapulte waren nur recht klein. Zwar waren sie nicht gerade *darauf ausgelegt,* nur als Einschüsser genutzt zu werden, doch es wäre beachtliche Aufarbeitung erforderlich, bevor sie ein zweites Mal genutzt werden könnten. Die derzeit verfügbaren Gondeln enthielten ebenfalls den Typ 17-E, nicht ausgewachsene Mehrstufenraketen.

Die Gondeln hingegen, die zur neuen Vier-Gondeln-Version gehörten, waren deutlich robuster. Sie ließen sich nachladen und wiederverwenden, ohne dass man derart viel Wartungsarbeiten hineinstecken musste, dass es beinahe schon einem

Neubau gleichkam. Zugleich waren sie unabhängig voneinander in der Lage, bis zu einer Woche am Stück kontinuierlich im Einsatz zu bleiben. Und was noch wichtiger war: Die einzelnen, etwas größeren Gondeln ließen sich mit Typ-19-Raketen bestücken, der jüngsten Entwicklung von Mehrstufenraketen der ESN.

Angesichts der Tatsache, dass sich in jeder Breitseite einer *Masquerade* sechzehn Gondelbuchten befanden, führte somit jedes Arsenalschiff bis zu sechsundneunzig Gondeln mit sich, und mit dem Sechs-Gondel-Ring ergab sich damit eine Gesamtzahl von fünfhundertundsechsundsiebzig Gondeln. Das entsprach einer Feuerkraft, die über das hinausging, was die meisten Superdreadnoughts aufbringen konnten – und solche Superdreadnoughts waren dreimal größer als die *Masquerades*. Bedauerlicherweise allerdings waren diese Geschosse wirklich *alles*, was ein solches Schiff aufzubringen hatte. Es war immer noch als *Handelsschiff* konstruiert, ohne jegliche Panzerung, ohne eigenständige Nahbereichsabwehr, ohne Kernhülle, ohne Redundanz in den Lebenserhaltungssystemen, ohne Rettungskapseln in Militärausführung, ohne eigenständiges Feuerleitsystem – nicht einmal für die eigenen Gondeln – und ohne Systeme zur elektronischen Kampfführung. Wenn ein echtes Kriegsschiff – selbst so ein niedliches kleines LAC aus der Zeit, da Manticore sie noch nicht in ihrer Leistungsfähigkeit derart optimiert hatte – jemals in Waffenreichweite käme, dann würde eine *Masquerade* (und damit auch ihre gesamte Besatzung) sehr schnell aus dem Kosmos gefegt werden. Und deswegen *sollte* ein solches Schiff auch nicht in Reichweite etwaiger Gegner kommen. Stattdessen sollte es in sicherem Abstand zu jeglichem Gegner bleiben, der nicht über Mehrstufenraketen verfügte, und dann Salve um Salve Gondeln aussetzen, die anschließend von der Feuerleitung der *Marksmans* übernommen würden – dafür waren all die zusätzlichen Telemetrie-Links ja nun einmal da.

Letztendlich würde man diese Schiffsklasse auch mit speziell dafür entwickelten ›Kampf-Gondeln‹ ausstatten, die dann Antiraketenwerfer enthalten würden, Nahbereichsabwehrstationen, Seitenschildgeneratoren, zusätzliche Lebenserhaltungs- und Feuerleitsysteme, ebenso Systeme zur elektronischen Kampfführung und dergleichen mehr. Bedauerlicherweise würden nicht einmal alle ›Kampf-Gondeln‹ in der gesamten Galaxis ausreichen, um eine *Masquerade* in ein anständiges Kriegsschiff zu verwandeln, das darauf hoffen durfte, selbst minimale Schäden zu überstehen. Im Augenblick noch bedauerlicher jedoch war, dass keine dieser eigens dafür ausgelegten Kampf-Gondeln derzeit verfügbar war – und bislang hatte Maya auch erst drei der *Masquerades* in Empfang genommen.

»Wie ich schon sagte, uns wird es noch mindestens einen Monat lang so weit an Munition fehlen, dass wir sie nicht einfach entbehren können«, fuhr Rozsak fort. »Das liegt nicht an den Raketen selbst; das Problem sind die Gondel-Ringe. Carlucci konzentriert sich derzeit ganz darauf, davon so rasch wie möglich so viele wie möglich zu produzieren – er hat dafür sogar Leute und Kapazitäten aus der Produktion der Kampf-Gondeln abgezogen, und er hat auch die Vier-Gondel-Ringe – und die zugehörigen Typ-19-Raketen – in der Produktion vorgezogen. Aber es wird wahrscheinlich eher Anfang Oktober werden, bevor die CIG irgendwelche dieser Prachtstücke zu uns nach Torch liefern kann. In der Zwischenzeit werden wir eben mit den Simulatoren unser Bestes geben müssen – und um ehrlich zu sein, rechne ich damit, dass ›unser Bestes‹ wirklich ziemlich gut sein wird, wenn man sich das Kaliber unserer Leute ansieht.«

Dieses implizite Lob in seinem letzten Satz empfanden seine Untergebenen als sogar noch befriedigender, weil der Konteradmiral dabei so sachlich geklungen hatte; Rozsak gestattete sich ein Lächeln, als er die Freude in ihren Mienen sah.

»Sonst noch irgendwelche Anmerkungen oder Fragen?«, erkundigte er sich.

»Ich könnte mir vorstellen, dass dem einen oder anderen hier noch ein paar Dinge durch den Kopf gehen, Sir«, antwortete Kamstra. »Andererseits wird Edie, wie Sie ja gerade selbst schon gesagt haben, vermutlich die Antworten auf die meisten dieser Fragen in ihren Operationsplan eingearbeitet haben. Und wo wir gerade dabei sind: Ich denke, wir sollten jetzt weitermachen und uns von ihr auf den neuesten Kenntnisstand bringen lassen. Ich bin sehr zuversichtlich: Falls anschließend noch irgendwelche Fragen offen sind, werden sie und Jiri gewiss in der Lage sein, sie zu klären.«

»Und sollte die Beantwortung dieser Fragen über die Fähigkeiten der beiden hinausgehen, schließlich sind sie ja nur gewöhnliche Sterbliche, dann werde natürlich immer noch *ich* zur Verfügung stehen, um Sie an meiner unermesslichen Weisheit teilhaben zu lassen«, stimmte Rozsak gütig zu. Dieses Mal brandete ihm echtes Lachen entgegen, nicht nur belustigtes Glucksen, und er schenkte allen Anwesenden ein deutlich breiteres Lächeln. Dann deutete er mit der Hand auf Habib.

»Die Bühne gehört Ihnen, Edie.«

Kapitel 13

»Glaubst du wirklich, hier gibt es irgendjemanden, der daran interessiert sein könnte, uns anzuheuern?« Während Yana sich in der Bar umschaute, wirkte ihre Miene ebenso skeptisch, wie sie geklungen hatte. »Was für eine Absteige!«

»Nein, tue ich nicht. DuChamps hätte niemals so viel Zeit mit mir verbracht, wenn sie die Absicht gehabt hätte, mich bei einer Routine-Transaktion loszuwerden.«

»Und warum sind wir dann hier?«

»Ich nehme an, das Ganze ist eine Art Test. Dusek will sehen, ob ich wirklich den geschilderten Leumund habe.«

Yana, die ihm an dem kleinen Tisch in der Ecke gegenübersaß, blickte sich immer noch unauffällig in dem Raum um. Zumindest hätte es für jeden Beobachter so gewirkt. Dass sie damit mindestens eine Minute verbrachte, war durchaus verständlich. Jede so gut aussehende Frau musste es zwangsläufig ein wenig beunruhigen, sich an einem solchen Ort aufzuhalten.

Victor hatte unauffällig ein paar Erkundigungen eingezogen, nachdem Triêu Chuanli ihm mehr oder weniger befohlen hatte, Zeit im ›Rhodesian Rendezvous‹ zu verbringen. Es hatte ihn nicht überrascht herauszufinden, dass dieser Laden ein berüchtigtes Stammlokal von Söldnern war – und ›berüchtigt‹ sogar trotz der traurigen Berühmtheit des schlimmsten Zweier-Bezirks in der gesamten Hauptstadt von Mesa. Es war einer dieser Läden, von denen es hieß, die Polizei betrete sie immer nur mindestens zu zweit – nur dass seit über acht Jahren kein einziger Polizist auch nur einen Fuß in das Rhodesian Rendezvous gesetzt hatte. Nach allen Geschichten, die Victor bislang zu Ohren gekommen waren, hatte der letzte Polizist, der sich tatsächlich hier hereingewagt hatte, das Lokal in einem Leichensack verlassen.

Irgendwelche Auswirkungen hatte das anscheinend nicht gehabt. Der Cop war damals erst frisch im Polizeidienst gewesen und hatte sich auf eigene Faust daran versucht, den Laden zu erpressen. Hätte der Eigentümer nicht seine eigenen Leute angewiesen, sich um dieses Problem zu kümmern, dann hätte ihm der Abteilungsleiter der Polizei diese Arbeit vermutlich sogar abgenommen.

Victor hatte Jahre in ähnlichen Bezirken wie Neu-Rostock verbracht. Für einen Spion wie ihn waren solche Regionen häufig ein guter Ausgangspunkt für die Vorbereitung neuer Operationen. Natürlich hatte es auch seine Nachteile, mit Kriminellen zusammenzuarbeiten. Aber einer der großen Vorteile dieser Vorgehensweise bestand darin, dass nur sehr wenige hartgesottene Kriminelle sich durch etwaige patriotische Anwandlungen stören ließen. Solange sie bezahlt wurden, war es ihnen herzlich egal, wer man war oder warum man tat, was auch immer man nun vorhatte – und meistens wollten sie das ohnehin gar nicht wissen.

Jeder Planet mit einer hinreichend großen Bevölkerung kannte derartige Bezirke in ihren größeren Städten. Neu-Rostock war beileibe nicht das Schlimmste, was Victor jemals erlebt hatte. In zweien der Slum-Gebiete in Nouveau Paris, einer davon keine Meile von seinem eigenen Geburtsort entfernt, ging es mindestens ebenso rau zu. Und überall gab es gewisse ›Standard-Vorgehensweisen‹. Natürlich gab es keine offiziellen, förmlich festgelegten Regeln, aber es kam dem schon sehr nahe. Zu diesen Regeln gehörte, dass jedes Etablissement – und ganz gewiss eines wie das Rhodesian Rendezvous – den Polizisten Schutzgeld zu zahlen hatte, um weiterhin im Geschäft bleiben zu dürfen. Doch diese Schutzgelder wurden sauber und ordentlich gezahlt, immer schön von oben nach unten. Polizisten, die darin einen Nebenerwerb zu finden glaubten, waren nicht sonderlich willkommen und hielten meistens nicht allzu lange durch.

Das Einzige, was auf Mesa tatsächlich ungewöhnlich war, das war, dass der Polizei fast gänzlich egal war, was in den Zweier-Slums alles passierte. Die Cops überließen die Aufgabe, in diesen Bezirken für Ordnung zu sorgen, den jeweiligen Bossen, die dort das Sagen hatten. Solange sie nur weiter ihr Bakschisch erhielten, kümmerte es sie einfach nicht, was dort passierte. Und wenn man ehrlich bleiben wollte, musste man sich eingestehen, dass die Bosse dort mindestens ebenso effektiv für Ordnung sorgten, wie die Polizei es hätte tun können. Und der Anteil, den sie bei jedem einzelnen dort abgeschlossenen Geschäft einstrichen, war auch nicht schlimmer, als wenn ordentliche Steuern erhoben worden wären.

Trotzdem war es eine ziemlich ruppige Ordnung, die dort herrschte – zumindest an Orten wie dem Rhodesian.

»Es werden die drei an dem Tisch vor der Südwand sein«, vermutete Yana. »Die, die vor ein paar Minuten reingekommen sind.«

Auch sie sprach leise, doch ebenso wie Victor verließ sie sich auf die Verzerrer, die dafür sorgen sollten, dass niemand sie belauschen konnte. Auch das sollte niemanden verwundern. Derartige Geräte waren an solchen Orten praktisch ein Muss. Wenn es in einem solchen Etablissement so etwas wie blindes Vertrauen oder die Milch der frommen Denkungsart gab, dann befand es sich wohl in den Pfoten einer blinden Maus, die sich in irgendeinem Loch versteckte.

»Wahrscheinlich hast du Recht. Die vermeiden es richtig, dich anzusehen. Fast alle anderen Männer können den Blick überhaupt nicht mehr von dir abwenden, seit wir hereingekommen sind.«

Auf Yanas Gesicht zeichnete sich ihr kaltes Lächeln ab. »Bist du sicher, dass *du* das übernehmen willst? Ich kann durchaus auf mich selbst aufpassen, weißt du?«

»Daran zweifle ich nicht im Mindesten. Aber *ich* bin derjenige, über den die hier etwas herausfinden wollen.«

Tatsächlich war Yana ein wenig nervös. Nicht wegen der drei Männer an dem Tisch dort drüben. Derartige Alphamännchen verspeiste sie zum Frühstück. Was sie hier nervös machte, das war der Mann, *mit dem* sie hier war.

Victor Cachat. Nicht allzu lange vor ihrem Tod hatte ihre Freundin Lara einmal gescherzt: *Wenn du Victor an deiner Seite hast, dann brauchst du wirklich keinen Pakt mehr mit dem Teufel zu schließen.*

Und das stimmte durchaus. Sie sah zu, wie die Männer an dem Tisch ihre Stühle zurückschoben und aufstanden. Alle drei waren hochgewachsen, muskulös und ganz offensichtlich erfahren in körperlichen Auseinandersetzungen. Wahrscheinlich waren sie allesamt Söldner.

Sie spürte, dass Victor kaum merklich den Arm bewegte, und wusste, dass er tief in seinem Ärmel eine Pistole verborgen hatte. Dort hielt er sie mit einem Finger fest, genau über dem Handgelenk. Eine rasche Bewegung – in den Simulationskammern immer und immer wieder geübt, schließlich war Cachat nun einmal Cachat –, und er würde die Waffe wieder in der Hand halten.

Und genau das werden diese drei Naivlinge schon bald herausfinden.

Jürgen Dusek beugte sich vor und betrachtete die Aufzeichnung, die Chuanli ihm gebracht hatte. Die drei Männer waren jetzt weniger als zwei Meter von dem Pärchen am Ecktisch entfernt.

Mit allerhöchster Wahrscheinlichkeit waren sie bewaffnet.

Bei einem wusste Dusek es mit Sicherheit: Er sah, dass der Knauf einer Pistole unter dem Jackett hervorragte. Wie nachlässig von ihm. Aber tatsächlich bestand praktisch keine Gefahr, von der Polizei darauf angesprochen zu werden – nicht in Neu-Rostock. Und solange er dafür sorgte, dass niemand diese Waffe zu Gesicht bekam, würde das Personal im Rhodesian auch nichts dagegen sagen.

Alle drei Männer hatten dieses gewisse Lächeln auf dem Gesicht, das Jürgen aus langer Erfahrung kannte. Gefährliche Schlägertypen, die genau das wieder einmal unter Beweis stellen wollten und nun die ersten Schritte in einem nur allzu vertrauten Tanz machten. Wenn der Tanz dann vorbei wäre – und sie alle rechneten ganz offensichtlich nicht damit, er könne allzu lange dauern –, hätten sie eine neue Begleiterin an ihrer Seite, und ein gewisser Nichtsnutz hätte seine Lektion gelernt, wo genau er in der hiesigen Hackordnung stand. Vielleicht würde er diese Erfahrung überleben, vielleicht auch nicht.

Nun richtete Dusek den Blick auf den Mann, der immer noch an dem Ecktisch saß. Wenn McRae eine Waffe bei sich hatte, so war sie zumindest nicht zu sehen. Von der Pistole, die Triêu ihm verkauft hatte, war nichts zu erkennen. Tatsächlich schien er nicht einmal zu bemerken, dass sich ihm das bedrohliche Trio immer weiter näherte. Für Jürgen sah es ganz so aus, als hätte McRae sie noch nicht einmal wahrgenommen. Die gut aussehende Blondine, die ihm gegenübersaß, hatte sie zweifellos kommen sehen, doch auch sie schien nicht gerade beunruhigt.

Chuanli hatte ihm versprochen, es werde interessant werden.

»Wie heißt du denn, Süße?«, fragte einer der drei Männer, als sie an den Tisch herangetreten waren.

Die Blondine blickte ihn kurz an, schüttelte den Kopf und deutete auf McRae. »Frag ihn.«

McRae schaute nicht einmal in die Richtung der ungebetenen Besucher. »Das ist mein Mädchen. Lasst es damit gut sein.« Sein Tonfall klang schlichtweg unendlich gelangweilt.

Der Mann, der die Blondine angesprochen hatte, warf den Kopf zurück. »Hör zu, du Schwachkopf, du …«

Irgendwie hatte McRae plötzlich eine Pistole in der Hand. Noch im Sitzen hob er sie und schoss dem Mann in die Brust. Während der Söldner in sich zusammensackte, erhob sich der Havenit in einer einzigen, geschmeidigen Bewegung, und schoss dem Fremden in den Kopf. Zweimal. Dann erschoss er den Mann zu seiner Linken, anschließend den zu seiner Rechten. Jeweils drei Schüsse. Immer erst eine Kugel in die Körpermitte, dann zwei Kugeln in den Kopf.

Das Ganze hatte vielleicht drei Sekunden gedauert. Nur einem seiner Opfer war überhaupt die Zeit geblieben, die Hand an die Waffe zu legen, und er hatte es nicht einmal geschafft, sie aus dem Schulterhalfter zu ziehen. Als es vorbei war, bedeckten Blut und Gehirnmasse fast die Hälfte des Bodens der Bar, und das Dutzend anderer Gäste – allesamt selbst durchaus harte Burschen – war vor Überraschung totenbleich.

»Was genau an dem Satz ›das ist mein Mädchen‹ versteht hier sonst irgendjemand nicht?«, fragte der Schütze. Immer noch klang er unendlich gelangweilt.

»Meine Fresse«, entfuhr es Jürgen Dusek. »Spielen Sie das noch einmal ab, Chuanli!«

Der Gangsterboss schaute sich die Aufzeichnung noch dreimal in Folge an. Jedes Mal suchte er dabei nach … *irgendetwas*, das diesen Schützen wie einen Menschen wirken ließ. Oder auch nur wie einen normalen Soziopathen.

Nichts.

Doch nachdem er die Aufzeichnung nun ein viertes Mal gesehen hatte, begriff Dusek, was geschehen war. Nicht, dass McRae ein übereilt vorgehender Schütze wäre. Gewiss, er hatte sich eine Möglichkeit überlegt, die Waffe rasch in die Hand zu bekommen, ohne dass irgendjemand das mitbekäme, und dann hatte er sich rasch und sicher bewegt, ohne auch nur eine einzige Bewegung zu verschwenden. Doch jeder, der entsprechend gut ausgebildet wäre, vertraut im Umgang mit Waffen und dabei anständig fit, hätte das Gleiche vollbringen können.

Nein, das Geheimnis lag in seinem Geisteszustand. Dieser Bursche hier gehörte zu den äußerst seltenen Leuten, die beim geringsten Anlass töten konnten. Er musste nicht erst die mentale Eskalation durchlaufen, die selbst die hartgesottensten Schlägertypen benötigten, so rasch dies bei ihnen dann auch der Fall sein mochte. Bei diesem McRae geschah alles augenblicklich. Erkennen der Bedrohung – die Überlegung, der Bedrohung sei am besten mit völliger Skrupellosigkeit zu begegnen – Töten.

»Was für ein hartgesottener Kerl«, murmelte er. »Kein Wunder, dass Saint-Just ihn im Auge behalten wollte. Haben Sie anschließend mit ihm gesprochen?«

»Jou. Ich habe natürlich erst ein bisschen abgewartet. Die Kellner brauchten eine Zeit lang, alles wieder sauber zu machen. Die drei Burschen, die er erschossen hat, waren dabei kein Problem. Sie waren für Jozef nur hin und wieder als Schläger tätig.«

Jozef Ortega neigte keinen Deut mehr zu Sentimentalitäten als jeder andere Unter-Boss auch. Und er arbeitete ohnehin für Jürgen. Chuanli hatte in der Nähe gestanden und abgewartet, und kaum dass der Kampf vorbei war, hatten die Kellner ihn gerufen. Er hätte innerhalb von dreißig oder vierzig Sekunden vor Ort sein können, doch er hatte sich fünf Minuten Zeit gelassen. Wahrscheinlich würde McRae ohnehin herausfinden, dass das Ganze ein abgekartetes Spiel gewesen war, doch es gab ja keinen Grund, das auch noch so offensichtlich zur Schau zu stellen. Das hätte sogar gefährlich werden können.

Der Rest dürfte dann Routine gewesen sein. Den Laden aufräumen, dezent aber bestimmt ein paar Drohungen ausstoßen, damit keiner der Gäste in Versuchung geriet, irgendetwas über die Geschehnisse zu berichten – was vermutlich ohnehin nicht der Fall gewesen wäre –, und dann die drei Leichen in den Mülldesintegrator des benachbarten Restaurants schieben. Das betreffende Restaurant gehörte Dusek ebenso wie das Rhodesian, und er hatte dafür gesorgt, dass es einen hochleistungsfähigen Desintegrator erhalten hatte. Und dann hatte er der Polizei und der Entsorgungsbehörde anständige Schmiergelder zukommen lassen, um dafür zu sorgen, dass jegliche Aufzeichner und Detektoren einfach verschwanden. Niemand außer den direkt daran Beteiligten würde jemals erfahren, was mit diesen Leichen geschehen war.

»Zahlen Sie Jozef eine Entschädigung für den Verlust seiner drei Burschen. Na ja, Exburschen. Sorgen Sie einfach nur dafür, dass er uns das Ganze nicht übel nimmt.«

Chuanli nickte. »Und McRae?«

»Ist er immer noch bereit, die Gespräche fortzusetzen? Oder ist er verstimmt?«

»Jou, klar. Pfeif auf ›kaltblütiger Killer‹, Boss. Wahrscheinlich hat er sich längst überlegt, dass wir das Ganze inszeniert haben, aber es ist ja nicht so, als hätte er irgendwelchen Schaden davongetragen. Er muss ja schließlich essen wie jeder andere auch – und dafür sorgen, dass seine Blondine glücklich und zufrieden ist. Und dafür braucht er Aufträge.«

Dusek schürzte die Lippen. Jetzt galt es nur noch zu überdenken, ob dieser McRae in Wirklichkeit ein Agent war, ein Agent für …

Eine Regierungsagentur oder ein Firmen-Sicherheitsdienst konnte es kaum sein. Zumindest nicht von einer Regierung oder Corporation, die Dusek vertraut war. Dafür war dieser Kerl einfach zu mörderisch.

Aber damit blieb immer noch die Möglichkeit, dass der Ballroom hiermit etwas zu tun hatte. Das war zwar nicht sonderlich wahrscheinlich, aber es ließ sich auch nicht völlig ausschließen. Dusek empfand Mesa gegenüber keinerlei Treuegefühl, aber ein Narr war er auch nicht. Auf diesem Planeten hier machte er seine Geschäfte – die durchaus profitabel waren –, und um weiterhin im Geschäft bleiben zu können, war es erforderlich, die Machthaber keineswegs zu verärgern.

Ein Dreifachmord, bei dem alle Opfer bloß irgendwelche Schläger waren und keine wichtigen Schirmherren oder Verbündeten hatten, würde die mesanischen Behörden nicht weiter beunruhigen. Aber wenn es hier irgendeine Verbindung zum Ballroom gab, dann würde diese offizielle Gleichgültigkeit schlagartig aufhören. Schon zweimal in seinem Leben hatte Jürgen erlebt, was geschah, wenn Mesa die Samthandschuhe abstreifte und sich ernsthaft auf jemanden stürzte, der sich in den Zweier-Bezirken herumtrieb. Begriffe wie ›rechtliches Gehör‹ und ›angemessene Reaktionen‹ waren dann einfach bedeutungslos. Niemand hatte dann mehr Skrupel, ganze Häuserblocks dem Erdboden gleichzumachen und jeden einzelnen Bewohner abzuschlachten, einfach nur, um auf jeden Fall auch die Person zu erwischen, hinter der sie her waren.

Das hieß ...

Dusek kam zu dem Schluss, er könne das Problem vermutlich einfach ignorieren, solange Inez Cloutier diesen McRae anheuerte und ihn rasch wieder vom Planeten fortschaffte. Schließlich war es wirklich nicht sonderlich wahrscheinlich, dass ein ehemaliger SyS-ler, erst recht nicht ein Mitglied des Inneren Kreises, irgendetwas mit dem Ballroom zu tun hatte. Gewiss, die Haveniten hatten sich der Gensklaverei schon immer entgegengestellt. Na und? Das Einzige, was sämtliche ehemalige SyS-ler, die Dusek bislang erlebt hatte, gemein hatten, das war, dass sie nun als Söldner tätig waren. Und was hatte der Ballroom ihnen schon zu bieten?

»Also, was wollen wir mit diesem McRae anstellen?«, fragte Chuanli nach.

Dusek traf seine Entscheidung. »Sorgen Sie nur dafür, dass ihn irgendjemand ständig im Auge behält. Das braucht keine aufwändige Beschattungsoperation zu sein, Chuanli. So etwas kostet richtig Geld. Es soll bloß jemand immer auf seine Unterkunft achten. Wir müssen wissen, wann er geht, wann er wiederkommt und wie seine Alltagsroutine so aussieht.«

»Wir können doch nicht rausfinden, wo er hingeht, wenn wir ihm nicht folgen, Boss.«

»Wen interessiert schon, wohin er geht? Der Kerl an sich interessiert uns doch gar nicht, Chuanli. Das ist ein ganz übler Kunde. Ein ausgewachsener Psychopath – und verdammt gut dabei. Je schneller er den Planeten wieder verlässt, desto besser. Wir wollen nur anständig daran verdienen, dass er wieder verschwindet, das ist alles. Und dafür brauchen wir nichts zu wissen, was uns nicht schon jetzt bekannt wäre. Er war eindeutig wirklich bei der SyS, und das ist alles, was zählt. Für diesen Markt reicht das voll und ganz aus.«

Kapitel 14

Jack McBryde saß in seinem komfortablen Büro, betrachtete die smarte Wand vor seinem Schreibtisch und machte sich Sorgen.

Die Wand war so konfiguriert, dass sie die Aufnahmen der in die Decken eingelassenen und über das gesamte Gelände der Anlage verteilten Sicherheitskameras aus der Vogelperspektive zeigte. Hätte ein uninformierter Beobachter diese Aufnahmen gesehen, wäre er niemals auf die Idee gekommen, das gesamte Gamma Center liege tatsächlich mehr als fünfzig Meter unterhalb der felsigen Oberfläche von Mesa. Tatsächlich befand sich die Anlage unter dem Fundament eines Turmes, der auf einem der Gewerbegebiete errichtet worden war; dieses Gewerbegebiet grenzte an die Außenbezirke von Green Pines. Der Bau dieses Turmes hatte sämtliche anderen Aktivitäten verdeckt, die bei der Errichtung von Green Pines vorgenommen worden waren, und er lag weit genug von dem Wohngebiet entfernt, sodass es keine ›Vollzeit-Nachbarn‹ gab, die irgendwelche Absonderlichkeiten hätten bemerken können. Besser noch war vielleicht, dass der Turm, der oberhalb dieser Anlage in den Himmel ragte, vor Fachgeschäften, Finanzberatern und Medizindienstleistern beinahe überquoll und auch noch mehr als einem Dutzend verschiedenen Regierungs- und Firmenbüros Platz bot. Auf diese Weise bot er die perfekte Tarnung für das Kommen und Gehen der mehr als siebenhundert Wissenschaftler, Ingenieure und Verwaltungsleiter sowie der Sicherheitskräfte, deren Aufgabe es war, sie alle stets im Auge zu behalten.

Doch das Alignment hatte schon vor langer Zeit begriffen, dass ein derartiges Leben als Höhlenbewohner nicht gerade dazu angetan war, kreativ tätige Mitarbeiter zu Höchstleistungen anzuspornen. Deswegen hatten die Räumlichkeiten im Center allesamt erstaunlich hohe Decken, und die Räume und Büros waren durch die Bank groß und luftig. Die Flure waren breiter, als dies erforderlich gewesen wäre, und die smarten Wände waren stets so konfiguriert, dass sie bemerkenswert echt wirkende Illusionen von Waldwiesen oder – im zweiten Stockwerk – sonnigen Stränden schufen. Auch die Gemeinschaftsräume waren so angelegt, dass man durchaus den Eindruck haben konnte, man befinde sich im Freien. Aber die einzelnen Arbeitsräume und Büros der jeweiligen Forscher hatte man so gestaltet, dass sie auch wie echte Arbeitsräume und Büros aussahen, denn bemerkenswert viele Personen schienen ernstliche Schwierigkeiten damit zu haben, sich ganz auf ihre Arbeit zu konzentrieren, wenn sie sich doch ›im Freien‹ befanden. Andererseits hatte man die Entscheidung, wie die einzelnen Arbeitsräume denn nun zu gestalten seien, den jeweiligen Teamangehörigen überlassen, und die meisten von ihnen hatten sich für ›Fenster‹ entschieden, die freien Blick auf die gleichen Landschaften gestatteten, wie man sie auf den Korridoren sah. Mehr als die Hälfte aller Mitarbeiter hatte sich dazu auch noch für ›Oberlichter‹ entschieden, durch die man den Himmel sehen konnte – einen Himmel, der sich an die jeweilige Tageszeit anpasste, die in den Illusionen auf dem Korridor gerade herrschte. Und beides wiederum war mit der Uhrzeit synchronisiert, die außerhalb des Centers tatsächlich galt.

Das Ergebnis war eine Arbeitsumgebung, in der man nicht den Eindruck hatte, man befinde sich in einem riesigen Bunker. Zugleich blieben die inneren Uhren der Forscher an die auf Mesa herrschende Echtzeit angepasst – was nicht unwichtig war, schließlich gingen sie nach Feierabend auch nach Hause.

Bedauerlicherweise reicht das nicht aus, um dafür zu sorgen, dass sie alle konzentriert und produktiv bleiben, ging es McBryde düster durch den Kopf, und er tippte auf die virtuelle Tastatur, um den Bildausschnitt zu vergrößern, der Herlander Simões' Team bei der Arbeit zeigte. Er verschob das Bild auf die Mitte der smarten Wand und aktivierte den Zoom, um den Hyperphysiker genauer betrachten zu können.

In mancherlei Hinsicht sah Simões jetzt tatsächlich besser aus als bei seinem ersten Gespräch mit McBryde damals. Das war jetzt fast sechs T-Monate her. Er achtete zumindest deutlich mehr auf sein Äußeres, und soweit McBryde das beurteilen konnte, schlief er auch wieder regelmäßiger. Doch immer wieder kam es zu depressiven Schüben. Sie schienen zwar seltener zu werden, doch laut seiner Therapeutin waren sie dafür deutlich heftiger und düsterer. Und auch McBryde selbst war nicht entgangen, dass Simões' gelegentliche Wutausbrüche – die vor dem Tod seiner Tochter überhaupt nicht Teil seines liebenswürdigen, entspannten Charakters gewesen waren – zunehmend gewalttätig wurden.

Noch war er nicht so weit, tatsächlich seine Kollegen anzugreifen. *Noch* nicht. Doch diese Wutausbrüche, bei denen ihm die Zornesröte ins Gesicht stieg und er zunehmend ausgiebig fluchte, hatten dafür gesorgt, dass seine Kollegen sich immer weiter vor ihm zurückzogen. Viele von ihnen waren einst mit ihm und seiner Frau eng befreundet gewesen – damals, vor Francescas Tod –, und einige schienen auch immer noch ernstlich bemüht, zumindest ein gewisses Maß an persönlichem Kontakt aufrechterhalten zu wollen. Doch auch sie hatten sich hinter eine schützende Wand aus Förmlichkeiten zurückgezogen. Die anderen Mitglieder seines Teams hingegen, sosehr sie auch Mitleid mit ihm haben mochten, gingen Simões aus dem Weg, wann immer das möglich war. Und wenn es *nicht* gelang, dann beschränkten sie sich auf ein Minimum an erforderlichen Worten. Es war schmerzhaft offenkundig, dass sie ihn schon abgeschrieben hatten, und drei von ihnen standen kurz davor, deutlich zu bekunden, dass sie *keinerlei* Mitleid mit ihm hatten. Das Beste, was McBryde über diese drei sagen konnte, das war, dass sie zumindest nicht offen ausgesprochen hatten, die Entscheidung des Ausschusses im Falle von Francesca Simões gutzuheißen – wenigstens nicht unter Umständen, in denen Herlander es möglicherweise mitbekäme. Andererseits zweifelte McBryde ernstlich daran, dass es ihnen allzu viel ausmachen würde, sollte Herlander es *doch* hören.

Ihr derzeitiges Projekt stand kurz vor dem Abschluss, und das war gut und schlecht gleichermaßen. Die Leistungssteigerung des ›Blitzantriebs‹, die man sich von ihren Forschungsarbeiten versprach, war natürlich eindeutig positiv zu werten. Und dass Simões die ganze Zeit über mehr oder minder arbeitsfähig geblieben war, empfand Jack McBryde sowohl aus beruflicher als auch aus ganz persönlicher Sicht ebenfalls sehr positiv. Doch bedauerlicherweise war Herlander Simões, so talentiert und fähig er auch sein mochte, und so viel er bereits geleistet hatte, für die Forschungstätigkeit des Alignments nicht von *einzigartiger* Bedeutung. Er war nicht unentbehrlich – zumindest langfristig betrachtet, wie negativ sich sein Ausscheiden aus den derzeitigen Projekten seines Teams auch vorerst auswirken mochte. Und McBryde gab sich keinerlei Illusionen hin, was mit Simões geschehen würde, wenn erst einmal sämtliche dieser derzeitigen Projekte in trockenen Tüchern waren.

Die werden ihn einfach rauswerfen, genau das wird passieren, dachte McBryde grimmig. *Eigentlich kann man es ihnen ja auch nicht verübeln. Er ist so durchgedreht, dass niemand ihn freiwillig in irgendein Team aufnehmen würde, solange es noch eine Chance gibt, jemand* anderen *dafür zu finden. Und er selbst sieht das auch schon kommen. Ich glaube, das ist einer der Gründe, warum sein Temperament in letzter Zeit immer öfter mit ihm durchgeht. Aber was zur Hölle wird passieren, wenn er jetzt auch noch seine* Arbeit *verliert?*

Gequält verzog er das Gesicht, als ihm ein noch düstererer

Gedanke durch den Kopf ging. Da Simões sich des Countdowns durchaus bewusst war, der ihm anzeigte, wie lange er noch seine derzeitigen Aufgaben würde erfüllen dürfen, bestand die Gefahr, dass sein Zorn und seine Verzweiflung ihn zu irgendeiner selbstzerstörerischen (und letztendlich doch nutzlosen) Verzweiflungstat antrieben, um Rache zu nehmen. Und genau das stand ganz weit oben auf McBrydes ›Liste der Dinge, um die man sich Sorgen machen musste‹.

Und was ist mit dir selbst, Jack?, fragte er sich und starrte die Großaufnahme von Herlander Simões an. Der Hyperphysiker arbeitete an seinem Terminal, ganz alleine in seiner selbstgeschaffenen Blase der Einsamkeit und Isolierung. *Du bist nicht so durchgedreht wie er ... noch nicht, zumindest. Aber* infiziert *hast du dich auch schon, oder? Und Zack macht sich jetzt allmählich auch Sorgen um dich, stimmt's? Er weiß noch nicht,* was *dich innerlich so zerfrisst, aber er weiß ganz genau, dass es da irgendetwas gibt, was an dir nagt.*

McBryde lehnte sich in seinem Sessel zurück, rieb sich mit beiden Händen über die Augen und spürte, wie eine düstere Welle der Verzweiflung über ihn hinwegbrandete. In dieser Verzweiflung lag auch mehr als nur ein wenig Zorn, und ein Großteil dieses Zorns richtete sich gegen Herlander Simões. Vom Kopf her wusste McBryde genau, wie irrational es war, wütend auf Simões zu sein – ebenso irrational wie Simões' Jähzorn, der weißglühend aufflammen konnte, bloß weil einer seiner Kollegen eine völlig unbedeutende Bemerkung hatte fallen lassen. Und eigentlich war es ja auch gar nicht Simões, der das Ganze ausgelöst hatte. Aber *etwas* hatte der Hyperphysiker eben doch getan: Er war zu dem Faktor geworden, der dafür gesorgt hatte, dass sich McBrydes eigene ... Zweifel kristallisiert hatten. Und das musste er sich selbst gegenüber auch grimmig eingestehen.

Während er dabei zugeschaut hatte, wie Simões Stück für Stück immer weiter zerfiel, war das, was dem Hyperphysiker und seiner Tochter widerfahren war, zu einem eigenen Mikrokosmos geworden – einem Mikrokosmos, in dem sämtliche seiner eigenen Zweifel lebten, alle seine Sorgen über das Mesanische Alignment und dessen letztendliche Ziele. *Und das*, dachte McBryde, *liegt daran, dass das Schicksal der ganzen Familie Simões tatsächlich ein Mikrokosmos* ist. Nicht einmal der Verstand eines Alpha-Mesaners vermochte wirklich das Konzept von Jahrhunderten zu verstehen – nicht auf grundlegender, emotionaler Ebene –, das Konzept tausender besiedelter Welten und buchstäblich Billionen von Menschenleben. Der Maßstab, die Reichweite, das alles war einfach zu groß. Der Verstand zog sich nur allzu rasch auf ›eins, zwei, drei, viele‹ zurück – man vermochte die Begriffe intellektuell zu erfassen und auch zu verarbeiten, man konnte sie in Pläne und Strategien zerlegen, aber wahrlich *begreifen* konnte man das alles nicht. Nicht tief im Innersten – dort, wo der Mensch tatsächlich lebt.

Doch Herlander, Harriet und Francesca Simões verkörperten eine Tragödie rein menschlichen Ausmaßes. Das *ließ sich* begreifen, das konnte man verstehen. Das konnte man erfahren, zumindest aus zweiter Hand, und was noch schlimmer war: Man konnte es *nicht* einfach ignorieren. Man konnte es nicht mit ›geht mich nichts an‹ abtun und bequem unter den Teppich kehren und einfach mit seinem eigenen Leben weitermachen.

Zumindest Jack McBryde konnte es nicht.

Und während er sich noch mit der emotional zutiefst erschöpfenden Aufgabe herumschlug, Herlander Simões zumindest noch so lange ›funktionsfähig‹ zu halten, bis dieser seine Arbeiten abgeschlossen hatte, zwang die neue Brille ihn dazu, seine Umwelt mit schonungsloser Ehrlichkeit zu betrachten, und zu was das Alignment geworden war. Tief in seinem Innersten, das wusste er, glaubte er immer noch an die Detweiler-Vision, der er sich schon als Jugendlicher verschrieben hatte. Er war immer noch davon überzeugt, es sei ein gewaltiger, tragischer Fehler, dass der ganze Rest der Galaxis vor der Vorstellung zurückschrak, die ganze Menschheit genetisch so zu verbessern, dass sie endlich zu dem werden konnte, was für sie tatsächlich möglich war. Damit gab man *so viel* auf, wandte *so vielen* Möglichkeiten den Rücken zu, verdammte so viele Menschen dazu, weniger zu sein, als sie sein könnten. Daran glaubte Jack McBryde, mit jeder Faser seines Daseins.

Aber, gestand er sich ein und wagte sich damit zum ersten Mal auf dieses Terrain vor, *du glaubst* nicht mehr, *dass wir das Recht haben, all jenen, die anderer Ansicht sind als wir,* unsere *Vision* ihrer *Zukunft aufzuzwingen. Das ist dir mittlerweile dann doch zu viel, oder nicht, Jack? Und dazu geführt hat einzig und allein das, was der Ausschuss Francesca – und Herlander – angetan hat.*

Nein, eigentlich ist das nicht ganz richtig, verbesserte er sich selbst. Es lag nicht *nur* an der Tragödie der Familie Simões. Es lag an vielen Dingen, einschließlich der Erkenntnis, wie viele Milliarden Menschen die Strategie des Alignments ganz unweigerlich das Leben kosten würde – an dem ›Kollateralschaden‹, den die Große Strategie des Alignments hinzunehmen bereit war.

Und es liegt daran, dass du endlich erkannt hast, wie sehr du persönlich unmittelbar dafür verantwortlich sein wirst, diese Todesfälle herbeizuführen, dachte er verzweifelt.

Er wusste, dass diese Selbstvorwürfe in vielerlei Hinsicht ungerecht waren. Er mochte ja einer Alpha-Linie entstammen, aber er war trotzdem nur ein winziges Rädchen in der gewaltigen Maschine des Mesanischen Alignments. Sein persönlicher Beitrag zu dem, was geschehen würde, war zwar nicht *bedeu tungslos,* aber er war statistisch insignifikant. Ja, er hatte zu dieser Welle des Todes, die durch die gesamte Galaxis branden würde, *durchaus* beigetragen – effektiv, enthusiastisch und mit einem Gefühl tiefster Befriedigung –, doch angesichts der Größe des Ganzen konnte man seinen direkten Beitrag zu diesem Massenmord nicht einmal bemerken – und es wäre zutiefst egoistisch und egozentrisch von ihm, etwas anderes anzunehmen.

Aber darum ging es eigentlich gar nicht, oder? Das war es nicht, was ihm zunehmend den Schlaf raubte. Nein, es ging darum, *dass* er dazu beigetragen hatte. Dass er einfach mitgemacht hatte, dass er sein Leben der Aufgabe gewidmet hatte, diesen Moloch, zu dem das Mesanische Alignment geworden war, zu perfektionieren, zu beschützen und – letztendlich – überhaupt auf den Weg zu bringen. Er wäre niemals auf die Idee gekommen, dergleichen *nicht* zu tun, und genau das war es, was er sich selbst niemals vergeben würde. Er hatte sich ja nicht einmal seinen eigenen Zweifeln gestellt, seinen Sorgen, und so hatte er sich auch niemals bis zu dem Entschluss vorgekämpft, letztendlich würden die Vorzüge, die sich daraus für die Menschheit ergäben, bei weitem die Kosten aufwiegen, die einzelnen Individuen entstehen mochten. Nicht einmal *das* hatte er getan.

Er gab einen weiteren kurzen Befehl ein, und die Nahaufnahme von Simões und seinem Team verschwand von der smarten Wand. Ein anderes Bild erschien an dessen Stelle – die Aufzeichnung eines Gesichtes, mit großen braunen Augen, olivfarbener Haut und einem breiten Lächeln, das Grübchen in den Wangen erscheinen ließ. Das Lächeln hatte dem Vater dieses Mädchens gegolten – ihm und seiner Kamera. McBryde blickte in diese lachenden Augen, sah all die Freude und Liebe, die man dem Mädchen selbst und auch Francesca Simões' Eltern geraubt hatte, und er wusste, er hätte sich diesen Fragen stellen müssen. Er hatte das Mädchen, das ihn von der Mitte seiner Bürowand aus anlächelte, niemals persönlich kennen gelernt, und doch verkrampfte sich sein Herz, und seine Augen brannten, als er Francesca jetzt anschaute.

Sie war nur ein einzelnes Kind, nur eine einzelne Person, sagte er sich. *Wie viel kann ein einzelnes Leben wirklich zählen in einer Schlacht, in der es um das Schicksal der gesamten Menschheit geht? Das ist doch* Irrsinn, *Jack! Es ist völlig unmöglich, auch nur ganz rational das, was ihr und ihren Eltern widerfahren ist, mit den buchstäblich unvorstellbaren Möglichkeiten zu vergleichen, die wir dem gesamten Rest der Menschheit werden schenken können.*

Das war die Wahrheit. Jack *wusste,* dass es die Wahrheit war. Und doch, trotz allem, war ihm bewusst, dass es eine Wahrheit war, die überhaupt keine Bedeutung besaß. Weil er letztendlich der Sohn seiner Eltern war und er Bescheid wusste. Oh ja, er wusste Bescheid.

Es geht hier nicht um die Vorteile, es geht nicht darum, wie ›hehr und edel‹ unsere Ziele sein mögen – vorausgesetzt natürlich, der Ausschuss erinnert sich überhaupt noch daran, wie diese Ziele ursprünglich einmal ausgesehen haben, dachte er. *Solche Dinge sind immer noch von Bedeutung, aber das gilt eben auch für* deine Seele, *Jack. Und es gilt auch für die moralische Verpflichtung. Es gibt ein ›Richtig‹, und es gibt ein ›Falsch‹, und zwischen diesen beiden Dingen muss man wählen. Auch das gehört zum Erbe der Menschheit. Und es geht um noch etwas anderes: Wenn es wirklich stimmt – wenn* Leonard Detweiler *wirklich Recht hatte –, dass die ganze menschliche Spezies sich dafür entscheiden kann, sich zu verbessern, zu optimieren und zu erheben, warum haben wir dann noch nicht einmal einen Bruchteil der Mittel, die wir darauf verwendet haben, das Alignment zu schaffen, dafür eingesetzt, den Rest der Galaxis davon zu überzeugen? Vielleicht wäre es nicht einfach geworden, vor allem nach dem Letzten Krieg. Und vielleicht hätte es Generationen gebraucht, vielleicht gar Jahrhunderte, um dabei irgendeinen Fortschritt zu erzielen. Aber das Alignment hat bereits so viele Generationen und so viele Jahrhunderte auf unsere große, glorreiche Vision aufgewendet … und es hat gänzlich die Idee aufgegeben, andere davon zu* überzeugen, *dass wir Recht haben. Stattdessen haben sie so viele umgebracht, wie eben erforderlich war, um sie dazu zu zwingen* zuzugeben, *dass wir im Recht sind – fast schon, bevor Leonard Detweilers Hinfunktionen aufgehört haben. Um ehrlich zu sein: Die Art und Weise, in der wir Manpower und die Gensklaverei in die Arme geschlossen und benutzt haben, hat sogar noch zu den Vorurteilen gegenüber ›Dschinnis‹* beigetragen, *verdammt noch mal!*

Jack McBryde betrachtete das lächelnde Gesicht und sah darin einen Spiegel, der die Arroganz seines eigenen Volkes zurückwarf. Nicht die Arroganz, derer man seinerzeit Leonard Detweiler bezichtigt hatte, nicht die Arroganz, daran zu glauben, ein besseres, gesünderes, leistungsfähigeres und langlebigeres menschliches Wesen sei erreichbar. Nicht *diese* Art der Arroganz, sondern eine andere, tiefer gehende, dunklere Arroganz. Die Arroganz des Fanatismus. Der Fähigkeit – oder der Bereitschaft, gar der Begierde –, dem Rest der Menschheit zu beweisen, dass Detweiler Recht gehabt hatte. Den Rest der Galaxis mit der Nase darauf zu stoßen, dass *auch sie,* als Nachfahren Leonard Detweilers, Recht hatten ... und dass alle anderen sich nach wie vor täuschten.

Dass sie selbst bereits diese besseren, leistungsfähigeren Menschen verkörperten – und das war ein Beweis ihrer eigenen Überlegenheit und ihres Rechtes, jedem anderen armen, unbedarften, *minderwertigen* ›Normalen‹ im Universum das Schicksal der Menschheit zu diktieren. Dass sie Recht hatten – dass die *das* Recht hatten –, den Gensklavenhandel tatsächlich sogar noch auszuweiten und ebenso das menschliche Elend, das damit einherging, aber nicht um des Profits willen, sondern als Tarnung, als Ablenkung für den ehrenwerten, noblen Zweck, der jegliche erforderlichen Mittel heiligte.

Und so viele kleine Mädchen zu erschaffen, zu bewerten und notfalls ›auszusondern‹, wie es eben erforderlich war, um dieses glorreiche Ziel auch zu erreichen.

Kapitel 15

Mit bemerkenswert spärlicher Begeisterung betrachtete Captain Gowan Maddock von der Mesan Alignment Navy die reichverzierten Litzen rings um die Manschetten seiner Uniform der Mesa *System* Navy. Er war schon immer der Ansicht gewesen, die Uniformen der MSN, mit ihren Litzen, Borten und Tressen (die beinahe schon im Hektarmaßstab verwendet wurden) und diesen hohen Schirmmützen mit einer Unmenge Lametta daran, sähen eher aus, als entstammten sie einer schlechten Operette als irgendetwas, das eine *echte* Navy zu tolerieren bereit wäre. Natürlich war auch nicht *gewollt*, dass irgendjemand die MSN ernst nahm, nicht wahr? Es *sollte* ja gerade eine protzige Liliputaner-Truppe mit Größenwahn sein – ganz genau das, was der Rest der Galaxis von einer Sternnation erwarten würde, deren Regierung sich fest im Griff von geächteten, rein profitorientierten transstellaren Konzernen befand.

Und, Ironie des Schicksals, genau das war die Mesa System Navy auch. Schließlich wäre es ja gänzlich undenkbar gewesen, eine Truppe aufzustellen, deren Professionalität sie möglicherweise als ›doch ernstzunehmend‹ verraten hätte. Und so hatte man die Mesan *Alignment* Navy, die bis vor nicht allzu langer Zeit nur über gerade einmal eine Hand voll sorgsam verborgen gehaltener Zerstörer und Leichter Kreuzer verfügt hatte, als gänzlich eigenständige Organisation geschaffen. Im Gegensatz zu dem Herumstolzieren und dem prätentiösen Gehabe der ›Navy‹, von der jeder wusste und die besser in einer komischen Oper aufgehoben gewesen wäre, war die MAN eine todernste, höchst motivierte und immens professionelle Einheit, und ihre schlichten, schmucklosen Uniformen standen in bewusstem Kontrast zu denen der MSN.

Und mit den Schiffen, die wir schon jetzt haben, könnten wir der gesamten MSN den Arsch wegballern, ohne auch nur ins Schwitzen zu geraten, sinnierte Maddock. *Und die Schiffe, die wir schon bald haben werden, können das Gleiche mit praktisch* jedem anderen *anstellen.*

Dieses Wissen erfüllte ihn mit tiefsitzendem, brennendem Stolz, und er freute sich auf den schon bald nahenden Tag, an dem der ganze Rest der Galaxis das erführe, was er bereits wusste. Auf den Tag, an dem die Worte ›Mesan Navy‹ mit Respekt ausgesprochen würden, sogar mit Furcht, nicht nur mit belustigter Herablassung.

Doch noch war dieser Tag nicht gekommen, und abgesehen von Commander Jessica Milliken, seinem ersten Offizier, wusste niemand der Personen, die jetzt nacheinander den Besprechungsraum an Bord des Schlachtkreuzers *Leon Trotsky* betraten, dass die MAN überhaupt existierte.

Er wartete, während die Neuankömmlinge ihre Plätze suchten; sie blieben hinter ihren Sesseln stehen, ebenso wie er hinter dem seinen abwartete. Einige Sekunden verstrichen, dann öffnete sich die Tür zum Besprechungsraum erneut, und mit großen Schritten kam Bürger Commodore Adrian Luff von der Exil-Volksflotte herein, flankiert von Bürger Commander Millicent Hartman, seinem Stabschef, und Captain Olivier Vergnier, dem Kommandanten der *Leon Trotsky.*

Wenn ich schon finde, meine *Uniform sehe albern aus,* dachte Maddock säuerlich, *was ist dann mit den Dingern, die* diese *Spinner tragen?*

Das war eine berechtigte Frage, und sie war ihm auch schon mehr als einmal durch den Kopf gegangen während dieses endlosen Fegefeuers, als das er seine sechsmonatige Verwendung vor diesem derzeitigen Auftrag empfunden hatte. Während seiner verschiedenen Verwendungen, in denen es darum gegangen war, als Technikexperte für die eine oder andere Operation zu dienen – auf die Beine gestellt von Manpower-Bürokraten, die keinen Deut mehr über die Wahrheit des Mesanischen Alignments wussten als jeder andere auch –, hatte er nun wahrlich genug Idiotie erleben dürfen, aber das hier setzte wirklich allem die Krone auf. Dieses Mal waren es nicht nur Manpower-Bekloppte. Oh nein! *Dieses Mal* durfte er sich mit einem ganzen Kampfverband von Leuten herumschlagen, die die Grenze zwischen ›ein wenig bescheuert‹ und ›total verrückt‹ derart weit hinter sich gelassen hatten, dass sie sie nicht einmal mehr mit einem Teleskop hätten finden können ... wenn die Winzigkeit, die ihnen an Verstand noch geblieben war, sie überhaupt auf die Idee gebracht hätte, danach Ausschau zu halten.

Luff marschierte geradewegs auf den Sessel am Kopfende des Konferenztisches zu und wartete, während Hartman und Vergnier sich hinter ihren eigenen Sesseln aufstellten. Dann nahm Luff Platz, wartete zwei sorgsam gezählte Herzschläge lang ab und nickte schließlich huldvoll all den niederen Wesen zu, die ihn hier umringten.

»Nehmen Sie Platz«, befahl er, und Maddock zwang sich selbst dazu, wenigstens eine halbe Sekunde abzuwarten, bevor er gehorchte.

An diesem Tisch wirkten Milliken und er sonderbar fehl am Platz, in ihren schwarzen Uniformjacken und den holzkohlegrauen Hosen. Gewiss, die anderen Uniformen in ihrer Umgebung wiesen fast ebenso viel Borten und Tressen auf wie die ihren, doch bei den anderen Uniformen waren die Jacken rot und die Hosen schwarz.

Und niemand in der ganzen Galaxis ist verrückt genug, so etwas *zu tragen,* dachte er säuerlich und schüttelte innerlich den Kopf, doch seine Miene blieb gänzlich ausdruckslos. *Ich frage mich, ob* die *immer noch ernstlich glauben, es bestehe auch nur der Hauch einer*

Chance für sie, siegreich nach Nouveau Paris zurückzukehren und sich mit dem konterrevolutionären Abschaum herumzuschlagen, deren hinterhältiger Verrat den strahlenden Vorkämpfer des Komitees für Öffentliche Sicherheit zu Fall gebracht hat?

Es erschien Maddock unwahrscheinlich, dass irgendjemand derart vollständig den Bezug zur Realität verloren haben könnte, doch die Exil-Volksflotte verhielt sich zumindest genau so. Selbst die Namen, die sie den überzähligen Schlachtkreuzern der *Indefatigable*-Klasse verliehen hatten (allesamt freundlicherweise bereitgestellt durch Manpower) zeigte das deutlich: *Leon Trotsky, George Washington, Marquis de Lafayette, Oliver Cromwell, Thomas Paine, Mao Tse-tung, Maximilien Robespierre ...*

Na, eigentlich ist mir doch egal, wie bescheuert die sind, rief er sich ins Gedächtnis zurück. *Mich interessiert nur, dass sie das tun, was sie auch tun sollen ... und dass ich verdammt noch mal von Bord dieses Schiffes komme, bevor für das Trojanische Pferd das entscheidende Knöpfchen gedrückt wird.*

»Zunächst einmal«, setzte Luff an, während er der Reihe nach die Offiziere am Konferenztisch anschaute, »gestatten Sie mir zu sagen, dass ich sehr zufrieden bin, wie gut die jüngsten Übungen verlaufen sind. Ich denke, ich kann, ohne Widerspruch befürchten zu müssen, sagen, dass dies die bestausgebildete, tüchtigste Flotteneinheit ist, deren Kampfgefährte zu sein ich jemals die Ehre hatte.«

Zufriedenes Murmeln war die Antwort, und Maddock zwang sich dazu, der Einschätzung des Commodore mit einem nüchternen Nicken zuzustimmen. *Und wahrscheinlich stimmt das sogar*, rief er sich ins Gedächtnis zurück. Im Gegensatz zu zumindest einigen der Schiffs-Kommandanten von der Exil-Volksflotte hatte Luff selbst niemals in der ursprünglichen Volksflotte der Volksrepublik Haven gedient. Seinen Rang als Captain, der noch aus der Zeit vor Theisman stammte (die selbstverliehene Beförderung zum ›Commodore‹ war erst später gekommen – natürlich nur aufgrund der verwaltungstechnischen Notwendigkeit bei der Organisation der EVF) hatte man ihm einzig und alleine für seine Treue und Zuverlässigkeit verliehen. Und seine Funktion hatte nicht darin bestanden, tatsächliche Gefechte zu führen, sondern vielmehr dafür zu sorgen, dass niemand aus der Navy auch nur auf die Idee kam, sich den Befehlen des Komitees für Öffentliche Sicherheit zu widersetzen. Er war ein Vollstrecker des Systems gewesen, kein Flottenoffizier, und es war unwahrscheinlich, dass irgendwelche Mitglieder der regulären ›Flottenstreitkräfte‹, denen man ihn während seiner Karriere bei der SyS zugeordnet hatte, ihn als ihren ›Kampfgefährten‹ angesehen hätten.

Trotzdem entbehrte Luffs derzeitige Zufriedenheit nicht einer gewissen Berechtigung, wie sich der mesanische Offizier ins Gedächtnis zurückrief. Vor allem, da die Männer und Frauen in diesem Besprechungsraum, sosehr sie sich auch als revolutionäre Kämpfer gerieren mochten, die letzten sechs T-Jahre ihr Leben als ganz gewöhnliche Piraten gefristet hatten. Es erstaunte Maddock immens, dass es ihnen gelungen war, so lange Zeit über immer noch eine gemeinsame Identität zu wahren, und er vermutete, die Tatsache, dass sie sich als ›Exil-Flotte‹ betrachteten – so albern diese Vorstellung auch war –, hatte sie dabei unterstützt. *Na, dass Manpower die EVF so großzügig unterstützt hat, dass sie ihre Schiffsbesatzungen immer noch zusammenhalten konnten, hat vermutlich auch etwas damit zu tun,* ging es ihm durch den Kopf.

Doch die Konsequenzen ihres Niederganges zu der Sorte Räuber, die man für einen einzigen Credit im Dutzend auftreiben konnte, waren schmerzlich offenkundig geworden, als sie sich hier eingefunden hatten, um für die Verdant-Vista-Operation zu trainieren. Sie waren noch nie das gewesen, was Maddock für echte Flottenoffiziere gehalten hätte, doch mit der Zeit waren sie noch nachlässiger und unfähiger geworden, als er erwartet hatte. Die Söldner, die Manpower hatte hinzuziehen müssen, um sie in den Betrieb einzubinden, und die Besatzungen auf ein Minimum aufzustocken – vor allem, nachdem zusätzliche Einheiten der SLN in die Schlachtordnung der EVF eingereiht werden mussten –, hatten alles nur noch schlimmer gemacht. Gerade angesichts der Natur der anstehenden Operation hier hatte Manpower in weiser Voraussicht darauf verzichtet, auf erfahrenere Söldnertrupps zurückzugreifen. Tatsächlich handelte es sich bei einem Großteil der von ihnen angeheuerten Männer und Frauen um nichts anderes als ganz gewöhnliche Diebe, Räuber, Schläger und Mörder, die lediglich mit einer sehr dünnen Tünche von Kompetenz überzogen waren. Diese so weit zu treiben (notfalls mit Gewalt), dass sie auch nur ansatzweise effizient vorgingen, war eine wirklich beängstigende Aufgabe gewesen. Glücklicherweise, so sinnierte Maddock, hatten Luff und seine Gefährten eine immense Erfahrung darin, mit Hilfe von Angst und Schrecken für Disziplin zu sorgen. Doch selbst mit Hilfe von Milliken und den anderen ›Ratgebern‹ von Manpower, die ihnen die ›Mesa System Navy‹ zur Seite gestellt hatte, hatte es einen ganzen endlosen Monat gedauert – während dessen sie sich auf der Umlaufbahn um diesen düsteren, planetenlosen roten Zwerg befanden –, um sie endlich bis zur Einsatzbereitschaft zu bringen.

Aber jetzt sind sie wirklich einsatzbereit, sagte er sich. *So schwer das auch zu glauben sein mag, die sind tatsächlich bereit, diese Operation einzuleiten. Es ist wahrscheinlich verdammt gut, dass sie nur gegen eine Hand voll Fregatten antreten müssen, deren Besatzungen aus entflohenen Sklaven bestehen – die wahrscheinlich nicht einmal richtig lesen können. Gut, es ist* möglich, *dass diese Fregatten von ein paar erewhonischen Kreuzern unterstützt werden. Aber ich muss doch zugeben, diese Truppe hier hat ein Ausmaß an Effizienz erreicht, was ich niemals für möglich gehalten hätte.*

»Wie Ihnen allen bekannt sein dürfte«, fuhr Luff ernst fort, »steht der Tag, an dem Unternehmen Frettchen auszuführen ist, unmittelbar bevor. Das hier war unsere letzte Übung, und damit ist es für mich besonders befriedigend, dass sie so gut verlaufen ist.«

Wieder hielt er kurz inne, dann räusperte er sich.

»Natürlich ist uns allen durchaus bewusst, dass zumindest einige Angehörige unserer Streitmacht gewisse ... Bedenken gegenüber den Notwendigkeiten unseres Operationsplans hegen. Unter den gegebenen Umständen ist das wohl auch unvermeidbar.«

Kurz blickte er aus dem Augenwinkel zu Maddock und Milliken hinüber, und Maddock entschied sich dafür, so zu tun, als hätte er es nicht bemerkt.

»Es gilt zwo Dinge im Auge zu behalten«, fuhr der Commodore nach einer kurzen Pause fort. »Zunächst einmal, und das aus rein pragmatischen Gründen, ist es unsere Verpflichtung unseren ... Wohltätern gegenüber, diese Operation auszuführen. Wenn man sich jetzt einfach einmal nicht allzu gewählt ausdrücken will, und ohne irgendjemanden damit beleidigen zu wollen ...« – dieses Mal nickte er Maddock ganz ungeniert zu – »... ist diese Operation unsere Bezahlung für die Schiffe und die Unterstützung, die die EVF benötigt, um endlich eine organisierte, länger anhaltende Offensive gegen diese Konterrevolutionäre in Nouveau Paris starten zu können. Mir ist bewusst, dass selbst mit den zusätzlichen Schiffen, um die wir unsere Streitmacht haben verstärken können, die Konterrevolutionäre immens in der Überzahl sein werden. Aber mir ist ebenfalls bewusst, und ich denke, das wird Ihnen allen genauso gehen, dass nicht *jeder* in Nouveau Paris und sonstwo in der Volksrepublik vergessen hat, wofür das Komitee für Öffentliche Sicherheit gestanden hat. Es *gibt* Leute in der Volksrepublik, selbst in der derzeitigen Navy, die auf unserer Seite stehen und nur darauf warten, dass jemand mit leuchtendem Beispiel vorangeht. Dass jemand die Führung übernimmt. Wir werden dieses Beispiel liefern, wir werden die Führung übernehmen, und die Schiffe und die fortschrittlichen Waffensysteme, mit denen unsere Wohltäter uns schon jetzt ausgestattet haben – und sie haben versprochen, uns auch weiterhin zu beliefern – sind genau das, was unser Handeln überhaupt erst möglich macht.«

Er blickte sich in dem totenstillen Besprechungsraum um, und Maddock konnte die Gedanken seines Publikums beinahe schon hören. Die ›neuen‹ Schiffe der EVF waren effektiv Schiffe, die die SLN ausgesondert hatte; und er wusste, dass Luff und viele seiner Schiffskommandanten diesbezüglich ernstzunehmende Bedenken hegten. *Und das auch nicht zu Unrecht,* dachte er bei sich, *wenn man bedenkt, wie schwach deren Raketenabwehr ist.* Auch die MAN war sich dieser Schwäche bewusst, obwohl Maddock nichts dergleichen seinen Ex-SyS-Schülern gegenüber zugegeben hatte, denn weder die Solarian League Navy noch die offizielle Mesan System Navy hatten auch nur den Hauch einer Ahnung, wie deklassiert sie in Wahrheit waren. Das Alignment hatte dafür gesorgt, dass sämtliche der neuen Schlachtkreuzer über Aegis verfügten, diesen neuesten (und nach Maddocks wohlüberlegter Ansicht hoffnungslos veralteten) Versuch, die Dichte der Antiraketensalven zu steigern. Zugleich waren auch die elektronischen Systeme der EVF-Schiffe auf den derzeit besten solarischen Standard gebracht worden. Die Reaktionen dieser SyS-Überbleibsel zeigten deutlich, dass sie zwar durchaus beeindruckt waren, aber nun auch nicht gerade eingeschüchtert ob der Leistungsfähigkeit ihrer neuen Feuerleitungs- und Eloka-Systeme. Doch zugleich war auch eindeutig, dass sie alles andere als begeistert waren angesichts der geringen Anzahl von Nahbereichsabwehr-Clustern und Antiraketen-Werfern. Insgeheim belustigte es Maddock, ihnen dabei zuzuschauen, wie sie die Software der vielgepriesenen Abwehrsysteme der Solarian League Navy auf den neuesten Stand brachten. Dieser Aufgabe hatten sie die höchste Priorität zugewiesen, und ob es ihn nun belustigte oder nicht: Er musste zugeben, dass sie damit die Effizienz aller Raketenabwehrsysteme ihrer Schiffe um wahrscheinlich etwa fünfundzwanzig Prozent steigerten.

Wenn die gegen die Mantys vorgehen, sind sie trotzdem Hundefutter, und das wissen sie auch, sinnierte er. *Glücklicherweise planen sie, sich ausschließlich havenitischer Hardware entgegenzustellen. Wir mussten natürlich wirklich eine verdammt große Menge an Schiffen auftreiben, um sie überhaupt zu dieser Operation überreden zu können. Und die Cataphracts – die sollten wir nicht vergessen! Aber wahrscheinlich hat Luff Recht, was für eine Schneise die durch Theismans Leichte Einheiten werden fräsen können.*

Angesichts dieses Gedankens musste er sich ein Lächeln verkneifen, denn letztendlich würden sie keineswegs die Chance haben, etwas Derartiges zu tun.

Schade um die Schiffe, dachte er. *Natürlich sind die bloß SLN-Mist, mit anderen Worten, sie sind im Vergleich zu unserer aktuellen Hardware oder der der Mantys allesamt hoffnungslos veraltet – und das ist noch milde ausgedrückt. Aber wenigstens werden wir eine Gelegenheit haben, die Cataphracts im Einsatz zu testen und herauszufinden, wie* die *sich gegen einen echten Gegner anstellen. Wirklich bedauerlich, dass der betreffende Gegner entschieden zu deklassiert sein wird. So können wir nicht richtig in Erfahrung bringen, welche Durchschlagskraft sie wirklich haben.*

»Wie … unangenehm es manchen von uns auch sein mag, dieser Verpflichtung nachzukommen«, wandte sich Luff wieder an seine Offiziere, »Unternehmen Frettchen ist nun einmal Teil des Preises, den wir dafür zahlen müssen, die Heimat zu befreien. Und diese vordringliche Wichtigkeit muss jegliche anderweitige Überlegung überwiegen.«

Wieder legte er eine bedeutungsschwere Pause ein und blickte sich konzentriert am Tisch um, schaute jedem einzelnen seiner Zuhörer in die Augen, und dann wurde sein Blick noch fester und entschlossener.

»Zweitens«, griff er den Gedanken wieder auf, und seine Stimme war nun so hart und unbeugsam wie sein Blick, »täten wir alle gut daran, nicht zu vergessen, dass es hier nicht um Sklaven geht, die gerade aus dem Frachtraum irgendeines Schiffes befreit wurden. Ich bin mir sicher, die Vorgesetzten von Captain Maddock und Commander Milliken werden nicht überrascht sein, dass wir, so dankbar wir ihnen auch für ihre Unterstützung sind, doch kaum gleicher Ansicht sein können, was die allgemeine Einstellung zum Thema ›Gensklaverei‹ betrifft. Doch unter den gegebenen Umständen reden wir nicht davon, Sklaven oder anderweitige Opfer übelster Misshandlungen zu befreien. Wir reden hier davon, sich einer terroristischen Vereinigung entgegenzustellen. Falls irgendeiner Ihrer Untergebenen ein Problem damit haben sollte, empfehle ich Ihnen, das im Hinterkopf zu behalten, und Ihrer Besatzung noch einmal die HD-Aufzeichnungen der entsetzlichen Gräueltaten zu zeigen, die diese Leute an ihren Gefangenen verübt haben – im unmittelbaren Anschluss an die ›Befreiung‹ von Verdant Vista. Rufen Sie ihnen ins Gedächtnis zurück, zu welcher Brutalität und Grausamkeit diese Leute fähig sind. Dann, davon gehe ich aus, werden Sie deren Vorbehalten deutlich effizienter gegenübertreten können.«

Er gestattete sich ein sehr schmales Lächeln, dann wandte er sich Maddock zu.

»Und so wie ich das verstanden habe, möchte Captain Maddock nun noch einige letzte Worte an uns richten. Captain?«

»Tatsächlich, Commodore«, erwiderte Maddock ernst, »habe ich dem, was Sie bereits gesagt haben, nur wenig hinzuzufügen. Das Einzige, was ich im Augenblick noch einmal ausdrücklich betonen möchte, ist, wie wichtig es ist, nicht zu vergessen, dass die Schlachtflotte gerade erst damit anfängt, die Leistungsfähigkeit der Cataphracts abzuschätzen. Derzeit kann man sie noch nicht im Verband der SLN einsetzen, und das wird auch noch eine Zeit lang so bleiben, wenn man bedenkt, wie ... konservativ die Sollies doch dabei sind, mit neuer Hardware zu arbeiten.«

Und vor allem, wenn man bedenkt, dass die SLN keinen blassen

Schimmer hat, dass es sie überhaupt gibt, *denke ich,* setzte er innerlich hinzu und lächelte die Exil-Haveniten am Tisch an.

»Deswegen existiert auch noch keine feststehende Doktrin für deren Einsatz. Unseren derzeitigen Abschätzungen gemäß wird das ... Zielgebiet vermutlich von einem Minimum von vier und einem Maximum von zehn der neuen Fregatten geschützt werden, die die Mantys dem System zur Verfügung gestellt haben. Die Analysen unserer Techniker lassen vermuten, dass sie ziemlich harte Gegner sein dürften, wenn man bedenkt, dass sie immer noch als ›Fregatte‹ bezeichnet werden. Aber sie sollten keine ernstzunehmende Bedrohung für Ihre Streitmacht darstellen, selbst wenn Sie *nicht* über die Cataphracts verfügen. Allerdings ist es durchaus möglich, dass die Erewhonese Navy eine Division Leichter oder sogar Schwerer Kreuzer detachiert hat, um diesen Fregatten Rückendeckung zu verschaffen. Eigentlich rechnen wir nicht damit, aber möglich ist es zweifellos, wenn man bedenkt, wie Erewhon auf den ... vorangegangenen Zwischenfall in diesem System reagiert hat. Sollte das tatsächlich der Fall sein, werden wir es zumindest mit einiger Hardware vom Manty-Standard zu tun haben, und das könnte das ganze Unternehmen deutlich kostspieliger gestalten. Aber wenn Sie die Cataphracts in den Werfern haben, sollten Sie erfolgreich sein oder zumindest mit Schäden davonkommen, die sich leicht verschmerzen.«

Er hielt inne, blickte sich am Tisch um und dachte kurz darüber nach, dass alles, was er ihnen bislang erzählt hatte, ungewöhnlicherweise ganz und gar die Wahrheit gewesen war. Vielleicht nicht *die ganze* Wahrheit, aber immerhin die Wahrheit.

»Das wäre alles, Sir«, sagte er und nickte Luff respektvoll zu.

»Wir werden das gewiss im Hinterkopf behalten, Captain«, erwiderte Luff, dann winkte er mit einer Hand Bürger Commander Hartman zu.

»Und jetzt, Millicent, wollen Sie und der Rest des Stabes

doch gewiss auch noch auf das eine oder andere hinweisen, nicht wahr?«

»Jawohl, Sir.« Auch Hartman blickte der Reihe nach alle Anwesenden an. »Zunächst einmal«, begann sie, »wäre da die Frage ...«

Kapitel 16

»*Hali Sowle*, sie haben Freigabe, den Orbit zu verlassen.« Erneut überprüfte E. D. Trimm den Bildschirm, mehr aus Gewohnheit als aus irgendeinem anderen Grund, nur als letzte Vorsichtsmaßnahme gegen die äußerst unwahrscheinliche Möglichkeit, ein unautorisierter Flug – oder vielleicht sogar ein Bolid, so statistisch unwahrscheinlich das auch sein mochte – könne einfach auf den vorprogrammierten Kurs des Frachters geraten.

»*Hali Sowle*, over and out.«

Reine Routine. Mittlerweile, zwei Wochen später, hatte Trimm nur noch sehr vage Erinnerungen daran, die *Hali Sowle* einer erneuten Überprüfung unterzogen zu haben. Natürlich gab es darüber Aufzeichnungen. Aber ohne Grund würde sie diese alten Aufzeichnungen nicht noch einmal durchgehen. Abgesehen davon hatte sie bei dieser Schicht das große Glück, Steve Lund als Partner zu haben, und sie hatten sich gerade mitten in einer freundschaftlich-hitzigen Diskussion über die neuesten Trends in der Frauenmode befunden, als der Funkspruch der *Hali Sowle* hereingekommen war. Kaum, dass der Frachter sich in Bewegung gesetzt hatte, nahm E.D. das Gespräch auch schon wieder auf.

Es gab Augenblicke, in denen sie sehr enttäuscht war ob Steves sexueller Ausrichtung. In mancherlei Hinsicht wäre er ein besserer Ehemann für sie gewesen als der, den sie tatsächlich hatte. Aber das Universum war nun einmal nicht perfekt.

»Na, ich würde sagen, das ist perfekt gelaufen.« Auf ihrem Sessel sackte Friede Butry ein wenig in sich zusammen. Ihre Anspannung war deutlich größer als erforderlich gewesen – ein Phänomen, das sie ihrem fortgeschrittenen Alter zuschrieb. Während ihrer Jugend hätte es ihr nicht das Geringste ausgemacht, noch deutlich größere Risiken einzugehen als dieses hier.

»*À bientôt*, Anton und Victor. Viel Glück.«

»Was bedeutet das, Ganny? Ah Bjen ... bjen ...« Brice Miller mühte sich an dem unvertrauten Wort ab. Er kauerte auf einem der anderen Sitze auf der Brücke des Frachters. Wie alles an Bord der *Hali Sowle*, zeigte dieser Sessel – ebenso wie der, in dem Ganny saß – gewisse Charakteristika, die man beschönigend mit der Formulierung beschrieb, er ›habe schon bessere Zeiten gesehen‹.

»*Ah bjön-toh.* Das ist Französisch. Es heißt ›bis später‹. Na ja, mehr oder weniger zumindest. Wie die meisten Ausdrücke aus anderen Sprachen lässt sich das nicht ganz perfekt übersetzen. Manche würden vielleicht auch ›auf bald‹ sagen.«

»Und wie ›bald‹ werden wir die wiedersehen? Und wo hast du Französisch gelernt?«

»Um die Fragen der Reihe nach zu beantworten: ich habe keine Ahnung, wann wir sie wiedersehen werden. Vielleicht überhaupt nicht mehr. Aber wenn du damit das gemeint hast, was eigentlich *sinnvoll* wäre, dann kann ich dir sagen, dass wir wahrscheinlich innerhalb der nächsten zehn Tage wieder ins Mesa-System zurückkehren werden. Die Frage ist nun, ob diese Abmachung mit Imbesi so läuft, wie wir uns das vorgestellt haben – und diese Leute hier erscheinen mir doch ziemlich gut organisiert. Was nun die Frage angeht, wo ich Französisch gelernt habe ...«

Sie schürzte die Lippen und betrachtete aufmerksam den Astrogations-Bildschirm. Eigentlich schaute sie durch den Schirm eher blicklos hindurch. Ihre Gedanken kreisten um etwas ganz anderes.

»Das ist eine lange Geschichte, mein Junge.«

»Wir haben Zeit. Erzähl's mir!«

»Dein Kleidergeschmack ist wirklich jämmerlich. Natürlich stand das zu erwarten, schließlich bist du ja in Nouveau Paris aufgewachsen.«

»Das sagt die Richtige! Trägst du eigentlich auch mal etwas anderes als diese typischen Schwätzer-Klamotten? Und die scheinen ja ausschließlich aus Leder zu bestehen.«

»Ich sehe nun einmal gut aus in Leder! Hey, das ist doch eine Idee! Vielleicht sollten wir das ausprobieren?«

»Werd nicht vulgär.«

»Ich bin nicht vulgär, ich langweile mich bloß. Und du bist richtig mies im Bett.«

»Natürlich bin ich ›mies im Bett‹. Ich mache ja überhaupt nichts. Und das war ein Schlag unter die Gürtellinie.«

»Na und? Soweit ich weiß, ist da unten ja sowieso nichts.«

Anton hörte einen erstickten Laut. Er vermutete, Victor versuche gerade mehr oder weniger vergeblich, sich ein Lachen zu verkneifen. Glücklicherweise war sein Lapsus kurz genug, dass die Verzerrer es verbergen würden, wie seine Körpersprache gerade eben etwas ganz anderes gezeigt hatte als das, worauf sie alle es hier anlegten: Das hier sollte unverkennbar ein Pärchen sein, das sich zwar leise, aber dennoch ganz offensichtlich heftig stritt.

Die Geräte, die sie bei sich hatten, entsprachen nicht ganz der Spitzenklasse. Dafür hätten sie manticoranisches Gerät benötigt, und das hätte zu Schwierigkeiten führen können. Aber das Zeug, das sie auf dem Schwarzmarkt von Neu-Rostock erstanden hatten – Victors Kontaktmann Triêu Chuanli schien auf ein echtes Füllhorn zurückgreifen zu können, wenn es um praktische kleine Geräte ging –, war für ihre Zwecke gerade gut genug. Es schützte sie nicht nur davor, abgehört zu werden –

was jeder vernünftig konstruierte Verzerrer zu leisten imstande war –, sondern sorgte auch für hinreichende visuelle Verzerrung, dass es unmöglich war, von den Lippen abzulesen. Selbst die Körpersprache war nur für einen ausgewiesenen Experten noch erkennbar – und selbst dann nur, wenn die Personen, denen die jeweilige Beobachtung gerade galt, wirklich überhaupt nicht schauspielern konnten.

Victor Cachat hingegen war ein sogar ziemlich guter Schauspieler. Das sollte man von einem Geheimagenten auch erwarten können. Und Yana war schlichtweg ein Naturtalent.

Lange würden sie diese Charade ohnehin nicht mehr aufrechterhalten müssen. Anton war fast schon fertig. Er ließ den Kopf gesenkt und konzentrierte sich ganz auf das Com in seinen Händen. Für jeden Beobachter hätte dieses alles andere als dramatische Szenario in der Unterführung nur ein Pärchen gezeigt, das sich gerade stritt, und deren Freund und Begleiter genau das höflich ignorierte und sich währenddessen um ein paar persönliche Kleinigkeiten kümmerte – er wartete ab, bis sie irgendwann endlich fertig wären.

Im Gegensatz zu dem Verzerrer gehörte dieses Com durchaus zur Spitzenklasse. Genauer gesagt, es war funkelnagelneu, von einem der führenden Elektronikhersteller von Manticore frisch und eigens für Anton konstruiert – zu einem Preis, den man ansonsten eher bei einem Flugwagen erwarten würde als bei einem kleinen Handkommunikator.

Doch Anton konnte sich so etwas leisten. Genauer gesagt: *Catherine Montaigne* konnte sich so etwas leisten. Anton legte zwar geradezu störrisch Wert darauf, bei seinen persönlichen finanziellen Bedürfnissen niemals auf Cathy zurückzugreifen, doch wenn es um seine Arbeit ging, hatte er keinerlei Skrupel, ihr immenses Vermögen anzuzapfen.

»... du das wenigstens hin?«

»Ist doch nicht meine Schuld, wenn du ...«

Anton gab die letzten Befehle ein. »Wir können mit den

Sandkastenspielchen gleich aufhören«, murmelte er so leise, dass Victor und Yana ihn gerade noch verstehen konnten.

Dann schob er sich das Com in die Tasche. Er versuchte nicht einmal, die Bewegung zu verbergen, und auch das Gerät selbst nicht. Er war ein ganz normaler Mann, der etwas ganz Normales getan hatte. Für jeden, der sich dieses Gerät angeschaut hätte, wäre es völlig unauffällig gewesen – es stammte eindeutig aus dem Sektor der Solaren Liga und war vielleicht ein bisschen teurer als die meisten anderen. Nur wenn irgendjemand versuchen sollte, unbefugt auf das Gerät zuzugreifen, würde dieser Jemand bemerken, dass es eben *doch* ungewöhnlich war – und bis dahin wäre der Selbstzerstörungsmechanismus des Coms bereits ausgelöst, sodass es nichts mehr zu begutachten gäbe außer einem kleinen Klumpen schwelenden Schrotts.

Als Anton das Com schließlich wieder verstaut hatte, umarmten Victor und Yana einander schon. Nicht übermäßig leidenschaftlich, aber genau die Art Umarmung, mit der ein Pärchen einen Streit beendet. Oder zumindest vorerst beendet.

»Okay«, sagte er leise. »Einen noch.«

Sie gingen weiter, zu dritt Seite an Seite. Raum dafür gab es genug, denn diese ›Unterführung‹ war eigentlich eher ein unter der Oberfläche des Planeten angelegter Platz, der allerdings vor allem dafür genutzt wurde, Privatfahrzeuge abzustellen.

»Ich bin es wirklich leid, mich mit ihm streiten zu müssen«, murmelte Yana. »Das ist, als würde man versuchen, sich mit einer Knorpelmöhre zu streiten.«

»Heb dir das für den nächsten Zwischenstopp auf, Yana«, empfahl Anton ihr.

»Was ist denn eine ›Knorpelmöhre‹?«, fragte Victor.

In dieser Nacht hielten Anton, Victor und Yana eine weitere dieser Besprechungen ab, die sie zumindest alle drei Tage hinzubekommen versuchten. Dieses Mal trafen sie sich in Antons Zimmer – nicht dem, das er immer noch im hinteren Teil von Turners Restaurant hatte, sondern in einem weiteren, das er ohne die Hilfe von Saburos Kontakten organisiert hatte.

»Mir kommt das immer noch wie Zauberei vor«, beklagte sich Victor. »Und bitte erspart mir die alte Binsenweisheit, hinreichend fortschrittliche Technik sei stets von Magie ununterscheidbar. *So* fortschrittlich ist das hier nun auch wieder nicht, verdammt noch eins!«

»Ja und nein«, gab Anton zurück. »Die zugrundeliegende Technik ist wirklich nicht sonderlich fortgeschritten, das stimmt wohl. ›Auf dem neuesten Stand der Technik‹ wäre wohl fast ein bisschen übertrieben. Aber die speziellen Programme, die wir dafür entwickelt haben, die sind ... ich weiß nicht, ob ich hier den Ausdruck ›fortschrittlich‹ benutzen würde. Es geht eher ins ›Esoterische‹. Es gibt einfach nicht allzu viele Leute, die sich auf diesem Niveau mit Sicherheitsprogrammierung auskennen, Victor. Klar, es gibt sogar reichlich Leute, die in der Lage wären, die Sicherheitssysteme zu umgehen und falsche Aufzeichnungen einzuschleusen – aber soweit ich weiß, gibt es in der ganzen Galaxis nur zwo Personen, die wüssten, wie man verhindern kann, dass so etwas im Nachhinein entdeckt wird, selbst nicht bei einer gründlichen Untersuchung. Die eine der beiden Personen heißt ›Anton Zilwicki‹, und die andere ›Ruth Winton‹.«

»Ist er nicht bescheiden?«, merkte Yana an. »Wenigstens gesteht er ja der Frau auch noch ein bisschen von dem Ruhm zu.«

Anton lächelte. »In mancherlei Hinsicht ist sie bei so etwas sogar noch besser als ich. Um ehrlich zu sein, hat Ruth jetzt den Punkt erreicht, an dem sie auf einem Niveau arbeitet, an das ich normalerweise überhaupt nicht heranreiche. Mittlerweile führe ich fast nur noch Gegenproben durch oder steuere Ruth in die eine oder andere Richtung. Sie neigt immer noch dazu, etwas überoptimistisch vorzugehen.«

Victor fuhr sich durch das Haar. »Und du bist dir sicher, dass das funktionieren wird?«

»Ja. Wenn wir flüchten – vorausgesetzt, dass wir das überhaupt tun, aber es wäre töricht, *nicht* damit zu rechnen –, dann werden wir eine vollständige falsche Spur hinterlassen. Vorausgesetzt, du bekommst hin, dass Carl Hansen und seine Leute ihren Teil der Abmachung erfüllen, wird es für jeden auf Mesa, der versucht, irgendetwas herauszufinden, so wirken, als würden du und Yana und ich nur noch als verstreute Moleküle existieren.«

Victor stieß einen Grunzlaut aus. »Die technische Seite ist kein Problem. Diese Bombe wird alles in einem Umkreis von zwohundert Metern verdampfen. Was auch immer für DNA-Spuren irgendwelche Ermittler bei einer konventionellen Bombe zu finden hoffen, sie werden einfach zu zerstört sein, als dass man damit irgendetwas herausfinden könnte – selbst nicht mit mesanischen oder beowulfianischen Methoden oder Gerätschaften. Das eigentliche Problem ist …«

Er schüttelte den Kopf. »Sagen wir einfach nur, die Leute, zu denen Saburo uns einen Kontakt vermittelt hat, sind nicht ganz so klar im Kopf, wie ich das gerne hätte. Also, verrückt sind sie nicht, aber sie sind …«

»Fanatiker«, beendete Anton den Satz. »Ich hoffe, du hast bemerkt, dass ich das nicht noch mit einem kleinen Zusatz versehen habe, wie zum Beispiel: ›und wenn ein Victor Cachat das sagt, dann bedeutet das so einiges‹.«

»Sehr witzig. Das Problem ist, dass unentschlossene Wischiwaschi-Gestalten wie du, deren Hingabe zu allem, was über eindeutig persönliche Belange hinausgeht, ungefähr so standhaft und fest ist wie Kartoffelbrei, einfach nicht die feinen Unterschiede zwischen ›Fanatismus‹, ›Inbrunst‹ und ›Eifer‹ verstehen.«

Tief holte Victor Luft. Nicht, um irgendwelchen Zorn im Zaum zu halten – mittlerweile riefen diese kleinen Geplänkel zwischen Anton und ihm höchstens noch geringfügigen Ärger hervor –, sondern um ein wenig Zeit zu schinden, schließlich musste er selbst erst noch herausfinden, wie er am besten erklären konnte, was ihn hier beunruhigte.

»Du … du *kennst* das einfach nicht, Anton. Das soll keine Kritik sein, nur eine Feststellung. Seit du ein Kind warst, hast du in einer Welt gelebt, die dir voll und ganz offenstand. Dein Horizont war nie beengt.«

Zilwicki schnaubte. »Das ist jetzt nicht gerade die übliche Art und Weise, die Highlands von Gryphon zu beschreiben.«

»Das bedeutet nur, dass du die Dolisten-Slums von Nouveau Paris nicht kennst. Glaub mir, Anton, der Unterschied ist gewaltig. Ich rede jetzt nicht davon, wie schlimm es einem dort ergeht, versteh das nicht falsch, ich meine nur, mit welch schmalem Tunnelblick man dann das ganze Universum zu sehen lernt. Als ich auf die SyS-Akademie kam, wusste ich überhaupt nichts über das Universum – von dem bisschen Wissen einmal abgesehen, mit dem ich eben aufgewachsen bin. Und das war wirklich nicht viel, glaub's mir ruhig. Das …«

Kurz hielt er inne. »Ich weiß, viele Leute glauben, ich würde zu Fanatismus neigen. Wahrscheinlich kann man denen das auch kaum verdenken. Aber was sich im Laufe der Jahre eben doch geändert hat, das ist, dass ich mittlerweile … na ja, doch sehr viel mehr vom Universum verstehe. Während ich mich also immer noch in gewisser Weise an den Dingen festhalte, an die ich seit meiner Teenagerzeit glaube, kann ich diesen Glauben jetzt in einen deutlich größeren, besseren Kontext einordnen. Ich kann zum Beispiel mittlerweile Stunden damit verbringen, mit Web Du Havel über Politik zu diskutieren – und das habe ich auch schon etliche Male getan –, ich kann mir seine prinzipiell doch konservative Sichtweise der Dinge anhören, ohne sofort alles, was er sagt, als das selbstsüchtige Geplapper eines elitär denkenden Möchtegern-Großbürgers abzutun.«

Anton lächelte. »In diese Schublade lässt sich Web einfach nicht einordnen, was?«

»Nein, wirklich nicht. Und wenngleich ich immer noch anderer Meinung bin als Web – meistens zumindest –, verstehe ich jetzt, warum er so denkt. Mit anderen Worten, mein Blickwinkel auf die Welt hat sich gar nicht allzu sehr verändert, aber ich sehe jetzt nicht mehr alles nur in Schwarz oder Weiß. Ergibt das irgendwie Sinn?«

Anton nickte. »Ja, durchaus.«

»Also gut. Ich habe die Welt vorher also nur in Schwarz und Weiß gesehen, nachdem ich unter dem Legislaturisten-Regime in einem Slum von Nouveau Paris aufgewachsen bin. Und jetzt stell dir vor, wie wenig man als junger Mann oder junge Frau subtile Feinheiten wahrzunehmen lernt, wenn man *hier* aufwächst, als Zweier unter der Knute des mesanischen Regimes.«

Gegen seinen Willen verzog Anton gequält das Gesicht.

»Jou«, setzte Victor nach. »Genau *das* ist das Problem, Anton. Nicht, dass diese jungen Burschen hier zu fanatisch wären. Um ehrlich zu sein, ich kann ihnen ihren Eifer und ihre Inbrunst kein bisschen verübeln. Das Problem ist, dass sie alles eben nur schwarz-weiß sehen. Vergiss die verschiedenen Farben des Spektrums! Die kennen nicht einmal die Farbe Grau, ganz zu schweigen davon, dabei noch Abstufungen zu machen.«

Während Yana zugehört hatte, gruben sich immer tiefere Falten in ihre Stirn. »Das verstehe ich nicht, Victor. Warum interessiert dich das überhaupt? Ist ja nun nicht so, als hättest du noch irgendwelche Zweifel an deren Treue oder Hingabe. Es sei denn, du hättest es dir in den letzten zwei Tagen hier anders überlegt.«

Er schüttelte den Kopf. »Nicht, dass ich ihnen nicht trauen würde. Ich vertraue nur nicht ganz auf ihr *Urteilsvermögen.* Wir sollten nicht vergessen, dass sie schon einmal unsere Mission ziemlich gefährdet haben. Und das ist noch milde ausgedrückt.«

Auf seinem Stuhl am Küchentisch lehnte sich Anton zurück und dachte über Victors Worte nach. Er verstand jetzt, was den havenitischen Agenten beschäftigte. Die kleine Gruppe junger Zweier, mit denen sie sich mittlerweile austauschten – nachdem Saburos Leute den Kontakt hergestellt hatten –, hatte sich als wirklich hilfreich erwiesen. Sie hatten Anton und Victor auf Einheimische verwiesen, die sich in der ganzen Gegend außergewöhnlich gut auskannten, vor allem in Neu-Rostock. Und sie konnten Anton und Victor auch die Hilfe angedeihen lassen, die sie in der Zukunft möglicherweise benötigen würden – je nachdem, wie sich die Dinge entwickelten.

Obwohl sie jung waren und genau die gleiche, recht plan- und wahllose Ausbildung hinter sich gebracht hatten, wie sie alle Zweier erhielten, waren sie doch alles andere als begriffsstutzig oder unfähig. Zu Antons und Victors großer Überraschung hatten sie beispielsweise, nachdem die Gruppe gebeten wurde, ihnen einen leistungsstarken Sprengsatz zu organisieren, nur wenige Tage später voller Stolz eine kleine, ›saubere‹ Atombombe präsentiert. Und es war auch kein behelfsmäßig zurechtgebasteltes Flickwerk. Es war die Art Sprengsatz, der bei Terraformierungsarbeiten verwendet wurde, entwickelt und gebaut von einer bekannten solarischen Firma. Anton und Victor hatten bestenfalls mit etwas Selbstgebasteltem auf der Basis chemischer Sprengladungen gerechnet.

Er lachte in sich hinein. »Das war wirklich was, oder? So im Nachhinein, wo es vorbei ist, ist es schon ganz schön komisch – irgendwie zumindest.«

»Beeindruckend, sagte Anton und betrachtete aufmerksam den Kernsprengsatz. Er bemühte sich nach Kräften, sich seine Überraschung nicht anmerken zu lassen.

Doch so ganz war ihm das wohl nicht gelungen, denn er sah deutlich, wie den jungen Heißspornen, im Keller eines bescheidenen Zweier-Hauses, vor Stolz die Brust schwoll. Carl Hansen, ihr inoffizieller Anführer, sagte: »Ein Cousin von ... – ach, die

Details sind ja auch ganz egal – hat uns gesagt, er könne einen von denen hier besorgen.«

Anton nickte. Details wollte er sowieso nicht erfahren. »Wie habt ihr das Positionsfunkfeuer deaktiviert?«

Hansens Miene wurde völlig ausdruckslos. Er und die anderen jungen Leute im Raum – David Pritchard, Cary Condor und Karen Steve Williams – tauschten Blicke aus.

»Was ist ein ›Positionsfunkfeuer‹?«, erkundigte sich Williams.

Victor trat einen Schritt von dem Gerät zurück – das würde ihm ja viel helfen! –, und stieß einen tonlosen Pfiff aus. Er war noch bleicher als sonst. Anton war sich recht sicher, dass für sein eigenes Gesicht genau das Gleiche galt.

Vorsichtig – das würde ihm ja viel helfen! – zog er das Com aus der Tasche. Ein kurzer Scan des Sprengsatzes verriet ihm, welchen Port er brauchte.

Für das, was ihm vorschwebte, benötigte Anton eine echte physische Verbindung. Also zog er die selten genutzte Kabelverbindung heraus und steckte sie in den entsprechenden Port.

»Was machen Sie denn da?«, fragte Cary.

»Er wird jetzt das Positionsfunkfeuer deaktivieren – oder es zumindest versuchen«, erklärte Cachat tonlos. »Hoffentlich bevor irgendjemand, der etwas zu sagen hat, feststellt, dass dieses Gerät sich nicht dort befindet, wo es hingehört.«

Nun schwang doch ein wenig Verärgerung in seiner Stimme mit: »Habt ihr wirklich geglaubt, die Mesaner – ach verdammt, das gilt ja wohl für jeden! – würden Nuklearsprengsätze einfach so herumliegen lassen?«

»Ruhe bitte«, sagte Anton. »Das ist … wirklich ziemlich schwierig.«

Er hörte, wie Victor die Luft einsog. Bei ihm war das eindeutig das Gegenstück zu *Mein Gott, wir werden alle sterben!* Cachat wusste, dass Zilwicki bei derartigen Dingen wirklich ein echter Experte war. Wenn *er* zugab, es sei … *wirklich ziemlich schwierig* …

Völliges Schweigen war eindeutig zu viel für die jungen Leute. »Sie meinen ... die können herausfinden, wo das Ding gerade ist?«, flüsterte Pritchard.

»Im Allgemeinen mit einer Genauigkeit von etwa drei Metern«, gab Victor zurück. Jetzt sprach er wieder völlig tonlos. »Und dann stehen ihnen mehrere Möglichkeiten offen, obwohl sie sich wahrscheinlich für eine der ersten beiden entscheiden werden.«

Mit schreckgeweiteten Augen starrte Pritchard ihn flehentlich an, und Victor zuckte mit den Schultern.

»Entweder sie schicken einen Elitetrupp aus, um das Ding zurückzuholen, mit vielen sehr großen, sehr unschönen und sehr effizienten Waffen. Genug um ...« – kurz blickte er sich in dem Kellerraum um – »... na ja, um sämtlichen Wänden hier unten einen neuen Anstrich zu verpassen. Diese Farbe nennt man offiziell B-E-G – Blut, Eingeweide, Gehirnmasse.« Er schenkte seinen nun *extrem* aufmerksamen Zuhörern ein dünnes Lächeln. »Oder aber sie bringen das Gerät einfach zur Detonation. Sicher, diese zwote Möglichkeit ist normalerweise ein bisschen extrem, aber vielleicht ist ihnen das ja egal. Vor allem, wenn sie herausfinden, *wer* das verdammte Ding gerade hat.«

Endlich senkte sich gesegnetes Schweigen über die Versammlung. Und vielleicht drei Minuten später war es Anton tatsächlich gelungen, das Funkfeuer zu deaktivieren. In einer perfekten Welt hätte er das Funkfeuer jetzt noch so umprogrammiert, das es einen Aufenthaltsort vorspiegelte, der keinen Beobachter in irgendeiner Weise beunruhigt hätte. Aber hier gab es einfach entschieden zu viele Unsicherheitsfaktoren, um dergleichen zu riskieren. Sie würden einfach darauf hoffen müssen, dass niemand in jüngster Zeit bemerkt hatte, dass das Gerät ›auf Wanderschaft‹ gegangen war. Falls das der Fall war, dann würden sie das Gerät jetzt auch nicht vermissen, und zwar so lange, bis vor Ort eine echte, ausgewachsene Inventur durchgeführt wurde. Glücklicherweise geschah so etwas vielleicht einmal pro Jahr, selbst bei Geräten, die eine derartige potenzielle Gefahr bargen wie dieses hier. Moderne Positionsfeuer waren so präzise, zuverlässig und so sehr davor geschützt, in irgendeiner Weise manipuliert zu werden, dass die meisten sich darauf beschränkten, die Funkfeuer selbst zu überprüfen.

Und die meisten Leute neigten glücklicherweise dazu, ›gegen Manipulation geschützt‹ mit ›nicht manipulierbar‹ gleichzusetzen. Um gerecht zu bleiben, gab es auch wirklich nicht allzu viele Menschen in der Galaxis, die das hätten vollbringen können, was Anton gerade getan hatte.

Positiv zu vermerken blieb, dass dieser kleine Zwischenfall Antons und Victors Glaubwürdigkeit bei ihren einheimischen Kontaktleuten schneller und sicherer belegt hatte, als das auf irgendeine andere Art und Weise möglich gewesen wäre. Doch eben diese Leistungsfähigkeit, die diese jungen Leute unter Beweis gestellt hatten, kombiniert mit ihrer Unwissenheit über derart viele Dinge und diesem ›Tunnelblick‹, den Victor gerade beschrieben hatte …

Anton verzog das Gesicht. »Du machst dir Sorgen, die könnten das Ganze in die Hose gehen lassen.«

Victor zuckte mit den Schultern. »Nicht ganz. Blöd sind sie ja nicht, wirklich nicht. Vor allem mache ich mir Sorgen, sie könnten es an den notwendigen Sicherheitsmaßnahmen mangeln lassen. Um anständige Spionageabwehr und Gegenspionage zu betreiben, muss man vor allem geduldig und systematisch vorgehen. Das ist … nicht gerade ihre Stärke. Deswegen denke ich, sie könnten deutlich leichter unterwandert werden, als sie selbst das für möglich halten. Zwotens mache ich mir Sorgen, dass sie, falls das Ganze außer Kontrolle zu geraten droht, eher versuchen werden, uns irgendwie zu helfen, anstatt ihm einfach auszuweichen – ich hoffe, du verstehst, was ich meine. Ein paar von ihnen ganz besonders – dieser David Pritchard zum Beispiel. Der, dem man die Aufgabe übertragen hat, sich um das Gerät zu kümmern, sobald wir es brauchen.«

Wieder verzog Anton das Gesicht. Der letzten Besprechung der Gruppe hatte er nicht beigewohnt. (›Die Gruppe‹ war der einzige Name, den sie hatten. Zumindest *das* bewies mehr Gespür für Sicherheitsfragen als sie ansonsten unter Beweis stellten.) Die Entscheidung, gerade Pritchard die Verantwortung für dieses Gerät zu übertragen, musste bei besagtem letzten Treffen gefallen sein.

Eigentlich gab es an David Pritchard ja nichts auszusetzen. Doch Victor spürte ebenso wie Anton, dass dieser junge Bursche einen ruhigen, aber trotzdem korrosiven Zorn in sich trug, der ihn unter den richtigen Umständen zu wer weiß was treiben mochte.

Aber ...

Es gab eigentlich nichts, was sie dagegen tun konnten. Es war ja nicht gerade so, als würden er und Victor diese Gruppe tatsächlich irgendwie befehligen. Selbst derjenige, den sie als ihren eigentlichen Anführer ansahen, dieser Carl Hansen, war dabei nicht mehr als bloß ein Erster unter Gleichen.

»Damit werden wir wohl leben müssen. Um ehrlich zu sein, Victor, mich beunruhigt im Moment viel mehr, wie es bei dir und Inez Cloutier aussieht. Ganz realistisch abgeschätzt: Wie lange kannst du sie noch hinhalten?« Er kniff die Augen ein wenig zusammen. »Ich darf doch wohl davon ausgehen, dass du den Gedanken, sich von ihr anheuern zu lassen, verworfen hast, oder?«

Victor seufzte. »Ja, ja, ja. Die Stimme der Vorsicht hat obsiegt. Obwohl ich gar nicht darüber nachdenken mag, was ich mir da entgehen lasse.«

Einen Moment lang zuckte ein Anflug sehnsüchtiger Trauer über sein Gesicht. Es war das Mienenspiel eines normalen, vernünftigen jungen Mannes, der bedauerte, sich nicht auf eine mögliche Romanze einlassen zu können. Auf Victor Cachats Gesicht verriet diese Mimik das Bedauern darüber, dass er nicht das Risiko eingehen konnte, sich von einer abtrünnigen SyS-Militäreinheit anheuern zu lassen, um an einen unbekannten Ort geschickt zu werden – ohne dass er oder Anton auch nur ansatzweise eine Vorstellung hätten, wie sie dort jemals wieder fortkommen sollten.

»Du musst ja verrückt sein, über so etwas überhaupt nachzudenken!«, entschied Yana. »Und vergiss nicht, dass diese Einschätzung aus dem Mund einer Exschwätzerin stammt!«

Victor lächelte, dann fuhr er sich erneut durch die Haare. »Ein bisschen Glück haben wir hier dennoch. Cloutier wurde gestern vom Planeten abberufen. Meine Vermutung lautet, dass sie sich mit demjenigen absprechen soll, der diese Operation hier leitet. Ich bin mir übrigens ziemlich sicher, dass wir hier von Adrian Luff reden.«

Anton nickte. Zu dieser vorsichtigen Einschätzung waren sie gemeinsam vor einigen Tagen gekommen, basierend auf dem, was Victor während seiner Verhandlungen mit Cloutier hatte in Erfahrung bringen können.

Adrian Luff …

Laut Victor musste man das eher als ›schlechte Nachricht‹ einstufen. Victor Zilwicki selbst hatte zu diesem Mann keine eigene Meinung. Er kannte den Namen zwar noch aus der Zeit, als er selbst für den Flottennachrichtendienst tätig gewesen war, aber das war es auch schon.

Wie zu erwarten, wusste Cachat mehr über ihn, auch wenn er diesem Mann nie persönlich begegnet war. Laut Victor war Luff nicht sonderlich brutal oder grausam, vor allem nicht nach den Begriffen der SyS. Er war kaum das, was ein erfahrener manticoranischer oder havenitischer Offizier von einem Kommandeur erwarten würde, doch zumindest hatte er deutlich mehr Ahnung davon als seine SyS-Kameraden, aus welchem Ende eines Werfers die Raketen denn nun herauskommen. Und wenngleich kein SyS-Offizier, dessen Aufgabe es war, die Volksflotte im Auge zu behalten, gänzlich unbeleckt sein konnte, was Brutalität und Disziplin betraf, hatte Luff doch verstanden, dass man nicht gerade die besten Krieger erschuf, indem man zuvor Lebensmut und Willen eines jeden Soldaten brach.

Das alles mochte ja sehr für diesen Mann sprechen, doch es wäre Anton deutlich lieber gewesen, wenn diese abtrünnige SyS-Militäreinheit – die sehr kampfstark war, das hatten Victor und er mit absoluter Sicherheit herausfinden können – von jemandem wie Emile Tresca befehligt worden wäre. Tresca, einst der Kommandant eines Gefängnisplaneten der SyS, war für seine Bösartigkeit und seinen Sadismus berüchtigt gewesen. Andererseits hätte niemand ihm das Kommando über eine Fregatte übertragen, von einer ganzen Flotte ganz zu schweigen.

»Wann kommt sie zurück?«

Wieder zuckte Victor mit den Schultern. »Das kann man nicht wissen, aber ich habe das dumpfe Gefühl, so bald wird das nicht sein. Wenn ich Recht habe und sie wirklich zu einer Besprechung mit Luff einbestellt wurde, dann ist das bloß ein weiterer kleiner Hinweis darauf, dass Luff seine Flotte an irgendeinem Ort zusammenzieht, der sich nicht gerade in der Nähe von Mesa befindet.«

»Aber dafür wahrscheinlich ziemlich in der Nähe von Torch«, griff Anton den Gedanken grimmig auf. »Victor ... ich muss das doch noch einmal ansprechen. Ich denke, wir sollten darüber nachdenken, ob wir jetzt sofort aufbrechen und die Informationen über diese Bedrohung nach Torch zurückbringen. Du und ich, wir wissen doch beide, dass Luff die Absicht hat, den Eridanus-Erlass geflissentlich zu ignorieren.«

»Das steht eigentlich noch nicht ganz fest«, widersprach Victor milde. »Ich habe das Gefühl, Luff stehe dieser Vorstellung eher ablehnend gegenüber. Aber ... ja, die Art der Fragen, die Cloutier mir gestellt hat, zeigt das sehr deutlich. Einer der Gründe, weswegen die so vorsichtig dabei vorgehen, irgendwelche Fremden für höhere Positionen anzuheuern , ist wohl, dass Luff und seine Leute davon ausgehen, es bestehe eine gute Chance, dass sie schon bald galaktische Parias sein könnten.«

Er erhob sich und ging auf und ab, einfach nur, um sich ein wenig zu strecken. Die Küche des Appartements war zu klein, um mehr als drei Schritte darin zu tun. Trotzdem hatten sie jetzt schon Stunden dort gesessen. Anton war durchaus versucht, ebenfalls aufzustehen und es Victor gleichzutun – nur das dafür einfach kein Platz war. Die Küche war nicht nur sehr klein, sondern dabei auch noch extrem schmal.

»Ich habe darüber nachgedacht, Anton. Aber ich denke immer noch, dass das ein Fehler wäre – und: Ja, ich *weiß*, dass ich mich den Rest meines Lebens verfluchen werde, wenn wir zurückkehren und feststellen müssten, dass Torch nur noch ein schwelender Ascheklumpen ist, weil der Angriff alle völlig überrascht hat. Aber zunächst einmal glaube ich nicht, dass das der Fall sein wird. Es ist einfach unmöglich, eine derart große Operation einzuleiten, ohne zumindest irgendwo einen Alarm auszulösen. Du hast doch vom Leiter von Rozsaks Geheimdienst eine ebenso hohe Meinung wie ich. Ich glaube einfach nicht, dass Jiri Watanapongse noch nicht herausgefunden hat, was da gerade vor sich geht. Und *du* glaubst das doch auch nicht.«

Mitten in der Bewegung hielt er inne. »Und das ist doch alles, worum es geht, oder? Einfach nur eine Warnung überbringen? Es ist ja nun nicht so, als könnten du oder ich auf Torch irgendwie behilflich sein, selbst wenn wir noch rechtzeitig vor dem Angriff eintreffen sollten. Das wird eine richtige Weltraumschlägerei werden, Flotte gegen Flotte, nichts weiter. Und wenn weder Maya noch Erewhon Torch zu Hilfe kommen« – hier wurde seine Miene sehr düster – »dann bleibt uns sowieso nichts anderes mehr zu tun, als überall dort Rache zu nehmen, wo wir das eben können.«

Er stapfte weiter. »Andererseits: Wenn wir hierbleiben, haben wir die Gelegenheit, an mehreren Fronten gleichzeitig echte Fortschritte zu erzielen. So könnten wir beispielsweise …«

Anton warf einen Blick auf die Wanduhr. Sie waren jetzt schon drei Stunden beschäftigt, und gerade eben war unverkennbar geworden, dass ein Ende noch nicht absehbar war.

»Setz dich, Victor!«, fiel er Cachat ins Wort. »Gib auch mal jemand anderem eine Chance, sich ein bisschen zu strecken.«

»Jou«, stimmte Yana zu. »Ich zuerst.«

September 1921 P. D.

Kapitel 17

»Setzen Sie sich, Lajos«, forderte Jack McBryde seinen Besucher auf. »Entspannen Sie sich. Was halten Sie von einer Tasse Kaffee?«

»Kaffee klingt gut«, erwiderte Lajos Irvine. Er lächelte, während er die Frage beantwortete, und doch lag in seiner Antwort leichte – vielleicht sogar sehr leichte, aber doch unbestreitbare – Gereiztheit, und McBryde musste sich sehr zusammennehmen, um nicht das Gesicht zu verziehen.

Irvine trug den traditionellen grauen Kittel eines Gensklaven, der auf allgemeine Arbeiten ausgelegt war. Auf der Schulter des Kittels befand sich das stilisierte Abbild eines Frachtshuttles, das dessen Träger als Angehörigen des Bodenpersonals vom Raumhafen Green Pines auswies. Die drei Winkel oberhalb des Shuttles kennzeichneten ihn als Fachbereichsleiter – faktisch den Leiter des gesamten Hafens. Irvine hatte den schweren, muskulösen Körperbau, der genau zu diesem Kittel passte, und hätte er sich die Mühe gemacht, den Mund zu öffnen und die Zunge herauszustrecken, so hätte man auch den Strichcode eines Sklaven erkennen können. Rein körperlich betrachtet *war* er auch ein Sklave – oder zumindest unzweifelhaft das Produkt eines Sklavenzucht-Genotyps. Nur dass ihm im Gegensatz zu echten Gensklaven die vergrößerte Lebensspanne eines Angehörigen der Gamma-Linie beschieden war.

Das war eine Tatsache, über die niemand aus den Top-Linien des Alignments gerne sprach, nicht einmal untereinander: Genetisch betrachtet waren sie mit den Sklaven von Manpower deutlich enger verwandt als mit der überwiegenden Mehrheit der restlichen Menschheit. Seit Jahrhunderten hatten die Sklaven-Linien dem Ausschuss für Langfristige Planung als ›Versuchslabor‹ gedient – dort ließen sich neu entwickelte Merkmale in der Anwendung erproben und ausprobieren, und anschließend konnte man sie aussondern oder eben in die Top-Linien integrieren, sodass sie beibehalten und bewahrt wurden. Der ALP war dabei stets behutsam hinter den Kulissen vorgegangen, selbst (oder vielleicht: gerade) innerhalb der Manpower-Hierarchie, doch dass er auf sämtliche Zuchtprogramme von Manpower zugreifen konnte, hatte schon immer einen wichtigen Faktor bei seinen Erfolgen dargestellt.

Eine Konsequenz dessen war, dass selbst die Alpha- und Beta-Linien des Alignments zahlreiche genetische Marker mit den Manpower-Sklaven gemein hatten. Keiner dieser Sklaven hatte natürlich jemals das gesamte Paket der ›Sonderleistungen‹ erhalten, wie es bei den Top-Linien üblich war – ebenso wenig, wie sie Prolong erhalten hatten –, und doch bestand hier unbestreitbar eine sehr enge Beziehung.

Diese Beziehung vereinfachte es dem Alignment auch, die gesamte Sklavengemeinschaft zu unterwandern. Irvine war ein typisches Beispiel dafür: Wie wenig man doch seinen grundlegenden Genotyp hatte modifizieren müssen, um ihn auf diese Rolle vorzubereiten! Natürlich gab es niemals so viele Agenten seiner Art, die richtig tief in die eingeschworene Sklavengemeinschaft vordrangen, wie sich der Sicherheitsdienst des Mesanischen Alignments das wünschen mochte. Das jedoch war die Folge einer bewussten Entscheidung und lag nicht etwa daran, dass es von sich aus eine Beschränkung der Anzahl *potenzieller* Agenten gegeben hätte. Hin und wieder hatte man darüber diskutiert, ob man die Zahl von Agenten wie Lajos erhöhen solle, vor allem, nachdem der Audubon Ballroom nicht nur deutlich wagemutiger geworden war, sondern auch sehr viel raffinierter zuschlug. Einige waren der Ansicht (und McBryde wusste, dass auch Steven Lathorous zu ihnen gehörte), allmählich bestehe die Gefahr, der Ballroom könne die Wahrheit über das Alignment herausfinden. Wer so dachte, sprach sich meist auch dafür aus, weitere Agenten zu erschaffen, die dann die Sklaven unterwandern sollten. Doch so überzeugend ihre Argumente auch sein mochten, solange das Alignment weiterhin die ›Zwiebelschalen-Strategie‹ beibehielt, kam diese Möglichkeit überhaupt nicht in Betracht. Das Alignment hatte sich schon immer darauf verlassen, seine Gegner eher in die Irre zu leiten und heimlich vorzugehen, um gänzlich unbemerkt zu bleiben. Statt undurchdringliche Schutzwälle aufzubauen, die höchstwahrscheinlich nur das Interesse genau derjenigen wecken würden, die dem Alignment so gewissenhaft aus dem Weg zu gehen versuchten.

Ironischerweise war gerade die recht geringe Anzahl von Unterwanderungs-Agenten Teil dessen, was sie so lange derart erfolgreich hatte sein lassen. Nicht einmal Manpower wusste, dass manche seiner ›Sklaven‹ in Wahrheit alles andere als das waren. Das hatte einer ganzen Anzahl von Irvines Vorgängern und Kollegen das Leben ziemlich erschwert. Tatsächlich hatten die Bedingungen, unter denen sie ihr ›Sklavendasein‹ fristen mussten, mehr als einen während der Erfüllung seiner Pflichten dem Alignment gegenüber das Leben gekostet, sosehr auch die anderen Agenten des Alignments, die man in die Bürokratie von Manpower eingeschleust hatte, ihr Bestes gegeben hatten, um sie zu beschützen. Doch zugleich bedeutete es auch, dass die Sicherheit gänzlich ungefährdet geblieben war. Niemand wusste von der Existenz dieser Sklaven-Agenten – abgesehen von ihren direkten Vorgesetzten und den Leuten, die sie teils ausgebildet, teils abgerichtet hatten. Und wollte man die Dinge weiterhin in genau dieser Art und Weise halten, bedeutete das, dass die Anzahl derartiger Agenten stets überschaubar bleiben musste. Der Ballroom wusste natürlich genau, welches Risiko ihm drohte, sollte er unterwandert werden. Zu einem gewissen

Teil war das schon immer geschehen, genauso wie es immer Menschen geben würde, die sich bestechen ließen – oder dadurch manipulieren, dass andere, die ihnen wichtig waren, in Angst und Schrecken versetzt und bedroht wurden –, sodass sie dann ihre Kameraden ausspionierten. Zumindest einige der Agenten des Alignments waren im Laufe der Jahre auch enttarnt worden, und sie hatten den Preis gezahlt, den der Ballroom solchen Verrätern nun einmal abverlangte. Und doch waren sie alle gestorben, ohne dass irgendjemand begriffen hatte, wer – und was – sie in Wirklichkeit waren.

Und das war einer der Gründe, warum McBryde und Lathorous Irvines unablässiges Bemühen, seinen derzeitigen Auftrag endlich beenden zu können, so erschreckend ärgerlich fanden. Natürlich konnte McBryde sehr gut verstehen, dass es unter gleich welchen Umständen niemals besonders angenehm sein konnte, das Leben eines Sklaven zu führen. Doch zumindest waren Irvines derzeitige Aufgaben regelrecht kuschelig im Vergleich zu dem, was manche seiner Kollegen erdulden mussten.

Innerlich schüttelte McBryde den Kopf, erhob sich aus seinem Sessel und schenkte dem Mann persönlich eine Tasse Kaffee ein. Jetzt noch lange darüber nachzugrübeln, wie unglücklich Irvine doch sei, und sich zu überlegen, wie viel unglücklicher dieser Mann noch werden könnte, würde ja auch nicht viel bringen. Abgesehen davon erinnerte ihn das viel zu sehr daran, wie unglücklich er selbst war.

»Also«, sagte er, reichte seinem Besucher die Tasse und setzte sich in bewusster Formlosigkeit auf seinen Schreibtisch, »geht irgendetwas vor, über das ich informiert sein sollte?«

»Ich denke nicht«, erwiderte Irvine. Er nahm einen Schluck Kaffee und genoss ganz offensichtlich ebenso, dass McBryde ihm das Getränk persönlich geholt hatte, wie er das Aroma zu schätzen wusste. Dann ließ er die Tasse sinken und verzog das Gesicht.

»Dieser Haufen Nörgler, über den ich Ihnen und Lathorous

vor ein paar Monaten Bericht erstattet habe, schmort immer noch in seinem eigenen Saft«, sagte er. »Hansens Gruppe. Und ich bin mir jetzt sicher, dass der Ballroom zumindest losen Kontakt zu ihnen aufgenommen hat.«

»Tatsächlich?«

McBryde kniff die Augen zusammen, und kurz zog er in Erwägung, sich umgehend bei Steven Lathorous zu melden. Die jüngsten Einsatzerfahrungen seines Freundes mochten durchaus nützlich sein, falls Irvine Recht hatte. Er wollte schon nach seinem Com greifen, doch dann hielt er inne. *Steve verabscheut Irvine regelrecht,* rief er sich ins Gedächtnis zurück, und außerdem schnitt er dieses ganze Gespräch ohnehin schon mit. Sollte es erforderlich werden, konnte er Steve immer noch jederzeit diese Aufzeichnung präsentieren. Außerdem konnten sie Irvine sowieso jederzeit zu sich bestellen.

»Ich bin mir wirklich ziemlich sicher«, beantwortete Irvine die nur halb rhetorische Frage seines Gegenübers. »Ich weiß, dass die allgemein gängige Theorie lautet, es sei besser, alle bekannten Kontakte im Auge zu behalten. Ich stimme dem auch mehr oder weniger zu. Aber ich würde diese Gruppe da wirklich sehr gerne zerschlagen wissen, wenn nicht sogar vollständig eliminiert.«

»Warum?«, fragte McBryde nach und blickte den Agenten konzentriert an.

Irvine hatte durchaus Recht, was die allgemeine Sicherheitspolitik des Alignments betraf. Es war nicht überraschend, dass der Ballroom unablässig versuchte, Mesa zu unterwandern. Es wäre zutiefst erstaunlich gewesen, hätten diese Terroristen anders gehandelt, und wenn man bedachte, welch großer Prozentsatz der Bevölkerung von Gensklaven gestellt wurde, ergaben sich natürlich auch entsprechend häufig Möglichkeiten dazu. Trotzdem war es dem Ballroom nicht gelungen, wirklich tief in die Organisation vorzudringen. Zum Teil lag es an der brutalen Effizienz des Sicherheitsapparats von Mesa, wie McBryde sich nicht ganz glücklich selbst eingestand. Er war wirklich froh darüber, nicht Teil dieses Apparates zu sein, und doch musste er zugeben, dass die schiere Brutalität und der von dieser Organisation ausgehende Terror durchaus dazu angetan waren, potenzielle Unruhestifter und Rebellen einzuschüchtern.

Doch die gleichen Techniken und Vorgehensweisen *erzeugten* auch neue Unruhestifter und Rebellen, und genau das waren die Leute, nach denen der Ballroom Ausschau hielt. Und an diesen Leuten waren auch die Agenten der Alignment-Sicherheit interessiert, die ihrerseits an der Tiefen-Unterwanderung arbeiteten. Und sobald sie erst einmal gefunden waren, erwies es sich als deutlich effizienter und effektiver, sie zu beobachten – so konnten sie andere potenzielle Unruhestifter um sich scharen und so leicht identifizierbare Gruppen bilden. Letztendlich würde wahrscheinlich jede dieser Gruppen den Punkt erreichen, an dem sie hinreichend groß geworden war und sich genügend organisiert hatte, sodass sie eine ernstzunehmende Bedrohung darstellte. Und dann war der Zeitpunkt gekommen, sie zu eliminieren. Doch bis dieser Punkt erreicht war, war es immer noch besser, nur zu wissen, *wen* es im Auge zu behalten galt. »Warum ich der Ansicht bin, man sollte sie zerschlagen? Oder warum ich sie eliminiert wissen will?«, erwiderte Irvine mit einer Gegenfrage.

»Beides.«

»Na ja, ich denke, tatsächlich ist es bei beiden der gleiche Grund. Ich komme allmählich zu der Überzeugung, dass die deutlich besser organisiert sind, als ich ursprünglich gedacht habe. Und es ist ganz offensichtlich, dass sie zumindest in losem Kontakt mit dem Ballroom stehen.« Er zuckte mit den Schultern. »Dass sie besser organisiert sind als gedacht, bringt mich zu der Frage, was mir über sie wohl noch entgangen sein könnte und wer noch mit ihnen in Kontakt steht. Und dass sie zumindest in gewissem Maße im Kontakt mit dem Ballroom stehen, lässt vermuten, sie könnten durchaus in der Lage sein, irgendeine Sabotage-Operation durchzuführen. Vielleicht sogar das eine oder andere Attentat zu verüben.«

»Hier? Im Center?«, fragte McBryde in deutlich schärferem Tonfall, und Irvine schüttelte den Kopf.

»Abgesehen davon, dass Sie sich hier unterhalb eines Turmes befinden, in dem sich ein oder zwei Büros befinden, die der Ballroom als lohnenswerte Ziele ansehen könnte, glaube ich nicht, dass dem Turm in irgendeiner Weise Gefahr droht. Es gibt absolut keinen Hinweis darauf, irgendjemand aus der Sklavengemeinschaft würde auch nur vermuten, dass dieses Center existiert, geschweige denn, dass jemand einen Anschlag darauf plant. Glauben Sie mir, wenn ich dafür irgendwelche Anzeichen gesehen hätte, dann wäre ich augenblicklich hierhergekommen! Nein, ich denke eher daran, dass es ihnen gelingen könnte, einen leitenden Angestellten von Manpower zu entführen oder vielleicht ein Büro von Manpower oder Jessyk in die Luft zu jagen ... zusammen natürlich mit sämtlichen Mitarbeitern.«

McBryde entspannte sich ein wenig, doch zugleich nickte er verstehend. Die Erfolge, die der Ballroom überall in der erkundeten Galaxis gegen Manpower erzielte, ließen sich vor der Sklavenbevölkerung von Mesa kaum geheim halten. Doch die Zahl dieser Erfolge im Mesa-System selbst war nur winzig, und es war den Behörden gelungen, selbst von diesen den einen oder anderen nicht allgemein bekannt werden zu lassen. Auch in dieser Hinsicht war der Sicherheitsdienst des Mesanischen Alignments im Allgemeinen gleicher Ansicht wie die normalen planetaren Sicherheitskräfte. Zuzulassen, dass der Geist der Rebellion unter der Sklavenbevölkerung des Planeten durch erfolgreiche Angriffe hier im Heimatsystem gestärkt wurde, wäre in niemandes Interesse.

»Warum sind Sie so sicher, dass sie wirklich in aktivem Kontakt mit dem Ballroom stehen?«, fragte er nach kurzem Schweigen. »Nicht, dass ich an Ihrem Urteilsvermögen zweifeln würde«, setzte er hastig hinzu, als Irvine die Stirn runzelte. »Ich hätte nur einfach gerne eine Zusammenfassung der Indizien, damit ich die Lage besser abschätzen kann.«

»Nun ja ...« Irvines Miene entspannte sich wieder. »Es hat da in den letzten Monaten ein paar Kleinigkeiten gegeben. Aber ausschlaggebend für mich war, dass da zwei neue Gestalten aufgetaucht sind. Und keiner von denen ist ein Marketender. Tatsächlich ist keiner von denen ein *Zweier.*«

»Fremdweltler-Spione, meinen Sie?«, fragte McBryde und legte nun seinerseits die Stirn in Falten.

»Ich meine zwei Personen, die ich noch nie zuvor gesehen habe, und sie hängen mit Carl Hansen und seiner Gruppe herum. Einer der beiden arbeitet als Kellner in Steph Turners Restaurant.«

»Wer ist das?«

Lajos vollführte eine abwehrende Handbewegung. »Bloß eine Frau, die ein kleines Restaurant besitzt. Versorgt vor allem Zweier-Händler. Geschieden, ein Kind – eine Tochter im Teenager-Alter. Ich glaube nicht, dass ich sie jemals zuvor erwähnt habe, weil ich nicht denke, dass sie mehr als nur äußerst vagen Kontakt zum Untergrund hat – wenn überhaupt.«

McBryde nickte. Angesichts der Tatsache, dass die Sklaven sechzig Prozent der Gesamtbevölkerung von Mesa stellten und die Zweier weitere zehn Prozent beitrugen, war der Untergrund, der gegen die Sklaverei vorzugehen versuchte, wirklich gewaltig. Hauptsächlich beschränkte sich besagter Untergrund auf Aktivitäten, die der allgemeinen Gesellschaftsordnung von Mesa nicht sonderlich abträglich waren: Sie schmuggelten Sklaven fort und Konterbande ein, sie unterhielten ein Netzwerk von Sozialeinrichtungen, um auszugleichen, dass die Regierung derlei Aufgaben nicht übernahm und so weiter. Nur ein kleiner Prozentsatz der Mitglieder verschiedenster Untergrundorganisationen hatte direkten, engen Kontakt mit dem Ballroom oder ging eigenständig gewalttätigen Aktivitäten nach. Hätte Lajos sich angewöhnt, jeden Zweier zu melden, der irgendwie mit dem Untergrund oder sogar dem Ballroom in Kontakt stand, dann hätten weder er noch Jack jemals Schlaf bekommen. Derartige Dinge musste man ganz pragmatisch angehen.

»Aber jetzt kommt das, was mich am meisten beunruhigt. Der Kerl ist ein *Havenit.* Er behauptet, früher für die SyS tätig gewesen zu sein, und es sieht ganz so aus, als könne er diese Behauptung auch belegen.«

Die Falten auf McBrydes Stirn wurden noch tiefer. »Warum sollte ein Ex-SyS-ler sich mit dieser Gruppe abgeben, die Sie im Auge behalten?«

»Eine gute Frage. Der Kellner könnte einfach nur ein weiterer von diesen Ewig-Unzufriedenen sein, auch wenn ich mir fast sicher bin, dass er kein Zweier ist – und auch kein Exsklave, wo wir schon dabei sind. So nah bin ich noch nicht an ihn herangekommen, deswegen habe ich bislang weder seine Zunge gesehen noch eine DNA-Probe nehmen können. Aber sein Phänotyp ist sehr auffällig – und er entspricht keiner der Linien, die wir entwickeln. Zumindest keiner, mit der ich vertraut bin. Aber dieser SyS-Bursche …«

Lajos nippte an seinem Kaffee. »Zunächst einmal scheint überhaupt nicht in Frage zu stehen, dass er die Wahrheit sagt. Also, dass er tatsächlich den Werdegang hinter sich hat, von dem er berichtet, meine ich. Ich weiß genau, dass Cloutier sehr erpicht darauf ist, ihn in die Finger zu bekommen – erpicht genug, dass sie schon seit geraumer Zeit mit diesem Burschen über Bedingungen feilscht.«

Überrascht hob McBryde die Brauen. Luffs beste Anwerbungs-Agentin war nicht für Standard-Rekrutierungen zuständig. Aber er konnte sich nicht erinnern, dass Inez Cloutier bei einem möglichen zukünftigen Mitarbeiter jemals mehr als einen oder zwei Tage für Verhandlungsgespräche aufgewendet hatte. Allerdings musste sich Jack eingestehen, dass er sich, was derlei Dinge betraf, nicht ständig auf dem Laufenden hielt.

»Kurz gesagt«, fasste Lajos zusammen, »kommt einer ganz eindeutig aus einem anderen System, und bei dem anderen – ich meine jetzt den Kellner – könnte das durchaus ebenfalls der Fall sein. Und woher auch immer sie nun kommen, mir fällt kein guter Grund ein, warum einer oder gar beide von denen in Kontakt mit Hansens Gruppe treten sollte. Ich halte es für wahrscheinlich, dass einer oder beide in Wirklichkeit für den Ballroom arbeiten. Wenn man sie jetzt festsetzt und dann ihren Widerstand bricht, könnte uns das zusätzliche Informationen über die Pläne verschaffen, die der Ballroom hinsichtlich Mesa hat.«

»Ist aber nicht sehr wahrscheinlich«, merkte McBryde an, und Irvine stieß einen säuerlichen Grunzlaut der Zustimmung aus.

Es mochte ihnen gelungen sein, die Ballroom-Agenten davon abzuhalten, hier auf dem Planeten merkliche Präsenz zu zeigen, doch wer für den Ballroom arbeitete, lieferte nur selten nützliche Informationen. Zum einen, weil der Ballroom mindestens ebenso gut wie jede andere Organisation in der Galaxis wusste, wie wichtig Sicherheitsbedenken bei jedweden Operationen war. Der Ballroom verteilte Informationen auf verschiedene Bereiche und hielt sich strikt an die Regel ›Informationen nur bei Bedarf‹. Mehr noch: Jeder ihrer Agenten, der über ernstlich wichtige Informationen verfügte, war auch stets mit einem Werkzeug ausgestattet, sich notfalls innerhalb kürzester Zeit und mit absoluter Sicherheit das Leben nehmen zu können. Schon so mancher von ihnen hatte sich für Sprengladungen entschieden, die man in den Körper implantierte – und damit hatten sie im Laufe der Jahre eine beachtliche Zahl von Mitarbeitern im Sicherheitsdienst mit in den Tod gerissen.

»Ich habe ja nicht gesagt, es sei wahrscheinlich«, widersprach Irvine. »Ich habe nur gesagt, es *könnte* uns zusätzliche Informationen verschaffen.«

»Haben Sie sonst noch irgendetwas über die beiden in Erfahrung gebracht? Ich meine, mehr als dass wir einfach nicht wissen, wer die überhaupt sind?«

»Nicht das Geringste«, gestand Irvine aufrichtig ein. »Aber ich habe ein paar Bildaufzeichnungen anfertigen können. Die stammen von der einzigen Situation, in der ich die beiden zusammen erlebt habe. Der SyS-Bursche scheint in dem gleichen Restaurant zu frühstücken, in dem der Kellner arbeitet. Hier.«

Er griff unter seinen Kittel, zog einen Chip-Ordner hervor und warf ihn McBryde zu. Jack fing ihn auf, nahm den einzelnen darin verstauten Chip an sich und schob ihn in seinen Arbeitsplatzrechner. Es dauerte einen Moment, bis das interne Sicherheitssystem des Computers zu dem Schluss gekommen war, die Daten auf dem Chip seien akzeptabel, dann erschien das Holo-Abbild von zwei Männern über der Schreibtischplatte.

Neugierig betrachtete McBryde die beiden. Was auch immer der SyS-ler wirklich sein mochte: Wenn Irvines Vermutung zutraf, auch der andere Mann stamme nicht aus dem Mesa-System, dann war er kein Zweier, auch wenn er derzeit für eine Zweier arbeitete. McBryde hatte sich schon immer gefragt, was in den Köpfen entflohener Gensklaven vorgehen mochte, wenn sie geradewegs in die Höhle des Löwen zurückspazierten. Im Gegensatz zu manchen seiner Kollegen hatte er den Mut solcher Individuen immer bewundert, und seit jüngster Zeit verstand er immer besser, welch persönlicher Zorn sie zu einem solchen Handeln antrieb. Ja, er verstand es jetzt sogar besser als jemals zuvor. Trotzdem …

Seine Gedanken stockten. Irgendwie – er hätte später nicht sagen können, wie – gelang es ihm, nicht Augen und Mund aufzureißen, doch es fiel ihm ernstlich schwer.

Das kann nicht sein, beharrte sein Gehirn lautlos. *Nicht hier. Nicht einmal* die beiden *können derart viel Mumm haben!*

Doch noch während sein Gehirn darauf beharrte, wusste Jack es besser. Der Mann, der dort am Tisch saß, war ein gänzlich unauffälliger junger Mann, der beinahe schon schmächtig wirkte. Hätte man Jack nicht berichtet, er sei ein Havenit, hätte er vermutet, dieser Mann entstamme irgendeiner der unspezialisierten Arbeiter-Linien. Aber der andere ... Auf den ersten Blick mochte man vielleicht annehmen, er entstamme ganz offenkundig einer *Schwerst*arbeiter-Linie. Doch Jack wusste, dass Irvine Recht hatte. Das war keine Linie, die Manpower jemals entwickelt hatte. Für seine Körpermasse war dieser Bursche einfach entschieden zu klein. Wenn Manpower eine Linie entwickelte, bei der es eigens auf Muskelkraft ankam, dann gestalteten sie die entsprechenden Modelle im Ganzen sehr groß. Es wäre töricht gewesen, es anders zu halten, es wäre einfach unpraktisch gewesen – und vermutlich auch gentechnisch recht schwer zu bewerkstelligen.

McBryde betrachtete die Aufnahmen und konzentrierte sich jetzt ganz auf den Kellner. Die Gesichtszüge sahen anders aus, aber das ließ sich auf vielerlei Wegen bewirken. Die Dinge, die sich deutlich schwieriger tarnen ließen ... die Hautfarbe, dieser massige Stiernacken, die leicht schräge Kopfhaltung, diese unfassbar breiten Schultern, als sehe man einen Zwergenkönig, der gerade aus seiner Höhle unter dem Berg herausgetreten war – oder auch einen Troll ... das erkannte McBryde wieder. Er erkannte es, weil er es erst kürzlich gesehen hatte, in einem an zahlreiche Abteilungen ergangenen Prioritäts-Memo, und er fragte sich, wie es möglich war, dass Irvine diesen Mann *nicht* erkannt hatte.

Weil er das Memo nie erhalten *hat!*, begriff er fast augenblicklich. *Er steht in der Hierarchie zu weit unten, und niemand wäre jemals auf die Idee gekommen, hier auf Mesa selbst nach ihm zu suchen. Steve und ich haben das Memo auch nur zu sehen bekommen, weil es an jeden oberhalb von Level Zwölf ergangen ist, und Lajos ist standardmäßig nicht für Informationen oberhalb von Level Drei freigegeben – es sei denn, die betreffende Information beziehe sich unmittelbar auf einen aktuellen Auftrag.*

»Also«, sagte er laut, »*ich* kenne die nicht.« Er lachte in sich hinein. »Andererseits würden sie ja wohl auch kaum jemanden hierherschicken, bei dem sie damit rechnen müssen, dass wir ihn einfach erkennen, oder?«

McBryde deaktivierte die Holos. »Ich werde die Informationen weiterleiten, aber machen Sie sich nicht allzu große Hoffnungen.« Nun war es an ihm, die Schultern zu zucken. »Ich glaube nicht, dass wir mit diesem Bildmaterial gleich einen Volltreffer landen, selbst wenn diese beiden dämlich genug wären, hier aufzutauchen, ohne wenigstens den Versuch zu unternehmen, sich irgendwie zu tarnen. Und um ehrlich zu sein: Ich zweifle doch daran, dass irgendjemand weiter oben die Genehmigung erteilen wird, die ganze Gruppe einfach auszuschalten. Wenn die tatsächlich mit dem Ballroom in Kontakt stehen, dann wird die Entscheidung vermutlich lauten, genau deswegen sei es umso wichtiger, sie im Auge zu behalten und in Erfahrung zu bringen, was sie denn nun vorhaben.«

»Ich weiß.« Irvine seufzte. »Aber man kann ja hoffen.«

»Ach, *hoffen* kann man immer«, stimmte McBryde zu. »Hoffen kann man immer.«

Kapitel 18

Es ist einfach viel zu lange her, dass du selbst solche Einsätze durchgeführt hast, sagte sich Jack McBryde nervös. Und du warst bei so etwas sowieso nie so gut wie Steve.

Bedauerlicherweise war diese Einschätzung korrekt, doch viel dagegen unternehmen konnte er nicht. Außer, natürlich, diese ganze verrückte Idee einfach zu vergessen und seine Vermutungen Isabel Bardasano vorzulegen – und genau das hätte er verdammt noch mal eigentlich auch tun *müssen.*

Aber das würde nicht geschehen. Wäre es anders, dann säße er jetzt nicht in einer Ecke eines sogenannten Bistros – dieser Sorte Kaschemme, die man immer noch als ›Absteige‹ bezeichnete –, hätte nicht eine Tasse geradezu spektakulär schlechten Kaffees in der Hand und würde nicht zuschauen, wie Fliegen summend die schweren Schlafkraut-Rauchschwaden durchquerten. Der Rauch war hier so dicht, dass Jack sich ernstlich wunderte, warum die Fliegen nicht einfach abstürzten und betäubt auf die Tischplatte klatschten.

Der Gedanke brachte ihn dazu, kurz das Gesicht zu verziehen, aber ganz abwegig war er wirklich nicht. Tatsächlich war er sogar so wenig abwegig, dass Jack rasch Nanos inhaliert hatte, deren Aufgabe es war, das Zeug aus seiner eigenen Blutbahn herauszufiltern, kaum dass er eingetroffen war. Schlafkraut, auch bekannt als ›Old Sleepy‹ oder einfach nur ›Kraut‹, war eines der Rauschmittel, die sich bei den Sklavenarbeitern auf Mesa der größten Beliebtheit erfreuten. Es war noch stärker Sucht erzeugend als Alkohol (zumindest für die meisten Menschen), doch zugleich war es auch billiger, und einen Kater bekam man davon auch nicht. Bei regelmäßigem Gebrauch (und die meisten Konsumenten rauchten es äußerst häufig) führte es zu einigen unschönen Atemwegserkrankungen, doch üblicherweise dauerte es mehrere Jahrzehnte, bis diese auftraten. Wenn man bedachte, dass nur wenige Sklaven überhaupt länger als fünf oder sechs Jahrzehnte lebten, stellte das also für die meisten Sklaven, die sich an dem ›Kraut‹ berauschten, kein ernstzunehmendes Problem dar.

McBryde nahm einen weiteren Schluck von seinem lauwarmen Kaffee und ließ diesem einen weiteren Bissen von seinem Zuckerguss-Doughnut folgen, den er sich dazu bestellt hatte. So ungefähr das einzig Positive, das er über diesen Doughnut sagen konnte, war, dass er besser schmeckte als der Kaffee – und vermutlich nicht akut giftig war. Zumindest nicht hinreichend toxisch, um eine Bedrohung für die leistungsgesteigerte Physiologie eines Alpha darzustellen.

Hoffte er. Wenigstens war das Besteck sauber.

»Soll ich nachschenken?«, grollte eine außergewöhnlich tiefe Stimme, und McBryde zwang sich mit Mühe dazu, nicht zusammenzuzucken.

Mit genau dem richtigen (so hoffte er wenigstens) Desinteresse blickte er zu dem massig gebauten ›Kellner‹ auf. Er hatte gehofft, wenn er nur genug von dem grässlichen Kaffee trank, der in diesem Diner ausgeschenkt wurde, werde der Kellner früher oder später nahe genug kommen. Doch jetzt, da der Moment gekommen war, spürte er, wie sich sein Puls beschleunigte. Doch gleichzeitig fühlte er auch, ganz zu seiner eigenen Überraschung, wie seine alte Professionalität sich wieder zu Wort meldete – einschließlich seines gut trainierten Gehörs. Er hatte sich mit Aufzeichnungen befasst, auf denen man den normalen Akzent dieses Mannes hören konnte, und war ernstlich überrascht, wie gut es seinem Gegenüber gelungen war, das normalerweise tiefe Grollen, das an eine eingeschaltete Kettensäge erinnerte, in den gutturalen, aber ungleich weicheren Akzent der mesanischen Sklaven-Unterklasse zu verwandeln.

»Klar«, sagte er beiläufig und hoffte, sein eigener Akzent sei ebenso überzeugend. Er hielt dem Kellner die Tasse entgegen, schaute zu, wie sie fast bis zum Rand gefüllt wurde, dann hob er die andere Hand, den Zeigefinger ausgestreckt – die internationale Geste für ›Einen Moment noch‹.

»Sonst noch was?« Fragend hob der Kellner eine Augenbraue. Seine Miene wirkte sehr ruhig. McBryde nickte. »Was kann ich Ihnen bringen?«, fragte der massige Mann, stellte die Kaffeekanne ab, zog seinen elektronischen Bestellblock hervor und tippte auf den Bildschirm.

»Etwas, das von Außerwelt kommt«, antwortete McBryde leise.

Der Kellner verzog keine Miene. Seine Schultern spannten sich nicht an, er kniff die Augen nicht zusammen, nichts an seinem Gesichtsausdruck veränderte sich. *Der ist wirklich gut,* dachte McBryde, doch das hatte er ja schon vorher gewusst. Genau so, wie er wusste, dass in diesem Augenblick sein eigenes Leben an dem sprichwörtlichen seidenen Faden hing.

»Ich denke, dann sind Sie hier falsch«, erwiderte der Kellner, offenkundig belustigt. »In diesem Laden können wir schon von Glück reden, wenn wir an einheimische Waren kommen, mit denen wir unsere Gäste nicht vergiften!«

»Oh, das bezweifle ich nicht«, gab McBryde mit einem Schnauben zurück, in dem, ganz zu seiner eigenen Überraschung, ein Funken echter Belustigung mitschwang. »Andererseits hatte ich auch nicht an die Speisekarte gedacht... Captain Zilwicki.«

»Dann sind Sie hier *wirklich* falsch«, gab der Kellner völlig ruhig zurück. Es war eine Ruhe, die McBryde als nicht sonderlich ermutigend empfand, doch er rang sich ein Lächeln ab und bewegte den Zeigefinger hin und her, als wolle er seinen Gesprächspartner schelten.

»Nein, das bin ich nicht.« Er sprach sehr leise, um von niemandem belauscht werden zu können, aber doch laut genug – und mit hinreichend fester Stimme –, um ein Selbstvertrauen auszustrahlen, das er ganz und gar nicht empfand. »Ich bin hierhergekommen, um mit Ihnen zu sprechen ... oder auch mit Agent Cachat, wenn Ihnen das lieber wäre.«

Schließlich kniff Anton Zilwicki doch noch die Augen zusammen – kaum merklich –, und seine rechte Hand, die immer noch über dem Bestellblock schwebte, zitterte ein wenig.

»Bevor Sie jetzt versuchen, mir den Kopf abzuschrauben wie einen Flaschendeckel – und dabei vermutlich entschieden mehr Erfolg haben würden, als mir lieb sein kann –«, fuhr McBryde fort, »sollten Sie vielleicht einmal über Ihre aktuelle Lage nachdenken. Gewiss werden Sie und Agent Cachat sich verschiedene Fluchtstrategien zurechtgelegt haben. Und es ist durchaus möglich, dass mehrere der anderen ›Gäste‹ in diesem Etablissement sogar hocherfreut wären, Ihnen dabei behilflich zu sein, mir die Kehle durchzuschneiden, bevor Sie dann in aller Gemütsruhe abreisen wie geplant. Andererseits würde ich wohl kaum hier sitzen und das Risiko eingehen, wenn ich nicht selbst auch ein paar Vorsichtsmaßnahmen getroffen hätte, oder? Und falls ich zufälligerweise verkabelt wäre, dann würde doch derjenige, der am anderen Ende der Leitung sitzt, mittlerweile schon wissen, was hier läuft, nicht wahr? Und das würde dann vermutlich bedeuten, dass meine Verstärkung – vorausgesetzt, natürlich, ich wäre clever genug gewesen, dafür zu sorgen – zweifellos eintrifft, bevor meine Leiche auch nur auf den Boden aufschlägt. Bevor also einer von uns etwas unternimmt, was der andere bereuen würde, sollten wir beide uns doch vielleicht einen Moment lang einfach unterhalten.«

»Damit wir genug Zeit verschwenden, um ihren Schlägern zu gestatten, nahe genug heranzukommen, meinen Sie?«, erkundigte sich Zilwicki ruhig.

»Wenn meine ›Schläger‹ die Absicht hätten, sich auf Sie zu

stürzen, Captain, dann hätte ich doch verdammt noch mal dafür gesorgt, dass sie das tun, *bevor* ich mich Ihnen auf Armeslänge nähere und Sie persönlich auffliegen lasse, meinen Sie nicht?«

»Der Gedanke war mir auch schon gekommen. Also, da wir jetzt gerade so schön zivilisiert miteinander umgehen: Was *wollen* Sie?«

»Ich möchte mit Ihnen reden«, erwiderte McBryde, und sein Gesichtsausdruck wurde mit einem Mal ebenso todernst wie sein Tonfall. »Ich würde es vorziehen, gleichzeitig mit Ihnen und mit Agent Cachat zu sprechen, aber es sollte mich sehr überraschen, wenn Sie beide bereit wären, ein solches Risiko einzugehen. Ich würde auch gerne jetzt gleich mit Ihnen sprechen, wenn das möglich ist, aber ganz egal, wie gut die Sicherheitsmaßnahmen sind, die Sie getroffen haben – und ich möchte anmerken, dass sie wirklich verdammt gut sind! –, glaube ich nicht, dass wir unser kleines Tête-à-Tête vor den Augen aller anderen hier abhalten sollten.«

Eine oder zwei Sekunden lang blickte Zilwicki ihn nachdenklich an, dann schob er sich den Bestellblock in die Tasche zurück. Zu McBrydes beachtlicher Erleichterung umklammerte die Hand, als sie wieder aus der Tasche hervorkam, keine tödliche Waffe. Andererseits *brauchte* Anton Zilwicki eigentlich auch keine zusätzlichen Mordinstrumente, um die meisten Probleme zu lösen, mit denen er es gemeinhin zu tun bekam.

»Zwo Minuten«, sagte er. »Trinken Sie noch etwas Kaffee, dann schlendern Sie den Korridor hinunter. Vor der Herrentoilette links abbiegen. Durch die Tür mit der Aufschrift ›Nur für Angestellte‹.

Er nickte, wandte sich ab und ging in aller Ruhe davon.

McBryde stieß die altmodische Schwingtür – noch ohne Motor! – auf und trat hindurch. Er hatte ganz und gar damit gerechnet, sofort in den Lauf eines Pulsers zu blicken, doch stattdessen fand er sich in einem kleinen Zimmer wieder, das ganz offenkundig von den Angestellten des Diners als Pausenraum genutzt wurde. Im Augenblick war diese Kammer leer, von einem massigen Mann abgesehen, der an dem kleinen Tisch saß, in der Hand eine Tasse Kaffee.

»Setzen«, forderte Anton Zilwicki ihn auf und deutete auf den Stuhl, der ihm am Tisch gegenüberstand. McBryde befolgte den Ein-Wort-Befehl, und Zilwicki schob ihm ebenfalls eine Kaffeetasse zu.

»Das ist besser als der Scheiß, den wir da draußen verkaufen«, sagte er und machte sich dieses Mal nicht mehr die Mühe, seinen Gryphon-Akzent zu verbergen. »Natürlich könnte es auch mit allen möglichen tödlichen Giften versetzt sein. Soll ich vielleicht erst einmal einen Schluck nehmen?«

»Warum?« McBryde grinste schief. »Wenn *ich* jemanden vergiften wollte, dann würde ich zuerst das Gegengift schlucken und dann das Gift in *beide* Tassen tun.«

Er griff nach der Tasse und nippte daran – nicht ohne ein gewisses Unwohlsein zu empfinden, seinen eigenen Worten zum Trotze. Das Zeug war wirklich besser als das Gebräu, das an die Gäste des Diners ausgeschenkt wurde.

»Also gut«, sagte Zilwicki und lehnte sich in dem Stuhl zurück, der unter seinem Gewicht beunruhigend knarrte, »und nachdem wir einander nun unsere Professionalität bewiesen haben, könnten Sie mir doch eigentlich erzählen, worüber Sie mit mir reden wollen.«

»Zunächst einmal möchte ich gerne auf einige Dinge hinweisen«, erwiderte McBryde. »Wie ich bereits sagte: Wenn es mir nur darum ginge, Sie und Cachat in die Finger zu bekommen, dann bräuchte ich dafür nicht zu irgendwelchen aufwändigen Tricks zu greifen. Oder besser gesagt: Meine Erfolgschancen stünden vermutlich besser, wenn ich mich sozusagen mit roher Gewalt auf Sie und das ganze Diner stürzen würde. Oder beispielsweise darauf zu warten, dass Sie heute Abend zu ihrer Unterkunft gehen und dann zuschlagen. Mit anderen Worten: Es wird uns beiden reichlich Zeit und Mühe ersparen, wenn wir einfach davon ausgingen, dass ich wirklich nur *reden* will und es nicht darauf anlege, hier den Köder für irgendeine unfassbar verschlagene Falle auszulegen.«

»Solange wir hier ausschließlich von der theoretischen Möglichkeit sprechen, kann ich das mehr oder minder akzeptieren«, gab Zilwicki zurück. »Natürlich ist es gänzlich unmöglich abzuschätzen, was für eine verschlagene Strategie – abgesehen von dem Ziel, meine Partner und mich in die Hände zu bekommen – Ihnen da wohl vorschweben mag.«

»Natürlich«, bestätigte McBryde. »Und zufälligerweise schwebt mir tatsächlich eine Strategie vor. Ich weiß nicht, ob ich sie als ›verschlagen‹ bezeichnen würde, aber ich vermute doch sehr, dass sie für Sie doch eine gewisse Überraschung darstellen wird.«

»Überraschungen mag ich nicht besonders.« Es entging McBryde nicht, dass in Zilwickis grollender Stimme eine unverkennbare Warnung mitschwang.

»Das hier könnte die vielzitierte Ausnahme sein, Captain«, erwiderte er sehr ruhig. »Wissen Sie, ich möchte nämlich überlaufen.«

Kapitel 19

»Na, ich denke, das ist wohl das Beste, was wir tun können«, sagte Luiz Rozsak. Er lehnte sich in seinem Sessel zurück, um den Rücken ein wenig zu strecken, und rieb sich mit Daumen und Zeigefinger der linken Hand die Augen, während seine rechte immer noch die Kaffeetasse umklammerte. »Perfekt ist das nicht, aber was ist überhaupt schon jemals perfekt, nicht wahr?«

Er ließ die Linke sinken und warf der Reihe nach all seinen Gesprächspartnern ein schiefes Grinsen zu: Edie Habib, Dirk-Steven Kamstra, Laura Raycraft, David Carte, J.T. Cullingford, Melanie Stensrud und Anne Warwick.

»Ich glaube, das ist der Punkt, an dem meine treuen Untergebenen sagen sollten: ›Gar nichts, außer Ihren brillanten Schlachtplänen, Sir!‹«

»Nun ja, Admiral«, ergriff Habib für sämtliche seiner Zuhörer das Wort, »angesichts der Tatsache, dass wir uns gänzlich besagter Brillanz bewusst sind, ist uns auch ganz und gar klar, dass Sie trotz unserer größten Bemühungen, uns das nicht anmerken zu lassen – um Sie nicht zu beschämen, Sie verstehen –, bereits um den Respekt, die Ehrfurcht und die beinahe schon abgöttische Verehrung wissen, die wir für unseren furchtlosen Anführer empfinden.«

Leises Glucksen war rings um den Tisch im Besprechungsraum neben Kamstras Flaggbrücke zu hören, und einen winzigen Moment lang hätte das Grinsen, das über Rozsaks Gesicht huschte, ebenso gut auf dem Gesicht eines Straßenjungen aufblitzen können. Und das nicht nur, weil er belustigt war. Es war zugleich ein strahlendes Lächeln schierer Freude (oder zumindest das strahlendste Lächeln, das er sich selbst jemals gestatten würde). Er wusste dieses leise Lachen seiner Zuhörer zu schätzen – das zugleich ein Beweis dafür war, welches Vertrauen seine Untergebenen ihm schenkten und wie gut es um ihre Moral bestellt war. Er wusste es so gut zu schätzen, wie ein Geizhals Diamanten oder Rubine zu schätzen wusste.

Vor allem, da ein jeder hier wusste – und das in praktisch jeder Hinsicht, die irgendwie zählte –, dass jedes bisschen Verteidigung, das sie dem Torch-System zukommen lassen konnten, ihren persönlichen Rubikon darstellen würde. Vielleicht – *vielleicht!* – würden sie es sogar schaffen, dass dieses Mal niemand auf Alterde irgendetwas bemerkte, doch langfristig wäre das ohne jede Bedeutung.

Er nahm einen Schluck Kaffee, dann richtete er sich wieder auf und blickte sie alle erneut an, dieses Mal ungleich ernsthafter.

»Ich glaube wirklich, dass dies die beste Möglichkeit darstellt, die Lage in den Griff zu bekommen«, sagte er. »Falls jemand von Ihnen irgendwelche Bedenken haben sollte – oder es noch irgendetwas gibt, mit dem wir uns befassen sollten –, dann wäre dies der richtige Zeitpunkt, das zur Sprache zu bringen.«

Die anderen blickten einander an, und dann schauten sämtliche Kommandanten zu Habib hinüber. Mehrere von ihnen hatten die Augenbrauen gehoben, als wollten sie den Stabschef dazu auffordern, irgendetwas anzusprechen, was *sie* vielleicht übersehen hatten, doch Habib erwiderte lediglich ihre Blicke und schüttelte den Kopf. Dann wandte sie sich Rozsak zu.

»Ich will nicht behaupten, es könne während der Übungen nicht noch etwas auftauchen, Sir. Aber unter dieser Voraussetzung, und nachdem ich den Notanker ausgeworfen habe, muss ich sagen, dass ich Ihrer Lageabschätzung zustimme. Sie ist nicht *perfekt*, da es zu viele scharfe Ecken und Kanten bei diesem taktischen Problem gibt, als dass man zum Wort ›perfekt‹ greifen könnte. Wir haben unser Bestes gegeben, den Plan so katastrophensicher wie nur möglich zu machen, und ich denke, damit werden wir es auch schaffen.«

Sie hat durchaus Recht: Die Lage hat wirklich *noch Ecken und Kanten*, sinnierte Rozsak. Nicht, dass jedes einzelne seiner Ziele hier im Torch-System für sich betrachtet sonderlich kompliziert gewesen wäre. Das Problem lag eben darin, dass manche dieser Ziele zueinander grundlegend inkompatibel waren.

Als erstes bestand die Notwendigkeit, den Planeten selbst zu beschützen. Und es war sehr wahrscheinlich – Habib, Watanapongse und er waren eigentlich eher der Ansicht, es sei praktisch *sicher* –, dass die SyS-Abtrünnigen im Dienste von Manpower keinerlei Interesse daran hatten, auch nur einen Fuß auf die Oberfläche des Planeten zu setzen.

Manpower wollte seine Exsklaven nicht etwa zurückhaben – vor allem nicht, nachdem sie schon den Geschmack von Freiheit und Rache gekostet hatten. Nein, was Manpower *stattdessen* wollte, war, Torch aus der Galaxis getilgt zu wissen – vorzugsweise so, dass es jedem einzelnen Individuum, das zum Eigentum von Manpower gehörte, den Gedanken an ähnliche anmaßende, unverschämte Aktionen von vornherein austrieb. Und der Eridanus-Erlass, der gezielte, völkermörderische Angriffe auf die Bevölkerung von Planeten verbot, bezog sich auf *Sternnationen* – und jede Sternnation wusste, dass die Solarian League Navy sich sofort bei ihnen melden würde, falls sie gegen dieses Verbot verstießen. Da Manpower jedoch keine Sternnation *war*, und da die Solarian League Navy keine rechtliche Handhabe gegen eine nichtsolarische *Corporation* hatte, war für Manpower der Erlass schlichtweg bedeutungslos. Und da die Söldner eine Streitkraft darstellten, die selbst *keine* Sternnation mehr als ›ihre Heimat‹ bezeichnen konnten, würden sich auch die Offiziere und die Mannschaften, die diese Operation tatsächlich durchführten, letztendlich nicht allzu viele Gedanken über den Erlass machen. All das zusammengenommen bedeutete, dass die Angreifer sich vermutlich darauf beschränken würden, den Planeten mit ein paar ›unbeabsichtigt‹ abgefeuerten Raketen zu belegen – Geschossen, die vor ihrem Einschlag eine beachtliche Geschwindigkeit erreicht haben würden. Ein halbes Dutzend Einhundert-Tonnen-Raketen, die jeweils auf etwa sechzig Prozent der Lichtgeschwindigkeit beschleunigt hätten, würden so ziemlich das gesamte Ökosystem des Planeten äußerst effizient pasteurisieren – und jeden Einzelnen, der sich in diesem Ökosystem aufhielte. Feuerbälle in der Größenordnung von vierzig Gigatonnen hatten nun einmal einen solchen Effekt.

Und das wiederum bedeutete, dass es erforderlich sein würde, ein hinreichendes Ausmaß an Raketenabwehr in Planetennähe zu positionieren, um eben genau das zu verhindern.

Rozsaks zwotes Ziel war – während das erste unbedingt erreicht werden musste –, selbst so wenig Verluste wie nur möglich zu erleiden. Das setzte voraus, dass er seine Vorteile, die aus Reichweite und Manövrierfähigkeit erwuchsen, gänzlich ausreizen musste. Bedauerlicherweise jedoch wären sämtliche Einheiten, die dafür abgestellt würden, die erforderliche Raketenabwehr in Planetennähe zu übernehmen, praktisch an Torch gefesselt. Sie wären schlichtweg nicht in der Lage, frei zu manövrieren, ohne dadurch automatisch den Planeten zu entblößen.

Sein drittes Ziel bestand darin, die ersten beiden Ziele zu erreichen, ohne die Leistungsfähigkeit seiner neuen Waffensysteme irgendjemandem kundzutun, der nicht aus dem Torch-System stammte. Das würde natürlich nicht gelingen, aber es war ganz besonders wichtig zu verhindern, dass irgendjemand aus der Solaren Liga irgendetwas herausfand.

Viertens galt es zu bedenken, dass die beste Möglichkeit, Ziel Nummer drei zu erreichen, darin bestand, dafür zu sorgen, dass niemand entkam, der interessiert daran sein mochte, über irgendwelche Entdeckungen zu berichten, die Rozsak noch nicht der Allgemeinheit preisgeben wollte. Mit anderen Worten: Kein einziger der Angreifer durfte entkommen.

Betrachtete man die Missionsziele einzeln, so waren sie recht übersichtlich; in ihrer Kombination verlangten sie die genaue Abschätzung von Leistungsgrenzen, Möglichkeiten und Bedrohungen. Und sosehr sie sich auch bemüht hatten: Weder ihm selbst noch irgendeinem seiner Untergebenen vom Stabe war eine Lösung für ihr Problem eingefallen, bei dem nicht gegen das Prinzip verstoßen werden müsse, die Streitmacht konzentriert zu halten. Um das alles zu bewerkstelligen, würde er seine Truppen aufteilen müssen – und das war eine Vorstellung, die der Taktiker Luiz Rozsak aus tiefstem Herzen verabscheute.

Aber, sinnierte er, *es gibt da dieses alte Sprichwort, das Oravil so gerne zitiert: ›Was sein muss, muss sein.‹ Und hier* muss *es eben wirklich sein.*

»Ich glaube, Sie haben Recht, Edie«, sagte er entschieden, dann wandte er sich Commander Raycraft und Commander Stensrud zu. »Trotzdem, Laura: Sie und Melanie sind diejenigen, die es mit der härtesten Aufgabe zu tun haben werden, falls mit dem Abfangen irgendetwas schiefläuft. Ich wünschte, wir hätten die Vier-Gondel-Ringe an Bord der *Charade.* Es wäre sehr tröstlich, wenn wir einfach loslegen und die Gondeln abkoppeln könnten, und gleich darauf Melanie wieder aus dem Inneren System herausholen.«

Völlig synchron nickten Raycraft und Stensrud. Die Leichten Gondeln in den Buchten der *Charade* waren einfach zu weit in ihren Funktionalitäten eingeschränkt, als dass man sie noch einzeln für komplexere Einsätze hätte nutzen können. Sie waren alleine schon zu sehr auf leistungsfähige externe Energieversorgung angewiesen, und die Ingenieure, die für die Entwicklung dieser Gondeln verantwortlich gewesen waren, hatten bei sämtlichen Bordsystemen bewusst eingeschränkte Betriebszeiten in Kauf genommen – *sehr* eingeschränkte Betriebszeiten. All das zusammengenommen bedeutete, dass Stensrud die Gondeln nicht einfach im Orbit von Torch aussetzen und dann ihr Schiff so rasch es nur ging wieder zurückschaffen konnte.

»Ich kann nicht sagen, dass mich diese Einschränkungen zu Begeisterungsstürmen hinreißen, Sir«, bestätigte Raycraft. »Andererseits werde ich über eine deutlich bessere Raketenabwehr verfügen als Sie. Und wenn Ihr Nussknacker wirklich das tut, was er soll, dann wird es wahrscheinlich gar keinen großen Unterschied machen.«

»Ich weiß.« Rozsak stieß ein belustigtes Schnauben aus. »Das Problem ist, dass es mich noch nie zu Begeisterungsstürmen hingerissen hat« – er hatte bewusst ihre Wortwahl aufgegriffen – »wenn in der Ablaufplanung Ausdrücke verwendet werden wie ›wahrscheinlich‹.«

Jemand anderes lachte ebenso belustigt in sich hinein, doch dann stellte der Admiral mit einer sehr endgültig wirkenden Geste seine Kaffeetasse beiseite.

»Also gut. Ich denke, wir haben einen Plan. Und jetzt schauen wir mal, wie sich dieser Plan im Rahmen einer Übung macht. Edie, ich möchte, dass Sie und Dirk-Steven das so rasch wie möglich vorbereiten. Wir wissen nicht, wie viel Zeit uns noch bleibt, bevor ›die Bösen‹ zu Besuch kommen, aber in einem solchen Falle ist es wohl immer besser, eher zu pessimistisch vorzugehen als übermäßig optimistisch. Das bedeutet, wir werden nicht allzu viel Zeit darauf verwenden können, das tatsächlich auch im All auszuprobieren, deswegen muss jeder so rasch wie möglich mit den Simulatoren arbeiten können. Wir wollen hoffen, dass wir alles wenigstens einmal durchspielen können, von Schießübungen der *Masquerades* mit scharfer Munition einmal abgesehen. Also sollten Sie sich bereithalten, die Simulationen jederzeit zu modifizieren – immer dann, wenn wir während der Übungen irgendetwas Neues entdecken.«

»Jawohl, Sir«, bestätigte Edie Habib deutlich förmlicher, als das sonst ihre Art war. »Viel hiervon kommt geradewegs aus dem Handbuch, an dem wir im Moment arbeiten«, fuhr sie fort, »deswegen denke ich, dass wir die Übungen recht rasch auf die Beine stellen können. Anfangen können wir wahrscheinlich schon ... wann?« Während sie sprach, blickte sie Kamstra mit gewölbter Augenbraue an. »Morgen früh, Dirk-Steven?«

»Eher am Nachmittag«, empfahl Kamstra ihr nach kurzem Nachdenken. »Mir ist aufgefallen, dass Murphy meist auch während der Planungsphase seine Finger im Spiel hat.«

»Ein überzeugendes Argument«, stimmte Habib ihm zu und wandte sich wieder an Rozsak. »Also morgen Nachmittag, Sir. Gleich nach dem Mittagessen.«

»Gut«, gab Rozsak zurück. »Unter diesen Umständen denke ich, wir können uns vertagen.«

»Wie schlimm sieht's denn aus?« Friede Butry beugte sich vor und spähte in den Hohlraum hinein, der bislang von einer Abdeckplatte verdeckt gewesen war. Das Innere dieses Hohlraums war mit einer Vielzahl von Geräten angefüllt, deren genaue Funktion sie bestenfalls grob abzuschätzen vermochte.

Bislang hatte Andrew Artlett vor einer Maschine gehockt und daran gearbeitet. Jetzt richtete er sich auf und wischte sich die Hände an einem Lappen ab. Das war natürlich wirklich ziemlich albern. Das Innere eines Hypergenerators – selbst bei einem Schiff, das nicht einmal eine Million Tonnen masste – musste jederzeit absolut sauber bleiben. Tatsächlich hatte sich Andrew, bevor er sich an die Arbeit gemacht hatte, die Hände ebenso gründlich gewaschen, wie das ein Chirurg vor einer Operation tat.

Aber manche Gewohnheit lässt sich eben schlecht ablegen.

Andrew war immer der Ansicht gewesen, er sei bestenfalls ein zweitklassiger Mechaniker, und derart bodenständige, wackere Burschen hätten nun einmal immer dreckige Hände, die man abwischen müsse.

»Wirklich ziemlich übel, Ganny. Könnte jederzeit ausgehen.«

»Warum?« Butry bedachte das Gehäuse mit einem finsteren Blick. »Diese verdammten Dinger sind doch angeblich praktisch unzerstörbar!«

»Na ja, das sind sie auch ... weitestgehend«, bestätigte Andrew. »Bedauerlicherweise gibt es selbst in einem Hypergenerator ein paar bewegliche Teile, und das hier« – er tippte gegen ein ziemlich abgewetzt aussehendes Bauteil, das ein wenig aussah wie ein Rotor, länger als sein Arm – »gehört dazu. Schlimmer noch: Das gehört zu den *wichtigen* beweglichen Teilen. Genauer gesagt ist das der Stabilisator für die erste Stufe. Wenn der ausfällt, dann haben wir überhaupt keine Hypersteuerung mehr, Ganny. Gar nichts. Und dieses Mistding hätte im Rahmen einer Routinewartung schon vor mindestens hunderttausend Betriebsstunden ausgetauscht werden müssen. Wir müssen es unbedingt ersetzen, bevor wir einen weiteren Sprung versuchen.«

»Kann man das nicht reparieren?«

»›Reparieren‹? Wie denn?« Mit dem Zeigefinger deutete er auf den Rotorschaft. Selbst Ganny, die zwar in vielen verschiedenen Dingen erfahren war, aber von Technik überhaupt keine Ahnung hatte, konnte erkennen, dass das Bauteil tatsächlich in äußerst schlechtem Zustand war.

»Zuerst würde ich es entfernen müssen. Das lässt sich machen, auch wenn es eine Weile dauern dürfte. Aber das wäre noch der einfache Teil hierbei. Dann würde ich es mit Metall beschichten müssen, und zwar mit Hilfe von Schweißgeräten, die wir nicht haben, also müsste ich diese Geräte erst einmal entwickeln und bauen. Das ließe sich wahrscheinlich auch machen, da wir an Bord dieser Rostlaube, die sich Raumschiff schimpft, ja nun reichlich Krimskrams haben, aber es würde trotzdem wochenlange Arbeit bedeuten, Ganny. Können auch gut zwei oder drei Monate werden. Und dann müsste ich das Bauteil so bearbeiten, dass es aussieht wie in der technischen Beschreibung. Und dafür bräuchten wir Geräte, die wir *auch* nicht haben. Die sogenannte ›Werkstatt‹ an Bord dieses Schrottschiffes ist doch ein schlechter Witz – und du kannst Walter Imbesi, diesem Geizhals, gerne erzählen, dass ich das gesagt habe! Es ist für mich völlig unmöglich, hier ein modernes, computergesteuertes Maschinenbauzentrum einzurichten. Und selbst wenn ich das könnte, wer soll denn die zugehörigen Programme schreiben? Von uns allen bist du wahrscheinlich noch am ehesten eine Programmiererin, und …«

Fragend blickte er zu ihr auf. Ganny schüttelte den Kopf. »So gut bin ich im Programmieren nun auch nicht, und das bisschen, was ich kann, beschränkt sich ganz auf Finanzverwaltungsprobleme. So ein Programm wie das, das dir vorschwebt, könnte ich nie und nimmer schreiben, Andrew.«

Er nickte. »Das hatte ich mir schon gedacht. Und das bedeutet, ich werde eine schöne, altmodische Drehbank bauen müssen.«

»Eine … was?«

Er grinste. »Sonst kokettierst du doch immer damit, wie alt du bist! Eine ›Drehbank‹ ist ein antikes Werkzeug, Ganny. Damit hat man früher Metall geschnitten. Ich glaube, das kam so ungefähr in der gleichen Zeit auf wie von Ochsen gezogene Pflüge. Trotzdem, damit würde man das wohl hinbekommen, auch wenn es wahrscheinlich länger dauern dürfte als mit modernen Geräten. Glücklicherweise haben wir ein paar wirklich gute Messgeräte hier, damit sollte ich den Schaft wieder so hinbekommen, wie die technische Beschreibung das verlangt. Dazu brauche ich nur eine Feinmesslehre.«

»Eine … *was?*«

»Eine Feinmesslehre ist ein Messgerät aus uralter Zeit,

Ganny. Das stammt definitiv aus der gleichen Zeit wie die erwähnten Ochsen-Pflüge. Na ja, zumindest für Zollstöcke stimmt das wohl.«

»Was ist denn ein ›Zollstock‹?«, meldete sich Ed Hartman zu Wort. Er und seine beiden Kumpane hatten das Gespräch mit größtem Interesse aus nächster Nähe verfolgt. Zumindest aus so großer Nähe, wie Andrew das gerade noch zugelassen hatte. Er hatte größte Zweifel an ihrer Aussage, sie seien blitzeblank sauber.

»Einen Stock, mit dem man ein Zoll messen kann, was denkst du denn?«

»Und was ist ein ›Zoll‹?«, setzte Brice Miller nach.

Mürrisch verzog Artlett das Gesicht. »Ganny, ist das hier eine Besprechung hinsichtlich wichtiger, dringend anstehender Reparaturen oder eine Nachhilfestunde in Geschichte?«

Sie lächelte und machte eine Handbewegung, als wolle sie die drei Teenager verscheuchen. »Lasst euren Onkel mal ein bisschen in Ruhe, Jungs. Was ein ›Zoll‹ ist, erkläre ich euch später.«

Dann schaute sie wieder Andrew an. »Und wie lange wird es dauern, diese ... ›Drehbank‹, oder wie du das genannt hast, zu bauen?«

»Zumindest so lange, wie ich brauchen werde, um die Schweißgeräte zu konstruieren. Auch wenn die Drehbank dann immer noch so primitiv sein wird, wie es schlimmer gar nicht mehr geht. Schließlich ist es völlig unmöglich, eine anständige Leitspindel dafür herzustellen. Aber glücklicherweise werde ich wahrscheinlich irgendwie ein elektromagnetisches Stellglied zusammenbasteln können.«

»Was ist denn eine Leit ... – ach, vergiss es einfach. Mit anderen Worten: Wir reden hier noch einmal über mehrere Wochen.«

»Könnten sogar Monate werden. Das kann man im Vorfeld wirklich nicht sagen. Aber es läuft auf Folgendes raus, Ganny:

Wenn wir die abgenutzten Teile nicht *jetzt gleich* ersetzen, dann wird uns das ganze Gerät wahrscheinlich ausfallen, sobald wir es belasten. Und dann treiben wir hilflos im All. Gut, wir hätten immer noch Energie an Bord, es wäre also nicht sofort lebensbedrohlich. Wahrscheinlich könnten wir mindestens ein Jahr lang überleben. Aber wir würden eben wirklich einfach im All treiben, bis das Ganze repariert wäre. Und wie ich schon sagte, das könnte durchaus ein halbes Jahr dauern.«

Sie nickte. »Also gut. Ich werde einfach auf alles zurückgreifen müssen, was wir haben. Schreib auf, was du brauchst, Andrew, und ich werde das an die Oberfläche weiterleiten, sobald wir die Zollfreigabe haben. So lange sollte das auch wieder nicht dauern. Das ist jetzt schließlich schon unser dritter Besuch hier. Die Mesaner sind jetzt schon regelrecht dankbar dafür, dass wir für sie einfach nur Routine sind. Zumindest glauben die das.«

Kapitel 20

Yana betrat die Küche und wischte sich ein wenig Schnee von den Schultern. »Ich hoffe, zu eurem Plan für eine rasche Flucht gehören nicht auch antike Bodenfahrzeuge, die quietschend um irgendwelche Ecken biegen. Es ist da draußen ziemlich glatt. Und die Leute, die sich dort draußen aufhalten, scheinen nicht allzu viel Ahnung zu haben, wie man sich in so einer Landschaft bewegt.«

Angewidert schüttelte sie den Kopf, und Victor und Anton grinsten. Obwohl Yana einen Großteil ihres Lebens als Erwachsene in der einen oder anderen Stadt verbracht hatte, war sie doch auf dem Planeten Kilimanjaro aufgewachsen. Dort war der Winter nicht *ganz* so lang wie auf dem Planeten Sphinx im Sternenkönigreich, doch er spielte auf jeden Fall in der gleichen Liga. Yana neigte dazu, recht herablassend auf verweichlichte Gestalten von Planeten mit milderem Klima herabzusehen, sobald sie sich über das Wetter beschwerten, und ihre Meinung zum tropischen bis subtropischen Klima von Torch fasste sie meist in einem beachtlich vielsagenden, abschätzigen Schnauben zusammen.

Doch ihren *ganz besonderen* Spott hob sie sich für Leute auf, die ganz offensichtlich keine Ahnung hatten, was man mit Schnee anstellen musste, und die trotzdem versuchten, irgendwie damit zurechtzukommen. Ganz offensichtlich hatte ihr der heutige Morgenspaziergang reichlich Material für genau diese Reaktion geliefert. Es sah ganz so aus, als hätten Mesaner noch weniger Ahnung als die meisten anderen – das war natürlich nur Yanas bescheidene Meinung –, wenn es darum ging, mit gefrorenem Wasserdampf aus der Atmosphäre umzugehen.

Vielleicht lag das daran, dass der Planet an sich recht milde und angenehme Klimabedingungen bot. Selbst im tiefsten Winter war es – außer in den Polarregionen – nicht schlimmer als ein milder Wintertag auf Haven. Es hatte noch nicht einmal ansatzweise etwas mit den heftigen Wetterbedingungen von Zilwickis Heimatwelt Gryphon zu tun. Und mit der Kälte, die man in einem Winter auf *Sphinx* erleben konnte, hätte man die Bevölkerung dieses Planeten ebenso effizient auslöschen können wie mit einer der Biowaffen, die im Letzten Krieg von Alterde eingesetzt worden waren.

Die Sommer auf Mesa waren für Menschen vermutlich schlimmer als die Winter – aber so *richtig übel* waren auch die Sommer hier nicht. Die Sonne, die diesen Planeten erwärmte, war ebenso ein G2-Stern wie Sol, und Mesa hätte fast ein Zwilling von Terra sein können. Nicht ganz. Die Schwerkraft war fast identisch, doch auf Mesa gab es etwas mehr Landmassen. Das hätte das Klima etwas rauer gestalten können als auf Terra, schließlich fiel damit der mildernde Effekt der Ozeane fort. Doch Mesa lag etwa vierzig Lichtsekunden näher an seinem Zentralstern, und die Achsenneigung war deutlich geringer – nur neun Grad, im Vergleich zu den dreiundzwanzigeinhalb Grad des Heimatplaneten der Menschheit. Daher waren die Durchschnittstemperaturen ein wenig höher, die jahreszeitenbedingten Wetterveränderungen hingegen fielen etwas weniger drastisch aus.

Auf einem Großteil der Landmassen des Planeten brachte der Winter praktisch niemals Schnee. Doch der Planet hatte seinen Namen von der Hochebene – fachsprachlich eben auch ›Mesa‹ genannt –, auf der die Vermessungsteams beim ersten Besuch ihr allererstes Lager auf der Oberfläche des Planeten aufgeschlagen hatten. Dort hatte sich später auch die Hauptstadt des Planeten entwickelt, und das aus den gleichen rein zufälligen Gründen, aus denen sich auf den meisten Welten die meisten Städte entwickelten. Doch da diese ›Mesa‹ eben höher lag als fast der gesamte Rest des Planeten und sich dort ein deutlich drastischeres ›Kontinentalklima‹ ergab, war das Wetter in der Hauptstadt schlechter als praktisch überall sonst auf dem Planeten.

Was eigentlich nicht viel hieß. Tatsächlich war Mesa eine der angenehmsten Welten, die Anton oder Victor jemals aufgesucht hatten. Und das machte es um so widerlicher für sie beide, dass ausgerechnet dieser Planet zum Zentrum dessen geworden war, was sie beide für eines der ekelhaftesten politischen Systeme hielten, die die menschliche Spezies jemals ersonnen hatte – und wenn man es genau bedachte, hatte die Menschheit schon so manches ekelhafte politische System hervorgebracht, seit der Pharao Cheops vor mehr als sechseinhalb Jahrtausenden seine großen Pyramiden hatte errichten lassen ... natürlich durch den Einsatz von Sklaven.

Anton und Victor wussten jetzt deutlich mehr über das wahre politische System von Mesa als noch vor kurzem, bevor sie auf dem Planeten gelandet waren. Und sie wussten auch viel mehr als jeder andere Manticoraner oder Havenit sonst. Jack McBryde hatte sich nicht gerade dabei überschlagen, ihnen Informationen zukommen zu lassen – bei keinem der geheimen Treffen, die sie seit dem ersten Kontakt abgehalten hatten. Er hatte die Daten nach und nach preisgegeben, fast wie die Schalen einer Zwiebel, die er immer wieder als Analogon heranzog, um die jahrhundertealte Strategie der Geheimgesellschaft zu erläutern, die er stets als ›das Alignment‹ bezeichnete. Und jedes Mal waren seine Informationen so spärlich wie nur möglich ausgefallen, um auf diese Weise bessere Bedingungen für ihre Abmachung herausschinden zu können.

Trotzdem hatte er ihnen schon einiges enthüllt. Es ist einfach eine schlichte Tatsache, dass ein Mensch, der überlaufen will, deutlich weniger Verhandlungsstärke hat als die Leute, die ihm oder ihr ein neues Leben verschaffen können. Und weder Anton noch Victor waren in der Stimmung, übermäßig wohltätig zu sein.

Gewiss, es sprach sehr für Jack McBryde – selbst Victor war bereit, das einzugestehen –, dass er das System, geschaffen von etwas, das er ›das Mesanische Alignment‹ nannte, mittlerweile nicht nur verstand, sondern auch verabscheute. Doch es war immer noch erschreckend, dass jemand, der offensichtlich so intelligent war wie Jack McBryde – der sogar ein gewisses Maß an Sensibilität und Feingefühl besaß – ein solches System überhaupt so lange hatte unterstützen können, und das auch noch aus einer derart wichtigen Position heraus wie der seinen, bevor er sich endlich dagegengewandt hatte.

Nach ihrem dritten Treffen mit McBryde hatte sich Victor eine sarkastische Bemerkung gestattet, und dabei einen Satz aus einem seiner Lieblingsfilme paraphrasiert. Ihm kam das Ganze vor, als hätte einer der Offiziere aus den antiken Vernichtungslagern der Nazis plötzlich ausgerufen: ›Ich bin entsetzt! Schockiert! Ich musste feststellen, dass in Auschwitz Massenmord betrieben wird!‹ (Anton hatte die Anspielung verstanden, doch Yana hatte er es erklären müssen.)

Wahrscheinlich war das McBryde gegenüber ein wenig ungerecht. Anton hatte angemerkt, dass die ursprünglichen Ideen, die letztendlich zum Mesanischen Alignment geführt hatten, durchaus idealistisch gewesen waren – und dergleichen konnte man ja wohl kaum über die Vision sagen, die den antiken Despoten Hitler getrieben hatte. Schließlich war es kaum das erste Mal in der Geschichte der Menschheit, dass eine politische Bewegung (oder auch Religion) mit den besten Absichten begonnen und sich dann in etwas verwandelt hatte, was sich die Begründer nicht einmal im Traum hätten *vorstellen* können. Anton ging sogar so weit zu sagen – nachdem er sich geräuspert hatte –, dass Victor selbst eine fast beängstigende Ähnlichkeit mit den Angehörigen der bolschewistischen Tscheka aus den frühen Jahren der russischen Revolution besaß, beinahe zwei Jahrhunderte vor der Diaspora.

Victor wusste, worauf sich Anton bezog, und nachdem er kurz erstarrt war, hatte er zugegeben (und dabei sogar ein wenig gelächelt), möglicherweise könne wirklich eine gewisse Ähnlichkeit bestehen. In den Jahren, seit er Kevin und Ginny Usher begegnet war, hatte Cachat sich tatsächlich ernsthaft mit Geschichte befasst.

»Das ist trotzdem nicht das Gleiche, Anton«, hatte er gesagt. »Wenn du so viel über die Antike weißt, dann weißt du auch, dass innerhalb von zwo Jahrzehnten nach der ursprünglichen Revolution der Tyrann namens Stalin fast alle dieser Revolutionäre der ersten Stunde hat ermorden lassen und sie durch seine eigenen Speichellecker ersetzte. Rob Pierre und vor allem Saint-Just haben bei unserer eigenen Revolution versucht, das Gleiche mit den Aprilisten zu machen – und beinahe hätten sie damit auch Erfolg gehabt.

Aber wir reden hier über *Jahrhunderte*, Anton, nicht über Jahrzehnte. Jahrhunderte, während derer diese Leute die schlimmsten Verbrechen begangen haben, die man sich nur vorstellen kann: Sie haben Generationen von Menschen zu einem Leben in Sklaverei verurteilt, ständiger Brutalität ausgesetzt – und endlich geht das Jack McBryde gegen die Hutschnur? Mehr als ein halbes *Jahrtausend*, nachdem das Ganze angefangen hat? Nachdem er selbst schon auf eine lange Karriere in genau diesem Geschäft zurückblicken kann?«

Als er die letzten Worte hervorstieß, hatte Victor mehr Zorn gezeigt, als Anton jemals bei ihm erlebt hatte.

»Also ... was jetzt?«, fragte er. »Willst du McBryde sagen, er soll doch gefälligst einfach geradewegs ins Höllenfeuer springen, und zum Teufel mit ihm?«

Das hatte ausgereicht, um Cachats lodernden Zorn zu durchdringen. »Na ja ... nein, natürlich nicht.« Er brachte sogar ein leises Lachen zustande. »Ich bin ja schließlich nicht verrückt.

McBryde könnte einer der ranghöchsten Untergebenen von Shaitan persönlich sein, und ich würde trotzdem unter diesen Umständen mit ihm zusammenarbeiten, wenn er wirklich aus der Hölle fliehen und überlaufen wollte. Vielleicht würde ich mir dabei die Nase zuhalten, aber ich würde es trotzdem tun. Wir können hier einfach entschieden zu viel gewinnen – und damit meine ich noch nicht einmal die letzten Hinweise, die uns McBryde hat zukommen lassen.«

Anton blickte ihn skeptisch an. »Glaubst du wirklich, er kann an irgendwelche supergeheimen technologischen Neuschöpfungen herankommen – vorausgesetzt, diese Neuschöpfungen existieren überhaupt?«

»Ich glaube, dass McBryde wirklich keinen blassen Schimmer von der Raumschiffs-Konstruktion hat – auch wenn er uns das zu verkaufen versucht hat. Aber wenn ich ein paar andere Bemerkungen von ihm richtig interpretiere, dann hat er noch jemanden an seiner Seite. Jemanden, den er bislang sorgfältig verborgen gehalten hat.«

Blicklos starrte Anton die Wand an und dachte nach. Aus etwas von dem, was McBryde ihnen bei ihrem letzten Zusammentreffen – vorgestern – gesagt hatte, konnte man tatsächlich genau das herauslesen, vorausgesetzt, man war bereit, die Worte des Mesaners ein wenig zu interpretieren. Schließlich nannte man dieses Geschäft nicht umsonst das ›Spiegelkabinett‹. Es wirkte, als suche dieser McBryde nach einer Möglichkeit, diesen Planeten zu verlassen, und dabei deutlich mehr Platz zu beanspruchen, als *eine* Person benötigen würde. Tatsächlich hatte das Anton seinerzeit auch ein wenig verwundert. McBryde war selbst ein Experte für Sicherheitsfragen, und der einfachste und sicherste Weg, jemanden unbemerkt von Mesa fortzuschaffen, bestünde darin, ihn auf die eine oder andere Weise als jemand anderen auszugeben. Je mehr Leute man auf diese Weise fortschaffen wollte, desto schwieriger wurde es natürlich – und das Risiko, doch ertappt zu werden, stieg mit der Anzahl der betreffenden Personen exponentiell an, nicht linear.

Sonst …

Er sog die Luft ein. »Was denkst du denn, um wie viele Personen es hier geht?«

»Vermuten würde ich: nur eine«, gab Victor zurück. »McBryde hat weder Frau noch Kinder – und auch sonst keinen Lebensabschnittsgefährten gleichwelcher Art, soweit wir das beurteilen können. Ich habe das Gefühl, er stehe seiner Familie sehr nah, aber es sollte mich doch verwundern, wenn jemand mit seiner Ausbildung und seiner Erfahrung irgendetwas täte, womit er sie kompromittieren würde. Es ist schlichtweg unmöglich, sie *alle* von diesem Planeten fortzuschaffen, Eltern und Geschwister gleichermaßen. Und es ist durchaus möglich, dass einige seiner Brüder und Schwestern ihrerseits wieder Kinder haben.«

Cachat beugte sich über den Küchentisch und stützte sich auf die Arme. »Mir scheint, er setzt sie alle schon jetzt einem beachtlichen Risiko aus. Sobald er verschwindet, wird man denen die Hölle heißmachen, selbst wenn es keinerlei Anzeichen dafür gibt, sie könnten gewusst haben, was er plant. Wenn das hier Haven unter der Regierung von Pierre und Saint-Just wäre, dann würde seine gesamte Familie vermutlich einfach hingerichtet. Aber nach allem, was wir bislang herausgefunden haben, scheint dieses Mesanische Alignment nicht ganz so grob vorzugehen.«

Anton dachte über Victors Einwand nach, in der für ihn so charakteristischen langsamen, methodischen Art und Weise. Cachat, der ihn mittlerweile gut genug kannte, wartete einfach geduldig ab. Tatsächlich nutzte er diese Pause sogar aus, machte sich eine neue Tasse Kaffee und erkundigte sich, was Yana in Erfahrung gebracht hatte. Wie an jedem Morgen war die Amazone hinausgegangen, um sich die Astrogations-Aufzeichnungen anzuschauen. Die Informationen darüber, welche Schiffe in das System hereinkamen und welche es verließen – zu sämtlichen Handels- und Passagierschiffen und sogar den meisten Schiffen des Militärs – waren öffentlich zugänglich und wurden stets auf dem neuesten Stand gehalten.

Diese Aufzeichnungen täglich abzurufen war rechtlich völlig einwandfrei, aber es bestand trotzdem immer die Möglichkeit, dass irgendjemand sie überwachte. Deswegen nutzte Yana jeden Tag eine andere Methode, um die Daten zu durchsuchen. Manchmal suchte sie eine öffentliche Bibliothek auf (und niemals zweimal hintereinander die gleiche), manchmal ging sie in die Büros der Handelsschifffahrtslinien – die gab es in der Stadt reichlich –, und einmal hatte sie sich sogar direkt an die Behörde für Extrasolaren Handel gewandt und deren Computer genutzt.

»Die *Hali Sowle* ist gerade wieder in das System eingetreten«, erklärte sie leise; sie wollte Anton nicht in seinen Gedankengängen stören. Sie kannte Zilwicki nicht so gut, wie Victor das tat, doch sie brachte den beinahe schon legendären Fähigkeiten des Mannes, jedes Problem zu durchdringen, einen Respekt entgegen, der fast an Aberglauben grenzte.

Victor nickte. »Gibt es schon Informationen darüber, welche Aufenthaltsdauer man ihnen zubilligen wird?«

Yana schüttelte den Kopf. »Nein, aber das wird vermutlich schon morgen in den Datenbanken verzeichnet sein. Allerspätestens übermorgen. Eines kann man wirklich über Mesa sagen: Faulpelze sind deren Bürokraten tatsächlich nicht.«

Leise lachte Victor in sich hinein. »Und das ist … ein Lob?«

Als Victor hinter sich ein Geräusch hörte, drehte er sich herum und stellte fest, dass Anton seinen Stuhl ein wenig vom Küchentisch abgerückt hatte.

»Das hat gar nicht so lange gedauert, wie ich dachte.« Er hob die Kaffeekanne. »Noch Nachschlag?«

Zilwicki hielt ihm die Tasse entgegen. »So viel gibt es da gar nicht zu durchdenken. Ich glaube, du hast Recht, Victor – und ich bin mir ziemlich sicher, dass McBryde bei unserem nächsten Treffen die Karten auf den Tisch legen wird. Er wird eine weitere Person erwähnen, die mit ihm zusammen heimlich Mesa verlassen muss – und dabei wird es sich um einen Wissenschaftler oder irgendeinen Techniker handeln, der über genau das Wissen verfügt, das McBryde bislang nur angedeutet hat.«

»Mit anderen Worten: Du denkst nicht, dass er uns irgendetwas vorspielt, ja?«

»Nein.« Langsam schüttelte Anton den massigen Schädel. »Victor, wenn ich mich nicht allzu sehr täusche, steht Jack McBryde schon kurz davor zu verzweifeln. Er wird diesen Planeten so rasch wie möglich verlassen wollen.»

Victor legte die Stirn in Falten. »Warum? Er ist hier doch praktisch der Sicherheitschef. Na ja, zumindest *einer* von denen. Aber man hätte ernstliche Schwierigkeiten, jemanden zu finden, der ebenso gut verbergen kann, was er gerade tut, wie dieser McBryde. Selbst wenn jemand ihn dabei beobachten sollte, wie er irgendetwas Zweifelhaftes tut, könnte er höchstwahrscheinlich eine zumindest halbwegs einleuchtende Erklärung vorbringen. Zumindest eine, die gut genug ist, um ihm die Zeit zu verschaffen, die er für seine Flucht braucht.«

»Ich glaube nicht, dass es seine eigene Situation ist, die ihn so zur Eile antreibt, Victor. Ich denke – und ich gebe gerne und sofort zu, dass ich hier heftig spekuliere –, dass es die Lage dieser geheimnisvollen zwoten Person ist, die hier den Zeitplan bestimmt.«

»Ah.« Victor setzte sich wieder und nippte an seinem Kaffee, dann dachte er schweigend einige Minuten nach und trank schließlich erneut.

»Ich werde dich hier ganz gewiss nicht im Nachhinein kritisieren, Anton. Also werden wir ganz offen sein, wenn wir McBryde übermorgen wiedersehen. Wir sagen ihm, dass er entweder die Karten auf den Tisch legen muss oder sich verziehen kann – und dann halten wir ihm die verlockend große Möhre vor die Nase, dass wir in der Lage sind, ihn und seinen ›Geheimnisvollen Begleiter‹ fast augenblicklich vom Planeten zu schaffen.«

Er nickte Yana zu, die sich, ebenfalls eine Tasse in der Hand, zu ihnen an den Tisch gesetzt hatte. »Die *Hali Sowle* ist zurück.«

Anton holte tief Luft. »Mit anderen Worten: Du denkst, wir sollten gleichzeitig den Abgang machen. Sobald die Butrys das System verlassen, ist keine unserer alternativen Fluchtrouten noch sonderlich attraktiv.«

»›Sonderlich attraktiv‹?« Victor lachte leise. »Anton, wenn ich mich nicht sehr täusche, wird in dem Moment, da die mesanischen Machthaber herausfinden, dass Jack McBryde ihnen ein Messer in den Rücken gerammt hat, hier die Hölle los sein. Diese ›alternativen Fluchtrouten‹, von denen du da sprichst – und die man auch mit einer wackligen Holzleiter vergleichen könnte, um aus einem brennenden Wolkenkratzer zu flüchten –, sind doch nichts anderes als eine Todesfalle. Die Wahrscheinlichkeit, es könne doch anders sein, ist so gering, dass es sich nicht einmal lohnt, darüber zu reden! Wenn er aufbricht, müssen wir ihn begleiten.«

»Na ja … stimmt wohl. Abgesehen davon glaube ich auch nicht, dass wir hier noch mehr herausfinden könnten, wenn wir länger bleiben.«

»Och, das *könnten* wir schon. Schon bevor McBryde an uns herangetreten ist, hatten wir so manches in Erfahrung gebracht und auch schon die eine oder andere vielversprechende Spur gefunden. Aber ich gebe dir Recht: Nichts von dem, was wir hier noch herausfinden könnten, wenn wir länger bleiben, wird auch nur ansatzweise in der gleichen Größenordnung liegen wie das, was McBryde uns liefern kann. Abgesehen davon …«

Erneut nippte er an seinem Kaffee. »Das wollte ich dir

gerade erzählen: Inez Cloutier ist gestern zurückgekommen – und sie hat ein eindeutiges Angebot von dem ›Anführer‹ bekommen, wer auch immer es nun sein mag. Wahrscheinlich Adrian Luff, wenn wir richtig liegen.«

»Ein gutes Angebot?«

»Besser, als ich mir vorgestellt hatte. Da draußen muss irgendjemand sein, der mehr über Saint-Justs Einsatzmethodik weiß, als ich gedacht hätte. Ich vermute, mein ... öhm, Ruf, ist mir vorausgeeilt.«

»Doch wohl nicht als ›Victor Cachat‹, hoffe ich?!«

»Nein. Na ja ... wahrscheinlich nicht. *Höchst*wahrscheinlich nicht. Es ist natürlich immer theoretisch möglich, dass sie ganz genau herausgefunden haben, wer ich bin, und mir jetzt sehr gerissen eine Falle stellen. Aber sie arbeiten ganz offensichtlich eng mit dem Alignment zusammen. Wenn sie also herausgefunden haben, wer ich bin, warum melden sie mich nicht einfach und überlassen den Mesanern hier vor Ort die Drecksarbeit?« Er schüttelte den Kopf. »Nein, wahrscheinlich halten sie mich bloß für einen weiteren von Saint-Justs Troubleshootern. Ich war ja beileibe nicht der einzige. Es gab mindestens ein ganzes Dutzend, von denen ich weiß, und wahrscheinlich in Wirklichkeit zwo- oder dreimal so viele. Wer weiß das schon? Und jetzt, da Saint-Just tot ist, weiß das wahrscheinlich niemand mehr. Wenn es jemals einen Menschen gegeben hat, der seine Meinung und sein Wissen ganz für sich behalten hat, dann war das Oscar Saint-Just.«

»Also, darauf läuft es hinaus. Nehmen Sie's oder lassen Sie's.«

Jack McBryde erwiderte Victor Cachats ausdruckslosen Blick in einer Art und Weise, von der er hoffte, er wirke unerschütterlich.

Dass Cachat ihm praktisch ein Ultimatum gestellt hatte, war an sich schon ein deutliches Signal, und das wusste Jack auch.

Während ihre Verhandlungen voranschritten, waren Zilwicki und Cachat in die vertrauten Rollen ›Guter Bulle/Böser Bulle‹ verfallen. Natürlich kannte McBryde diese Routine – und das musste auch Cachat und Zilwicki völlig klar sein –, aber eigentlich machte das keinen Unterschied. Die Routine war so uralt, eben weil sie so *effektiv* war.

Und hier ist sie umso effektiver, ging es Jack durch den Kopf, und er musste sich ein schiefes Grinsen verkneifen, schließlich war der ›Gute Bulle‹ hier Anton Zilwicki! Bei jedem anderen Partner als Victor Cachat hätte Zilwicki zweifellos die Rolle ›Böser Bulle‹ übernommen.

Cachat war ... beunruhigend. Und das wäre er selbst dann gewesen, wenn McBryde nicht gewusst hätte, welchen Ruf dieser Havenit genoss. Es gab Momente, da wirkten diese dunklen Augen so schwarz wie die interstellare Leere des Weltalls ... und ebenso kalt.

»Also gut. Folgendes will ich: Zusammen mit einem Freund von mir will ich den Planeten verlassen. Besagter Freund ist männlichen Geschlechts, in etwa in meinem Alter. Er ist einer der führenden Physiker von Mesa, die sich auf Schiffsantriebe spezialisiert haben. Noch genauer gesagt, er ist ein Experte für einen neuen Antriebstypus, der allen anderen im gesamten Universum gänzlich unbekannt ist.«

Vielleicht hatte sich Zilwickis Miene angesichts dieser Enthüllung ein wenig verändert. Bei diesem kantigen Gesicht war das schwer zu sagen. Cachat zuckte nicht einmal mit der Wimper.

»Sprechen Sie weiter«, sagte Victor. »Und was bieten Sie uns, von Ihrem Physiker-Freund abgesehen?«

Wer A sagt, muss auch B sagen. Vor langer Zeit hatte Jack die Etymologie dieses netten Sprichworts nachgeschlagen. »Ich biete Ihnen Folgendes: Zunächst einmal die wahre Natur und die Pläne des Mesanischen Alignments. Diese Information kommt sowohl Manticore als auch Haven zugute. Und die

Pläne des Alignments sind so ... öhm, feindlich gesinnt, dass Sie es sich kaum werden vorstellen können.«

»Mit Allgemeinplätzen kommt man nicht unbedingt weiter, McBryde.«

»Lassen Sie mich ausreden. Und zweitens kann ich Ihnen sagen, wie – sehr vereinfacht ausgedrückt; ich habe selbst nicht genug Hintergrundwissen, um die technischen Details des Ganzen zu verstehen – das Mesanische Alignment Botschafter Webster umgebracht hat, wie das Alignment Oberstleutnant Gregor Hofschulte dazu bewegen konnte, ein Attentat auf Kronprinz Huang zu verüben. In gleicher Weise konnte das Alignment auch einen gewissen Lieutenant Meares dazu bewegen, Honor Harrington anzugreifen, und einen gewissen William Henry Tyler dazu bringen, Ihre eigene Stieftochter Berry umbringen zu wollen, Anton. Und es gab noch weitere Angriffe. Glauben Sie mir, es gibt noch mehr – und auch mehr erfolgreiche – Einsätze dieser Art, als Ihre Leute im Augenblick auch nur erahnen dürften. Einschließlich ...« – nun blickte er Cachat geradewegs in die Augen – »... dem Einsatz, der einen gewissen Yves Grosclaude ... nun, man könnte sagen: auf den Gedanken gebracht hat, sich selbst umzubringen. Vielleicht sagt Ihnen das ja etwas.«

Zum ersten Mal, seit er Victor Cachat begegnet war, zeichnete sich auf dem Gesicht des Haveniten echtes Mienenspiel ab. Es war zwar immer noch kaum merklich, gewiss, aber alleine schon die Art und Weise, wie auf seiner Stirn winzige Falten erschienen und wie er ein wenig erbleichte, verriet Jack, dass er mit dieser Andeutung einen echten Volltreffer gelandet hatte.

Mit gerunzelter Stirn blickte Zilwicki Cachat an. »Sagt dir das etwas?«

»Ja«, erwiderte Victor leise. »So etwas hat Kevin schon vermutet ...« Er schüttelte den Kopf. »Ich kann darüber leider nicht sprechen, Anton. Das ist eine der Situationen, in denen die

Interessen deiner Sternnation und der meinen sich vermutlich nicht decken.«

Anton nickte und blickte wieder McBryde an.

»Okay. Und was wollen Sie im Gegenzug? Vergessen Sie nicht, Jack, wegen der ... öhm, Eigentümlichkeiten dieser Partnerschaft von Victor und mir kann keiner von uns beiden Ihnen oder Ihrem Freund Asyl in unseren Heimatsystemen anbieten. Letztendlich werden Sie wohl, so vermute ich, auf Erewhon landen, oder irgendwo im Maya-Sektor. Vorerst aber wird man Sie auf Torch in Gewahrsam nehmen, und ich kann Ihnen praktisch garantieren, dass einer der ersten Menschen, der mit Ihnen reden wird, Jeremy X ist. Und allzu freundlich wird er nicht gerade sein.«

Ein kleines Lächeln zeichnete sich auf Zilwickis Gesicht ab. »Aber es wird keine körperlichen Übergriffe geben – Sie wissen schon: Schläge, Folter, so etwas eben –, und man wird Sie auch nicht unter menschenunwürdigen Bedingungen unterbringen. Dafür wird meine Tochter schon sorgen; und das wird sie auch dann tun, wenn sie nicht vorher mit mir gesprochen hat. Aber es wird auch nichts Ausgefallenes oder Luxuriöses sein, und ich vermute, dass dieser Zustand einige Jahre lang dauern wird.«

Es überraschte Jack nicht, das zu hören. Und ... es machte ihm auch nichts aus. Jetzt nicht mehr.

»Abgemacht«, sagte er. Dann zog er einen Chip aus seiner Westentasche und schob ihn quer über den Tisch. »Hier. Das habe ich vorbereitet, als ... Sie würden vermutlich sagen: als Geste meines ›guten Willens‹. Darin finden sich keine technischen Details, auf der diese Anschläge basieren. Wie ich schon sagte, ich selbst weiß gerade genug darüber, um mich als ›informierten Laien‹ zu bezeichnen. Und das es sich um einen neuen Anwendungsbereich im Bereich medizinischer Nanotechnologie handelt, nur dass es sich von Viren ableitet und sich *eigenständig* replizieren kann.«

Er sah die Überraschung – und die Beunruhigung – in den

drei Gesichtern seiner Zuhörer und zuckte mit den Schultern.

»Ich weiß nicht, wie sie das bewerkstelligt haben, aber bei allem, was ich im Rahmen der Operationssicherheit erfahren habe, wurde immer wieder betont, wie zuversichtlich man doch sei, einen wirksamen Regulationsmechanismus eingebaut zu haben, um zu verhindern, dass es ihnen entkommt. Und dass sie eine DNA-Probe des gewünschten ›Wirtskörpers‹ benötigen, bevor sie die Waffe für die jeweilige Mission entwickeln können.«

»Und was *macht* es?«, fragte Anton beinahe schon im Flüsterton.

»Im Prinzip baut es eigene Biocomputer mit verteilter Architektur auf«, erwiderte McBryde ruhig. »Es greift in das Nervensystem des Wirtskörpers ein, aber es bleibt vollständig passiv, bis der Wirt das Ereignis erlebt, das zuvor als Auslöser in den Biocomputer einprogrammiert wurde. In diesem Augenblick ... übernimmt das System die Steuerung.« Er vollführte eine vage Handbewegung; ganz offenkundig frustrierte es ihn zutiefst, die Vorgänge nicht genauer beschreiben zu können. »So wie ich das verstehe, kann man es nur so weit programmieren, dass der Wirt recht einfache, kurzfristige Handlungen ausführt. Anscheinend gibt es eine primitive KI-Funktion, aber sehr leistungsstark ist sie nicht. Und es kann nicht unbegrenzt gegen die Versuche des Wirtskörpers ankämpfen, seine willkürlichen Muskeln wieder zu beherrschen. Anscheinend nicht länger als vier oder fünf Minuten.«

»Was offensichtlich ausreicht«, merkte Victor grimmig an. Mehrere Sekunden lang schaute er McBryde nur schweigend in die Augen, dann tippte er mit dem Chip auf die Tischplatte. »Und das hier ist ...?«

»Na ja, sagen wir, als ich darüber nachgedacht habe, wie gut ich Ihnen das würde beschreiben können, wurde mir sehr schnell klar, dass die ehrliche Antwort auf diese Frage lautet: ›Nicht sonderlich gut‹«, erwiderte McBryde und gestattete sich ein dünnes Lächeln. »Da kam mir der Gedanke, es könne vielleicht eine gute Idee sein, Ihnen so viel stützendes Beweismaterial vorzulegen, wie ich nur könnte. Das« – er deutete auf den Chip – »ist das beste ›stützende Beweismaterial‹, das ich in die Finger bekommen konnte, ohne dabei allzu viele interne Alarmsysteme auszulösen. Das ist der Bericht des Außendienst-Agenten, der das Webster-Attentat beaufsichtigt hat. Darin finden Sie Namen, Orte und Daten ... und auch eine Beschreibung, wie die Bankdaten gehackt wurden, um den havenitischen Fahrer des Botschafters in Zusammenhang mit diesem Attentat zu bringen. Weiterhin die Eliminierung des Hackers, der die Bankdaten entsprechend manipuliert hat. Ich denke, darin findet sich mehr als genug, das durch die Ergebnisse der Untersuchungen auf Alterde bestätigt wird – wenn man weiß, wonach man suchen muss.«

»Das kann ich mir vorstellen«, bestätigte Anton. Er griff nach dem Chip und warf ihn in die Luft, dann fing er ihn auf und schob ihn sich in die Tasche. *Damit hat McBryde höchstwahrscheinlich Recht,* dachte er und schaute zu Cachat hinüber, eine Augenbraue gewölbt. Der Havenit nickte kaum merklich, und Anton richtete den Blick sofort wieder auf McBryde.

»Passt Ihnen übermorgen?«

Jack schüttelte den Kopf. »Da kann ich nicht. Na ja, *ich* könnte da schon, aber ich brauche noch mindestens einen weiteren Tag, um Herlander vorzubereiten, und außerdem kann ich die zusätzliche Zeit gut nutzen, um unsere Spuren zu verwischen.« Er lächelte noch schmaler als zuvor. »Natürlich werden Sie bereits das Gleiche getan haben – und bitte nehmen Sie zur Kenntnis, dass ich nicht frage, wie genau Sie das gemacht haben –, also denke ich mir, wenn die Pläne, die Sie und ich ausgeheckt haben, hier zusammenpassen, wird nicht einmal Bardasano herausfinden können, wie wir den Planeten verlassen haben.«

Kapitel 21

»Ich *hasse* diese Warterei«, grollte Admiral Osiris Trajan. Keiner der drei Gäste, die er zum Abendessen eingeladen hatte, gestattete sich dazu eine Entgegnung. Zum einen, weil er die Bemerkung nicht eigens an sie gerichtet hatte, doch vor allem deshalb, weil sie schon lange genug mit dem Admiral zusammenarbeiteten, um eine rhetorische Bemerkung als solche auch zu erkennen.

Doch anscheinend war sie dieses Mal gar nicht so rhetorisch gemeint gewesen, wie sie alle gedacht hatten, und er blickte über den Tisch hinweg geradewegs einen Offizier in der Uniform eines Captains an. Die Frau mit graugrünen Augen und kastanienbraunem Haar saß ihm unmittelbar gegenüber.

»Wie sieht's mit Ihnen aus, Addie?«, fragte er. »Fühlen Sie sich auch ein wenig unwohl angesichts dieser ganzen Geschichte?«

»Uns steht's nicht zu nachzufragen, Sir«, erwiderte Captain Adelaide Granger, die Kommandantin des Dreadnoughts, der Trajan als Flaggschiff diente, und gestattete sich ein schiefes Grinsen. Mit ihrer schneeweißen Serviette wischte sie sich über die Lippen und blickte den Admiral mit gewölbter Augenbraue an. »Darf ich mich respektvoll erkundigen, was gerade den Zorn des Admirals auf sich gelenkt hat?«, fragte sie.

Trajan stieß einen Laut aus, der bemerkenswert an ein belustigtes Schnauben erinnerte, und wiegte den Kopf, den Blick immer noch auf seinen Flagg-Captain gerichtet, leicht hin und her.

»Mit Ihnen wird es irgendwann einmal kein gutes Ende nehmen, Addie«, warnte er sie. »Glauben Sie mir! Unersetzlich sind auch Sie nicht.«

»Nein, Sir«, stimmte sie gelassen zu. »Aber – und wieder möchte ich äußersten Respekt walten lassen – angesichts der ... gelegentlichen Launen des Admirals dürfte es einige Zeit dauern, eine Nachfolgerin zu finden und sie angemessen einzunorden. Vermutlich länger, als der Admiral in dieses Objekt an Zeit zu investieren bereit sein dürfte.«

Dieses Mal, so stellten die beiden anderen Offiziere am Tisch erleichtert fest, bestand kein Zweifel an Trajans Belustigung. Alle drei seiner Untergebenen bewunderten und respektierten Trajan – er wäre nicht zum Oberbefehlshaber von Kampfverband Vier ausgewählt worden, wenn er nicht allgemein als einer der zwei oder drei besten Flaggoffiziere der Systemverteidigungskräfte von Mannerheim angesehen würde. Normalerweise war er auch ein ausgezeichneter, tadelloser Vorgesetzter. Doch es ließ sich nicht bestreiten, dass er tatsächlich zu einer gewissen Launenhaftigkeit neigte, und Frustration machte ihn hin und wieder mehr als nur ein wenig ... reizbar. Glücklicherweise war Captain Granger schon seit einiger Zeit praktisch sein Schützling, und sie hatte immenses Feingefühl dafür entwickelt, jegliche ernstzunehmende Verärgerung ihres Vorgesetzten weitestgehend zu entschärfen. Das alleine hätte schon ausgereicht, um die Tatsache, dass sie Teil von Trajans Stab war, mehr als gutzuheißen. Dazu kam jedoch, dass auch sie ohne jeden Zweifel ein erstklassiger Offizier war.

»Damit haben Sie wahrscheinlich Recht«, stimmte Trajan seinem Flaggkommandanten zu und ließ seine zusammengeknüllte Serviette neben den leeren Teller auf den Tisch fallen. »Zumindest was die Frage betrifft, wie lange so etwas dauern würde, meine ich natürlich«, setzte er hinzu. »Aber der Ausdruck ›Launen‹ ist selbstverständlich auf meine Person gänzlich unanwendbar.«

»Selbstverständlich, Sir«, gab Granger gesetzt zurück. »Ich muss mich irgendwie versprochen haben.«

»Ich habe gehört, das geschehe gewöhnlichen Sterblichen hin und wieder«, merkte Trajan an, und nun war es an Granger, stillvergnügt in sich hineinzulachen.

»Nichtsdestotrotz«, fuhr er kurz darauf fort und klang nun deutlich ernsthafter, »bin ich mit diesem ganzen Unternehmen alles andere als zufrieden. Das war ich noch nie, und im Laufe der letzten vier oder fünf T-Monate hat sich das auch nicht gebessert.«

Keiner seiner Zuhörer fragte sich, welches Unternehmen er hier meinen mochte. Kampfverband Vier war in diese Operation nicht direkt eingebunden – wofür sie insgeheim allesamt immens dankbar waren –, doch man hatte sie über ›Unternehmen Frettchen‹ informiert ... und darüber, welche Ziele es dort zu verfolgen galt, gerade angesichts der Implikationen, die dieser Einsatz für die zukünftigen Operationen der MSDF besaß.

»Ich glaube nicht, dass irgendjemand wirklich glücklich angesichts der Vorstellung ist, sich auf Luff und seine fröhliche Schar von Paranoikern verlassen zu müssen, Sir«, ergriff nun Commander Niklas Hasselberg das Wort. Trajan blickte seinen hellhaarigen Stabschef an, und Hasselberg zuckte mit den Schultern. »Hin und wieder erkauft man sich die Möglichkeit zum plausiblen Dementi mit Zuverlässigkeit, Sir.«

»Dessen bin ich mir bewusst, Niklas«, gab Trajan zurück. »Aber in diesem speziellen Fall bin ich wirklich nicht davon überzeugt, die Möglichkeit, ein glaubwürdiges Dementi abzugeben, sei wichtig genug, um sich dafür ganz auf diese Leute zu verlassen. Und wo wir gerade dabei sind: Ich bin auch nicht davon überzeugt, dass das Unternehmen selbst eine so brillante Idee ist – oder auch nur notwendig, zumindest nicht zu diesem Zeitpunkt. Vor allem, nachdem wir uns so lange bemüht haben, diese Seite der Brücke vollständig im Dunkeln zu halten.«

»So wie ich es verstanden habe, wurde diese Entscheidung auf höchster Ebene getroffen, Sir«, merkte Commander Ildikó Nyborg, Trajans Operationsoffizier, diplomatisch an, und wieder schnaubte Trajan, dieses Mal jedoch harsch.

»Das wurde sie gewiss«, stimmte er zu.

Alle drei seiner Untergebenen verstanden. Obwohl Hasselberg der Einzige der hier Anwesenden war, der die Identität der Individuen kannte, die tatsächlich hinter dieser Entscheidung standen, repräsentierten sie alle doch Top-Gen-Linien. Diese Top-Linien stellten im Ganzen eine Minderheit im Offizierskorps der MSDF dar, doch bei den höheren Rängen traten sie in deutlicher Häufung auf, und für Aufgaben, die so heikel waren wie ihr derzeitiger Auftrag, hatte man einige wohlüberlegte Personalumbesetzungen vorgenommen. Infolgedessen war die Kommandostruktur des Kampfverbandes jetzt unbestreitbar kopflastig, was Alpha-, Beta- und Gamma-Linien betraf.

Und das bedeutete, sie wussten – im Gegensatz zu ihren Offizierskameraden – sehr wohl, dass die Mannerheim System-Defense Force in Wahrheit nichts als ein Anhängsel der Mesan Alignment Navy war, von deren Existenz sonst niemand etwas ahnte. Daher hatte die Bezeichnung ›höchste Ebene‹ für sie eine gänzlich andere Bedeutung als für jeglichen der nichtmesanischen Offiziere.

»Ich will nicht behaupten, der Verdant-Vista-Terminus sei unbedeutend, denn das wäre schlichtweg falsch«, fuhr Trajan fort. »Und mir ist bewusst, dass man keinesfalls besser würde dementieren können, wenn man nichtoffensichtliche Strohmänner von Manpower einsetzt – gerade wenn man bedenkt, wer heutzutage die eigentliche Macht im System innehat. Aus diesem Blickwinkel betrachtet habe ich auch keinerlei Schwierigkeiten mit ›Unternehmen Frettchen‹. Das Problem ist, dass ich das Unternehmen selbst für unnötig halte. Schlimmer noch, es stellt eine Komplikation dar, die wir einfach nicht brauchen. Wir könnten jederzeit nach Bedarf eine Streitmacht durch die Wurmloch-Brücke schicken – eine Streitmacht, die groß genug wäre, um alles zu überwältigen, was dieses ›Königreich Torch‹ uns nur entgegenwerfen könnte. Wir brauchen das System eigentlich überhaupt nicht einzunehmen, um den Terminus effektiv zu beherrschen! Und wenn es nach mir ginge, würden wir einfach abwarten, bis wir das Ding auch wirklich bräuchten. Und dann würde man sich überhaupt nicht auf Luff und seine Ausschuss-Truppen zu verlassen brauchen.«

Einen Moment lang senkte sich Schweigen über den Tisch. Osiris Trajan stand in dem wohlverdienten Ruf, sämtlichen Untergebenen gegenüber, denen er Vertrauen schenkte, gänzlich offen zu sein. ›Jeder weiß alles‹, für jegliche aktuelle Operation, zumindest was seinen eigenen Stab betraf, war praktisch sein persönliches Mantra, weil er darin die einzige Möglichkeit sah, von allen die besten Vorschläge und Anmerkungen zu erfahren – und kompetente Leute davon abzuhalten, Fehler zu begehen, die schlichtweg auf Unwissenheit basierten. Doch seine Bemerkungen über diesen Einsatz gegen Torch waren ungewöhnlich hart ausgefallen, selbst für seine Verhältnisse – und das war durchaus bemerkenswert, schließlich war KV 4 nicht einmal den Truppen der MSDF zugeordnet, die das andere Ende der Wurmloch-Brücke von Verdant Vista sichern sollten.

Captain Granger neigte den Kopf zur Seite und dachte ganz offenkundig über das nach, was ihr Vorgesetzter soeben gesagt hatte. Zwei oder drei Sekunden lang blieb sie reglos so sitzen, dann zuckte sie mit den Schultern.

»Rein militärisch betrachtet bin ich ganz Ihrer Meinung, Sir. Und ich halte es für möglich, dass sich jemand angesichts dessen, was im Verdant-Vista-System passiert ist, nachdem uns das System entglitten ist, vor den Kopf gestoßen fühlt. Aber ich denke, der entscheidende Faktor hier ist in vielerlei Hinsicht die Sorge darüber, was die Mantys letztendlich über die Wurmloch-Brücke in Erfahrung bringen könnten.«

»Die werden überhaupt nichts in Erfahrung bringen, was ihnen irgendetwas nutzen würde, Addie«, gab Trajan zurück. »Abgesehen davon haben sie bereits alles herausgefunden, was sich von ihrer Seite der Brücke aus nur in Erfahrung bringen lässt, sonst hätten sie niemals ihr Vermessungsschiff nach SGC-902 hindurchgeschickt. Und wir wissen ja alle, was ihnen das genutzt hat.«

Er verzog das Gesicht, und Granger und Nyborg taten es ihm gleich. Hasselberg hingegen zuckte nur mit den Schultern.

»Ich gebe zu, dass das ... unschön war, Sir«, sagte der Stabschef. »Aber es lag eindeutig innerhalb der Verfahrensrichtlinien und den Anweisungen von Commodore Ganneau.«

»Beides weiß ich, Niklas.« Trajans Stimme klang deutlich frostiger als sonst im Gespräch mit Hasselberg. »Aber ich weiß auch, dass es nur ein einzelner Kreuzer war – und dazu auch noch ein praktisch völlig veraltetes Modell –, und dass Ganneau dort ein ganzes Schlachtkreuzer-Geschwader positioniert hatte, von denen zwo schon in Stellung gegangen waren und ganz genau wussten, wo ein Besucher, der vom anderen Ende hereinkommt, auftauchen musste. Glauben sie wirklich, ein Manty-Skipper wäre dämlich genug, sich auf einen Kampf mit acht Schlachtkreuzern einzulassen, die schon bereitstehen, sein Schiff in eine Plasmawolke zu verwandeln? Ganneau hatte durchaus die Möglichkeit, sie zur Kapitulation aufzufordern, er hat sich lediglich geweigert, diese Möglichkeit auch zu nutzen.«

»Ich verteidige mitnichten seine Entscheidung, Sir«, betonte Hasselberg. »Ich sage nur, dass er innerhalb der bestehenden Befehle gehandelt hat. Und wahrscheinlich schadet es auch nicht, im Hinterkopf zu behalten, wer seine Schwägerin ist.«

Angesichts dieser Anmerkung legte Trajan die Stirn in Falten. *Aber es ist typisch Hasselberg, das aufs Tapet zu bringen,* dachte er. Der Mann war so unbeugsam – um nicht zu sagen: streitlustig –, wie man es sich nur vorstellen konnte. Und er war eindeutig kein Freund davon, jemals ein Blatt vor den Mund zu nehmen. Selbst wenn es nicht gerade sonderlich diplomatisch war, seinen Admiral daran zu erinnern, dass Commodore Jérôme Ganneaus Gemahlin Assuntina die jüngste Schwester von Flottenadmiral Chiara Otis war, der Chefin des Admiralstabs der Mannerheim System-Defense Force.

Doch ob nun diplomatisch oder nicht: Hasselbergs Verhalten war zugleich auch ein Zeichen dafür, wie viel Vertrauen er den anderen Offizieren entgegenbrachte, die hier zusammen mit ihm am Tisch saßen. Es war höchst unwahrscheinlich, dass seine Bemerkung bei Flottenadmiral Otis Zorn hervorgerufen hätte – aber darum ging es hier auch gar nicht.

»Er mag ja Admiral Otis' Schwager sein«, sagte Captain Granger, »aber das ist nicht derjenige, der auf seinen Hintern aufpasst.«

»Selbstverständlich nicht, Ma'am«, stimmte Hasselberg zu. »Das macht Admiral Kafkaloudes. Und das ist bedauerlicherweise praktisch das Gleiche.«

»Ich denke, wir sollten das Gespräch in eine andere Richtung steuern«, warf Trajan ruhig ein. Die anderen blickten ihn an, und er zuckte mit den Schultern. »Ach, ich will ja nicht dem, was hier gerade gesagt wurde, in irgendeiner Weise widersprechen. Andererseits hat es nur wenig Sinn, irgendetwas zu diskutieren, bei dem sowieso alle der gleichen Meinung sind. Und über den Chef des Admiralstabs zu diskutieren, und über die kleinen ... Launen« – er warf Granger ein kurzes Lächeln zu, als er ihren eigenen Ausdruck wiederaufgriff – »die sie oder zumindest ihr Stabschef haben mögen, ist nicht einmal unter Freunden produktiv. Zugleich ist es auch nicht diplomatisch und der allgemeinen Disziplin auch nicht zuträglich.«

Kurz erwiderte Granger seinen Blick, und ihre graugrünen Augen verrieten immense Sturheit. Dann holte sie tief Luft, nickte knapp, lehnte sich in ihren Sessel zurück und griff nach dem Weinglas.

In Wahrheit, so ging es Trajan durch den Kopf, waren Kafkaloudes Bestrebungen oder zumindest Tendenzen, sein eigenes kleines Imperium aufzubauen, bei den gesamten MSDF durchaus bekannt. Tatsächlich waren sie sogar so gut bekannt, dass Flottenadmiral Otis' Bereitschaft, sie zu akzeptieren, als ihre einzige echte Schwäche angesehen wurde. Sie war clever, kompetent, erfahren und äußerst pflichtbewusst, und doch konnte Trajan unmöglich glauben, sie wisse nichts von den persönlichen Fehden, die Kafkaloudes mit jedem ausfocht, der jemals den Fehler gemacht hatte, seinen Zorn zu erregen. Und dieser Zorn ließ sich bemerkenswert leicht erregen.

Das Problem war, dass er, wenn man von dieser Unzulänglichkeit seines Charakters einmal absah, seine Aufgabe wirklich gut erfüllte. Und um ihm echte Gerechtigkeit widerfahren zu lassen: zumindest zum Teil war es tatsächlich seine Aufgabe, Otis zu beschützen, denn dadurch, dass er sie beschützte, beschützte er auch ihre Effektivität. Deswegen hatten Granger und Hasselberg auch höchstwahrscheinlich Recht, was Ganneau betraf. Otis mochte sie vielleicht nicht beschützen, weil er ihr Schwager war – tatsächlich war sich Trajan, der den Flottenadmiral recht gut kannte, sogar verdammt sicher, dass sie das niemals tun würde –, doch das war auch nicht nötig. Der Commodore konnte sich darauf verlassen, dass Kafkaloudes heimlich, still und leise jegliche persönliche Kritik an ihm einfach verschwinden ließ. Schließlich konnte es ja nicht angehen, dass Kritik den Chef des Admiralstabs befleckte! Oder zumindest konnte man sich darauf verlassen, dass Kafkaloudes es genauso sehen würde.

Und Hasselberg hatte auch durchaus Recht mit dem, was er über Ganneaus Handeln gesagt hatte: Es lag sehr wohl im Rahmen dessen, was seine Befehle umfasst hatte, obwohl Trajan wusste, dass man von Ganneau erwartet hatte, eigenständig zu entscheiden, ob ein Feind nun zu vernichten sei oder nicht. Und es gab durchaus Argumente, die für exakt das sprachen, was der Commodore auch getan hatte. Diese Argumente mochten Trajan nicht sonderlich zusagen, doch er konnte auch nicht bestreiten, dass es sie auch *gab.* Dass Ganneaus Geschwader überhaupt erst die Aufgabe erhalten hatte, das Ende des Wurmloch-Terminus von Verdant Vista zu bewachen, das sich im Territorium des Alignments befand, lag an den gleichen wohlüberlegten personellen Umbesetzungen, die auch Kampfverband Vier betrafen: Auch beim Sechsten Schlachtkreuzergeschwader setzten sich sowohl die Reihen der Offiziere wie auch die der Mannschaftsdienstgrade fast ausschließlich aus Vertretern der mesanischen Top-Linien zusammen – rein zufällig, natürlich. Niemand von ihnen würde thematisieren, was mit allen anderen geschehen war, doch wenn ein manticoranisches Vermessungsschiff von Schiffen der Mannerheim System-Defense Force in den Heimathafen geschleppt worden wäre …

Das mag ja alles sein, dachte Trajan, *aber sie hätten die doch sowieso nicht nach Mannerheim bringen müssen! Das Alignment hätte sie doch heimlich sonst wohin verschwinden lassen können. Verdammt, wir haben es geschafft, das ganze verfluchte Darius-System fast zwohundert gottverdammte Jahre lang ›verschwinden‹ zu lassen! Aber Ganneau wollte sich mit dieser ›Unannehmlichkeit‹ nicht herumschlagen, deswegen ist er stattdessen ganz nonchalant hingegangen und hat ein vollbesetztes Schiff einfach aus dem All geblasen.*

»Wenn wir einmal davon absehen, über unsere Vorgesetzten zu sprechen«, ergriff Hasselberg nach kurzem Schweigen wieder das Wort, »bleibt da immer noch das, was Sie selbst angesprochen hatten, Admiral. Von ihrem Ende der Brücke aus können die Mantys unmöglich begreifen, womit sie es hier eigentlich zu tun haben.«

Noch während er sprach, richtete er den Blick auf die smarte Wand von Trajans Salon, und die anderen folgten seinem Beispiel. Im Augenblick war das Schott so konfiguriert, dass es nicht das Felix-System zeigte, in dem Vivienne und der Rest von KV 4 derzeit ›Routine-Gefechtsübungen‹ abhielten, sondern das, was sich am anderen Ende der Wurmloch-Brücke von Verdant Vista befand.

Das Zentrum bildete ein einzelner Stern, der ein wenig heller wirkte als alle anderen in seinem Umfeld. Tatsächlich war der einzige Grund für diesen vermeintlichen Helligkeitsunterschied, dass der Stern dem Aufzeichnungs-Sensor deutlich näher war als alle anderen Himmelskörper. In Wahrheit handelte es sich um einen bescheidenen Zwergstern der Klasse M8 ohne einen einzigen Planeten, der den gleichen Namen getragen hätte wie der Stern selbst. Oder besser: die gleiche Nummer, denn man hatte es nie für nötig befunden, diesem Stern überhaupt einen Namen zu geben. Er hieß einfach nur SGC-902–36-G und war ein matt schimmernder kleiner Stern, beinahe schon ein ›brauner Zwerg‹, gänzlich uninteressant und mehr als vierzig Lichtjahre vom nächsten bewohnten Sonnensystem entfernt.

Zugleich jedoch war es auch die Heimstätte eines niemals zuvor beobachteten Hyperraum-Phänomens: Dort befanden sich *zwei* Wurmloch-Termini, voneinander weniger als zwei Lichtminuten entfernt. Und die Entfernung zu SGC-902–36-G betrug ebenfalls weniger als zehn Lichtminuten. Genauer gesagt waren sie 9,24 Lichtminuten vom Stern entfernt. Damit lagen sie genau an dessen Hypergrenze und waren die einzigen Wurmloch-Termini in der gesamten erkundeten Galaxis, die weniger als dreißig Lichtminuten von einem Stern entfernt waren.

Niemand hatte dergleichen jemals zuvor entdeckt, und selbst nach all den Jahren, die seit der Entdeckung dieser ungewöhnlichen Konstellation vergangen waren, versuchten die Hyperphysiker des Mesanischen Alignments immer noch, eine Erklärung dafür zu finden, warum es überhaupt zur ›SGC-902–36-G-Wurmloch-Anomalie‹ (die häufig auch einfach mit dem Begriff ›die Zwillinge‹ beschrieben wurde) kommen konnte, wenn doch sämtliche allgemein anerkannten Wurmloch-Theorien besagten, etwas Derartiges sei schlichtweg unmöglich. Derzeit gab es, so hatte man Trajan berichtet, dazu mindestens sechs einander widersprechende ›Haupt-Arbeitshypothesen‹.

Offensichtlich hatte niemand prognostiziert, so etwas könne existieren. Tatsächlich war das Alignment buchstäblich darüber gestolpert, während es den Wurmloch-Knoten vermessen hatte, der sich in genau dem Felix-System befand, in dem Trajans Kampfverband derzeit seine Übungen durchführte. Nicht, dass die Galaxis allgemein überhaupt von der Existenz dieses Knotens wusste. Entdeckt hatte ihn seinerzeit eine Vermessungsexpedition, die vom ›Jessyk Combine‹ finanziert worden war. Als Ausgangsbasis (natürlich streng geheim) hatte damals Mannerheim fungiert, und die Expedition hatte ihre Anweisungen unmittelbar vom Alignment erhalten. Jessyk gab seine Vermessungsdaten niemals an andere weiter – es sei denn, es gäbe dafür einen außergewöhnlich guten Grund. Und in diesem Falle hatte das Alignment entschieden, es gebe einen außergewöhnlich guten Grund, die Entdeckung des Combine *nicht* allgemein bekanntzugeben.

Felix war ein unbewohntes Sonnensystem, kaum mehr als zehn Lichtjahre von Mannerheim entfernt. Der matte K-2-Stern war heller als SGC-902–36-G, und er hatte auch einen gerade eben noch bewohnbaren Planeten, aber das war auch schon das Beste, was sich überhaupt darüber sagen ließ. Der Planet selbst, der nie einen besseren Namen erhalten hatte als ›Felix Beta‹, war eine ziemlich üble Immobilie, mit einer Schwerkraft, die um den Faktor eins Komma vier größer war als die von Alterde. Er hatte eine Achsenneigung von einunddreißig Grad und eine kümmerliche Hydrosphäre von gerade einmal dreiunddreißig Prozent. Mit einer Umlaufbahn von durchschnittlich sechs Lichtminuten war er ein kalter, trockener, staubiger, sturmgepeitschter, ganz und gar elendiglicher Felsbrocken, doch das Alignment hatte trotzdem in Erwägung gezogen, ihn in absehbarer Zukunft zu nutzen, einzig wegen seiner Nähe zu Mannerheim.

Die Republik Mannerheim verabscheute und verachtete ganz offen den Gensklavenhandel und die geächteten transstellaren Konzerne von Mesa, die ihn betrieben ... und das war einer der Gründe, die sie für das Mesanische Alignment so wertvoll machten. Dass die Mannerheim System-Defense Force zu den schlagkräftigsten Einheiten der gesamten Solaren Liga gehörte und dass es dort absolut nichts gab, was sie mit Manpower oder der Regierung des Mesa-Systems in Verbindung brachte, schadete natürlich auch nicht. An sich wäre es praktisch gewesen – so hatte sich das Alignment gedacht –, sein geheimes Arsenal an einem Ort zu verstecken, den wirklich *jeder* für gänzlich nutzlos hielt, der jedoch gleichzeitig Mannerheim nahe genug war, als dass die MSDF ihn schützend im Auge behalten konnte. Natürlich hatte dieses Arrangement auch Nachteile, und der schlimmste davon war, dass diese Welt Mannerheim eben nahe genug war, sodass jemand völlig nichtsahnend über Dinge stolpern konnte, die das Alignment nicht bekannt werden lassen wollte. Doch die Chance, dass das tatsächlich geschähe, war natürlich gelinde gesagt sehr gering. Wenn es darum ging, Dinge zu verbergen, machte es keinen Unterschied, ob die Entfernung nun zehn Lichtjahre betrug oder zehntausend – es sei denn, es gäbe irgendetwas, das einen Übereifrigen dazu bewegen mochte, überhaupt erst die Reise dorthin anzutreten.

Bis dieses Vermessungsteam des Alignments, vorgeblich tätig für das Jessyk Combine, nach Felix geschickt worden war, eine gründliche Analyse der Emission des Zentralgestirns abgeschlossen hatte, war niemand auf die Idee gekommen, es könne sogar überreichlich Gründe geben, besagte Reise anzutreten – vorausgesetzt, eben jener Übereifrige wüsste, dass zu Felix ein größerer Wurmlochknoten gehörte. Vielleicht nicht in der gleichen Größenordnung wie der Manticoranische Wurmlochknoten, aber doch immer noch deutlich größer als die meisten anderen. Hier gab es nicht weniger als *vier* sekundäre Termini.

Sie führten zu verschiedenen interessanten Orten (einschließlich des Darius-Systems, das tatsächlich als Hauptstandort des Arsenals der Mesan Alignment Navy ausgewählt worden war), und das Alignment hatte die Existenz des Felix-Knotens so sehr ›im Dunkeln‹ gehalten wie die gesamte Kolonie im Darius-System.

Tatsächlich hatte die MSDF, obwohl das Alignment schon seit beinahe zwei T-Jahrhunderten darüber Bescheid wusste, erst vor weniger als zehn Jahren davon erfahren. Zumindest offiziell; viele der ranghöchsten Offiziere der MSDF, die überhaupt vom Alignment wussten, waren schon von Anfang an über den Felix-Knoten informiert gewesen. Doch was den Großteil der MSDF betraf, hatte Mannerheim den Knoten erst vor achteinhalb T-Jahren entdeckt, und man hatte die Entscheidung gefällt, seine Existenz geheim zu halten, weil er nur zwei sekundäre Termini besaß ... und weil die Republik die Absicht hatte sicherzustellen, dass er ohne jeden Zweifel zu Mannerheim gehörte, sobald die Existenz dieses Knotens erst einmal allgemein bekannt würde.

Glücklicherweise, zumindest aus dem Blickwinkel des Alignments, erwies sich das Bemühen, die Eigentumsfrage zu klären, sowohl als kompliziert als auch (was noch besser war) zeitaufwändig. Obwohl das Felix-System sich letztendlich als gänzlich nutzlos herausgestellt hatte, waren die Kolonisierungsrechte bereits vor mehr als fünfhundert T-Jahren von einer solarischen Corporation angekauft worden. Seitdem waren sie durch die Hände von mindestens einem Dutzend Spekulanten gewandert – wobei der Preis immer weiter gefallen war, nachdem der jeweils neueste Eigentümer feststellen musste, wie schwierig es war, Kolonisten in dieses System zu locken, wenn es doch so viele andere, deutlich reizvollere Ziele gab. Mittlerweile gab es sogar vier voneinander unabhängige Corporations, die allesamt behaupteten, die rechtmäßigen Eigentümer zu sein. Und keine von ihnen wäre bereit, ihre Ansprüche aufzugeben, ohne zumindest eine gewisse Kompensation für ihre Verluste zu fordern.

Wenn Mannerheim plötzlich Interesse an diesem System kundtat, würde irgendjemand sich gewiss fragen, warum dem so war. Abgesehen von der Jessyk-Vermessung (bei der sie eindeutig auf dem Territorium von jemand anderem gewildert hatten – wobei natürlich niemand damit rechnete, dieser Umstand werde Jessyk ein allzu schlechtes Gewissen bescheren), hatte sich niemand jemals die Mühe gemacht, die ursprünglichen Daten der Systemvermessung auf den aktuellsten Stand zu bringen. Doch wenn Mannerheim nun Angebote unterbreitet, um die Kolonisierungsrechte zu erwerben, dann war es praktisch unausweichlich, dass sich das ändern würde, schließlich würden die widerstreitenden ›Eigentümer‹ ganz gewiss (und korrekterweise) vermuten, Mannerheim wisse irgendetwas, das ihnen unbekannt sei. Also würden sie dorthin reisen und sich persönlich umschauen – und dann würden sie auch den Knoten entdecken. Und in diesem Augenblick würden alle nur erdenklichen Prozesse, Rechtsstreitigkeiten, Ansprüche, Gegenansprüche und Regressforderungen mit aller Macht hochkochen.

Also hatte Mannerheim sich die perfekte Tarnung zurechtgelegt, um die Existenz des Wurmloch-Knotens geheim zu halten, während es sich sehr behutsam und unauffällig, mit Hilfe eines ganzen Netzwerks von Agenten und vermeintlich unabhängigen Firmen, darum bemühte, die Rechte am Felix-System zu erwerben, ohne dass es irgendjemand bemerkte. Jene Angehörigen der MSDF, die nicht selbst Mesaner waren, aber trotzdem wussten, dass der Felix-Knoten existierte, wussten auch genau, warum sie darüber den Mund zu halten hatten. Und sie wussten nicht, dass in den ›offiziellen‹ Vermessungsdaten, die man ihnen mitgeteilt hatte, der Darius-Terminus unerwähnt blieb … und ebenso der Terminus von SGC-902–36-G.

»Um ehrlich zu sein, Sir« – Captain Grangers Stimme klang

sehr ernsthaft, beinahe schon düster – »ist das nur ein Teil der Gründe für meine eigenen Vorbehalte diesem Unternehmen gegenüber. Aber wir planen ohnehin nicht, gegen Verdant Vista selbst vorzugehen. Zumindest solange nicht, biss wir eine Hintertür zum Haven-Quadranten benötigen – und bislang haben wir zwohundert Jahre abgewartet, ohne auf dergleichen zugreifen zu können. Ich weiß, dass sich das in nicht allzu ferner Zukunft vermutlich ändern wird, aber die Entscheidung, wann sie letztendlich zu nutzen ist, wird *uns* obliegen, niemandem sonst – wenigstens solange, wie niemand weiß, was hier überhaupt vor sich geht. Und wir sind uns alle doch ziemlich einig darüber, dass die Mantys das nicht einfach werden herausfinden können. Ich bin mir verdammt sicher, dass die zumindest nicht immer weiter Vermessungsschiffe in einen Terminus hineinschicken werden, aus dem nie jemand zurückkommt! Also besteht keinerlei Anlass zu diesem Angriff oder den damit einhergehenden … Kollateralschäden.«

Damit meinst du, Addie, dass es keine Veranlassung gibt, alles – und jeden – *auf diesem Planeten umzubringen*, dachte Trajan mehr als nur ein wenig grimmig. *Und wenn ich den Mumm dazu hätte, mir das selbst einzugestehen, ist es genau das, was* mich *daran stört. Wir brauchen nicht all diese Leute zu töten, bloß um einen Wurmloch-Knoten zu nutzen, der zufälligerweise zu ihrem Zentralstern führt. Im Augenblick ist es völlig unmöglich, dass sie eine eigene Streitmacht auf die Beine stellen, die wir nicht aus dem All fegen könnten, ohne dabei auch nur ins Schwitzen zu geraten. Und wenn wir das erst einmal getan haben: Wen interessiert denn dann noch, wem dieser Planet ›gehört‹? Außerdem könnten wir ihn dem ›rechtmäßigen Eigentümer‹ doch sowieso jederzeit wegnehmen, wenn wir das wollten. Oder wir wären, falls sie sich rundweg weigern sollten zu kapitulieren, wenigstens in einer rechtlich akzeptablen Position, Truppen an die Oberfläche zu schicken oder sie sogar großflächig zu bombardieren, bis sie endlich Vernunft annehmen.*

Trajan kannte sämtliche Argumente, die *für* dieses Unternehmen sprachen. Er gestand sogar ein, dass die dahinterstehenden Gedanken durchaus sinnvoll waren. Dass das ›Königreich Torch‹ im Augenblick nicht über eine Flotte verfügte, keine Navy hatte, bedeutete ja nicht, das könne sich nicht beizeiten ändern. Sie könnten sich bei Bedarf sogar eine leihen. Da gab es beispielsweise dieses Abkommen, an dem Cassetti beteiligt gewesen war. Und die Republik Erewhon hatte eindeutig gezeigt, wem ihre Sympathie galt. Also: Ja, es war durchaus möglich, dass sich auf Verdant Vista eine ernstzunehmende militärische Bedrohung entwickelte.

Von dieser Warte aus betrachtet ließ sich anführen, eine Situation zu schaffen, in der niemand mehr auf Verdant Vista lebte, sei das wirtschaftlichste Vorgehen, um weiterhin das Geheimnis zu wahren. Und der Vorteil, der aus Verdant Vista erwuchs, wenn die militärischen Operationen des Alignments schließlich bis in den Haven-Quadranten ausgedehnt wurden, war gewaltig. Eine direkte Wurmloch-Verbindung in den Quadranten, in unmittelbarer Nähe zum wichtigsten Militärstützpunkt des Alignments? Für einen solchen Vorteil hätte doch jeder Oberkommandierende in der gesamten Geschichte der Menschheit frohen Herzens den einen oder anderen Mord begangen!

Aber hätte er auch die Bevölkerung eines ganzen Planeten *abgeschlachtet, um diesen Vorteil zu erringen? Oder um eine ›Bedrohung‹ abzuwehren, die sich vermutlich ohnehin niemals manifestieren würde? Eine Bedrohung, die er schon langfristig in seine Pläne hätte mit einbeziehen können, sobald später irgendwann der Eindruck entstünde, sie manifestiere sich tatsächlich?*, fragte sich Trajan. *Das ist es doch, was dir gegen den Strich geht, oder, Addie? Und mir auch. Und das ist auch der Grund, weswegen wir beide so stinksauer auf Ganneau sind, stimmt's? Weil das, was er der Besatzung dieses Vermessungskreuzers der Mantys angetan hat, genau das ist, was ›Manpower‹ jetzt einem ganzen verdammten* Sonnensystem *antun will.*

Natürlich war das so, und das war auch der Grund, warum er

sich auf dieses Gespräch niemals hätte einlassen sollen. Kampfverband Vier würde damit ohnehin nichts zu tun haben – es sei denn, irgendetwas liefe in einer Art und Weise schief, die sich Trajan nicht einmal vorzustellen vermochte. Und diejenigen seiner Untergebenen, denen er am meisten vertraute, zusammen mit ihm in diesen moralischen Sumpf hineinzuziehen, war wirklich nicht das, was ein guter Vorgesetzter tun sollte.

Wenn dir der Job zu viel wird, solltest du dich nach etwas anderem umsehen, Osiris, herrschte er sich innerlich selbst grimmig an. *Entweder du reichst dein Rücktrittsgesuch ein, weil dir das Ganze moralisch derart zuwider ist, oder du hältst einfach die Klappe, statt auch noch dazu beizutragen, dass deine Untergebenen ebenfalls Zweifel entwickeln.*

»Ich verstehe, was Sie meinen, Addie«, sagte er schließlich. »Und ich will Ihnen auch nicht widersprechen. Aber wie Sie gerade eben angemerkt haben« – er blickte sie über den Tisch hinweg an, schaute ihr geradewegs ruhig in die Augen, eine unausgesprochene Warnung – »der eigentliche Befehl zur Ausführung des Unternehmens kam von einer Ebene, die einige Soldstufen über mir steht. Also hat es wohl wenig Sinn, darüber noch lange zu palavern, was?«

»Nein, Sir«, erwiderte sie nach kurzem Schweigen, und er lächelte ihr zu.

»Dann sollten wir jetzt über etwas anderes palavern«, sagte er deutlich forscher. »Vor allem geht es mir um diese neue Simulation, an der, wie ich gehört habe, Sie und Ildikó schon ein bisschen herumgespielt haben. Erzählen Sie mir doch, was Ihnen da so vorschwebt.«

»Also, Sir«, kurz blickte sein Flaggkommandant zu Commander Nyborg hinüber, dann wieder zu Trajan, »uns war der Gedanke gekommen, es sei vielleicht keine schlechte Idee, wenn wir uns mit einer ›spekulativen Zweistufen-Rakete‹ befassen würden. Nicht in einer Art und Weise, dass sie der derzeit verwendeten MAN-Hardware zu ähnlich wäre, aber es wäre eine gute Idee, die Gedanken unserer Taktik-Offiziere in diese Richtung zu lenken. Deswegen hatten Ildikó und ich daran gedacht, die Position zu vertreten, zumindest einige der Berichte über die derzeitige Schlagkraft der Mantys seien deutlich glaubwürdiger, als die SLN zuzugeben bereit ist. Vor diesem Hintergrund könnten wir dann die Leistungsfähigkeit von etwas ermitteln, das der derzeitigen MAN-Hardware nahekommt.«

Sie hielt inne und nickte Nyborg zu, eindeutig um den Operationsoffizier dazu aufzufordern, die Details zu übernehmen. Der Commander beugte sich in ihrem Sessel ein wenig vor, und ihr durchaus feminines, dabei aber doch kantiges, kräftiges Gesicht schien vor Interesse regelrecht zu leuchten.

Du bist erleichtert, dass wir nicht mehr darüber reden, was in Verdant Vista passieren wird, was, Ildikó?, dachte Trajan und wusste sofort, dass er Recht hatte.

»Zunächst einmal sei gesagt, dass die Idee eines ›fiktiven Raketentyps‹ vom Captain stammt – aber ich möchte hinzufügen, dass ich die Idee für verdammt gut halte«, ergriff Nyborg das Wort. »Was sie vorschlägt, Sir, das ist, dass sie unsere Taktiker dazu bringen wird, das Offensivpotenzial einer solchen Waffe zu durchdenken … und das wird sie auch begreifen lassen, welches Bedrohungspotenzial damit einhergeht. Um ehrlich zu sein, ist es unsere Fähigkeit, Raketenangriffe der Mantys aufzuhalten oder zumindest ernstlich abzuschwächen, die uns am meisten Sorge bereitet, deswegen ergibt es durchaus Sinn, ganz frei darüber nachzudenken, wie wir das bewerkstelligen können.«

»Dagegen kann ich nichts einwenden«, gab Trajan zurück. »Also erzählen Sie mir von diesem ›fiktiven Raketentyp‹.«

»Also, Sir«, sagte Nyborg. »Unser Grundgedanke war, dass …«

Oktober 1921 P. D.

Kapitel 22

»Also, Jack ... was denken Sie, wie lange es noch dauert, bis mir das Center meine Abfindung aushändigt?«

»Nicht mehr lange«, gestand McBryde ein.

Er lehnte sich in seinem Sessel zurück, den Bierkrug dabei immer noch in der Hand, und schüttelte den Kopf. Herlander Simões und er saßen wieder in seiner Küche, wie so häufig in den letzten Monaten. »Das habe ich mir schon gedacht.« Simões brachte ein verzerrtes Lächeln zustande. »Du hast wohl nicht gerade eine Vorstellung, was die mit mir vorhaben, wenn das erst einmal passiert ist, oder?«

»Nein. Aber ich glaube nicht, dass es sonderlich erfreulich sein wird, Herlander.« Er verzog das Gesicht. »Diese ganzen E-Mails, die du an Dr. Fabre geschickt hast, werden sich nicht gerade zu deinen Gunsten auswirken, wie du ja selbst weißt. Um ganz offen zu sein, selbst *ich* habe mir in den letzten Wochen ein wenig Sorgen um dich gemacht. Wir wissen beide, dass deine Zeit im Center abläuft. Das ist sicher einer der Gründe, weswegen du in letzter Zeit noch reizbarer bist als sonst. Und ich habe auch Angst gehabt, dass du irgendetwas unternehmen könntest, um dich zu rächen.«

»Mich zu rächen? An wem?« Simões stieß ein raues Lachen aus. »Am Alignment? Meinst du, die würden überhaupt irgendetwas von dem *bemerken*, was ich im Augenblick unternehmen könnte? Ich bin mir ziemlich sicher, dass Fabres Sicherheitsdienst mich nicht einmal ansatzweise in ihre *Nähe* kommen ließe. Oder auch in die Nähe von irgendjemand sonst, der im

ALP sitzt! Und« – seine Stimme wurde ein wenig sanfter – »ich werde auch nichts tun, um mich irgendwie am Center zu ›rächen‹, Jack. Nicht, wenn ich weiß, dass das auch auf dich abfärben würde.«

»Danke«, erwiderte McBryde leise.

Er trank einen Schluck Bier und ließ seinem Gast einen Moment Zeit, dann beugte er sich vor.

»Danke«, wiederholte er, »aber nun sei doch mir gegenüber einmal ehrlich, Herlander: Du *willst* dich doch rächen, oder?«

Mehrere Sekunden lang blickte Simões ihn nur schweigend an. Dann bebten seine Nasenflügel, und seine Mimik wurde sonderbar hart – es war ein sehr *fokussierter* Gesichtsausdruck, voller Hass.

»Das würde ich sofort tun, Jack«, gestand er, und es war beinahe, als sei er erleichtert, diese Worte aussprechen zu können, selbst McBryde gegenüber, jenem Mann – der zugleich sein Freund und sein Hüter war –, dessen Aufgabe darin bestand, ihn davon abzuhalten, genau das zu tun. »Ach, wirklich *sofort.* Aber selbst wenn ich das wollte, wie *könnte* ich denn? Es ist ja nicht gerade so, als befände ich mich in einer Position, aus der heraus ich irgendetwas erreichen könnte, was sich auf das große Ganze auswirkt. Und um ehrlich zu sein, ich könnte den ganzen Rest meines Lebens darauf verwenden, mich zu ›rächen‹, und ich würde noch nicht einmal ansatzweise das bewirken, was diese Mistkerle verdienen.«

Er blickte McBryde geradewegs in die Augen, ließ ihn den Zorn, den Hass, die konzentrierte Verbitterung deutlich erkennen, und McBryde nickte langsam.

»Das habe ich mir gedacht«, erwiderte er leise. »Aber sag mir eines, Herlander: Wenn ich dir eine Möglichkeit bieten würde, dich *tatsächlich* zu rächen, oder zumindest eine ordentliche erste Anzahlung dafür zu leisten, wärest du daran interessiert?«

Simões kniff die Augen zusammen. Das überraschte McBryde nicht. Selbst jetzt, nachdem sie einander nun schon Monate kannten, und obwohl Jack McBryde der Seele von Herlander Simões vermutlich deutlich näher gekommen war als jeder andere im ganzen Universum, musste er doch augenblicklich misstrauisch werden. War das der letzte, endgültige Verrat des Alignments? Der ›Freund‹, der Simões' Selbstzerstörung erst vervollständigte, indem er ihn dazu verlockte, eine Äußerung zu tätigen, die nichts anderes war als purer Hochverrat?

McBryde verstand das, und so zwang er sich dazu, ruhig sitzen zu bleiben und sein Gegenüber nur schweigend anzuschauen. Er wartete ab, bis Simões' höchst leistungsfähiges Gehirn genau der gleichen logischen Argumentation nachging, bis zur unausweichlichen Schlussfolgerung. Es bestand überhaupt kein Bedarf daran, dass McBryde ihn zu irgendetwas ›verlockte‹ – während ihrer vorangegangenen Gespräche waren genügend Sätze gefallen, die hinreichende Indizien lieferten, dass der Sicherheitsdienst des Mesanischen Alignments Simões zumindest für die nächsten Jahrzehnte hinter Schloss und Riegel brächte.

Die Sekunden verstrichen, angespannt, langsam, und dann holte Herlander Simões tief Luft.

»Ja«, beantwortete er die Frage noch leiser, als McBryde zuvor gesprochen hatte. »Ja, ich wäre interessiert. Warum fragst du?«

Lajos Irvines Augenbrauen verschwanden fast in seinem Haaransatz, als er die Aufzeichnung seines Sensors abspielte und den ›Fremden‹ am Tisch des Diners erkannte. Zu seiner Überraschung trug noch zusätzlich bei, dass er diesen Sensor schon vor Wochen dort versteckt hatte, sodass diese Aufzeichnung mittlerweile recht veraltet war. Er hatte die Aufzeichnungen nicht regelmäßig überprüft, weil er das Diner nicht oft genug aufsuchen wollte, um von den anderen dort wiedererkannt zu werden.

Was zum Teufel . . . ?

Er begriff, dass er stocksteif dort saß, vor Erstaunen wie erstarrt, und schüttelte sich ungeduldig. Das alles ergab für ihn immer noch keinen Sinn, doch er spulte die Aufzeichnung vor, schaute sich das Material im Zeitraffer an, und es bestand überhaupt kein Zweifel daran, was er dort sah.

Warum zur Hölle sitzt Jack McBryde *in einer Absteige wie ›Turner's‹ und trinkt Kaffee? Das ist doch so weit außerhalb seines Aufgabenbereiches, dass es nicht einmal mehr lustig ist! Und wenn er sich schon auf meinem Territorium herumtreibt, warum zum Teufel hat er mir davon denn nichts* erzählt?

Er legte die Stirn in Falten, kippte den ramponierten Lehnstuhl in der winzigen Küche seines beengten Appartements – das stand ihm dank seines Status als Sachverwalter zu – ein wenig zurück und dachte angestrengt nach. McBryde war anders als dieses Arschloch Lathorous. Klar, auch er hatte etwas von dieser ›Meine-Scheiße-duftet-nach-Jasmin‹-Attitüde, die man von allen Top-Linien kannte, aber er hatte das einfach besser im Griff. Immer versuchte er, wenigstens den Eindruck zu erwecken, er würde den unspektakulären und ganz und gar unschönen Pflichten von Unterwanderungs-Agenten wie Irvine einen gewissen Respekt entgegenbringen. Und *er* hatte den Vorschlag ausgesprochen, er könne die Lage selbst im Auge behalten, auf die Irvine ihn aufmerksam gemacht hatte. Er war natürlich hoch genug oben auf der Karriereleiter, dass er das praktisch in jeder Art und Weise tun konnte, wie ihm beliebte, aber trotzdem …

Er war jetzt schon jahrelang nichts anderes mehr als ein Sesselpupser, ging es Irvine durch den Kopf. *Und das merkt man auch. Der ist so aus der Übung, dass er sich nicht einmal eine Maskerade überlegt hat, mit der er irgendjemanden hätte hinters Licht führen können. Und mir ist nie der Gedanke gekommen, ihm zu berichten, dass ich den Laden verwanzt habe.*

Irvine verzog das Gesicht und ermahnte sich, wenigstens gerecht zu bleiben.

Nein, mich *hat er mit seiner Tarnung nicht hinters Licht geführt, aber* ich *kenne ihn schließlich auch. Ich bezweifle, dass irgendjemand aus diesem Etablissement jemals Mr. Jack McBryde,* dem großen Geheimagenten, *begegnet ist. Tatsächlich dürften die Einzigen, die ihn wiedererkennen* würden, *andere Leute vom Sicherheitsdienst sein. Aber warum,* Irvine kniff die Augen zusammen, *hat er sich dann überhaupt die Mühe gemacht, sich zu tarnen? Soweit ich weiß, hat er hier auf Mesa nie im Außendienst gearbeitet, also* für wen *hat er sich getarnt?*

Noch einige Sekunden lang blieb Irvine reglos sitzen, dann beugte er sich vor und spielte das gesamte Bildmaterial erneut ab. Den meisten wäre es überhaupt nicht aufgefallen, aber Irvine war eben nicht ›die meisten‹. Er war ein bestens ausgebildeter Geheimdienstler, und die Falten auf seiner Stirn vertieften sich noch, als er begriff, dass McBryde dieses Diner einzig mit dem Ziel aufgesucht hatte, mit dem Kellner zu sprechen. Und Irvine kam zu dem Schluss, dass sie beide sich ernstlich Mühe gaben, so zu tun, als wäre dem nicht so. Sie beide, auch das entging ihm nicht, machten ihren Job auch wirklich ausgezeichnet. Hätte Irvine noch ein Indiz zur Vermutung gefehlt, der große Zweier dort sei selbst in diesem Gewerbe tätig, dann hätte ihm die Art und Weise, wie er ›*nicht* mit McBryde sprach‹, voll und ganz ausgereicht.

Und McBryde tat genau das Gleiche, wenn auch nicht ganz so elegant. Wahrscheinlich, weil er nach all den Jahren hinter einem Schreibtisch ein wenig eingerostet war. Aber warum machte er sich überhaupt diese Mühe? Worüber zum Teufel sprachen die da? Es musste um irgendeine Infiltrierungs-Operation gehen, aber was zur Hölle bildete sich McBryde denn ein, dass er so eine Aktion ganz im Alleingang durchziehen wollte? Und warum hatte er sich nicht einmal die Mühe gemacht, vorher von Irvine weitere Hintergrundinformationen einzufordern? Oder Irvine wenigstens vorzuwarnen, damit er Verstärkung hätte rufen können, nur für den Fall, dass diese bizarre Aktion hier gänzlich in die Hose ging?

Das war nicht nur dämlich, das war *gefährlich,* und irgendetwas daran ließ tief in Irvines Hirn sämtliche Alarmglocken schrillen. Natürlich stand McBryde vom Rang her so weit über ihm, dass nicht im Entferntesten Bedarf bestanden hätte, von Irvine eine *Erlaubnis* einzuholen. Es stand McBryde frei, Untersuchungen einzuleiten, wann und wo auch immer er wollte, falls er der Ansicht war, die Sicherheit von Gamma Center sei in irgendeiner Art und Weise bedroht. Aber ...

Abrupt kamen Irvines Gedankengänge ins Stocken, und er richtete sich ruckartig in seinem Lehnstuhl auf.

Nein, sagte er sich selbst. *Das ist selbst für deine Verhältnisse doch entschieden zu abgefahren, Lajos! Der Mann ist der gottverdammte Sicherheitschef von* Gamma Center, *um Himmels willen! Das ist ein Level-*Vierzehn, *verdammt, und selbst Bardasano ist bloß Level* Sechzehn!

Ja, das stimmt, sagte eine leise Stimme in seinem Hinterkopf. *Es kann alle möglichen, völlig legitimen Gründe dafür geben, dass er so vorgeht. Dass du dir noch nicht einmal ansatzweise vorstellen kannst, wie die aussehen, bedeutet ja nicht, dass sie nicht existieren. Aber was, wenn das daran liegt, dass er gar keinen Grund hat – zumindest keinen* legitimen?

Dieser Gedanke jagte Lajos Irvine einen kalten Schauer über den Rücken. So etwas war einfach ungeheuerlich, und das wusste er auch. Doch wenn McBryde wirklich irgendetwas im Schilde führte, dann brachten ihn sein fachliches Wissen und – ganz besonders! – seine Stellung als Sicherheitschef des Centers in eine Position, aus der heraus er entsetzlichen Schaden anrichten könnte. Und da er nun einmal der *Leiter* des gesamten Sicherheitsdienstes vor Ort war: Wer würde denn irgendeine seiner Entscheidungen in Frage stellen?

Ach, Scheiße. Das kann ich jetzt wirklich nicht gebrauchen. Wirklich, so ganz und gar und überhaupt nicht! Wenn er wirklich irgendetwas im Schilde führt, dann weiß Gott allein, wie viel Schaden er wohl schon angerichtet hat. Aber wenn er in Wirklichkeit überhaupt nichts

Verwerfliches plant und ich jetzt hier Großalarm gebe, dann wird ihm das ganz und gar nicht gefallen. Und er wird in einer Position sein, die es ihm erlaubt, dafür zu sorgen, dass ich mir ganz schnell wünsche, ich hätte niemals irgendetwas gesagt. Und abgesehen davon: Bei wem soll ich diesen Großalarm denn auslösen? Bei ihm *ja nun schon mal nicht! Und dieser Dreckskerl Lathorous ist nicht nur von sich aus ein unglaublich unangenehmer Kunde, sondern auch mit McBryde ganz dicke! Wenn ich mich an* den *wende, wird das auch nicht gerade der karriereförderndste Schritt sein, den ich mir vorstellen könnte. Aber wenn ich damit zu* überhaupt niemandem *gehe, und an der ganzen Sache ist eben doch etwas dran, dann …*

Er starrte das eingefrorene Bild an, und seine Gedanken überschlugen sich fast.

»Morgen? So bald schon?« Herlander klang eher erstaunt denn bestürzt. Mittlerweile hatte sich Simões praktisch mit jedem überworfen, den er kannte, von Jack einmal abgesehen. Das Einzige, was ihn jetzt noch interessierte, neben seinem Zorn und seinem Bedürfnis, endlich Rache nehmen zu können, war die Erinnerung an seine Tochter – und darauf konnte er jederzeit ganz nach Belieben zugreifen.

»Morgen ist Samstag«, erklärte McBryde. »Man hat mich bereits angewiesen, noch ein letztes Gespräch mit dir zu führen, in dem dann alles geregelt werden soll, bevor man dich nach Sibirien schickt.«

Simões legte die Stirn in Falten. »Wo ist denn ›Sibirien‹?«

»'tschuldigung. Ist nur eine alte Redensart. Das bedeutet, dass man lange Zeit ins Exil geht, Herlander, unter sehr rauen Bedingungen. In deinem Fall heißt es wahrscheinlich, dass du lange in die ›Rehabilitation‹ gehst, und dann kommt eine ganze Reihe Scheiß-Aufträge, bei denen die dich genau im Auge behalten und auf diese Weise sichergehen können, dass du keinen Mist baust, um irgendwie Rache zu nehmen. Du bist einfach zu wertvoll, als dass man dich einfach ganz loswerden wollte, aber bevor man dir wieder ganz vertrauen wird, muss erst die Hölle zufrieren – und das weißt du auch selbst.«

Kurz blickte Simões ihn nur schweigend an, dann nickte er.

»Okay, dagegen kann ich nichts sagen. Aber warum ist der morgige Tag so wichtig?«

»Ich habe Bardasano schon gesagt, dass es das Beste wäre, wenn wir unser letztes Gespräch an einem Samstag stattfinden ließen. Dann werden nicht allzu viele Leute im Gamma Center sein, deswegen habe ich angeführt, das könne dir zumindest ein bisschen von der Anspannung und dem Stress nehmen. Das sollte es leichter für mich machen, an die letzten wichtigen Informationen zu kommen, die du vielleicht noch liefern kannst.« Er zuckte mit den Schultern. »Ich hatte eigentlich vor, das ganze bis nächste Woche Samstag hinauszuzögern – vielleicht sogar noch eine weitere Woche –, aber angesichts der jüngsten Entwicklungen sollten wir es vielleicht doch gleich angehen.«

Herlander holte tief Luft. »Okay. Also, was soll ich tun?«

»Morgen früh gehst du zu dieser Adresse.« Er schob ihm einen Zettel über den Tisch. »Präg sie dir ein und vernichte den Zettel dann. Dort wird jemand auf dich warten, der dich zu den Leuten bringt, die uns dabei helfen, diesen Planeten zu verlassen. Da treffen wir beide uns dann später, sobald ich noch ein paar Kleinigkeiten im Gamma Center erledigt habe.«

»Was für Klei... Oh! Du willst ein paar falsche Spuren legen.«

Jack lächelte. »So könnte man das auch ausdrücken.«

Anton blickte sich am Tisch um. »Ist allen klar, was jetzt passieren muss?«

Carl Hansen warf seinen drei Untergebenen einen raschen Blick zu. »Ja, ich denke schon. David, du hast die kniffligste Aufgabe vor dir. Irgendwelche Fragen?«

David Pritchard schüttelte den Kopf. »Nein, das ist alles schon gut verständlich. Nachdem Wer-auch-immer, der Name blieb ja bislang ungenannt, dieses ›Gamma-Center‹-Dingsbums verlässt – das erfahre ich, sobald mir Karen ein Signal gibt –, parke ich den Flugwagen vor dem Sportstadion nebenan und ziehe mich zurück, sodass ich reichlich Zeit habe, wegzukommen. Cary wird das Gerät, das wir schon im alten Buenaventura Tower installiert haben, dann auslösen, sobald er hört, dass Carl zusammen mit Wem-auch-immer auf dem Weg zum Raumhafen ist. Und dann zünde ich meines.«

»Das wird dem ›Center‹ vermutlich nicht einmal einen Kratzer verpassen«, merkte Hansen an, »wenn man bedenkt, wie tief unter der Oberfläche das liegt. Aber es sollte den Suvorov Tower ordentlich beschädigen.« Wie die anderen Mitglieder seiner Gruppe hatte auch Hansen immer noch bloß eine sehr grobe Vorstellung davon, was das Gamma Center in Wirklichkeit war. Doch er brauchte auch nicht zu wissen, worum es sich dabei handelte, solange er nur wusste, dass es eben jenen Autoritäten so wichtig war, die er mit jeder Faser seines Körpers hasste. »Suvorov befindet sich genau darüber«, fuhr er fort, »also werden die Skorpione annehmen, das Center sei das eigentliche Ziele von dem, was da passiert.«

Pritchards Miene wirkte sehr säuerlich. »Ich verstehe immer noch nicht, warum wir uns solche Mühe geben, die Verluste an Menschenleben so gering wie möglich zu halten. In diesem Teil der Stadt werden doch die einzigen Zweier, die da rumlaufen, bloß Diener und Hausmeister sein.«

»Und genau deswegen machen wir es so, David.« Karen Steve Williams gab sich nicht einmal Mühe, ihre Unfreundlichkeit zu verschleiern. »Diese ›Diener und Hausmeister‹ gehören auch zu uns, selbst wenn sie dir egal sind, weißt du? So wie es aussieht, werden wir zumindest ein paar von denen umbringen. Aber so – und es ist wirklich gut, dass das Ganze für einen Samstag geplant ist – sollte sich alles wenigstens in Grenzen halten.«

Cary Condor nickte. »Ich muss Karen Recht geben. David, versuch doch mal deine Mordlust im Zaum zu halten, ja? Es wäre etwas völlig anderes, wenn du den Flugwagen in der Garage des Suvorov Tower selbst parken könntest...«

»Oder noch besser: Parken wir ihn doch gleich mitten im Pine Valley Park«, schlug Pritchard mit harter Miene vor. Pine Valley war der Park, der genau im Zentrum von Green Pines lag, und in Green Pines lebten ausschließlich frei geborene Bürger – die dazu auch noch sehr wohlhabend waren und über immense Beziehungen verfügten. Das Gamma Center war zwar auf dem Territorium von Green Pines versteckt, aber es befand sich trotzdem im Industriegebiet der Stadt.

»Jou, klar, das wäre großartig – nur dass es völlig unmöglich ist, da drinnen oder auch nur in der Nähe einen Flugwagen zu parken und dann auch noch unbehelligt wegzukommen. Nicht bei den Sicherheitsvorkehrungen, die da gelten. Der Parkplatz des Sportstadiums ist wirklich so nah dran, wie wir das nur hinkriegen können.«

Pritchard war mit dem Plan nicht gerade glücklich. Selbst ein Nuklearsprengsatz – zumindest in der Mini-Größe, in der sie ihn hatten organisieren können – würde eine tief unter der Oberfläche gelegene, gepanzerte Anlage nicht allzu sehr beschädigen. Nicht, wenn der Sprengsatz im Freien gezündet wurde, auf einem leeren Parkplatz, mehr als einen Kilometer vom eigentlichen Zielobjekt entfernt.

Aber ... wahrscheinlich war das immer noch besser als gar nichts. Und er wusste, es hätte keinen Sinn, noch weitere Gegenargumente vorzubringen.

»Jou, jou, schon gut. Ich hab den Plan ja verstanden.«

Victor und Yana beendeten ihren letzten Kontrollgang durch den Fluchttunnel. Ursprünglich hatte er zum Transportnetz der Stadt gehört. Vor etwa einem Jahrhundert hatte die Stadt einen Großteil dieses Netzwerks außer Dienst gestellt, doch man hatte keine Veranlassung gesehen, die bestehenden Bauten abzureißen. Tatsächlich hatte man sogar ein wenig Geld darauf verwendet, sie mit Stützen zu versehen und damit sicherzustellen, dass die Einsturzgefahr eingedämmt war. Die Kosten, bestehende Bauten rückzubauen, die man auf dem betreffenden Gelände oberhalb der Schächte errichtet hatte, um die nun nutzlos gewordenen Tunnel ordentlich aufzufüllen, wären ungleich größer gewesen. Gleiches galt auch für die Wiederaufbaukosten, die sich ergäben, wenn plötzlich ein Teil der Stadt einfach einstürzte, bloß weil die alten Tunnel immer weiter verfielen.

Seitdem hatten verschiedene Leute diese alten Tunnel in unterschiedlicher Weise genutzt. Es war gewiss nicht verwunderlich, dass es in der Stadt eine beachtliche Zahl Mittelloser und Bedürftiger gab – einschließlich einer ganzen Reihe von Leuten, die zweifellos nicht ganz richtig im Kopf waren. Viele von ihnen lebten jetzt in dem alten, verzweigten Tunnelsystem – und ließen der Polizei Bestechungsgelder zukommen, um zu verhindern, dass diese allzu häufig oder allzu gründlich durchsucht wurden. Händler verstauten dort leichtverderbliche Waren, schließlich kamen sie auf diese Weise zu einem Spottpreis an klimatisierte Räumlichkeiten. Und nicht zuletzt wurden die Tunnel auch von den Untergrundorganisationen genutzt, die entflohene Sklaven von dort aus in die Freiheit schmuggelten.

Der Tunnel, in dem sie beide sich gerade befanden, ließ sich durch einen verborgenen Eingang im Untergeschoss einer der Mietskasernen erreichen, die nicht allzu weit von Steph Turners Restaurant entfernt lagen. Von dort aus zog sich der Tunnel ganze zwei Kilometer unterhalb der eigentlichen Straßen der Stadt entlang. Sie wollten den vorletzten Ausstieg ansteuern. Dort wären sie dann nicht mehr allzu weit von dem Lieferwagen entfernt, der sie zum Raumhafen bringen sollte. Bis sie den Lieferwagen erreicht hatten, sollten Carl Hansen und die beiden mesanischen Überläufer schon eingetroffen sein. Sie alle, außer Carl und Victor – Carl als Fahrer, Victor als sein Gehilfe – würden sich in den Kisten verborgen halten, mit denen der Lieferwagen beladen war. Solange der Wachdienst nicht darauf bestand, den Lieferwagen persönlich zu untersuchen und dabei sogar die Kisten zu öffnen, sollte alles wunderbar laufen. Zu den zahlreichen Dingen, die Victor vom stets hilfreichen Triêu Chuanli erhalten hatte, gehörten Frachtbehälter, die nicht nur luftdicht abgeschlossen und vollständig klimatisiert waren, sondern auch so ausgestattet, dass man sie mit den üblichen Gerätschaften nicht durchleuchten konnte. Man würde also keinesfalls auf deren wahren Inhalt schließen können, wenn die Wachen genau die Sorte computergestützter Untersuchung vornahmen, mit denen sie sich üblicherweise zufriedengaben.

Es war nicht sonderlich wahrscheinlich, dass die Wachen auf eine persönliche, manuelle Untersuchung bestehen würden. Dieser Teil des Raumhafens wurde fast ausschließlich für Frachttransporte zu den kleineren, weniger gut angesehenen Frachtschiffen im Orbit genutzt. Man ging einfach davon aus, dass ein gewisses Maß an Schmuggelei dazugehörte. Und die Bestechungsgelder, die Carl verteilen würde, sollten voll und ganz ausreichen.

Und wenn nicht ... na ja, dafür war Victor ja da. Mit seiner Kettridge A-3, die er nach wie vor im Ärmel verborgen hielt. Es bestand zumindest eine Chance – und keine allzu schlechte –, dass er sämtliche Wachen würde töten können, bevor sie einen Alarm weiterleiteten. Und dann könnten sie es durchaus schaffen, an Bord des Beischiffs der *Hali Sowle* zu gehen und auf eine niedrige Umlaufbahn zu kommen, bevor irgendjemand auf dem Raumhafen begriffen hätte, was geschehen war. Es starteten und landeten derart viele Beischiffe, dass sie – falls die Behörden nicht gerade mitbekommen hatten, welches das ihre war – es durchaus schaffen mochten, unbemerkt an Bord der *Hali Sowle* zu kommen.

Doch natürlich stand zu hoffen, dass es nicht zu einer derart dramatischen Entwicklung kommen würde.

»Na, das wäre das«, sagte Yana. »Victor, ich muss doch sagen, es war mir wirklich ein Vergnügen, jeden Abend zu dir ins Bett zu schlüpfen und mir dabei ganz und gar sicher sein zu können, dass wirklich überhaupt nichts Aufregendes passieren würde.«

»Ach, jetzt hör schon auf zu jammern. Wenn ich dir irgendwelche aufregenden Dinge beschert hätte – und Thandi davon erführe –, dann hättest du die Aufregung deines Lebens vor dir.«

Yana grinste. »Und dieses Leben wäre dann auch nur noch sehr kurz.«

»Sie nennen sie ja nicht umsonst ›Große Kaja‹.«

Für den Rückweg von den konspirativen Räumlichkeiten, in denen Anton sich mit Hansens Gruppe getroffen hatte, wählte Anton einen anderen der alten Tunnel. Und während seines Fußmarsches rang er mit seinem Gewissen. Sie hatten keine Zeit mehr. Entweder zog er das Ganze *jetzt* durch, oder er würde sich eine Niederlage eingestehen müssen – und das würde bedeuten, zusammen mit Victor auf die Teile des Plans zurückzugreifen, die ihm ganz und gar nicht gefielen.

Am wenigsten passte ihm, dass sie Nuklearsprengsätze verwenden würden. Das hatte ihm noch nie gefallen. Ursprünglich hatte er vorgeschlagen, man könne Bomben auf der Basis eines Treibstoff-Luft-Gemisches nutzen, schließlich ließ sich damit ebenso großer Schaden anrichten wie mit kleinen Nuklearsprengsätzen. Doch er hatte nicht mehr darauf beharrt, nachdem seine Kontaktleute vor Ort ihm erklärt hatten, sie hätten einfach nicht die Möglichkeit, derartige Bomben zu bauen – was natürlich und ganz offensichtlich bloß eine Ausflucht war. Gewiss, im Gegensatz zu Sprengkörpern auf Nuklearbasis gab es für Treibstoff-Luft-Bomben keinerlei zivile Anwendungsmöglichkeiten, sodass es schwierig wäre, sie auf dem Schwarzmarkt zu erstehen. Aber darum ging es eigentlich gar nicht. *Er* hätte eine solche Bombe innerhalb von zwei bis drei Stunden zusammenbasteln können, einfach nur mit handelsüblichem Wasserstoff, einer tragbaren Kocheinheit und einem billigen Timer, und Anton war klar, dass seine Kontaktleute das ebenfalls wussten. Und das wiederum bedeutete, der wahre Grund dafür, dass sie ›nicht die erforderlichen Einzelteile zur Verfügung hatten‹, bestand darin, dass sie hier ein klares Statement abgeben wollten. Und Anton selbst hatte ernstliche Bedenken, genau dieses zu tun.

Zum Teil hatte er natürlich darauf gehofft und sogar damit gerechnet, dass diese Art ›extravaganter Flucht‹ (und das war noch milde ausgedrückt) ohnehin nicht erforderlich sein würde. Es war natürlich völlig unmöglich, im Vorfeld Prognosen abzugeben oder sich auch nur vorzustellen, was für eine Spionagetechnik-Fundgrube dieser Jack McBryde und sein Gefährte abgaben.

Anton wusste, dass rein praktisch betrachtet sein Widerwille, Nuklearsprengsätze zu verwenden, einfach zwecklos war. Man konnte sogar behaupten – und Victor hätte das gewiss auch getan –, es sei schlichtweg albern. Die menschliche Spezies hatte schon vor langer Zeit Massenvernichtungswaffen entwickelt, die ungleich zerstörerischer waren als jeglicher jemals konstruierte Nuklearsprengsatz. Die ehemaligen SyS-Söldner, die im Auftrag von Mesa schon bald versuchen würden, den Planeten Torch zu zerstören, würden dafür keine Nuklearsprengkörper verwenden. Dafür wären viel zu viele erforderlich, und warum sollte man sich überhaupt eine solche Mühe machen? Natürlich würden sie Raketen verwenden, aber eben als *kinetische* Waffen. Wenn diese Raketen zuvor auf siebzig oder achtzig Prozent der Lichtgeschwindigkeit beschleunigt wurden, dann würden sie ihre Aufgabe ebenso gründlich erledigen wie jeder ›Dinosaurier-Killer‹ in der Geschichte der Galaxis – aber das wäre nicht irgendwelchen Nuklearsprengköpfen zu verdanken! Genauso gut hätte man dafür irgendwelche Boliden verwenden können, die im Prinzip nichts anderes waren als große Fels- oder Eisbrocken. Die Angreifer bräuchten nur eine Möglichkeit, sie auf siebzig- oder achtzigtausend Kps zu beschleunigen – und das war in einer Zivilisation, die über Impellerantriebe verfügte, kaum mehr als ein gemächliches Kriechen. Es wäre lediglich schneller und einfacher, für diese Zwecke Raketen zu verwenden, als sich mit Fels- und Eisbrocken abzumühen.

Doch trotz alledem ging für die meisten Menschen in diesem modernen Universum – und zu diesen Menschen gehörte auch Anton selbst – von Kernwaffen immer noch ein uralter Schrecken aus. Sie waren die ersten Massenvernichtungswaffen der Menschheitsgeschichte gewesen, und die Menschen hatten sie im Kampf gegeneinander zur Anwendung gebracht. Vielleicht hatten sie aus diesem Grund immer noch eine ganz besondere Aura.

Natürlich war genau das auch der Grund, weswegen Hansen und seine Gruppe – und ganz gewiss David Pritchard – so entschlossen waren, hier unbedingt Nuklearsprengsätze zu verwenden. Nicht nur, dass sie alle fest von einem uralten Zorn erfasst waren, der schon seit Jahrhunderten gärte: Nachdem Anton und Victor ihnen berichtet hatten, Mesa plane die Zerstörung von Torch, war dieser Zorn noch gewaltig angefacht worden. Wenn man es kurz und prägnant ausdrücken wollte, dann ließ sich die Einstellung von Hansen und seinen Leuten folgendermaßen zusammenfassen: *Also wollen die Skorpione die harte Tour fahren, ja? Kein Problem. Dann also die harte Tour!*

Ihnen war klar, wenn sie ausgerechnet auf Mesa einen Nuklearsprengsatz zündeten, stellte das eine gewaltige Steigerung des ohnehin schon mörderischen Kampfes zwischen den Sklaven und ihren Schöpfern dar. Tatsächlich war das eine Steigerung um ganze Größenordnungen! Natürlich galt das Gleiche auch für die Pläne besagter Sklavenhalter, gegen den Eridanus-Erlass zu verstoßen. Doch wenigstens ein einziges Mal wären die Sklaven diejenigen, die als Erste zugeschlagen hätten.

Zilwicki zweifelte ernstlich daran, dass diese Vorgehensweise wirklich weise sei. Selbst für Victor galt das, wenngleich nicht in so ausgeprägtem Maße wie bei Anton. Doch dieser ewige Kampf hatte seine eigene Dynamik, die in bestimmten Augenblicken, an bestimmten Orten, schlichtweg dazu führte, dass jegliche Vorsicht in den Wind geschrieben wurde. Und Anton vermutete, ein solcher Augenblick stehe unmittelbar bevor.

Als er zu seiner Linken etwas rascheln hörte, blieb Anton abrupt stehen und drehte sich herum. Es war eine reine Reflexhandlung, um jedem, der vielleicht in Erwägung zog, ihn anzugreifen, deutlich zu machen, ein solches Vorgehen wäre in höchstem Maße unklug.

Vielleicht war es einfach unvermeidbar. Vielleicht hätte es sogar einen gewissen Nutzen. Anton gab sich nicht der Hoffnung hin, man könne die Leute, die hinter diesem ganzen Plan des ›Mesanischen Alignments‹ standen, irgendwie dazu bewegen, Vernunft anzunehmen. Alleine schon die Informationen, die McBryde ihnen bislang hatte zukommen lassen, zeigten äußerst deutlich, dass diese Leute, so groß auch ihr Intellekt und ihr Scharfsinn sein mochten, bereits vor Jahrhunderten jegliche *Vernunft* aufgegeben hatten. Aber vielleicht ließen sie sich ja einschüchtern, in der gleichen, primitiven Art und Weise, in der Anton jetzt, in diesem Augenblick, den Fremden einzuschüchtern versuchte, der irgendwo in der Dunkelheit dieses Tunnels lauerte.

Wahrscheinlich nicht. *Höchst*wahrscheinlich nicht. Aber einen Versuch war es trotzdem wert, oder?

Doch nichts von alledem brachte ihn letztendlich doch dazu, eine Entscheidung zu treffen. Es war keinen Deut anspruchsvoller als die Impulse, die Hansen und Pritchard und all ihre Leute antrieben. Die Leute vom Mesanischen Alignment und deren Manpower-Handlanger waren schließlich die gleiche Leute, die eine von Antons Töchtern entführt und die andere zu ermorden versucht hatten, und ebenso seine Frau – und auch ihn selbst, aber das verübelte er ihnen kaum -, und nun versuchten sie *erneut*, seine Tochter umzubringen.

Zur Hölle damit! Lasst sie brennen!

Sie hatten bereits beschlossen, dass Anton seine letzte Nacht auf Mesa in der konspirativen Wohnung von Victor und Yana verbringen sollte. Das barg natürlich ein gewisses Risiko, aber es war immer noch besser, als ihrem ohnehin schon komplizierten Zeitplan für den morgigen Tag noch weitere Komplikationen hinzuzufügen, indem sie sich zunächst einmal wieder *treffen* mussten.

Seine beiden Gefährten waren dort, als er eintraf. Sie saßen am gleichen Küchentisch, an dem sie alle schon so viele Stunden verbracht hatten.

»Du siehst nachdenklich aus«, bemerkte Victor. »Macht dir irgendetwas Sorgen?«

Er hängte die Jacke, mit der er sich gegen die Kälte geschützt hatte, über einen der Stühle. »Nein«, antwortete er.

Spät an diesem Abend traf Lajos eine Entscheidung. So sehr er auch davor zurückschreckte, dieses Risiko einzugehen, er glaubte keine Wahl zu haben. Er musste Bardasano davon berichten.

Morgen, ganz früh am Tag. Er würde beachtliches Überzeugungsvermögen aufwenden müssen, um an Bardasanos Gehilfen und Beratern vorbeizukommen, schließlich gehörte er nicht zu den Leuten, mit denen sie regelmäßig in Kontakt stand. Und es mitten in der Nacht zu versuchen wäre höchstwahrscheinlich aussichtslos.

Aber morgen früh würde sowieso ausreichen. Es war ja nicht so, als wolle Jack irgendwie verreisen.

Kapitel 23

Jack McBryde spürte eine sonderbar brüchige, schwingende Leere in seinem Innersten. Sie schien herumzuwirbeln, als er dem Scanner gestattete, sein Retina-Muster aufzuzeichnen, und gleichzeitig die Hand durch den biometrischen Sicherheits-Sensor steckte, so wie er es schon unzählige Male zuvor getan hatte. Selbst jetzt noch war es ihm fast unmöglich zu glauben – wirklich zu *glauben* –, dass er es heute zum allerletzten Mal tun sollte.

»Guten Morgen, Chief McBryde«, begrüßte ihn der uniformierte Sergeant hinter den Sensoren lächelnd. »Habe heute gar nicht mit Ihnen gerechnet. Und ganz bestimmt nicht so früh!«

»*Ich* hatte auch nicht mit mir gerechnet«, gab McBryde mit sorgsam bemessenem, trockenem Humor zurück. »Aber das war, bevor ich begriffen hatte, wie weit ich mit der Arbeit hinterherhänge.« Er verdrehte die Augen. »Es hat sich herausgestellt, dass es da ein paar kleine Details gibt, die ich für meinen Quartalsbericht unbedingt noch zusammenfassen muss.«

»Autsch.« Der Sergeant stieß ein mitleidiges Schnauben aus. Im Gegensatz zu einigen seiner Kollegen war Jack McBryde bei seinen Untergebenen durchaus beliebt – und das lag zumindest zum Teil auch daran, dass er nicht durch die Gegend lief und anderen die Köpfe abriss, weil er sich für einen Halbgott oder Ähnliches hielt.

»Na, dann sollte ich mich wohl an die Arbeit machen.« McBryde seufzte, dann schüttelte er den Kopf. »Ach übrigens, ich erwarte Dr. Simões. Schicken Sie ihn doch gleich zu mir ins Büro, wenn er eintrifft, okay?«

»Jawohl, Sir.«

Das Mitleid in der Miene des Sergeants verschwand. Mittlerweile wusste jeder im Center über Simões Bescheid. Sie wussten, wie lange sich schon McBryde abmühte, ihn weiterhin arbeitsfähig zu halten ... und sie wussten auch, dass der Sicherheitschef diesen Kampf letztendlich doch verloren hatte. Der Sergeant bezweifelte, dass McBryde sich auf dieses Gespräch mit dem verbitterten Wissenschaftler freute – dieses Gespräch, das höchstwahrscheinlich ihr letztes sein würde.

»Danke.«

McBryde nickte, dann steuerte er auf sein Büro zu.

Um acht Uhr morgens tauchte Lajos Irvine in Steph Turners Diner auf, genau wie Bardasano es ihm aufgetragen hatte. Doch er war mit diesem Auftrag nicht recht glücklich. Das hatte zweierlei Gründe.

Zum einen gefiel es ihm nicht – ganz und gar nicht, sogar –, Befehle zu erhalten, die völlig schwammig gehalten waren.

Überprüfen Sie dieses Diner, und schauen Sie, ob Ihnen daran irgendetwas Verdächtiges auffällt. Falls Sie etwas Entsprechendes bemerken sollten, sagen Sie mir umgehend über mein privates Com Bescheid. Während Sie das tun, nehme ich McBryde in die Mangel, um herauszufinden, was er da zu treiben glaubte.

Na, wunderbar! Und dabei sollte Bardasano doch so etwas wie ein Top-Linien-Genie sein! Sie hätte ihm genauso gut auftragen können, er solle sich am Spielplatz herumdrücken und ihr berichten, ob ihm irgendwelche Kinder aufgefallen seien, die sich ausgelassen und ungestüm benahmen. Wonach – *genau!* – sollte er denn hier eigentlich suchen? Wer wusste das schon?

Irgendetwas an McBrydes Verhalten musste Bardasano deutlich mehr aufgebracht haben, als Irvine das gedacht hätte. Ach, dass es sie so unvorbereitet getroffen hatte, mochte ja ein Teil ihres Verhaltens erklären. Und Irvine vermutete, es sei ihr sicherlich auch nicht gerade angenehm gewesen, dass ein Handlanger von so niedrigem Rang wie er einfach sämtliche ihrer Sicherheitssperren durchbrochen hatte, während sie sich eigentlich gerade an ihr Frühstück begeben wollte. Oder vielleicht war sie einfach ein Morgenmuffel?

Dieser Gedanke brachte ihn dazu, die Lippen zu einem Grinsen zu verziehen, doch das Gefühl der Belustigung legte sich rasch wieder. Zumindest ein gewisses Maß an Verwirrung war wohl unvermeidlich, wenn ein niedriger Agent sich in einer solchen Art und Weise vordrängelte, wie er es eben getan hatte. Aber ihm erschien das Ganze doch mehr zu sein als nur die unausweichliche Verwirrung in der Bürokratie einer Organisation, die derart groß und komplex war wie der Sicherheitsdienst des Alignments. Nach allem, was er bislang gehört hatte, war Bardasano normalerweise äußerst scharfsinnig, doch kein unvoreingenommener Beobachter hätte das anhand der Anweisungen geschlussfolgert, die sie *ihm* gegeben hatte.

Der zweite und noch ungleich wichtigere Grund für seine Unzufriedenheit waren die Personen, die etwa hundert Meter hinter ihm über die Straße schlurften. Abgesehen von diesen vagen Anweisungen hatte Bardasano noch darauf bestanden, Lajos Leute mitzugeben, die sie als ›Verstärkung‹ bezeichnet hatte. Drei Gestalten aus ihrer ›Sondereinheit‹ – was zur Hölle auch immer das bedeuten mochte – sollten bereitstehen, ihm notfalls ihre Hilfe angedeihen zu lassen, wofür auch immer er sie benötigen mochte.

Ganz wunderbar. Irvine war ein *Spion*, nicht irgendein blöder ›Actionheld‹ aus einem Holodrama. Er trug Informationen zusammen! Das war sein Job! Wenn Bardasano wollte, dass er diesen Job hier erledigte, dann käme er ohne jegliche Verstärkung vermutlich besser zurande – ganz zu schweigen von einer

›Verstärkung‹, bei der die Fertigkeiten für den Außeneinsatz so eingerostet waren, dass vermutlich sogar jeder Köter hier auf der Straße schon wusste, es mit ›offiziellen Schlägern‹ zu tun zu haben. Und wenn Bardasano stattdessen die Absicht hatte, hier gegen das loszuschlagen, was dort in diesem Diner heute vorging – was auch immer es nun sein mochte –, warum zum Teufel hatte sie dann darauf bestanden, Lajos in die ganze Sache überhaupt hineinzuziehen?

Er hatte nicht einmal eine Waffe dabei. Selbst wenn es keinen anderen Grund dafür gegeben hätte: Er war ebenso rechtlich wie genetisch ein Zweier, und Zweiern war jeglicher Waffenbesitz untersagt. Schon wenn man mit einem Messer erwischt wurde, dessen Klinge länger war als sechs Zentimeter, konnte man festgenommen werden.

Innerlich schwor sich Lajos, dass sein Beitrag, sollte es unwahrscheinlicherweise in Turners Laden zu Gewaltanwendung kommen, darin bestehen würde, sich unter einem Tisch zu verkriechen. Sollten sich doch Bardasanos ›Spezialisten‹ darum kümmern. Das waren genau die Leute, die sogar noch auf dem Weg zum Klo nicht gingen, sondern stolzierten.

Unsicher beäugte Herlander Simões den jungen Mann, der vor ihm stand. Ihm wurde bewusst, dass er wahrscheinlich noch nie in seinem Leben einem Zweier so nahe gekommen war. Selbst nach den Maßstäben der Top-Linien, die unter sehr privilegierten Bedingungen aufwuchsen, hatte er ein äußerst zurückgezogenes Leben geführt.

Und jetzt legte er tatsächlich sein Leben in die Hand eines Zweiers.

Nein, sogar von zwei Vertretern dieses Menschenschlages. Eine große, sehr zäh wirkende Frau kletterte von der Ladefläche des Lieferwagens. Aber eigentlich sah sie nicht recht wie eine Zweierin aus.

»Steigen Sie ein!«, sagte sie. »Ich helfe Ihnen in Ihre Kiste.«

Die Frau stieg in die gleiche Kiste wie er. Der Behälter war noch nicht verschlossen und versiegelt.

»Und jetzt warten wir«, sagte sie. »Ich bin Yana.«

Jack hätte es wirklich vorgezogen, wenn er das alles schon am gestrigen Tag hätte erledigen können, aber das hatte er nicht gewagt. In mancherlei Hinsicht war das vielleicht auch nicht notwendig, aber zum jetzigen Zeitpunkt war er nicht bereit, sich auf ein ›vielleicht nicht‹ einzulassen. Auf seinem Computer befanden sich zu viele Daten und Informationen über Simões. Es gab eine Menge, was einen wachsamen Ermittler in die richtige Richtung hätte bringen können – und das, bevor es Zilwicki und Cachat gelänge, sie von diesem Planeten und schließlich aus dem ganzen System fortzubringen.

Doch noch wichtiger, als jegliche Fingerabdrücke zu beseitigen, die er vielleicht unbewusst hinterlassen würde, war es, für eine geeignete Ablenkung zu sorgen. Natürlich würde man sowohl nach ihm wie auch nach Simões suchen lassen, wahrscheinlich sogar schon, bevor sie den Planeten verlassen hätten, und ganz gewiss, noch ehe es ihnen gelungen wäre, aus dem *System* zu entkommen. McBryde war sich recht sicher, welches der nichtmesanischen Schiffe, die sich derzeit in diesem Sonnensystem aufhielten, Zilwicki und Cachat als Streitwagen dienen sollte. Und wenn *er* das herausfinden konnte, dann galt das auch für jemand anderen. Aber da man sie ohnehin schon bald vermissen würde, konnte es gewiss nicht schaden, die eine oder andere falsche Fährte zu legen. Am besten gleich eine ganze Schar davon. Und das ließe sich am besten genau hier bewerkstelligen, von seinem Büro aus.

Weiterhin war sich Jack ziemlich sicher, dass Zilwicki und Cachat ihre eigenen Pläne geschmiedet hatten, um für Ablenkungsmanöver zu sorgen – auch wenn er nicht einmal eine grobe Vorstellung davon hatte, was ihnen wohl vorschweben mochte. Wahrscheinlich irgendetwas mit roher Gewalt, schließlich konnten sie nicht in der Art und Weise auf die Computersysteme zugreifen wie er. Er hatte sich danach nicht erkundigt, und hätte er es doch getan, so hätten sie es ihm wahrscheinlich ohnehin nicht erzählt – ebenso wie er selbst nicht, wenn man ihn danach gefragt hätte. Nicht einmal *Herlander* hatte er erzählt, was er vorhatte.

Er setzte sich an seinen Schreibtisch und gab seinen Zugangscode ein. Flackernd erwachte das Display zum Leben, und unwillkürlich lächelte Jack, als er den Chip aus der Tasche zog und einrasten ließ.

Zwei Minuten saß Lajos schon am Tisch und hatte auch bereits eine Speisekarte erhalten, als seine ›Verstärkung‹ das Diner betrat. Wenigstens waren die drei in der Lage, einfachen Anweisungen zu folgen! Er vermutete, die Zeitspanne habe ausgereicht, dass niemand ihr Eintreten mit dem seinen in Verbindung brächte. Um diese Tageszeit war im Turner's immer einiges los.

Die meisten Tische waren besetzt, doch von Irvines Tisch aus gesehen genau am anderen Ende des Raumes gab es noch eine freie Nische. Dort ließen sich Bardasanos ›Spezialisten‹ auf die Sitze gleiten.

Lajos musste sich sehr zusammenreißen, nicht gequält das Gesicht zu verziehen. Hatten diese drei Komiker da überhaupt eine Ausbildung erhalten? Es fing schon damit an, dass dieses Trio aus zwei Männern und einer Frau bestand – und die Frau saß den beiden Männern am Tisch gegenüber. Wahrscheinlich war das die natürliche Folge irgendeiner Art Hackordnung zwischen den dreien. Aber wenn eine solche Gruppenkonstellation, rein nach dem Geschlecht beurteilt, auch gewiss nicht beispiellos war, so war sie doch zumindest ungewöhnlich genug, um die Aufmerksamkeit eines jeden zu erregen, der sich in diesem Geschäft wirklich auskannte.

Und ... na bitte: Durch die Augenbrauen hindurch bemerkte er, wie sich der stämmige Kellner von dem Trio abwandte – er hatte ihnen gerade die Speisekarten bringen wollen. Stattdessen blickte er kurz zu diesem anderen Kerl hinüber, von dem sich Lajos sicher war, er sei ein Ballroom-Agent.

Der Bursche saß auf einem Hocker am Tresen. Lajos konnte ihn nicht richtig sehen, dafür hätte er den Kopf ein wenig zur Seite drehen müssen. Er beschloss gerade, dieses Risiko einzugehen, schließlich war es nicht gerade sonderlich wahrscheinlich, dass ...

Noch nie im Leben hatte Lajos Irvine irgendetwas noch mehr überrascht: Schon saß der Bursche nicht mehr auf seinem Hocker, und in seiner Hand ...

Eine Waffe!

Irvine duckte sich unter den Tisch. Als er schließlich unten angekommen war, da war die ganze Sache schon vorbei. Lajos lag auf den Knien und betrachtete schockiert das Blutbad.

In dem Augenblick, da diese drei Neuankömmlinge Platz nahmen, wusste Anton schon genau, was geschehen würde. Victor musste sie beim Hereinkommen gesehen haben, genauso augenblicklich und sicher, wie das bei Zilwicki der Fall gewesen war. Und er würde auch die gleichen Schlussfolgerungen daraus ziehen. *Ein* Agent mochte ja ein einfacher Spion sein. Drei davon, vor allem wenn sie derart auffällig gemeinsam auftraten, bedeuteten zweifellos, dass ein vernichtender Schlag unmittelbar bevorstand. Bald würde der Hammer auf sie herabkommen. Irgendetwas war durchgesickert. Irgendwie, irgendwo – wer wusste das schon? –, aber irgendetwas war eindeutig durchgesickert.

Cachats Philosophie in solchen Fällen war es, immer auf die

Hand zu schießen, die besagten Hammer festhielt, bevor dieser sein Ziel erreichte. Er hatte nur den unausweichlichen psychologischen Moment abgewartet, in dem selbst der erfahrenste und hartgesottenste Soldat das angenehme Gefühl empfand, sich in einen Sessel sinken lassen zu können, und sich eine Winzigkeit entspannte.

Victor Cachat diese zeitliche ›Winzigkeit‹ zuzugestehen war in etwa so, als gestehe man einem großen weißen Hai ›einen winzigen Bissen‹ zu.

Anton versuchte nicht einmal mitzumischen. Im Vergleich zu Cachat war er hier völlig deklassiert, ebenso wie das im Umkehrzug in gleicher Weise für den Haveniten galt, wenn es darum ging, die Software von irgendwelchen Sicherheitseinrichtungen zu manipulieren. Anton wäre seinem Kameraden hier nur im Weg. Stattdessen aktivierte er den Störsender, den er stets bei sich trug. Wenn die drei, die gerade hereingekommen waren, irgendwelche Aufzeichnungsgeräte bei sich trugen, würde jetzt kein einziges davon noch seine Aufgabe erfüllen.

Die Frau wurde Victors erstes Opfer. Ihre Sitzposition hatte ihn dazu gebracht, sie für die Anführerin der kleinen Gruppe zu halten. Zwei Schüsse in den Kopf, ohne sich vorher mit einem Schuss in die Körpermitte aufzuhalten. So etwas war nur nützlich, wenn sich die Zielperson noch auf den Beinen befand, vor allem mit einer so kleinen Waffe wie der Kettridge. Aber bei jemandem, der an einem Tisch saß, wäre es vermutlich eher Zeitverschwendung.

Dann verpasste er auch den beiden Männern je zwei Schüsse. Anschließend durchquerte er in großen Schritten den Raum und schoss noch einmal auf jeden Einzelnen von ihnen. Nur jeweils ein einziger Schuss, und Victor nahm sich einen zusätzlichen Sekundenbruchteil Zeit sicherzugehen, dass diese Schüsse auch wirklich tödlich waren. Vermutlich war das unnötig, schließlich waren sie höchstwahrscheinlich ohnehin schon tot. Aber Cachat war ein strenger Verfechter der Regel: Wenn etwas wert ist, getan zu werden, dann ist es auch wert, es *richtig* zu tun.

Schließlich stellte er sich neben die Tür. Damit verhinderte er zum einen, dass irgendjemand den Raum verließ, zum anderen konnte er auf diese Weise jeden einzelnen Gast im Diner genau im Auge behalten, sodass er …

»Ich werde jeden, der jetzt versucht, sein Com zu benutzen – jeden, der so ein Teil auch nur in die Hand nimmt – augenblicklich erschießen. Bleiben Sie einfach ruhig sitzen. Jeder, der jetzt noch am Leben ist, befindet sich nicht in Gefahr.«

Das war natürlich nicht ganz richtig. Als Victor auf den Mann wies, der unter dem Tisch kauerte, hatte Anton ihn schon erreicht. Er griff nach ihm, packte ihn am Kragen und riss ihn hoch.

»Sie kommen mir leider ein bisschen verdächtig vor«, sagte er sanft. »Sie haben sich etwas zu früh geduckt.«

Jack hatte den Chip zwar schon vor einigen Tagen vorbereitet, aber es gab in den elektronischen Systemen des Centers entschieden zu viele nach dem Zufallsprinzip ausgeführte Sicherheitsüberprüfungen, als dass er es hätte riskieren können, das von ihm Vorbereitete früher herunterzuladen als unbedingt erforderlich. Doch wenn der Zeitpunkt erst einmal gekommen wäre, würde die Hölle losbrechen: Sorgfältig aufeinander abgestimmte Nachrichten – und computergesteuerte Sabotageakte – würden in alle Richtungen losrasen. Anfangen würden sie genau hier im Center, würden in die Datenbanken der Computer eindringen, entscheidende Molekularschaltungen in Schlacke verwandeln und sich dann daranmachen, in die Systeme des Ausschusses für Langfristige Planung vorzustoßen. Jack bezweifelte zwar, dass sie allzu tief vordringen könnten, doch er mochte sich auch täuschen. Simões und er hatten den

Sachverstand des Hyperphysikers mit McBrydes Wissen über die Sicherheitssysteme miteinander kombiniert, als sie diesen Angriff vorbereiteten, also bestand zumindest eine ernstzunehmende Chance, dass es ihnen gelingen würde, echten Schaden anzurichten, bevor ihre elektronischen Helfershelfer schließlich doch besiegt würden. In der Zwischenzeit würde das Hauptausführungsprogramm von einem Hochsicherheitssystem zum nächsten übertragen und dort neu gebootet, und dabei würde es so viel Verwüstung anrichten, wie es nur möglich war. Da der Angriff so tief aus dem Innersten des Systems erfolgte, würden die Programmkopien höchstwahrscheinlich ungleich mehr Chaos und Verwirrung stiften – vom angerichteten Schaden ganz zu schweigen –, als die Kollegen von der Cyber-Sicherheit sich in ihren schlimmsten Albträumen ausmalen könnten.

Und während das alles geschah, würden hektische Meldungen das System regelrecht überfluten: Verzweifelt würde man versuchen, McBrydes Vorgesetzte darüber zu informieren, dass Simões wie ein Wahnsinniger versuchte, das Alignment für das zu strafen, was es seiner Tochter und auch ihm selbst angetan hatte. Sorgsam hatten sie beide es darauf angelegt, den Eindruck zu erwecken, McBryde persönlich verfolge Simões … und dass sie beide geradewegs auf Mendel zuhielten, wo Simões einen selbstmörderischen Angriff auf die Hauptstadt beabsichtigte.

Das wäre natürlich der letzte Feinschliff – und zugleich auch die perfekte Tarnung für ihre Flucht. Denn Jack McBryde, der furchtlose Beschützer des Alignments, würde den Wahnsinnigen, der ihm zum Freund geworden war, persönlich aufhalten, indem er dessen mit Sprengsätzen geradezu überladenen Luftwagen kurz vor dem Luftraum der Stadt rammte. Es würde zu einer gewaltigen, sehr, sehr lauten Explosion kommen, und jegliche Trümmer würden (harmlos) über ein sehr großes Waldstück gerade außerhalb von Mendel verteilt werden. Letztendlich würden die Ermittler, die sich um diesen Absturz kümmern mussten, dann bemerken, dass sich keinerlei Leichenteile finden ließen – doch angesichts der Tatsache, dass die Trümmerstücke so weit versprengt wurden, musste es doch eine ganze Weile dauern, bis sie zu dieser Schlussfolgerung kamen. Und bis dahin ...

Plötzlich piepte sein Com, und Jack zuckte im Sessel zusammen, als er erkannte, dass es sich um eine Vorrang-Nachricht handelte. Einen Moment lang war es ihm, als explodiere ihm das Herz in der Brust, doch dann riss er sich zusammen. *Es gibt alle möglichen Gründe, warum jemand mir ein Vorrang-Signal schicken könnte,* rief er sich in Erinnerung, gerade angesichts seines Aufgabenbereiches. Er drückte die Annehmen-Taste.

»Ja?«

»Jack, Steve hier.« Steven Lathorous Abbild erschien auf dem Display, während er sprach. Seine dunklen Augen wirkten noch düsterer als sonst, und seine Miene verriet tiefe Besorgnis.

»Was gibt es denn, Steve?«, fragte McBryde, und Besorgnis färbte nun auch seine Stimme, als er die offenkundige Beunruhigung seines Freundes bemerkte.

»Was *zur Hölle* hast du getrieben?« Lathorous platzte es fast heraus.

»Ich?« Irgendwie gelang es McBryde, seine Stimme ernstlich überrascht klingen zu lassen. Einen Moment lang blickte er Lathorous nur an, dann verzog er das Gesicht. »Was meinst du, was ich ›getrieben‹ habe?«

»Ich hatte gerade ein sehr sonderbares Com-Gespräch«, erklärte Lathorous. »Mit Bardasano.«

»Bardasano?« *Dieser Name reichte aus, um zumindest ein gewisses Maß an Beunruhigung an den Tag zu legen,* sagte eine kleine Stimme in McBrydes Hinterkopf ihm mit geradezu wahnsinniger Ruhe. Seine Grimasse verwandelte sich in ein Stirnrunzeln, das Verwirrung und Besorgnis gleichermaßen ausdrückte. »Worum *ging* es in diesem Gespräch denn?«

»Um *dich*, du Blödmann!« Lathorous schüttelte den Kopf. »Als du mir angeboten hast, mir Irvine abzunehmen, bin ich doch nie auf die Idee gekommen, du könntest versuchen, selbst irgendeine idiotische Untersuchung einzuleiten! Ich meine, du bist einer meiner besten Freunde, Jack, und ich halte dich für einen der intelligentesten Menschen, die ich überhaupt kenne, aber du hast doch schon seit Jahren nicht mehr im *Außendienst* gearbeitet. Gut, ich kann diesen Mistkerl wirklich nicht ausstehen, aber wenn du das Gefühl hattest, irgendjemand anderes solle sich mit Irvines Berichten befassen, dann hättest du *mich* das wissen lassen sollen!«

»Oh, *verdammt*«, murmelte McBryde, während seine Gedanken sich überschlugen. »Ich wollte dich damit nicht belästigen«, improvisierte er. »So kompliziert kam mir das alles gar nicht vor. Abgesehen davon dachte ich mir, es könnte mir ganz gut tun, mal aus der Routine herauszukommen. Mich nicht mehr ständig um Simões und den ganzen Rest hier im Center sorgen zu müssen.«

»Ach ja? Dann lass dir mal was sagen, Kumpel: Für das hier musst du mir schon eindeutig eine bessere Geschichte auftischen als bloß ›ich hatte keine Lust mehr, am Schreibtisch zu versauern‹. Wenn ich mich nicht völlig täusche, ist Bardasano gerade jetzt auf dem Weg zum Center, um dir persönlich eine neue Körperöffnung zu verschaffen, weil du so an der üblichen Verfahrensweise herumgeschlampt hast! Ich glaube nicht, dass sie allzu *belustigt* sein wird, Jack.«

»Scheiße«, gab McBryde zurück. Dann schüttelte er kurz den Kopf. »Danke, Steve. Ich weiß diese Vorwarnung wirklich zu schätzen, und ich hoffe, dass ich dich damit nicht auch noch irgendwie reinziehe.«

Lathorous stieß ein Schnauben aus. »Mach dir um mich mal bloß keine Sorgen. Sieh einfach zu, wie du dich da rauslavieren kannst, sobald sie erst einmal mordlüstern in dein Büro gestapft kommt.«

»Das dürfte der beste Ratschlag sein, den ich jemals bekommen habe«, gab McBryde mit einem etwas gezwungenen Lächeln zurück. »Noch einmal: danke. Und jetzt sollte ich wohl mit dem ›Lavieren‹ anfangen, schätze ich. Ende, Steve.«

»Ende«, erwiderte Lathorous, und der Bildschirm des Coms wurde schwarz.

»Halt die Klappe, Steph.« Ruhig erwiderte Anton den Blick der Restaurantbesitzerin. »Es hat doch keinen Sinn, mich jetzt anzuschreien. Es tut mir leid, dass es dazu gekommen ist, aber es ist nun mal so. Du hast keine andere Wahl. Entweder du kommst mit uns und nimmst deine Tochter mit, oder du bist innerhalb einer Woche tot. Und Nancy dann auch.«

Steph Turner sackte sichtlich ein wenig in sich zusammen. »Verdammt, ich habe dir doch gesagt, dass ich mit Saburos Aktionen nichts zu tun habe – und ich *will* damit auch nichts zu tun haben.«

»Wir gehören eigentlich gar nicht zum Ballroom. Aber das wird dir auch nicht helfen, denn für die Leute, die diesen Planeten hier regieren, sind wir noch viel schlimmer. Die *werden* dich umbringen, Steph. Dich und Nancy – nachdem sie dich ausgequetscht haben, auch wenn man aus dir überhaupt nichts herausholen *kann*. Die werden dir niemals glauben, dass du damit nichts zu tun hattest.«

Verzweifelt blickte sie sich in der Küche um. »Aber ... das hier ist doch alles, was ich überhaupt habe. Auf der ganzen Welt.«

Anton lächelte. »Na, was das betrifft, hast du Glück. So eine Art Glück, wie wenn man in der Lotterie gewinnt. Ich bin stinkreich, Steph. Na ja, um genau zu sein: *Meine Frau* ist stinkreich. Aber Cathy spendet schon seit ihrer Kindheit für wohltätige Zwecke. Die wird dir, ohne mit der Wimper zu zucken, ein neues Restaurant aufbauen, das besser ist als das hier.«

»Bist du dir da sicher?«

»Jou, ich bin mir. Können wir dann jetzt *bitte* endlich aufbrechen?« Er blickte den Teenager an, der sich mit weit aufgerissenen Augen an einen der Öfen lehnte. »Wir haben keine Zeit, noch irgendetwas zusammenzupacken, Nancy. Wenn es also irgendetwas gibt, was du oder deine Mutter unbedingt mitnehmen müsst, dann sollte es sich hier in der Küche befinden.«

Steph griff nach einer Schöpfkelle, von der sie behauptete, es sei ihre ›Glückskelle‹. Ihre Tochter Nancy bewies entweder mehr Sinn fürs Praktische ... oder einen größeren Kampfgeist ... oder beides. Sie griff nach dem größten Messer, das sie finden konnte. In ihrer kleinen Hand sah es fast aus wie ein Schwert.

Kapitel 24

Stocksteif saß McBryde da und betrachtete zwei oder drei Herzschläge lang das schwarze Display. Diese Leere in seinem Innersten, die zuvor noch herumgewirbelt hatte, war auf einmal sehr still, sehr ruhig. Er wusste, was er zu tun hatte.

Seine Hände zuckten wieder über die Computertastatur, und er rief eine der Sequenzen auf, die er gerade installiert hatte. Das war zwar nicht die Reihenfolge, in der er sie eigentlich hatte aktivieren wollen, aber es sollte hilfreich sein. Er fletschte die Zähne, als die Datenbank des Zentralcomputers ein wenig modifiziert wurde: Nun zeigten die Aufzeichnungen, dass Herlander Simões zusammen mit McBryde dessen Büro betreten hatte. Informationen über jegliche Bewegungen der Angestellten, die das Center betraten oder wieder verließen, wurden automatisch auf ein eigenständiges, autonomes System kopiert. Von seinem Arbeitsplatzrechner hier im Center hätte Jack trotzdem darauf zugreifen können, wenn es ihm darum gegangen wäre, die dort abgelegten Informationen zu löschen, doch das war das Letzte, was er wollte, denn genau dieses autonome System sollte letztendlich dazu dienen, Simões' Flucht zu erklären ... hoffte er. Ein Stich der Trauer durchfuhr ihn, als er kurz an den freundlichen Sergeant unten im Foyer denken musste, doch er konnte den Mann unmöglich vorwarnen, ohne damit Simões' Deckung auffliegen zu lassen. Abgesehen davon war der Sergeant, obwohl es längst Wochenende war, bei weitem nicht der Einzige, der sich in diesem Komplex hier befand. Und für sie alle konnte McBryde jetzt nichts mehr tun.

Es erwies sich erstaunlicherweise als durchaus interessante Erfahrung. Neugier war einer der Charakterzüge, die bei Herlander ganz besonders stark ausgeprägt war, und nun begriff er, wie er diese dazu nutzen konnte, seine Furcht im Zaum zu halten.

Ein klimatisierter Frachtbehälter – mit erstklassigen Luftaufbereitern und anscheinend sogar noch einem zusätzlichen Sauerstofftank für Notfälle –, der von außen, für jeden nichtsahnenden Betrachter, ganz so aussah, als befinde sich darin lediglich schweres Gerät.

Und Beleuchtung gab es hier auch. Zwar nur sehr matt, aber es gab Licht. Simões hatte sich schon mit dem Gedanken abgefunden, die gesamte Reise in völliger Dunkelheit hinter sich bringen zu müssen – ein Gedanke, der ihm alles andere als behagt hatte.

Die Frau blickte auf ihr Chronometer – wahrscheinlich zum einhundertsten Mal. »Sie sollten bald hier sein«, murmelte sie. »Na ja. Vielleicht dauert es noch eine halbe Stunde.«

Herlander, der sich voller Interesse aufmerksam umschaute, bemerkte ein Steuerfeld in einer der Ecken des Behälters.

Ach du großer Gott! Ist das etwa ein Verzerrer? *Woher* kriegen *die dieses Zeug?*

Jack dachte darüber nach, Zachariah eine letzte Nachricht zukommen zu lassen, oder seinen Eltern, oder seinen Schwestern – doch das währte nicht lange. So gerne er ihnen allen erklärt hätte, was ihn hier trieb, er hatte schon längst die Entscheidung gefällt, das Risiko nicht eingehen zu können. Der Sicherheitsdienst würde sie alle sehr genau im Auge behalten, und der beste Schutz, den Jack ihnen bieten konnte, bestand darin, dass er ihnen niemals, nicht auch nur mit einem einzigen Wort, gesagt hatte, was er im Schilde führte. Angesichts der Möglichkeiten, die dem Sicherheitsdienst offenstanden, würde es nicht allzu lange dauern, bis sie herausfänden, dass keiner von ihnen davon auch nur eine Ahnung gehabt hatte, geschweige denn in irgendeiner Weise in Jack McBrydes Handeln involviert war. Und sosehr er mittlerweile auch das Alignment und alles, wofür es stand, verabscheute, neigte das System doch nicht dazu, Leute für das Verhalten anderer zu bestrafen. Natürlich würde ein Stigma zurückbleiben, und man würde sie alle sorgfältig im Auge behalten, zumindest eine Zeit lang, doch niemand würde *sie* für das verantwortlich machen, was *er* getan hatte. Wenn er ihnen jedoch jetzt noch eine letzte Nachricht zukommen ließ, dann würde das die Immunität seiner Familie untergraben.

Als Anton wieder aus der Küche kam, hatte Victor immer noch sämtliche Gäste im Diner fest im Griff. Dazu gehörte auch eine Person, die Anton nicht kannte. Sie musste das Pech gehabt haben, erst vor kurzem hereingekommen zu sein.

Weiterhin gehörte dazu auch der Mann, den Anton unter dem Tisch hervorgeholt hatte. Er kniete jetzt auf dem Boden, nicht allzu weit von Victor entfernt, die Hände hinter dem Rücken gefesselt.

Wieder packte Anton ihn am Kragen und riss ihn auf die Beine. »Du kommst jetzt mit, Bürschchen.«

Als er auf den Hintereingang zusteuerte, hörte er Victor zu seinen Gefangenen sagen: »Also, das Ganze läuft folgendermaßen: Wir haben Kameraden, die vor beiden Türen, Vorder- wie Hinterausgang, Wache stehen. Jeder, der versucht, innerhalb der nächsten fünf Minuten das Lokal zu verlassen, wird erschossen. Sobald diese fünf Minuten verstrichen sind« – er deutete auf die gegenüberliegende Wand – »und bitte orientieren Sie sich an diesem Chronometer dort, können Sie das Diner verlassen. Gehen Sie, wohin auch immer Sie wollen. Mein persönlicher Ratschlag, den sie befolgen oder verwerfen können, lautet, dass es eine gute Idee wäre, so zu tun, als wären Sie nie hier gewesen. In diesem Raum gibt es keinerlei Aufzeichnungs- oder Sicherheitsgerätschaften, abgesehen von dem, was diese drei Leichen dort hereingebracht haben. Und darum haben wir uns bereits gekümmert. Also kommen Sie höchstwahrscheinlich mit so einer Geschichte durch.«

Er durchquerte den Raum und steuerte auf den Hintereingang zu. »Sie können diesen Zwischenfall natürlich auch den Behörden melden, und die werden Sie dann gewiss mit dem Respekt behandeln, der allen Zweiern traditionell zusteht. Ganz wie Sie mögen.«

Eine halbe Minute später befanden Anton und er sich gemeinsam mit den beiden Frauen und ihrem Gefangenen in dem Fluchttunnel.

Dort blieben sie stehen. Anton stieß den Gefangenen gegen eine Wand und trat einen Schritt zurück. Gleichzeitig trat Victor vor, die Waffe in der Hand.

Lajos Irvine war wie versteinert. Er würde jetzt sterben, das wusste er genau. In den schwarzen Augen seines Gegenübers war nicht einmal eine Spur von Gnade zu lesen, und die Waffe in der Hand war so fest und unbeugsam auf ihn gerichtet wie ein Eisenstab.

Einige Sekunden verstrichen. Vielleicht fünf, auch wenn es sich eher wie fünfzig anfühlte.

»Ich bin mir einfach nicht sicher«, sagte der Mann mit den schwarzen Augen.

»Ist ganz deine Entscheidung«, erwiderte der Kellner nur.

Der Schwarzäugige trat einen Schritt zurück. »Er muss für mindestens vier Stunden ausgeschaltet werden.«

»Kein Problem.« Der Kellner stellte sich unmittelbar neben Lajos. Dieser hatte die Augen so weit aufgerissen, wie es anatomisch gerade noch möglich war.

»Ich würde ja sagen, dass mich das noch viel mehr schmerzen wird als Sie, aber das wäre lächerlich.«

Als die Faust ihn mit der Wucht eines Vorschlaghammers traf, schmerzte es sonderbarerweise überhaupt nicht. Oder wenn doch, dann erinnerte sich Lajos nicht daran.

Von Anfang an war Jack McBryde bewusst gewesen, dass es niemals ausreichen würde, einfach nur überzulaufen – nicht angesichts dessen, was er alles schon für das Alignment geleistet und getan hatte. Das war der wahre Grund, weswegen er sich dafür entschieden hatte, das sichere Datennetzwerk des Centers und jedes andere Computersystem anzugreifen, das er nur erreichen konnte. Natürlich gab es Backups, doch es bestand zumindest eine gewisse Chance dafür, selbst den sichersten Datensystemen des Alignments ernstzunehmenden Schaden zuzufügen. Und das alleine schon war definitiv ein Versuch wert.

Nur dass er diese Gelegenheit nun nicht mehr bekommen würde. Die Zeit dafür reichte einfach nicht. Das bedeutete, es gab nur eine einzige Möglichkeit, eine ernstzunehmende Portion wirklich wichtiger Daten zu vernichten. Und da es Jack schmerzlich bewusst war, dass er Mesa nun doch nicht mehr verlassen würde …

Er gab einen Code in sein persönliches Com ein. Es war ein Code, der nur ein einziges Mal genutzt werden konnte und sich unmöglich zurückverfolgen ließ – er hatte ihn mit Hilfe seiner eigenen Möglichkeiten, auf die Sicherheitssysteme zuzugreifen, eingerichtet, obwohl er gehofft hatte, ihn niemals zu benötigen. Das Com summte nur ein einziges Mal, dann meldete sich schon Herlander Simões. McBryde hörte die Anspannung in seiner Stimme, das Erkennen, dass Jack niemals diesen Code angerufen hätte, wenn nicht irgendetwas ernstlich schiefgelaufen wäre.

»Ja?«, fragte Simões.

»Eierschale«, sagte McBryde und hörte deutlich, wie sein Gesprächspartner die Luft einsog, als er das Codewort für den Notfall hörte.

»Ich …«, setzte Simões an, dann hielt er inne. Rau war zu hören, wie sich jemand räusperte. »Verstanden. Danke. Ich … werde das nicht vergessen.«

»Gut.« McBryde wollte noch etwas hinzufügen, doch dafür war keine Zeit mehr, und es gab ohnehin nicht viel, was er hätte sagen *können*. Außer … »Pass auf dich auf. Ende.«

Wie betäubt deaktivierte Herlander sein Com.

»Was bedeutet das?«, fragte Yana.

»Das bedeutet, er war … er wird …« Er brach in Tränen aus. »Er ist der einzige Freund, den ich je *hatte*.«

Jetzt rannten sie den Fluchttunnel beinahe schon hinab. Darüber war Anton alles andere als glücklich. Erstens brachen sie damit jegliche Spielregel ihres Geschäfts. Zweitens bestand ernstlich das Risiko, dass jemand in der matten Beleuchtung hier unten über irgendetwas stolperte. Und es gab hier reichlich ›Irgendetwas‹, worüber man stolpern konnte. Der Boden des Tunnels war mit Schutt übersät. Im Gegensatz zu manchen anderen Tunneln wurde dieser hier wirklich nur selten benutzt. Aus diesem Grund hatten sie ihn genau deswegen auch ausgewählt. Aber das Letzte, was sie hier gebrauchen konnten, war, dass sich irgendjemand bei einem Sturz verletzte.

Sie hatten einfach keine andere Wahl. Der Zwischenfall in dem Diner hatte sie nicht nur aufgehalten, er hatte ihnen auch deutlich gezeigt, dass irgendetwas schiefgelaufen sein musste. Sie hatten immer noch keine Ahnung, was es gewesen sein konnte. Aber wie viel Zeit auch immer ihnen noch bleiben mochte, sie lief ihnen eindeutig davon.

Jack unterbrach die Verbindung zu Simões und drückte weitere Tasten. Dieses Mal war es eine lange, komplizierte Sequenz – sorgfältig so eingerichtet, damit niemand sie aus Versehen eingeben konnte –, und spürte, wie sich sein Magen vor Anspannung zusammenkrampfte, als die Sicherheitsschirme deaktiviert wurden, einer nach dem anderen. Jeder einzelne erforderte seine persönliche Bestätigung. Wahrscheinlich war er der Einzige auf dem ganzen Planeten, der über die erforderlichen Sicherheitscodes verfügte, und selbst er hätte sie eigentlich nicht *alle* haben sollen. An sich war das eine typische Situation, in der die ›Zwei-Mann-Regelung‹ hätte greifen müssen. Doch McBryde war schon immer bewusst gewesen: Wenn diese Codes tatsächlich erforderlich wären, dann bliebe vielleicht nicht genug Zeit, den ›zweiten Mann‹ online zu holen, bevor es zu spät war.

Mir war überhaupt nicht klar, wie lange das alles dauert, meldete sich eine Stimme in seinem Hinterkopf leise zu Wort, während er einen weiteren der verlangten Befehle und Codes eingab. *Hätte ich das gewusst, hätte ich vorgeschlagen, das alles ein wenig zu rationalisieren. Wie soll man denn in der Zeit, die einem bleibt, diesen ganzen Zinnober hinter sich bringen, wenn es sich um eine echte Notsituation handelt? Das ist doch einfach* dämlich, *also wirklich …*

Der Gedanke brach mitten im Satz ab, als eine Frau mit auffallend gewagten Tätowierungen gemeinsam mit drei ihrer persönlichen Adjutanten im Blickfeld des Sensors auftauchte, den McBryde auf den Haupteingang des Centers ausgerichtet hatte. Er sah, wie der uniformierte Sergeant sofort aufsprang, als er Isabel Bardasano erkannte, und stieß einen leisen Fluch aus.

Es bleibt noch Zeit, sagte er sich selbst. *Sie braucht gut sechs Minuten, um von dort aus mein Büro zu erreichen, selbst wenn sie den Hochgeschwindigkeits-Aufzug nimmt. Und wahrscheinlich kann ich das Ganze noch ein bisschen verlangsamen …*

»Gott sei Dank«, sagte Carl Hansen, als Victor und Anton aus dem Gebäude traten. Als sie die beiden Frauen in deren Begleitung sahen, legten sie die Stirn in Falten. »Wer sind die denn?«

»Ist im Augenblick egal. Die kommen mit. Irgendetwas ist schiefgelaufen.«

Yana kletterte von der Ladefläche des Lieferwagens. »Dass irgendetwas schiefgelaufen ist, kann man wohl laut sagen.« Mit dem Daumen deutete sie hinter sich. »Unser Passagier da hinten hat vor kurzem einen Anruf bekommen von Jenem, ›Der Nicht Genannt Werden Darf‘. Man ist ihm auf die Schliche gekommen, und jetzt ist er im Center gefangen, und ...«

Victor nickte. »Er wird sich umbringen. Ein wirklich guter Mann.«

Yanas Grinsen hätte einem Raubtier gut zu Gesicht gestanden. »Oh, er wird nicht alleine den Abgang machen, Victor. Bei weitem nicht.«

Das war eine der seltenen Gelegenheiten, in denen Anton erlebte, wie Victor Cachat vor Erstaunen die Augenbrauen hob. An sich wäre ihn das ein Lachen wert gewesen, doch im Augenblick hatten sie entschieden zu viel herauszufinden und zu entscheiden.

»Wenn er das Gamma Center in die Luft jagt, sollten wir Cary Bescheid sagen, damit er noch abwartet und das Buenaventura genau zum gleichen Zeitpunkt sprengt. Wenn wir Glück haben, denken die Mesaner dann, diese beiden Angriffe wären von Anfang an koordiniert gewesen.«

Die Vorstellung, der Sprengsatz, der im Untergeschoss des Buenaventura verborgen war, solle schon so früh an einem Samstagmorgen gezündet werden, erleichterte ihn ein wenig. Der Turm selbst stand praktisch leer, und er befand sich auf einem alten Industriegebiet, das ebenfalls fast verlassen war. Natürlich würde es einige Verluste geben, doch auf diese Weise ließen sie sich wenigstens auf ein Minimum beschränken.

Bedauerlicherweise – von Antons Warte aus betrachtet – konnten sie auf die Explosion nicht einfach ganz verzichten. Die Zerstörung des Buenaventura war der Schlüssel ihrer gesamten, gefälschten Flucht-Aufzeichnungen – und die würden sie jetzt vermutlich dringender benötigen denn je.

Doch es hatte jetzt überhaupt keinen Sinn mehr, die Explosion im Sportstadium auszulösen. Zum einen, weil David Pritchard durchaus den Tod finden konnte, wenn McBryde das nahegelegene Gamma Center sprengte. Zum anderen: Was hatte es denn überhaupt noch für einen Sinn? Davids Bombe würde nicht annähend so viel Schaden anrichten wie die Maßnahmen, die McBryde ergreifen wollte.

Carl gab schon die neuen Anweisungen an Cary ein. »Okay, das wäre erledigt«, sagte er kurz darauf. »Was kommt als Nächstes?«

»Schick Anweisungen an Karen und David. Sag ihnen, sie sollen verdammt noch mal zusehen, dass sie da wegkommen und dann abtauchen. Wenn sie jetzt in ihrem Versteck verschwinden, dann haben sie eine anständige Chance, der großen Fahndung zu entgehen, die schon bald beginnen wird. Und es wird eine verdammt groß angelegte Fahndung werden.«

Hansens Miene wirkte ein wenig angespannt, doch er gab rasch und sicher die entsprechenden Befehle ein.

»Und was ist mit mir, Anton?«, fragte er leise.

»Du wirst mit uns kommen müssen, Carl. Das lässt sich jetzt nicht mehr vermeiden.«

Hansen schüttelte den Kopf. »Nein. Ich lasse meine Leute auf Mesa nicht im Stich.«

Anton setzte eine entschlossene Miene auf. »Carl, wenn du mit der Flucht wartest, bis wir zur *Hali Sowle* aufgebrochen sind, hast du praktisch überhaupt keine Chance mehr, *nicht* entdeckt zu werden.«

»Das verstehe ich. Aber ich werde trotzdem nicht mitkommen.«

»Lass es gut sein, Anton«, meldete sich Victor zu Wort. »Er ist schon groß, und es ist seine eigene Entscheidung – und ich an seiner Stelle würde genau das Gleiche tun.« Er kletterte auf den Beifahrersitz des Lieferwagens. »Und jetzt sollten wir aufbrechen.«

Nachdem sie etwa drei Minuten lang in Richtung des Raumhafens gefahren waren, zog Carl sein Com hervor, um nachzuschauen, ob er auf seine Nachrichten eine Antwort erhalten hatte. An sich rechnete er nicht damit, schließlich gab es eigentlich nichts mehr zu sagen, und jede Übertragung barg das zugegebenermaßen geringe Risiko, doch abgefangen zu werden.

Und tatsächlich, weder Cary noch Karen hatten irgendetwas geschickt. Doch David Pritchard ...

»Oh, Hölle und Verdammnis«, seufzte er.

»Was ist los?«, fragte Victor sofort.

Carl reichte ihm das Com. »Lesen Sie's selbst.«

Victor warf einen Blick auf den Bildschirm.

IHR KÖNNT MICH MAL
FEIGLINGE
IHR KÖNNT MICH MAL

»Er ist durchgedreht.«

»Aber so richtig«, bestätigte Carl.

Es war ganz offensichtlich, dass Bardasano keine Ahnung hatte, wie sehr sich Jacks eigener innerer Verfall schon ausgebreitet hatte. Wäre es anders gewesen, wäre sie mit kreischenden Sirenen vorgefahren, begleitet von drei Bataillonen Sicherheitstrupps und genug schweren Waffen, um einen ausgewachsenen Sklavenaufstand niederzuschlagen. Und sie hätte auch ihre eigenen Übersteuerungs-Codes verwendet, um das gesamte Center herunterzufahren. Ihr Gesichtsausdruck verriet, dass sie mehr als nur ein wenig verärgert war über seine Mätzchen – zumindest über das, was sie für seine Mätzchen *hielt* –, doch sie bewegte sich nicht mit der Gehetztheit, die sie ganz gewiss an den Tag gelegt hätte, wenn sie auch nur vermutete, was hier wirklich vor sich ging. Und genau deswegen konnte Jack McBryde auch immer noch ungehindert auf die Computer und die internen Sicherheitssysteme des Centers zugreifen.

Andererseits hat sie den ultimativen Übersteuerungs-Code für jedes Sicherheitssystem auf dem ganzen verdammten Planeten, rief er sich ins Gedächtnis zurück. *Sie kann mir jederzeit die Steuerung entziehen, falls irgendjemand sie davon überzeugt, das sei eine gute Idee.*

Das stimmte auch, aber es würde zumindest eine gewisse Zeit dauern, bis sie ihre eigenen Freigabecodes eingegeben hatte, und in der Zwischenzeit …

Er schaute zu, wie Bardasano und ihre Adjutanten sich in die Fahrstuhlkabine drängten, während er mit dem anderen Auge sein Computerdisplay im Auge behielt.

Nur noch drei Einträge, dachte er und rief ein separates Subsystem auf.

Weißt du, Jack, sagte er sich beinahe schon belustigt, *du hattest doch gerade darüber nachgedacht, ›ernstzunehmenden Schaden‹ anzurichten, oder nicht? Und Bardasano ist der effektivste Leiter der Sicherheit, den das Alignment seit Jahrzehnten hatte. Also fällt das wohl in die Kategorie ›Fügung des Schicksals‹.*

Mit dem Zeigefinger aktivierte er ein Makro, dann beobachtete er mit Hilfe der fahrstuhlinternen Sonde, dass Bardasano ruckartig und erstaunt den Kopf hob. Der Aufzug blieb stehen, überall im Center schrillten Alarmsirenen los, und Jack McBryde fletschte die Zähne zu einem wilden, raubtierartigen Lächeln. In allen Teilen des Centers verriegelten sich eigenständig Sicherheitstüren, und ›Feueralarme‹ kreischten im darüberliegenden Handelsgebäude los. Wahrscheinlich würde die Zeit nicht ausreichen, um den Suvorov Tower vollständig zu evakuieren – und die Evakuierten auch weit genug fortzubringen –, aber die Zahl der möglichen Opfer hatte sich gerade drastisch verringert, und das war auch gut so.

Die Hauptcomputer durchliefen eine weitere Befehlssequenz und fragten nach der nächsten. Jack gab sie ein, dann lehnte er sich zurück und wartete. Mit Hilfe des Fahrstuhlsensors schaute er dabei zu, wie Bardasano ihren eigenen Minicomputer aus der Tasche riss und selbst Befehle eingab.

Jetzt werde ich wohl herausfinden, ob sie dafür tatsächlich so lange braucht, wie ich gedacht habe, oder nicht, sinnierte er und öffnete gleichzeitig eine Schreibtischschublade.

Er holte den Pulser heraus, überprüfte die Ladungsanzeige und stellte sicher, dass sich auch wirklich ein Bolzen in der Kammer befand. Wenn sich herausstellte, dass Bardasano schneller in das System vordringen konnte, als er gedacht hatte, dann würde er sich mit einem deutlich weniger spektakulären Abgang begnügen müssen.

David Pritchard kreischte vor Zorn, als sein Flugwagen sich dem Sportstadium näherte.

»Ich bin euch rückgratlose Dreckskerle endgültig leid! Habt ihr mich gehört? Ich kann euer Gejammer und euer Gewinsel und euer Gewimmer nicht mehr ertragen – ihr könnt mich mal! Ihr könnt mich mal! Ich werde diese Bombe jetzt *zünden!*«

Bardasano drückte immer noch hektisch auf den Tasten ihres Minicomputers herum, als McBrydes Computer den letzten Freigabecode akzeptierte, den er eingegeben hatte. Nun fragte die Maschine nach einem weiteren. Der musste verbal eingegeben werden, und Stimmauthentifizierung war dabei unerlässlich.

»›Verbrannte Erde‹«, sagte Jack sehr deutlich.

»›Verbrannte Erde‹ bestätigt«, erwiderte eine emotionslose Computerstimme. »Alle Sequenzen erfolgreich eingegeben und bestätigt. Ausführung möglich. Wünschen Sie fortzufahren, Chief McBryde?«

Jack McBryde warf einen letzten Blick auf die Personen in der Fahrstuhlkabine.

Viel Glück, Herlander! Fast liebevoll dachte er an den gequälten Mann, der ihm zum Freund geworden war. *Mach sie fertig! Für mich … und für Francesca.*

Dann räusperte er sich.

»›Verbrannte Erde‹ ausführen«, sagte Jack McBryde ruhig.

Kapitel 25

Für die Einwohner der Stadt war es ein echter Glücksfall, dass sich das Gamma Center so tief unter der Oberfläche verbarg. Kein Teil des eigentlichen Gebäudes lag weniger als fünfzig Meter tief, ein Großteil noch ungleich tiefer – und den Nuklearsprengsatz, der durch den Befehl ›Verbrannte Erde‹ gezündet wurde, hatte man bewusst genau im Fundament des gewaltigen Komplexes verborgen.

Die Leute, die seit Jahrhunderten das Mesanische Alignment anführten und auch das Gamma Center hatten bauen lassen, waren ganz anders als die halbverrückten Despoten aus längst vergangener Zeit, deren Reaktion auf ein echtes Desaster nur allzu oft darin bestanden hatte, rings um sich gleich die ganze Stadt in Schutt und Asche zu legen. ›Verbrannte Erde‹ war kein Selbstmordprogramm im üblichen Sinne des Wortes – obwohl es, wenn es aktiviert wurde, ohne jeden Zweifel jeden Einzelnen töten würde, der sich zu diesem Zeitpunkt im Center aufhielt.

Doch der damit verfolgte Zweck war gänzlich rational, nicht emotional – und schon gar nicht hysterisch. ›Verbrannte Erde‹ war nicht darauf ausgelegt, Menschen zu töten, schon gar nicht die Menschen außerhalb des Centers, die einfach nur zufällig in der Stadt lebten. Das würde zwar auch geschehen, aber das war nur ein unerwünschter Nebeneffekt. Nein, die einzige Funktion von ›Verbrannte Erde‹ bestand darin, das Center selbst zu zerstören, so vollständig und gründlich, dass aus den zurückbleibenden Ruinen kein Gegner jemals auch nur das kleinste bisschen Information gewinnen könnte.

Letztendlich war die Bombe auf gerichtete Sprengwirkung ausgerichtet – allerdings in gigantischem Maßstab. Man hatte sie eigens so konstruiert, dass sie dem Center selbst maximalen Schaden zufügte – und minimalen Schaden allem, was darüber hinausging.

Und sie funktionierte auch ganz wie vorgesehen. Bedauerlicherweise kann man den von einer Fünfzig-Kilotonnen-Atombombe angerichteten Schaden nur dann als ›minimal‹ bezeichnen, selbst wenn sie noch so gerichtet sein mag, wenn man in den gleichen sonderbaren Maßstäben denkt wie die Leute, die sich damit beschäftigen, Atombomben zu entwickeln und zu bauen.

Nach den Maßstäben eines jeden anderen war ›Verbrannte Erde‹ ein schlichtweg unvorstellbares Inferno.

Die Explosion wurde erst drei Sekunden, nachdem McBryde die letzten Worte ausgesprochen hatte, ausgelöst, und während dieser drei Sekunden blieb den Sabotageprogrammen auf seinem Chip noch genug Zeit, sich über die Computer des Centers selbst hinaus zu verbreiten. Es waren zwar nicht allzu viele, längst nicht so viele, wie er ursprünglich geplant hatte, doch immer noch deutlich mehr, als sich die Cybersicherheits-Teams des Alignments jemals hätten vorstellen können. Vor allem nicht, wenn sie von der *Innenseite* des schützenden Firewalls aus verbreitet wurden. Und sie hatten auch nicht damit gerechnet, dass sie derart viele völlig gültige Zugangs- und Freigabecodes enthielten.

Nachdem die erste Reihe des Netzwerks sich plötzlich deaktivierte, meldeten sich natürlich Überwachungsprogramme zu Wort, doch nicht rasch genug, um die recht beachtliche Zerstörung zu verhindern. Nur sehr wenige der wichtigsten Subsysteme entgingen dem Angriff gänzlich unbeschadet.

Militärische Einrichtungen wurde von diesem Angriff deutlich weniger heftig betroffen, und das aus mehrerlei Gründen. Zum einen, weil das Militär selbstverständlich von Natur aus den Einsatz unabhängiger Systeme bevorzugte, wo immer das möglich war. Zweitens, weil der Sicherheitsdienst des Mesanischen Alignments sehr sorgfältig von den offiziellen mesanischen Geheimdiensten und den offiziellen Militärstreitkräften des Sonnensystems getrennt war – und das bedeutete, der Zugang auf diese Systeme war nur sehr eingeschränkt möglich. Drittens, weil im Falle des Militärs die Zugänge, die tatsächlich existierten, durch die Admirale der heimlich aufgebauten Mesan Alignment Navy beherrscht wurden, und solange ihnen nicht ungleich mehr Zeit verblieb, waren McBrydes kybernetische Saboteure schlichtweg nicht in der Lage, sich dort hindurchzuwinden. Viertens besaß McBryde nicht annähernd so ungehinderten Zugriff auf die Autorisierungs-Codes der MAN. Und fünftens hatten seine Programme nicht die Zeit, dorthin durchzukommen, weil schon vorher das Gamma Center und sämtliche dortigen Computer einfach zu existieren aufhörten.

Doch es gab deutlich mehr Links vom primären Netzwerk der Alignment-Sicherheit zu den anderen, allgemein zugänglichen zivilen Nachrichtenagenturen – und diese befanden sich im Griff des Alignments, nicht der Agenten, die nicht einmal wussten, dass man sie längst unterwandert hatte. Tatsächlich waren die Links sogar eigens eingerichtet worden, um dem Sicherheitsdienst des Mesanischen Alignments eine Möglichkeit zu bieten, gänzlich unbemerkt und ohne irgendwelche Spuren zu hinterlassen, in die ›offiziellen‹ Datenbanken vorzudringen – also auch diese Datenbanken zu nutzen, ohne dass irgendjemand, der nicht zur Alignment-Sicherheit gehörte, davon auch nur das Geringste wusste. Den Leuten, die diese Systeme entworfen hatten, war schon immer bewusst gewesen, dass diese Hintertüren eine beachtliche Gefahr für die Sicherheit der offiziellen Agenturen darstellten, aber da diese Gefahr eben vom *Alignment* ausging, hatte ihnen das nicht gerade schlaflose Nächte bereitet.

Zwar brauchten McBrydes Programme kostbare Sekunden, um sich durch die Sperren zu winden, doch es gelang ihnen ungleich *schneller*, als das beim Militär der Fall gewesen war. Und nicht nur das: McBryde hatte seine Angriffe sehr genau geplant und Prioritäten gesetzt.

Nur ein einziger seiner Angriffe gelang vollständig, doch das war auch genau der, in den Jack die größte Mühe gesteckt hatte – und er ging nicht das Risiko ein, sich darauf zu beschränken, die Daten lediglich zu *löschen*, auf die es ihm ankam. Oh nein! Sein Angriff erfolgte mit Hilfe spezieller Sicherheitsfreigabecodes für die betreffenden Computer, und sie lösten die Befehlssequenz aus, mit denen die Molekularschaltungen selbst neu formatiert wurden. Somit verwandelten sich die Speicher der Computer in massive, inaktive Klumpen einer kristallinen Legierung, denen nicht einmal der heilige Petrus persönlich auch nur ein einziges Bröckchen Information hätte entnehmen können. Und weil der Mann, der diesen Angriff vorbereitet hatte, selbst so hoch in der Hierarchie des Sicherheitsdienstes stand, wusste er auch, wo sich die *Backups* befanden … und wie er auch diese erreichen konnte.

Im Rahmen dieses einen erfolgreichen Angriffes verschwanden mehr als neunzig Prozent der gesamten mesanischen Aufzeichnungen über den Ballroom – die der ›offiziellen‹ Agenturen und des Alignments gleichermaßen. Und da Mesa den Planeten Torch immer noch als ›Erweiterung‹ des Ballrooms ansah, verschwanden damit auch sämtliche Daten über Torch.

Alles fort, abgesehen von einigen wenigen Informationsfetzen, die teilweise auf anderen Speicherbanken überlebten. Zweifellos gab es von diesen Einzelteilen genug, um langfristig einen Großteil der Daten zu rekonstruieren, doch diese Aufgabe würde tatsächlich Jahre in Anspruch nehmen … und wirklich vollständig würden sie niemals wieder werden.

Am ersten Tag nach der Aktivierung von ›Verbrannte Erde‹ hätte selbst Jeremy X persönlich fröhlich durch die Straßen einer jeden mesanischen Stadt spazieren und an jeder Straßenecke eine DNA-Probe abgeben können, ohne dass irgendjemand etwas von seiner Anwesenheit erführe – es sei denn, er würde durch Zufall von den (sehr) wenigen Mesanern erkannt, die ihm schon einmal persönlich begegnet waren ... und diese Begegnung auch überlebt hatten.

Zu den *anderen* kybernetischen Systemen, die bei Jacks Angriff Schaden nahmen, gehörte auch der mesanische Zoll. Der Schaden war ... sonderbar, und anscheinend recht eigenwillig.

E. D. Trimm starrte den Hauptbildschirm ihres Betriebszentrums an und konnte einfach nicht glauben, was sie dort sah. Alle *Schiffe* wurden immer noch angezeigt. Sie vermochte den Kurs eines jeden davon mühelos nachzuverfolgen, ob sie sich im Anflug befanden, gerade abreisten oder im Orbit standen. Vermutlich hätte sie auch, mit hinreichend viel Arbeit, zu jedem einzelnen manuell eine Verbindung herstellen können, etwa für den Fall, dass Kollisionsgefahr bestünde.

Doch die restlichen Informationen waren einfach fort. Verloren. Verschwunden.

»Welches Schiff ist denn nun welches?!« Sie heulte es fast.

»Tonnagen kann ich immer noch herausfinden«, meldete Gansükh Blomqvist. »Glaube ich zumindest.«

»Na wunderbar. Jetzt ist der Tag wirklich perfekt.«

Die Druckwelle erfasste David Pritchards Flugwagen und schleuderte ihn wild aus dem einprogrammierten Kurs. Noch gerade so eben gelang es ihm, einen Zusammenstoß zu vermeiden. Doch eigentlich kam dieser Verdienst eher dem Autopiloten zu. David selbst beherrschte den Flugwagen eher rudimentär, so wie das bei fast allen Zweiern der Fall war.

Als er wieder klar denken konnte, bemerkte er, dass er über das Stadium bereits hinweggerast war. Er blickte sich um, und trotz seines Zorns riss er die Augen auf, als er die zerschmetterten Überreste dessen sah, was einmal der Suvorov Tower gewesen war. Die Bauten sämtlicher Kontragrav-Zivilisationen waren fast unvorstellbar robust, und Suvorov war fast einen Kilometer hoch gewesen, dabei aber so breit, dass er beinahe gedrungen gewirkt hatte. Jetzt sah er aus wie der geborstene Reißzahn eines Ungeheuers, das geradewegs aus der Hölle aufgestiegen war: Feuer und Rauch brachen daraus hervor. Die beiden Nebentürme standen in lodernden Flammen, ihre Fassaden waren entsetzlich zerschmettert, und doch hatten sie einen Großteil der Druckwelle abgefangen wie zwei Kofferdämme. Suvorov mochte völlig zerstört sein, und mehrere Häuserblocks des Geschäftsviertels von Green Pines waren schrecklich in Mitleidenschaft gezogen, doch die Wohnbezirke der Stadt waren unbeschadet geblieben – genau wie die Planer, die seinerzeit den Sprengsatz verbaut hatten, das auch beabsichtigt hatten.

»Warnung! Warnung!«, plärrte der Autopilot. »Irreparable Schäden. Gesteuerte Fahrt nur noch maximal fünf Minuten möglich. Landen Sie augenblicklich.«

Einen Moment lang starrte Pritchard nur die Überreste des Suvorov Tower an, dann blickte er sich hastig um. Der Pine Valley Park lag jetzt weithin sichtbar vor ihm; die dunkelblauen Wellen des Sees, der das Zentrum des Parks darstellte, wirkte mit Spielzeug-Segelbooten wie gesprenkelt.

»Manuelle Steuerung!«, befahl David.

Ganny Butrys Clan, einschließlich Ganny selbst, hielt nicht viel von der sogenannten ›Altersweisheit‹ – außer wenn sich dieser

Ausdruck auf Ganny persönlich bezog. Daher saß im Pilotensitz des Shuttles, der auf dem Rollfeld auf Anton und Victor wartete, Sarah Armstrong, die gerade einmal zweiundzwanzig Jahre alt war – und ihr Kopilot war Brice Miller, noch acht Jahre jünger als sie.

Warum sie die Piloten waren? Weil sie die besten waren, die Ganny derzeit zur Verfügung standen. So einfach war das. Viele Dinge waren für den Clan recht einfach, wahrscheinlich, weil sie oft schlichtweg zu wenig wussten, um auf bessere Ideen zu kommen.

»Ich halte das für keine gute Idee«, sagte Brice unschlüssig. Er schaute zu, wie Anton, Victor und Yana, und dazu ein Mann, den er nicht kannte, und zwei Frauen, die er ebenfalls noch nie gesehen hatte, gemeinsam einen Frachtbehälter abluden. (Eine der Frauen interessierte Brice schon jetzt, schließlich war sie in etwa in seinem Alter.) Ohne viel Federlesens schütteten sie alles, was sich in dem Behälter befand, in einen Müllcontainer, den Yana aus einem der nahegelegenen Wartungszentren geholt hatte. (Die Mechaniker hatten keine Einwände erhoben. Zum Teil lag das sicherlich daran, dass Yana sie sehr freundlich anstrahlte, zu einem viel größeren Teil jedoch gewiss an der immensen Summe, mit der sie die Techniker bestach.)

»Haben keine andere Wahl«, grunzte Anton und hob ein Gerät aus dem Behälter, das nur er allein ohne fremde Hilfe dort herausholen konnte. »Müssen doch noch Platz für Steph und Nancy schaffen!«

Auch das schwere Gerät landete in dem Müllcontainer. Brice hatte das Gefühl, irgendwie komme ihm das Gerät bekannt vor, aber im Augenblick konnte er sich nicht erinnern, warum das so war.

Ein Großteil seines Verstandes war ohnehin mit anderen Dingen beschäftigt. *Das muss diese Nancy sein.*

Sarah zappelte vor Anspannung unablässig hin und her.

Doch bei ihr lag das nicht an der Fracht, die da gerade entsorgt wurde.

»Beeilt euch, Leute!«, zischte sie. »Wenn wir unser Zeitfenster für den Start um mehr als dreißig Sekunden verfehlen, kriegen die vom Zoll einen Anfall! Die alle sind so verkniffen, dass man einen Stock anspitzen müsste, um ihnen den in den Hintern zu schieben – wirklich bei jedem von denen. Ich glaube, die schicken die alle zur Fortbildung in ein Zwangsneurosen-Zentrum!«

Anton wuchtete ein weiteres Gerät in den Container.

»Warum können wir denn nicht im Shuttle mitfahren?«, fragte die jüngere der beiden Frauen. Ihre Augen strahlten regelrecht, sie wirkte wachsam und neugierig gleichermaßen. Das, und dazu das große Messer, das sie in der Hand hielt, machte sie nur umso faszinierender. Und ganz hübsch war sie eigentlich auch.

Brice nahm all seinen Mut zusammen. »Platz ist nur noch im Laderaum. Und der wird nicht unter Druck gehalten. Außerhalb der Kisten würdet ihr sterben.«

Das Mädchen blickte ihn an. »Wer bist du denn?«

»Brice. Brice Miller. Ich bin der Kopilot.«

»Der Kopilot, ja? Wie alt bist du?«

»Öhm ... fast fünfzehn. Nächsten Monat.«

»Ich bin Nancy. Nancy Becker. Ich bin vor vier Monaten fünfzehn geworden. Also bin ich älter als du.« Nachdem sie damit ihren Status eindeutig festgestellt hatte, wurde ihre Miene allerdings deutlich freundlicher. »Und du bist jetzt schon Kopilot. Das ist echt cool.«

Brice hielt es immer noch für eine wahrscheinlich dumme Idee, die Fracht einfach wegzuwerfen. Aber mittlerweile war ihm das egal. Wirklich komplett egal.

Nachdem die Kiste jetzt geleert war, wurde sie zusammen mit ihrem Gegenstück mit Hilfe des Gabelstaplers, den Sarah gemietet hatte, in den Laderaum verfrachtet. (Gemietet hatte sie das Gerät zu einem deutlich höheren Preis, als ein angemessenes Bestechungsgeld gewesen wäre – aber Sarah war ja auch erst zweiundzwanzig Jahre alt. Noch jung und naiv.)

»Rein mit euch!«, sagte sie und eilte ins Cockpit des Shuttles. »Wir können unseren Zeitplan noch einhalten. Aber es wird knapp. Brice, versiegel die Dinger!«

Die Passagiere wurden nach ihrem Geschlecht auf die Transportkisten aufgeteilt. Cachat und der Mann, den Brice nicht kannte, kamen in die eine, Yana und die beiden fremden Frauen in die andere. Der Behälter mit den beiden Männern war völlig ausgefüllt. In dem der Frauen hingegen war noch Platz.

»Da ist auch noch Platz für dich«, sagte Nancy.

Brice nahm jegliches Pflichtgefühlt zusammen, das er aufzubringen vermochte. »Tut mir leid. Geht nicht. Ich bin der Kopilot. Aber ich sehe dich ja sowieso bald wieder. Öhm … euch alle.«

Es dauerte nicht lange, die Behälter zu versiegeln. Trotzdem brüllte Sarah schon herum, als er sich wieder in seinen Sitz im Cockpit fallen ließ.

»… Schuld, wenn wir festgenommen werden!« Der Shuttle erhob sich. »Und erwarte bloß nicht, dass ich für dich die Kaution stelle!«

Manchmal konnte Sarah wirklich blöd sein. Bei einem war sich Brice verdammt sicher: Wenn die mesanischen Zollbehörden – ganz zu schweigen von der Polizei – sie festnahmen und herausfanden, dass sie heimlich Superspione und werweiß-wen-noch von diesem Planeten fortbringen wollten, dann würde die Frage nach der Kaution das geringste ihrer Probleme darstellen.

»Was ist passiert?«, wollte Albrecht Detweiler wissen, als das Gesicht seines Sohnes Collin auf dem kleinen Display auftauchte.

»Das wissen wir noch nicht, Vater«, erwiderte Collin. »Gamma Center ist zerstört, aber wir wissen immer noch nicht, warum das passiert ist. Aber das ›Wie‹ ist völlig klar: Aus dem einen oder anderen Grund wurde ›Verbrannte Erde‹ ausgelöst. Abgesehen davon ...«

Nachdem die meisten Kommunikationssysteme in der Umgebung von Green Pines ausgefallen waren, verließen sich Collin und Albrecht auf ihre persönlichen Coms. Collins Frau und die Kinder waren schon vor einiger Zeit zu einem Familientreffen aufgebrochen, das bald in der Villa seiner Eltern stattfinden sollte. Diese Villa war unglaublich luxuriös und völlig sicher – nur eine Hand voll Menschen wussten überhaupt, dass sie existierte, und noch weniger waren darüber informiert, wer dort wohnte. Bedauerlicherweise lag die Villa auch fast achthundert Kilometer von der Hauptstadt entfernt, und damit war die Anreise selbst mit dem Flugwagen recht beschwerlich. Die umständlichen (und ständig variierten) Flugrouten, die Albrechts Sicherheitspersonal verlangte, machten das alles nur noch schlimmer. Deswegen hatte Collin Alexis und die Kleinen vorausgeschickt, während er sich noch um ein paar letzte Details und Routineaufgaben kümmerte, wie sie bei seinem Job nur allzu oft anfielen. Es hatte doch keinen Sinn, seine Familie hier in Green Pines herumsitzen und Däumchen drehen zu lassen, statt dass sie sich am Strand aufhielten, zusammen mit ihren Großeltern, die es ganz offensichtlich darauf anlegten, sie nach Strich und Faden zu verwöhnen.

Deswegen war Collin zu Hause gewesen, als sich die Katastrophe ereignete. Da sein ›Zuhause‹ das Penthouse auf einem der exklusivsten Wohntürme am Rande des Pine Valley Park war, hatte er einen ausgezeichneten Blick auf die Trümmer, die einst der Suvorov Tower und das Gamma Center gewesen waren. Nun stand er vor der Crystoplast-Wand des Wohnzimmers und starrte hinaus. Langsam schüttelte er den Kopf und erstattete währenddessen seinem Vater weiter Bericht.

»... eine weitere Explosion in einem der alten Industriegebiete, etwa zwölf Kilometer entfernt. Sie fand beinahe zeitgleich statt.«

»Eine Nuklearexplosion?«

»Anscheinend ja, Vater. Zumindest wurden wir von denjenigen, die als Erste aus dem betroffenen Gebiet berichtet haben, über deutlich erhöhte Strahlungswerte informiert.«

Er bemerkte, dass sich aus Westen ein Flugwagen näherte. Irgendwo in seinem Hinterkopf registrierte er, dass der Anflug, selbst aus der Ferne betrachtet, erstaunlich unsicher wirkte. Nicht, dass das sonderlich überraschend war. Der Wagen mochte bei der Explosion durchaus Schaden genommen haben – und selbst wenn dem nicht so war, musste der Pilot zweifellos immens erschüttert sein. Der Anflugwinkel des Fahrzeugs ließ vermuten, dass es fast aus den Randgebieten der Explosion selbst kommen musste ... kein Wunder, dass er den Landeplatz des Parks ansteuerte. *Collin* an seiner Stelle hätte auf jeden Fall zugesehen, dass er so rasch wie möglich auf den Boden käme!

Doch das waren nur beiläufige Gedanken. *Eigentlich* war sein Verstand gerade mit ganz anderen Dingen beschäftigt.

David Pritchard schaffte es, den Flugwagen auf dem Parkplatz aufsetzen zu lassen, ohne eine Bruchlandung hinzulegen. Doch die Landung verlief so rau, wie es ein Flugwagen gerade noch verkraften konnte, ohne dabei ernstzunehmenden Schaden zu nehmen.

Er sah, dass zwei Stadt-Polizisten sich nach ihm umdrehten, und fletschte höhnisch die Zähne. Das waren noch nicht einmal Schläger vom Sicherheitsdienst – bloß zwei dieser hübschen, aufgebrezelten, besseren Kindermädchen, mit der Aufgabe, sich um die Leute zu kümmern, die in Green Pines lebten. Diese Leute, die Pritchard aus tiefstem Herzens hasste und verabscheute. Diese Leute, die er hinter den Cops ausmachen konnte, die lachten und sich fröhlich unterhielten, während ihre Kinder im Park spielten und die Morgensonne genossen. Auch sie drehten sich jetzt nach ihm um, zeigten ihm ihre fröhlichen Gesichter, starrten die gewaltige Rauchwolke an, die im Westen aufstieg. Er sah, wie die Leute wild gestikulierend auf die aufsteigende Wolke deuteten, konnte ihr nervös-neugieriges Geplapper beinahe *hören*.

Der Gesichtsausdruck der Cops – der vor allem Besorgnis zeigte –, verriet ihm, dass sie ihn ihrerseits für einen angesehenen Skorpion halten mussten. Für jemanden, dessen Fahrzeug vielleicht bei der Explosion beschädigt worden war und der jetzt so rasch wie nur irgend möglich hatte landen müssen.

Einige Sekunden lang blickte er sich um. Es war völlig unmöglich, in der Zeit, die ihm noch blieb, irgendwie zu entkommen.

Dann war das eben so. Er hatte schon damit gerechnet. Er zog die Steuereinheit des Sprengsatzes hervor und gab neue Timing-Anweisungen ein.

»... kannst genauso gut aufbrechen und hierherkommen, Collin. Die ersten Rettungskräfte sichern schon das ganze Gelände – genauso ist es auch bei dem anderen Gebiet –, und es sieht ganz so aus, als wäre auch schon eine ganze Armee von Sicherheitsdienstlern eingetroffen. Von Green Pines aus wirst du nichts irgendwie Wichtiges bewirken können.«

»Dann mache ich mich jetzt auf den Weg, Vater.« Collin verstaute sein Com und steuerte auf die Eingangstür zu. Er machte sich nicht die Mühe, eine Jacke anzuziehen, schließlich war das Wetter heute angenehm mild.

»Hey!«, schrie einer der Cops plötzlich. »Der Kerl ist ja ein Zweier! Der hat hier nichts zu suchen!«

Einen Moment lang blieben sein Partner und er ungläubig wie angewurzelt stehen. Aber sicher! Und jetzt, da sie ihn aus der Nähe sehen konnten, bemerkten sie auch, dass die zahlreichen Dellen und Schrammen am Flugwagen in Wirklichkeit altersbedingte Abnutzungserscheinungen waren und überhaupt nichts mit der unsanften Landung zu tun hatten.

Ein Zweier, der sich nach Pine Valley vorwagte, hätte selbst unter Idealbedingungen mit ernstlichen Schwierigkeiten zu rechnen. Doch an diesem Tag, an dem die Coms unablässig über Nuklearsprengsätze berichteten und sie die Auswirkungen eben dieser Explosionen mit eigenen Augen begutachten konnten ...

Einer der beiden Cops griff nach seinem Pulser.

David hatte sich überlegt, dass sechs Sekunden ausreichen mussten. Doch nachdem er den letzten Code eingegeben hatte, stellte er fest, dass er einfach nichts mehr zu sagen hatte. Es gab keine letzten Worte, keine große Ansprache. Dafür war sein Zorn einfach zu groß.

Und so war das Letzte, was die beiden Angehörigen der Green Pines City Police sahen, das wutverzerrte Gesicht eines Mannes, der irgendetwas brüllte – etwas, das sie nicht verstanden, denn der Zweier befand sich immer noch im Cockpit seines Flugwagens.

Doch einer der beiden konnte von den Lippen ablesen. Und so stellte er fest, dass der Zweier einfach nur immer und immer wieder das Gleiche sagte: »Ihr könnt mich mal!«

Während er auf den Fahrstuhl wartete, rief Collin noch einmal bei Albrecht an. »Vater, hast du schon irgendetwas von Benj...«

Über diese kurze Distanz hinweg blieb der Strahlung der Explosion kaum genug Zeit, das schützende Glas zu durchdringen, aus dem drei Seitenwände des Penthouses bestanden, bevor auch schon die Druckwelle eintraf. So robust die Wände auch waren, diese Fenster waren nicht darauf ausgelegt, einem derartigen Druck standzuhalten. Das wäre auch überhaupt nicht möglich gewesen. Und so zerbarsten die Scheiben in tausende von Splittern, die Collin Detweiler in Stücke gerissen hätten, hätte er immer noch dort gestanden. So jedoch wurde einfach nur alles, was sich im Inneren des Penthouses befand, von den Möbeln bis hin zum Bettzeug, in winzige Fetzen verwandelt, und der Wärmeimpuls ließ diese Fetzen sofort in Flammen aufgehen.

Betokeramik war jedoch unfassbar robust – und bei der Konstruktion sämtlicher Gebäude in Green Pines hatte man berücksichtigt, dass sie möglicherweise von Terroristen angegriffen werden könnten. Die Betokeramik-Türme in Nouveau Paris, die das Oktagon umringten, hatten es geschafft, die Zerstörung zu überstehen, zu der es während Esther McQueens Putschversuch gekommen war – und die Explosion damals war ungleich stärker gewesen als die der Bombe, die gerade in Green Pines gezündet worden war.

Collin Detweilers Turm war vom Bodennullpunkt weit genug entfernt, um nicht vom auflodernden Feuerball eingehüllt zu werden. Außerdem beschützten die Innenwände ihn vor der Wirkung der Strahlen ebenso, wie sie verhinderten, dass die Brände in den äußeren Appartements sich auf die innenliegenden Korridore und Fahrstuhlschächte ausbreiteten.

Daher lebte Collin noch, als die Rettungsmannschaften eintrafen. Die Druckwelle hatte ihn furchtbar zugerichtet, zahlreiche Knochen waren gebrochen, dazu kamen Prellungen und Schnittwunden am ganzen Körper. Er lebte eigentlich *kaum noch*, doch dank der Errungenschaften modernster Medizin reichte das aus, um sein Überleben auch weiterhin sicherzustellen.

»Ihr habt WAS?«, brüllte Andrew Artlett weniger als zwei Minuten, nachdem der Shuttle seine Fracht in einen der Laderäume der *Halie Sowle* ablud.

»Da ist noch einer, E. D. Was soll ich jetzt machen?«

Völlig hilflos starrte Trimm nur den Bildschirm an. Schon wieder scherte ein Schiff aus dem Orbit aus. Das war an sich natürlich alles andere als ungewöhnlich, schließlich kamen immer wieder Schiffe in das Mesa-System oder verließen es wieder. Doch jetzt brachen mindestens doppelt so viele Schiffe auf, als das sonst der Fall gewesen wäre.

Was auch immer dort unten auf der Oberfläche geschehen war, es hatte dieses Chaos herbeigeführt, und ganz offensichtlich hatte es eine gewaltige Anzahl Kommandanten zutiefst erschreckt.

Immer noch hatte Trimm keine Ahnung, welches Schiff denn nun welches war. Doch ausnahmsweise hatte sich Blomqvist, dieser Idiot, unerwarteterweise als nützlich erwiesen. Das System, das er kurzerhand improvisiert hatte, um Tonnagen abzuschätzen, stellte sich als erstaunlich leistungsfähig heraus. Daher konnte E. D. also wenigstens die richtig dicken Brocken von Raumschrott unterscheiden.

»Wie viel massen die?«

Er warf einen Blick auf sein Display. »Ich komme auf etwa eine Million Tonnen. Plus/minus eine Viertelmillion – richtig festlegen will ich mich da aber nicht.«

Trimm winkte ab. »Das ist egal. Ist ein kleiner Fisch. Darum brauchen wir uns wirklich keine Gedanken zu machen, wir haben schließlich noch anderes zu tun. Ich werde keine unserer Pinassen, von denen wir ja nun wirklich erschreckend wenige zur Verfügung haben, ausschicken, um irgendetwas überprüfen zu lassen, was weniger masst als vier Millionen Tonnen.«

Weniger als eine Stunde, nachdem sie die Alpha-Transition durchgeführt hatten, sah sich Andrew Artlett voll und ganz bestätigt.

Vor allem, weil sie gerade eine unvorhergesehene – und äußerst unangenehme *Abwärts*transition hinter sich gebracht hatten.

»Herzlichen Glückwunsch, ihr dämlichen Volltrottel. Der Hypergenerator ist damit offiziell und endgültig im Eimer. Zu unserem Riesen-Glück hat er lange genug durchgehalten, dass die Failsafes uns noch zurück in den N-Raum geworfen haben, bevor der Stabilisator den Geist aufgegeben hat. Natürlich hört unser Glück damit auch schon auf. Vielleicht ist euch ja aufgefallen, dass die verdammte Rotorwelle durchgebrochen ist? Nicht verzogen, nicht verbogen, nicht verformt – sie ist *durchgebrochen!* Und ich möchte nicht einmal erwähnen, welche Kollateralschäden das Ding angerichtet hat, als es sich selbstständig gemacht hat! Und dank zweier gottverdammter Cowboys, die ich durchaus auch namentlich benennen könnte, befinden sich die Bauteile, die wir benötigen würden, um das zu reparieren, in einem *Mülleimer* irgendwo auf der Oberfläche von *Mesa!*«

Während seiner Erklärung war seine Stimme lauter und lauter geworden. Vielleicht hatte das ja damit zu tun, dass er lange heftig hatte erbrechen müssen – eine Auswirkung der völlig unerwarteten Gewalttransition. *Natürlich ist es auch möglich, dass die Ursache in irgendetwas anderem zu suchen ist, was ihn beunruhigt,* überlegte sich Brice.

Wahrscheinlich war das allerdings nicht.

Victor Cachat schien das Ganze jedoch nicht sonderlich zu stören.

»Vertrauen Sie uns, Andrew, ja?«, sagte Victor. »Nichts von dem, was uns jetzt noch passieren kann, ist auch nur ansatzweise so schlimm wie das, was passiert *wäre,* wenn wir Mesa nicht rechtzeitig verlassen hätten.«

Andrew blickte immer noch äußerst finster drein. »Es wird *Monate* dauern, bis wir diesen Generator wieder zum Laufen kriegen.«

Zilwicki zuckte mit den Schultern. »Ich gebe zu, dass das sehr bedauerlich ist – aber vor allem ist es bedauerlich, weil ich mir Sorgen mache, was alles passieren wird, bis wir endlich unsere neuesten Informationen nach Hause bringen können. An sich ist es doch gar nicht so wild, ein paar Monate lang im All zu treiben – wir haben doch immer noch Energie, oder? Zu essen und zu trinken haben wir auch genug. Dafür hat man ja Schach und Kartenspiele und all so etwas erfunden!«

Lange blieb Andrew nicht so wütend. Mit harter, langweiliger Arbeit kannte er sich bestens aus, und er war ein verdammt guter Kartenspieler. Aber viel wichtiger als das war etwas gänzlich anderes: Hätten Zilwicki und Cachat nicht die Ersatzteile einfach entsorgt, dann befände sich jetzt nicht eine gewisse Steph Turner an Bord.

Unter den richtigen Umständen – vor allem in der richtigen Gesellschaft – hatte es doch durchaus sein *Gutes*, monatelang durchs All zu treiben.

Brice hätte dem gewiss zugestimmt. Anfänglich hatte er sich Sorgen gemacht, er würde sich mit Ed und James einen unablässigen emotionalen Ringkampf liefern müssen. Doch schon nach zwei Tagen hatte Nancy irgendwie sehr deutlich gemacht, dass es, wenn sie überhaupt an irgendeinem der drei Jungs interessiert war, Brice sein würde. Und da hatten sich Ed und James, die nicht nur gute Freunde waren, sondern auch gute Verlierer, entsprechend zurückgezogen.

Warum Nancy sich gerade für ihn entschieden hatte? Brice hatte keinen blassen Schimmer. Vielleicht wurden Mädchen, wenn sie in solche Transportkisten kletterten, ja genauso geprägt wie Enten, die frisch aus dem Ei geschlüpft waren. Als er noch zehn Jahre alt gewesen war, da hatte Brice wirklich bestens verstanden, was in Mädchen so vorging. Fünf Jahre später war alles, was irgendwie mit ihnen zusammenhing, ein einziges Rätsel für ihn.

Kapitel 26

»Alpha-Transition in zwölf Minuten, Bürger Commodore«, erstattete Bürgerin Commander Hartman Meldung.

»Danke, Millicent«, bestätigte Bürger Commodore Adrian Luff bewusst ruhig. Er blickte sich auf der Brücke seines neuen Flaggschiffs um und atmete unauffällig tief durch. In diesem Durchatmen lag immense Befriedigung ob der disziplinierten Effizienz seiner Mannschaft. Dann blickte er den ›Berater‹ an, der höflich neben seinem Kommandosessel stand.

Captain Maddock sah so ruhig und professionell aus, wie er sich auch verhielt – trotz seiner Uniform der Mesa System Navy, die Luff schon immer als wahrhaft lächerlich empfunden hatte. Es gab Augenblicke, in denen Luff ernstlich versucht war, Maddock sogar zu mögen – doch das kam nur äußerst selten vor. So höflich die Mesaner auch sein mochten – und Luff gestand gerne ein, dass der Captain sich redlich bemühte, stets so höflich wie möglich zu bleiben –, konnte doch kein Offizier der Exil-Volksflotte jemals vergessen, was Maddock in Wahrheit repräsentierte.

Ihren Aufpasser. Den Agenten ihrer Geldgeber. Den ›technischen Berater‹, dessen eigentliche Aufgabe es war sicherzustellen, dass die EVF bereit war, genau das zu tun, was man ihr auftrug – und das zu genau dem Zeitpunkt und an genau dem Ort, den man ihr aufgetragen hatte. Und die Tatsache, dass ihre Geldgeber zu einer derart verabscheuungswürdigen Organisation wie Manpower gehörten, machte das, was er verkörperte, nur noch schlimmer. Der mesanische Captain war die lebendig gewordene

Erinnerung an alle widerlichen kleinen Zugeständnisse, zu denen sich Luff gezwungen gesehen hatte. Der Inbegriff all der schmutzigen Bemühungen, die nun einmal anstanden bei seinem Kreuzzug – diesem Kreuzzug, etwas zu bewahren, womit sie eines Tages hoffen könnten, sich den Konterrevolutionären entgegenzustellen, die seinerzeit die Volksrepublik zu Fall gebracht hatten.

Manchmal, vor allem tief in der Nacht, hatte Adrian Luff ernstliche Schwierigkeiten zu schlafen. Immer wieder fragte er sich, ob dieses ›eines Tages‹ jemals sein würde. Nun wusste er, dass es so kommen *musste*. Obwohl niemand – ihn selbst eingeschlossen – derzeit bestritten hätte, die Chance auf einen letztendlichen Sieg der EVF (oder auch nur deren Überleben) sei außerordentlich gering. Aber wenigstens *hatten* sie jetzt eine Chance. Wie gering und fadenscheinig sie auch sein mochte, es war immer noch eine *Chance*, und er sagte sich – erneut – mit Nachdruck, dass sie sich diese Chance um praktisch jeden Preis hatten erkaufen müssen. Selbst wenn es bedeutete, das zu tun, was Manpower von ihnen verlangte.

Er warf einen Blick auf den Hauptplot, auf dem Icons sämtliche Schiffe seiner Flotte verkörperten. Stetig transistierten sie die Alpha-Bänder hinab, auf die Normalraum-Mauer zu. Auf dem Plot waren jetzt mehr – viel mehr! – dieser Icons zu sehen als früher, einschließlich einer beachtlichen Anzahl Schlachtkreuzer. Die zehn ehemaligen *Indefatigables* waren – ebenso wie auch seine eigene *Bernard Montgomery* – kleiner als die vier Schiffe der *Warlord C*-Klasse, die der Revolution die Treue gehalten hatten. Und sie waren – zumindest nach havenitischen Begriffen – entsetzlich unterversorgt, was aktive Antiraketen-Abwehr betraf. Doch Luff musste zugeben, dass ihre Elektronik-Grundausstattung deutlich besser war als alles, was die Volksrepublik jemals besessen hatte – auch wenn die Software, die diese Elektronik nutzte, recht aufwändiger Feinabstimmung bedurft hatte. Und sie verfügten über eine gesunde Anzahl Breitseiten-

Rohre, auch wenn die solarischen Standard-Schiff-Schiff-Raketen ehrlich gesagt reiner Schrott waren.

Andererseits wusste er dank seiner mesanischen Kontaktleute, dass die SLN derzeit damit beschäftigt war, sämtliche Schiff-Schiff-Raketen auf den neuesten Stand zu bringen, und er musste auch eingestehen, dass die Cataphracts in den Munitionskammern der Schlachtkreuzer besser waren als alles, was ihm die Volksflotte – oder das Amt für Systemsicherheit – jemals hatte bieten können. Sie waren nicht so gut wie die Mehrstufenraketen der verdammten Mantys (mittlerweile nachgebaut von Theisman und seinen Konterrevolutionären, die man überhaupt nicht genug verfluchen konnte), doch sie waren deutlich leistungsfähiger als das, was die *EVF* jemals zuvor besessen hatte. Und sie konnten vom Schiff aus abgefeuert werden, statt auf Gondeln angewiesen zu sein.

Seine acht Schweren Kreuzer waren allesamt Schiffe der *Mars D*-Klasse, die den Konterrevolutionären entkommen waren. Doch fünf seiner Leichten Kreuzer – eigentlich sogar *alle*, von der *Jacinthe*, der *Félicie* und der *Véronique* abgesehen – waren Schiffe der solarischen *Bridgeport*-Klasse, also im Prinzip nichts anderes als etwas vergrößerte Zerstörer der *Harvest*-Klasse. Die *Bridgeports* verfügten über drei zusätzliche Energielafetten auf jeder Breitseite, und ihre Munitionskammern waren deutlich größer als bei den *War Harvests*. Doch sie hatten die gleiche Anzahl Rohre und waren, was aktive Raketenabwehr betraf, proportional sogar noch schlechter ausgestattet als die *Indefatigables*.

Sämtliche seiner Zerstörer, alle sechzehn, gehörten der *War Harvest*-Klasse an, und sieben ihrer Kommandanten waren nicht gerade das, was Adrian Luff als ›zuverlässig‹ bezeichnet hätte. Die Flottenstreitkräfte der Systemsicherheit hatten vor allem aus Schweren Kreuzern und Schlachtkreuzern bestanden; den Rest der SyS-Einheiten hatten vor allem Wallschiffe ausgemacht. Ihre eigentliche Funktion war es seinerzeit gewesen, dafür zu sorgen, dass man sich auf die Schiffe der regulären Volksflotte, mit denen sie zusammen eingesetzt worden waren, auch verlassen konnte. (Deswegen waren auch die meisten dieser Schiffe im Gefecht zerstört worden, als die Schiffe der regulären Navy in Scharen zu den verwünschten Konterrevolutionären übergelaufen waren.) Also hatte man dort vor allem auf Feuerkraft und Größe Wert gelegt. Das bedeutete natürlich auch, dass es unter den Kampfschiffen der Systemsicherheit nur sehr wenige Leichte Kreuzer oder Zerstörer gegeben hatte. Luff hätte es wirklich vorgezogen, interne Beförderungen vorzunehmen, um für sämtliche *Zerstörer* Kommandanten stellen zu können, die Manpower der Exil-Volksflotte zur Verfügung gestellt hatte. Doch es war viel wichtiger gewesen, zunächst für seine schwereren Einheiten Besatzungen zu finden, die sich größtenteils aus Haveniten zusammensetzten. Und nachdem zu seiner Streitkraft so viele *Indefatigables* hinzugekommen waren, brauchte er mit beunruhigender Geschwindigkeit qualifizierte Offiziere. Tatsächlich war er sogar gezwungen gewesen, einige Mannschaftsdienstgrade zu Offizieren zu befördern, um auch nur das zu erreichen.

Ähnlich zuverlässige Offiziere für die *Zerstörer* abzustellen, war schlichtweg unmöglich gewesen. Also war Luff keine andere Wahl geblieben, als sich hier mehr auf diese Söldner zu verlassen (es hatte keinen Sinn, sie mit irgendeinem anderen Begriff beschreiben zu wollen), die Manpower ihm zur Seite gestellt hatte. Er hatte seine neun havenitischen Zerstörer-Kommandanten ebenso nach ihrer Leistungsfähigkeit ausgewählt wie nach ihrer ideologischen Zuverlässigkeit, doch obwohl er das mit niemandem außer seinem persönlichen Stab und seinem Flaggkommandanten besprochen hatte, waren ihm doch ernstliche Bedenken gekommen, wie viele dieser Schiffe die EFV auch noch *nach* Unternehmen Frettchen würde halten können. Seines Erachtens war es wahrscheinlicher, dass die leichten Einheiten mit den Söldner-Offizieren auf geheimnisvolle Weise einfach verschwinden würden – mit oder ohne Zustimmung ihrer Kommandanten – und sich auf ein Leben als Piraten einließen ... vor allem, da die Söldner sich ganz gewiss so gründlich wie möglich von denjenigen distanzieren wollten, die für Unternehmen Frettchen verantwortlich waren. Aber dagegen konnte Luff nicht das Geringste tun, und wenn es geschah, dann geschah es eben. Es war ja nicht so, als würde es seiner Schlagkraft ernstlich schaden, wenn besagte Schiffe einfach verschwänden, auch wenn er es bedauern würde, die Plattformen zu verlieren, die ihm so gute Dienste bei den Angriffen auf Handelsschiffe hätten leisten können, wenn erst einmal die Zeit gekommen war, ernstzunehmende, ausgedehnte Vorstöße gegen das konterrevolutionäre Regime vorzunehmen.

Aber das ist Zukunftsmusik, rief er sich grimmig ins Gedächtnis zurück. *Zuerst gibt es da noch diese ... andere Kleinigkeit, die wir erledigen müssen.*

Wieder blickte er zu Maddock hinüber; seine Kiefermuskeln spannten sich an, als er daran dachte, was er nun tun müsste. Dann wandte er sich Hartman zu.

»Lassen Sie Yvonne die Nachricht absenden, Millicent«, sagte er.

»Nachricht vom Flaggschiff an alle Einheiten, Bürger Commander«, meldete Bürger Lieutenant Adolf Lafontaine.

Arsène Bottereau blickte auf und hob eine Hand, um das Dreiergespräch mit Bürger Lieutenant Commander Rachel Barthumé, dem I.O. der *Jacinthe*, und Bürger Lieutenant George Bacon, ihrem taktischen Offizier, zum Schweigen zu bringen.

»Legen Sie es auf den Hauptschirm, Adolf«, wies Bottereau ihn an, und schaute zu, wie sich darauf das Abbild von Adrian Luffs ernstem Gesicht abzeichnete.

»In wenigen Augenblicken werden wir Unternehmen Frettchen ausführen«, erklärte der Commodore ohne seine üblichen förmlichen (eigentlich empfand Bottereau sie eher als ›wichtigtuerisch‹) einleitenden Bemerkungen. »Ich weiß, Sie alle sind auf das vorbereitet, was uns in Kürze abverlangt wird. Ich weiß auch, dass einige von Ihnen diesbezüglich immer noch Bedenken hegen. Ich verstehe das, und Sie haben auch mein Mitgefühl, aber es ist an der Zeit, diese Bedenken beiseite zu schieben. Wir haben eine Pflicht auf uns genommen, Bürger! Die Pflicht, nicht nur dieses Unternehmen durchzuführen, sondern letztendlich auch die gesamte Volksrepublik zu befreien. Man kann durchaus sagen, was wir hier und heute tun werden, sei uns durch die unaussprechliche Treulosigkeit der Feinde des Volkes aufgezwungen worden, die alles verraten haben, was sie zu bewahren und zu beschützen geschworen hatten. Um die Vergeltung zu üben, die diese Verbrecher so überreichlich verdienen, müssen wir zunächst die dazu erforderlichen Mittel an uns bringen, und *das* ist der wahre Grund, warum wir heute hier sind.«

Von den Displays, die es überall im Kampfverband gab, schaute er seine Untergebenen an. Sein Blick wirkte sehr hart.

»Wir *werden* dieses Unternehmen durchführen«, sagte er rundheraus. »Wir werden unsere Pflicht unseren Wohltätern gegenüber erfüllen, die uns so viele Schiffe und Waffen bereitgestellt haben. Und wenn wir dieses Unternehmen ausführen, wird das der erste Schritt auf einer Reise sein, der uns eines Tages nach Nouveau Paris zurückführen wird, als die Hüter der Revolution, der jeder Einzelne von uns vor so vielen Jahren die Treue geschworen hat. Wir *werden* diesen Eid halten, Bürger, und die verabscheuungswürdigen Verräter *werden* ihre verachtenswerten Taten bereuen.

Luff, Ende.«

Unauffällig räusperte sich jemand, und Luiz Rozsak blickte von seinem Tischgespräch mit Edie Habib auf. Ein Lieutenant mit auffallend hellem Haar, ebensolcher Haut und blauen Augen – eine außergewöhnlich jung wirkende Frau –, stand in der offenen Salontür.

»Ja, Karen?«

»Bitte verzeihen Sie, dass ich Sie störe, Sir«, gab Lieutenant Karen Georgos höflich zurück, »aber wir haben soeben ein Vorrangsignal von der *Nat Turner* erhalten. Sie meldet das Eintreffen einer unbekannten Streitmacht, die sich auf dem kürzesten Anmarschvektor nach Torch befindet. Um null-sieben-vier-drei Ortszeit sind sie mit fünfhundert Kps etwa eine Lichtsekunde vor die Hypergrenze transistiert. Beschleunigung Drei Komma Acht Drei Neun Kps Quadrat. OPZ der *Turner* identifiziert die Bogeys als vier Schlachtkreuzer der *Warlord*-Klasse, zehn Schlachtkreuzer der *Indefatigable*-Klasse, acht Schwere Kreuzer der *Mars*-Klasse, dazu acht Leichte Kreuzer und sechzehn Zerstörer. Fünf der Leichten Kreuzer scheinen *Bridgeports* zu sein, und die *Turner* meldet, sämtliche Zerstörer seien *War Harvests.*«

Karen Georgos war die jüngste Mitarbeiterin in Rozsaks Stab, doch sie blieb, ihrer Jugend zum Trotz, bemerkenswert gelassen, und auch ihre Stimme klang sehr ruhig, als sie Bericht erstattete.

Rozsak warf einen Blick auf das Chrono am Schott. Gemäß der Schiffszeit war es später Abend, und gemäß der alten Tradition galt an Bord sämtlicher Schiffe der Solarian League Navy die Greenwich Mean Time. Doch eines der zahlreichen Displays des Chronos war auch auf die planetare Zeit von Torch eingestellt, und die zugehörige Rechnung führte Rozsak rasch im Kopf durch. Wenn die Bogeys ihre Alpha-Transition um 7:43 Uhr Ortszeit vorgenommen hatten, dann mussten sie sich jetzt schon seit fast vier Minuten im Normalraum befinden. Sie würden immer noch in etwa eine Minute brauchen, bis sie die Hypergrenze erreichten – niemand wollte einer Hypergrenze *allzu* nahe kommen, vor allem dann nicht, wenn diese Grenze innerhalb einer Gravwelle lag, wie das beim Torch-System der Fall war. Und das erschwerte einem Astrogator die Arbeit noch ein wenig mehr als sonst.

Rozsak streckte schon die Hand aus, um das Terminal zu aktivieren, das in seinen Esstisch eingelassen war, aber dann …

»Ich komme auf zweihundert Minuten, die sie von der Alpha-Transition bis zum Planeten brauchen werden, wenn sie den Nullpunkt ansteuern, Boss«, sagte Edie Habib, bevor er den Knopf erreicht hatte. Mit nachdenklicher Miene blickte sie auf das Display ihres Minicomputers. »Bei einer dichten Vorbeifahrt wären es einhundertvierzig Minuten.« Sie blickte zu Rozsak auf. »Gute Arbeit von der *Turner*, uns die Daten so rasch zukommen zu lassen.«

Rozsak nickte. Er war von Anfang an von der Royal Torch Navy beeindruckt gewesen. Nachdem seine Einheiten mit dieser Navy gemeinsame Übungen durchgeführt hatten, war es für ihn offensichtlich, dass eine beachtliche Anzahl ihrer Offiziere Erfahrung bei der einen oder anderen Navy gemacht hatten, bevor sie nach Torch immigriert waren. Mehrere von ihnen sprachen mit unverkennbarem beowulfianischem Akzent, und wenigstens drei Skipper ihrer Fregatten waren eindeutig auf Manticore geboren und aufgewachsen – und dort hatte man sie auch ausgebildet, obwohl sie alle eindeutig Nachfahren von Gensklaven waren. Die RTN mochte ja winzig sein, aber da sie schon von Anfang an einen so harten Kern hatte, der ernstlich professionelles Auftreten an den Tag legte, und dann auch noch dem harten Ausbildungsplan folgte, auf den Thandi Palane unbeirrbar bestanden hatte, waren die Besatzungen ihrer Schiffe mindestens ebenso gut wie jede andere Einheit, die Rozsak jemals erlebt hatte. Es überraschte ihn nicht im Mindesten, dass die *Nat Turner* derart rasch in der Lage gewesen war, die Schiffsklassen der Invasoren zu identifizieren. Doch wie Habib schon gesagt hatte: Die Fregatte hatte wirklich außerordentlich gute Arbeit geleistet, ihnen diese Informationen auch so schnell zukommen zu lassen.

Jetzt ist es aber an der Zeit, damit auch etwas anzufangen, dachte er.

»Also, dann sind sie jetzt wohl da«, sagte er und wandte sich seinen anderen Gästen zu. »Dirk-Steven, ich denke, wir sollten aufbrechen. Angesichts der Zahlen halte ich Alpha Zwo für das Beste, was wir tun können.«

»Jawohl, Sir«, bestätigte Commodore Kamstra und machte sich sofort daran, leise in sein persönliches Com hineinzusprechen, während Rozsak seine Aufmerksamkeit wieder Georgos widmete.

»Ich danke Ihnen, Karen«, sagte er. »Darf ich davon ausgehen, dass das für mich ist?«

»Jawohl, Sir«, erwiderte sie und reichte ihm das elektronische Klemmbrett.

»Wir sehen uns in ein paar Minuten auf der Flaggbrücke«, fuhr Rozsak fort. »Scheuchen Sie den Rest unserer Leute auf, und sorgen Sie bitte dafür, dass sie hier eintreffen.«

»Selbstverständlich, Sir.« Kurz nahm Georgos Haltung an, dann verschwand sie, und Rozsak lächelte über den Tisch hinweg Habib an.

»Bilde ich mir das ein, oder ist Karen, seit wir nach Torch gekommen sind, *noch* jünger geworden?«

»Das liegt nur daran, dass Thandi wieder in ihrer Reichweite ist, Sir.« Habib lächelte. »Ich wusste, dass sie eng befreundet sind, aber mir war nicht klar, wie sehr Karen sie vermisst hat.«

»Ich weiß – und mir ging es genauso«, stimmte Rozsak zu, doch seine Stimme klang deutlich geistesabwesender als sonst, und seine Aufmerksamkeit galt schon ganz dem Display des elektronischen Klemmbretts.

»Alpha Zwo aktiviert, Sir«, meldete Kamstra, dann schob er seinen Sessel zurück. »Mit Ihrer Erlaubnis, Sir, gehe ich jetzt auf die Brücke.«

»Selbstverständlich, Dirk-Steven.« Rozsak blickte auf und schaute seinem Flaggkommandanten geradewegs in die Augen. »Bitte senden Sie der *Turner* ein ›gut gemacht‹ – dafür, dass sie uns die Daten so rasch übermittelt hat. Ich hätte daran denken müssen, das schon Karen zu sagen.«

»Ich kümmere mich darum, Sir.« Kamstra nickte seinem Vorgesetzten respektvoll zu, lächelte kurz Habib an, dann steuerte er auf die Luke des Salons zu.

»Klingt ganz, als hätte Manpower diese Mistkerle reichlich mit Feuerkraft versorgt, Boss«, kommentierte Habib und brachte Rozsak auf diese Weise dazu, sich erneut ihr zuzuwenden. Auch sie blickte jetzt auf das Klemmbrett, und wieder war ihre Miene sehr nachdenklich. »*Zehn* Schlachtkreuzer, die früher zur SLN gehört haben?« Sie schüttelte den Kopf und blickte ihren Vorgesetzten mit einem angespannten Lächeln an. »›Subtilität‹ ist nicht gerade das, worauf die es anlegen, was?«

»Edie, die planen eine Verletzung des Eridanus-Erlasses – ganz egal, wie *sie* das nennen wollen. Was ist im Vergleich dazu schon das eine oder andere Dutzend *Indefatigables*?«

»Da haben Sie nicht Unrecht«, gestand Habib ein.

»Also gut.« Einen Moment lang blickte Rozsak nachdenklich sein halb volles Weinglas an, dann zuckte er mit den Schultern und leerte es in einem Zug. »Wir sollten uns auf den Weg zum Flaggdeck machen.«

»Also gut, Leute, sie sind da«, sagte Konteradmiral Luiz Rozsak sechs Minuten später und lächelte mit schmalen Lippen seinen Stab an, der sich auf der Flaggbrücke von SLNS *Marksman* versammelt hatte. »Bedauerlicherweise hatten wird nicht damit gerechnet, dass sie ganz so viele Leute zu dieser Party einladen würden«, merkte er an.

»Ich kann auch nicht behaupten, dass mich diese Emissionssignaturen begeistern würden, Sir«, meldete sich Lieutenant

Commander Thomas Szklenski auf seinem Quadranten des übergroßen Combildschirms zu Wort, über den die Flaggbrücke mit dem Hilfskontrollraum verbunden war. Wie auch bei der Royal Manticoran Navy, hatten die erewhonischen Konstrukteure der *Marksman* diese ›Brücke für Notfälle‹ so weit von der gewöhnlichen Brücke des Kreuzers eingerichtet, wie das im Schutze der gepanzerten Kernhülle eben möglich war. Szklenski war der Erste Offizier der *Marksman*, daher befand sich seine Gefechtsstation im Hilfskontrollraum, und nun blickte er, die braunen Augen zusammengekniffen, konzentriert auf den taktischen Plot. »*Zehn* solarische Schlachtkreuzer?« Er schüttelte den Kopf, als er unwissentlich genau die gleiche Bemerkung machte, die schon Habib zuvor ausgesprochen hatte. »Wo zur Hölle haben die *sowas* denn herbekommen?«

»Wenigstens sind das alles *Indefatigables*, keine *Nevadas*«, merkte Lieutenant Robert Womack von seinem eigenen Comdisplay aus an. Womack, der taktische Offizier des Kreuzers, befand sich zusammen mit Commodore Kamstra auf der Brücke der *Marksman*.

»Das ist wahr, Robert«, bestätigte Rozsak. »Andererseits glaube ich nicht, dass wir es uns leisten können anzunehmen, Manpower hätte diese Dinger einfach irgendwo auf einem Schrottplatz gefunden. Nach allen Berichten, die uns bislang vorliegen, hatten die Einheiten, die sie Monica zur Verfügung gestellt haben, erstklassige Elektronik an Bord. Ich glaube nicht, dass wir darauf hoffen können, dass das für *diese* Einheiten hier nicht gilt.«

»Nein, Sir«, stimmte Habib ihm zu und blickte erneut zum Plot hinüber. »Andererseits«. sie blickte wieder auf, »wird die Raketenabwehr der *Indefatigables* deutlich schwächer sein als das, was diese vier *Warlords* da zustande bringen können.«

»Oh, *vielen Dank*, Edie!«, sagte Rozsak und schüttelte mit einem sehr viel breiteren Grinsen den Kopf. »Es ist so tröstlich zu wissen, sich immer darauf verlassen zu können, dass Sie selbst noch am dunkelsten Horizont einen kleinen Silberstreif ausmachen können.«

»Gern geschehen, Sir«, erwiderte Habib mit einem perfekten Pokerface, und Rozsak wedelte drohend mit dem Zeigefinger unter ihrer Nase hin und her.

»Unersetzlich sind auch *Sie* nicht?«, warnte er sie, und sie nickte.

»Dessen bin ich mir bewusst, Sir«, erwiderte sie ernsthaft.

»Gut!«

Rozsak wedelte noch ein weiteres Mal mit dem Finger, dann wandte er seine Aufmerksamkeit Lieutenant Womack zu. Ob des Schlagabtauschs zwischen dem Admiral und seiner Stabschefin lächelte der Lieutenant still in sich hinein – ebenso wie die meisten anderen Offiziere, die körperlich oder elektronisch anwesend waren. *Das ist ein gutes Zeichen*, dachte Rozsak, *vor allem angesichts dessen, was derzeit auf dem taktischen Plot zu sehen ist.*

Ich habe jedem gesagt, wir müssen damit rechnen, dass sie mit beachtlicher Verstärkung anrücken werden – aber ich hätte niemals damit gerechnet, dass es derart *viele sein werden*, sagte er sich selbst. *Wenigstens habe ich die richtige Angriffsrichtung vorhergesehen … vorausgesetzt natürlich, dass die diesen Mistkerlen nicht noch mehr Schiffe verpasst haben, als wir bislang zu sehen bekommen haben, und die sich jetzt gleichzeitig noch aus einer anderen Richtung anschleichen!* Er unterdrückte das Bedürfnis, den Kopf zu schütteln, während sein Blick erneut zum Plot wanderte. *Andererseits solltest du dich jetzt auch nicht* übermäßig *verrückt machen, Luiz. Die haben sich doch jetzt schon einen Vorschlaghammer ausgesucht, um eine Erdnuss zu knacken, schließlich haben sie ja auch eine gewisse Vorstellung davon, mit was für einer Gegenwehr sie hier rechnen müssen. Bei diesem Feuerkraft-Vorteil hat es überhaupt keinen Sinn, auch noch irgendwelche komplizierten Täuschungsmanöver durchzuführen.*

»Commander Habib hat gewiss nicht Unrecht, was ihre aktive Abwehr betrifft, Robert«, sagte er schließlich. »Aber wir müssen davon ausgehen, dass diese Leute hier über das Aegis-Upgrade verfügen. Ich weiß, ich weiß!« Abwehrend hob er die Hand. »Die Einheiten vor Monica hatten Aegis *nicht*. Na ja, sie hatten auch keine Halos, und ich denke, wir müssen damit rechnen, dass diese Leute hier auch *darüber* verfügen. Wenn dem nicht so sein sollte, entsteht uns aus dieser Annahme auch kein Schaden. Aber wenn sie diese Dinger tatsächlich haben, dann könnte es hier unschöner werden als unbedingt nötig. Also: Gehen Sie davon aus, dass der Feind über derlei tatsächlich verfügt, und dann sagen Sie mir, was das für die Prioritäten der Zielerfassung bedeutet.«

»Jawohl, Sir.«

Offensichtlich konzentriert furchte Womack einige Sekunden lang die Brauen. Sein Blick wanderte am Bildschirm vorbei, zweifellos dachte er über das nach, was sich dem Wiederholdisplay der Brücke entnehmen ließ. Geduldig wartete Rozsak ab. Die eine freie Stelle, die er in seinem eigenen Stab noch nicht besetzt hatte, war die des Operationsoffiziers. Da musste unbedingt etwas geschehen, auch wenn er nicht damit rechnete, dass Dirk-Steven Kamstra Freudensprünge machen würde, sobald der Commodore erfuhr, an wen Rozsak für diese Aufgabe gedacht hatte. So jung Robert Womack auch sein mochte, er hatte sowohl seine Kompetenz als auch sein Denkvermögen deutlich unter Beweis gestellt, und seine Leistungen, seit sie hier vor Torch eingetroffen waren, hatten Rozsak ernstlich beeindruckt. Er war fest entschlossen, Kamstra diesen jungen Womack abspenstig zu machen, sobald der aktuelle Einsatz beendet wäre. Aber im Augenblick zählte nur, dass der Lieutenant im Zuge der Übungen des Kampfverbandes gezeigt hatte, die Leistungsfähigkeit der Rakete Typ 17-E in mancherlei Hinsicht besser einzuschätzen als Rozsak selbst.

»Angesichts der Ergebnisse unserer letzten Manöver und der Daten, die wir über die Leistungsfähigkeit unserer neuen Vögelchen zusammengetragen haben, Sir«, setzte Womack schließlich an, »und wenn wir dann auch noch im Hinterkopf behalten, dass wir genau wissen, wie Halo funktioniert, dann sollten wir damit rechnen, dass es die Zielerfassung und die Feuerleitsysteme wahrscheinlich um ... etwa fünfzehn Prozent herabsetzen wird. Es könnte auch noch ein wenig schlimmer sein, vielleicht aber auch ein bisschen besser. Es wird viel davon abhängen, wie erfahren der Anwender des Systems ist. Und das können wir unmöglich im Vorfeld herausfinden.

Gleichzeitig beginnen wir dank der erewhonischen Upgrades mit einer deutlich größeren prozentualen Trefferwahrscheinlichkeit, also sollten wir zumindest hinsichtlich der Treffgenauigkeit immer noch einen deutlichen Vorteil gegenüber allem haben, was die Gegenseite aufbringen kann. Und ich bezweifle ernstlich, dass die von den Haveniten gebauten Schiffe überhaupt über Halo verfügen. Ich könnte mich natürlich täuschen, aber der Teil des Systems, der sich an Bord des betreffenden Schiffes befinden muss, müsste auch irgendwo Platz finden, den es an Bord nicht gibt, wenn man nicht auf irgendetwas anderes ziemlich Großes verzichtet.

Um ehrlich zu sein, denke ich, dass Aegis für uns ein größeres Problem sein könnte – zumindest was die *Indefatigables* betrifft. Wenn die darüber verfügen, werden sie ihre Raketenabwehr ordentlich verbessern können. Sie werden zwar, was Nahbereichsabwehr-Cluster betrifft, immer noch schwächer sein als die havenitischen Einheiten, aber sie werden in der äußeren und der mittleren Abwehrzone deutlich mehr unserer Vögelchen erledigen können. Natürlich hat das für sie den Nachteil, dass sie Antiraketen in der Standardausführung der SLN in den Werfern und Behältern haben müssen, und die sind nicht so gut wie unsere. Und wenn sie Aegis einsetzen, wird das die Salvendichte ihrer Schiffskiller ebenfalls herabsetzen.«

Er hielt inne, den Kopf ein wenig zur Seite geneigt, als denke er selbst über das nach, was er gerade gesagt hatte. Dann zuckte er mit den Schultern.

»Es läuft darauf hinaus, Sir, dass die Kombination von Halo und Aegis uns gegen eine *Indefatigable* wahrscheinlich eine Trefferwahrscheinlichkeit pro Rakete beschert, die nur fünfunddreißig oder vierzig Prozent besser ist als gegen eine *Warlord.* Vorausgesetzt, die Leute an Bord dieser Schiffe sind mit ihren Systemen bestens vertraut, und ihr Ausbildungsstand entspricht dem der Grenzflotte.«

Rozsak spürte, wie angesichts von Womacks letztem, einschränkendem Satz unwillkürlich seine Mundwinkel zuckten. Der ›Ausbildungsstandard der Grenzflotte‹ implizierte ein gewisses Maß an Verachtung, das die Grenzflotte ihren Kollegen von der *Schlachtflotte* entgegenbrachte – das bedauerlicherweise (oder erfreulicherweise, je nach dem eigenen Standpunkt) voll und ganz berechtigt war. Wahrscheinlich lag es daran, dass die Schlachtflotte sämtliche Manöverzeit darauf verwandte, simulierte Raketen auf simulierte Abwehrstellungen abzufeuern, und das alles unter dem Kommando von Offizieren, die nicht nur noch nie ein echtes Gefecht erlebt hatten, sondern die höchstwahrscheinlich auch darauf vertrauten, ein Gefecht niemals erleben zu *müssen.* Und das dann auch noch in einer Umgebung, in der Schiedsrichter und Simulationsbetreuer genau wussten, es sei keine gute Idee, zukünftige Vorgesetzte gegen sich aufzubringen, indem sie ihre Leistungen allzu kritisch beurteilten. Aus eigener Erfahrung war Luiz Rozsak bestens vertraut mit der grenzflotten-eigenen Version der bei der Solaren Liga üblichen Arroganz; doch was die Leistungsfähigkeit der Schlachtflotte anbetraf, war er ganz Womacks Meinung. Tatsächlich war das sogar eines der Dinge, auf die Oravil Barregos und er zählten, wenn man ehrlich war.

»Also gut«, sagte er. »Das ist in etwa das, was ich auch erwartet hatte. Die schlechte Nachricht ist, dass es reichlich Raketen erfordern wird, um diese Leute zu erledigen – wahrscheinlich deutlich mehr, als wir geschätzt hatten. Die gute Nachricht hingegen ist, dass wir auch ›reichlich Raketen‹ *haben,* um das zu schaffen. Lieutenant Wu ...« Er blickte das Com-Abbild von Lieutenant Richard Wu an, dem Astrogator der *Marksman*. »Wie lange noch bis zum Normalraum?«

»Transition erfolgt in fünfundsiebzig Sekunden, Admiral.« Wus Stimme klang bemerkenswert ruhig, wenn man bedachte, welche Transitbedingungen für Alpha Zwo erforderlich waren.

»N-Raum-Geschwindigkeit nach der Transition?«

»Zwo Komma fünf Tausend Kps, Sir«, erwiderte Wu, und mehr als einer seiner Zuhörer verzog gequält das Gesicht.

Rozsak selbst gehörte nicht dazu, doch er wusste genau, was das bedeutete. Gewalttransitionen aus dem Hyperraum waren nie sonderlich angenehm, und wenn man die Alpha-Mauer derart rasch durchbrach, sodass man eine solche Geschwindigkeit in den Normalraum mitnahm, würde es noch deutlich unschöner werden als sonst. Und sie würden es in einem so engen Zeitfenster auch nur schaffen, weil Torch inmitten einer Gravwelle lag. Das ermöglichte ungleich höhere Beschleunigungswerte.

Andererseits, so ging es ihm durch den Kopf, bestand damit auch die Möglichkeit, dass sich ein an sich unbedeutender Fehler in der Astrogation zu einer echten Katastrophe auswuchs.

»Also, Richard«, lächelte er den Astrogator an. »Dann wollen wir alle hoffen, dass Sie anständig gerechnet haben.«

Kapitel 27

»Hypertransition!«, verkündete Bürger Commander Pierre Stravinsky plötzlich mit scharfer Stimme.

Bürger Commodore Luff riss den Kopf herum und kniff die Augen zusammen, doch Stravinsky bemerkte es nicht einmal. Der Operationsoffizier beugte sich vor und starrte angestrengt das Display an. Eine Hand voll Sekunden verstrich, dann blickte Stravinsky wieder auf und erwiderte Luffs schweigenden Blick.

»Sie sind unmittelbar achteraus, Bürger Commodore«, sagte er. »Abstand ziemlich genau zwölf Millionen Kilometer – sechzehn Punktquellen. Bislang haben wir lediglich ihre Impellersignaturen, aber sie folgen uns mit einer Beschleunigung von vier Komma sieben fünf Kps Quadrat.«

Luft legte die Stirn in Falten, dann blickte er zu Bürger Commander Hartman hinüber und wölbte fragend die Brauen.

»Schwer zu sagen, Bürger Commodore«, beantwortete sie seine unausgesprochene Frage. »Das könnte jeder sein. Aber wer auch immer es ist, sie reagieren eindeutig auf uns. Sie müssen einen Vorposten aufgestellt haben, unmittelbar hinter der Hypergrenze – wahrscheinlich haben sie ihre Sensorplattformen überwacht.« Sie zuckte mit den Schultern. »Und jetzt hat Wer-auch-immer noch ein paar Freunde mitgebracht.«

»Aber was für ›Freunde‹?«, murmelte Luff mehr zu sich selbst und blickte zu Captain Maddock hinüber.

Der Mesaner zuckte ebenfalls die Achseln – und das war, so musste sich Luff eingestehen, wirklich das Einzige, was man in diesem Augenblick tun konnte. Bei einer Distanz von zwölf Millionen Kilometern brauchte jede lichtschnelle Emission der plötzlich hinter ihnen aufgetauchten Bogeys annähernd vierzig Sekunden, um sie zu erreichen. Andererseits hatte Hartman eindeutig nicht Unrecht, wie diese Bogeys dort hatten zufälligerweise auftauchen können. Und damit taten sich dem Bürger Commodore gleich mehrere äußerst unschöne Möglichkeiten auf. Zunächst einmal legte es nahe, dass irgendjemand gewusst hatte – oder zumindest vermutet –, ein solcher Angriff stehe kurz bevor. So eine derart aufwändige Reaktion erfolgte nicht ›zufälligerweise‹, sondern nur, wenn ein Verdacht vorlag. Außerdem, wenn diese Bogeys von einem umfassenden Vorposten-System herbeigerufen worden waren, das die Schiffe der EVF entdeckt und identifiziert hatte, bevor sie um Hilfe ersuchten, dann sollten sie, im Gegensatz zu Luff, eine ziemlich gute Vorstellung davon haben, was sich auf der anderen Seite befand. Und das wiederum ließ vermuten, dass sie auch über die Feuerkraft zu verfügen glaubten, irgendetwas zu unternehmen …

Keine voreiligen Schlüsse ziehen, Adrian, rief er sich innerlich zur Ordnung. *Bei diesem Beschleunigungswert kann sich da hinten nichts befinden, was größer wäre als ein Schlachtkreuzer – es sei denn, es hätte einen Kompensator der Mantys. Und die Mantys sind nahe der Heimat viel zu beschäftigt, um sich derzeit um* uns *zu kümmern. Aber wenn die unsere Stärke richtig abgeschätzt haben, dann wissen sie auch, dass sie im Verhältnis drei zu eins unterlegen sind. Wenn sie also nichts Größeres als einen Schlachtkreuzer zu bieten haben, dann müssen sie wahnsinnig sein.*

Oder verzweifelt.

Dieser Gedanke brachte den Bürger Commodore dazu, gequält das Gesicht zu verziehen. Da diese Bogeys *eindeutig* im Hyperraum gewartet hatten, mussten Informationen über den bevorstehenden Angriff tatsächlich irgendwie durchgesickert sein. Und wenn den Gegner eine Vorwarnung erreicht hatte, dann könnten die Verteidiger auch wissen – oder zumindest vermuten –, worum es bei Unternehmen Frettchen in Wirklichkeit ging. Und dann wären die Leute, die derzeit achteraus beschleunigten, tatsächlich verzweifelt genug, die EVF zu verfolgen, ganz egal, wie sehr sie in der Unterzahl waren.

Wenn das mein *Planet wäre, wenn* meine *Familie da unten leben würde, dann würde* ich *mich auch auf jeden stürzen, der die Absicht hätte, das zu tun, was wir vorhaben. Ganz egal, ob ich der Ansicht wäre, ich könnte ihn aufhalten oder nicht,* dachte er grimmig.

Andererseits konnte er sich ja auch täuschen, ob die Mantys in der Lage wären, für so etwas eine Kampfgruppe abzustellen oder nicht – vor allem, wenn sie lange genug vorgewarnt wurden.

»Wie lange, bis wir wieder zur Grenze kommen, Astro?«

»Einen Moment, Bürger Commodore«, erwiderte Bürger Lieutenant Commander Philippine Christiansen. Rasch gab sie einige Zahlen ein, dann blickte sie wieder ihren Vorgesetzten an. »Etwa neununddreißig Minuten, vorausgesetzt, wir behalten die aktuelle Beschleunigung bei, Bürger Commodore. Einundzwanzig Minuten, wenn wir auf maximalen Schub nach Militärstandards gehen.«

»Und wie lange brauchen diese Bogeys, bis für sie die Hypergrenze in Raketenreichweite ist, Bürger Commander Stravinsky?«, fragte Luff.

»Angenommen, sie behalten ihr derzeitiges Beschleunigungsprofil bei und ihre Raketen haben aus dem Stand eine Brenndauer und Reichweite von sieben Komma fünf Millionen Kilometern, dann ungefähr ... siebzehn Minuten, Bürger Commodore.«

Luff stieß einen Grunzlaut aus. Er vermutete ernstlich – wer auch immer es nun sein mochte, der sich dort hinten befand – der ›Fremde‹ habe den geplanten Transitionspunkt nicht ganz zielgenau erreicht. Falls er nicht über Mehrstufenraketen verfügte, befand er sich im Augenblick gute vier Millionen Kilometer außerhalb seiner Raketenreichweite, und das *musste* doch ein Astrogationsfehler sein. Luff bezweifelte, dass der Gegner wirklich einen Punkt hatte ansteuern wollen, von dem aus er unmöglich die Leute angreifen konnte, die sich auf Torch stürzen wollten. Doch wenn sein Sprung tatsächlich ein wenig zu kurz geraten war, dann doch nicht kurz genug, dass Luff es sich anders überlegen könnte: die Beschleunigung umkehren, seine derzeitige Geschwindigkeit abbauen, die Hypergrenze erreichen und in die Alpha-Bänder verschwinden, bevor er angegriffen werden könnte.

Natürlich würde jeder Angriff über immense Distanzen hinweg erfolgen, sinnierte er. *Wahrscheinlich würden sie nicht allzu viele Treffer landen können, bevor wir wieder im Hyperraum verschwinden, ganz egal,* was *die nun eigentlich da hinten haben.*

Ein weiteres Mal schaute er zu Maddock hinüber, dieses Mal unauffällig, nur aus dem Augenwinkel. Der mesanische Captain musste wissen, warum Luff Christiansen diese beiden Fragen gestellt hatte, doch wenn er sich über die Entscheidung Sorgen machte, die der Bürger Commodore möglicherweise treffen würde, ließ er es sich keinesfalls anmerken. Und das konnte bedeuten, dass er sehr zuversichtlich war, oder aber, dass ihm bewusst war, Luff wisse, was mit jeglicher Hoffnung auf weitere Unterstützung durch Manpower geschehen würde, falls er seinen derzeitigen Einsatz abblies. Es konnte natürlich auch bedeuten, dass Maddock in Wahrheit *hocherfreut* wäre, wenn die EVF die Flucht anträte – und ihn somit ebenfalls in Sicherheit brächte.

Ein Teil von Luff wollte genau das tun. Es bestand immerhin die entfernte Möglichkeit, dass die Leute, die ihn hier verfolgten, sich sicher waren, mit ihm auch fertig zu werden. *Natürlich könnten sie sich auch täuschen,* sagte er sich. *Vor allem, wenn sie noch nichts von den Cataphracts wissen. Aber sei dir selbst gegenüber doch ehrlich, Adrian: Du suchst hier doch bloß nach einer Möglichkeit, das zu vermeiden, was du sowieso nicht tun willst.*

»Bürger Commodore, OPZ meldet Tonnagenabschätzungen«, sagte Stravinsky.

»Werte?«

»Laut OPZ sieht es nach acht Einheiten in der Größenordnung von einhundertfünfundzwanzigtausend Tonnen aus, sechs mit ungefähr zwohundertfünfundachtzigtausend Tonnen, und zwo mit ungefähr zwo Millionen Tonnen, Bürger Commodore.«

»Und die *alle* legen vier Komma sieben fünf Kps Quadrat vor?«, fragte Hartman ein wenig scharf nach.

»Jawohl, Bürger Commander«, erwiderte Stravinsky, und Hartman verzog das Gesicht.

»Sieht ganz so aus, als wären die Erewhoner doch hier, Bürger Commodore«, sagte sie und wandte sich erneut Luff zu. »Nichts in dieser Größenordnung könnte eine solche Beschleunigung vorlegen, wenn es keine verbesserten Kompensatoren hat.«

»Entschuldigen Sie, Bürger Commodore«, meldete sich Bürgerin Lieutenant Yvonne Kamerling zu Wort, Luffs Kommunikationsoffizier im Stabe. Reflexartig legte Luff ob dieser Unterbrechung die Stirn in Falten, doch er verkniff sich die Reaktion rasch. Er wusste, dass Kamerling ihm und Hartman in einem solchen Moment niemals ins Wort gefallen wäre, wenn sie das, was sie zu sagen hatte, nicht für wirklich wichtig hielt.

»Was gibt es, Yvonne?«

»Sir, wir empfangen Gravimpulse. Wer auch immer das da hinter uns ist, er nutzt ein Überlicht-Com, um mit jemandem in Kontakt zu treten, der sich weiter systemeinwärts befindet.«

»Mantys?«, fragte Luff deutlich schärfer, als er eigentlich beabsichtigt hatte. Vor seinem geistigen Auge tauchten riesige, hässliche Mehrstufenraketen auf.

»Ich denke nicht, Bürger Commodore«, gab Kamerling zurück. »Pulsrate und Modulation stimmen beide nicht. Das Ganze erscheint mir ein wenig ausgefeilter als das, was wir bei den Mantys während der Endphase des letzten Krieges miterlebt haben, aber auf der Basis unserer derzeitigen Aufklärung ist es doch deutlich *weniger* als alles, was derzeit von den Mantys zu erwarten stünde.«

»Ich verstehe.«

Wahrscheinlich hat Kamerling recht, dachte Luff. Auf jeden Fall ergab es Sinn. Andererseits ...

»Wie sicher ist sich OPZ bei diesen Tonnageabschätzungen?«, fragte er Stravinsky. Der Operationsoffizier blickte ihn an, und der Bürger Commodore wedelte leicht mit der Hand hin und her. »Ich musste gerade an diese Berichte über die neue Schlachtkreuzerklasse der Mantys denken. Zwo Millionen Tonnen ist zu klein für ein Wallschiff, selbst für einen Dreadnought, aber soll nicht dieser neue Schlachtkreuzer, den die Mantys haben, ziemlich genau in dieser Größenordnung liegen?«

»Die *Nikes* kommen eher auf zwoeinhalb Millionen Tonnen, Bürger Commodore«, warf Captain Maddock ein, bevor Stravinsky seinem Vorgesetzten antworten konnte. Luff richtete seinen ausdruckslosen Blick auf den Mesaner, der nur mit der Schulter zuckte. »Diese Daten sind unseren Quellen gemäß recht gesichert«, sagte er. »Und ich denke, Ihre OPZ-Mannschaften sind einfach zu gut, um sich über eine derart kurze Distanz hinweg bei der Masseabtastung einen Fehler von mehr als zwanzig Prozent zu erlauben.«

»Da hat Captain Maddock nicht Unrecht, Sir«, bestätigte Hartman. »Zusammen mit dem, was uns Yvonne gerade über deren Kommunikation berichtet hat, müssen das wirklich die Erewhoner sein.«

»Aber Erewhon verfügt doch nicht einmal ansatzweise über etwas in dieser Tonnagen-Größenordnung«, merkte Luff sofort an.

»Sie verfügen über keine *Kampfschiffe* in dieser Tonnagen-Größenordnung, Bürger Commodore«, erwiderte Hartman grimmig. »Aber es ist sehr gut möglich, dass die da hinten ein paar ziemlich kleine *Frachter* haben, mit Kompensatoren in

Militärausführung, die Laderäume vollgestopft mit Raketengondeln.«

Luff spürte, wie sich sein Magen zusammenkrampfte. Die letzten Aufklärungsberichte ihrer ›Wohltäter‹ beharrten darauf, dass die Leistungsfähigkeit der erewhonischen Mehrstufenraketen im Vergleich zu denen von Manticore sehr beschränkt war. Oder mittlerweile auch, wo er gerade dabei war, im Vergleich zu den Raketen der Konterrevolutionäre in Nouveau Paris. Doch selbst die ursprünglichen manticoranischen Mehrstufenraketen der ersten Generation hatten eine deutlich größere Reichweite als alles, über was er verfügte. Nur dass ...

»Wenn sie Mehrstufenraketen hätten, dann würden sie schon längst auf uns feuern«, hörte er sich selbst ruhig sagen. »Zwölf Millionen Kilometer ist weniger als ein Viertel der Brenndauer und Reichweite, die sie eigentlich haben sollten.«

»Das wohl, Bürger Commodore«, bestätigte Hartman. »Aber alles, was wir bislang gesehen haben, lässt doch vermuten, das eigentliche Problem ist eher, dass sie eine größere Reichweite haben, als ihre Feuerleitung zu bewältigen vermag. Wenn sie uns mit ein paar Geschossfrachtern verfolgen, dann planen diese sechs schweren Kreuzer wahrscheinlich, als vorgeschobene Artillerieleitstände zu fungieren. Die werden versuchen, sie nahe genug an uns heranzubringen, dass das ihre Trefferwahrscheinlichkeit erhöht – wahrscheinlich gerade bis zur Grenze der Reichweite einer Einstufenrakete –, während sie die Frachter selbst weit genug zurückhalten, um außerhalb unserer Reichweite zu bleiben, wenn sie die Gondeln ausrollen.«

»Das ergibt durchaus Sinn, Bürger Commodore«, sagte Stravinsky. »Vorausgesetzt, dass das wirklich *Erewhoner* sind – und angesichts dessen, was Yvonne gerade über deren ÜL-Com gesagt hat, denke ich, der Bürger Commander hat Recht, dass sie tatsächlich schon jetzt auf uns das Feuer eröffnen *könnten,* wenn unsere beiden größeren Bogeys *tatsächlich* Frachter sind und sie *tatsächlich* Mehrstufenraketen an Bord haben. Aber Bürger Commander Hartman hat ebenfalls Recht, was die Einbußen in der Treffergenauigkeit betrifft, die sie über diese Distanz hinweg würden hinnehmen müssen. *Mantys* müssen sich darüber vielleicht keine Sorgen machen, falls an den Informationsfetzen, die wir über die Schlacht von Lovat erhalten haben, wirklich etwas dran ist. Aber die Treffergenauigkeit der Erewhoner wird, wenn sie die Reichweite von Mehrstufenraketen wirklich ausreizen wollen, auf jeden Fall jämmerlich sein. Gleichzeitig haben sie bei ihrem Überschreiten der Alpha-Mauer deutlich mehr Geschwindigkeit mitgenommen als wir, und sie sind uns gegenüber beschleunigungstechnisch im Vorteil – zumindest ihre Schweren Kreuzer. Also müssen die sich überlegt haben, dass sie uns so nahe kommen können, wie sie das gerne hätten, bevor wir unsererseits mit unseren Raketen in Reichweite des Planeten kommen. Vielleicht haben sie ja wirklich reichlich Raketen, aber warum sollten sie die für Schüsse über eine solche Distanz hinweg verschwenden, wenn das nicht absolut erforderlich ist?«

Luff ertappte sich dabei, ob der Logik, die sein Untergebener hier präsentierte, langsam und zustimmend zu nicken. Angesichts der Leistungsfähigkeit der Navy von Erewhon war das alles durchaus sinnvoll und durchdacht. Tatsächlich war es sogar genau das, was er an der Stelle ihrer Verfolger getan hätte. Und es erklärte auch, warum sechzehn Schiffe bereit waren, achtundvierzig Schiffe zu verfolgen. Es war egal, wie sehr sie in der Unterzahl waren, wenn ihre Waffen den Feind zu erreichen vermochten, falls das für die Waffen des Feindes *eben nicht* galt.

Natürlich, dachte er kühl, *enthält diese Überlegung einen kleinen Fehler. Sie wissen nicht ...*

»Bürger Commodore, eine Nachricht trifft ein«, sagte Kamerling, und Luff wandte sich wieder zu ihr um. »Von einem Konteradmiral Rozsak.«

Abrupt weiteten sich Luffs Augen, und er hörte, wie Hartman scharf die Luft einsog. Rozsak? Das war doch *unmöglich* – nicht mit solchen Beschleunigungsraten! Und doch ...

»An wen ist diese Nachricht gerichtet, Yvonne?«, fragte er.

»An *Sie*, Bürger Commodore«, erwiderte sie. »Nicht namentlich, aber ... Wenn Sie gestatten, Bürger Commodore?«

Sie deutete auf den Sekundär-Combildschirm seiner Kommandostation, und er nickte. Kurz darauf erschien auf dem Display das Abbild eines Mannes, dem Luff noch niemals begegnet war, doch er erkannte ihn sofort.

»Hier spricht Konteradmiral Luiz Rozsak von der Solarian League Navy.« Die Stimme klang kalt und hart. »Ich wünsche den Befehlshaber der Systemsicherheits-Streitmacht zu sprechen, die derzeit einen Angriff auf den souveränen Planeten Torch durchzuführen beabsichtigt.«

Luff spürte, wie sich eine eisige Hand um sein Herz krampfte, als eine Laufschrift am unteren Rand des Displays bestätigte, dass er laut der Aufklärungsberichte der *Leon Trotsky* tatsächlich den Mann sah und hörte, der das Oberkommando über sämtliche Offiziere der Solarian Navy in dieser Region innehatte. Und dieser Mann wusste ganz offensichtlich auch, wer *sie* waren.

Nein, dachte er einen Herzschlag später. *Nein, er weiß,* was *wir sind – oder er* glaubt *es zumindest zu wissen –, aber er weiß nicht,* wer *wir sind. Die* Warlords *und die* Mars-Cs *müssen ihn davon überzeugt haben, dass wir zur Systemsicherheit gehören, selbst wenn er überhaupt keine Ahnung gehabt hätte, was da auf ihn zukommt. Abgesehen davon: Würde er wirklich Namen kennen, dann hätte er sie doch schon längst benutzt und* namentlich *nach mir gefragt. Er weiß doch ganz bestimmt, wie sehr so etwas einen Oberkommandierenden in meiner Position aus der Fassung bringen würde.*

Bei diesem Gedanken durchfuhr ihn ein kurzer Schauer der Erleichterung, obwohl Luff genau wusste, wie irrational das alles war. Wenn das dort hinten *nicht* die Erewhoner waren, wenn es sich dabei *tatsächlich* um Einheiten der Solarian League Navy handelte, dann mochte das für sämtliche Pläne und Hoffnungen der EVF katastrophale Folgen haben.

Der Haven-Quadrant war hunderte von Lichtjahren von der Liga entfernt, und schon seit Jahren war offensichtlich, dass der Konflikt zwischen Manticore und Haven die SLN nicht im Mindesten interessierte. Der einfache ›Mann von der Straße‹ hatte seit der Wiederaufnahme der Feindseligkeiten immer eher auf der Seite von Haven als auf der von Manticore gestanden, und seit der Unstimmigkeiten im Talbott-Sternhaufen, in denen die Interessen der Liga denen von Manticore zuwiderliefen, hatte sich die solarische Antipathie dem Sternenkönigreich gegenüber noch deutlich verstärkt. Doch das alles konnte – *würde!* – sich von einem Augenblick auf den anderen ändern, sobald hier der Eridanus-Erlass verletzt würde. Dieser Erlass war das einzige Element der solarischen Außenpolitik, das von praktisch allen Bürgern der Liga vollständig akzeptiert und gestützt wurde. Wenn havenitische Einheiten nun dagegen verstießen …

Aber wir sind *keine ›havenitischen Einheiten‹ mehr. Das ist doch der Grund, weswegen Manpower uns dafür überhaupt einsetzen will. Uns kann man verleugnen. Selbst wenn bekannt sein sollte, dass wir Haveniten sind, sogar ehemalige Angehörige der Systemsicherheit, wird niemand in der Liga für irgendetwas, das* wir *tun, die* Volksrepublik *zur Verantwortung ziehen.*

Doch das änderte bedauerlicherweise nichts an den Konsequenzen, die sich hier für die EVF ergaben. Der Eridanus-Erlass sah keinen ausdrücklichen Befehl vor, mit der vollen Härte der Solarian League Navy gegen etwaige Personen vorzugehen, die nicht in ihrer Eigenschaft als souveräner *Staat* gegen diesen Erlass verstießen, doch Adrian Luff gab sich diesbezüglich keinerlei Illusionen hin. Die Solare Liga würde sich keinen Deut um Angriffe auf havenitische Frachter oder die havenitische Navy scheren. Und Luff konnte seine einstigen Mitbürger abschlachten, wie auch immer ihm der Sinn danach stand, ohne damit im Mindesten den Zorn der Solarier zu erregen ... solange er dabei nicht Angriffstechniken verwendete, die gemäß dem Eridanus-Erlass verboten waren.

Aber wenn die EVF diese Grenze übertrat, und wenn die Liga davon erführe, dann wäre es vorbei mit dieser Gleichgültigkeit. Zumindest würden er und seine Leute zu Ausgestoßenen erklärt werden, gegen die sich ein jeder wenden würde. Im Laufe der Jahre seines Exils hatte Luff sehr genau erfahren, wie erstaunlich ausgeprägt die grundlegende, allesumfassende Ineffizienz der Solaren Liga doch war. Tatsächlich war sie in mancherlei Hinsicht noch ungleich schlimmer als die Ineffizienz der Volksrepublik zu der Zeit, bevor Pierre die Macht übernommen hatte. Doch er hatte auch begriffen, wie unfasslich gewaltig, riesig und mächtig die Liga war, und wenn sie zu dem Schluss käme, früher oder später müsse die Exil-Volksflotte gejagt und zerschlagen werden, dann *würde* sie dies auch erfolgreich tun.

Aber wenn wir nicht angreifen, dann verlieren wir die einzige Unterstützung, die wir überhaupt finden konnten. Und was für Auswirkungen wird es auf unsere Moral und unseren Truppenzusammenhalt haben, wenn das geschieht? Und wo wir gerade dabei sind: Wenn Rozsak wirklich weiß, wer wir sind und was wir vorhaben, dann werden die Sollys uns in jedem Falle als gänzlich verderbt ansehen, ganz egal was passiert!

»Nehmen Sie das Gespräch an«, hörte er sich selbst sagen. »Keine Bildübertragung! Und jegliche ausgehenden Audiosignale schicken Sie vorher erst noch durch die Computer.«

»Wir empfangen eine Antwort, Sir. Zumindest ›eine Art Antwort‹«, verkündete Karen Georgos.

»Hat ja auch lange genug gedauert«, murmelte Edie Habib, und Rozsak warf ihr ein angedeutetes Lächeln zu.

»Die Signalverzögerung liegt bei vierzig Sekunden«, merkte er an. »Die sind gar nicht so lange nervös geblieben, wie ich eigentlich erwartet hatte.«

Habib schnaubte leise, und Rozsak blickte zu Georgos hinüber.

»Stellen Sie es durch, Karen.«

»Jawohl, Sir. Signal kommt jetzt«, erwiderte der Signaloffizier, und das Display vor Rozsak wurde abrupt schwarz.

»Was kann ich für Sie tun, Admiral Rozsak?«, fragte eine Stimme. Sie war sanft moduliert, ohne erkennbaren Akzent, und Rozsak blickte mit gehobener Augenbraue fragend zu Georgos hinüber, bevor er seinen eigenen Videosensor aktivierte.

»Ist das computergeneriert?«, fragte er ... und war sich selbst recht sicher, dass diese Frage unnötig war.

»Jawohl, Sir.« Sie zuckte mit den Schultern. »Ohne vollständige Analyse kann ich dafür zwar nicht garantieren, aber für mich klingt es ganz so, als würden die unsere eigene Hardware und auch unsere Techniken verwenden. Irgendjemand am anderen Ende verwendet ein Nightingale-System, und die KI generiert dann eine vollständig synthetische Stimme. Daraus kann dann niemand irgendetwas über die tatsächliche Stimme des ursprünglichen Sprechers herausfinden.«

»Das habe ich mir gedacht«, sagte er.

Wäre er an der Stelle desjenigen, der jetzt am anderen Ende der Com-Verbindung saß, hätte er genau das Gleiche getan. Tatsächlich hatte er das Nightingale-System schon des Öfteren benutzt, wenn es aus der Sicht der Solaren Liga wünschenswert gewesen war, notfalls alles leugnen zu können. Doch auch wenn ihn die Vorgehensweise der Fremden hier nicht überraschte, so war er doch ein wenig erstaunt, wie sehr er sich darüber ärgerte.

Vor allem, weil Karen Recht hat – er setzt unsere eigene Technologie gegen uns ein. Und das macht es natürlich nur umso alberner, dass ich auf ihn sauer bin, schließlich haben wir ja auch in nicht allzu ferner Zukunft gewisse Pläne mit ›unserer eigenen Technologie‹.

Er schob den Gedanken beiseite, straffte die Schultern, blickte geradewegs in seinen Videosensor und schaltete ihn ein.

»Sie können Ihren Angriff auf den Planeten umgehend abbrechen«, sagte er geradeheraus. »Ich erinnere Sie daran, dass die Solare Liga ein bilaterales Verteidigungsbündnis mit dem Königreich Torch unterzeichnet hat. Jeglicher gegen Torch gerichtete Angriff wird als Angriff auf solarisches Territorium erachtet werden, und jeglicher Verstoß gegen die Völkermord-Protokolle des Eridanus-Erlasses werden umgehend zur vollständigen Vernichtung sämtlicher Ihrer Einheiten führen.«

Es folgte eine vierzigsekündige Verzögerung, als seine Worte zum Flaggschiff der EVF hinüberrasten. Vierzig weitere Sekunden später drang aus dem immer noch schwarzen Com erneut die künstliche Stimme.

»Ich weiß Ihre Haltung zu schätzen, Admiral«, sagte sie. »Bedauerlicherweise sehe ich mich außerstande, Ihrer Forderung nachzukommen. Ganz zu schweigen davon, dass Sie im Augenblick nicht über die erforderlichen Mittel zu verfügen scheinen, um diese ›vollständige Vernichtung sämtlicher meiner Einheiten‹ zu bewirken.«

Wenigstens versucht er gar nicht erst, so zu tun, als wäre das hier lediglich ein ›Höflichkeitsbesuch‹, dachte Rozsak.

»Nicht?« Er lächelte dünn. »Vielleicht erinnern Sie sich an die Weisheit, dass der erste Eindruck durchaus zu täuschen vermag. Und selbst wenn dem nicht so wäre, verfügt die *Solarian League Navy* als Ganzes sehr wohl über eben diese Mittel.«

»Das ist wohl wahr«, bestätigte die anonyme Stimme achtzig Sekunden später. »Aber damit der Rest der SLN Besagtes bewerkstelligen kann, muss sie uns erst einmal *finden*. Und ich denke – Admiral Rozsak, so heißen Sie doch, nicht wahr? –, es wäre angemessen, wenn Sie bedenken würden, welche Konsequenzen das für *Ihre* derzeitigen Streitkräfte hätte. Es mag Ihnen schwer fallen, das zu glauben, aber ich würde es deutlich vorziehen, niemanden umbringen zu müssen, der heute nicht unbedingt sterben muss.«

Trotz der Künstlichkeit der Stimme glaubte Rozsak in den letzten Worten tatsächlich eine gewisse Aufrichtigkeit hören zu können.

Ist das nicht großherzig von ihm, uns *zu gestatten, die Flucht anzutreten, damit er ›nur‹ die vier oder fünf Millionen Menschen auf Torch umzubringen braucht?*

»Das ist sehr freundlich von Ihnen«, sagte er laut und mit eisiger Stimme. »Wenn Sie allerdings Ihren Angriff auf Torch nicht umgehend abbrechen, *werde* ich Sie angreifen, und wenn das geschieht, werden heute eine ganze Menge Menschen sterben. Sie mögen glauben, Sie seien hinreichend im Vorteil, meine Truppen mit minimalen eigenen Verlusten zu besiegen. Ich versichere Ihnen, Sie befinden sich im Irrtum. Und ich weise Sie hiermit auch ausdrücklich darauf hin, dass Ihre Verletzung der Hypergrenze von Torch mit einer unidentifizierten Militärstreitmacht sowohl vom Königreich Torch als auch von der Solaren Liga als kriegerischer Akt angesehen wird. Ich rate Ihnen hiermit offiziell, umgehend beizudrehen und das Torch-System auf zeitoptimiertem Kurs zu verlassen. Sollten Sie diesen Anweisungen nicht nachkommen, *werden* wir äußerste Gewalt gegen Sie anwenden.«

»... äußerste Gewalt gegen Sie anwenden.«

Adrian Luff blickte sich auf seiner Flaggbrücke um. Ein Großteil seiner Untergebenen konzentrierte sich ganz auf ihre eigenen Displays und Kommandokonsolen, doch er wusste genau, dass Sie äußerst wachsam zuhörten. Und die Körpersprache der anderen auf der Brücke Anwesenden verriet ihm ebenso wie die Mienen, die er sehen konnte, dass ein Großteil von ihnen ebenso dachte wie er – dass das hier eine Gelegenheit war, den Angriff abzubrechen. Es war die Entschuldigung, die sie ihren Manpower-Herren vorlegen konnten.

Und gleichzeitig dachten sie auch – ebenfalls genau wie er –, dass die *Warlords* und *Mars* der EVF zu auffällig waren, um einfach zwischen all den anderen Piraten- und Söldnerschiffen zu verschwinden, die durch die Galaxis zogen. Wenn die Emissionssignaturen erst einmal die SLN erreicht hatten und dann im gesamten Territorium der Liga und sämtlichen der kleineren, unabhängigen Sternnationen verbreitet wurden, würde man sie allzu leicht identifizieren können. Sosehr also er und seine Mannschaften eine gewisse *persönliche* Anonymität genießen mochten, als *Gruppe* wären sie eindeutig erkannt worden. Sie mochten ja keine Sternnation sein, gegen die in diesem Falle der Eridanus-Erlass Anwendung finden konnte, aber das würde niemanden davon abhalten, sie als Piraten einzustufen … und nach allgemein anerkanntem interstellarem Recht stand auf Piraterie die Todesstrafe.

Aber wir sind schon viel zu weit gekommen, dachte er rau. *Wir haben uns viel zu weit zu dem hochgearbeitet, was wir eigentlich sein sollten – was wir früher einmal* waren. *Und ohne die Unterstützung durch Manpower hätten wir niemals die Logistik-Basis erhalten,* etwas anderes *zu sein als Piraten. Mörder und Abschaum – Auftragskiller, von denen man für einen Credit gleich zehn Stück auf einmal bekommt, keine ›Verteidiger der Revolution‹. Wenn wir diese Mission hier abbrechen, werden wir das alles verlieren.*

In einem kleinen Teil seines Hirns spürte er die bittere Ironie der Entscheidung, vor der er hier stand. Um die Seele der Revolution wiederherzustellen, um seine eigene Sternnation zu retten, musste er in einer Art und Weise handeln, die seine eigene Seele auf ewig beflecken würde. Und, so stellte er fest, trotz des offiziellen Atheismus, den die Revolution verlangte, *hatte* er eine Seele – oder zumindest etwas, das sich für eine Seele *hielt.* Eine Seele, die das hier Anstehende nicht tun wollte … und doch sah er keine Möglichkeit, die nicht noch schlimmer gewesen wäre.

Und es ist genauso gut möglich, dass das in Wirklichkeit gar nicht Luiz Rozsak ist, sagte er sich. *Wir sind schließlich nicht die Einzigen, die über ein Nightingale-System verfügen. Und Millicent und Yvonne müssen sowieso einfach Recht haben mit ihrer Vermutung, woher diese Schiffe stammen. Das sind keine Mantys, sie gehören auch nicht zu Theismans Einheiten, und sie sind ganz bestimmt keine Sollys, wer auch immer angeblich das Kommando darüber innehat – nicht bei diesen Beschleunigungswerten und ÜL-Com-Fähigkeiten. Damit bleiben nur die Erewhoner übrig. Angesichts der Tatsache, dass Erewhon mit den Torchern unter einer Decke steckt, ergibt es durchaus Sinn, wenn sie beschlossen haben, Torch zu beschützen, falls sie wirklich irgendwie von diesem Unternehmen erfahren haben sollten. Aber sie könnten immer noch erwartet haben, dass wir deutlich schwächer sind, als das nun tatsächlich der Fall ist. Vielleicht haben sie sich gedacht, dank ihrer Raketengondeln könnten sechs ihrer Kreuzer es mit der Streitmacht aufnehmen, von der sie* glaubten, *sie würde hier auftauchen. Wenn das so ist, und wenn sie jetzt gerade umdenken, dann könnte das Ganze hier ein einziger, riesiger Bluff sein. Es könnte sein, dass sie uns damit drohen, irgendwann in der Zukunft werde sich die SLN auf uns stürzen, damit wir den Angriff abbrechen, obwohl Rozsak in Wirklichkeit mehr als fünfzig Lichtjahre weit von Torch entfernt ist.*

Aber angesichts der Informationen, die unsere Kundschafter über die Beziehung zu Barregos und Rozsak zusammengetragen haben, könnte sich Rozsak sehr wohl irgendwo dort befinden, Adrian! Dass es sich um erewhonische Schiffe handelt, bedeutet ja nicht, dass sich an Bord keine Solly-›Ratgeber‹ befinden. Vergiss das nicht, während du versuchst, dir die ganze Lage zu erklären. Und dieses Verteidigungsbündnis, das er erwähnt hat, existiert tatsächlich. Also ist es durchaus möglich, dass sich Rozsak wirklich *an Bord eines dieser erewhonischen Kreuzer befindet, selbst wenn ansonsten kein einziger Solly in der Nähe ist – einfach nur, um ganz offiziell die Liga in das Ganze hier einzubeziehen.*

Diese Gedanken durchzuckten sein Hirn, und noch während das geschah, begriff er, dass sie eigentlich völlig bedeutungslos waren. Ja, wirklich! Er hatte sich entschieden, er hatte sich für alle seine Leute an Bord seiner Schiffe entschieden. An dem Tag, an dem sie die von Manpower gestellten Schiffe in Empfang genommen hatten, an jenem Tag, an dem sie all ihre Hoffnung darauf, jemals die Revolution wiederzuerwecken, auf die Unterstützung durch Manpower gesetzt hatten, da hatten sie auch diesen Auftrag angenommen. Und falls die Gegenseite nicht tatsächlich über genug Feuerkraft verfügte, um sie aufzuhalten, hatte er gar keine andere Wahl, als seinen Auftrag auch auszuführen.

»Ich weiß diese Warnung zu schätzen, Admiral Rozsak«, hörte er sich selbst sagen, »aber ich werde sie leider ignorieren müssen. Im Umkehrzug jedoch warne ich Sie, dass jegliche Gewaltanwendung gegen diese Kampfgruppe in gleicher Weise erwidert werden wird.«

Er drückte den Knopf auf der Armlehne seines Kommandosessels, mit dem sein Sensor deaktiviert wurde, und wandte sich erneut seinem Stab zu.

»Also gut«, sagte er mit einem dünnen Lächeln, »obwohl Admiral Rozsak sich uns gegenüber identifiziert hat, denke ich doch, dass Sie und Yvonne im Prinzip ganz Recht haben mit Ihrer Vermutung, um wen es sich dort hinten handelt, Millicent. Und ich glaube, Sie haben auch Recht, was die Hardware betrifft, die denen zur Verfügung steht, und was sie gegen uns zu unternehmen beabsichtigen. Da wir also nicht vor ihnen weglaufen können, selbst wenn wir das wollten, sollten wir einfach weitermachen und genau das tun, was sie von uns erwarten.«

Kapitel 28

»Bestätigung liegt vor, Ma'am – Alpha Zwo«, sagte Lieutenant Cornelia Rensi.

»Danke, Cornelia«, bestätigte Commander Raycraft, dann wandte sie sich ihrem ›Stab‹ zu. Eigentlich waren die *Stabs*offiziere des diensttuenden Commodore Laura Raycraft identisch mit Commander Laura Raycrafts *Raum*offizieren, abgesehen von Lieutenant Commander Michael Dobbs, den man zur Besatzung der *Artillerist* abkommandiert hatte, um als *Stabs*chef der Leichte-Kreuzer-Division 7036.2 zu fungieren. Das war der Hauptgrund, weswegen sie sich entschieden hatte, ihr Schiff selbst zu befehligen und ihre Division von der Brücke der *Artillerist* aus zu führen – anders als Luiz Rozsak, der es sich auf der Flaggbrücke der *Marksman* bequem gemacht hatte.

»Kommt nicht gerade überraschend, was, Ma'am?«, fragte Dobbs nun, und sie schüttelte den Kopf.

Ebenso wie Dobbs war sie schon die ganze Zeit über der Ansicht gewesen, Alpha Zwo sei das wahrscheinlichste der Szenarios, die Luiz Rozsak und seine Offiziere sich zurechtgelegt hatten. Tatsächlich hatte sie es sogar für derart wahrscheinlich gehalten, dass sie sich immens dafür eingesetzt hatte, ihre gesamte Kampfgruppe im Hyperraum zu konzentrieren. Sie wusste, wie gern Rozsak ihr zugestimmt hätte und ebenso, dass er das niemals tun würde. Er hatte ihr gegenüber deutlich zum Ausdruck gebracht, irgendjemand müsse ja in einer Position bleiben, von der aus sich auch das Innere System verteidigen ließe – nur für den Fall, dass sie sich doch allesamt täuschten und die Havie-Söldner aus mehreren Richtungen gleichzeitig anrücken würden. Und so kam es, dass sich ihr eigenes Schiff ebenso wie die *Archer* hier im Orbit befanden, als Flaggschiff der ›Kampfgruppe Amboss‹, zu der auch Commander Melanie Stensruds *Charade* und vier Zerstörer der *Warrior*-Klasse gehörten: *Genghis Kahn, Napoleon, Alexander the Great* und *Julius Caesar*, allesamt unter dem Kommando von Lieutenant Commander Hjálmar Snorrason. Begleitet wurden sie von den drei Leichten Kreuzern und den siebzehn Schiffen der Zerstörerflottille 2960 unter dem Befehl von Commander Maria Le Fossi – ganz zu schweigen von acht Fregatten der Royal Torch Navy. Doch diese anderen Schiffe befanden sich dort aus einem geringfügig anderen Grund.

Das waren reichlich Schiffskörper, auch wenn ihre eigene Division Leichter Kreuzer ausgewählt worden war, weil sie ein Schiff weniger aufwies als die beiden anderen Divisionen des Leichter-Kreuzer-Geschwaders 7036. Tatsächlich verfügte Kampfgruppe Amboss vermutlich über deutlich mehr Schiffe, als sie benötigen würden. Doch da die eigentliche Aufgabe von Kampfgruppe Amboss darin bestand zu verhindern, dass irgendwelche Langstreckenraketen jemals Torch erreichten, war eine gewisse Redundanz etwas durchaus Schönes.

Und wenn diese Leute dort bereit sind, auf maximale Schussrate zu gehen, oder wenn sich herausstellt, dass sie an ihren Rümpfen vollbeladene Gondeln befestigt haben, dann kann man hier vielleicht doch nicht von ›Redundanz‹ sprechen, dachte sie grimmig.

Abgesehen von den Waffen, die Technodyne der Republik Monica zur Verfügung gestellt hatte, gab es keinerlei Hinweise darauf, dass irgendjemand außerhalb des Haven-Quadranten schon mit Gondeln experimentiert hatte. Selbst die Technodyne-Gondeln waren reine Systemverteidigungswaffen, nicht auf den Offensiveinsatz ausgelegt, so wie das in Manticore oder Haven geschah. Und sämtliche von Jiri Watanapongses Quellen beharrten darauf, dass die SLN immer noch das gesamte

Konzept als ebenso primitiv und ineffektiv abtat, wie es das vor Jahrzehnten tatsächlich gewesen war. Doch die Flüchtlinge der Systemsicherheit, die desertiert waren, nachdem das grausam-erfolgreiche Unternehmen Butterblume der Royal Manticoran Navy den ersten Haven-Krieg so schlagartig zum Halt gebracht hatte, mussten eine gänzlich andere Einstellung zu diesem Thema haben. Und es war zumindest möglich, dass es ihnen gelungen war, diese Einstellung auch ihren Sponsoren von Manpower klarzumachen. Und falls die Vorstellung lächerlich erscheinen sollte, Manpower könne fortschrittliche Waffensysteme produzieren lassen, dann galt das ebenso dafür, Manpower solle in der Lage sein, im wahrsten Sinne des Wortes Dutzende von Schlachtkreuzern, die einst im Dienste der SLN gestanden hatten, Strohmännern wie der Republik Monica zur Verfügung zu stellen ... oder eben einer Flotte wahnsinniger Anhänger der alten Systemsicherheit.

Also: Ja, es *war* möglich, wenngleich unwahrscheinlich, dass diese Leute hier wirklich über eigene Raketengondeln verfügten. Und wenn sie damit eine hinreichend hohe Beschussdichte erreichen konnten, um die Raketenabwehr der Verteidiger zu übersättigen ...

Bei relativistischer Geschwindigkeit brauchen sie ja nur mit einer Hand voll Raketen Glück zu haben, rief sie sich ins Gedächtnis zurück.

»Ich muss sagen«, fuhr Dobbs fort, »dass ich fast wünschte, wir hätten uns für Alpha Eins entschieden statt für Alpha Zwo.« Sie warf ihm einen Blick zu, und er verzog das Gesicht. »Ich verstehe durchaus die Logik, die hinter der Entscheidung steckt, Ma'am. Aber es gefällt mir einfach nicht, hier bloß tatenlos herumzusitzen, während jemand anderes die ganze Arbeit macht.«

»Ich kann nicht behaupten, es ginge mir nicht zumindest ein wenig ebenso«, gestand Raycraft ein. Alpha Eins hätte Kampfgruppe Amboss in einen *echten* Amboss verwandelt, bei dem die Leichten Kreuzer und Hjálmar Snorrasons Zerstörer von Torch aus vorgerückt wären, um die Angreifer zwischen ihren eigenen Einheiten und Rozsaks Kampfgruppe Hammer zu zermalmen. »Andererseits hatte der Admiral Recht. Wahrscheinlich wäre Alpha Eins wirklich des Guten zu viel gewesen. Wenn er die Aufgabe nicht mit sechs *Marksmans* erledigen kann, dann würden wir es vermutlich auch nicht mit acht schaffen. Abgesehen davon könnte ich mir vorstellen, dass immer noch die Zeit bleibt, zu Alpha *Drei* überzugehen, wenn es hart auf hart kommt. Und wenn dem nicht so ist, dann ist es noch eine ziemlich gute Idee, uns nicht durch eine aktive Impellersignatur einfach selbst zu verraten.«

»Oh, dem stimme ich sofort zu, Ma'am«, erwiderte Dobbs mit sanfter Stimme. Raycraft schnaubte kurz, dann wandte sie sich Siegel zu.

»Wie lange noch, bis der Admiral Kampfgruppe Hammer in Position hat?«, fragte sie.

»Es sieht so aus, als wären sie ungefähr zwo Millionen Kilometer vor dem eigentlich geplanten Transitpunkt aufgetaucht, Ma'am«, erwiderte Siegel, und Raycraft nickte. Sie hatte schon bemerkt, dass Lieutenant Wus Astrogation ein wenig zu knapp ausgefallen war. Tatsächlich zog sie selbst in einer Situation wie dieser hier es ebenfalls vor, wenn man ein wenig zu *früh* transistierte. »Aber wenn man von konstanter Beschleunigung der gesamten Gruppe ausgeht«, fuhr Siegel fort, »wird Kampfgruppe Hammer in etwa achtundfünfzig Minuten in der geplanten Reichweite sein. Zu diesem Zeitpunkt wird der Feind knapp einhundertundzwölf Millionen Kilometer – sagen wir: sechs Komma zwo Lichtminuten – von Torch entfernt sein.«

Wieder nickte Raycraft, dann wandte sie sich dem Abbild Lieutenant Richard McKenzies zu, dem leitenden Ingenieur der *Artillerist*.

»Halten Sie sich bereit, den Keil zu aktivieren, Richard. Es könnte sein, dass wir ihn in ungefähr einer Stunde brauchen.«

»Die Geschwindigkeiten haben sich angeglichen, Bürger Commodore«, sagte Bürger Lieutenant Commander Pierre Stravinsky leise, und Adrian Luff warf erneut einen Blick auf den Hauptplot.

Weitere Kommunikation mit Admiral Rozsak hatte es nicht gegeben – vorausgesetzt, es war überhaupt Admiral Rozsak gewesen, mit dem er gesprochen hatte. Doch das erschien Luff nicht zwangsläufig ein gutes Zeichen. Nicht, dass irgendetwas von dem, was sein Gesprächspartner noch gesagt haben könnte, ihn dazu bewogen hätte, seine eigenen Pläne und Optionen zu diesem Zeitpunkt zu überdenken. Er hatte einen Entschluss gefasst, und er wusste, was er tun musste. Er würde so spät seine eigene Entscheidung nicht wieder in Frage stellen.

Der Abstand zwischen seinen Schiffen und den Verfolgern hatte sich vergrößert, während die Bogeys ihren ursprünglichen Geschwindigkeits-Nachteil ausglichen. Mit einem Beschleunigungsvorteil von etwas weniger als einem Kilometer pro Sekunde hatte das 9,75 Minuten gedauert. In dieser Zeit war der Abstand zwischen den beiden Flottillen auf etwas mehr als 13,3 Millionen Kilometer angewachsen. Jetzt hatten die Schiffe eine Geschwindigkeit von 7886 Kps erreicht, und so verminderte sich der Abstand allmählich wieder. Von jetzt an würden ihre Verfolger ihnen stetig näher kommen.

Luff blickte auf und bedeutete mit einer Handbewegung Bürger Commander Hartman, zu ihm zu kommen. Sie trat rechts neben ihn und sie blickten gemeinsam auf den Plot. Mit einer Hand wies er auf die Icons.

»Sie sind immer noch fast elf Millionen Kilometer von der Hypergrenze entfernt«, stellte er fest. »Also halte ich es für zumindest denkbar, dass sie wirklich keine Mehrstufenraketen mit sich führen und hier nur einen gewaltigen Bluff versuchen. Es könnte sein, dass sie darauf hoffen, irgendwann würden unsere Nerven mit uns durchgehen, sodass wir den Angriff abbrechen ... und in Wirklichkeit planen sie nur, wieder in den

Hyperraum zu verschwinden, statt die Hypergrenze zu überschreiten, und sich uns bis auf Reichweite konventioneller Raketen zu nähern, falls wir ihnen den Gefallen eben nicht tun sollten. Unter uns gesagt…« – seine Stimme klang trocken genug, um die Mündung des Frontenac daheim in Nouveau Paris ausdorren zu lassen – »ich würde wirklich gerne glauben, dass es darauf hinausläuft. Bedauerlicherweise denke ich aber, in Wirklichkeit passiert hier genau das, was Sie und Stravinsky von Anfang an gesagt haben. Das sind erewhonische Schiffe, wer auch immer sich da gerade an Bord befindet, und diese beiden Riesendinger da sind wirklich Frachter in Militärausführung, die mit Raketengondeln beladen sind. Die Frage, die mich seit fünf oder sechs Minuten nicht mehr loslässt, lautet jetzt: Wie dicht wollen die an uns herankommen, bevor sie ihre Gondeln aussetzen? Darf ich davon ausgehen, dass Sie sich ebenfalls schon mit dieser Frage befasst haben?«

»Jawohl, Bürger Commodore.« Hartman erwiderte sein Lächeln, auch wenn sie dabei ihre Zähne ein wenig mehr entblößte als ihr Vorgesetzter. »Tatsächlich haben Pierre und ich schon ausgiebig darüber gesprochen, und wir haben es auch mit Bürger Captain Vergnier und Bürger Commander Laurent diskutiert.«

»Und? Sind Sie vier zu einem Ergebnis gekommen?«

»Wir kommen auf das Gleiche, was die Frage betrifft, was sie vermutlich versuchen werden«, erwiderte Hartman. »Aber wir sind uns nicht ganz einig geworden, auf welche Distanz sie es anlegen. Ganz offensichtlich wollen sie auf weniger als zwölf Millionen Kilometer aufschließen, sonst hätten sie das Feuer schon eröffnet, bevor sich unser Abstand wieder vergrößert hat. Da dem so ist, versuchen sie ganz offenkundig, ihre Feuerleitung nahe genug an das Zielgebiet zu bringen, um eine vernünftige Trefferwahrscheinlichkeit zu erreichen – ganz genau, wie Pierre das schon gesagt hat. Und das ergibt auch durchaus Sinn, wenn diese sechs Kreuzer tatsächlich die einzigen Artillerieleitstände sind, die sie hier einsetzen wollen. Ich persönlich denke ja, sie werden so weit zu uns aufschließen wollen, wie das eben möglich ist, ohne gleichzeitig in Reichweite unserer eigenen Waffensysteme zu kommen, also komme ich auf acht Millionen Kilometer. Damit blieben sie eine halbe Million Kilometer außerhalb unserer Standard-Raketenreichweite, und sie haben einen Beschleunigungsvorteil auf ihrer Seite, der es ihnen auch gestattet, diese Entfernung beizubehalten, wenn sie das wünschen.

Soweit stimmt Pierre mir auch zu, aber er glaubt, sie werden auf *neun* Millionen Kilometer gehen, damit sie ein wenig mehr Spielraum haben, wenn unsere Vögelchen schließlich losschlagen. Bürger Captain Vergnier und Bürger Commander Laurent führen an, dass sie mit zwei Frachtern voller Raketengondeln wahrscheinlich bereit sein werden, noch etwas früher anzugreifen, auch wenn sie dabei einiges an Munition verschwenden. Also gehen beide eher von einer Distanz von *zehn* Millionen Kilometern aus.«

Nachdenklich nickte Luff.

»Ich bin geneigt, Stravinsky beizupflichten«, sagte er. »Hätten die nicht diese zwo Munitionsschiffe da hinten, dann würde ich Ihnen Recht geben und es ein wenig enger abpassen, weil diese zusätzlichen fünfhunderttausend Kilometer sie auf jeden Fall ein wenig Treffgenauigkeit kosten werden. Aber Olivier und Bürger Commander Laurent haben nicht Unrecht, was den Punkt betrifft, dass die Gegenseite Munition im Überschuss hat. Und dass es so aussieht, als würden sie die Mun-Schiffe auch in die Schlacht mitnehmen, lässt für mich darauf schließen, dass sie wahrscheinlich gerne zumindest ein wenig mehr Zeit und Platz für Ausweichmanöver hätten, sobald wir unsere eigenen Vögelchen auf den Planeten regnen lassen.«

»Sie und Pierre könnten durchaus Recht haben, Bürger Commodore.« Hartman zuckte mit den Schultern. »Aber das Wichtigste hier ist, dass sie die Mun-Schiffe eben *tatsächlich* mitnehmen. Ihnen bleibt natürlich immer noch die Zeit, sie weit hinter die Front zurückfallen zu lassen, aber ich denke, wenn sie das vorhätten, dann hätten sie das längst getan. Mit ihrer derzeitigen Geschwindigkeit werden sie eindeutig die Hypergrenze überqueren – angenommen, sie wollen wirklich im N-Raum bleiben und die Gondeln aussetzen. Und mit der bislang beobachteten Reichweite selbst der Mehrstufenraketen aus den ersten Generationen bräuchten sie überhaupt nicht so nahe zu kommen, um uns unter Beschuss zu nehmen. Die Feuerleitschiffe gewiss, ja, aber nicht die Mun-Transporter.«

»Stimmt.« Der Bürger Commodore verzog das Gesicht. »Ich nehme an, das ist eine Ermessensfrage. Sollte man sie weit genug zurücklassen, sodass sie zwar nicht gefährdet sind, dafür aber auch völlig ungeschützt, für den Fall, dass wir zufälligerweise doch noch jemanden im Hyperraum versteckt haben, der von dort aus ungehindert losschlagen kann, oder nimmt man sie mit an die Front, wo die Feuerleitschiffe und Zerstörer sie im Auge behalten können, sie aber immer noch nicht ganz in die Reichweite unserer eigenen Raketen kommen.«

»Ich bin mir ziemlich sicher, dass sie genau das denken, Bürger Commodore. Und ich an ihrer Stelle hätte genau das Gleiche getan. Weniger weil ich mir Sorgen machen würde, die Gegenseite könne tatsächlich jemanden im Hyperraum versteckt haben, der dann ›ungehindert losschlagen kann‹, sondern weil es mit diesem Reichweitenvorteil einer *bekannten* Bedrohung gegenüber keinen Grund gäbe, sich nicht gegen die Möglichkeit einer *unbekannten* Bedrohung zu wappnen, die sich anschleicht – so unwahrscheinlich das auch sein mag.«

»Ganz genau. Natürlich«, Luff fletschte die Zähne, »es wäre doch schade, wenn sich herausstellen sollte, dass sie sich gegen die falsche ›bekannte Bedrohung‹ wappnen.«

»Jawohl, Bürger Kommodore.« Hartman erwiderte das raubtierartige Lächeln. »Das wäre *wirklich* schade, nicht wahr?«

»Noch etwa zehn Minuten, Sir«, merkte Edie Habib leise an, und Rozsak nickte.

Sie verfolgten die Abtrünnigen von der Systemsicherheit nun schon seit über einer halben Stunde, und sie hatten die Distanz auf kaum mehr als genau die zwölf Millionen Kilometer verringert, mit der sie diese Verfolgung aufgenommen hatten. Ihre Aufschließgeschwindigkeit betrug mehr als fünfzehnhundert Kilometer pro Sekunde, und es war für den Feind jetzt völlig unmöglich, ihnen noch zu entkommen.

»Bei einer Distanz von elf Millionen Kilometern werden wir die Beschleunigung auf drei Komma sieben fünf Kps Quadrat reduzieren«, entschied Rozsak. »Hat ja keinen Sinn, ihnen schneller nahe zu kommen, als wir unbedingt müssen.«

»Jawohl, Sir«, erwiderte Habib, doch ihr Tonfall klang ein wenig sonderbar, und als er zu ihr hinüberschaute, bemerkte er, dass sie mit eigentümlich fragendem Blick sein Profil betrachtete.

»Was ist?«, fragte er.

»Ich habe mich nur gefragt, was Sie gerade eben *unausgesprochen* gelassen haben.«

»›Unausgesprochen‹?« Nun war es an ihm, sie fragend anzublicken. »Wieso denken Sie, es gebe etwas, das ich hier unausgesprochen gelassen hätte?«

»Boss, ich kenne Sie nun schon ziemlich lange«, sagte sie, und er lachte in sich hinein.

»Ja, das stimmt wohl«, pflichtete er ihr bei. Dann zuckte er mit den Schultern. »Vor allem habe ich gerade an Snorrason gedacht.«

»Fragen Sie sich, ob ich schon die ganze Zeit über Recht gehabt habe?«, fragte sie mit gehobener Augenbraue, und er grinste.

Mit für ihn gänzlich untypischer Unsicherheit hatte er hin und her überlegt, wohin er Hjálmar Snorrasons vier Zerstörer verlegen sollte. Nach den *Marksmans* waren die großen Zerstörer der *Warrior*-Klasse die leistungsfähigsten Raketenabwehrschiffe, die er hatte – zumindest, was die Territoriumsverteidigung betraf. Die Fregatten der Royal Torch Navy hatten sich als bemerkenswert leistungsstark (für derart kleine Einheiten) dabei erwiesen, in einem dicht bestrichenen Umfeld auf sich selbst aufzupassen. Doch sie waren einfach nicht groß genug und verfügten nicht über genug Antiraketen, um längere Zeit die Territoriumsverteidigung effektiv übernehmen zu können. Rozsak war versucht gewesen, Snorrasons Schiffe Kampfgruppe Hammer zuzuweisen, so wie Habib das vorgeschlagen hatte – nur für den Fall, dass sie sich plötzlich doch in der Reichweite gegnerischer Raketen wiederfänden. Doch letztendlich hatte er entschieden, die Verteidigung von Torch sei wichtiger. Es war unwahrscheinlich, dass die Ex-Havie-Angreifer ihrem Zielgebiet nahe genug kämen, um den Planeten mit etwas anderem als bereits ausgebrannten Raketen zu bestreichen, die schon längst in den freien Fall übergegangen waren und sich daher leicht abschießen ließen. Doch die Konsequenzen, die es hätte, falls sich herausstellte, dass diese Annahme falsch war, mochten sich als katastrophal erweisen. Und sich gegen diese Eventualität zu wappnen war wichtiger als die ebenso unwahrscheinliche Möglichkeit, dass Kampfgruppe Hammer in die Raketenreichweite des Feindes geriet.

»Nein.« Rozsak schüttelte den Kopf. »Ich habe nie geglaubt, Sie könnten damit *Unrecht* haben, Edie.« Er wandte sich vom Plot ab und warf Habib ein schiefes Grinsen zu. »Tatsächlich ist der Grund, dass ich in dieser Hinsicht so unschlüssig war, schlichtweg, dass es eigentlich eine Entscheidung ist, die man genauso gut auch durch das Werfen einer Münze treffen könnte.« Er zuckte mit den Schultern. »Letztendlich jedoch läuft es darauf hinaus, den Planeten zu beschützen, und ich werde nicht im Nachhinein meine Entscheidung hinterfragen, was Snorrason betrifft. Nur ...« Er verzog das Gesicht. »Ich habe einfach so ein komisches Gefühl.«

»Was für ein ›komisches Gefühl‹, Boss?« Habibs Miene wirkte jetzt ungleich angespannter als zuvor.

Luiz Rozsak ist ein Mensch, der immens auf die Logik vertraut, dachte sie. Trotz des gelassenen, entspannten Auftretens, mit dem er Freunde und Gegner gleichermaßen zu täuschen vermochte, war er alles andere als lässig oder impulsiv. Mit der Präzision eines Münzprüfers wägte sein Hirn sämtliche nur erdenklichen Faktoren und Möglichkeiten ab, und normalerweise war er jedem anderen Mitspieler in gleichwelcher Situation immer um mindestens zwei oder drei Züge voraus. Doch es gab Momente, in denen eine Art ›instinktiver Prozess‹ hinzukam. In denen er Entscheidungen traf, die anderen wie rein impulsive Handlungen oder Launen erschienen. Habib persönlich war schon vor langer Zeit zu dem Schluss gekommen, seine ›Launen‹ seien in Wahrheit eine ganz eigene Form der Logik, doch eben einer Logik, die über das bewusste Denken hinausging – und das in einem Maße, dass selbst Rozsak es nur von außen betrachten konnte, während sein Verstand Fakten oder Beobachtungen berücksichtigte, von deren Existenz sein bewusstes Denken überhaupt nichts wusste.

»Wenn ich wüsste, was das für ein komisches Gefühl ist, dann wüsste ich auch, was ich unternehmen muss«, merkte er jetzt an.

»Wenn ich Ihnen dabei behilflich sein kann, es herauszufinden, dann stehe ich Ihnen gerne zur Verfügung«, sagte sie. Er blickte sie an, und sie zuckte die Achseln. »Hin und wieder hatten Sie ja schon eine Anwandlung, die irgendwie im Sande verlaufen ist, Boss, aber allzu häufig war das nun wirklich nicht der Fall.«

»Vielleicht.« Nun war es an ihm, die Achseln zu zucken. »Und vielleicht«, er sprach noch etwas leiser, »ist das auch einfach Lampenfieber vor der Premiere. Dieses Spiel findet in einer ganz anderen Liga statt, als ich das gewohnt bin, wissen Sie?«

Habib stand kurz davor zu lachen, doch sie unterdrückte den Impuls, bevor er sich Bahn brechen konnte. Sie hatte Schulter an Schulter mit Rozsak schon alle möglichen Unternehmen durchgestanden – gegen Piraten, gegen Schmuggler, gegen Sklavenhändler, Terroristen, Rebellen, gegen verzweifelte Patrioten, die sich gegen die Grenzsicherheit zur Wehr setzten. Ganz egal, was für ein Unternehmen es auch gewesen war, wie hoch der Preis war oder welches Ziel damit verfolgt wurde: Nicht ein einziges Mal hatte er die Beherrschung verloren – weder über die Situation, noch über sich selbst.

Doch obwohl das alles stimmte, so wurde ihr bewusst, würde das hier seine erste echte *Schlacht* werden. Das erste Mal, dass Flottenstreitkräfte unter seinem Kommando sich tatsächlich einem Gegner entgegenstellten, der ein Vielfaches seiner eigenen Tonnage an Kriegsschiffen befehligte, und ein Hundertfaches seiner eigenen Truppen. Und, so sinnierte sie grimmig, der Preis, den er würde zahlen müssen, wenn er scheiterte, würde unaussprechlich sein.

Viele derjenigen, die glaubten, Luiz Rozsak zu kennen, hätten von ihm wohl erwartet, diese Möglichkeit locker wegzustecken. Und in mancherlei Hinsicht hätten sie damit auch recht. Edie Habib zweifelte nicht daran, dass, was auch immer mit dem Planeten Torch geschähe, Rozsak niemals dabei innehalten würde, seine ›Sepoy-Option‹ zu nutzen. Doch Habib kannte ihn vermutlich besser als jeder andere im ganzen Universum, einschließlich Oravil Barregos. Und weil dem so war, kannte sie auch das Eine, das er niemals zugeben würde – nicht einmal ihr gegenüber. Wahrscheinlich nicht einmal *sich selbst* gegenüber.

Sie wusste, was ihn in Wirklichkeit dazu gebracht hatte, sich vor so vielen Jahren schon die ›Sepoy-Option‹ zurechtzulegen. Sie wusste, was sich hinter dem Zynismus und dem amoralischen Machthunger verbarg, den er für andere Menschen zur Schau stellte. Sie wusste, was ihm in Wirklichkeit den Magnetismus verlieh, der so verschiedene Menschen wie Edie Habib, Jiri Watanapongse und Kao Huang an ihn band.

Und was er sich niemals, wirklich niemals, selbst vergeben würde, wäre, wenn die Abtrünnigen von der Systemsicherheit vor ihm tatsächlich irgendwie den Planeten Torch erreichen sollten.

Wenn er ein bisschen ... nervös ist, sollte mich das eigentlich zum Teufel noch mal nicht überraschen, dachte sie.

»Na ja«, sagte sie schließlich, »vielleicht ist das wirklich das größte Spiel, auf das Sie sich bis jetzt jemals eingelassen haben, Boss. Aber Ihre Erfolge in den unteren Ligen scheinen mir doch ziemlich gut. *Ich* denke, Sie sind mittlerweile reif, in der obersten Liga zu spielen.«

»Ach ...«, er lächelte sie an. »Das denke ich wohl auch. Und trotzdem scheint mich das irgendwie nicht gegen ein flaues Gefühl im Magen zu immunisieren.«

»Eine Nachricht von Admiral Rozsak, Ma'am«, meldete Lieutenant Rensi. »Kampfgruppe Hammer wird in ...« – der Signaloffizier warf einen Blick auf die Zeitanzeige – »... viereinhalb Minuten die Beschleunigung reduzieren.«

»Ich danke Ihnen, Cornelia«, erwiderte Laura Raycraft und blickte zu Lieutenant Commander Dobbs hinüber. »Denken Sie, sie werden sich doch für eine Kapitulation entscheiden, wenn sie von den Typ 17-Es erfahren?«, fragte sie leise.

»Das weiß ich nicht, Ma'am«, gab Dobbs zurück. »Aber wenn *ich* an ihrer Stelle wäre, so würde ich mich bestimmt regelrecht dabei *überschlagen* zu kapitulieren!« Er schüttelte den Kopf. »Gewiss, wäre ich an ihrer Stelle, so hätte ich den Angriff sowieso schon in dem Augenblick abgebrochen und zugesehen, dass ich nach Hause komme, als der Admiral aus dem Hyperraum ausgetreten ist. Wenn das hier kein Einsatz ist, der nach Strich und Faden in die Hosen gehen wird, dann weiß ich auch nicht! Selbst wenn es ihnen irgendwie gelingt, den Planeten zu erledigen, muss doch *irgendjemand* übrig bleiben, der ihre Schiffs-Kennungen an die Navy weitergeben kann – und an jeden anderen hier draußen ebenfalls.«

»Der Gedanke ist mir auch schon gekommen«, stimmte Raycraft zu. »Und wenn *ich* an ihrer Stelle wäre, dann würde ich mir um die Mehrstufenraketen gewaltig Sorgen machen. Ich weiß, dass wir uns als Solarier identifiziert haben, aber die müssen sich doch schon überlegt haben, dass das hier Schiffe erewhonischer Bauweise sind. Und ich an ihrer Stelle hätte mir wahrscheinlich überlegt, dass könne nur bedeuten, dass diese zwo ›Frachter‹ hinter dem Admiral vermutlich mit Mehrstufenraketen vollgestopft sind. Natürlich reden wir hier über SyS-ler, und niemand, der genug Verstand hat, um Pisse aus einem Stiefel auszuschütten, würde immer noch davon träumen, in Nouveau Paris ›die Revolution wiederherzustellen‹. Jeder, der dermaßen realitätsfern ist, wird vermutlich auch nicht sonderlich gut sein, eine Bedrohung abzuschätzen.«

»Und vielleicht haben die sich gedacht, sie könnten sich die Zeit nehmen, alles und jeden zu erledigen, der in der Lage sein könnte, ihre Emissionssignaturen in irgendeiner Weise weiterzuleiten«, stimmte Dobbs ihrer Einschätzung düster zu. Fragend wölbte Raycraft eine Augenbraue, und Dobbs zuckte mit den Schultern. »Wenn sie glauben, es hier nicht mit Mehrstufenraketen zu tun zu haben, Ma'am, dann aber, dass wir einen gewaltigen Massenvorteil hätten. Nach allem, was sie bislang gesehen haben, könnten sie, gleiche Raketenreichweiten vorausgesetzt, vermutlich wirklich alles vernichten, was wir hier aufbringen, und sich dann auch noch die Zeit nehmen, auf Nummer sicher zu gehen und jeden Einzelnen zu zerstören, der über eine Aufzeichnung ihrer Emissionen verfügt. Wenn ihnen das gelingen könnte, dann gäbe es keinerlei Beweis dafür, wer für diesen Angriff hier verantwortlich ist … und genau das haben sie von Anfang an geplant, oder nicht?«

»Damit könnten Sie Recht haben. Aber so bedauerlich das für sie auch sein mag: Sie *haben* eben keine gleiche Raketenreichweite, nicht wahr?«

Adrian Luff betrachtete seinen eigenen Plot, und trotz des unmittelbar bevorstehenden Kampfes und seines Abscheus angesichts der Mission, die man ihm hier anvertraut hatte, war er sonderbar … ruhig.

Er hatte eine Entscheidung getroffen – eine Entscheidung, die ihn und sämtliche seiner Schiffe betraf. Das war schon seit dem Augenblick so, als Luiz Rozsaks Streitmacht hinter ihnen aufgetaucht war, und sie alle wussten es auch. Luffs ursprünglicher Angriffsplan war in dem Moment katastrophal fehlgeschlagen, als diese Schiffe aus dem Hyperraum transistiert waren, und auch das wusste jeder an Bord seiner Schiffe. Genau so wie sie alle wussten, dass er sich geweigert hatte, den Angriff abzubrechen, obwohl man ihn dazu im Namen der mächtigen Solaren Liga aufgefordert hatte. Und doch gab es bemerkenswert wenige Anzeichen für Panik an Bord der *Leon Trotsky* und auf den anderen Schiffen der EVF. Sie mochten ja einst zur Geheimpolizei der SyS gehört haben, einstige uniformierte Vollstrecker eines brutalen Regimes, die schließlich, seit dem Untergang der Volksrepublik, zu etwas geworden waren, das kaum besser war als dahergelaufene Piraten – und doch waren sie zugleich viel, viel mehr.

Wie wenig der Rest des Universums ihren Traum auch nachvollziehen konnte, die Volksrepublik und das Komitee für Öffentliche Sicherheit wiederherzustellen, sie hatten ihr Leben diesem Traum verschrieben. Das war es, was sie alle zusammenhielt, und aus diesem Zusammenhalt war Stärke erwachsen. Die langen Monate, in denen sie sich auf eine Mission vorbereitet hatten, die eigentlich niemand von ihnen ausführen wollte, sie hatte sie wieder zu einer echten Einheit zusammengeschweißt: zu einer organisierten Streitmacht. Und im Zuge dieses Prozesses hatten sie zu einer Härte gefunden, die sie zuvor nie gekannt hatten. Selbst einige der Söldner, die Manpower angeheuert hatte, um die Reihen der EVF zu verstärken, hatten während dieses Härtungsprozesses das Gefühl der Einheit gefunden, dieses Gefühl, einen Sinn und Zweck zu haben. Einzeln betrachtet mochten sie immer noch die Wahnsinnigen sein, die Ewiggestrigen, die Abtrünnigen, die Agenten der Brutalität, die das gesamte Universum immer noch in ihnen sehen mochte, doch gemeinsam *waren* sie wahrhaftig die Exil-Volksflotte.

Welcher Preis auch immer gefordert werden mochte, wie auch immer die Konsequenzen aussahen, sie *würden* die Exil-Volksflotte sein – das, oder überhaupt nichts mehr.

Während Gowan Maddock auf Adrian Luffs Flaggbrücke saß und zuschaute, wie der Abstand zwischen den Schiffen des Bürger Commodore und denen ihrer Feinde stetig abnahm, begriff er, wie sehr er (und der Rest des Mesanischen Alignments) diese Leute hier unterschätzt hatten. Oh, sie waren immer noch Wahnsinnige – echte Spinner! Und aus diesem Grunde zeigte sich auch keine Panik in ihrem Verhalten. Sie waren so verbohrt, dass sie akzeptierten, bei dieser Aktion den Tod zu finden.

Maddock saß in seinem eigenen Kommandosessel, schaute zu, wie Luff sich hier auf eine Mutprobe einließ, die es in dieser Form schon auf Alterde gegeben hatte, und er wusste, dass die Männer und Frauen der Exil-Volksflotte auf ihrer Suche nach dem weltfremden Ziel etwas ungleich Größeres geworden waren – etwas viel Zäheres und Gefährlicheres –, als er sich jemals zuvor selbst eingestanden hatte.

»Erreichen den vorgegebenen Abbremspunkt in fünfunddreißig Sekunden, Sir«, meldete Lieutenant Womack leise.

»Danke, Robert«, erwiderte Luiz Rozsak. Mit konzentriertem Blick betrachtete er den Hauptplot.

Die *Masquerade* und die *Kabuki* waren ein wenig zurückgefallen, hatten sich hinter Kamstras Kreuzern und ihren Zerstörern positioniert. Der Abstand zwischen der *Marksman* und den feindlichen Schlachtkreuzern war auf die vorgegebenen elf Millionen Kilometer zusammengeschrumpft, und wie er Habib gegenüber angemerkt hatte, gab es keinen Grund dafür, die restliche Strecke bis zum ausgewählten Punkt zur Feuereröffnung übermäßig rasch zurückzulegen. Selbst mit maximaler Abbremsung der *Masquerades* bräuchten sie mehr als drei Minuten, um auch nur relative Nullgeschwindigkeit zum Feind zu erreichen – und dabei war schon vorausgesetzt, dass die Gegenseite ihre derzeitige Beschleunigung beibehielt. Indem sie ihre eigene Aufschließbeschleunigung um einen Kilometer pro Sekunde zum Quadrat verminderten, blieben ihnen weitere dreizehn Minuten, bis sie die gewünschte Angriffsentfernung erreicht hätten ... und dann wäre ihre Aufschließgeschwindigkeit auf weniger als fünfhundert Kps gefallen. Sollte es erforderlich werden, könnte er diesen Abstand ewig aufrechterhalten – oder ihn notfalls auch noch vergrößern –, selbst mit seinen Arsenalschiffen, und selbst, wenn die Gegenseite bei dem Versuch, ihn doch noch einzufangen, ihren Kompensator bis zum Anschlag ausreizte.

»Der Feind hat die Beschleunigung reduziert, Bürger Commodore!«, sagte Bürger Lieutenant Commander Stravinsky plötzlich. »Er hat einen ganzen Kilometer pro Sekunde zum Quadrat abgebaut!«

Angesichts der Ankündigung des Operationsoffiziers blickte Luff rasch vom Plot auf, dann wandte er sich Hartman zu.

»Ich denke nicht, dass sie Beschleunigung abbauen würden, wenn sie nicht schon fast den Punkt erreicht hätten, den sie sich vorgestellt haben«, sagte er leise.

»Nein, Bürger Commodore«, pflichtete sie ihm bei und blickte ihm ruhig in die Augen. Er nickte. Dann drehte er sich wieder zu Stravinsky herum.

Klar und deutlich sagte er: »Bürger Lieutenant Commander: Feuer.«

Kapitel 29

»Raketenstart!«

Erstaunt riss Commander Raycraft den Kopf herum. Das *konnte* doch nicht sein! Kampfgruppe Hammer war doch immer noch *elf Millionen* Kilometer vom Feind entfernt!

»Zahlreiche Geschosse, multiple Raketenstarts!«, meldete Travis Siegel. »Abschätzung: mehr als dreihundertneunzig – wiederhole: drei-neun-null-plus!«

»Was zur Hölle …?«, hörte Raycraft Commander Dobbs murmeln, obwohl der Teil ihres Verstandes, der auf derartige Kleinigkeiten achtete, sich recht sicher war, dass der Commander es niemals hatte laut aussprechen wollen. Andererseits schoss ihr genau die gleiche Frage durch den Kopf, während sie den Plot anstarrte.

Es war lächerlich. Kampfgruppe Hammer befand sich mindestens drei Millionen Kilometer außerhalb der Reichweite selbst eines Javelin- oder Trebuchet-Schiffskillers, und Raketen abzufeuern, die sich ihren Zielobjekten im freien Fall näherten, ohne jegliche Möglichkeit, ausweichende Ziele zu verfolgen – und das, wenn ihre Opfer sich derart nah befanden –, war schlichtweg dämlich! Nutzlose Munitionsverschwendung! Die konnten doch unmöglich denken, sie würden …

Oh doch, das können sie, sagte eine sehr leise Stimme in ihrem Hinterkopf. *Wir haben in unseren Gondeln Typ 17-E – was ist, wenn die etwas* ganz Ähnliches *haben? Etwas, über das wir genauso wenig wissen wie die über die Typ-17er?*

Sie erinnerte sich, wie sie selbst die Möglichkeit in Erwägung gezogen hatte, die Gegenseite könne über Raketengondeln verfügen. Entkommene Besatzungsmitglieder von SyS-Schiffen mussten auch wissen, das es Mehrstufenraketen gab. Ach, selbst Manpower wusste gewiss schon seit ihrem ersten Einsatz im Gefecht davon. Und dass die SLN immer noch nichts unternommen hatte, um solchen Raketen etwas entgegenzusetzen, bedeutete ja nicht, dass alle anderen in gleicher Weise blind waren. Also: Ja, sie konnten durchaus ihrerseits ebenfalls eine Überraschung bereithalten.

Sie blickte auf die Beschleunigungswerte, die nun auf dem Plot erschienen. Bislang sahen sie genau aus wie das Profil einer Javelin-Schiff-Schiff-Rakete, für maximale Reichweite eingestellt auf eine Brenndauer von drei Minuten. Und Raycraft wollte nur zu gerne glauben, dass es genau das auch wirklich war. Doch da war diese leise Stimme in ihrem Hinterkopf, die ihr etwas anderes erzählte: dass nicht einmal ein paar wahnsinnige Ex-SyS-ler über eine solche Entfernung hinweg das Feuer eröffnet hätten, wenn sie nicht ernstlich glaubten, ihre Ziele auch *treffen* zu können.

»Raketenstart!« Lieutenant Womacks Meldung unterbrach das Gespräch, das Rozsak gerade mit Edie Habib führte. »OPZ schätzt ab: vier*hundert* Raketen einkommend, Sir!«

Rozsaks Blick zuckte zum Hauptplot, und einen winzigen Moment lang konnte er nichts anderes tun als nur ungläubig die Icons anzustarren. Als er sah, wie die Vektoren der Raketen sich immer weiter von den Schlachtkreuzern entfernten, die er in den letzten siebenundvierzig Minuten tiefer und tiefer in das Torch-System hinein verfolgt hatte, schienen sie ihm ebenso nutzlos – ebenso töricht – wie sämtliche seiner rangniedrigeren Offiziere. Doch dann verhärtete sich seine Miene, wurde wie aus Granit geschlagen. Sosehr ein Teil seines Verstandes darin eine Panikreaktion sehen wollte, eine Verzweiflungstat des

Feindes, der sah, wie sich Alpha Zwo ihm immer weiter näherte, wusste er doch, dass dem nicht so war. In rasender Geschwindigkeit ging dem Konteradmiral genau die gleiche Analyse durch den Kopf, mit der sich auch Laura Raycraft gerade befasst hatte, und einen kurzen Augenblick lang schien selbst seine immense Selbstbeherrschung ernstlich gefährdet.

Doch es war wirklich nur ein kurzer Augenblick, und seine Stimme bebte nicht einmal, als er sich wieder Kamstras Abbild auf dem Com zuwandte.

»Feuer eröffnen«, sagte er nur.

Im Gegensatz zur Solarian League Navy hatte das Mesanische Alignment überhaupt keine Vorbehalte den Berichten gegenüber, in denen Beobachter die Reichweite der Raketen schilderten, die während des neu aufgeflammten Konfliktes zwischen Manticore und der Republik Haven zum Einsatz gekommen waren. Das Alignment hatte nicht nur begriffen, dass diese Berichte völlig zutreffend waren, sondern sie hatten sogar herausgefunden, was die Manticoraner und die Haveniten getan haben mussten, um derartige Raketen produzieren zu können.

Bedauerlicherweise ist es nun einmal nicht dasselbe, ob man sich hat herleiten können, was andere getan haben, und wie man es in die Tat umsetzen kann. Die einzelnen Komponenten eines Raketenantriebs zu miniaturisieren, ohne dabei deren ohnehin schon begrenzte Betriebsfähigkeit weiter einzuschränken, stellte immer noch eine beachtliche technische Herausforderung dar – eine Herausforderung, die das Alignment erst noch würde meistern müssen, so hart sie auch schon daran arbeiteten.

Daher hatten sie als Zwischenschritt erst einmal einen gänzlich anderen Ansatz gewählt. Eigentlich waren die Cataphracts recht schlicht: Man hatte im Prinzip lediglich eine vollständige

Antiraketen-Antriebseinheit auf das Heck eines Schiffskillers in Standardausführung montiert. Es hatte zwar ein wenig Einfallsreichtum erfordert (und dazu eine recht beachtliche Anzahl grundlegender Kompromisse), einen derart leistungsstarken Impeller *und dazu noch* einen nennenswerten Laser-Gefechtskopf gemeinsam in ein Modul einzubauen, das in das Endstück einer gewöhnlichen Rakete passte, doch letztendlich war es ungleich einfacher gewesen, als richtige, ausgewachsene Mehrstufenraketen nachzubauen.

Natürlich hatte diese Vorgehensweise auch ihre Nachteile; so ist es doch immer, vor allem dann, wenn die Lösung des Problems auf einen Kompromiss hinausläuft.

Die Waffe verfügte nur über halb so viele Laserfilamente wie ein Laser-Gefechtskopf in Standardausführung. Schlimmer noch: Die Cataphracts waren um zwanzig Prozent länger als eine Standardrakete, und das bedeutete, dass sie nicht in die Geschütze passten, die man für die Einstufenraketen entwickelt hatte, auf denen eben die Cataphracts basierten. Die Cataphract-C, die auf den Trebuchet-Großkampfschiffsraketen der SLN basierte, konnte nur aus einer der Raketengondeln abgefeuert werden, die Bürger Commander Luff zur Verfügung zu stellen die MAN nicht für angemessen erachtet hatte. Die Cataphract-B, die eine Erweiterung der Javelin-Rakete darstellte, wie sie für die Schlachtkreuzer und die Schweren Kreuzer der Liga gedacht waren, passte in den Standard-Raketenwerfer an Bord von Superdreadnoughts, nicht aber in die Werfer von *Indefatigables* oder *Warlord-Cs*. Doch Luffs Schlachtkreuzer vermochten dic Cataphract-A zum Einsatz zu bringen, die auf der Spatha-Rakete basierte, dem neuesten SLN-Schiffskiller für Zerstörer und Leichte Kreuzer. Auch seine *Mars-Cs* wären dazu imstande gewesen, doch nur die Schlachtkreuzer waren mit der neuen Waffe ausgestattet – und selbst sie hatten gerade genug davon an Bord für ein Dutzend volle Breitseiten.

Im Vergleich zu Standardraketen ihrer Größe waren ihre

Gefechtsköpfe nicht sonderlich leistungsstark, und die bordeigenen Sucher, ECM und Durchdringungshilfen, die sich durch einen in seiner Größe derart eingeschränkten Terminal-Datenbus ansteuern ließen, waren ebenfalls recht beschränkt. Doch die Waffe hatte eine Brenndauer und Reichweite von beinahe 16,6 Millionen Kilometern aus dem Stand heraus, und niemand hätte sich auch nur vorstellen können, dass etwas Derartiges existierte … und Luffs vierzehn Schlachtkreuzer verfügten insgesamt über achthundert Breitseiten-Raketenwerfer.

In lautlosem Zorn verwünschte sich Luiz Rozsak selbst, als er mitansehen musste, wie vierhundertundzwei Raketen auf seine Einheiten zurasten. Nach den Begriffen der gewaltigen Schlachten zwischen dem Sternenkönigreich von Manticore und der Republik Haven aus jüngster Zeit stellte das einen beinahe schon kümmerlichen Versuch dar, und das wusste der Admiral auch. Doch die Mantys und die Haveniten griffen einander mit ganzen Flotten aus Superdreadnoughts an; *er* hingegen verfügte nur über sechs Kreuzer und acht Zerstörer, die dem Feind die Stirn bieten konnten.

Du musstest ja so gottverdammt zuversichtlich sein, dass du *diesen Scheiß-Reichweitenvorteil hast, nicht wahr?*, herrschte ihn innerlich eine kalte, zornige Stimme an. *Du warst so scheiß*-brillant – *so gottverdammt, dämlich überoptimistisch* –, *dass du nicht einmal auf die* Idee *gekommen bist, jemand anderes könnte genauso scheiße-clever sein wie* du!

Bösartig klang diese Stimme, voller Verbitterung darüber, welchen Preis seine Leute für diese übermäßige Zuversicht würden zahlen müssen – welchen Preis *Torch* möglicherweise würde zahlen müssen. Doch zugleich verbarg sich diese Stimme auch tief unterhalb seines bewussten Denkens. Vor allem kümmerte sich sein Verstand im Augenblick um die Katastrophe, die nun unweigerlich kommen musste.

Für Luffs Raketensalve betrug die Flugzeit zweihundertundzwölf Sekunden. Das bedeutete, es würden noch mehr als dreieinhalb Minuten vergehen, bevor der erste Laser-Gefechtskopf der EVF in Reichweite kam. Luiz Rozsaks Verstand arbeitete auf Hochtouren.

»Abwehrplan X-Ray-Charlie-Drei«, hörte er sich selbst sagen. »Beschießungsplan Delta-Zulu-Neun. Die *Warlords* haben Priorität.«

»Abwehrplan X-Ray-Charlie-Drei, aye«, bestätigte Robert Womack. »Beschießungsplan Delta-Zulu-Neun. Die *Warlords* sind Ziele mit Alpha-Priorität!«

Kampfgruppe Hammer veränderte ihre Formation. Es blieb nicht genug Zeit, um damit wirklich einen grundlegenden Unterschied zu erzielen, bevor diese erste gewaltige Salve eintreffen würde, aber Abwehrpläne und Zuständigkeiten änderten sich ungleich schneller – und drastischer –, als X-Ray-Charlie-Drei wirksam wurde. Und im gleichen Augenblick setzten die zwei Arsenalschiffe von Kampfgruppe Hammer auch schon Raketengondeln aus, in gewaltigen Ringen – und das in massiven Stößen im Abstand von zwölf Sekunden.

Rozsak hätte es vorgezogen, sie noch rascher auszusetzen – um sie alle aus ihren plötzlich gefährdeten Gondelhangars herauszubringen. Sie wären zwar hinter die beschleunigende Kampfgruppe Hammer zurückgefallen, und sie hätten dann durch Naheinschläge vernichtet werden können, doch das wäre immer noch besser gewesen als das, was nun geschehen würde – und das wusste sein verkrampfter Magen nur allzu genau.

Bedauerlicherweise hatten sie nicht die erforderliche Reichweite. Es waren immer noch die ursprünglichen *leichten* Gondeln, und sie mussten ihre Raketen fast augenblicklich starten. Er konnte sie nicht zurückhalten, und zwölf Sekunden war das engste Zeitfenster für effektive Feuerleitung, das er zustande bringen konnte – vor allem da seine Kreuzer die Geschosse in sukzessiven Wellen übernehmen mussten.

Das Gute daran – so wenig es auch sein mochte – war, dass die Nachladezeit der SL-13-Raketenwerfer an Bord von Flight-VII-Schlachtkreuzern der *Indefatigable*-Klasse fünfunddreißig Sekunden betrug. Die vorangegangenen Modelle der *Indefatigables* mit den älteren Werfern vom Typ SL-11b hatten zwar theoretisch die gleiche Nachladezeit, doch sie waren berüchtigt dafür, dass die automatisierte Warteschlange den Dienst einstellte, wenn man kürzere Schusspausen als einundvierzig Sekunden einzulegen versuchte. Und während der Admiral zuschaute, wie auf der Zeitanzeige die Sekunden verstrichen, begriff er, dass zumindest einige dieser ehemals solarischen Schiffe noch zur Baureihe Flight V oder Flight VI gehören mussten. Fünfunddreißig Sekunden verstrichen, und immer noch war keine zweite Salve gestartet. Aber sie musste jetzt jeden Moment kommen, und …

Da! Schlussendlich war die zweite Salve doch gestartet, aber ihr rasten bereits drei von Rozsaks Raketensalven entgegen – und beständig stießen die *Masquerade* und die *Kabuki* weitere aus.

Adrian Luff fletschte die Zähne, als seine erste Salve den Verfolgern entgegenbrandete. Er gab sich keinerlei Illusionen hin, was Mehrstufenraketen mit ihren gewaltigen Laser-Gefechtsköpfen seinen Schlachtkreuzern antun würden. Doch zumindest war er diesen Mistkerlen um mehrere Sekunden voraus gewesen, und sie fuhren schon seit fast einer Stunde beharrlich in seinem Kielwasser. Stravinsky und die taktischen Offiziere an Bord sämtlicher Schlachtkreuzer der EVF hatten Zeit genug gehabt, Ziele aufzuschalten, sie nachzuverfolgen und beständig die Feuerleitsequenzen zu aktualisieren.

Natürlich würde die immense Distanz sich negativ auf ihre Zielerfassung auswirken. Dagegen konnte man nun einmal nichts tun, und Luff zweifelte nicht daran, dass ihre Treffgenauigkeit gelinde gesagt mäßig ausfallen würde. Aber das dort hinter ihm waren nur *Schwere* Kreuzer, keine Schlachtkreuzer. Wenn er sie mit seinen ersten Salven erreichen konnte, ihre Steuersysteme beschädigen, ihre Feuerleitung behindern ...

»Feind startet Raketen!«, verkündete Stravinsky, und Luffs Kiefermuskeln spannten sich an. Sie hatten rascher reagiert, als er erwartet hatte, und Mehrstufenraketen konnten immense Beschleunigungsraten vorlegen. Wenn Gowan Maddocks Aufklärerberichte zutrafen, würden diese Raketen schneller sein als die Cataphracts unter ihrem Primärantrieb, selbst über relativ kurze Distanzen hinweg, und ...

»Abgeschätzt dreihundertundsechzig Raketen einkommend«, fuhr Stravinsky fort. »Beschleunigung vier-fünf-eins Kps Quadrat. Flugzeit zwo-eins-sieben Sekunden. Raketenabwehr schaltet auf, Halo aktiv.«

Luff kniff die Augen zusammen. Die Beschleunigung lag niedriger, als er erwartet hatte – tatsächlich war sie sogar niedriger als die der Primärantriebe seiner eigenen Vögelchen – ganz zu schweigen von dem Sprintantrieb, unter dem die letztendliche Annäherung stattfinden würde! Das bedeutete, die Flugzeit seiner Raketen würde *kürzer* sein als die des Gegners, nicht länger!

»Zweite Welle gestartet!«

Verdammt! Die jagten ihre verdammten Raketen im Abstand von bloß zwölf Sekunden ins All hinaus! Mit einer solchen Schussrate würden sie für jede Salve, die er ihnen entgegenschleuderte, mehr als drei Salven zurückschicken! Und damit kamen sie auf beinahe drei Raketen für jede einzelne, die er abfeuerte.

»Maximale Schussrate!«, sagte er harsch.

»Maximale Schussrate, aye, Bürger Commodore.

Luff spürte, dass Millicent Hartman ihn prüfend anschaute, und wandte sich vom Plot ab, um ihren Blick zu erwidern.

»Es ist wohl besser, wenn wir das Risiko eingehen, dass sich die Raketen in den Rohren verkeilen, als dass wir uns von denen härter treffen lassen als unbedingt nötig«, erklärte er.

Hunderte von Raketen jagten durch das All, geradewegs aufeinander zu, jede einzelne ein kybernetischer Agent der Zerstörung auf selbstmörderischem Kurs. Die Abwehrsysteme der ihnen angewiesenen Ziele regten sich, lieferten sich ein Duell mit ihren bordeigenen Sensoren. Systeme zur elektronischen Kampfführung versuchten einander zu blenden, während andere sie mit Täuschkörpern abzulenken versuchten, und ihre eigenen Durchdringungshilfen taten das Gleiche mit der Antiraketen-Zielerfassung, die ihrerseits versuchte, sie auszuschalten. Gewaltige Computer an Bord der Schiffe, die sie abgefeuert hatten – oder im Falle der Raketen von Kampfgruppe Hammer: die ihre Steuerung übernommen hatten, nachdem sie *anderweitig* abgefeuert worden waren – überwachten ihre Telemetrieverbindungen und trugen mit ihrer gewaltigen Rechenkapazität zu diesem titanenhaften Kampf bei. Die Abwehrsysteme verfügten über mehr Kraft, bessere KIs und den Vorteil menschlicher Intuition, doch Raumschiffe waren ungleich größer und zugleich auch deutlich heller strahlende Zielfunkfeuer. Wann genau die Steuerverbindungen zu lösen und die Schiffskiller ihren eigenen, nur rudimentär ausgeprägten Gerätschaften zu überlassen waren, blieb immer eine Ermessensfrage, und über eine Distanz von beinahe siebenunddreißig Lichtsekunden hinweg hinkte selbst die beste lichtschnelle Feuerleitung mehr und mehr hinterher.

Als Adrian Luffs erste Raketenwelle in Angriffsreichweite von Kampfgruppe Hammer kam, hatte die EVF ihnen sechs weitere hinterhergeschickt ... und die solarischen Schiffe hatten ihrerseits siebzehn Salven ins All hinausgejagt.

Luffs Miene war völlig ausdruckslos, als er das unfassbar dichte Gewirr einkommender Geschosse sah. Die Icons bedeckten den gesamten Plot, und es war schon jetzt offenkundig, dass die Eloka der Gegenseite besser war als seine eigene. Vielleicht nicht so viel besser, als es die Volksflotte ärgerlicherweise von den Mantys gewohnt war, aber doch immer noch *etwas* besser.

Mit tödlicher, metronom-gleicher Präzision erschienen weitere feindliche Raketen auf dem Plot, und Luffs Augen verengten sich zu Schlitzen.

»Änderung der Zielerfassung«, sagte er tonlos. »Nehmen Sie sich die Kreuzer vor.«

»Die erste Salve hat bereits Ziele aufgefasst, Bürger Commodore«, erwiderte Bürger Lieutenant Commander Stravinsky. »Zwote Salve wird jetzt umdirigiert.«

Luff nickte, ohne den Blick vom Plot zu nehmen. Er hatte nicht damit gerechnet, dass der Feind die Gondeln in derartigen Wellen ausrollen würde. Er hatte darauf gehofft, die Munitionsplattformen ausschalten zu können, bevor sie allzu viele Raketen abfeuern konnten, um auf diese Weise das gegnerische Feuer unmittelbar an der Wurzel zu kappen. Bedauerlicherweise blieb ihm dafür jetzt keine Zeit mehr. Es würde sich immer noch lohnen, die Frachter zu vernichten, aber nachdem ihm nun schon so viele Schiffskiller entgegenbrandeten, war es ungleich wichtiger, zunächst die Feuerleitung des Gegners auszuschalten.

Luffs erste Salve stürzte sich auf Kampfgruppe Hammer.

Die Kreuzer und Zerstörer erschauerten unten den Vibrationen der Antiraketen-Werfer im Schnellfeuer. Sie verfügten nicht über die massive Panzerung und die mehrfach redundanten Steuersysteme von Wallschiffen, doch sie waren eigens darauf ausgelegt, sich einer massiven Bedrohung durch Raketen entgegenzustellen. Luiz Rozsak hatte niemals damit gerechnet, seine Schiffe geradewegs in einen solchen Sturm hineinführen zu müssen wie den, der ihnen hier entgegenraste – nicht ohne deutlich mehr Begleitschiffe, die einen Teil der Abwehrbelastung hätten tragen können. Doch er und die erewhonischen Konstrukteure, mit denen er zusammengearbeitet hatte, hatten sich die Kampfumgebung deutlich präziser vorgestellt, als die solarischen Konstrukteure von Luffs *Indefatigables*.

X-Ray-Charlie-Drei war immer noch nicht vollständig online. Sie hatten nicht die Zeit gehabt, eine derartig vollständige Umgruppierung vorzunehmen, wie der Plan sie eigentlich vorsah, doch die Kreuzer, die in der äußeren Verteidigungszone für das Abwehrfeuer von Kampfgruppe Hammer verantwortlich waren, hatten bereits den Dienst aufgenommen und erfassten Ziele. Antiraketen wurden gestartet, erzeugten mit gewaltigen Impellerkeilen riesige Löcher in den Sturm der einkommenden Geschosse. Doch als die Cataphracts ihre ›Sprintantriebe‹ aktivierten und auf diese Weise eine unfasslich höhere Geschwindigkeit erreichten, überraschte das Rozsaks taktische Offiziere völlig. Bei keiner der Feuerleitlösungen war Derartiges einkalkuliert worden, und die Trefferwahrscheinlichkeiten in der äußeren Zone fielen auf weniger als die Hälfte dessen, was Rozsak eigentlich erwartet hatte. Allzu viele Schiffskiller der ersten Salve durchdrangen die äußere Abfangzone, und weitere Antiraketen brachen aus den Zerstörern hervor, deren Aufgabe es war, die Kreuzer zu unterstützen, während sie in die mittlere Abfangzone rasten.

Lasercluster schwenkten herum, erfassten Ziele, warteten darauf, dass die einkommenden Geschosse in ihre Reichweite gelangten, dann spien sie ihnen Speere aus kohärentem Licht entgegen. Feuerbälle flammten auf und blitzten, und trotz der Überraschung durch diesen ›Sprint-Modus‹ vernichtete Kampfgruppe Hammer einhundertundsiebenunddreißig der angreifenden Raketen.

Zweihundertundfünfundsechzig kamen durch.

SLNS *Rifleman* wand sich in Qualen, als Röntgenlaser ihren Seitenschild durchdrangen. Tief drangen sie in den Schiffsrumpf ein, trotz der Panzerung in Kreuzer-Ausführung. Der Energietransfer ließ bersten, riss Wallgänge auf, zerfetzte Angriffs- und Abwehrbewaffnung – und die Männer und Frauen, die sie bedienten. Die Seitenschilde dämpften die Wucht des Angriffs; *aufhalten* jedoch konnten sie ihn nicht, und so robust das Schiff auch war: Es war immer noch bloß ein Kreuzer.

Ihr Keil begann zu fluktuieren, als ein Laser den vordersten Impellerraum durchbohrte. Spannungsspitzen durchzuckten die Schiffssysteme, und taumelnd kam die *Rifleman* vom Kurs ab, als ihre Bug-Emitter ausfielen. Ihre Beschleunigung fiel drastisch ab, und dann bohrte sich ein weiterer Laser tief in die wichtigsten Einheiten des Schiffes.

Der Kompensator versagte, und selbst mit ausgefallenen Bug-Emittern fuhr die *Rifleman* doch immer noch mit mehr als zweihundert Gravos.

Es gab keine Überlebenden.

Schmerz durchzuckte Luiz Rozsak, als er sah, wie die *Rifleman* starb, doch zum Trauern blieb ihm keine Zeit. Weitere Treffer ließen das Schiff erzittern, und auch das Schwesternschiff der *Rifleman*, die *Ranger*, geriet ins Trudeln. Ihr Impellerkeil ließ nach, mehr als die Hälfte ihrer Steuerbord-Breitseite bestand nur noch aus geborstenen Trümmern, doch sie behielt ihre Position in der Formation bei, und Lieutenant Commander Haldane ließ das Schiff bereits rollen, um die Backbordseite zum Einsatz bringen zu können.

Die Zerstörer von Lieutenant Commander Stahlins Division 3029.2 befanden sich allesamt auf der angegriffenen Flanke des Kreuzers, als die Welle der Zerstörung über sie hinwegbrandete. Rozsak zweifelte daran, dass der Feind auf sie überhaupt gezielt hatte, doch die Veränderung der Formation hatte sie zwischen die einkommenden Raketen und die Kreuzer von Kampfgruppe Hammer gebracht. Geplant gewesen war das nicht, doch es hatte den Effekt, dass die Zerstörer zu bemannten Täuschkörpern wurden – und die immense Größe der *Warriors* wirkte sich zu ihren Ungunsten aus. Die Raketen, die wie dichter Regen auf sie herniederstürzten, befanden sich im autonomen Modus, so weit entfernt von den Schiffen, die sie abgefeuert hatten, und ohne ihre Telemetrieverbindungen waren sie kurzsichtig und engstirnig. Diejenigen, die ihre ursprünglichen Ziele infolge der Umgruppierung verloren hatten, hielten Ausschau nach neuen, und ein Schiff der *Warrior*-Klasse war mehr als groß genug, um den Zielerfassungs-Kriterien ihrer KIs zu genügen, die den Auftrag erhalten hatten, Kreuzer zu zerstören.

Die *Francisco Pizarro* und die *Cyrus* fielen schwankend aus der Formation, als Laser sie wie zornige Schwefelgewitter peitschten. Sekunden später zerbarst die *Pizarro*, während die *Cyrus* weiterkroch. Ihr Keil war ausgefallen, Rettungskapseln brachen aus ihren Flanken hervor. Ihr Schwesternschiff, die *Simón Bolivar* aus Anne Gugliks Division 3029.3, taumelte, als sie ihrerseits ein halbes Dutzend Treffer abbekam. Dann schwenkte sie aus, rollte herum und mühte sich nach Kräften, die Antiraketenwerfer ihrer unbeschädigten Breitseite und ihre Nahbereichsabwehr zum Einsatz zu bringen.

Und SLNS *Kabuki* erschauerte, als zwei Laser *sie* trafen.

Nur zwei. Das war alles, was ihre Abwehr zu durchdringen vermochte, und sie war ein Raumschiff, das zwei Millionen Tonnen masste. Doch sie war auch gänzlich ungepanzert, hatte keine internen Schotts, keine eingebauten Überlebenshilfesysteme. Das hatte Rozsak hingenommen, als er diese Klasse konstruiert hatte, weil ihm keine andere Wahl geblieben war. Und nun erinnerte er sich an den Gedanken, der ihm zuvor durch den Kopf gegangen war: *Pfahlrammen in Seifenblasen.*

Die Treffer durchdrangen die ungepanzerte Hülle gänzlich

ungehindert. Sie rissen gewaltige Löcher geradewegs in das Herz des Schiffes, zerschmetterten Werferbuchten, ließen Stützstreben bersten, zerrissen mit abfälliger Leichtigkeit das ganze Gefüge des Schiffes. Der Sekundärreaktor der *Kabuki* nahm eine Notabschaltung vor, vier der Alpha-Emitter explodierten. Nur die Tatsache, dass das Schiff im Impellerraum massiv mit Leistungsschaltern in Militärausführung ausgestattet war, bewahrte es vor der augenblicklichen Zerstörung. Datencodes, die kritischen strukturellen Schaden meldeten, erschienen unter ihrem Icon.

Dann war es vorbei ... für weitere fünfundvierzig Sekunden.

Adrian Luff wusste, dass die erste Angriffswelle seiner Raketen gerade in die feindliche Formation gefahren war. Er hatte gesehen, wie ihre Impellersignaturen von seinen ÜL-Gravitationsdetektoren verschwanden, sobald sie von Verteidigern ausgeschaltet wurden oder das Ende ihrer Brenndauer und Reichweite erreichten und detonierten. Und die gleichen Gravitationssensoren verrieten ihm auch, dass die Keile dreier feindlicher Schiffe ebenfalls verschwunden waren. Doch das war alles, was ihm an Informationen zur Verfügung stand, und es würde noch eine halbe Minute dauern, bis seine lichtschnellen Sensoren ihm melden konnten, wie viel weiteren Schaden seine Raketen angerichtet hatten.

In der Zwischenzeit gab es andere Dinge, um die er sich sorgen musste.

Leon Trotsky feuerte Antiraketen ab. Die aktive Antiraketen-Abwehr des großen Schiffes war deutlich schwächer, als das bei einem Schiff ihrer Größe der Fall hätte sein sollen, doch das Aegis-System, mit dem sie zusätzlich ausgestattet worden war, glich diese Schwäche zumindest teilweise wieder aus. Es war auch etwas, das Luff als ›elegante Lösung‹ bezeichnet hätte, und doch besaß das Konzept eine gewisse brutale Eleganz. Man brauchte nur ein paar Breitseiten-Raketenwerfer herauszureißen und den Raum, den sie zuvor eingenommen hatten, mit zusätzlicher Feuerleitung für Antiraketen zu füllen. Und zwei der verbliebenen Werfer wurden dafür genutzt, Behälter mit Abwehrraketen abzufeuern. Selbst unter Idealbedingungen kostete Aegis ein Schiff, das damit ausgestattet war, mindestens vier Offensiv-Werfer pro Breitseite. Normalerweise hätte Luff das als angemessenen Preis angesehen, schließlich verfügte die *Trotsky* von sich aus nur über äußerst schwächliche Abwehrsysteme; doch im Augenblick vermisste er die fehlenden Schiffskiller schmerzlich.

Und in ein paar Minuten werde ich sie noch viel schmerzlicher *vermissen,* sagte er sich selbst harsch.

Die Halo-Eloka-Plattformen, die rings um das Schiff ausgesetzt waren, woben ihrerseits einen schützenden Kokon. Als die Geldgeber von Manpower Luff Halo zum ersten Mal gezeigt hatten, war er nicht gerade sonderlich beeindruckt gewesen. Die Plattformen waren deutlich weniger effektiv als die geschleppten Täuschkörper der Manticoraner, denen sich die Volksflotte im Laufe der Jahre hatte entgegenstellen müssen. Doch der Bürger Commodore hatte seine Meinung geändert – vorerst, zumindest –, als er sie im Rahmen von Übungen zum ersten Mal im Einsatz gegen die Zielerfassungs-Fähigkeiten seiner eigenen Schiffe erlebt hatte. Ja, für sich betrachtet war jede einzelne Plattform wirklich nur marginal effektiver als die, mit denen die EVF-Schiffe ausgestattet gewesen waren, als sie vor den Konterrevolutionären hatten fliehen müssen. Doch Halo basierte nicht auf dem Einsatz *einzelner* Plattformen. Hier ging es um mehrere Plattformen gleichzeitig – fünf auf jeder Breitseite bei einem Schiff der *Indefatigable*-Klasse, mehr bei einem Wallschiff. Sie erzeugten multiple falsche Zielobjekte und schlossen in sorgfältig durchdachte Abwehrpläne auch ferngesteuerte Störemitter ein. Und da sie klein genug waren, um in beachtlicher Stückzahl an Bord genommen zu werden, konnte man sie rasch austauschen, sobald sie – ganz wie geplant – unter dem gegnerischen Beschuss ausfielen.

Ich hoffe wirklich, dass sie gegen diese Leute da ebenso gut wirken wie bei den Manövern gegen uns!, dachte er grimmig.

Luiz Rozsaks erste Salve erreichte ihr Zielgebiet: dreihundertundsechzig Raketen. Doch sechzig dieser Raketen waren fünf Sekunden zu früh in den autonomen Modus gewechselt – als die Telemetrieverbindungen der *Rifleman* so brutal offline genommen worden waren. Die bordeigenen Sucher und die KI der erewhonischen Typ-17-Es waren besser als die der meisten anderen Navys, doch sie waren ungleich schwächer als die neuen Apollos der Royal Manticoran Navy. Sie gaben wirklich ihr Bestes, doch die meisten von ihnen verschwendeten sich, ohne nennenswerte Erfolge verbuchen zu können. Sie schwärmten aus, verteilten sich auf vier verschiedene Ziele. Nur zwei von ihnen erreichten überhaupt ihr anvisiertes Ziel, und der Schaden, den sie anrichteten, war alles andere als lähmend.

Bei ihren Gefährten sah es ganz anders aus.

Delta-Zulu-Neun war in etwa so feinsinnig wie eine Streitaxt. Luiz Rozsak sah sich hier *Schlachtkreuzern* gegenüber, und so leistungsstark die Rakete Typ 17-E auch sein mochte, niemand würde sie jemals mit einer echten Großkampfschiffsrakete verwechseln. Sie war kräftiger als das, was die meisten Schlachtkreuzer mit sich führten, doch dafür verfügte sie auch über weniger Laserfilamente. Das bedeutete: weniger potenzielle Treffer pro Rakete, und diese individuellen Treffer würden auch nicht die Art Schaden hervorrufen, wie eine ausgewachsene Mehrstufenrakete das vermochte. Tatsächlich wusste niemand genau, wie gut sich eine Typ-17 gegen Zielobjekte mit einer Panzerung schlagen würde, die in der Größenordnung von Schlachtkreuzern lag, und so konzentrierte Plan Delta-Zulu-Neun sämtliche dreihundert Raketen, die bis zur vorgesehenen Übernahme immer noch von den *Schiffen* aus gesteuert wurden, auf lediglich zwei Zielobjekte.

Einhundertundfünfzig Raketen stürzten sich auf den Schlachtkreuzer *Alexander Suvorov.* Sie ruckte und wand sich, als die ersten Laser-Gefechtsköpfe ihre Antiraketen und ihre Nahbereichsabwehr-Cluster durchdrangen, und ebenso das Sperrfeuer, das von ihren Begleitschiffen kam. Auch die Versuche der bordeigenen Eloka, die angreifenden Raketen zu blenden, überstanden sie. Weitere Laser-Gefechtsköpfe folgten ihnen, rasten mit mehr als einhunderttausend Kps heran, eine massive Welle der Zerstörung. Die aktive Abwehr der großen Schlachtkreuzer der *Warlord*-Klasse war deutlich stärker als die der *Leon Trotsky,* und ihre Panzerung war sowohl dicker als auch strategisch effizienter platziert – doch es kamen einfach zu viele Bedrohungen gleichzeitig ein, zu rasch, in zu enger Folge, als dass man sie alle hätte aufhalten können. Selbst *ihre* Panzerung brach, dann barst sie, dann wurde sie auseinandergerissen, als Laser um Laser sich tiefer und tiefer fraß.

Plötzlich fielen Nahbereichsabwehr-Cluster aus. Die Emissionssignatur des Schiffes flackerte und loderte, als primäre Ortungs- und Zielerfassungssysteme schlagartig zu existieren aufhörten und die Sekundärsysteme ihre Aufgabe übernahmen. Drei Beta-Emitter stellten den Dienst ein, dann ein Alpha-Emitter, und trotz der Redundanzen in ihren übergroßen Antriebssystemen fiel auch die Beschleunigung aus. Das Schiff geriet ins Trudeln, erbrach Atemluft ins All – ein deutliches Anzeichen für interne Rumpfschäden. Und dann, abrupt, explodierte die *Alexander Suvorov* in einem gewaltigen, immer weiter anwachsenden Feuerball.

Vier Sekunden später folgte ein weiteres Schiff in die Zerstörung: PNES *Bernard Montgomery* – das Schiff, das Adrian Luff bisher befehligt hatte.

Luff biss die Zähne zusammen, als die *Bernard Montgomery* explodierte.

Die nehmen sich zuerst die Warlords *vor. Die versuchen, gezielt unsere effektivsten Raketenabwehrplattformen auszuschalten.*

Genauso war es, und die Laser-Gefechtsköpfe des Gegners waren ungleich leistungsstärker, als Luff das jemals von etwas erwartet hätte, das kleiner war als eine Großkampfschiffsrakete. Schlimmer noch: Ihr Beschuss war unendlich viel dichter, als er sich auch nur hätte vorstellen können. Es war doch unmöglich, dass sechs Schwere Kreuzer derart viele Raketen steuerten. Kein Schiff von dieser Größe konnte über derart viele Leitkanäle verfügen!

Doch ganz offensichtlich war genau das bei *diesen* Schiffen hier der Fall, und ein eisiger Schauer lief Luff über den Rücken, als auf einem von Stravinskys Sekundärdisplays die prozentuale Angabe der Treffer aufflammte, die zu den beiden Schlachtkreuzern durchgekommen waren. Einiges ließ sich natürlich durch Übersättigung der Abwehr erklären, aber dennoch hätte sie deutlich mehr Angriffe abwehren sollen, als sie offensichtlich getan hatte. Ganz augenscheinlich verfügten die einkommenden Raketen über außergewöhnlich gute Durchdringungs-Eloka ... und die Leute, die sie einsetzten, wussten *ganz genau*, was sie taten.

Eloka hin oder her, was auch immer das für Dinger sind, es sind auf jeden Fall keine *Mehrstufenraketen*, dachte er. *So schlimm die auch sein mögen, sie erzeugen pro Treffer nicht genug Schaden, um mit Laser-Gefechtsköpfen ausgestattet zu sein, wie sie bei Großraketen üblich sind ... ist das nicht ein* toller *Trost, wenn* so viele *von diesen verdammten Mistdingern hier herumschwirren? Es war richtig von mir, den Kreuzern der Gegner die höchste Priorität zuzuweisen. Ich hoffe nur, dass ich mich früh genug entschieden habe!*

Sein Blick zuckte wieder zum Hauptplot, als die zweite Raketenwelle von Kampfgruppe Hammer heranbrandete – zwölf Sekunden nach der ersten.

Rozsaks zweite Salve konzentrierte ihre geballte Zerstörungskraft auf die Schlachtkreuzer *Napoleon Bonaparte* und *Charlemagne.*

Die Raketenabwehr der EVF verfügte über bessere Daten als bei der ersten Angriffswelle, aber zwölf Sekunden reichten nicht aus, um die Feuerleitsequenzen entsprechend anzupassen und sie in die Eloka-Profile und deren KI einzuspeisen. Schlimmer noch: Der Verlust der *Bernard Montgomery* und der *Alexander Suvorov* hatte ein gewaltiges Loch in die gesamte Zielzuweisung der Abwehr gerissen.

Übersteuerungs-Codes wiesen Verantwortlichkeiten neu zu, verteilten die Last auf die Begleitschiffe der zerstörten Schlachtkreuzer, und die taktischen Offiziere an Bord der anderen Schiffe unter Luffs Kommando reagierten mit rascher Effizienz. Doch sie waren immer noch ein wenig aus der Bahn geworfen, sie *reagierten* immer noch auf die Situation, als ihnen schon dreihundert neue Raketen um die Ohren flogen.

Auf der Brücke von PNES *Charlemagne* betrachtete Bürger Captain Hervé Bostwick den Plot, als sich der Mahlstrom der Zerstörung durch die Abwehr der Kampfgruppe fraß, geradewegs auf seine Schiffe zu. Die *Charlemagne* war einer der großen Schlachtkreuzer der *Warlord*-Klasse, deren Besatzung vor den triumphierenden Konterrevolutionären geflohen war. Seitdem hatte Bostwick das Kommando über dieses Schiff inne. Nachdem sie nun schon so lange Zeit gemeinsam der Volksrepublik dienten, glaubte er allmählich wirklich jeden Mann und jede Frau an Bord persönlich zu kennen, nicht nur vom Sehen, sondern tatsächlich auch namentlich. Und jetzt konnte er die Furcht seiner Offiziere und Gasten beinahe körperlich spüren – vor allem angesichts der Tatsache, wie unfassbar rasch die *Montgomery* und die *Suvorov* ausgelöscht worden waren. Er spürte es, und doch waren die Stimmen im taktischen Flottennetz klar und deutlich, und Bostwick erinnerte sich an die sorgsam verborgen gehaltene Verachtung, die er in den Augen so manchen Offiziers der alten Volksflotte gesehen hatte – die Verachtung, die erfahrene Kämpfer für einfache Geheimpolizisten und Vollstreckungsbeamten übrighatten. Verachtung angesichts ihrer schlampigen Ausbildung und der armseligen Effizienz sämtlicher Kampfschiffe der Systemsicherheit im Gefecht. Er erinnerte sich, wie sehr er selbst sich stets über diese Verachtung geärgert hatte, doch dergleichen spürte er jetzt nicht mehr. Anspannung, hin und wieder sogar nacktes Entsetzen, mochten sich hinter den ruhigen Stimmen seiner Leute verbergen, doch rigides Training und hart erarbeitete Disziplin hielten all das im Zaum oder verdrängten es wirksam. Seine Leute erfüllten ihre Aufgabe ebenso gut wie ein ›Profi‹ aus jeglicher Flotte der gesamten Galaxis, und trotz seiner eigenen unbestreitbaren Furcht war das, was Bostwick vor allem verspürte, doch etwas gänzlich anderes: Stolz.

»Bedrohungsachse Rot-Eins-Null!«, fauchte sein Raketenabwehroffizier. »Batterie Drei, übernehmen Sie!«

»Battery Drei, Rot-Eins-Null, aye!«, bestätigte einer seiner Assistenten und gab schon die Befehle in seine Konsole ein. »Angriff!«

Nahbereichsabwehr Drei richtete die Lasercluster neu aus, mit denen die *Charlemagne* backbords achteraus gesichert wurde, schwenkte herum, um sich der Angriffswelle der Raketen entgegenzustellen, die mit dreißig Prozent der Lichtgeschwindigkeit die Zone durchquerten, die eigentlich die *Bernard Montgomery* hätte sichern sollen. Die Lasercluster gingen auf Dauerfeuer über, doch sie verfügten einfach nicht über genug Emitter, um derart viele Raketen abzuwehren, die so rasch einkamen.

Die *Charlemagne* erbebte, als der erste bombengepumpte Laser sich tief in ihre gepanzerte Flanke bohrte. Dann kam ein zweiter, und ein weiterer, ein Dutzend von ihnen, ein ganzer Tsunami der Zerstörung. Ein Laser nach dem anderen traf das

Schiff, so rasch, dass kein Mensch – und auch nicht die Computer der *Charlemagne* – in der Lage gewesen wäre, einzelne Treffer als solche zu erkennen.

»Volltreffer auf Werfer Drei!«

»Schwere Verluste in Impellerraum Zwo!«

»Graser Eins und Graser Drei sind vom Netz – keine Antwort, Bürger Commander!«

»Gravitationssensor Fünf zerstört! Lidar Drei ist ebenfalls weg!«

»Kernrumpfleck an Spant Drei-Sieben-Vier! Druckabfall – ich denke, wir haben eine verklemmte Panzertür! Leite Reparatur ein!«

»Volltreffer in Beiboothangar Zwo! Ich bekomme hier ›Rot‹ für den gesamten Hangar – die dortigen Reparaturteams antworten nicht!«

Bostwick hörte, wie die Schadensberichte das Comnetz durchzuckten, während sich ein gesamter Quadrant auf seiner Schadensanzeige tiefrot färbte. Die *Charlemagne* hatte schweren Schaden genommen. Das Schiff würde Monate in einer Werft verbringen müssen, einfach nur, um die Schäden zu reparieren, die Bostwick bislang gesehen hatte. Doch die *Charlemagne* war immer noch gefechtstüchtig, und seine Leute aktivierten bereits jetzt Backup-Systeme, und Reparaturteams eilten schon zu den verschiedenen Wunden seines Schiffes.

»Dritte Salve einkommend in fünf Sekunden«, verkündete sein Taktischer Offizier, der sich immer noch ganz auf seine eigene Verantwortung konzentrierte, seine eigenen Pflichten. »Abwehr-Beschießungsplan Bravo-Hotel. Ich möchte, dass ...«

»Skipper!« Die Stimme, die jetzt aus seinem Ohrhörer drang, gehörte Bürger Commander Christy Hargraves, seiner Chefingenieurin. In all den Jahren, die sie schon zusammen mit ihm diente, hatte er in ihrer Stimme noch nie derartige Panik gehört. *»Wir verlieren die Eindämmung in Fusion Zw ...«*

Adrian Luffs Miene verfinsterte sich, als das Icon der *Charlemagne* von seinem Plot verschwand. Der *Napoleon Bonaparte,* die früher einmal den Namen SLNS *Indurate* getragen hatte, war geringfügig mehr Glück beschieden als der *Warlord.* Sie fuhr weiter, rollte langsam um die eigene Achse, schleuderte Rumpftrümmer und Rettungskapseln in alle Richtungen, doch wenigstens konnte die Besatzung entkommen. Vielleicht würde man sie sogar retten können, doch zweifellos war das Schiff bei der Erfüllung seines Auftrages gefallen – die *Napoleon Bonaparte* konnte am Kampf nicht länger teilnehmen.

Hinter diesem Angriff müssen wirklich Solly-Offiziere stecken. Auf jeden Fall lassen sie sich von den Halo-Plattformen nicht sonderlich beeindrucken!

Der Gedanke ging dem Bürger Commodore durch den Kopf, ohne jemals wirklich in sein Bewusstsein vorzudringen, und noch während er die grässlichen Schadenskennungen betrachtete, die unter dem Plot-Icon der *Bonaparte* aufblitzen, kam Rozsaks *dritte* Raketenwelle herangestürmt.

Luiz Rozsak hatte das Gefühl, noch tiefer in seinen Kommandosessel hineinzusinken, als die zwote massive Raketensalve geradewegs auf Kampfgruppe Hammer zustürmte.

Sie brach über seine Schiffe herein, und auch wenn viele von ihnen im Abwehrfeuer ganz offensichtlich die Telemetrieverbindungen verloren, galt das doch für die weitaus meisten eben nicht. Seinen Raketenabwehroffizieren blieb mehr Zeit als ihren Gegenstücken von der F.VF, die Lektionen, die sie aus Luffs erster Salve gelernt hatten, auch in die Tat umzusetzen. Genau das zeigte sich jetzt. Sie wussten nun, dass diese Schiffskiller für den letzten Teil der zu überwindenden Distanz einen ›Sprint-Modus‹ aktivierten. Also konnten sie das auch berücksichtigen, und das Feuer ihrer Langstrecken-Antiraketen war jetzt wesentlich effektiver ... doch es kam auch aus deutlich weniger Werfern, und sie wurden durch deutlich weniger Nahbereichsabwehr-Cluster unterstützt.

Innerlich krampfte Rozsak sich zusammen, als SLNS *Gunner* barst. Die Trümmer des zerschmetterten Rumpfes – und die gesamte Besatzung – wurden quer durch das All geschleudert, in das unerbittliche Vakuum hinaus. Im gleichen katastrophalen Moment nahm ihr Schwesternschiff, die *Sniper*, mindestens fünf Treffer hin, die sie schlingernd aus der Formation ausscheren ließ, bis es dem Schiff gelang, sich irgendwie wieder zu fangen. Die *Cyrus* wurde drei weitere Male getroffen und verging lautlos; ihr Schwesternschiff *Frederick II.* starb in einem deutlich spektakuläreren Lichtblitz, der einen Moment lang sogar das Gleißen von Torch selbst überdeckte.

Und dann näherte sich der Raketensturm der *Kabuki.*

Rozsak wusste nicht, wie viele Raketen zu ihr durchdrangen. Allzu viele konnten es nicht gewesen sein ... nicht, dass das noch etwas ausgemacht hätte. Dem Handelsschiffsrumpf erging es wie Stroh in einem Hochofen, als die bombengepumpten Laser ihr das Rückgrat brachen und sie in Splitter verwandelten. Es entstand eine Wolke aus zerschmetterten Trümmern, die sich allmählich ausbreitete – geschaffen aus dem, was einst ein Raumschiff von zwei Millionen Tonnen Mass gewesen war ... ein Raumschiff mitsamt seiner Besatzung.

Zwei Drittel seiner Kreuzer waren beschädigt oder vernichtet, die Hälfte seiner Zerstörer – und die *Kabuki* – waren fort, und das war erst die *zweite* Salve gewesen.

»Beschießungsplan Charlie-Zulu-Omega«, sagte er tonlos.

Kapitel 30

Adrian Luff verspürte einen Hauch von Befriedigung, als auf Stravinskys Statustafel mit lichtschneller Signalübertragung die Abschätzung eintraf, welchen Schaden er dem Feind mit seiner ersten Salve beigebracht hatte.

Es war ihnen gelungen, ein Viertel der feindlichen Streitkräfte zu beschädigen oder zu zerstören. Und es sah ganz so aus, als sei auch eines der Munitionsschiffe ernstlich in Mitleidenschaft gezogen worden. Mittlerweile erreichte auch Luffs zweite Salve ihr Ziel, und der Bürger Commodore sah vier weitere Impellerkeile von seinem Plot verschwinden, einschließlich des Keiles eines der Schiffe, das OPZ als Munitionsschiff klassifiziert hatte.

Doch jegliche Befriedigung, die er empfand, musste gegen den Verlust fast der Hälfte seiner eigenen Schlachtkreuzer aufgewogen werden. Mit ihrer dritten Salve hatte Kampfgruppe Hammer PNES *Sun Tzu* zerstört und PNES *Oliver Cromwell* in ein hilflos treibendes Wrack verwandelt. Sechs Schiffe stellten kaum zwölf Prozent seiner gesamten Streitmacht dar, doch was die *Tonnage* betraf, war es ein deutlich größerer Prozentsatz. Und was noch ungleich schlimmer war: Allesamt waren sie *Schlachtkreuzer* gewesen ... und nur die Schlachtkreuzer verfügten über Cataphracts – oder die Feuerleitung, sie auch zum Einsatz zu bringen.

Das ist ein Wettrennen, dachte er grimmig. *Das ist wirklich ein gottverdammtes Wettrennen: Schauen wir doch mal, wem von uns zuerst die Plattformen ausgehen.*

Luiz Rozsaks vierte Salve traf ein.

Seine beiden unbeschädigten Kreuzer konnten die Feuerleitung für jeweils sechzig Raketen übernehmen, doch für die gleiche Anzahl von Raketen mussten die *Ranger* und die *Sniper* zusammenarbeiten. Kampfgruppe Hammer teilte ihre einhundertundachtzig Schiffskiller auf zwei Salven à neunzig Raketen auf und schleuderte sie dem Schlachtkreuzer *Isoroku Yamamoto*, Luffs letztem Schiff der *Warlord*-Klasse, und dem treibenden Wrack der *Oliver Cromwell* entgegen.

Jede Salve bestand nun aus weniger Raketen, und Luffs Raketenabwehroffiziere hatten dazugelernt, was die Leistungsfähigkeit von Typ 17-E betraf. Doch allzu viel vermochten sie auch nicht auszurichten. Sie brauchten Zeit, um sich neu zu organisieren, ihre Formation wiederherzustellen, und diese Zeit fehlte ihnen. Es gab nur noch die einkommenden Raketenwellen, die ihnen, jeweils fünf in jeder Minute, entgegenbrandeten. Deren individuelle Effektivität mochte nachlassen, als mehr und mehr dieser Raketen ohne bordgestützte Feuerleitung einkamen, doch sie kamen eben *immer noch*, und die Verteidiger mussten jede einzelne dieser Raketen als eigenständige Bedrohung ansehen.

Die *Isoroku Yamamoto* verließ ihre Position in der Formation, als ihr Heckimpellerring völlig ausfiel. Weitere Laser-Gefechtsköpfe ließen ihre Mittschiffspanzerung bersten; sie zerstörten Steuersysteme und vernichteten steuerbords die Hälfte ihrer Nahbereichsabwehr und bis auf drei sämtliche ihrer Langstrecken-Feuerleit-Telemetriegruppenantennen. Allmählich fiel das Schiff immer weiter zurück, rollte herum, um dem Feind ihre weniger beschädigte Backbord-Breitseite zuzuwenden, während Reparaturteams hektisch versuchten, ihre Heckimpeller wieder zu aktivieren.

Die *Oliver Cromwell* nahm nur ein Dutzend weiterer Treffer hin, doch diese reichten aus. Der einzige Fusionsreaktor, der ihr noch verblieben war, fiel aus, und auch sie fiel zurück, während ihre Besatzung sich bemühte, von Bord zu kommen, solange dafür noch Zeit blieb.

Weniger als eine Minute war vergangen, seit der erste Laser-Gefechtskopf von Kampfgruppe Hammer detoniert war, und sieben von Luffs vierzehn Schlachtkreuzern waren bereits zerstört oder gefechtsuntüchtig.

Zwölf Sekunden später raste kreischend Rozsaks *fünfte* Salve heran.

Jetzt wir. Jetzt sind wir dran.

Dieser Gedanke ging Adrian Luff durch den Kopf, als er sah, welches Angriffsmuster sich auf dem Plot abzeichnete. Die todbringenden, rubinroten Punkte der einkommenden Raketen schwenkten herum, und aus dem Chaos erwuchs plötzlich ein präzise gezielter, genau koordinierter Vorschlaghammer. Sie frästen sich geradewegs durch die gequälte Abwehr der EVF, ihre Zahlen schmolzen im Abwehrfeuer zusammen wie Schneeflocken in einem Hochofen, und doch kamen sie immer weiter heran.

Luffs Hirn arbeitete ebenso auf Hochtouren wie die Bordcomputer; er dachte zu rasch und zu konzentriert nach, um sich des Entsetzens, das ihn plötzlich gepackt hatte, überhaupt bewusst zu werden.

»Eine Nachricht an Bürger Commander Konidis«, hörte er seine eigene Stimme klar, deutlich und entschlossen. »Wenn die Kommunikation ausfällt, soll er die Mission gemäß unserer ursprünglichen Anweisungen fortsetzen.«

»Jawohl, Bürger Com...«

Das Eintreffen von Luiz Rozsaks Raketensturm unterbrach Bürger Lieutenant Kamerlings Bestätigung.

Es war völlig unmöglich für die Taktischen Offiziere von Kampfgruppe Hammer, das Flaggschiff der EVF zu identifizieren. Das war das Einzige, was die *Leon Trotsky* bei den ersten Salven verschont hatte. Doch die Wahrscheinlichkeit ist nun einmal unparteiisch. Letztendlich holen die gleichgültigen Gesetze der Wahrscheinlichkeit einen jeden ein, und Luff hatte ganz Recht gehabt: Dieses Mal war tatsächlich die *Trotsky* dran.

Einhundertundachtzig Raketen rasten auf sie und ihre Divisionspartnerin *Mao Tse-tung* zu, und nichts und niemand konnte sie aufhalten. Oder zumindest nicht *genug* von ihnen. Bis zum allerletzten Moment waren sie in dem Gewirr von Raketen unter autonomer Steuerung gefangen gewesen, und dann schlugen die Geschosse gemeinsam zu wie eine Streitaxt.

Der Schlachtkreuzer geriet geradezu unbeschreiblich ins Trudeln, wand sich im Herzen eines höllischen Geflechts bombengepumpter Laser. Ganze Sektionen ihres schwer gepanzerten Rumpfes verschwanden einfach, zerklüftete Krater wurden in den Leib des Schiffes gesprengt, fraßen sich Deck um Deck tiefer, suchten nach lebenswichtigen Organen. Leistungsspitzen pflanzten sich kaskadenartig in sämtlichen Systemen des Schiffes fort. Die schwer gepanzerten Steuerkapseln der Bedienungsmannschaften barsten, und der Schadensalarm klang wie das Heulen gequälter Seelen.

Kein Mensch hätte den unbeschreiblichen Schaden zu überblicken vermocht, der nun wie tödlicher Hagel auf Adrian Luffs Flaggschiff herniederging. Zwischen dem ersten und dem letzten Treffer vergingen weniger als zwei Sekunden, und das Blutbad und die Zerstörung, die damit einhergingen, waren für die ins Mark erschütterten Überlebenden schlichtweg zu gewaltig, um sie wahrhaftig zu erfassen. Doch selbst im Herzen dieses Glutofens erinnerten sich die Männer und Frauen an ihre Ausbildung und ihre Pflichten.

»Volltreffer, Ortung Sieben!«

»Volltreffer, Graser Fünf!«

»Nahbereichsabwehr Neun und Zehn unter lokaler Leitung!«

»Werfer Dreiundzwanzig ist vom Netz!«

»Fusion Eins, Notabschaltung!«

»OPZ, Volltreffer! Ich erreiche niemanden über Com, Bürger Commander!«

Die Schadensberichte strömten herein, eine zunehmend lauter werdende Litanei der Zerstörung und des Todes. Der Hauptplot wurde schwarz, als die Operationszentrale aus der Leitung herausfiel, und er blieb auch schwarz, als die Notgeneratoren, die ihn hätten antreiben sollen, unter Volltreffern ebenfalls vernichtet wurden.

»Volltreffer, Impellerraum Zwo!«

Die Beschleunigung der *Leon Trotsky* fiel aus.

»Raketenabwehr Vier ist ausgefallen, Bürger Commander! Kein Kontakt mit den Bedienungsmannschaften!«

»Volltr...«

Adrian Luff, Millicent Hartman, Pierre Stravinsky sowie jeder andere Mann und jede andere Frau auf der Flaggbrücke der *Leon Trotsky* starben augenblicklich, als ein Nachzügler – eine einsame, verwaiste Rakete unter autonomer Steuerung, die niemand rechtzeitig bemerkt hatte – wie ein Dolch durch die geborstenen Abwehrsysteme des Flaggschiffs fuhr.

Auch die *Trotsky* und die *Mao Tse-tung* taumelten weiter; sie waren viel zu entsetzlich zugerichtet, um mehr tun zu können, als sich schwächlich zu verteidigen. Und die sechste Salve der Kampfgruppe Hammer jagte auf PNES *George Washington* und PNES *Ho Chi Minh* zu.

Mit kalkweißem Gesicht starrte Bürger Commodore Santander Konidis seinen Plot an.

Bürger Commodore Luffs Flaggschiff war immer noch da – gerade noch –, doch es war völlig unmöglich, die entsetzlichen Schadenskennungen unter dem Icon des Schiffes misszuverstehen. Selbst wenn Luff dort drüben irgendwie, unmöglicherweise, immer noch am Leben sein sollte, waren sämtliche seiner Kommunikationseinrichtungen ausgefallen. Das bedeutete, Santander Konidis war jetzt der ranghöchste noch verbliebene Offizier der Exil-Volksflotte.

Oder dessen, was davon noch übrig war.

Er schüttelte den Kopf, riss sich zusammen und zwang sich dazu, den Blick von seinem Plot loszureißen und sich seinem Stabschef zuzuwenden.

»An alle Einheiten«, sagte er rau. »Ich übernehme das Kommando.«

»Jawohl, Bürger Commodore!«, erwiderte Bürger Commander Gino Sanchez sofort, und Konidis warf ihm ein angespanntes Lächeln zu. Wirklich gemocht hatte er Sanchez noch nie – der Mann war einfach zu brutal, wenn es um die an Bord erforderliche Disziplin ging, und er hatte die unbestreitbare Tendenz, rangniedrigere Offiziere zu schikanieren und zu terrorisieren –, aber ein Drückeberger oder Feigling war er keineswegs. Und im Augenblick empfand Konidis das als äußerst beruhigend.

Dann richtete der Bürger Commodore seine Aufmerksamkeit wieder auf den Plot, und jegliche Beruhigung, die er dank Sanchez verspürt hatte, schwand schlagartig, als die *George Washington* und die *Ho Chi Minh* aus der vernichtenden Glut der Raketen herausgetrieben kamen.

Die taktischen Datenverbindungen der *Washington* standen noch, obwohl Sanchez bezweifelte, dass auch nur die Hälfte der Angriffs- und Abwehrbewaffnung noch effektiv war. Die *Ho Chi Minh* hingegen war völlig vom Netz – ein weiteres eindeutiges Opfer dieser Mission.

Mein Gott, ich habe nur noch drei *einsatzbereite Schlachtkreuzer – und dabei wird die* Washington *schon als ›einsatzbereit‹ mitgezählt!*

Das erschien ihm schlichtweg unmöglich. Es konnte doch nicht sein, dass sechs Schwere Kreuzer die *Schlacht*kreuzer der EVF so fertiggemacht hatten!

Das liegt an diesen gottverdammten Gondeln. Die schicken immer mehr von denen in die Schlacht, und die *reißen uns dann in Stücke!*

Adrian Luffs dritte Salve erfasste Kampfgruppe Hammer wie eine Guillotine.

SLNS *Sniper* explodierte, als neuerliche Treffer ihre Abwehr durchdrangen und den bisher erlittenen Schaden katastrophal weitertrieben.

Rettungskapseln gab es nicht.

David Cartes *Sharpshooter* kam schlingernd vom Kurs ab, als die Hälfte ihrer Beta-Emitter ausfielen. Weitere Raketen trafen sie wie höllische Vorschlaghämmer, doch irgendwie gelang es ihr, wieder auf Kurs zu kommen und ihr Ziel nicht aus den Augen zu verlieren. Auch die ihr noch verbliebene Raketenabwehr war weiterhin einsatzfähig.

Weitere Raketen regneten auf den Zerstörer *William the Conqueror* herab. Ihrer verzweifelten Nahbereichsabwehr gelang es, siebenundzwanzig Laser-Gefechtsköpfe kurz vor Erreichen ihrer Detonationsdistanz aufzuhalten; elf weitere drangen durch, und die *Conqueror* explodierte ebenso spektakulär wie zuvor die *Sniper*... und mit ebenso wenigen Überlebenden.

Und dann, mit einer gewissen entsetzlichen Unausweichlichkeit, kamen fünf Laser-Gefechtsköpfe durch den angeschlagenen Abwehrschirm von Luiz Rozsaks zwei überlebenden Kreuzern und den drei Zerstörern, die ihm noch verblieben waren. Bombengepumpte Laser flammten erneut auf, hüllten den ungepanzerten Rumpf von SNLS *Masquerade* in ein Spinnennetz aus Blitzen, und plötzlich verfügte Rozsak über *kein einziges* Arsenalschiff mehr.

Bürger Commodore Konidis grinste wie ein hungriges Raubtier. Der Hauptplot der *Chao Kung Ming* zeigte deutlich weniger Details an, als das bei dem der *Leon Trotsky* der Fall gewesen war, doch es reichte aus, um zu erfahren, dass die Impellersignatur des zweiten gegnerischen Munitionsschiffs gerade verschwunden war. Ohne lichtschnelle Bestätigung konnte Konidis sich nicht sicher sein, dass das Schiff wirklich *zerstört* war. Wenn dem nicht so wäre, dann konnte es vielleicht noch drei oder vier Gondelwellen aussetzen, bevor die nächste Salve der EVF eintraf, um sie endgültig zu erledigen, aber wie dem aus sei: Das Ende dieses Schiffes war in Sicht.

Ich hoffe einfach nur, das gilt nicht auch für unser *Ende*, dachte er grimmig, als die siebte Salve von Kampfgruppe Hammer heranrollte.

Luiz Rozsak hatte noch drei Kreuzer – zwei von ihnen bereits deutlich angeschlagen – und vier Zerstörer, von denen einer schwere Schäden davongetragen hatte. Das war alles, mehr gab es nicht, und die Welle der Raketen, die bereits gestartet waren, war alles, was ihm noch verblieben war.

Jede dieser Wellen bestand aus dreihundertundsechzig Raketen, doch die drei Kreuzer, die er noch hatte, konnten nur die Steuerung eines Drittels davon leisten. Und das würde niemals ausreichen.

Deswegen hatte er Charlie-Zulu-Omega befohlen. Sie hatten sich natürlich auch auf diese Eventualität vorbereitet, aber sie hatten sie noch nie ausprobiert. Soweit Rozsak wusste, hatte *niemand* das jemals getan, und gegen eine vollständig einsatzfähige Raketenabwehr hätte er es auch niemals versucht. Doch Kampfgruppe Hammer hatte bereits riesige, blutige Wunden in die Antiraketenabwehr der abtrünnigen SyS-ler gerissen. Es *konnte* funktionieren ... und allzu viele andere Optionen blieben Rozsak ja nun auch nicht mehr.

Die Zeit reichte nicht, um Charlie-Zulu-Omega durchzuführen, bevor die nächsten zwei Angriffswellen eintrafen, doch die darauf folgende Welle würde *deutlich* anders aussehen.

Santander Konidis spürte, wie er die Schultern anspannte, als die siebte Salve des Gegners der EVF entgegenraste. *Es ist fast, als würde man einer sturmgepeitschten Brandung zuschauen*, dachte er. Als blickte man auf Welle um Welle, die sich am Ufer brachen, immer höher auf dem Strand, bis sie sich in die dahinterliegenden Sanddünen krallten.

»Einschlag in fünf Sekunden!«

Bürger Lieutenant Commander Rachel Malenkovs Sopran klang ein wenig höher und schriller als normal. Nicht dass Bürger Commander Jarko Laurent es ihr hätte vorwerfen können. Nachdem die Brücke der *Leon Trotsky* gänzlich vom Rest des brutal verwundeten Kommunikationsnetzes dieses Schiffes getrennt war, hatte sie das Kommando über das geerbt, was von der Taktischen Abteilung noch übrig war ... ebenso wie Laurent das Kommando über das gesamte Schiff von Bürger Captain Vergnier übernommen hatte.

Nicht dass irgendjemand von uns sich darüber noch allzu lange würde Sorgen machen müssen.

»...erfer Siebzehn reagiert nicht!«

Er hörte die Litanei der Schadensberichte, die immer noch eintrafen; immer noch kämpften seine Leute treu gegen die entsetzlichen Verwundungen an.

»Raumnotrettung Bravo-Drei-Alpha-Neun reagiert nicht! Raumnotrett...«

Ich wünschte, mir bliebe genug Zeit, ihnen zu sagen, wie stolz ich auf sie bin, dachte er, als sich zwei neuerliche Salven aus der heranrasenden Masse Schiffskiller-Raketen ausformten. Offensichtlich hatten sie die Plattformen der Gegenseite in Schrott verwandelt. Zu schade, dass das nicht ausgereicht hatte, um zu verhindern, was nun geschehen würde.

Bürger Commodore Konidis spürte Hoffnung aufkeimen, als er ebenfalls bemerkte, welches Muster sich dort ausbildete.

Zum ersten Mal hatte sich die Feuerleitung des Gegners das falsche Ziel ausgesucht. Der Hammer der Zerstörung traf nun das, was von der *Mao Tse-tung* und der *Leon Trotsky* übrig geblieben war, und keines der beiden Schiffe trug auch nur im Mindesten zum Offensivfeuer der EVF bei.

Ich sollte nicht auch noch dankbar *sein für das, was jetzt passieren wird.*

Der Gedanke durchzuckte sein Hirn, und doch *war* er dankbar – und das mit Recht. Keiner seiner Schweren Kreuzer hatte Cataphracts an Bord, und keiner von ihnen verfügte über die Computer-Codes zur Steuerung der Langstrecken-Raketen. Es hätte auch keinerlei Grund dafür bestanden – nicht, wenn es doch vierzehn Schlachtkreuzer gab, von denen aus die Cataphracts gestartet und gelenkt werden konnten. Doch wenn er seine letzten Schlachtkreuzer auch noch verlor, dann würde er jegliche Möglichkeit einbüßen, den Feind überhaupt anzugreifen. Und so schuldig er sich dabei auch fühlte: Zumindest ein Teil von ihm war hocherfreut zu sehen, dass der Feind seine eigenen kostbaren Raketen auf Ziele verschwendete, die ihm längst nicht mehr schaden konnten.

Sechzig Raketen vom Typ 17-E fraßen sich durch die geschwächte Abwehr der *Leon Trotsky*, während sechzig weitere auf die *Mao Tse-tung* zuhielten. Die Taktischen Offiziere der EVF taten ihr Bestes, doch es waren einfach schon zu viele ihrer Plattformen zerstört. Es herrschte zu große Verwirrung, es gab zu viele Lücken in der Abwehr, zu viele Einheiten mühten sich nach Kräften, ihre Prioritäten neu zu setzen, als dieser Schwefelregen mit der Präzision eines Metronoms über sie hereinbrach.

Trotz allem gelang es ihnen, beinahe zwei Drittel der einkommenden Geschosse zu zerstören. Doch bedauerlicherweise waren die *Leon Trotsky* und die *Mao Tse-tung* bereits viel zu schwer angeschlagen. Ihre Seitenschilde waren ausgefallen, ihre Panzerung an vielen Stellen schon geborsten und zerstört, und ihre eigene Nahbereichsabwehr hatte ihren Dienst fast gänzlich eingestellt.

Die *Mao Tse-tung* verschwand in einer spektakulären Explosion. Die *Leon Trotsky* brach einfach auseinander und löste sich auf.

Santander Konidis beobachtete, wie ihre Icons von seinem Plot verschwanden.

Es ist zumindest möglich, dass wenigstens ein paar Leute aus dem Flaggschiff entkommen konnten, dachte er. Wer sich an Bord der *Mao Tse-tung* befunden hatte, konnte unmöglich noch geflohen sein.

Er warf einen Blick auf die Zeitanzeige in der Ecke seines Plots. Was er dort sah, erschien ihm unmöglich. Weniger als fünf Minuten – *fünf Minuten!* – waren vergangen, seit Bürger Commodore Luff den Befehl erteilt hatte, das Feuer zu eröffnen. Wie war es möglich, dass innerhalb von nur fünf Minuten so viele Schiffe zerstört worden waren und so viele Menschen den Tod gefunden hatten?

Stetig zählte das Display weiter, und heulend näherte sich die achte Salve von Kampfgruppe Hammer ihren Zielen.

Bürger Captain Noémie Beausoleils Gesicht wirkte sehr verhärmt. Auf der Brücke der *Napoleon Bonaparte* hing Rauch in der Luft; er schwebte unter der Decke, weil die Reparaturteams die Ventilatoren deaktiviert hatten, die ihn hätten absaugen können. Mit ihrem versiegelten Helm konnte Beausoleil den Rauch nicht riechen, doch sie sah ihn – ebenso wie sie die scharlachroten Marker auf den Schadensbericht-Darstellungen sehen konnte.

Sie wusste nicht, wie der Schlachtkreuzer so lange hatte durchhalten können, und sie gab sich keinerlei Illusionen hin, was das nächste Mal geschehen würde, wenn jemand auf sie feuerte. Tatsächlich sah es ganz so aus, als würde ...

»*Einkommende Raketen!*«, bellte ihr Taktischer Offizier plötzlich. »Mehr als einhundert! In sieben Sekunden in Reichweite!«

Beausoleils Blick zuckte zum taktischen Plot zurück. OPZ war fort, doch es existierte immer noch genug von der taktischen Abteilung der *Bonaparte*, und sie arbeitete noch, um sicher zu sein, dass ein Fehlalarm völlig ausgeschlossen war.

»Von Bord gehen.« Über den Vorrang-Kommandokanal hörte sie ihre eigene Stimme, unmöglich ruhig, noch bevor ihr überhaupt bewusst geworden war, dass sie den entsprechenden Knopf gedrückt hatte. »Von Bord gehen. An alle: von Bord gehen. Von Bor...«

Sie wiederholte den Befehl immer noch, als die Raketen ihr Ziel trafen.

Konidis wusste, er hätte größeres Leid empfinden müssen, als die *Napoleon Bonaparte* explodierte. Schlimmer noch: Er wusste, dass er diesen Schmerz noch empfinden *würde* – jedes bisschen davon –, sollte er diesen Tag hier überleben. Doch im Augenblick, jetzt gerade, empfand er etwas gänzlich anderes. Dieses Mal hatte er nur ein einziges Schiff verloren, und wieder einmal war es ohnehin nicht mehr einsatzfähig gewesen.

Luiz Rozsaks neunte Salve raste der EVF entgegen, und dieses Mal hatte die Zeit ausgereicht, um Charlie-Zulu-Omega durchzuführen.

Zumindest in einer Hinsicht täuschte sich Rozsak: Er war *mitnichten* der erste Taktiker, dem diese Idee gekommen war. Admiral Shannon Foraker war ihm zuvorgekommen, auch wenn man es Rozsak gewiss vergeben konnte, das nicht zu wissen.

Er verfügte über dreimal so viele Raketen wie Leitkanäle, selbst wenn die Zerstörer mitarbeiteten, die das Blutbad bislang überstanden hatten. Angesichts der Robustheit ihrer Ziele und der Verteidigungskapazität, die dem Feind immer noch zur Verfügung stand, würden Salven von sechzig Raketen nicht ausreichen. Vor allem nicht, da die Raketen, die bereits zum Abschuss vorbereitet waren, alles darstellten, was er überhaupt noch hatte. Deswegen war die *Marksman* auch nicht mehr dafür eingeteilt, sechzig Raketen zu leiten; sie war nun für *einhundertundachtzig* Geschosse verantwortlich, und gemeinsam übernahmen auch ihre angeschlagenen Schwesternschiffe, die *Ranger* und die *Sharpshooter*, einhundertachtzig weitere.

Das war nur möglich, indem sie die ihnen zur Verfügung stehenden Kommandokanäle im Rotationsverfahren auf jeweils drei verschiedene Raketen aufteilten. Damit war natürlich das *Ausmaß* der Steuerung besagter Geschosse deutlich beschnitten. Doch ›beschnittene‹ Steuerung war immer noch besser als überhaupt keine.

»Was zum …?«

Santander Konidis verbiss sich die Frage, als alle dreihundertundsechzig Raketen aus der neunten Angriffswelle von Kampfgruppe Hammer plötzlich gleichzeitig reagierten. Diese abrupte Veränderung überraschte jeden Einzelnen der ihm noch verbliebenen Raketenabwehroffiziere völlig, und Dutzende von Antiraketen verschwendeten sich auf Geschosse, deren völlig unerwartete Kursänderung sie aus dem Wirkungsbereich der Abwehr heraustrug.

Die Hälfte dieser gewaltigen, massiven Salve raste auf PNES *Marquis de Lafayette* zu, und der ohnehin schon schwer beschädigte Schlachtkreuzer verschwand in einem gleißendhellen Flammenball. Das war schon schlimm genug, doch die andere Hälfte durchbrach das hektische Laserabwehrfeuer des bislang unbeschädigten Schwesternschiffes der *Lafayette*: PNES *Thomas Paine*.

Dieses Mal dauerte es länger: Der einkommende Beschuss war nicht ganz so fokussiert, wurde nicht ganz so sauber angeleitet. Zahlreiche der Raketen trafen nach und nach ein, waren nicht auf einen einzigen, allesverzehrenden Augenblick gleichzeitiger Zerstörung konzentriert.

Doch das machte keinen Unterschied.

Konidis schaute zu, wie der Schlachtkreuzer von seinem Plot verschwand, so wie er es schon bei so vielen anderen an diesem Tag hatte miterleben müssen. Der Bürger Commodore presste die Lippen zusammen.

Er hatte noch genau *einen einzigen* Schlachtkreuzer, die *Maximilien Robespierre* unter dem Kommando von Bürger Captain Kalyca Sakellaris. Oh, die Hulks, die einst die *George Washington* und die *Ho Chi Minh* gewesen waren, trieben zusammen mit diesem Schiff immer noch in Formation, aus welchen Gründen auch immer, doch sie waren ebenso effektiv ausgefallen, wie die zahlreichen ihrer Begleitschiffe, die schon längst nicht mehr existierten.

Wieder wanderte sein Blick auf den Hauptplot, auf dem immer noch die Impellersignaturen von sechs feindlichen Schiffen brannten. Die vierte Salve der EVF würde diese weit entfernten Signaturen in fünf Sekunden erreichen, und die *Thomas Paine* war erst zerstört worden, nachdem sie und die *Robespierre* ihre Telemetrieverbindungen gekappt hatten.

Das ist die letzte einkommende Salve, bevor sie die Robespierre *ausschalten,* dachte er kalt. *Sie haben auch schon die Leitkanäle auf deren* nächste *Salve umgestellt – wahrscheinlich sogar die nächsten* zwo, *wenn man bedenkt, wie dicht gestaffelt sie sind. Nichts von dem, was wir jetzt tun können, wird irgendwie beeinflussen, was diese Raketen dort tun, und es ist völlig unmöglich, dass sie die* Robespierre *verfehlen. Also läuft es auf Folgendes hinaus: Entweder wir erledigen sie hier und jetzt, oder sie haben* – er warf einen Blick auf die Seitenleiste des Plots – *weitere fünfzehn Salven gegen uns vorbereitet.*

Kapitel 31

»Jetzt kommt's.«

Luiz Rozsak war sich recht sicher, dass Edie Habib nicht bewusst war, diese Worte laut ausgesprochen zu haben. Die gänzlich unbeschädigte, immer noch makellose Flaggbrücke von SLNS *Marksman* stellte einen bizarren Kontrapunkt zu dem dar, was dem Rest von Dirk-Steven Kamstras Kreuzerflottille widerfahren war. Die Flaggbrücke *roch* sogar immer noch, als wäre sie nagelneu. Nach wie vor wirkte sie wie die Flaggbrücke einer modernen, gefährlichen Kampfeinheit – trotz der Verwüstung, die über LCS 7036 hereingebrochen war.

Hier sollte Rauch in der Luft hängen, dachte er. *Es sollte nach Blut riechen, man müsste Schreie hören. Es sollte nicht eine solche ... sterile Ordnung herrschen. Wir sollten fühlen, was dem Rest der Flottille zugestoßen ist.*

Halt den Mund, du Idiot!, herrschte er sich selbst an. *Dieses ›Schuldgefühl der Überlebenden‹ ist hier doch gänzlich fehl am Platze!* Er schüttelte den Kopf und war selbst überrascht, dass seine Lippen zu einem angespannten Lächeln verzogen waren. *Bevor du dich in so einem Mist suhlst, warte doch erst einmal ab, ob du diesen Angriff überhaupt überlebst!*

»In zehn Sekunden in Reichweite«, sagte Robert Womack leise. »Acht Sekunden. Sieben Sek... Statusänderung!«

Das kam kaum überraschend, und Rozsak beobachtete mit beinahe schon entspannter Ruhe, wie sechzig Raketen sich plötzlich von ihren Gefährten lösten – mehr als die Hälfte davon gehorchten den Befehlen der Taktischen Offiziere, die schon gestorben waren, als die Schiffskiller schließlich ihren Befehlen nachkamen – und geradewegs auf die *Sharpshooter* und die *Marksman* zurasten.

Die Eloka dieser Salve war besser als bei allen vorangegangenen. Offensichtlich hatten die Leute, die diese Raketen abgefeuert hatten, sich redlich bemüht, ihre Daten zu verfeinern und Durchdringungsprofile auf den neuesten Stand zu bringen, selbst noch als sie und ihre Gefährten unter dem unablässigen Feuer von Kampfgruppe Hammer nach und nach zerbarsten. Schlimmer noch: Nur die Raketenabwehr der *Marksman* war auch nur ansatzweise intakt.

Es war zu spät, Antiraketen zum Einsatz zu bringen – sie waren weitestgehend auf andere Raketen verschwendet worden. Niemand hatte die tatsächlich angreifenden Vögelchen identifizieren können, bevor sie *sich selbst* identifizierten – indem sie sich plötzlich auf ihre Ziele stürzten. Und ihre Gefährten unter autonomer Steuerung – mehr als dreihundert Stück – hatten ihnen Deckung geboten, hatten sie verborgen gehalten, und das Feuer auf sich gelenkt, das eigentlich die *wirklichen* Angreifer hätte zerstören sollen.

Nun flammten hektisch Nahbereichsabwehr-Cluster auf, doch die Reaktionszeit war zu knapp. Mehr als die Hälfte der Angreifer drang durch, und der Prallkäfig von Luiz Rozsaks Kommandosessel traf ihn mit Urgewalt, als die Immunität von SLNS *Marksman* schließlich doch ein Ende fand.

»Großer Gott«, flüsterte Lieutenant Commander Jim Stahlin.

Das war kein leeres Gerede, es war ein Gebet aus tiefstem Herzen, als die Schiffskiller kreischend heranbrandeten.

Mitten im All schien die *Hernando Cortéz* in eine unsichtbare Barriere hineinzukrachen. Der gewaltige Zerstörer der *Warrior*-Klasse löste sich einfach auf. Übelkeit erfasste Stahlin, als er sah, wie die ohnehin schon schwer beschädigte *Simón Bolivar* in zwei Teile zerbarst. Seine eigene *Gustavus Adolphus* schaffte es irgendwie, als sei Zauberei im Spiel, unbeschädigt aus der Lage hervorzugehen. Sie und ihre Divisionsschwester, die *Charlemagne* – die *nicht* unbeschädigt war – waren auf einmal die einzigen Zerstörer, die der Kampfgruppe Hammer noch verblieben waren.

Und sie hatten noch nicht einmal die Ziele mit höchster Priorität dargestellt.

»Volltreffer in Impellerraum Eins!«

»Captain, Steuerung ist ausgefallen!«

»Volltreffer an Werfer Zwo. Werfer Drei und Fünf sind vom Netz!«

»Antiraketenwerfer Neun ist vom Netz! Antiraketenwerfer Elf meldet schwere Verluste!«!

»Sir, wir haben fünf Betas am Bugring verloren!«

»Schwere Schäden achterlich! Rumpfleck zwischen Spanten Eins-Null-Eins-Fünf und Ein-Null-Zwo-Null! Druckabfall auf den Decks Drei und Vier!«

Luiz Rozsak hörte die Schadensberichte über sein Com, das ihn mit Dirk-Steven Kamstras Brücke verband. Er *spürte* die Schäden, als hätte er sie am eigenen Leib erfahren, als sein Flaggschiff erschauerte, dann bockte und stampfte. Es wand sich in unaussprechlichen Schmerzen, als bombengepumpte Laser Terajoules an Energie auf ihren Rumpf übertrugen.

Und noch während diese Energie die *Marksman* durchfuhr, sah Rozsak, wie SLNS *Sharpshooter* für immer von seinem Plot verschwand.

Triumphierend fletschte Santander Konidis die Zähne, als die Hälfte der feindlichen Impellersignaturen verschwanden.

Doch noch während er das tat, holte die zehnte Salve von Kampfgruppe Hammer die Exil-Volksflotte ein.

Dreihundertundsechzig Raketen Typ 17-E schlugen der *Maximilien Robespierre* geradewegs entgegen. Das kam kaum überraschend. Jeder hatte genau gewusst, wen diese Raketen ansteuern würden, doch ihnen waren nur zwölf Sekunden Zeit geblieben, auf dieses Wissen auch zu reagieren. Jede Antirakete, die sich nur einsetzen ließ, jeder Nahbereichsabwehr-Cluster, der vielleicht diese Welle der Zerstörung erreichen mochte, wurde verzweifelt aktiviert. Dutzende von Geschossen wurden durch Antiraketen abgefangen. Mehr als siebzig weitere zerbarsten im Laserfeuer aus nächster Nähe.

Es reichte nicht.

»Das war der Letzte, Sir«, verkündete Robert Womack achtundneunzig Sekunden später mit müder Stimme.

Luis Rozsak nickte. Er war ebenso müde wie der Lieutenant und warf aus dem Augenwinkel einen Blick auf die Zeitanzeige seines Plots.

Fünfhundertundzwölf Sekunden. Weniger als neun Minuten. So lange hatte es gedauert, vom ersten Raketenstart des Gegners bis zur letzten Geschosswelle, die Kampfgruppe Hammer abgesetzt hatte.

Wie konnten ihn weniger als neun Minuten derart erschöpfen? Und wie konnten sie ihn mit so viel Entsetzen erfüllen?

Er blickte auf die Kontrolltafeln und musste sich sehr zusammenreißen, um nicht gequält das Gesicht zu verziehen, als er die Namen all der Schiffe lesen musste, die Kampfgruppe Hammer verloren hatte. Und in diesem Augenblick hatte er auch eine Antwort auf seine Fragen: SLNS *Gunner, Rifleman, Sharpshooter, Sniper, Francisco Pizarro, Simón Bolivar, Hernando Cortéz, Frederick II., William the Conqueror, Kabuki, Masquerade …*

Von den sechzehn Schiffen, mit denen er in diese Schlacht

gezogen war, hatten nur vier überlebt – Dirk-Steven Kamstras *Marksman*, ihr Schwesternschiff *Ranger* und die Zerstörer *Gustavus Adolphus* und *Charlemagne*. Irgendwie – und Rozsak konnte sich nicht einmal selbst einreden, das zu verstehen – hatte Jim Stahlins *Gustavus Adolphus* keinen einzigen Kratzer abbekommen. Die *Charlemagne* und die *Ranger* hingegen waren kaum mehr als noch leidlich manövrierbare Hulks. Und bei der *Marksman* sah es kaum besser aus.

Doch dann fiel sein Blick auf die Verlustliste des Feindes, und sofort verwandelten seine Augen sich in dunkelbraune Achate.

Vierzehn Schlachtkreuzer, drei Schwere Kreuzer und zwei Leichte Kreuzer. Die Zerstörung der Leichten Kreuzer musste man fast schon als Unfall betrachten; sie waren durch die Raketen aus den letzten neun Salven von Kampfgruppe Hammer zerstört worden, die im autonomen Modus eingesetzt worden waren. Die *Marksman* und die *Ranger* hatten kaum neunzig Raketen zu steuern vermocht, nicht einmal mit der Unterstützung durch die *Gustavus Adolphus* und den Einsatz der Telemetrieverbindungen nach dem Rotationsprinzip. Und diese neunzig Raketen hatten lediglich ein Viertel jeder dieser Salven dargestellt, die die *Kabuki* und die *Masquerade* vor ihrer Zerstörung abgefeuert hatten. Nachdem die *Maximilien Robespierre* zerstört worden war, hatte der Feind kaum noch effektiv genug auf Rozsaks Streitmacht feuern können, um seine taktischen Offiziere abzulenken. Doch weniger als einhundert Raketen wären einfach zu wenig gewesen, um die angeschlagenen Abwehrsysteme der EVF zu durchdringen, wenn sie sich auch noch auf mehrere Ziele verteilt hätten. Deswegen hatte Rozsak sich darauf konzentriert, die Schweren Kreuzer der *Mars*-Klasse auszuschalten und die restlichen Schiffskiller dorthin aufbrechen zu lassen, wohin ihre bordeigene KI sie schicken wollte. Um ehrlich zu sein, war er durchaus überrascht, dass sie doch noch so viel erreicht hatten.

Doch jetzt hatte Kampfgruppe Hammer ihr Pulver verschossen. Von den Raketen Typ 17 in den noch verbliebenen Munitionskammern der *Marksman* und der *Ranger* einmal abgesehen, befanden sich die restlichen Feindesschiffe weit außerhalb von Rozsaks Reichweite, und zusammen hatten die *Marksman* und die *Ranger* gerade einmal neunzehn einsatzbereite Werfer. Es wäre völlig sinnlos, derartig winzige Salven gegen die noch verbliebenen siebenundzwanzig Einheiten der EVF zu verschwenden.

»Also gut, Dirk-Steven«, sagte er und wandte sich wieder dem Com zu, das ihn mit der Brücke der *Marksman* verband. »Jetzt liegt es nicht mehr in unseren Händen. Schauen wir doch mal, ob wir ein wenig Geschwindigkeit abbauen und wenden können, um Überlebende zu bergen.«

»Wie schwer sind unsere Schäden, Irénée?«

Santander Konidis hoffte, seine Stimme klinge deutlich forscher und zuversichtlicher, als er sich fühlte.

»Eigentlich, Bürger Commodore, sind wir recht gut weggekommen«, erwiderte Bürger Captain Irénée Egert, die Kommandantin von PNES *Chao Kung Ming*. »Wir haben ein paar Nahbereichsabwehr-Cluster verloren, dazu zwo Werfer der Backbord-Breitseite. Abgesehen davon und von der primären Gravgruppenantenne, sind alle Schäden doch eher kosmetischer Natur.«

Es gelang Konidis, kein Schnauben auszustoßen, doch leicht fiel ihm das nicht. Egert hatte nicht Unrecht, wenn sie sagte, die Schäden an der *Chao Kung Ming* seien nicht allzu bedeutend ausgefallen. Bedauerlicherweise jedoch war dieser Schwere Kreuzer nur *ein* Schiff einer ganzen Streitmacht, die unfassbar übel zugerichtet worden war.

Schlimmer noch: Man hat uns identifiziert, dachte Konidis grimmig. *Schon bevor irgendjemand das Feuer eröffnet hatte, wussten die, dass wir zur Systemsicherheit gehören. Und jetzt müssen tausende Rettungskapseln den Planeten ansteuern. Rettungskapseln von* uns. *Wenn die auf dem Planeten landen und die Leute an Bord dieser Kapseln in Gefangenschaft geraten, dann werden sie früher oder später auch reden, ob sie das nun wollen oder nicht. Und wenn* das *passiert, dann besteht für niemanden mehr irgendein Zweifel, wer wir sind. Was das betrifft, bin ich mir sogar sicher, dass diese Mistkerle Theisman und Pritchart, diese verräterischen Miststücke, hocherfreut wären, uns anhand unserer eigenen Personalakten aus der Heimat eindeutig zu identifizieren. Und wenn die Sollys erst einmal die Emissionssignaturen unserer Schiffe weiterleiten ...*

Er behielt eine gänzlich ausdruckslose Miene bei, doch seine Gedanken waren sehr düster. Er sinnierte über die Entscheidung, die nun *ihm* zugefallen war – und über die alles andere als angenehmen Möglichkeiten, die ihm noch offenstanden.

Wir können uns zurückziehen, ohne den Planeten anzugreifen. Wir können uns mit unseren Verlusten abfinden und die Flucht antreten – dann kann niemand jemals beweisen, wir hätten die Absicht gehabt, gegen den Eridanus-Erlass zu verstoßen, als wir hier eingetroffen sind. Außerdem hat Torch Mesa ganz öffentlich und rechtsverbindlich den Krieg erklärt. Damit wären wir rechtmäßige Söldner in mesanischen Diensten – wenn wir diese Position einnehmen wollten ... und wenn wir nicht gegen den Eridanus-Erlass verstoßen. Zumindest theoretisch sollten also unsere Überlebenden als Kriegsgefangene angesehen werden, wenn sie den Planeten wirklich erreichen. Und damit wären sie durch die Übereinkunft von Deneb geschützt.

Theoretisch.

Er kippte seinen Kommandosessel ein wenig nach hinten und dachte angestrengt nach.

Das Problem war: Er konnte sich selbst nicht recht von der Vorstellung überzeugen, ein Planet voller Exsklaven, zu deren Regierung eine recht beachtliche Anzahl von Mitgliedern des Audubon Ballrooms gehörten – die jetzt natürlich alle offiziell im Ruhestand waren –, würde einfach vergeben und vergessen. Wenn Konteradmiral Rozsak wusste, warum die EVF nach Torch gekommen war, dann war es unwahrscheinlich, dass die Torcher das nicht ebenfalls wussten. Und das wiederum brachte Santander Konidis auf den Gedanken, sie könnten sich nicht allzu sehr darum sorgen, wie der Rest der Galaxis auf die Art und Weise reagieren würde, in der sie die Leute ›empfingen‹, die eigentlich gerade ihre gesamte Heimatwelt einfach hatten vernichten und damit einen Völkermord begehen wollen.

Wenn wir weitermachen und den Planeten tatsächlich zerstören, dann können wir anschließend immer noch lange genug hierbleiben, um unsere Rettungskapseln einzusammeln. Was jetzt noch von Rozsaks *Flotte übrig ist, wird sich nicht noch einmal mit uns anlegen wollen – nicht jetzt, nachdem sie ihre Munitionsschiffe verloren haben. Und ich habe immer noch elf Kreuzer und sechzehn Zerstörer. Es ist mir völlig egal, ob die gesamte gottverfluchte ›Royal Torch Navy‹ im Orbit steht und auf uns wartet.* Dem hier *werden die niemals etwas entgegensetzen können, solange sie nicht durch Rozsaks magische Raketen unterstützt werden. Aber wenn wir den Planeten* tatsächlich *angreifen, dann werden die Schiffe, die Rozsak noch geblieben sind, uns auf keinen Fall nahe genug an sie herankommen lassen, um auch sie noch zu erledigen. Und das bedeutet, er wird ungehindert mit den Daten davonkommen ... und dann erfährt die gesamte Galaxis,* wer *diesen Angriff hier verübt hat.*

Aus dem Augenwinkel blickte er zu Jessica Milliken hinüber. Da sowohl Bürger Commodore Luff als auch Captain Maddock ganz gewiss den Tod gefunden hatten, war Commander Milliken damit der ranghöchste mesanische Repräsentant an Bord. Sie schien darüber, was der EVF widerfahren war, ebenso entsetzt zu sein wie die havenitischen Offiziere und Gasten in ihrer Umgebung. Doch sie verkörperte immer noch den Preis, den die EVF würde zahlen müssen, wenn Konidis den Planeten *nicht* angreifen ließe.

Manpower hat uns ja nicht unterstützt, weil sie uns so gerne mögen, dachte er bitter. *Die haben uns geholfen, weil wir ein nützliches Werkzeug für sie darstellen. Wenn wir Torch nicht angreifen, dann ist es für Manpower mit der Nützlichkeit vorbei. Und ohne Manpower verlieren wir jegliche weitere logistische Unterstützung.*

Ohne irgendeine Hilfe bestand nicht einmal die Hoffnung, die Schäden an den Schiffen zu reparieren, die ihm noch verblieben waren. Jegliches länger anhaltende Vorgehen gegen die Konterrevolutionäre in Nouveau Paris würde unmöglich werden, wenn seine Leute nicht den Eindruck erwecken wollten, sie wären nichts anderes als ganz gewöhnliche Piraten. Und wenn das geschah, dann wäre alles, was sie bislang getan hatten – der Preis, den sie bereits bezahlt hatten – für nichts und wieder nichts gewesen.

Aber es wird sowieso für nichts und wieder nichts gewesen sein, auch wenn wir das hier tatsächlich doch *tun*, begriff er. *Der einzige Grund, weswegen Luff diesem Unternehmen überhaupt zugestimmt hatte, war schließlich, dass wir gänzlich* anonym *hätten bleiben sollen. Niemand sollte erfahren, dass wir dahinter stecken. Aber dank* Rozsak *wird es jetzt* jeder *erfahren, und niemand in der Volksrepublik wird sich um ›Verteidiger der Revolution‹ scharen, von denen bekannt ist, dass sie gegen den Eridanus-Erlass verstoßen haben – und das auch noch für einen Haufen Gensklavenhändler.*

Er blickte zu Bürger Commander Sanchez hinüber. Sein Stabschef befand sich gerade in einer Konferenz, an der neben Bürger Commander Charles-Henry Underwood, der Kommandant der *Chao Kung Ming*, auch Bürger Commander César Hübner, der Taktische Offizier des Schweren Kreuzers, und Bürger Lieutenant Commander Jason Petit teilnahmen, Konidis' Operationsoffizier im Stab. *Sanchez' angespannte Miene verrät wirklich keinerlei Zweifel, keinerlei Skepsis*, dachte der Bürger Commodore voller Groll. Anders als Konidis selbst hatte sein Stabschef niemals irgendwelche Zweifel an der Berechtigung von Unternehmen Frettchen gehabt. Für ihn ging es hier einzig und allein darum, sich die Unterstützung zu erkaufen, die die Revolution nun einmal benötigte, und das rechtfertigte für ihn damit schlichtweg alles, was dafür erforderlich sein mochte.

Ich will *das hier nicht tun*, gestand sich der Bürger Commander selbst ein. *Ich habe es* nie *tun wollen. Und jetzt ...*

»Commander Milliken«, hörte er sich selbst sagen.

»Jawohl, Bürger Commodore?«

»Mir scheint«, sagte Konidis, »dass die aktuelle Lage weit außerhalb jeglicher Möglichkeitsabsteckungen liegt, die jemals vorgenommen wurden, als dieses Unternehmen geplant wurde.«

Er hielt inne. Die Kommandantin, die im gleichen Moment für die EVF die einzige offizielle Repräsentantin Mesas geworden war, als Konidis das Kommando über diesen Einsatz erhalten hatte, erwiderte seinen Blick nur. Ihre blauen Augen und ihre Miene zeigten lediglich höfliche Aufmerksamkeit.

»Selbst wenn man jegliche bislang erlittenen Verluste außer Acht lässt«, fuhr er fort, »ist es doch offenkundig, dass der Feind weiß, wer wir sind und warum wir uns hier befinden. Sie wissen auch, dass Manpower diesen Einsatz ... unterstützt hat. Wenn wir so vorgehen, wie ursprünglich vorgesehen, wird das für die Exil-Volksflotte extreme Konsequenzen haben. Doch gleichzeitig erscheint es mir angesichts der Verluste, die wir der Gegenseite zugefügt haben, gelinde gesagt sehr unwahrscheinlich, dass die Solarian League Navy dem Mesa-System allzu freundlich gesinnt sein wird, wenn bekannt wird, dass ein transstellarer Konzern, dessen Hauptsitz sich auf Mesa befindet, hinter allem steckt, was sich hier heute ereignet hat. Würden Sie dieser Einschätzung zustimmen?«

Mehrere Sekunden lang erwiderte Milliken nichts. Dann zuckte sie kaum merklich mit den Schultern.

»Bürger Commodore, ich denke, jeder wird zugeben müssen, das alles, was Sie bislang gesagt haben, sich gänzlich von selbst versteht.«

Ihr Tonfall klang recht zurückhaltend, doch Konidis spürte trotzdem einen Anflug von Hoffnung. Wenigstens hatte sie ihm nicht gleich zu Anfang widersprochen.

»So wie ich die Sache sehe, stehen uns zwo Möglichkeiten offen«, erklärte er. »Entweder wir machen weiter, führen das Unternehmen wie geplant durch und versuchen, sämtliche unserer Überlebenden an Bord zu holen, bevor wir das System verlassen. Angenommen, das gelingt uns – und unsere Lebenserhaltungssyteme reichen dafür auch aus –, wird es für die Gegenseite keine Gefangenen geben, die sie verhören könnten. Aber trotzdem bin ich mir recht sicher, das man genügend Leichen bergen wird, um über die DNA hinreichend eindeutige Identifizierungen vorzunehmen, falls irgendjemand Kontakt mit Nouveau Paris aufnimmt und die Ergebnisse mit unseren Personalakten vergleicht. Das würde bedeuten, dass Rozsaks Analyse, wer wir sind und woher wir gekommen sind – und damit auch, *weswegen* wir hierhergekommen sind – eindeutig bestätigt würde, zumindest was die Galaxis im Allgemeinen betrifft. So wie ich unseren ursprünglichen Einsatzplan verstanden habe, ging es Manpower darum, genau das zu vermeiden. Unsere Anonymität war durchaus eines der primären Operationsziele.«

Wieder hielt er inne, und wieder blickte ihn sein Gegenüber nur schweigend an und wartete.

»Unsere zwote Möglichkeit wäre es, von einem direkten Angriff auf Torch abzusehen«, sagte er schließlich. »Wir verfügen über mehr als ausreichende Feuerkraft, um alles zu überwältigen, was Torch – ich meine natürlich Verdant Vista – noch zur Verfügung steht. Wir könnten jedes Raumschiff ausschalten, das sich möglicherweise noch im Orbit befindet, wenn wir den Planeten passieren. Und wenn wir dann zurückkehren, könnten wir in aller Ruhe ihre gesamte Infrastruktur im Orbit zerstören. Wenn man bedenkt, dass das derzeitige Regime sowohl Manpower als auch Mesa den Krieg erklärt hat, wäre das gemäß allgemein anerkanntem Kriegsrecht völlig legitim. Wir müssten uns zwar immer noch Sorgen darum machen, was mit Rozsaks Schiffen passiert, aber rein rechtlich betrachtet könnten Mesa und Manpower mit Nachdruck vorbringen, angesichts von Rozsaks ausgesprochener Absicht, *uns* anzugreifen, falls wir uns nicht augenblicklich zurückziehen, sei unser Vorgehen gegen Verdant Vista gänzlich legitim.«

Wieder hielt er inne. Erneut sagte Milliken nichts, und so beschloss Konidis, den Stier geradewegs bei den Hörnern zu packen.

»Ich bin der Ansicht, die erstgenannte Option wäre für die Exil-Volksflotte fatal – und wahrscheinlich ebenso fatal für Manpower. Möglicherweise sogar fatal für das ganze Mesa-System. Bei der zwoten Möglichkeit würden wir zwar nicht sämtliche Operationsziele erreichen, aber es würde dem derzeitigen Regime auf Verdant Vista trotzdem beachtlich schaden. Es ist sogar möglich, dass wir einen ernstzunehmenden Teil der sogenannten Regierung an Bord der Raumstation erwischen würden. Was das betrifft« – er gestattete sich ein schmales Lächeln, auch wenn er in Wahrheit ganz und gar nicht belustigt war – »werden Trümmer aus dem Orbit auf jeden Fall *irgendwo* aufschlagen, wenn wir deren Station zerstören. Es wäre natürlich tragisch, wenn das zufälligerweise in einem dichter besiedelten Gebiet der Fall wäre – was sich gewiss ... bewerkstelligen ließe. Aber derartige Kollateralschäden würden *mitnichten* einen Verstoß gegen den Eridanus-Erlass darstellen.

Angesichts all dessen halte ich die zwote Möglichkeit für die bei weitem bessere. Wir machen weiter, zerstören ihre ›Navy‹ und ihre gesamte Infrastruktur und Industrie im Orbit, aber wir werden nicht eindeutig und unmissverständlich gegen den Eridanus-Erlass verstoßen, da das letztendlich nicht nur auf mich und meine Leute zurückfallen würde, sondern ebenso auf Manpower und Mesa.«

Mit einer Miene, die reine Nachdenklichkeit verriet, blickte

Jessica Milliken den Haveniten an, während ihr Hirn den Nachbrenner zündete. Alles, was der Bürger Commodore gesagt hatte, traf in entsetzlich präzisem Maße zu. Natürlich wusste er nichts vom Unternehmen Trojanisches Pferd, deswegen konnte er auch nicht ahnen, wie wenig es irgendjemanden im Mesa-System interessierte, wie der Rest der Galaxis über die Leute aus der ›Exil-Volksflotte‹ letztendlich denken würden. Das aber änderte nichts an der Tatsache, dass der Havenit in anderer Hinsicht völlig Recht hatte: Manpower hatte praktisch kaum noch die Möglichkeit, jegliches Wissen von diesem Angriff zu leugnen. Das war natürlich nicht das Gleiche, wie wenn das *Alignment* nicht mehr würde leugnen können. Doch wenn sich Mesa offiziell das Missfallen der Liga zuzog, gerade jetzt, dann war das nicht gerade das, was Millikens Vorgesetzte als ›gute Neuigkeiten‹ bezeichnen würden.

Mehrere Sekunden dachte sie über die aktuelle Lage nach und ertappte sich dabei, sich innigst zu wünschen, Gowan Maddock wäre jetzt hier, um ihr die Verantwortung für diese Entscheidung abzunehmen. Aber das war er nicht. Die Entscheidung lag ganz bei *ihr.*

Eigentlich, sinnierte sie, *ist das überhaupt nicht meine Entscheidung. Und auch Gowan würde sie nicht zufallen, wenn er jetzt hier wäre. Ich kann Konidis unmöglich dazu* zwingen, *irgendetwas zu tun, was er nicht tun will – und Gowan könnte das auch nicht.*

»Bürger Commodore«, sagte sie, »in keinem Punkt kann ich Ihnen widersprechen. Ich bin mir sicher, dass meine Vorgesetzten, und ebenso auch Manpower, deutlich zufriedener damit wären, wenn unsere ursprünglichen Aufklärungsdaten zugetroffen hätten und unser Plan sich damit reibungslos in die Tat umsetzen lassen. Offensichtlich ist das jedoch nicht geschehen, und Sie haben gewaltige Verluste erlitten – ungleich größere Verluste, als irgendjemand das hätte im Vorfeld erwarten können. Und Sie haben ebenso Recht, wenn Sie darauf hinweisen, dass dieses System uns den Krieg erklärt hat – und was das angesichts geltenden interstellaren Rechts und Kriegsrechts bedeutet. Deswegen pflichte ich Ihnen unter diesen Umständen bei, dass die zwote Option, die Sie gerade dargelegt haben, mit Abstand die bessere der beiden ist.«

»Es freut mich, dass Sie es ebenso sehen.« Konidis vermutete, es sei ihm nicht gelungen, gänzlich die Erleichterung zu verbergen, die er empfand, doch eigentlich war ihm das auch ziemlich egal. Er würde keinen Völkermord begehen. Zumindest nicht heute. Und er musste sich eingestehen, dass die immense Erleichterung darüber zumindest hier und jetzt tatsächlich die möglichen negativen Folgen für die Zukunft der EVF überwog.

Aber ich werde auch nicht einfach vergeben und vergessen, dachte er dann deutlich grimmiger. *Durch den Tod von Bürger Commodore Luff haben wir möglicherweise gerade eben die gesamte Zukunft der Revolution verloren! Und wenn das so ist, dann verlange ich zumindest für mich selbst eine neue Zukunft.* Sein Blick zuckte zum Astrogationshauptplot hinüber, auf dem sich größer und größer der Planet Torch abzeichnete. *Ich bin zwar froh darüber, dass wir den Planeten nicht bombardieren werden, aber, ich freue mich noch mehr darüber, dass diese Leute da unten das nicht wissen. Dass Sie einfach aus ihren Verstecken kommen werden, um sich zum Kampf zu stellen, sodass ich sie erreichen kann, anstatt nur die Flucht anzutreten.*

»Bürger Commander Sanchez«, sagte er und hob dabei ein wenig die Stimme, um die Aufmerksamkeit des Stabschefs auf sich zu ziehen. »Wir müssen mit der Planung beginnen.«

»Selbstverständlich, Bürger Commodore.«

»Ludivine«, fuhr Konidis fort und wandte sich dabei Bürger Lieutenant Ludivine Grimault zu, seinem Signalstabsoffizier. »Ich brauche eine Konferenzschaltung zu sämtlichen unserer Flottillen- und Divisionskommandeuren. Bitte bereiten Sie umgehend alles Erforderliche vor.«

»Sofort, Bürger Commodore.«

Im Gegensatz zu Sanchez, der sich immer noch gänzlich auf

die vor ihnen liegende Aufgabe konzentrierte, war Grimault sichtlich erleichtert, irgendetwas zu tun zu haben, und Konidis schenkte ihr ein kurzes Lächeln. Dann wandte er sich wieder zu Sanchez und seiner Com-Verbindung zu Bürger Captain Egert herum.

»Der Plan wurde geändert«, erklärte er den beiden. »Wir werden den Planeten nicht frontal angreifen.«

Egert hob die Augenbrauen, doch Konidis glaubte, in der Miene seines Gegenübers die gleiche Erleichterung zu erkennen, die auch er selbst verspürt hatte. Sanchez hingegen legte die Stirn in Falten ... *und das*, so dachte Konidis, *war wohl auch zu erwarten gewesen.*

»Aber wir werden auch nicht sofort die Heimreise antreten«, fuhr er grimmig fort. »Wir sind diesen Leuten etwas schuldig, und wir werden jedes Schiff zerstören, das sie hier haben, jede Raumstation, jedes Rohstoffgewinnungszentrum und jede Kommunikations- und Energieübertragungsantenne, die wir nur finden können. Und wir werden deren gesamte Infrastruktur im Orbit vollständig vernichten, und wenn uns die Zeit dazu bleibt, werden wir uns anschließend auch noch mit einigen Präzisionsschlägen um die Infrastruktur *auf* dem Planeten kümmern. Da diese Mistkerle jetzt wissen, wer wir sind, werden wir nicht gegen den Eridanus-Erlass verstoßen, aber wir werden dem verdammt nahekommen. Und, um ehrlich zu sein« – er entblößte die Zähne – »nach dem, was uns mittlerweile schon zugestoßen ist, werde ich jeden Moment davon genießen.«

Sanchez schien immer noch alles andere als begeistert von Konidis' Entscheidung, das ursprüngliche Missionsziel aufzugeben, doch seine Miene verriet völliges Einverständnis mit dem letzten Satz des Bürgers Commodore. Und auch Egert nickte nachdrücklich.

»Also gut«, fuhr der Bürger Commodore forsch fort, »zunächst einmal denke ich, wir ...«

»Entschuldigen Sie, Bürger Commodore.«

Angesichts der Unterbrechung legte Konidis die Stirn in Falten und wandte sich um.

»Was gibt es denn, Jason?«, fragte er in deutlich schärferem Ton, als er sonst seinem Operationsoffizier gegenüber anschlug.

»Es tut mir leid, Sie zu stören, Bürger Commodore.« Irgendetwas an Bürger Lieutenant Commander Petits Miene ließ Konidis einen kalten Schauer über den Rücken laufen. »Es tut mir leid«. wiederholte Petit, »aber OPZ hat gerade drei neue Impellersignaturen geortet, die aus dem Orbit ausschwenken.«

»Und?«, fragte Konidis ungeduldig nach, als Petit schwieg. Der Planet war immer noch mehr als einhundert Millionen Kilometer weit entfernt, weit außerhalb einer Reichweite, derentwegen man sich hätte Sorgen machen müssen, selbst wenn er immer noch Cataphracts in seinen Munitionskammern gehabt hätte.

»Und OPZ hat eine vorläufige Identifizierung vorgelegt, Bürger Commodore«, erklärte der Operationsoffizier leise. »Es scheinen zwo weitere dieser erewhonischen Kreuzer zu sein ... und ein weiteres Munitionsschiff.«

Santander Konidis brauchte beinahe fünf Sekunden, bis er begriff, dass er Petit nur wie betäubt anstarrte, und die Stille auf der Flaggbrücke von PNES Chao Kung Ming war vollkommen.

Teil III

Ende 1921 und 1922 P. D.
(4023 und 4024 christlicher Zeitrechnung)

Leonard Detweiler, Vorstandsvorsitzender und Eigner der Aktienmehrheit des Detweiler Consortium, einem auf Beowulf ansässigen Pharma- und Biowissenschafts-Konzern, hatte zwar immens viel Geld, dafür aber nicht viel für den beowulfianischen Bioethik-Kodex übrig, der entstanden war, nachdem auf Alterde der Letzte Krieg getobt und Beowulf die führende Rolle dabei übernommen hatte, die brutal geschundene Heimatwelt der Menschheit wiederherzustellen. Beinahe fünfhundert Jahre waren seit jenem Krieg vergangen, und Detweiler war der Ansicht, es sei längst an der Zeit, dass die Menschheit diese ›Angst vor Frankensteins Monster‹ (wie er es nannte) überwand: die Furcht vor der Genmanipulation menschlicher Wesen. Seines Erachtens war es einfach nur sinnvoll, Vernunft, Logik und langfristige Planung in das vom reinen Zufall bestimmte Chaos und die Verschwendungssucht natürlicher evolutionärer Auslese einzubringen. Und Detweiler betonte auch, dass beinahe fünfzehnhundert Jahre lang die Diaspora der Menschheit den menschlichen Genotyp ohnehin schon in Umgebungen brachte, die von Natur aus mutagen waren – und das in einem Ausmaß, das man sich auf Alterde aus dem Vorraumfahrtzeitalter nicht einmal hätte vorstellen können. Effektiv, so argumentierte er, musste doch alleine schon die Reise von Menschen zu derart radikal verschiedenen Umgebungen zu signifikanten Gen-Variationen führen, und daher habe es überhaupt keinen Sinn, irgendeinen halb mythischen ›reinen menschlichen Genotyp‹ zu verehren.

Da dies alles nun einmal stimmte, so setzte Detweiler seine Argumentation fort, sei es doch nur sinnvoll, Kolonisten durch Genmanipulation an die entsprechenden Umgebungen anzupassen, in denen ihre Nachfahren ohnehin mutieren würden. Und dann war es nur noch ein kleiner Schritt, Argumente für die nächste Anpassung vorzubringen: Wenn es sinnvoll sei, Menschen zur Anpassung an die Umgebung, in der sie würden leben müssen, genetisch zu manipulieren, dann wäre es doch wohl auch überlegenswert, sie genetisch so weit zu verändern, dass sie sich auch besser in jedwede Umgebung einfügten, in der sie würden *arbeiten* müssen.

Aus Anthony Rogovich, Die Detweilers: Eine Familien-Biographie. (Unveröffentlichtes und unvollständiges Manuskript, nach Rogovichs Selbstmord im Nachlass entdeckt.)

November 1921 P. D.

Kapitel 32

Ein wenig verwirrt blickte sich Königin Berry auf der Flaggbrücke der *Chao Kung Ming* um. Oder vielmehr: der *Spartacus.* Die Regierung von Torch hatte beschlossen, dem Schiff einen neuen Namen zu geben.

»Mal sehen, ob ich das richtig verstehe: Von hier aus organisieren Sie *Schlachten?*«

»Ich kann Ihnen versichern, Eure Majestät, dass, wenn man erst einmal eine gewisse Zeit lang in so etwas verbracht hat« – Admiral Rozsak vollführte eine Handbewegung, mit der er die gesamte Brücke einschloss –, »das alles hier tatsächlich Sinn ergibt und nicht bloß eine Fantastillion von Blinklichtern und komisch aussehenden Icons darstellt. Wenn man die nötige Erfahrung hat, dann ist beispielsweise das hier« – er deutete auf den taktischen Plot – »ein äußerst nützliches Spielzeug. Und sogar recht einfach zu lesen – auch wenn Sie das vielleicht nicht glauben mögen.«

Recht skeptisch betrachtete Berry besagtes ›Spielzeug‹. »Das sieht aus wie etwas, das ich vor langer Zeit mal in einem Vid gesehen habe. Das war eine Dokumentation über leuchtende Tiefseefische, die richtig bizarr aussahen und sich, soweit ich weiß, immer völlig regellos hin und her bewegt haben.«

Stillvergnügt lachte der Admiral in sich hinein. »Ich weiß, dass das für jeden, der sich damit nicht auskennt, beim ersten Mal ein bisschen unübersichtlich wirkt. Ich war neunzehn Jahre alt, als ich das erste Mal eine Flaggbrücke betreten habe – das war an Bord der alten *Prince Igor* –, und mich hat das alles so verwirrt, dass ich beinahe gegen den taktischen Plot gelaufen wäre. Danach hat man mir in der schlimmstmöglichen Weise einen Einlauf verpasst, wenn Sie mir diesen Ausdruck verzeihen wollen.«

Berry lächelte, doch das Lächeln verschwand fast augenblicklich wieder.

»Sind Sie sich da ganz sicher, Luiz?«

Sie sprach in derart formloser Weise mit ihm, denn in den Wochen seit der Geschehnisse, die schon jetzt als die ›Schlacht von Torch‹ bezeichnet wurden, hatte sich einiges geändert: Fast unmerklich, aber doch unaufhaltsam, hatte sich die Meinung der wenigen Regierungsangehörigen von Torch deutlich gewandelt, denen die Wahrheit über das Stein-Attentat bekannt war, und über die Geschehnisse im *Wages of Sin* und an anderen Orten. Sie dachten jetzt deutlich anders über Konteradmiral Luiz Rozsak.

Vor der Schlacht hatten sie in Rozsak einen Verbündeten gesehen, das wohl. Aber es war eben ein Bündnis, das aus reiner Bequemlichkeit heraus geschlossen worden war; persönlich hatte kein Einziger dem Admiral Vertrauen entgegengebracht. *Ich traue ihm nicht weiter, als ich ihn hätte werfen können – als ich noch ein Säugling war,* hatte Jeremy es ausgedrückt. Tatsächlich hatten sie Rozsak nicht nur nicht vertraut, sie hatten ihm sogar immense Skepsis entgegengebracht.

Mittlerweile war es zwar (gelinde gesagt) immer noch unwahrscheinlich, dass irgendjemand den Admiral für einen Heiligen hielt. Aber es war trotzdem unmöglich, in Rozsak immer noch einen Mann zu sehen, der einzig und allein von seinem persönlichen Ehrgeiz getrieben wurde. Mittlerweile war er ›der Admiral, der die Verteidigung von Torch befehligt hatte‹, und dabei hatte er nicht nur unter seinen eigenen Truppen unglaubliche Verluste erlitten, sondern sogar sein eigenes Leben aufs Spiel gesetzt.

Ein Mann, der vom Ehrgeiz getrieben wurde? Ja. *Ausschließ-*

lich vom Ehrgeiz hingegen ... nein. Nein, das vermochte mittlerweile niemand mehr zu glauben.

Was das betraf, erwärmte sich der Innere Zirkel von Torch allmählich für ihn. Doch es war die Wärme einer einzelnen Kerze im Vergleich zu der Begeisterung, mit der die Bevölkerung von Torch die mayanischen Überlebenden dieser Schlacht willkommen geheißen und in die Arme geschlossen hatte. Jeder Flottenangehörige, der den Planeten besuchte, ob nun Offizier, Unteroffizier oder Mannschaftsdienstgrad – und eigentlich besuchte *jeder* den Planeten, von denjenigen einmal abgesehen, die immer noch zu schwer verwundet waren, um die Reise anzutreten –, schwor vermutlich für alle Zeiten, dass er noch nie einen besseren Landurlaub erlebt hatte und wohl auch niemals erleben würde als den, den man ihm auf Torch in den Wochen nach der Schlacht bereitet hatte.

Niemand auf Torch bezweifelte, dass die mayanischen Männer und Frauen, die diese Schlacht geschlagen hatten, die Bevölkerung der Planeten vor der völligen Zerstörung bewahrt hatten. Nicht, nachdem die Offiziere der Systemsicherheit, die diese Schlacht überlebt und anschließend kapituliert hatten, ins Reden gekommen waren.

Und das war sehr rasch geschehen. Und als es erst einmal so weit war, redeten sie und redeten und redeten. Zunächst hatten sie befürchtet, Torch könne sie an die Republik Haven ausliefern. Dann hatten Jeremy X und Saburo die Verhöre übernommen, und innerhalb von zwei Tagen hoffte jeder einzelne SyS-Offizier inständigst, man *würde* sie möglichst bald an die Flotte von Haven überstellen.

Jeremy X' Einstellung, was das Kriegsrecht und die angemessene Behandlung von Kriegsgefangenen betraf, hätte gewiss Gnade vor den Augen von Attila dem Hunnenkönig gefunden. Und während Berry Zilwicki Jeremy vielleicht noch ein wenig im Zaum gehalten hätte, galt das keinesfalls für Saburo.

Er leitete jedes einzelne Verhör damit ein, ein Holobild zwischen sich und der zu vernehmenden Person auf dem Tisch zu platzieren. »Sie hieß Lara. Und ihr Geist möchte wirklich, wirklich, wirklich, dass Sie mir alles erzählen, was Sie wissen. Oder ihr Geist wird richtig, richtig, richtig sauer.«

Innerhalb weniger Tage wussten sie alles – zumindest alles, was Santander Konidis und den anderen Offizieren bekannt war, die diese Schlacht überlebt hatten. Doch das reichte für die drei entscheidendsten Dinge aus.

Erstens, dass zweifellos *Manpower* hinter dem Ganzen steckte. Zweitens, dass die Mesa *System* Navy eine wichtige Rolle dabei gespielt hatte, Ausbildungs- und Trainingsmöglichkeiten sowie logistische Unterstützung bereitzustellen. Und drittens, und das ohne jeden Zweifel, dass Manpower einen gezielten Verstoß gegen den Eridanus-Erlass geplant und angeordnet hatte.

Danach jedoch – und das kam für Konidis und seine Untergebenen sehr überraschend – hatte es ein Ende mit jeglicher Misshandlung und jeglichen Drohungen gehabt. Innerhalb eines Monats hatte man sämtliche SyS-Überlebenden auf eine Insel verlegt und sie mit allem versorgt, was erforderlich war, um dort akzeptable, wenngleich karge Unterkünfte zu errichten. Einmal in jeder Woche wurden ihnen, streng bewacht, ausreichende Lebensmittelvorräte geliefert.

Die Streitkräfte von Torch stellten auf der Insel selbst keinerlei Wachen auf, und von ein paar kleineren Booten abgesehen gab es auch keine Patrouillenflotte. Doch die abenteuerlustigeren unter den SyS-Angehörigen, die anfänglich noch die Möglichkeit ausloten wollten, auf dem Seewege zu entkommen, gaben diese Hoffnung schon sehr bald auf. Es stellte sich heraus, dass die Lebensformen in den erstaunlich warmen Ozeanen von Torch ebenso ungestüm, ausgelassen und wild waren wie die, die man in den tropischen Regenwäldern vorfand. Vor allem wegen dieses Raubtiers, das aussah wie eine zehn Meter lange Kreuzung aus einem Hummer und einem

Teufelsrochen: Einzig ›Steine‹ schienen nicht zu seinen Ernährungsvorlieben zu gehören. Alles andere schien ihm als Nahrung ganz und gar recht zu sein.

Diese Maßnahme hatte man auf Rozsaks Bitten hin ergriffen.

»Es wäre mir wirklich lieber, wenn ich mir sicher sein könnte, keiner dieser Überlebenden könne eine Gelegenheit finden, irgendjemandem – und das schließt auch Haven ein – zu berichten, was hier geschehen ist, welche Waffensysteme mir zur Verfügung standen und welche Taktik ich angewendet habe.«

»Gewiss, Admiral«, hatte Web Du Havel zugestimmt. »Aber … öhm … damit bleibt immer noch die Bevölkerung von Torch selbst. Und die beträgt, der letzten Zählung zufolge, immerhin viereinviertel Millionen Menschen, und sie wächst in jeder T-Woche um beinahe fünfzehntausend an – und das umfasst lediglich die gewöhnlichen Immigranten.«

Rozsak hatte nur die Achseln gezuckt. »Die Welt ist eben nicht perfekt. Aber die Überlebenden von der Systemsicherheit hätten eindeutig einen Grund, den Mund aufzumachen – oder besser gesagt: ganz und gar auszupacken, sobald Haven sie erst einmal in die Finger bekäme –, und das gilt für *Ihre* Leute *nicht*. Nach allem, was ich bislang gehört habe, scheinen Sie sogar eine sehr effektive Aufklärungskampagne in die Wege geleitet zu haben, mit der Sie für äußerst strenge Sicherheitsmaßnahmen sorgen.«

»Ja, das stimmt«, hatte Hugh bestätigt.

Berry hatte zu ihm hinübergeschaut und gelächelt – und dann eine Grimasse geschnitten. »Ich finde ja immer noch, ›Achtung! Feind hört mit!‹ klingt ganz schön abgedroschen.«

»Ist es auch. Aber es funktioniert eben.« Es gab einige Themen, bei denen Hugh Arai wirklich keinerlei falsche Scham kannte. »Wie lange sollten wir sie denn Ihres Erachtens hierbehalten, Admiral?«

»Um ehrlich zu sein, kann ich das überhaupt nicht abschätzen. Es gibt im Ganzen immer noch viel zu viele Unbekannte in der Gleichung, deswegen wissen wir noch überhaupt nicht, was wohl als Nächstes passieren wird. Falls es finanzielle Schwierigkeiten bereiten sollte, die Gefangenen weiterhin hierzubehalten, kann ich mit Gouverneur Barregos sprechen und schauen, ob ...«

Mit einer Handbewegung wischte Du Havel diese Besorgnis beiseite. »Machen Sie sich darum keine Gedanken. Wenn es etwas gibt, was Torch *nicht* ist, dann ist das ›arm‹, obwohl wir die meisten Immigranten erst einmal unterstützen müssen. Schließlich besitzen sie meist kaum mehr als das, was sie am Leib tragen. Aber normalerweise sind sie nicht allzu lange auf diese Unterstützung angewiesen, weil der Arbeitsmarkt hier wirklich floriert. Ziemlich viele Pharma-Firmen konnten es kaum erwarten, hierherzukommen und die Standorte von Manpower mit ihren eigenen abzulösen.«

Web blickte zu Jeremy, Berry und Thandi Palane hinüber.

»Betrachten Sie die Sache damit als erledigt, Admiral«, hatte Palane dann gesagt und dabei ihr Lächeln aufblitzen lassen, das stets zugleich strahlend schön und wild-grausam wirkte. »Wir legen die hier so lange auf Eis, wie Sie das wünschen.«

»Sind Sie sich sicher, Luiz?«, wiederholte Berry noch einmal. »Sie haben einen entsetzlichen Preis für dieses Schiff bezahlt, und die anderen auch.«

Einen Moment lang wirkte Rozsaks Gesicht beinahe schon abgehärmt. »Ja, das stimmt wohl. Aber es gibt einige sehr gute Gründe, warum es besser ist, wenn die noch einsatzfähigen SyS-Schiffe von *Torch* übernommen werden, nicht von Maya.«

»Zum Beispiel?«, setzte Berry nach.

Kurz blickte Rozsak sie nur schweigend an, dann zuckte er mit den Schultern.

»Glauben Sie mir, das ist kein unangemessener Versuch meinerseits, hier Galanterie an den Tag zu legen, Eure Majestät!« In unverkennbarer Belustigung stieß er ein Schnauben aus, doch dann wurde er wieder ernst. »Die Wahrheit ist, dass diese Schiffe, was uns betrifft, eigentlich nur lästig wären. Es gibt ... Gründe, weswegen es uns sehr recht wäre, wenn sich in absehbarer Zeit niemand von Alterde allzu sehr auf Maya umschauen würde, Berry, und wenn wir jetzt auf einmal Schiffe in Dienst stellen, die eindeutig ursprünglich aus *Haven* stammen, dann wird höchstwahrscheinlich genau das passieren.«

»Und es wird *nicht* passieren, wenn sich das mit der Schlacht hier erst einmal herumspricht? Oder hatten Sie gedacht, Sie kommen damit durch, sie einfach nie zu erwähnen?« Berry wusste, wie skeptisch ihr Blick wirken musste. »*Wir* sind natürlich bereit, den Mund zu halten, Luiz, aber vergessen Sie nicht die ganzen Pharma-Unternehmen hier. Ich könnte mir vorstellen, dass wir schon bald die Presse aus der Liga hier haben werden. Und wenn das passiert, dann haben wir nicht den Hauch einer Chance, niemanden erfahren zu lassen, dass hier in diesem System eine Schlacht stattgefunden hat! Waffen und tatsächliche Verluste sind das eine, aber ...«

Sie zuckte mit den Schultern, und er nickte.

»Verstanden. Aber wir werden der Galaxis erzählen, es sei die Navy von *Erewhon* gewesen, die eigentlich hier gekämpft hat. Unsere *eigenen* Schiffe haben sich ganz auf die Flottille beschränkt, über die jeder Bescheid weiß. Und ihre Aufgabe war es, den Planeten vor etwaigen Raketen zu beschützen, die uns vielleicht über den Weg gelaufen wären. Und wir haben auch nicht die Absicht, allgemein zu verkünden, was für gewaltige Verluste wir erlitten haben.« Nun war es an ihm, die Achseln zu zucken, und in seinem Blick stand Schmerz zu lesen. »Wir können zwar vor dem Rest der Galaxis nicht verheimlichen, dass wir da draußen *einige Leute* verloren haben, aber sämtliche unserer offiziellen Berichte werden darauf hinweisen, dass die

Leute, die wir verloren haben, als Kader gedient haben, um die Besatzungen der *erewhonischen* Schiffe aufzustocken. Die Einzigen, die dem widersprechen könnten, befinden sich auf Ihrer Insel, und kein Medienfritze – und auch kein Handlanger der Liga – wird die dort erreichen können, oder?«

»Nein, ganz gewiss nicht«, bestätigte Berry mit einer gewissen, tonlosen Härte in der Stimme. Dann holte sie tief Luft und nickte. »Also: okay. Wenn Sie sicher sind, dass das so laufen soll?« Als sie sich dann erneut auf der Flaggbrücke umschaute, schien sie schon längst nicht mehr so verwirrt zu sein. »Bei den meisten Sachen, die hier ablaufen, komme ich immer noch nicht dahinter, was sie eigentlich darstellen. Aber ich weiß, dass Thandi hocherfreut darüber ist, dieses Schiff zu bekommen – das ist doch ein Schwerer Kreuzer, oder? Und für die anderen Schiffe gilt das genauso.« Sie lächelte. »Na ja, ›hocherfreut‹ ist vielleicht nicht ganz der richtige Ausdruck. ›Ekstatisch‹ trifft es wahrscheinlich besser. Oder ›völlig außer sich vor Freude‹. Oder ›kaum noch zurechnungsfähig‹.«

Auch Rozsak lächelte. »Das überrascht mich kaum. Sie hat jetzt eine Flotte, die über Nacht nicht mehr eine *Fregatte* als Flaggschiff hat, sondern einen ... ja, es ist ein Schwerer Kreuzer, Eure Majestät.«

»Bitte, Luiz! Nennen Sie mich Berry.«

Als sie von der *Spartacus* zurückkehrte, war Berry äußerst nachdenklich gestimmt. Dieses Schiff zu besuchen hatte sie in einer Art und Weise auf etwas aufmerksam gemacht, wie es nicht einmal die Unannehmlichkeit, in etwas wohnen zu müssen, was praktisch einem Bunker gleichkam, zu tun vermocht hatte. Selbst mit Prolong war das Leben einfach zu kurz, um bei den wichtigsten Dingen groß herumzutrödeln.

Deswegen galten ihre ersten Worte, als sie wieder den Palast erreicht hatte, auch Saburo.

»Du bist befördert, mit sofortiger Wirkung. Und jetzt lass Hugh und mich bitte einen Augenblick lang alleine.«

Saburo nickte und verließ den Raum.

Hughs Miene war völlig ausdruckslos. Während der vergangenen Monate hatte Berry bemerkt, dass er darin außergewöhnlich gut war. Das war eines der Dinge, die zu ändern sie sich vorgenommen hatte.

»Habe ich Ihr Missfallen erregt, Eure Majestät?«

»Ach, eigentlich nicht. Aber ich halte das nicht länger aus. Ich wünsche Ihren Rücktritt. Augenblicklich.«

Hugh zögerte kaum eine Sekunde lang. »Wie Sie wünschen, Eure Majestät. Ich trete von meinem Amt als Ihr Sicherheitschef zurück.«

»Hören Sie auf, mich so zu nennen. Mein Name ist Berry, und du hast keinerlei Grund mehr, diesen Namen nicht auch zu benutzen.«

Er deutete eine Verneigung an und bot ihr dann seinen Ellenbogen. »Also gut, Berry. Darf ich dich unter diesen Umständen zu J. Quesenberry's begleiten?«

Das Lächeln, das nun auf ihr Gesicht trat, war genau das Strahlen, das Hugh Arai schon gänzlich für sie eingenommen hatte, als er es zum ersten Mal gesehen hatte. Doch nun war es, als hätte sich ein Stern in eine Supernova verwandelt.

»Eis wäre jetzt wirklich nett. Später. Im Augenblick wäre es mir lieber, wenn du mit mir ins Bett gehen würdest.«

Dezember 1921 P. D.

Kapitel 33

»Hast du deine Analyse jetzt abgeschlossen?«, fragte Albrecht Detweiler, nachdem sein Sohn sich – immer noch ein wenig vorsichtig – in den ihm angewiesenen Sessel gesetzt hatte.

»Soweit man das so sagen kann, ja«, erwiderte Collin Detweiler und ließ den linken Arm sinken. »Es gibt da immer noch reichlich Löcher und Ungereimtheiten, weißt du, Vater?« Er zuckte mit den Schultern. »Und wir haben keine Chance, jemals diese ganzen Löcher zu stopfen.«

»Niemand, der auch nur ansatzweise denkfähig ist, könnte etwas anderes annehmen«, warf Collins Bruder Benjamin ein. »Das sage ich dir schon seit ... wie lange? Zwei Wochen? Oder sind es mittlerweile schon drei?«

»So etwas in der Art«, gestand Collin mit einem Lächeln ein, das Belustigung und Resignation ebenso verriet wie unablässigen Verdruss.

»Und hat dein Bruder dir auch schon gesagt – und wo ich es mir recht überlege, weiß ich zumindest genau, dass *dein Vater* es dir auf jeden Fall schon gesagt hat –, dass du deutlich mehr davon hättest delegieren können? Du wärest beinahe *gestorben*, Collin, und Regeneration« – mit Nachdruck wies Albrecht auf den immer noch erkennbar zu kleinen linken Arm seines Sohnes – »dauert nun einmal seine Zeit. Und es ist, nur für den Fall, dass es dir irgendwie entgangen sein könnte, eben auch ein kleines bisschen anstrengend.«

»Eins zu null für dich, Vater! Wirklich, eins zu null für dich!«, erwiderte Collin nach kurzem Schweigen. »Und: Ja,

Ben hat mich ebenfalls auf beides aufmerksam gemacht. Nur, dass ... na ja ...«

Albrecht bedachte seinen Sohn mit einem Blick, der liebevolle Verärgerung ausdrückte. Alle seine ›Söhne‹ waren immens leistungsorientiert, und keiner von ihnen war wirklich bereit, jemals eine Auszeit zu nehmen. Er musste sie praktisch mit einem Knüppel bedrohen, damit sie es wenigstens hin und wieder doch taten. Diese Grundeinstellung schien im Detweiler-Genotyp praktisch fest verdrahtet zu sein, und das war in vielerlei Hinsicht auch gut so. Aber wie er Collin gerade eben noch einmal deutlich zu verstehen gegeben hatte (und das immer noch in Form einer gewaltigen Untertreibung), verlangten Regenerationstherapien dem Körper schlichtweg Unglaubliches ab. Selbst mit der qualitativ hochwertigen medizinischen Versorgung, die ein Detweiler erwarten durfte, und der natürlichen Widerstandskraft, die der verbesserten Konstitution der Alpha-Linie zu eigen war, kostete es Collin noch immer eine immense Energie, einen ganzen Arm nachwachsen zu lassen. Als diese ›geringfügige‹ Notwendigkeit dann noch zu all den anderen physischen Reparaturen hinzukam, die Collin benötigte, hatten sich einige seiner Ärzte wirklich Sorgen darüber gemacht, wie sehr er sich doch antrieb.

Ernstlich hatte Albrecht in Erwägung gezogen, Collin anzuweisen, die Untersuchungen jemand anderem zu übertragen, doch letztendlich hatte er sich doch dagegen entschieden. Zum Teil, weil er wusste, wie wichtig das Ganze seinem Sohn auch persönlich war, und das aus mehrerlei Gründen. Zum Teil auch, weil Collin, selbst wenn er unter Schmerzen und chronischer Übermüdung litt, immer noch – vor allem mit Benjamins Unterstützung – besser in derlei Dingen war als praktisch jeder andere, der Albrecht nur einfallen wollte. Und zum Teil – und das war eigentlich sogar der Hauptgrund, wenn Albrecht sich selbst gegenüber ehrlich war –, weil ihm nach dem Chaos und der Verwirrung, die dieser gewaltigen Zerstörung gefolgt waren, niemand mehr verblieben war, dem er diese Aufgabe hätte übertragen können *und* dem Albrecht voll und ganz vertraute.

»Also gut«, sagte er nun, und in dem Blick, den er Collin zuwarf, lagen ein angedeutetes Lächeln und Missbilligung gleichermaßen. »Du konntest diese Aufgabe an niemand anderen übertragen, weil du viel zu zwangsneurotisch bist, um mit dieser Vorstellung überhaupt leben zu können. Dafür haben wir wohl alle Verständnis. Scheint eine Art Familienkrankheit zu sein.« Er hörte, wie Benjamin belustigt schnaubte, und sein Lächeln wurde breiter. Dann jedoch verblasste es wieder ein wenig. »Und wir alle verstehen auch, dass dir das ein bisschen arg nahegegangen ist, Collin, und das in vielerlei Hinsicht. Ich will nicht einmal so tun, als würde es mir auch nur ansatzweise zusagen, wie sehr du dich angetrieben hast, aber ...«

Er zuckte mit den Schultern, und Collin nickte verständnisvoll.

»Na ja, nachdem das nun gesagt ist ...«, fuhr sein Vater fort. »Ich gehe davon aus, dass du zu dem Schluss gekommen bist, Jack McBryde sei in Wirklichkeit ein Verräter gewesen?«

»Ja«, seufzte Collin. »Ich muss zugeben, ein Teil von mir sträubt sich immer noch gegen diese Schlussfolgerung. Aber es ist leider so gut wie sicher, dass er wirklich ein Verräter war.«

»Nur ›so gut wie‹?«, fragte Benjamin, und in seiner Stimme schwang gelinde Skepsis mit. Collin blickte ihn an, und Benjamin wölbte fragend eine Augenbraue.

»Nur ›so gut wie‹«, wiederholte Collin mit etwas mehr Nachdruck. »Nachdem wir so viele unserer Unterlagen endgültig verloren haben und das, was uns geblieben ist, so fragmentarisch – und teilweise sogar widersprüchlich – ist, kann jegliche Schlussfolgerung, die wir daraus ziehen, letztendlich nur ›vorläufig‹ sein, vor allem, was die dahinterstehenden Motive aller Beteiligten betrifft. Aber ich verstehe, was du meinst, Ben, und ich will auch gar nicht so tun, als falle es mir leicht, diese Schlussfolgerung zu akzeptieren.«

»Aber du akzeptierst sie mittlerweile?«, fragte sein Vater leise nach.

»Ja.« Mit seiner unverletzten Hand rieb Collin sich kurz über das Gesicht. »Trotz der fragmentarischen Aufzeichnungen, die wir gefunden haben und in denen es so aussieht, als hätte Jack noch in letzter Minute verzweifelt versucht, irgendeine Verschwörung abzuwehren, kann man diese Aufnahmen, die Irvine angefertigt hat, nicht anders interpretieren, als dass er eben doch schuldig war. Und erst recht nicht mehr, nachdem wir nun bestätigt sehen, dass es sich bei dem Kellner, mit dem sich Jack getroffen hat, um Anton Zilwicki gehandelt hat. Und jetzt ist da noch das hier.«

Er zog ein Memopad aus der Tasche und legte es so auf dem Schreibtisch seines Vaters ab, dass er es mit einer Hand bedienen konnte. Dann schaltete er das Gerät ein.

»Leider ist die Bildqualität nicht so gut, wie uns das lieb wäre, aber das liegt an den Beschränkungen, denen die ursprünglichen Aufzeichnungen unterlagen«, bat er beinahe schon um Entschuldigung. »Wir haben überhaupt nur das, weil die Eigentümer des Buenaventura Tower nicht wollten, dass dort irgendwelche Zweier-Hausbesetzer einziehen. Aber für unsere Zwecke sollte es reichen.«

Er berührte eine Taste, und ein kleines Holoabbild erschien über dem Memopad. Es zeigte einen Tunnel oder etwas Ähnliches. Die Beleuchtung war sehr matt, doch nach kurzem Warten waren drei Personen zu erkennen, die auf eine Tür in der Ferne zueilten.

»Das hier haben wir mit jedem Mittel untersucht, das uns zur Verfügung steht«, erklärte Collin. »Der Mann ganz links ist eindeutig Anton Zilwicki – mit einer Wahrscheinlichkeit von neunundneunzig Komma neun Prozent. Außerhalb der Welt der Statistik heißt das ›gottverdammt noch mal sicher‹. Daran besteht einfach überhaupt kein Zweifel. Sein Phänotyp ist ja ohnehin ganz offensichtlich nur schwer zu verbergen, und alles andere passt ebenfalls. Außer dem Gesicht, natürlich ... aber das wiederum passt genau zu dem des Kellners aus Irvines Aufzeichnung.«

»Und der andere Mann da, das ist doch ...?«

»Genau, Vater.« Collin nickte. »Das ist Victor Cachat. Um genau zu sein: mit einer Wahrscheinlichkeit von siebenundachtzig Komma fünf Prozent handelt es sich um Victor Cachat. Von ihm liegt uns nicht annähernd so viel Bildmaterial vor wie von Zilwicki – das haben wir einer Dokumentation zu verdanken, die die Mantys vor einiger Zeit über den hochdekorierten Bürger ihres Sternenkönigreichs gedreht haben. Damit haben wir, was Cachat angeht, weniger Vergleichsmöglichkeiten, und deswegen melden uns die Analysten eine deutlich schlechter ausfallende statistische Auswertung. Aber wenn ich ehrlich sein soll, bin ich der Ansicht, dass die bloß auf Nummer sicher gehen wollen. Ich selbst bin fest davon überzeugt, dass es sich wirklich um Cachat handelt.«

»Und wer ist die Frau?«, fragte nun Benjamin, und Collin schüttelte den Kopf.

»Was ihre genaue Identität betrifft, so wissen wir es nicht, und es ist davon auszugehen, dass sich das auch nicht mehr ändern wird. Aber ganz allgemein lässt sich einiges über sie aussagen – zumindest mit einer Sicherheit von neunundneunzig Komma fünf Prozent. Das ist eine Schwätzerin, vermutlich eine von den Schwätzerinnen, die nach Torch übergelaufen sind.«

»Dann spielt sie also nur eine Nebenrolle.«

»Ja. Wirklich wichtig waren hier Zilwicki und Cachat.«

»Und du bist dir sicher, dass sie tot sind?« Stirnrunzelnd betrachtete Albrecht die Aufzeichnung, die in einer Endlosschleife wiederholt wurde. »Besteht nicht die Möglichkeit, dass diese Aufzeichnung hier manipuliert wurde?«

»Wir wüssten nicht, wie das möglich gewesen sein sollte, Vater. Vergiss nicht, in diesem Berufszweig *gibt* es so etwas wie ›todsicher‹ einfach nicht – ich hoffe, du verzeihst mir diesen

Ausdruck. Aber hier ist der Unterschied zwischen ›gewiss‹ und ›in höchstem Maße wahrscheinlich‹ so gering, dass man es einfach so hinnehmen sollte. Niemand würde jemals irgendetwas erledigt bekommen, wenn wir immer darauf beharren würden, jegliche Tatsache zunächst mit einhundertprozentiger Sicherheit verifiziert zu sehen.«

Er ließ sich wieder in den Sessel sinken; erneut ließ er den nachwachsenden Arm vorsichtig herabhängen und schlug die Beine übereinander.

»Wir haben diese Bilder durch jegliches Vergleichsprogramm gejagt, das wir haben. Das Ergebnis ist, dass es sich hier um echte Aufnahmen von echten Menschen handelt, die sich genau dort aufhalten, wo sie sich auch aufzuhalten *scheinen.* Die Programme, die wir verwendet haben, vergleichen Bewegungen mit dem Hintergrund, und das beinahe schon auf mikroskopischer Ebene. Das ist auch einer der Gründe, warum das so lange gedauert hat. Diese Leute hier« – er deutete auf die Aufzeichnung, die immer noch abgespielt wurde – »haben tatsächlich genau das getan, was wir hier sehen, und das auch vor genau dem Hintergrund, den wir hier sehen.«

»Also ist das zweifellos eine Aufzeichnung davon, dass *diese* Leute durch *genau diesen* Tunnel gelaufen sind?«, fragte Benjamin nach.

»Genau.«

»Mir ist nicht entgangen, dass du noch nichts darüber ausgesagt hast, *wann* sie dort waren«, merkte Albrecht an.

»Stimmt, das habe ich nicht. Genau hier kommt auch wieder das Argument ›todsicher gibt es einfach nicht‹ ins Spiel. Es besteht die Möglichkeit – die *äußerst unwahrscheinliche* Möglichkeit –, dass diese Aufzeichnung im Vorfeld angefertigt und dann später gegen die Echtzeitaufnahmen der Sicherheitssysteme im Turm ausgetauscht wurde. Aber angesichts der Sicherheits-Steuerungsprotokolle, die man dafür hätte umgehen müssen, wäre es … nun, man könnte wohl sagen: äußerst schwierig, so etwas durchzuziehen – vor allem, ohne dabei *erwischt* zu werden.«

Nachdenklich rieb sich Albrecht das Kinn.

»Nach allem, was man so hört, ist Zilwicki in derlei Dingen äußerst bewandert.«

»Das stimmt, und das, was ›man so hört‹, trifft auch voll und ganz zu. Aber etwas Derartiges wirklich so hinzubekommen, wie du das hier andeutest, würde bedeuten, in diese bizarre Welt hinabzusteigen, in der sich Hacker seit über zweitausend T-Jahren ihre Duelle liefern.« Mit seiner funktionsfähigen Hand vollführte er eine wegwerfende Geste. »Jedes Sicherheitsprotokoll lässt sich umgehen, Vater ... und jedes Programm, mit dem man ein Sicherheitsprotokoll umgehen kann, lässt sich aufspüren. Und so weiter, und so fort. Das geht wirklich endlos so weiter. Letztendlich läuft es auf eine einfache Frage hinaus: ›Sind *unsere eigenen* Kybernetiker so gut wie die der Gegenseite?‹«

Collin zuckte mit den Schultern.

»Ich kann die Möglichkeit nicht ausschließen, dass Zilwicki in so etwas wirklich besser ist – oder war –, als jeder unserer eigenen Leute. Aber um ehrlich zu sein, es erscheint mir beliebig unwahrscheinlich, dass ein einzelner Mann, wie gut er auch immer sein mag, besser sein soll als ein ganzer Planet voller hochqualifizierter Kybernetiker. Trotzdem will ich diese Möglichkeit nicht völlig von der Hand weisen. Aber wie gut er auch immer gewesen sein mag, er hat sich immer noch auf *unserem* Territorium herumgetrieben. Wäre es anders herum gewesen, hätten *wir* auf *seinem* Gebiet gewildert, dann wäre ich mit unseren Schlussfolgerungen deutlich weniger zufrieden. Aber ist es wirklich vorstellbar, dass Anton Zilwicki, der nur mit der Hard- und Software arbeiten konnte, die er irgendwie nach Mesa geschmuggelt hat – oder hier nach seinem Eintreffen auf dem Schwarzmarkt erstanden –, wirklich unsere besten Sicherheitsprotokolle umgehen konnte, obwohl wir den eindeutigen Vorteil haben, dass wir uns hier auf unserer Heimatwelt befinden? Und soll er tatsächlich so sauber gearbeitet haben, dass wir keine einzige Spur für sein Eindringen in unsere Systeme haben finden können?«

Er schüttelte den Kopf.

»Ja, *theoretisch* ist das wohl möglich, aber in Wirklichkeit halte ich es doch für überhaupt nicht wahrscheinlich.« Erneut deutete er auf die winzigen Gestalten, die sich in der Holo-Aufzeichnung bewegten. »Ich denke, was wir hier sehen, ist wirklich genau so passiert, und auch zu dem vermuteten Zeitpunkt. Anton Zilwicki, Victor Cachat und eine uns unbekannte Frau haben sich durch die Parkebene dessen bewegt, was einmal der Buenaventura Tower gewesen ist, als jemand eine Atombombe mit einer Sprengkraft von zwei Komma fünf Kilotonnen gezündet hat. Das Zentrum der Detonation befand sich in etwa dreißig Metern Entfernung zu dem Ort, den wir hier gerade sehen.«

»Und das erklärt natürlich auch, warum keinerlei DNA-Spuren gefunden werden konnten.« Benjamin verzog das Gesicht. »Die sind einfach verdampft.«

»Ach, in dem Gebiet wurden reichlich DNA-Spuren gefunden.« Collin stieß ein raues Lachen aus. »Selbst an dem Ort und selbst zu dieser Zeit, an einem Samstagmorgen, musste sich ja irgendjemand in der Nähe aufhalten. Buenaventura hat nun schon lange genug leer gestanden, und er befand sich tief genug in diesem Industriegürtel zwischen der eigentlichen City und dem Raumhafen. Deswegen war der Verkehr dort dankenswerterweise nicht allzu dicht. Tatsächlich ist das sogar höchstwahrscheinlich der Grund, warum Zilwicki und Cachat sich gerade diese Route für ihre Flucht ausgesucht haben. Aber trotzdem kommen unsere besten Abschätzungen, basierend auf der Musteranalyse sämtlicher Sicherheitsaufzeichnungen des Towers der letzten Monate, zu dem Schluss, dass sich mindestens dreißig oder vierzig Personen in unmittelbarer Nähe aufgehalten haben müssen. Wir konnten die Leichen oder verstreuten Überreste von mehr als zwanzig Personen bergen, und einige von denen sind wirklich ziemlich übel verbrannt. Aber wir sind uns ziemlich sicher, dass es eine ganze Menge Leute gibt, von deren Tod wir nie erfahren werden.

Aber die Wahrheit ist Folgendes: Selbst wenn sich unsere drei in Wirklichkeit nicht genau im Zentrum dieses Feuerballs befunden haben sollten, hätten wir über die DNA-Analyse nicht allzu viel herausgefunden. Cachat ist – oder war – Havenit, geboren mitten in Nouveau Paris, und als Saint-Just ihn in die Abteilung für Sonderaufgaben berufen hat, war die Systemsicherheit geradezu fanatisch darauf bedacht, jegliche Krankenakten zu zerstören, die von ihm vielleicht existiert haben mögen. Wir hätten niemals eine Probe in die Finger bekommen, von der wir uns hätten sicher sein können, dass sie wirklich *seine* DNA enthielt. Da stehen unsere Chancen schon besser, eine Probe von Zilwicki zu erhalten – aber der stammt von Gryphon. Die Bevölkerung von Nouveau Paris ist eine unvorstellbare Gemengelage, die Leute da kommen wirklich aus allen möglichen Richtungen, und der Genbestand von Gryphon ist an sich auch nicht gerade sonderlich charakteristisch. Deswegen hätten wir noch nicht einmal eine ansonsten unidentifizierte Probe zu einem dieser Planeten zurückverfolgen können. Vielleicht hätte es uns gelingen können, diese Schwätzerin zu identifizieren – zumindest genetisch, meine ich –, aber selbst das wäre nur gelungen, wenn sie sich nicht ausgerechnet mitten im Hypozentrum der Explosion befunden hätte. Im ›Ground Zero‹, sollte ich wohl besser sagen. Von einem ›Hypozentrum‹ spricht man ja genau genommen nur, wenn die Bombe ohne Bodenkontakt gezündet wird.«

»Schon gut«, sagte Albrecht. »Ich bin überzeugt … weitestgehend, zumindest.« Beiden seiner Söhne war durchaus bewusst, dass diese Einschränkung eine reine Reflexhandlung darstellte. »Jetzt lautet die Frage nur: Wer hat diese Bombe gezündet?« Albrecht nickte dem Hologramm zu. »Diese Leute hier sehen für mich nicht aus, als hätten sie die Absicht, Selbstmord zu begehen.« Er schüttelte den Kopf. »Sie haben ganz offensichtlich irgendein Ziel angesteuert, und sie waren ebenso offensichtlich in Eile, auch wenn sie hier nicht gerade voller Panik um ihr Leben flüchteten. Wenn sie die Absicht gehabt hätten, sich umzubringen, warum sollten sie dann erst noch irgendwo hinlaufen? Und wenn sie auch nur geahnt hätten, dass in weniger als fünfzig Metern Entfernung ein Nuklearsprengsatz gezündet würde, dann wären sie doch deutlich *rascher* irgendwo anders hingelaufen!«

»Wir glauben nicht, dass diese drei dahinterstecken, Vater. Auch diese Möglichkeit lässt sich natürlich nicht völlig ausschließen, aber wir wüssten wirklich nicht, welches Motiv sie haben sollten, hier Selbstmord zu begehen. Und wie du schon gesagt hast« – auch er nickte jetzt in Richtung des Hologramms –, »ist das eindeutig nicht die Körpersprache von jemandem, der sich umbringen will.«

»Wenn sie es nicht waren, wer war es dann?«, fragte Benjamin.

»Ich bezweifle, dass wir das jemals erfahren werden«, erwiderte Collin. »Aber nachdem wir uns eine Zeit lang darüber den Kopf zerbrochen haben, lautet unsere beste Vermutung, dass es *Jack* war.«

»McBryde?« Albrecht legte die Stirn in Falten. »Aber warum ... ach so! Du glaubst, er hat gedacht – ob nun zutreffenderweise oder auch nicht –, Cachat und Zilwicki hätten ein falsches Spiel mit ihm getrieben, ja?«

»Das wäre eine Erklärung, ja – und das ist auch die Erklärung, die ein Großteil meines Teams bevorzugt. Das zugehörige Szenario sieht folgendermaßen aus: Jack hat versucht, zusammen mit Simões überzulaufen, aber die Verhandlungen sind irgendwie ins Leere gelaufen. Wahrscheinlich, weil Cachat und Zilwicki zu dem Schluss gekommen sind, sie hätten von ihm bereits genug bekommen, um Mesa guten Gewissens wieder verlassen zu können. Und das Risiko, ihn und Simões vom Planeten fortzuschmuggeln, erschien ihnen einfach zu groß und nicht lohnenswert.«

»Und McBryde hat vermutet, sie könnten genau das beabsichtigen, und deswegen hat er schon im Vorfeld diese Bombe dort versteckt. Und er hat einen Nuklearsprengsatz ausgewählt – das gibt doch dem Begriff ›Overkill‹ eine ganz neue Bedeutung! –, weil er sich gedacht hat, auf diese Weise würde er jegliche Spur vernichten, die sich irgendwie bis zu ihm zurückverfolgen ließe.« Wieder rieb sich Albrecht das Kinn. »Aber wie hat er sie dazu bringen können, zur richtigen Zeit am richtigen Ort zu sein?«

»Wer weiß? Vergiss nicht, dass er sich eigentlich gar nicht damit herumzuschlagen brauchte, sie zu einem genau vorherbestimmten Zeitpunkt dort zu haben. Jemand mit Jacks Ausbildung und Erfahrung hätte doch keinerlei Schwierigkeiten damit, einen Fernzündemechanismus zu konstruieren – und es gibt viele verschiedene Möglichkeiten, wie er hätte herausfinden können, welchen Fluchtweg sie denn nun nehmen würden, selbst wenn er nicht schon im Vorfeld vorhersagen konnte, *wann* sie sich dort befänden. Also hat er diesen Sprengsatz vielleicht nur als eigene ›Lebensversicherung‹ versteckt. Und sobald er wusste, dass er ›Verbrannte Erde‹ aktivieren würde, könnte er die Sprengung mit der Detonation im Tower koordiniert haben. Schließlich ist das wirklich fast gleichzeitig passiert.«

»Mit anderen Worten: Er hat noch seine Rache bekommen, bevor er sich selbst erledigt hat.«

»Oder vielleicht genau gleichzeitig.« Collin hob die rechte Hand. »Vater, die Wahrheit sieht so aus: Nach dem ganzen Chaos, das Jack in unseren Computersystemen und Aufzeichnungen angerichtet hat, und da Lajos Irvine der Einzige der wichtigsten Mitspieler ist, der das Ganze überlebt hat, werden wir *niemals* alles erfahren, was wirklich passiert ist. Und die genauen Gründe dafür ebenfalls nicht. Ich kann dir nur die besten Mutmaßungen vorlegen, die meine Leute zusammengebastelt haben, und das nach einer sehr langen, sehr gründlichen und sehr erschöpfenden Analyse.«

Er beugte sich vor und deaktivierte das Memopad.

»Wir sind der Ansicht, dass sich hier höchstwahrscheinlich zwei Ereignisse überschnitten haben, die völlig unabhängig voneinander waren. Jack, der zusammen mit Simões überlaufen wollte, ist zu dem Schluss gekommen, man habe ihn betrügen wollen. Deswegen hat er sich überlegt, wie er Cachat und Zilwicki erledigen könnte, und das so, dass keine Spuren mehr zurückbleiben, die diese beiden Gestalten irgendwie mit ihm in Verbindung bringen. Er muss sich gedacht haben, wir würden annehmen, die Explosion des Buenaventura Tower sei ein terroristischer Angriff – durchgeführt durch den Audubon Ballroom. Vergiss nicht, Jack hatte schließlich einen sehr guten Grund, sich an diesem Tag zusammen mit Simões im Gamma Center aufzuhalten. Dieser Termin war schon seit mindestens zwei Wochen in seinem Kalender eingetragen. Er hat Isabel dazu sogar eigens ein Memo geschickt.«

»Und die Aufzeichnungen aus dem Gamma Center, die noch zu retten waren, bestätigen, wo die beiden sich aufgehalten haben?« Benjamins Tonfalls machte aus der Frage eine Feststellung, und Collin nickte.

»Ganz genau. Und bevor du fragst, Vater: Nein, ich kann mir *nicht* absolut sicher sein, dass die Aufzeichnungen, die besagen, dass Simões ebenfalls dort war, nicht auch irgendwie manipuliert wurden. Für Jack wäre es nicht ganz so schwierig, diese Aufzeichnungen in der Art und Weise zu manipulieren, wie Zilwicki das vielleicht im Buenaventura getan hat, aber warum hätte er sich diese Mühe machen sollen? Es ist doch völlig unmöglich, dass *er nicht* vor Ort war, als er das Gamma Center zerstört hat. Das wissen wir mit absoluter Sicherheit, weil ›Verbrannte

Erde‹ *unbedingt* durch jemanden ausgelöst werden musste, der sich im Inneren der Anlage befand. Es *kann* einfach nicht sein, dass das über Fernzündung geschehen ist.«

Mürrisch verzog er das Gesicht.

»Eigentlich hätte es noch nicht einmal möglich sein sollen, ›Verbrannte Erde‹ überhaupt nur durch eine einzelne Person auslösen zu lassen, ganz egal, wo sie sich befände. Glaubt mir, zu *diesem* Thema haben sich schon einige Leute von mir ... etwas anhören müssen. Jack hat eine Möglichkeit gefunden, die Zwei-Mann-Protokolle zu umgehen, und eigentlich sollte das niemand tun können.«

»Also gehst du davon aus, dass McBryde nichts von diesem Betrugsversuch erfahren hatte, bis er und Simões sich bereits in seinem Büro getroffen haben.«

»Ja, und genau hier kommt jetzt die zweite Ereigniskette ins Spiel. Was Jack übersehen hat – wahrscheinlich einfach, weil er schon viel zu lange nicht mehr im Außendienst eingesetzt war und deswegen schon ein wenig eingerostet –, war die Möglichkeit, Irvine könne eigene Überwachungs-Gerätschaften aufgestellt haben. Und so hat er ihn dann dabei beobachtet, wie Jack sich mit Zilwicki traf. Irvine hat natürlich nicht begriffen, dass dieser Fremde tatsächlich Zilwicki war, einfach weil wir diese Information in der Hierarchiestruktur nicht weit genug nach unten weitergeleitet haben. Irvine hatte also keine Ahnung, wie Zilwicki aussieht. Aber er hat trotzdem sofort bemerkt, dass da irgendetwas ablief, was ihm alles andere als sauber erschien, und deswegen hat er Isabel informiert. Er ist am gleichen Morgen zu ihr vorgedrungen, an dem Jacks Verhandlungen mit Zilwicki und Cachat geplatzt sind. Und Isabel ist sofort zum Gamma Center gefahren, um herauszufinden, was zur Hölle Jack da eigentlich im Schilde führt.«

»Mit anderen Worten: Von McBrydes Standpunkt aus betrachtet, war das einfach nur richtig schlechtes Timing«, sinnierte Albert. »Wahrscheinlich wäre er damit durchgekommen, Cachat und Zilwicki umzubringen, und er musste sich auch schon einen Plan zurechtgelegt haben, was Simões betraf – nur für den Fall, dass das mit seinem Überlaufen nicht geklappt hätte. Aber dann ist wie der Blitz aus heiterem Himmel Isabel bei ihm aufgekreuzt, und da ist ihm dann klar geworden, dass sein schöner Plan völlig aus dem Ruder gelaufen ist. Es war völlig unmöglich für ihn, jetzt noch mit dem Ganzen durchzukommen, und er wusste auch, wie die Strafe dafür ausfallen würde. Also hat er sich umgebracht und im gleichen Augenblick auch noch Cachat und Zilwicki erledigt.«

»So lautet die übereinstimmende Meinung meiner Mitarbeiter«, bestätigte Collin. Doch Benjamin, der seinen Bruder während der vorangegangenen Erläuterungen sehr aufmerksam beobachtet hatte, neigte den Kopf zur Seite.

»Warum nur habe ich das Gefühl, dass du selbst dich dieser ›übereinstimmenden Meinung‹ eher nicht anschließen magst, Collin? Oder zumindest nicht vollständig?«

»Wir beide können voreinander wirklich kaum etwas geheim halten, was?« Collin grinste ihn schief an. »Du hast dieses Gefühl, weil es einfach genauso *ist.* Ich glaube, dass es noch eine andere Erklärung für das alles hier gibt – und zwar eine Erklärung, die im Ganzen viel wahrscheinlicher ist, obwohl die Grundannahmen die Gleichen bleiben. Aber ich möchte darauf hinweisen, dass niemand aus meinem ganzen Team mir in dieser Hinsicht zustimmt. Vielleicht bin ich ja auch einfach nur sentimental.«

Auch sein Vater hatte ihn aufmerksam beobachtet. Nun beugte sich Albrecht ein wenig vor und stützte einen Ellenbogen auf seinem Schreibtisch ab.

»Du denkst, McBryde hat es sich in letzter Minute noch anders überlegt«, sagte er leise.

»Nein ... nicht ganz.« Collin legte die Stirn in Falten. »Die Sache ist die: Ich habe Jack McBryde *gekannt.* Wir haben jahrelang zusammengearbeitet, und ich habe es immer für einen von Jacks hervorstechenden Charakterzügen gehalten, dass er wirklich kein bisschen rachsüchtig war. Das war auch einer der Gründe, warum er bei seinen Untergebenen so beliebt war. Jack hat Leute diszipliniert, wenn es erforderlich war, sicher – manchmal sogar auf ziemlich raue Art und Weise. Aber niemals rauer, als das erforderlich gewesen wäre, und *niemals* aus reinem Zorn heraus. Ich habe schon mehrmals erlebt, dass er ernstlich wütend war, aber das hat er niemals an anderen ausgelassen. Andererseits ...«

»War er ziemlich sensibel.«

»Ja, Vater.« Collin seufzte. »Das war ehrlich gesagt immer seine größte Schwäche. Das war sogar genau der Grund, weswegen ich ihn ursprünglich überhaupt zum Gamma Center beordert habe. Oder vielmehr, warum ich seine Akte mit dem Vermerk ›nicht für den Außendienst‹ versehen und ihn zum Sicherheitsdienst abgestellt habe.«

»Ich weiß noch nicht genau, worauf du hinauswillst«, merkte Benjamin stirnrunzelnd an.

»Ich schon«, widersprach Albrecht. »Warum sollte eine übermäßig weichherzige Person, die bislang niemals durch Rachsucht aufgefallen ist, plötzlich ... wie viele Personen sind dabei umgekommen, Collin?«

»Wie ich schon sagte, gehen wir von einem Minimum von dreißig oder vierzig Opfern alleine bei der Buenaventura-Explosion aus. Ich persönlich glaube ja, dass es eher doppelt so viele gewesen sein dürften, wenn man die ganzen unregistrierten Zweier mitzählt, die es vermutlich auch erwischt hat. Für das Gamma Center kommen dann noch einmal sechzig weitere hinzu – obwohl es ein Samstag war. Und dabei haben wir noch nicht Isabel, ihr Team und Jack selbst mitgezählt.«

»Aber darum geht es eigentlich gar nicht«, sagte sein Vater und richtete den Blick wieder auf Benjamin. »Die Leute, die es im Center selbst erwischt hat, waren unvermeidbare Kollateralschäden, nachdem ›Verbrannte Erde‹ erst einmal ausgelöst war. Aber wir reden hier über mindestens drei Dutzend Leute – höchstwahrscheinlich sogar deutlich mehr –, die bei einer Explosion ums Leben gekommen sind, die er nicht hätte auslösen *müssen.*« Albrecht hob eine Augenbraue. »Verstehst du jetzt? Irgendein Zwang muss McBryde dazu gebracht haben, jegliche seiner Skrupel außer Acht zu lassen. Und wenn es ihm nicht um Rache gegangen ist, worum dann? Collin schlägt hier Folgendes vor: Nachdem McBryde klar geworden war, dass sein Plan, zur Gegenseite überzulaufen, sich nicht mehr umsetzen lassen und er auf jeden Fall sterben würde, hat er dafür gesorgt, dass auch Zilwicki und Cachat den Tod finden – und das, bevor sie den Planeten verließen, zusammen mit dem, was er ihnen hat zukommen lassen … was auch immer es nun gewesen sein mag. Sozusagen als letzter Akt des … wie würdest du das nennen, Collin? ›Patriotismus‹ kommt mir ein wenig albern vor.«

»Vielleicht eher … Buße, denke ich. Wir sollten aber nicht vergessen, dass wir nichts von alledem *beweisen* können, Vater. Ich habe bloß so ein Gefühl. Und wie ich schon sagte: Keiner aus meinem Team ist hier meiner Ansicht.«

»Aber ganz pragmatisch betrachtet, ist es doch eigentlich auch egal, welche Erklärung denn nun tatsächlich zutrifft, oder nicht?«, fragte Albrecht sehr leise, beinahe schon mitfühlend.

»Ja, Sir. Das stimmt wohl«, erwiderte Collin ebenso leise.

»Und die Explosion im Park?«

»Das stellt immer noch ein gewisses Rätsel dar«, gestand Collin, und wieder verfinsterte sich sein Blick. »Auch das gebe ich nicht gerne zu, gerade wenn man bedenkt, wie viele meiner Nachbarn dabei ums Leben gekommen sind. Derzeit ist von mehr als acht*tausend* Opfern auszugehen, und ich bin mir verdammt sicher, dass Jack McBryde *damit* nicht das Geringste zu tun hatte! Gleichzeitig jedoch glaube ich nicht, dass irgendjemand rein zufällig ausgerechnet diesen Tag dafür ausgewählt haben sollte, im Rahmen eines gänzlich unabhängigen, spontanen Terroranschlags eine Atombombe zu zünden.«

»Also bist du der Ansicht, diese Dinge hingen miteinander zusammen?«

»Vater, ich bin mir sicher, dass sie irgendwie miteinander zusammenhängen *müssen.* Und wir wissen nicht – und werden es auch nie erfahren –, wer dieses verdammte Ding gezündet hat. Wir haben die Daten von den Holokameras der beiden Cops, aber keine der beiden Kameras hat das Gesicht des Fahrers anständig aufnehmen können, deswegen haben wir keine Chance herauszufinden, wer es war – selbst wenn er sich zufälligerweise in unseren Akten hätte finden lassen. Oder sagen wir besser: in den Akten, die uns noch *übrig geblieben* sind.« Sein Lächeln hätte Milch sauer werden lassen können. »Es ist möglich – sogar wahrscheinlich –, dass der Ballroom damit etwas zu tun hat, aber beweisen können wir das nicht. Ich glaube, dass der Fahrer irgendein Zweier war, kein Sklave, aber weiter möchte ich mich wirklich nicht in irgendwelche Vermutungen versteigen.«

Er zuckte mit den Schultern, und die Geste wirkte deutlich gelassener und entspannter, als er sich – offensichtlich – fühlte.

»Aber was ich nicht verstehe, selbst wenn wirklich der Ballroom in das Ganze involviert sein sollte, ist die Frage nach dem ›Warum‹. Ich gehe davon aus, dass Zilwicki, der ja schließlich selbst Kontakt zum Ballroom hatte, auch hier auf Mesa durch entsprechende Kontaktleute unterstützt wurde. Wir haben sie bislang immer effektiv genug zurückdrängen können, sodass ihre Anwesenheit hier sich nicht sonderlich auswirkte – oder zumindest *glauben* wir das; was gerade mit Jack passiert ist, könnte beweisen, dass wir vielleicht doch ein wenig blauäugig waren. Aber selbst so zurückgedrängt, wie sie vielleicht waren, hatten sie eben immer noch einen *gewissen* Kontakt zu den Zweiern. Und ich denke, wir müssen es für gegeben halten, dass Zilwicki bei ihnen Unterstützung gesucht hat, kaum dass er hier angekommen ist. Also lautete meine erste Arbeitshypothese, dass dies hier als Ablenkungsmanöver für die Flucht von ihm und Cachat dienen sollte. Und«, sein Blick wurde noch härter, und seine Stimme klang jetzt sehr grimmig, »es *hätte* auch eine unfassbare Ablenkung dargestellt! Achttausend Tote und weitere sechstausendunddreihundert Schwerverletzte?« Er schüttelte den Kopf. »Jeder Einsatzwagen der Rettungskräfte in der ganzen Stadt – und die aus Mendel noch dazu! – waren in die gleiche Richtung unterwegs. Eine bessere Ablenkung hätte man sich doch überhaupt nicht wünschen können.

Aber als ich dann richtig darüber nachgedacht habe, da ist mir bewusst geworden, dass das einfach nicht Zilwickis Stil gewesen wäre. Er hätte das gleiche Maß an Ablenkung auch bewirken können, wenn er eine Explosion ausgelöst hätte, die nicht einmal einen Bruchteil der Opfer gefordert hätte, wie es bei dieser Bombe hier nun einmal der Fall war. Und nicht nur das: Wir wissen aus seiner Akte, dass er ein unglaublich weiches Herz hat, wenn es irgendwie um *Kinder* geht. Schaut euch doch nur die beiden an, die er aus Chicago mitgebracht hat!« Wieder schüttelte Collin den Kopf, dieses Mal noch heftiger. »Es ist völlig unvorstellbar, dass *dieser Mann* zugestimmt hätte, an einem Samstagvormittag mitten in einem gottverdammten *Park* eine Atombombe zu zünden. Cachat hingegen – der wäre eiskalt genug gewesen, um so etwas durchzuziehen, wenn er der Ansicht gewesen wäre, er hätte keine andere Wahl. Aber nicht einmal bei ihm könnte ich mir vorstellen, dass er ein solches Blutbad anrichtete, bloß als Ablenkungsmanöver.«

»Hast du dir denn irgendeine Theorie zurechtgelegt, die das alles erklären würde?«

»Das Beste, was mir bislang eingefallen ist – und das ist wirklich nicht mehr als meine ganz persönliche Hypothese, bitte versteht mich nicht falsch! –, das ist, dass irgendein Angehöriger oder Sympathisant des Ballrooms hier auf Mesa zumindest gewusst hat, dass Zilwicki und Cachat sich in der Nähe aufhalten. Und dann hat er ganz eigenständig gehandelt. Wenn man bedenkt, was wir von Irvine wissen, dass sie sich nämlich eindeutig irgendeinen Notfallplan zurechtgelegt haben – der sie, so bedauerlich das für sie auch gewesen sein mag, leider ein bisschen zu nah an Jacks kleine Überraschung im Buenaventura herangeführt hat –, dann denke ich, sie könnten die Absicht gehabt haben, die Park-Valley-Bombe irgendwo anders zu zünden ... irgendwo, wo deutlich weniger Leute wären. Irgendwo, wo sie ordentlich für Ablenkung gesorgt hätte, ohne dass so viele Leute dabei ums Leben kommen mussten. Doch nachdem Jack sie in der Nähe des Buenaventura ausgeschaltet hat, hat derjenige, der dann die Leitung übernommen hat – wer auch immer es nun gewesen sein mag –, es sich ... anders überlegt. Mit anderen Worten: Die Bombe war höchstwahrscheinlich tatsächlich Teil von Zilwickis und Cachats Fluchtplan, aber ich bezweifle doch sehr stark, dass sie wirklich *dort* hätte gezündet werden sollen.«

Albrecht lehnte sich in seinem Sessel zurück, faltete die Arme vor der Brust und verbrachte die nächsten Minuten damit, schweigend aus dem Fenster zu blicken. Während er die weißen Strände und das dunkelblaue Wasser betrachtete, ging er in Gedanken noch einmal alles bislang Gesagte durch.

»Also ...«, setzte er schließlich wieder an und verzog ein wenig gequält das Gesicht. »Es würde mir wirklich deutlich besser gefallen, wenn es hier nicht so viele Ungereimtheiten gäbe. Aber« – er richtete den Blick wieder auf seine beiden Söhne – »letztendlich läuft es darauf hinaus, dass nur eine Sache anscheinend wirklich feststeht: Alle vier der wirklich gefährlichen Personen sind tot. McBryde selbst, Simões, Cachat und Zilwicki. Und natürlich«, sein Blick wurde ein wenig härter, »die Person, die letztendlich für dieses ganze Debakel verantwortlich war.«

Collin blickte seinen Vater aufmerksam an.

»Ich nehme an, du meinst Isabel«, sagte er. Sein Vater nickte knapp, und Collin verzog das Gesicht. »Ich denke, diese Einschätzung ist ein wenig ungerecht, Vater. Sogar ziemlich ungerecht, wenn ich es mir recht überlege. Ich glaube nicht, dass irgendjemand damit hätte rechnen können, dass ausgerechnet *Jack* zum Verräter wird. Ich meine, ich habe das fast zwei Tage lang selbst einfach nicht glauben können, und dabei hatte ich noch den Vorteil, mir zahlreiche Daten anschauen zu können, die Isabel nie zu Gesicht bekommen hat. Sie hat so rasch reagiert, wie man es sich nur hätte wünschen können, nachdem sie herausgefunden hatte, dass Jack sich ... verräterisch verhalten hat. Und meines Erachtens hat sie in der genau angemessenen Art und Weise reagiert, wenn man bedenkt, was sie zum damaligen Zeitpunkt hat wissen oder verstehen können. Es gab vorher keinen einzigen Hinweis darauf, dass ausgerechnet *Jack* zu einem Sicherheitsrisiko werden sollte. Und wir sollten auch nicht vergessen, dass wir Zilwicki erst anhand der Aufnahmen von Irvines versteckten Sensoren identifiziert haben – nachdem sich der Rauch verzogen hatte. Es gibt keinen Hinweis darauf, Isabel könne sich auch nur vorgestellt haben, dass Jack mit *Anton Zilwicki ge*redet hat! Oder dass sie einen Grund gehabt hätte, ihm etwas Derartiges auch nur zu unterstellen! Zu diesem Zeitpunkt wusste sie nur, dass einer ihrer ranghöchsten Sicherheitsoffiziere – ein Offizier mit einer makellosen Dienstakte, der für eine der drei wichtigsten Installationen auf ganz Mesa verantwortlich war – anscheinend beschlossen hat, Irvines Berichten eigenständig nachzugehen.

Hinterher, nachdem wir nun wissen, was wir eben wissen, erscheint es uns natürlich ganz offensichtlich, dass sie ihn umgehend hätte festnehmen und eine ausgewachsene Ermittlung hätte einleiten müssen. Aber hinterher ist man immer schlauer, Vater. Weißt du, Vater, wäre Isabel noch am Leben, und würdest du jetzt vorschlagen, sie für ihr Handeln zu bestrafen, dann müsste ich darauf hinweisen, dass du dann nach allem, was recht und billig ist, auch *mich* bestrafen müsstest.«

Einen Moment lang schauten Vater und Sohn einander fest in die Augen. Dann wandte Albrecht den Blick ab. Ein kleines Lächeln umspielte seine Lippen, und *vielleicht* murmelte er auch ›Wie der Vater, so der Sohn‹, doch weder Collin noch Benjamin waren sich da ganz sicher.

Doch als er den Blick dann wieder auf seine Söhne richtete, wirkte er immer noch entschlossen und unnachgiebig.

»Darf ich davon ausgehen, dass du nicht die Absicht hast, die Familie McBryde zu bestrafen?«, fragte er.

»Ja. Wir haben keinerlei Grund zu der Annahme, sie seien in irgendeiner Weise in diese Geschehnisse verwickelt. Wirklich *keinerlei* Grund. Ach, wir haben sie natürlich verhört, und das *gründlich.* Es ist ganz offensichtlich, dass sie zutiefst verwirrt sind und um Jack trauern. Und sie gehen auch sofort in Abwehrhaltung. Ich denke, in gewisser Weise befinden sie sich noch in der Phase des Leugnens, aber auch das lässt sich wohl kaum vermeiden. Aber ich habe keinen Hinweis darauf gefunden, dass irgendeiner von ihnen über Jacks Pläne Bescheid wusste ... oder auch nur eine Ahnung hatte. Und wenn ich ehrlich sein darf: Ich bin mir wirklich sicher, dass Jack sie niemals in das Ganze hineingezogen hätte. Nicht bei etwas Derartigem, wie auch immer seine eigenen Motive nun auch ausgesehen haben mögen. Niemals hätte er seine Eltern, Zachariah oder seine Schwestern in Gefahr gebracht. Nie im Leben!«

»Und Lathorous?«

»Auch Steve scheint damit nichts zu tun gehabt zu haben – außer eben durch den Zufall. Und selbst dann nur ganz am Rande. Sicher, er war mit Jack befreundet, aber das gilt für viele Leute.« Collin verzog das Gesicht. »Ach verdammt, Vater, *ich* mochte Jack McBryde – ich mochte ihn wirklich richtig gerne. So ging es wohl den meisten Leuten.«

»Also schlägst du vor, ihn ebenfalls nicht zu bestrafen?«

»Ich werde einen Verweis aussprechen. Aber selbst der wird

nicht allzu heftig ausfallen. Er dürfte Steve hinreichend weit aufrütteln, dass er sich die nächsten paar Jahre so vorsichtig bewegt, als müsse er über rohe Eier balancieren, aber der Verweis wird nicht ausreichen, um seine Karriere völlig zu ruinieren.«

»Und was ist mit Irvine?«

»Du weißt doch, Vater«, Collin gestattete sich ein schiefes Grinsen, »eigentlich ist der doch der einzige Lichtblick in der ganzen Sache. Er war uns von Anfang an völlig treu ergeben, und er war clever genug, um zu begreifen, dass da *irgendetwas* ablief, was so nicht hätte ablaufen sollen – selbst wenn er keine Ahnung hatte, was dieses ›Irgendetwas‹ nun wirklich war. Und er ist auch der Einzige, der seine Aufgabe völlig tadellos erfüllt hat.«

»Also denkst du …?«

»Na ja, er möchte gerne im Außendienst eingesetzt werden, aber um ehrlich zu sein, glaube ich nicht, dass das allzu bald geschehen wird.« Collin schüttelte den Kopf. »Er weiß zu viel über das, was passiert ist – vor allem jetzt, nach den ganzen Vernehmungen. Wir können ihn nicht in den Außendienst schicken und als Agenten einsetzen, der irgendeine Organisation unterwandern soll, solange ihm das alles noch durch den Kopf geht. Und für andere Aufgaben eignet sich sein Genotyp nun einmal nicht. Also habe ich mir gedacht, wir könnten ihn ganz in die Sache einweihen.«

»*Ganz*?« Albrecht war sichtlich überrascht, und Collin zuckte mit den Schultern.

»Ich bin der Ansicht, dass das wirklich Sinn ergibt, Vater. Wir können ihn das normale Schulungsprogramm durchlaufen lassen und schauen, wie er darauf reagiert. Er ist doch schon jetzt halb in die ›Zwiebel‹ eingeweiht, und wie ich gerade eben sagte, hat er Treue *und* Intelligenz unter Beweis gestellt – und dazu hat er noch Initiative gezeigt. Wenn er mit dem zurechtkommt, was hier wirklich abläuft, dann könnte er uns, so denke ich, in Darius äußerst nützlich sein, nachdem wir so kurz davor stehen, Prometheus zu starten.«

»Hmm.« Einige Momente lang dachte Albrecht angestrengt nach, dann nickte er. »Also gut, das verstehe ich. Mach nur.«

»Gut. Und wenn du mich dann jetzt entschuldigen würdest«, Collin erhob sich, »es ist geplant, eine Gedenktafel für all die Opfer im Pine Valley Park aufzustellen. Heute Nachmittag soll im Rahmen einer öffentlichen Besprechung die zugehörige Skizze präsentiert werden – genau da, wo vorher der Kinder-Pavillon gestanden hat. Und« – sein Gesicht verzog sich, doch es war unverkennbar, dass es nichts mit den Schmerzen zu tun hatte, die Folge seines Heilungsprozesses waren – »ich habe den Kindern versprochen, dass wir uns das anschauen würden.«

April 1922 P. D.

Kapitel 34

Genau an der Kuppe der Andrew-Kurve brachte Brice die Gondel zum Stehen. »So, da wären wir.«

Nancy Becker erhob sich aus ihrem Sitz, trat an das Fenster und drückte fast ihre Nase gegen die Scheibe. Das war nicht so albern, wie es vielleicht wirken mochte, denn es war ein echtes Fenster, kein Videoschirm. Dank verschiedener Schutzschilde konnte sie den Ausblick mit ihren eigenen Augen genießen und war nicht auf die elektronische Übermittlung irgendwelchen Bildmaterials angewiesen.

Brice hatte sich gedacht, das könnte ihr gefallen. Er hatte die Fahrt so geplant, dass sie sich im Schatten befinden würden, wenn sie einträfen. Zusammen mit seinen verschiedenen Monden (von denen der kleinste und gewiss auch jüngste eben Parmley Station war) umrundete der Planet Ameta einen Unterriesen der Klasse F5, etwa fünfzig Prozent größer als die Sonne von Alterde. Sein Durchmesser war beinahe doppelt so groß, und er war fast um das Achtfache heller. Hätte sich die Achterbahngondel genau im direkten Sonnenlicht befunden, hätte Brice keine andere Wahl gehabt, als eben doch die Videoschirme zu verwenden. Selbst mit den Schutzschilden – die nicht gerade teuer gewesen waren, vom ›neuesten Stand der Technik‹ einmal ganz zu schweigen – wäre es einfach zu gefährlich gewesen, den Ausblick mit bloßem Auge zu genießen.

Doch jetzt blieben ihnen noch beinahe zwei Stunden, bevor die Umlaufbahn um Ameta herum diesen Teil der Station wieder aus dem Schatten heraustragen würde.

Brice stellte sich neben Nancy. Ganz Ameta war zu bewundern, mit all seinen Wolkenbändern und Ringen. Es schien dort jegliche nur erdenkliche Schattierung von Blau und Grün zu geben, und die weißen Bänder waren zahlreich genug, um allesamt deutlich erkennbar zu sein. Als Bonus – und das war recht ungewöhnlich – spähte gerade der Mond Hainuwele hinter der geschwungenen Oberfläche des Riesenplaneten unter ihnen hervor. Meistens war Brice von diesem Mond nicht gerade begeistert. Er war Ameta nahe genug, um deutlicher Gezeitenerwärmung unterworfen zu sein, und meist bot die fleckige, rot-gelb-orange gefärbte Oberfläche keinen sonderlich angenehmen Anblick. Doch dort, wo er sich im Augenblick befand, war der Mond weit genug entfernt, sodass die unschöneren Details nicht mehr auszumachen waren. Und über diese Entfernung hinweg betrachtet boten die hellen Farben des Mondes einen bemerkenswerten Kontrast zu den deutlich kühleren Farbtönen des Mutterplaneten.

Selbst der Yamato-Nebel zeigt sich im Augenblick von seiner besten Seite. Es war, als hätte sich das ganze Universum dafür entschieden, Brice bei seinem wagemutigen, riskanten Vorhaben zu unterstützen. Er wusste natürlich, dass das bloß eine Einbildung war. Doch es *sollte* einfach stimmen!

»Das ist wunderschön«, sagte Nancy leise.

»Hab ich dir ja gesagt«, erwiderte Brice. Dann verbrachte er etwa eine Minute damit, sich Vorwürfe zu machen, weniger geschmeidig zu sein als jeglicher andere Mensch männlichen Geschlechts seit dem Aussterben des *Homo erectus.*

Doch noch gab er nicht auf. Innerlich bebte Brice, doch noch verzagte er nicht. *Monatelang* hatte er diesen Feldzug geplant, und immer und immer wieder hatte er sich selbst gesagt, es könne durchaus Rückschläge geben. Die meisten davon wären gewiss Folgen seiner ungeschickten Zunge.

Seit sie sich auf dem Rollfeld des Raumhafens getroffen hatten, war das hier das erste Mal, dass sie beide alleine waren. Die

Monate, die sie an Bord der *Hali Sowle* verbracht hatten, seit sie nach ihrer Flucht von Mesa durch das All getrieben waren, hatten Ihnen keine Möglichkeit für ein bisschen Privatsphäre eingeräumt. Man sollte doch meinen, in einem Frachter, der mehr als eine Million Tonnen masste, solle es beachtliche Freiflächen geben, aber ... so war es nicht. Oder besser gesagt: Es *gab* diese Freiflächen schon ... nur war die *Hali Sowle* eben ein Handelsschiff, wie es üblicherweise genutzt wurde, und nichts anderes. Obwohl die Laderäume wirklich beachtlich groß waren, nahmen sich die Wohnbereiche klein und spartanisch aus. Und weder Ganny noch Onkel Andrew hätten es freundlich aufgenommen, wenn Brice vorgeschlagen hätte, einen Teil der Zeit, die diese Reparaturen nun einmal dauerten, dafür zu verwenden, einige der Frachträume in zusätzliche Wohnräume umzuwandeln, damit er mit Nancy ein wenig Zeit alleine verbringen könnte. Brice hatte nicht einmal darüber nachdenken wollen, wie wohl Zilwicki oder Cachat auf diesen Vorschlag reagiert hätten. Und um das Universum vollkommen ungerecht zu machen, gab es da auch noch das kleine Problem, dass jeder Quadratmeter jedes einzelnen Frachtraums vollständig durch Überwachungskameras eingesehen werden konnte. Und so war sich Brice, obwohl es doch all diese riesigen Freiflächen gab, in seiner düsteren Stimmung völlig sicher, jeglicher Versuch seinerseits, Nancy dort hinauszulocken, wäre augenblicklich entdeckt worden. Selbst wenn es sonst niemandem im ganzen Universum widerfahren wäre, so wäre *ihm* dieses Schicksal auf jeden Fall – und gänzlich unvermeidbar! – beschieden gewesen. Und sobald das geschehen wäre, hätten ihm seine angeblich besten Freunde und die liebevollen Mitglieder seiner Familie mit jener fragwürdigen Charaktereigenschaft, die angeblich ihr Sinn für Humor darstellte – ha! –, das Leben zur Hölle gemacht.

Gewiss, wenn sie beide schon so etwas wie eine eindeutige Beziehung zueinander entwickelt gehabt hätten, dann hätten sie tausend verschiedene Möglichkeiten finden können, sich der Aufsicht, die Ganny und Nancys Mutter sowie diese verdammten Kameras ständig walten ließen, auch zu entziehen. Aber genau das war ja das Problem: Erst jetzt konnte er anfangen, diese zarten Bande zu knüpfen. Seine Erziehung in völliger Abgeschiedenheit und als Mitglied des Butry-Clans hatte ihn, was manche Situationen anging, sehr selbstbewusst werden lassen, dafür aber äußerst scheu in anderen Situationen.

Das hier war eine dieser ›anderen Situationen‹.

Nancy wandte den Kopf zur Seite; ein Shuttle, der die *Hali Sowle* ansteuerte, hatte ihre Aufmerksamkeit geweckt.

»Weißt du schon, wann sie aufbrechen wollen?«

Brice schüttelte den Kopf. »Ich habe zumindest noch nichts Definitives gehört. Onkel Andrew sagt, sie warten immer noch darauf, dass die richtigen Ersatzteile eintreffen.« Plötzlich musste er lachen. »Ich glaube, er ist ein bisschen sauer, dass keiner glaubt, *seine* Reparaturen könnten sie das Ziel erreichen lassen, aber *ich* kann ihnen das wirklich nicht verübeln. Klar, zum Teil ist er auch sauer, weil er eigentlich schon alle benötigten Ersatzteile hatte – bevor wir sie weggeworfen haben, damit deine Mutter und du noch Platz an Bord hattet. Er ist der Ansicht, das alles sei nur ihre Schuld, also sollten sie sich gefälligst nicht so anstellen, wenn er seine selbstgebastelten Teile verwendet.«

Nancy erwiderte sein Grinsen, und er zuckte mit den Schultern.

»Die Typen auf der *Custis*« – EMS *Custis* war das erewhonische Werkstattschiff, das vor der Station festgemacht hatte und seinen Teil dazu beitrug, Parmley Station in etwas zu verwandeln, was zwar immer noch *aussah* wie ein heruntergekommener Vergnügungspark, in Wirklichkeit aber eine recht leistungsstarke Festung darstellte – »haben zugestimmt, einen kurzen Abstecher zu unternehmen, um uns die nötigen Ersatzteile zu beschaffen. Ich denke, ihr Skipper arbeitet wahrscheinlich sowieso für die Leute, von denen wir die *Hali Sowle* bekommen haben. Wie dem auch sei, *er* ist auf jeden Fall der Ansicht, wir sollten für die Reparatur des Hypergenerators anständige Ersatzteile verwenden.«

»Und was ist mit uns? Wie rasch werden wir nach Beowulf aufbrechen?«, setzte Nancy nach.

»Auch das weiß ich nicht. Ich weiß bloß, dass Ganny uns so schnell wie möglich loswerden will. Na ja, soweit Platz zur Verfügung steht und je nachdem, wann wir an der Reihe sind.«

Das war Teil der Abmachung gewesen. Jedes Mitglied des Clans, das noch jung genug dafür war, sollte nach Beowulf geschafft werden, damit man die Prolong-Behandlung einleiten konnte. Die Reihenfolge ihrer Abreise hing dabei vom jeweiligen Alter ab. Leute wie Sarah Armstrong und Michael Alsobrook, die schon kurz vor der Altersgrenze standen, würden natürlich als erste losgeschickt. Brice, Ed und James standen nicht gerade oben auf der Liste, aber Brice vermutete doch, sie würden schon bald aufbrechen.

Und das Beste von allem: Nancy würde mitkommen! Für ihre Mutter Steph war es zu spät, sich noch einer Prolong-Behandlung zu unterziehen, aber für Nancy galt das nicht.

Zilwicki hatte Wort gehalten. Eigentlich hatte er sogar noch mehr getan. Die Kosten für eine vollständige Prolong-Behandlung von Stephs Tochter würden mindestens ebenso hoch ausfallen wie die Kosten, die es verursachen würde, Steph Turner ein neues Restaurant zu organisieren. Doch Anton hatte nicht einmal mit der Wimper gezuckt. »Falls man sich auf Beowulf irgendwie anstellt, übernehme ich die Kosten eben.«

Doch irgendetwas, das Cachat gesagt hatte, ließ Brice vermuten, auf Beowulf werde man Nancys Behandlung als Teil der allgemeinen Abmachung mit Ganny ansehen. Als Brice einmal Victor gegenüber erwähnt hatte, dass ihm das Ganze ein wenig Sorgen bereitete, hatte der Havenit plötzlich sehr eisig gelächelt.

»Ich würde mir darüber nicht den Kopf zerbrechen, Brice. Das wird zwar noch ein bisschen dauern – es gibt da noch ein paar andere Leute, mit denen wir erst noch reden müssen, und das aus mehrerlei Gründen –, aber wenn ich mich nicht allzu sehr täusche, dann wirst du schon bald erleben, was es heißt, sich den Zorn von Beowulf zuzuziehen. Die werden sich nicht wegen der Kosten für eine weitere Prolong-Behandlung anstellen, wenn sie gleichzeitig ein Vermögen für die Waffen ausgeben, die sie brauchen, um Grendel endgültig zu erledigen. Und genau das werden sie tun, sobald sie erst einmal begriffen haben, dass das Ungeheuer tatsächlich eine Mutter hat.«

Dieser letzte Satz ergab für Brice zwar überhaupt keinen Sinn, aber es war trotzdem unverkennbar, was gemeint sein musste.

Erneut betrachtete Nancy Ameta. »Das ist *so* wunderschön.«

Der Moment war gekommen. Brice war sich ganz sicher. Monate der Planung – er hatte heimlich vor dem Spiegel geübt – gestatteten es ihm, vorsichtig den Arm um Nancys Hüfte zu legen ... und dabei stellte er sich kaum ungeschickter an als ein Walrossjunges, das seine ersten Watschelschritte auf dem Eis unternahm.

Brice hielt den Atem an und wartete auf die Explosion.

Doch Nancy schwieg. Sie genoss nur weiter den herrlichen Anblick von Ameta und lächelte. Und ungefähr eine Minute später lehnte sie sanft den Kopf gegen Brice' Schulter.

Brice war entzückt. Das war ganz gewiss, ohne jeden Zweifel, die größte Leistung seines bisherigen Lebens.

»Ich gehe nach Torch, Andrew«, sagte Steph Turner. »So ist das nun mal.« Sie rückte ihren Sessel ein Stück weit vom Tisch in der Messe der Station ab und straffte die Schultern. Die Geste verriet unerschütterliche Sturheit. »Und hör endlich auf so zu tun, als würdest du nicht bloß herumraten. Ich wüsste wirklich nicht, wie man *hier* genug Gäste hinlocken sollte, damit sich so ein Restaurant auch rechnet.«

Andrew hatte in ähnlich störrischer Gestik ebenfalls die Schultern gestrafft. Doch irgendwie wirkte es bei ihm nicht ganz so stur wie bei Steph.

»Ich weiß nicht, ob ich auf Torch Arbeit finden werde«, jammerte er.

»Machst du Witze? Du Dussel, es wird nicht lange dauern, bis die ganze verdammte Galaxis weiß, dass Andrew Artlett ein echter Hexenmeister der Ingenieurskunst ist – der beste zweitklassige Mechaniker aller Zeiten. Andrew Artlett ist der Künstler, der dafür gesorgt hat, dass die *Hali Sowle* ihre verzweifelte Mission auch durchstehen konnte. Dein Problem wird es wirklich nicht sein, Arbeit zu finden. Du wirst eher das Problem haben, dass du ständig irgendwelchen von Mesa gedungenen Attentätern ausweichen musst.«

Sie verzog die Lippen zu diesem Lächeln, das Andrew jetzt, in diesem Moment, immer noch genauso anziehend fand wie damals, als er es zum ersten Mal gesehen hatte – weniger als einen Tag, nachdem die *Hali Sowle* die Umlaufbahn von Mesa verlassen hatte. »Und wo könnte man sich vor diesen Mistkerlen sicherer fühlen als auf einem Planeten des Ballrooms?«

»Na ja ...«

»Entscheide dich. Ich gehe nach Torch. Kommst du mit oder nicht?«

»Ja, dann komm ich wohl mit.«

»Ich denke, auch die Republik schuldet uns einen Zuschuss, Victor. Klar, ich gehe nicht davon aus, dass er so dick ausfallen wird wie der von Beowulf, ganz zu schweigen von dem, den ich dem Sternenkönigreich abpressen werde.« Friede Butry warf Victor Cachat ein schiefes Grinsen zu. »Mir ist schon klar, dass ihr Haveniten in diesem Teil der Galaxis die ›armen Verwandten‹ seid.«

»Ich habe Ihnen doch schon gesagt, dass Sie damit nur Ihre Zeit verschwenden. Klar, ich lege gerne ein gutes Wort für Sie ein. Wirklich von Herzen gerne. Aber danach wird das den gewohnten bürokratischen Gang gehen, bis – und da können Sie warten, bis Sie schwarz werden – es schließlich bei einer unerbittlichen Stelle ankommt: bei Jenen, Die Zu Entscheiden Haben.« Cachat zuckte mit den Schultern. »Und dann ...? Sie haben mit so etwas doch viel mehr Erfahrung als ich, Ganny. Sie wissen doch ganz genau, wie Bürokraten ticken.«

Einige Sekunden lang schwieg sie. Sie betrachtete ihn nur, mit einer Aufmerksamkeit, die Victor nicht verstand und die ihn sogar ein wenig beunruhigte.

Dann sagte sie: »Ich vergesse manchmal, dass Sie, was bestimmte Dinge angeht, immer noch erschreckend naiv sind.«

»Was soll denn das heißen?«

»Victor Cachat, Ihre Zeit, auf den unteren Stufen der Leiter zu stehen – oder unten im Totempfahl, wenn Ihnen dieser Ausdruck etwas sagt –, hat bald ein Ende. Und das in einer Art und Weise, die spektakulärer gar nicht ausfallen könnte. In ein paar Wochen – oder zumindest in ein paar Monaten, da bin ich mir verdammt sicher – wird es ganze Flotten in Bewegung setzen, wenn Victor Cachat ›ein gutes Wort einlegt‹. Oder was auch immer der berühmt-berüchtigte Supergeheimagent der Galaxis bewirken möchte. Deswegen gehe ich auch davon aus, dass Sie diesen Zuschuss durchbekommen werden – und ich möchte noch einmal betonen, dass Sie sich soeben dazu bereiterklärt haben.«

Es dauerte ein wenig, doch dann legte sich Victors Stirnrunzeln. Doch mittlerweile war er recht blass geworden.

Stillvergnügt lachte Ganny in sich hinein. »Daran hast du überhaupt nicht gedacht, was? Ich habe gestern von einem der Leute vom BSC erfahren, dass über Anton Zilwicki vor einiger

Zeit eine Holo-Dokumentation gedreht wurde, die ziemlich viele Leute gesehen haben. Also hast du noch einiges aufzuholen. Und da er sich schon den Spitznamen ›Cap'n Zilwicki, die Geißel der Raumstraßen‹ eingefangen hat, wird man sich für dich etwas anderes überlegen müssen. Für die Dokumentationen, die man über dich drehen wird, meine ich. Mein Vorschlag wäre ja entweder ›Victor der Schwarze‹ oder ›Cachat, der Tod der Sklavenhändler‹.«

»Aber ich bin ein *Spion.*«

Mitfühlend schüttelte Ganny den Kopf. »Nein, Victor Cachat. Du *warst* ein Spion.«

Dramatis Personae

Alexander, Hamish – Earl von White Haven, Admiral a.D. Royal Manticoran Navy. Erster Raumlord der Admiralität des Sternenkönigreichs von Manticore; verheiratet mit Lady Alexander-Harrington.

Alexander, William – Baron Grantville und Lord Alexander. Premierminister von Manticore.

Alexander-Harrington, Lady Dame Honor Stephanie – Herzogin von Harrington; Gutsherrin von Harrington; Admiral, Royal Manticoran Navy; Flottenadmiral, Grayson Space Navy; Kommandeurin des Protector's Own Squadron; Kommandantin von HMS *Unconquered*; Kommandeurin der Achten Flotte.

Allfrey, Philip – Brigadegeneral, Oravil Barregos' Ressortoffizier der Solarischen Gendarmerie.

Alsobrook, Michael – Angehöriger des Butry-Clans auf Parmley Station.

Arai, Hugh – Biological Survey Corps, Kommandant von BSCS *Ouroboros*; zugleich Befehlshaber des Kommandotrupps des Schiffes; später Sicherheitschef Queen Berrys von Torch.

Arif, Dr. Adelina – Linguistin und Spezialistin für Fremdkontakte; war maßgeblich an der Entwicklung der Zeichensprache für Baumkatzen beteiligt.

Armstrong, Sarah – Angehörige des Butry-Clans auf Parmley Station.

Artlett, Andrew – Großneffe von Ganny Butry; Onkel von Brice Miller.

Bacon, George – Bürger Lieutenant, EFV, taktischer Offizier an Bord des Leichten Kreuzers *Jacinthe*.

Bardasano, Isabel – leitende Spezialistin und stellvertretende Leiterin des Sicherheitsdienstes des Mesanischen Alignments.

Baronin Morncreek – siehe Lady Francine Maurier.

Barregos, Oravil – Gouverneur des Maya-Sektors.

Barthumé, Rachel – Bürger Lieutenant Commander, EFV, Erster Offizier des Leichten Kreuzers *Jacinthe*.

Beausoleil, Noémie – Bürger Captain der Exil-Volksflotte, Kommandantin von PNES *Napoleon Bonaparte*.

Blomqvist, Gansükh – Officer der Mesan System Guard; Junior Inspector der Zollberhörde.

Bostwick, Hervé P. – Bürger Captain der Exil-Volksflotte; Kommandant von PNES *Charlemagne*.

Brosnan, Gail – Vizegouverneurin des Maya-Sektors.

Butry, Elfriede Margarete – Auch bekannt als ›Ganny‹ oder ›Ganny El‹; Matriarchin der Großfamilie (effektiv ein kleiner Clan), der offiziell Parmley Station gehört, der weitestgehend stillgelegte Vergnügungspark im Orbit um den Ringplaneten Ameta. Auch wenn der Clan offiziell der Eigner der Station ist, unterliegt diese doch nur zum Teil auch der Kontrolle durch Butrys Familie.

Cachat, Victor – havenitischer Polizist mit Sonderauftrag.

Carlucci, Al – Großindustrieller, an der Carlucci Industrial Group beteiligt.

Carte, David – Commander, Solarian League Navy; Kommandant des Leichten Kreuzers SLNS *Sharpshooter*. Zugleich Kommandeur der Kreuzerdivision 7036.3.

Cassetti, Ingemar – Vizegouverneur des Maya-Sektors; verstorben.

Chapman, Alexander – erewhonischer Admiral.

Chernevsky, Anastasia – Leiterin der Navy-Forschungs- und Entwicklungsabteilung des Mesanischen Alignments.

Christiansen, Philippine – Bürger Lieutenant Commander; Exil-Volksflotte; Astrogationsoffizier an Bord von PNES *Leon Trotsky*.

Chuanli, Triêu – einer der Topleute im Dienst von Jürgen Dusek.

Clarke, Donald – Oravil Barregos' leitender Wirtschaftsberater.

Clignet, Henri – Bürger Commodore, Exil-Volksflotte; Kommandeur der *Anhur*; Oberbefehlshaber des ›Ersten Volksbefreiungsgeschwaders‹.

Cloutier, Inez – Anwerberin im Dienste von Adrian Luff.

Condor, Cary – ein Zweier aus dem Bezirk Neu-Rostock auf Mesa.

Cullingford, J. T. – Commander, Solarian League Navy; Kommandant des Arsenalschiffs SLNS *Masquerade*.

Detweiler, Albrecht – Kopf der Familie Detweiler und Hauptgeschäftsführer des Mesanischen Alignments.

Detweiler, Benjamin – Sohn/Klon von Albrecht; Direktor des Sicherheitsdienstes des Mesanischen Alignments.

Detweiler, Collin – Sohn/Klon von Albrecht; effektiv Kriegsminister des Mesanischen Alignments.

Dobbs, Michael – Lieutenant Commander, Solarian League Navy; Laura Raycrafts Stabschef.

Dschingis – Baumkater, Gefährte von Judson Van Hale; für den Einwanderungsdienst von Torch tätig; verstorben.

DuChamps, Cybille – durchaus gewaltbereite ›Mitarbeiterin‹ von Jürgen Dusek.

Du Havel, W. E. B. (»Web«) – Premierminister des Königreiches Torch.

Dusek, Jürgen – ›Boss‹ des Zweier-Bezirks von Neu-Rostock auf Mesa.

Earl White Haven – siehe Alexander, Hamish.

Egert, Irénée – Bürger Captain, Exil-Volksflotte; Kommandantin von PNES *Chao Kung Ming*.

Elisabeth III. – siehe Winton, Elizabeth.

Evans, Karen – Lieutenant, Royal Manticoran Navy; Astrogatorin von HMS *Harvest Joy*.

Fabre, Martina – leitendes Mitglied des Ausschusses für Langfristige Planung des Mesanischen Alignments.

Ferry, Harper S. – für den Einwanderungsdienst von Torch tätig; verstorben.

Foley, Jennifer – Cousine von Brice Miller.

Frank, Jeremy – mayanischer Beamter; Adjutant Gouverneur Barregos'.

Freeman, Barry – Angehöriger der Queen's Own; adoptiert von der Baumkatze Oliver Wendell Holmes.

Ganneau, Assuntina – Ehefrau von Commodore Jérôme Ganneau; Schwester von Flottenadmiral Otis.

Ganneau, Jérôme – Commodore, MSDF.

Garner, Marlene (»Marti«) – Erster Offizier von BSCS *Ouroboros*; zugleich ein Mitglied von Arais Kommandotrupp, später Mitglied des Teams vom Biological Survey Corps, das zur Palastwache Königin Berrys abgestellt ist.

Georgos, Karen – Lieutenant, Solarian League Navy; Konteradmiral Luiz Rozsaks Signaloffizier im Stabe.

Giscard, Javier – Admiral, Republic of Haven Navy, Kommandeur der Dritten Flotte; mittlerweile verstorben.

Givens, Admiral Patricia – Zweiter Raumlord der Royal Manticoran Navy; Chefin des ONI.

Granger, Adelaide – Captain, Mannerheim System-Defense Force; kommandierender Offizier von Admiral Osiris Trajans Flaggschiff.

Grimault, Ludivine – Bürger Lieutenant; Konidis' Signaloffizier im Stabe.

Goglik, Anne – Lieutenant Commander, Solarian League Navy; Kommandantin des Zerstörers SLNS *Hernando Cortéz*. Zugleich Kommandierende der Zerstörerdivision 3029.3.

Grantville, Baron – siehe Alexander, William.

Grosclaude, Yves – ehemaliger havenitischer Sonderbevollmächtigter auf Manticore; bei einem Flugwagenunfall ums Leben gekommen.

Habib, Edie – Commander, Solarian League Navy; Rozsaks Stabschefin; erfüllt im Prinzip dauerhaft die Aufgaben von Rozsaks Erstem Offizier und wird häufiger als ›I. O.‹ angesprochen denn als Stabschefin.

Haldane, Iain – Commander, Solarian League Navy; Kommandant des Leichten Zerstörers *Ranger.* Zugleich Kommandierender der Kreuzerdivision 7036.1.

Hall, Michael William – manticoranischer Hyperphysiker, der Expedition zur Vermessung des Congo-Wurmloches zugeteilt.

Hammarberg, Jonas – Lieutenant Commander, Royal Manticoran Navy; Offizier an Bord von HMS *Harvest Joy.*

Hansen, Carl – inoffizieller Anführer einer kleinen Gruppe politisch aktiver Zweier aus dem Bezirk Neu-Rostock auf Mesa.

Hargraves, Christy – Bürger Commander, Exil-Volksflotte; Leitende Ingenieurin von PNES *Charlemagne.*

Harrington, Honor – siehe Alexander-Harrington, Honor.

Hartman, Ed – Cousin von Brice Miller.

Hartman, Millicent – Bürger Commander, Exil-Volksflotte, Luffs Stabschefin.

Hartneady, James – Senior Chief Coxswain, HMS *Harvest Joy.*

Hasselberg, Niklas – Commander, Mannerheim System-Defense Force; Admiral Osiris Trajans Stabschef.

Hattlestad, E.A. – ein Protagonist der Vid-Serie *The Adventures of Fung Ho,* einer der langlebigsten HD-Serien im bekannten Weltraum.

Hawke, Captain Spencer, HGG – Honor Harringtons dritter persönlicher Waffenträger.

Henson, Stephanie – Officer, BSCS *Ouroboros*; ebenfalls ein Mitglied von Arais Kommandotrupp; später Mitglied des Teams vom Biological Survey Corps, das zur Palastwache Königin Berrys abgestellt ist.

Hofschulte, Gregor – Oberstleutnant im Kaiserlich-Andermanischen Heer; hat ein Attentat auf den Kronprinzen des Andermanischen Reiches verübt. Verstorben.

Holmes, Oliver Wendell – Baumkater; Gefährte von Barry Freeman.

Horton, Glenn – erewhonischer Admiral.

Hronek, Linda – manticoranische Hyperphysikerin, der Expedition zum Congo-Wurmloch zugeteilt.

Huang, Kao – siehe Kao Huang.

Huang, Kronprinz – jüngerer Bruder des andermanischen Kaisers.

Hübner, César – Bürger Lieutenant Commander, Exil-Volksflotte; Taktischer Offizier von PNES *Chao Kung Ming*.

Imbesi, Walter – Kopf der Imbesi-Familie; inoffiziell eines der vier Mitglieder des Quadrumvirates, das effektiv Erewhon regiert.

Irvine, Lajos – Agent im Dienste von Jack McBryde, im Undercover-Einsatz.

Jeremy X – Kriegsminister des Königreiches Torch; ehemaliger Leiter des Audubon Ballroom, einer Guerillatruppe ehemaliger Sklaven, die von einigen als Terrororganisation angesehen wird.

Kamerling, Yvonne – Bürger Lieutenant, Exil-Volksflotte; Luffs Signaloffizier im Stabe.

Kamstra, Dirk-Steven – Commodore, Solarian League Navy; Kommandierender des Kreuzergeschwaders 7036 und Kommandant des Leichten Kreuzers SLNS *Marksman*. Kamstra erfüllt damit offiziell zwei Aufgaben (Geschwaderkommandeur und Kommandant der *Marksman*), und sein diensttuender Rang entspricht eher dem eines Commodore oder sogar Konteradmirals. Er ist Rozsaks ranghöchster Offizier im Kampfeinsatz und effektiv der Kommandeur seines Kampfverbandes.

Kao Huang – Lieutenant Colonel, Solarian Marines; Rozsaks ranghöchster Ratgeber und Stellvertreter für Bodengefechts-Fragen.

Kare, Jordin – manticoranischer Hyperphysiker, der Expedition zum Congo-Wurmloch zugeteilt.

Keller, Gordon – Lieutenant, Royal Manticoran Navy; Taktischer Offizier von HMS *Harvest Joy*.

Konidis, Santander – Bürger Commodore, Exil-Volksflotte; später Oberkommandierender bei Unternehmen Frettchen.

LaFollet, Colonel Andrew, HGG – Honor Harringtons oberster persönlicher Waffenträger, bei einem Attentat auf Admiral Harrington ums Leben gekommen.

Lara – Ehemalige Schwätzerin, jetzt eine von Palanes ›Amazonen‹; inoffiziell Mitglied von Berrys Sicherheitsteam; verstorben.

Lathorous, Steven – Jack McBrydes Stellvertreter; stellvertretender Leiter des Sicherheitsdienstes im Gamma Center.

Laukkonen, Santeri – Ein Hehler und Waffenhänder, der Kriminelle (einschließlich Piraten) im Ajax-System beliefert. Er ist zugleich einer von Luis Rozsaks (oder eher Jiri Watanapongses) Informanten.

Laurent, Jarko – Bürger Commander, Exil-Volksflotte; übernimmt das Kommando über PNES *Leon Trotsky*.

Laursen, Jimmi – Commander Solarian League Navy; Kommandant des Arsenalschiffes SLNS *Kabuki*.

Le Fossi, Maria – Commander, Solarian League Navy; Kommandantin des Leichten Kreuzers SLNS *Freya*. Zugleich Kommandeurin der Zerstörerflottille 2960.

Lewis, James – Cousin von Brice Miller.

Lim, Samuel – Commander, Royal Manticoran Navy; Erster Offizier von HMS *Harvest Joy*.

Luff, Adrian – Bürger Commodore, Exil-Volksflotte; Befehlshaber von Unternehmen Frettchen.

Lund, Steve – Officer, Mesan System Guard; Senior Inspector der Zollbehörde.

Maddock, Gowan – Captain, Mesan Alignment Navy; vorgeblich der Verbindungsoffizier von Manpower zur Exil-Volksflotte, gibt sich als Offizier der Mesa *System* Navy aus.

Magilen, Julie – Barregos' persönliche Sekretärin und Bürochefin.

Malenkov, Rachel – Bürger Lieutenant Commander, Exil-Volksflotte; übernimmt den Posten des Taktischen Offiziers an Bord von PNES *Leon Trotsky*.

Manson, Jerry – Lieutenant, Solarian League Navy, Geheimdienstbeamter in Rozsaks Stab.

Maurier, Lady Francine – Schatzkanzlerin des Sternenkönigreichs von Manticore.

McBryde, Jack – Sicherheitschef des Gamma Centers, Mesanisches Alignment.

McBryde, Zachariah – Jack McBrydes Bruder.

McKenzie, Richard – Lieutenant, Solarian League Navy; Chefingenieur von SLNS *Artillerist*.

Meares, Timothy – Lieutenant, RMN, Flaggleutnant Admiral Lady Dame Honor Harringtons; hat (erfolglos) ein Attentat auf eben diese verübt. Verstorben.

Miller, Brice – Neffe von Andrew Artlett.

Milliken, Jessica – Commander, Mesan Alignment Navy; Stellvertreterin von Gowan Maddock; vorgeblich einer der Verbindungsoffiziere von Manpower zur Exil-Volksflotte, gibt sich als Offizier der Mesa *System* Navy aus.

Montaigne, Catherine – Führende Persönlichkeit der Manticoranischen Freiheitspartei; Lebensgefährtin von Anton Zilwicki; seit langer Zeit eng mit Web Du Havel und Jeremy X befreundet.

Navarre, Aikawa – Commodore, Mesan Space Navy.

Nyborg, Ildikó – Commander, Mannerheim System-Defense Force; Trajans Operationsoffizier.

Ortega, Jozef – Unter-Boss im Zweier-Bezirk von Neu-Rostock auf Mesa; tätig für Jürgen Dusek.

Otis, Chiara – Flottenadmiral, MSDF; Chefin des Admiralstabs der Mannerheim System-Defense Force.

Oversteegen, Michael – Commodore, Royal Manticoran Navy, zuvor als Captain of the List Kommandant des Schweren Kreuzers HMS *Gauntlet.*

Palane, Thandi – Oberbefehlshaberin der Streitkräfte des Königreiches Torch.

Petit, Jason – Bürger Lieutenant Commander, Exil-Volksflotte; Stabsoperationsoffizier von Commodore Santander Konidis.

Pierre, Robert Stanton ›Rob‹ – vorletzter Vorsitzender des Komitees für Öffentliche Sicherheit der Volksrepublik Haven; verstorben.

Pritchard, David – ein Zweier aus dem mesanischen Bezirk Neu-Rostock.

Pritchart, Eloise – Präsidentin der Republik Haven.

Raycraft, Laura – Commander, Solarian League Navy; Kommandantin des Leichten Kreuzer SLNS *Artillerist.* Zugleich Kommandeurin der Kreuzerdivision 7036.2.

Rensi, Cornelia – Lieutenant, Solarian League Navy; Signaloffizier der *Artillerist.*

Rozsak, Luiz – Konteradmiral, Solarian League Navy; ranghöchster Offizier Gouverneur Barregos'.

Saburo X – ehemaliges Mitglied des Audubon Ballroom, später Leiter der Schutztruppe Queen Berrys.

Saint-Just, Oscar – letzter Vorsitzender des Komitees für Öffentliche Sicherheit der Volksrepublik Haven; verstorben.

Sakellaris, Kalyca – Bürger Captain, Exil-Volksflotte; Kommandant von PNES *Maximilien Robespierre.*

Sanchez, Gino – Bürger Commander, Exil-Volksflotte; Konidis' Stabschef.

Siegel, Travis – Lieutenant, Solarian League Navy; Taktischer Offizier der *Artillerist.*

Simões, Francesca – Klon-Kind von Harriet und Herlander Simões, diesem Ehepaar durch den Ausschuss für Langfristige Planung des Mesanischen Alignments zugeteilt.

Simões, Harriet – als Wissenschaftlerin im Gamma Center des Mesanischen Alignments tätig; Ehefrau von Herlander, Mutter von Francesca.

Simões, Herlander – als Wissenschaftler im Gamma Center des Mesanischen Alignments tätig; Ehemann von Harriet, Mutter von Francesca.

Sipes, Sonya – eine Protagonistin der Vid-Serie *The Adventures of Fung Ho,* einer der langlebigsten HD-Serien im bekannten Weltraum.

Snorrason, Hjálmar – Lieutenant Commander, Solarian League Navy; Kommandant des Zerstörers SLNS *Napoleon.* Zugleich Kommandeur der Zerstörerdivision 3029.1.

Spangen, Vegar – Barregos' persönlicher Leibwächter; Commander der Wachabordnung des Gouverneurs.

Stabolis, Heinrich – persönlicher Leibwächter von Albrecht Detweiler.

Stahlin, Jim – Lieutenant Commander, Solarian League Navy, Kommandant des Zerstörers *Gustavus Adolphus*; zugleich Kommandeur der Zerstörerdivision 3029.2.

Stensrud, Melanie – Commander, Solarian League Navy; Kommandantin des Arsenalschiffes SLNS *Charade.*

Stravinsky, Pierre – Bürger Commander, Exil-Volksflotte; Operationsoffizier von PNES *Leon Trotsky.*

Szklenski, Thomas ›Ted‹ – Lieutenant Commander, Solarian League Navy; I.O. von SLNS *Marksman.*

Takano, Haruka – Geheimdienstbeamter an Bord von BSCS *Ouroboros*; zugleich ein Mitglied von Arais Kommandotrupp; später Mitglied des Teams vom Biological Survey Corps, das zur Palastwache Königin Berrys abgestellt ist.

Taub, Andrew (Andy) – Cousin von Brice Miller.

Terekhov, Sir Aivars – Commodore, Royal Manticoran Navy, Ritter im Orden von König Roger; Kommandeur des Schweren Kreuzergeschwaders 94.

Theisman, Thomas – Admiral, Republic of Haven Navy, havenitischer Chef des Admiralstabs und Kriegsminister.

Trajan, Osiris – Admiral, Mannerheim System-Defense Force; Oberbefehlshaber von Kampfverband Vier.

Tresca, Emile – Bürger Brigadier der havenitischen Volksflotte; verstorben.

Trimm, E. D. – Officer, Mesan System Guard; Senior Inspector der Zollbehörde.

Tyler, William Henry – Repräsentant von New Age Pharmaceuticals auf Torch; hat versucht, ein Attentat auf Queen Berry von Torch zu verüben. Verstorben.

Underwood, Charles-Henri – Bürger Commander, Exil-Volksflotte; I.O. von PNES *Chao Kung Ming.*

Usher, Kevin – Director des FIA.

Usher, Virginia ›Ginny‹ – Gattin Kevin Ushers.

Van Hale, Judson – ehemaliger Mitarbeiter des Forstdienstes von Sphinx; zusammen mit dem Baumkater Dschingis beim Einwanderungsdienst von Torch tätig; verstorben.

Vergnier, Olivier – Bürger Captain, Exil-Volksflotte; Kommandeur von PNES *Leon Trotsky.*

Watanapongse, Jiri – Lieutenant Commander, Solarian League Navy; Rozsaks Stabsnachrichtenoffizier.

Webster, James Bowie – Admiral a. D., Royal Manticoran Navy; Baron von New Dallas, Botschafter des Sternenkönigreichs von Manticore in der Solaren Liga; bei einem Attentat in Chicago ums Leben gekommen.

Williams, Karen Steve – eine Zweierin aus dem Bezirk Neu-Rostock auf Mesa.

Winton, Adrienne Samantha Annette Winton, Königin Elisabeth III. – Königin des Sternenkönigreichs von Manticore.

Winton, Ruth – manticoranische Prinzessin; eng befreundet mit Berry Zilwicki; stellvertretende Leiterin des Nachrichtendienstes von Torch.

Winton-Serisburg, Michael – jüngerer Bruder der Königin von Manticore, Vater von Ruth Winton.

Wise, Richard – Barregos' ranghöchster ziviler Spion.

Wix, Richard – manticoranischer Hyperphysiker; der Expedition zur Vermessung des Congo-Wurmloches zugeteilt.

Wodoslawski, Agatá – Permanente Leitende Staatssekretärin für Finanzen der Solaren Liga.

Womack, Robert – Lieutenant, Solarian League Navy; Taktischer Offizier von SLNS *Marksman.*

Wu, Richard – Lieutenant, Solarian League Navy; Astrogator, SLNS *Marksman.*

X, Jeremy – siehe Jeremy X.

Yana – Ehemalige Schwätzerin; jetzt eine von Palanes ›Amazonen‹; für die Zusammenarbeit mit Victor Cachat zur Mission nach Mesa abgestellt.

Zachary, Josepha – Captain, Royal Manticoran Navy; Kommandant des Vermessungsschiffes HMS *Harvest Joy*.

Zilwicki, Anton – Leiter des Geheimdienstes von Torch, obgleich er immer noch Bürger des Sternenkönigreichs von Manticore ist; ehemaliger Offizier der manticoranischen Streitkräfte; Lebensgefährte von Catherine Montaigne; Vater von Helen Zilwicki, Adoptivvater von Berry und Lars Zilwicki.

Zilwicki, Berry – Königin von Torch; Adoptivtochter Anton Zilwickis.

Zilwicki, Lars – Berrys Bruder.

Glossar

Admiralität – Kommandobehörde der Royal Manticoran Navy. Die militärische Hierarchie der Admiralität untersteht den *zivilen* Lords der Admiralität (welche ehemalige Militärs sein können, aber nicht sein müssen). Der Erste Lord der Admiralität ist der Minister der Navy. Den Lords der Admiralität untergeordnet sind die Raumlords; der Erste Raumlord ist militärischer Oberkommandierender der Navy, die anderen Raumlords stehen den ***Bureaus*** vor.

Bogey – unidentifiziertes Objekt auf dem Radar; ein als feindlich identifiziertes Objekt heißt **Bandit**.

Bureaus – Ressorts der Navyverwaltung, geleitet von rangälteren Admiralen und Raumlords. Beispiele: **BuAstro** – Bureau für Astrografie (Weltall-Vermessungswesen, Sternkarten, Gravwellenkarten); **BuMed** – Bureau für Medizin (Gesundheit des Navy- und Marinecorpspersonals, untergeordnet ist **BuPsych**, das Bureau für Psychologie), derzeitiger Chef ist Vizeadmiral Mannock, der Admiralsarzt; **BuPers** – Bureau für Personalangelegenheiten, Chef ist der Fünfte Raumlord, zurzeit Admiral der Grünen Flagge Sir Lucien Cortez; **BuPlan** – Bureau für Planung (untergeordnet ist der Nachrichtendienst der Navy, das ONI), Chef ist der Zweite Raumlord, zurzeit Vizeadmiral der Grünen Flagge Patricia Givens; **BuShips** – Bureau für Schiffsbeschaffung und Wartung, Chef ist der Dritte Raumlord, zurzeit Vizeadmiral der Grünen Flagge Lady Lucy Danvers; **BuTrain** – Bureau für Ausbildung und Schulung, Chef ist zurzeit Vizeadmiral Tanith Hill; **BuWeaps** – Bureau für Waffensysteme, Chef ist Vizeadmiral der Grünen Flagge Jonas Adcock; dem Bureau untergeordnet ist das **Weapons Development Board** (Amt für Waffenentwicklung) WDB.

c – Abkürzung für Lichtgeschwindigkeit. Im Vakuum ist c = 299 792,50 km/s (Kps).

Cherwell-Konvention – Alle Unterzeichner dieser Konvention stellen den Sklavenhandel der Piraterie gleich und schreiben für beide Verbrechen die gleiche Bestrafung vor, in zahlreichen Sternnationen die Todesstrafe. Dieser Anti-Sklaverei-Vertrag ist multilateral. Sämtliche Unterzeichner sicherten den Raumstreitkräften aller anderen Unterzeichner das Recht zu, Schiffe unter dem Schutz ihrer Flagge zu stoppen, zu durchsuchen und zu beschlagnahmen, sollten sie Sklaven transportieren; weiterhin besitzen sie das Recht, die Besatzung der beschlagnahmten Schiffe wegen Piraterie vor Gericht zu stellen.

Die von König Roger II. vorgeschlagene ›Ausrüstungsklausel‹ – eine Ergänzung der ursprünglichen Konvention – besagt, dass jedes Schiff, das als Sklavenhändler ausgerüstet war, als Sklavenschiff anzusehen sei, ob es im Moment des Aufbringens ›Fracht‹ an Bord hatte oder nicht. Grundlage der Ausrüstungsklausel ist das Bestreben, jeglichen Versuch zu vertuschen, ein Schiff werde zum Transport von Sklaven benutzt. Alleine das Vorhandensein der beim Transport von Sklaven üblichen Vorkehrungen, mit denen die ›Fracht‹ im Falle eines Aufbringens ungeschützt ins All ausgeschleust werden kann, wird umgehend als Massenmord angesehen, in vielen Fällen selbst dann, wenn sich die ›Fracht‹ noch an Bord befindet.

Deneber Übereinkunft – siehe **Übereinkunft von Deneb**.

Diaspora – Der Aufbruch des ersten interstellaren Kolonistenschiffes im Jahre 2103 n. Chr.; dieses Jahr ist das Jahr 1 Post Diaspora (P. D.). Eingehend dargestellt wird die Diaspora in: ›Das Universum Honor Harringtons‹ in: David Weber, *Die Siedler von Sphinx*, Bastei-Lübbe-Taschenbuch 23235.

Division – Unterabteilung eines Geschwaders aus meist zwei und bis zu vier Schiffen.

Dolist – Empfänger des Lebenshaltungszuschusses (LHZ) in der Volksrepublik Haven; angelehnt an das englische Wort *dole* = Sozialhilfe, ›Stütze‹; vielleicht spielt auch das französische *dolent* = jammernd eine Rolle. Vor der **Erhebung** waren die Dolisten nominell wahlberechtigt, ihr Stimmrecht wurde den ›Dolisten-Managern‹ übertragen, die es im *Quorum des Volkes* für sie ausübten; vgl. ***Prole***.

Dschinn – Verballhornung von *gene*, Bezeichnung für genmanipulierte Menschen und deren Nachkommen.

ECM – Abk. für *Electronic Counter Measures* = elektronische Gegenmaßnahmen: aktive Aussendung von Signalen, die die Ortung des Gegners stört; die Suchköpfe hereinkommender Raketen werden dadurch abgelenkt. ECM ist ein Teil der Funkelektronischen Kampfführung (Eloka).

Eridanus-Erlass – Eines der wenigen Gesetze, die von praktisch allen Sternnationen als bindend angesehen wird: Jeder Regierung, Sternnation oder freien Söldnereinheit, die ungezielten Beschuss gegen einen bewohnten Planeten richtet oder gezielt in irgendeiner Weise Planetenbewohner bombardiert, ohne zuvor zur Kapitulation aufgefordert zu haben, wird die unbarmherzige Vernichtung angedroht.

ETA – Abk. für *estimated time of arrival* = geschätzte Ankunftszeit.

FIA – Federal Investigation Agency, die havenitische Bundespolizei.

FIS – Federal Intelligence Service, der havenitische Geheimdienst. Nachfolgeorganisation der **SyS**.

Graser – Akronym für *Gamma Ray Amplification by Stimulated Emission of Radiation* (Gammastrahlen-Verstärkung durch stimulierte Aussendung von Strahlung): eine Waffe, die kohärente (= parallele, phasengleiche) Gammastrahlen verschießt wie ein Laser kohärentes Licht und ein Röntgenlaser kohärente Röntgenstrahlen.

Gravimpulssender – manticoranische Neuentwicklung, durch die man Gravitationsimpulse modulieren und zur Nachrichtenübermittlung einsetzen kann. Da sich Gravitationsimpulse ohne Zeitverlust ausbreiten, lassen sich damit überlichtschnelle Signale übertragen. Die RMN verwendet die Gravimpulssender an Sensorplattformen in den Außenbereichen von Sonnensystemen, die ein überlichtschnelles Frühwarnnetz bilden und die Kommandostellen in Echtzeit mit Informationen über weit entfernte Feindverbände versorgen können, ohne dass die Übertragungsverzögerungen durch die Lichtgeschwindigkeit eine Rolle spielen würden. Hemmnis war anfangs die große Relaxationszeit der Sender: Auf jeden Impuls musste eine sekundenlange Wartepause folgen.

Gravwelle – eine hochenergetische Strömung gebündelter Gravitationsenergie im Hyperraum, die mit Hilfe von Warshawski-Segeln als Antrieb benutzt werden kann.

Grayson

1. Austin Grayson – Reverend Austin Grayson war Gründer der Kirche der Entketteten Menschheit, ein christlicher Fundamentalist mit einer Abneigung gegen jede Art von Technik – ein sogenannter Neo-Luddit. Er führte die Kolonisierung des Jelzin-Systems an, sabotierte das Sternenschiff und starb zehn Jahre nach der Ankunft, immer noch im Glauben, das Ziel des Technikverzichts könnte schon bald erreicht werden.

2. *Planet Grayson* – einziger bewohnbarer Planet von Jelzins Stern, im Jahre 988 P. D. von christlich-fundamentalistischen Siedlern kolonisiert, die unter Führung von Austin Grayson zu einer ›dem Menschen vorbestimmtem, untechnisierten Lebensweise zurückfinden‹ wollten. Grayson erwies sich jedoch als außerordentlich lebensfeindlicher Planet: Im Wasser, im Boden und in den einheimischen Lebewesen sind giftige Schwermetalle allgegenwärtig. Die gestrandeten Siedler waren darauf angewiesen, Erdreich, Wasser und sogar ihre Atemluft vor der Verwendung zu dekontaminieren. Alle Nahrungsmittel mussten in abgeschotteten Habitaten, den **Gütern**, angebaut und aufgezogen werden, und nur darin konnten die Siedler leben – der Technologieverzicht war unmöglich geworden.

Die ›Graysons‹, wie sich die Bewohner der Welt nach dem frühen Tod ihres geistigen Führers nannten, konzentrierten sich daher auf die Pflege ihres Glaubens, der beispielsweise die Frau dem Mann unterordnete. Diese Tendenz wurde dadurch verstärkt, dass nur etwa jeder vierte geborene Grayson ein Mann war. Zudem war längst nicht jede Frau fruchtbar und die Kindersterblichkeit erschreckend hoch. In der Folge kam es zwischen den ›Gemäßigten‹ und den ›Wahren Gläubigen‹ in der Kirche der Entketteten Menschheit zu einem Schisma. Letztere versuchten in einem Handstreich, die Gewalt an sich zu reißen und die Gutsherren, den graysonitischen Hochadel, als Geiseln zu nehmen. Dieses Unterfangen endete jedoch in einem Fiasko: ›Die *Dreiundfünfzig*‹ starben lieber mitsamt ihren Waffenträgern, als sich gefangen nehmen zu lassen. Ein jahrelanger, blutiger

Bürgerkrieg folgte und endete mit der Niederlage der Wahren Gläubigen. Sie wurden auf den einzigen Planeten des nahen Endicott-Systems exiliert, den sie ›Masada‹ nannten. Zwischen Grayson und Masada entbrannte ein jahrhundertelanger kalter Krieg, der nur zu oft in einen ›heißen‹ umschlug, ohne dass eine Entscheidung eintrat. Erst nachdem die Volksrepublik Haven und Masada einen Geheimbund zur Eroberung Graysons schlossen und Captain Honor Harrington den Staatsstreich der Makkabäer und den anschließenden Vernichtungsangriff aus dem All verhindern konnte, endete die masadanische Bedrohung. Im darauffolgenden Jahr besetzte ein Kampfverband unter Admiral White Haven den Planeten der ›Wahren Gläubigen‹.

Großkampfschiff – Sammelbezeichnung für die größeren Kriegsschiffe von Schlachtkreuzer bis Superdreadnought.

HD – Abk. für HoloDrama, dreidimensionales Fernsehen.

Hypergrenze – Bereich rings um einen Stern, in dem keine Transition in den oder aus dem Hyperraum erfolgen kann. Die Hypergrenze eines C5-Sterns durchmisst 40, die eines M9-Sterns 10 Lichtminuten. Eine nähere Erläuterung findet sich in: ›Das Universum Honor Harringtons‹ in: David Weber, *Die Siedler von Sphinx*, Bastei-Lübbe-Taschenbuch 23235.

Impellerkeil – Anordnung aus zwei keilförmig einander zuge neigten Flächen aus verzerrter Schwerkraft, die ein Raumschiff einschließen und antreiben. Die beiden als ›Band‹ bezeichneten Schwerkraftfelder gelten als undurchdringlich. Details der Antriebssysteme finden sich in: ›Das Universum Honor Harringtons‹ in: David Weber, *Die Siedler von Sphinx*, Bastei-Lübbe-Taschenbuch 23235.

Kps – Kilometer pro Sekunde.

Kps2 – (auch: Kps Quadrat) Kilometer pro Sekundenquadrat; Einheit der Beschleunigung, Geschwindigkeitsänderung pro Zeit.

LAC – Abk. für **Light Attack Craft**: Leichtes Angriffsboot. LACs der RMN besitzen in der Regel keine Namen, nur Rumpfnummern.

Legislaturisten – die ehemalige herrschende Klasse in der Volksrepublik Haven. Eine zivile oder militärische Führungsposition durfte sich nur erhoffen, wer aus einer einflussreichen Legislaturistenfamilie stammte und hinreiche Protektion genoss. Die Präsidentschaft in der VRH war erblich und befand sich in den Händen der Familie Harris. Der letzte Erbpräsident, Sidney Harris, starb bei einem von Robert Stanton Pierre und Oscar Saint-Just inszenierten, der Volksflotte angelasteten Attentat.

Lichtminute (-sekunde, -stunde) – die Entfernung, die das Licht in einer Minute (Sekunde, Stunde) zurücklegt; 1 Lichtminute = 17.987.550 km; 1 Lichtsekunde = 299.792,5 km; 1 Lichtstunde = 1.079.253.000 km. Zum Vergleich: Die Erdbahn durchmisst im Mittel 16,6 Lichtminuten.

Nimitz – Chester W. Nimitz (1885–1966), US-amerikanischer Fleet Admiral, führte als Oberkommandierender des Pazifikgebiets und der Pazifikflotte (1942–5) den größten Feldzug zur See aller Zeiten und drängte durch das ›Inselspringen‹ die kaiserlich-japanischen Streitkräfte auf die Mutterinseln zurück.

OFS – Office of Frontier Security, das Liga-Amt für Grenzsicherheit.

ONI – Abk. für Office of Naval Intelligence = Nachrichtendienst der Royal Manticoran Navy.

PNES – *People's Navy in Exile Ship*, Schiff der Exil-Volksflotte.

Raid – ein Überfall mit Kampfschiffen, der nicht der Eroberung von Feindgebiet, sondern nur der Vernichtung von Schiffen und Material dient.

Schiffsklassen – Kriegsschiffe sind nach Größe, Tonnage und Kampfkraft in unterschiedliche Klassen eingeteilt: Fregatten (FG) – Zerstörer (DD) – Leichte Kreuzer (CL) Schwere Kreuzer (CA) – Schlachtkreuzer (BC) – Schlachtschiffe (BB, nur Volksrepublik Haven) – Dreadnoughts (DN) – Superdreadnoughts (SD). Dreadnoughts und Superdreadnoughts zählen als Wallschiffe, also Großkampfschiffe, die im Schlachtwall kämpfen.

Schlachtwall – Großkampfschiffe werden in einem Flottengefecht zum klassischen ›Schlachtwall‹ angeordnet. Die Schiffe bewegen sich in Kiellinie, und diese Linien sind senkrecht zu einer Formation ›gestapelt‹, die nur ein Schiff dick ist und an eine Mauer, einen Wall erinnert. Die ›Wallschiffe‹ kommen einander dabei so nahe, wie es ihre Impellerkeile erlauben. Der Schlachtwall ist alles andere als leicht zu manövrieren, aber er gestattet maximales Breitseitenfeuer. Die Undurchdringlichkeit der Impellerkeile macht den Schlachtwall zum einzig praktikablen Weg, innerhalb der Formation die Hauptbewaffnung der Wallschiffe einzusetzen, die konstruktionsbedingt in der Breitseite liegt. Außerdem gestattet der Schlachtwall eine zentrale Koordination der Nahbereichs-Abwehrwaffen und damit größtmögliche Effizienz der Raketenabwehr. Zu Bewaffnung und Konstruktion manticoranischer und havenitischer Kampfschiffe siehe: ›Honor Harringtons Navy‹ in: David Weber, *Ein schneller Sieg*, Bastei-Lübbe-Taschenbuch 23205.

Seniorität – das Prinzip, dass der Aufstieg innerhalb der Rangleiter einer Flotte nach dem Rangdienstalter zu geschehen hat. Beförderung nach Seniorität fand sich in der britischen Royal Navy, in der man bei der Beförderung zum *Post Captain* auf die Kapitänsliste kam. Alle Kapitäne, die schon länger auf dieser Liste standen, waren rangdienstälter als der neue Kapitän und daher seine Vorgesetzten. Zum Flaggoffizier beförderte man immer den rangdienstältesten Kapitän; er wurde so zum Konteradmiral der Blauen Flagge und gelangte auf die Liste der Admirale. In der Reihenfolge dieser Liste konnte sich nur durch den Tod etwas ändern; es bestand keine Möglichkeit, nach Verdienst bevorzugt befördert zu werden. Diese Regelung wurde eingeführt, um Protektion und Vetternwirtschaft in der Beförderung der Kapitäne und Admirale unmöglich zu machen – welche bei allen Beförderungen unterhalb des Kapitänsrangs eine große Rolle spielte. In der RMN existieren ebenfalls Kapitäns- und Admiralslisten, die als Grundlage für Beförderungen dienen. Die Reihenfolge der Seniorität ist jedoch nicht so starr wie in der alten RN und kann übergangen werden (wie es zum Beispiel Admiral Webster in Bezug auf die Beförderung Mark Sarnows zum Konteradmiral der Roten Flagge erwähnt).

SyS – Amt für Systemsicherheit; Bezeichnung des Geheimdienstes von Haven bis zum Ende der Volkrepublik Haven unter Regierung von Oscar Saint-Just.

T-Standard – Planetarische Parameter von Alterde wie Länge des Tages oder Jahres, die Schwerkraft etc. sind auch im 20. Jahrhundert P. D. noch immer grundlegend und werden als ›Terranische Standardwerte‹ bezeichnet.

Übereinkunft von Deneb – verlangt von Kombattanten, die Namen sämtlicher Gefangenen sowie der feindlichen Gefallenen unverzüglich der Gegenseite mitzuteilen. Üblicherweise ergeht diese Mitteilung an den mächtigsten Neutralen, in den meisten Fällen die Solare Liga.

Wallschiff – ein Großkampfschiff, das sich zum Kampf im Schlachtwall eignet. Dazu kommen eigentlich nur Dreadnoughts und Superdreadnoughts in Frage; die älteren havenitischen Schlachtschiffe zum Beispiel sind zu klein, um die nötige Waffenmasse aufzunehmen, die im Gefecht gegen Superdreadnoughts und Dreadnoughts benötigt wird. Ein Schlachtkreuzer hätte erst recht keine Chance.

W-Display, Wiederholdisplay – Displays an Bord von Raumschiffen, die nicht aktuelle Daten zeigen, sondern Aufzeichnungen vorheriger Ereignisse wiedergeben. Insbesondere der Kommandosessel ist mit W-Displays sehr reichhaltig versehen. Die meisten Aktuell-Displays lassen sich auf Wiederholfunktion umschalten.

Er macht Jagd auf Dämonen. Und auf die eigene Familie

Simon R. Green
LIEBESGRÜSSE AUS DER HÖLLE
Roman
Aus dem amerikanischen Englisch
448 Seiten
ISBN 978-3-404-20016-0

Es ist kein beschissenes Kinderspiel, ein Drood zu sein – einer aus der Familie, die seit Jahrhunderten die normalen Menschen vor den Wesen schützt, die nachts ihr Unwesen treiben. Wir sind nicht allzu beliebt - weder bei den Biestern, denen wir regelmäßig den Arsch aufreißen, noch bei den undankbaren Menschen, und wir mögen uns noch nicht mal gegenseitig. Jetzt ist unsere Matriarchin tot. Ermordert. Vielleicht war's einer von uns. Vielleicht auch nicht. Jetzt soll ich, Eddie Drood, derzeitiger Kopf der Familie, herausfinden, wer's getan hat. Und das wird nicht besonders leicht. Wisst ihr, es herrschen genau zwei Meinungen vor: Die einen glauben, meine beste Freundin Molly ist der Killer; die anderen glauben, dass ich es bin.

Bastei Lübbe Taschenbuch

»Campells Space Opera verleiht dem Genre einen völlig neuen Anstrich.«

SF REVIEWS.NET

Jack Campbell
DIE VERSCHOLLENE
FLOTTE: GEARYS EHRE
Roman
Aus dem amerikanischen
Englisch
416 Seiten
ISBN 978-3-404-20018-4

»Black Jack« Geary musste als Kommandeur schon viele riskante Entscheidungen fällen. Doch seine Offiziere zweifeln an seinem Verstand, als er die Allianz-Flotte wieder ins Lakota-Sternensystem zurückbeordert, wo sie zuletzt beinahe zerstört wurde. Während er sich bemüht, dem Feind immer einen Schritt voraus zu sein, muss er sich Verschwörern aus den eigenen Reihen stellen – eine unbekannte Anzahl an Offizieren will ihn des Kommandos entheben. Geary weiß, dass seine Flotte sich keinesfalls innere Unruhen leisten kann. Denn sonst reißen die Syndics ihn und seine Leute in tausend Stücke ...

Bastei Lübbe Taschenbuch